LES MAOÏSTES

DU MÊME AUTEUR

Les Ennemis du système, Laffont, 1989.
Extrême droite, François Bourin, 1991.
Les Faux Messies, Fayard, 1993.
Message reçu (roman), Spengler, 1995.

CHRISTOPHE BOURSEILLER

LES MAOÏSTES

La folle histoire des gardes rouges français

H·P
LABOR IMPROBVS
OMNIA VINCIT

PLON

ISBN 2-259-18090-6

Sommaire

Glossaire

Maoïste : disciple de Mao Zedong.
Mao : abréviation usuelle du mot « maoïste ».
Mao-spontex : terme légèrement péjoratif par lequel les maoïstes sont parfois désignés.
Marxiste-léniniste : terme par lequel les maoïstes désirent être désignés.
ML : abréviation usuelle de « marxiste-léniniste ».
Révisionniste : terme injurieux par lequel les maoïstes désignent les communistes « orthodoxes » du PCF.
Social-impérialiste : *idem.*
Social-fasciste : *idem.*

Avertissement. Beaucoup de militants avançaient masqués derrière des pseudonymes, et certains d'entre eux souhaitent préserver leur anonymat d'il y a vingt ou vingt-cinq ans. Chaque fois qu'apparaîtra un pseudonyme, il sera systématiquement placé en italiques.

En guise de démarrage

Je n'ai pas été maoïste. Trop jeune, peut-être. Une affaire de génération ? En Mai 68, je n'avais que dix ans. Et lorsque l'ouvrier mao Pierre Overney fut enterré en 1972, je n'avais encore ni l'âge ni la maturité de manifester. Quand enfin j'atteignis mes quinze ans, la Gauche prolétarienne venait tout juste de s'autodissoudre. J'avais encore une fois tout raté.

J'aurais certes pu rallier tardivement les derniers feux mourants du maoïsme finissant et vivre en direct la décomposition du courant prochinois.

Mais mon caractère ne m'y poussait point.

Sans doute n'avais-je pas suffisamment l'esprit militant. J'ai certes fait à seize ans un rapide passage dans la mouvance communiste libertaire et un pas de danse au sein de ce qu'il est convenu d'appeler l'ultragauche.

Mais j'ai bien vite remplacé la diffusion des tracts par l'archivage et l'étude. Aussi loin qu'il m'en souvienne, je crois avoir toujours eu l'âme d'un observateur, éternellement fasciné par la marge, l'opposition, la minorité, l'extrême.

Pourtant, je mentirais si j'affirmais que jamais le maoïsme ne m'effleura. Pourquoi le cacher ? J'eus pendant mon enfance « spectaculaire » le privilège de tourner, en tant que très jeune acteur, dans trois films de Jean-Luc Godard : *La Femme mariée*, *Deux ou trois choses que je sais d'elle*, et *Week-end*. J'avais alors entre six et neuf ans.

Un jour, il me tendit un étrange cadeau. Je devais avoir six ans, car nous étions en 1966. Mes parents ne cessaient de me seriner les multiples qualités de cet ami de la famille, qu'ils appelaient de façon un peu abusive, mon « parrain ». J'étais censé ressentir à son endroit une permanente admiration. Je reçus donc le présent avec un incommensurable respect. Il s'agissait d'un opuscule de couleur criarde à la couverture plastifiée, que j'identifiai sans peine pour en avoir souvent entendu parler à la maison : je tenais entre les mains un ouvrage sacré et rarissime : la toute première édition du *Petit Livre rouge* de Mao Zedong, dont Godard (nous disions à l'époque « Jean-Luc ») avait soutiré des quantités industrielles à l'ambassade de Chine qui venait tout juste d'ouvrir.

Cérémonieusement, il m'offrit le mystérieux document, qui pour moi manquait cruellement d'images, en m'assignant pour mission... de l'expliquer à mes parents.

J'ai gardé comme une relique ce petit bouquin au style curieusement illisible.

Et plus de trente ans après, je l'ai enfin ouvert...

INTRODUCTION

La grande énigme

Et si le maoïsme était tout entier énigmatique ?

Comment définir ce courant politique atypique, bâti au départ sur une simple admiration pour le régime chinois ? Comment énoncer sa différence spécifique ? Comment décrire cette idéologie française, inspirée par une sinophilie frénétique ?

Historien du communisme, François Fejtö résume le problème en une formule lapidaire. Le maoïsme occidental n'est pour lui rien d'autre que « le désir du rêve incarné [1] ». Et tout est bien dans ce désir, de voir en la Chine de Mao un espace idéal où se construit en direct la société communiste, la « Révolution culturelle » devenant alors l'exemple ultime de ce qu'il faut faire, partout, pour éviter les glaciations de type soviétique. On connaît aujourd'hui le coût sanglant de la dictature communiste en Chine. Mais il y a vingt ou trente ans, beaucoup ont voulu croire que le régime de Pékin avait inventé un curieux et exotique socialisme à visage humain, que les exactions des gardes rouges étaient le signe d'une démocratie pleinement vécue et que les intrigues de palais reflétaient d'intéressants débats d'idées.

Fascination étrange et agaçante, de la part d'intellectuels qui avaient déjà subi les désillusions du modèle soviétique, mais qui s'explique avant tout par un effet d'éloignement. La Chine, c'est loin. Les Chinois n'ont-ils pas développé une civilisation radicalement autre, qui pourrait se résumer dans le « mystère de l'Asie » ? Cette altérité fondatrice, cette différence radicale ont joué comme un écran de fumée. Les dirigeants enfermaient-ils les opposants ? C'est que leur mentalité était différente de la nôtre. Interdisaient-ils toute liberté d'expression ou de culte ? Rien de bien étonnant puisque leur culture n'était pas occidentale...

L'État chinois a bénéficié à l'Ouest d'un incroyable engouement, parce qu'une certaine frange de l'opinion y a vu un paradis lointain et communiste, une tentative enfin réussie de réaliser le rêve marxiste dans la liberté absolue.

Phénomène rare dans l'histoire des idées politiques, le maoïsme est le seul courant nouveau apparu en Occident après la Deuxième Guerre mondiale. Encore ne naît-il réellement qu'au début des années soixante. Dans les années cinquante, les Chinois se contentent, discrètement, de marquer leur différence. Et les Européens, déjà, s'extasient sur ce qu'ils imaginent être « une voie chinoise vers le socialisme ».

C'est la rupture sino-soviétique qui marque le coup d'envoi effectif du maoïsme comme doctrine indépendante, et qui le fait apparaître simultanément et spectaculairement aux quatre coins du globe. On pourrait donc énoncer schématiquement que le maoïsme est né de l'improbable mariage d'une propagande d'État et d'une jeunesse en révolte. Encore cette esquisse de définition ne tient-elle pas compte du fait que quatre générations différentes se sont reconnues dans le modèle chinois : ceux qui avaient vingt ans pendant la guerre de 40 et qui ont combattu dans la Résistance ; ceux de la guerre d'Algérie, immergés dans le combat anticolonialiste ; ceux de 68, bien sûr ; enfin, la dernière classe, qui est apparue dans les années soixante-dix et qui s'est ralliée aux derniers feux du maoïsme.

Contentons-nous pour l'instant de ce constat imprécis, qui a le mérite de poser la seule et véritable question : pourquoi le maoïsme a-t-il eu en France autant d'impact dans les années soixante et soixante-dix ?

Mieux : par quel miracle des intellectuels, des artistes, des penseurs aussi reconnus que Jean-Luc Godard, Jean-Paul Sartre, Simone de Beauvoir, Philippe Sollers, Michel Foucault et tant d'autres se sont-ils laissé si facilement embrigader, jusqu'à brandir, eux aussi, *Le Petit Livre rouge*, jusqu'à psalmodier Mao comme on cite l'Évangile ?

Qu'a recélé ce courant, qui lui a valu une influence aussi prépondérante ?

Là est sans doute le phénomène le plus surprenant : le maoïsme a exercé sur la société française une influence réelle : on l'ignore trop souvent, mais le Mouvement de libération de la femme ou les revendications homosexuelles sont curieusement nés en son sein. Il a donc joué avant tout un rôle culturel.

Il a également exigé de ses membres une dévotion mystique, presque religieuse, et un engagement total, existentiel. Les militants devaient abandonner études, confort, situation, pour s'établir en usines, déménager dans des cités ouvrières, rompre avec leurs proches, abandonner toute ambition sociale, et commencer une vie nouvelle. Une démarche monastique, faite de renoncement, d'existences brisées, d'amitiés massacrées. Combien de normaliens, de centraliens, d'agrégatifs, ont échoué dans les corons et ont écorché leurs mains blanches à la chaîne ? Certains ne s'en sont pas relevés. Il faudra un jour faire le bilan macabre des suicides, des dépressions survenues après la brutale désagrégation du mouvement.

Car ce courant si virulent, si influent sur l'intelligentsia, si dynamique, si omniprésent, a disparu du champ politique aussi vite qu'il était apparu. Ainsi prennent forme l'énigme et le défi de cette tentative d'histoire.

Né en 1963 avec la parution du mensuel *Révolution*, que dirige alors Jacques Vergès, il s'évanouit quasi totalement au début des années quatre-vingt pour survivre jusqu'à l'heure présente dans une déconfiture presque totale.

D'où une interrogation évidente : pourquoi cette brièveté de météore ? Pourquoi le maoïsme ne s'est-il pas maintenu, à l'exemple des autres tendances qui ont connu le même succès dans le sillage de Mai 68, telles l'anarchiste ou la trotskiste ? On s'étonne souvent de l'incroyable obstination d'Arlette Laguiller, cette militante trotskiste de Lutte ouvrière qui se présente à toutes les élections présidentielles depuis 1974 et qui n'a jamais varié d'un iota dans ses certitudes.

Et les maoïstes, où sont-ils passés ?

En 1972, la journaliste Michèle Manceaux, totalement acquise à la Gauche prolétarienne, donne la parole aux militants dans un ouvrage hagiographique édité chez Gallimard, *Les Maos en France*. On y déniche ce témoignage édifiant : « Même s'il y avait cent mille mecs en face de moi pour me dire que je me trompe, que la voie du maoïsme, c'est pas la bonne voie, je ne les croirais pas ! »

Le maoïsme, bâti pour durer un millénaire ?

Près de vingt-cinq ans plus tard, personne, ou presque, ne se réclame plus de Mao : en France, moins de cinquante clampins, éparpillés dans quelques groupuscules sans influence. Au Pérou, le très inquiétant Sentier lumineux. En Belgique, une formation incroyablement dynamique, le Parti du travail de Belgique. Et c'est tout.

J'ai voulu comprendre. Pourquoi tant de gens sensés, brillants, émouvants, ou généreux ont-ils tout sacrifié au *Petit Livre rouge* ? Et à l'inverse, pourquoi cette idéologie intransigeante, que ses zélateurs voulaient immortelle, et qui incarnait à leurs yeux le marxisme-léninisme de la fin du XXe siècle, s'est-elle désagrégée aussi subitement, comme un mirage vite estompé ? J'ai voulu raconter l'histoire folle et chaotique, pleine de bruit et de fureur, pleine de haine et d'amour, de cette fulgurance, suivie d'une brève agonie.

Je ne mesurais pas, lorsque je me suis lancé dans l'aventure, l'incroyable difficulté de ma tâche.

J'ai dû compulser des milliers de documents, écrits pour la plupart en une illisible langue de bois populiste ou stalinienne. Des pages et des pages de papiers internes, pleins de suspicion, de surveillance policière et de jargon militaire.

J'ai voulu rencontrer les anciens acteurs de l'époque. Certains ont accepté les rendez-vous, puis se sont rétractés. J'ai poireauté dans des cafés, en attendant des interlocuteurs trop occupés à fuir leur passé. D'aucuns ont accepté de me voir et se sont murés dans le silence. D'autres ont parlé, dans la douleur, d'une époque d'erreur, d'une jeunesse gâchée. Certains ont essayé de réécrire l'histoire : les maos ? Des gens parfaits, exemplaires, moraux, exempts du moindre défaut. J'ai subi les procès d'intention les plus divers. Qu'allais-je écrire : un western ? Un article de *France Dimanche* ou de *Voici* ? Un pamphlet anticommuniste ? Un roman d'aventure ? Décidément, je suis un type louche.

Et puis il y a ceux qui ne regrettent rien, qui défendent leur bilan, ou qui osent témoigner librement devant l'enquêteur. Sans eux, sans leur franchise, leur aide, leur gentillesse enfin, ce travail n'aurait certainement pas pu exister. Qu'ils en soient remerciés. J'ai dû rassembler les pièces éparses d'un puzzle fait de souvenirs, sélectifs, parcellaires, de micro-histoires ou s'emmêlent vie privée et action politique, de parcours brisés, ou d'existences soigneusement scindées en deux : l'avant, et l'après.

N'ayant pas vécu Mai 68, j'avais naïvement cru ce que racontaient les hagiographes. Combien de livres joyeux et nostalgiques, décrivant la « success-strory » des gauchistes d'hier devenus les gagneurs d'aujourd'hui...

La réalité qui apparaît dans ces pages est fort différente. Car pour un Serge July devenu l'un des premiers journalistes de France, pour un Alain Geismar actuellement inspecteur général de l'Éducation nationale, combien d'anonymes à la vie brisée par une embauche forcée, laminée par la clandestinité et détruite par les désillusions ?

Avant d'aborder l'histoire proprement dite, il me faut poser quelques bornes. Au départ, je souhaitais décrire l'ensemble des courants prochinois apparus à l'extérieur de la Chine, des États-Unis à l'Italie en passant par l'URSS (où exista un très clandestin groupe Staline), la Pologne, l'Inde ou la Malaisie. Mais il est très vite devenu clair que l'entreprise était totalement irréaliste : phénomène troublant, et qui mériterait à lui seul une analyse, le maoïsme change radicalement d'un pays à l'autre.

Si, en France, il s'est notamment manifesté par un virulent courant spontanéiste, il n'a existé en Allemagne que sous la forme de très rigides structures que l'on nommait les « K-Gruppen », les « groupes communistes ». En Italie, au contraire, il a notamment viré à la lutte armée, à travers les célèbres Brigades rouges.

Impossible, dès lors, de dégager des constantes. C'est pourquoi e me suis résolu à ne traiter que de la France, en débordant toutefois régulièrement, lorsque c'était possible, vers les pays étrangers.

Autre difficulté : l'ambiguïté du sujet. Tout débute par une empoignade entre deux grandes puissances : la République populaire de Chine et l'URSS. Ce sont les Chinois qui donnent le coup d'envoi, impulsent la dissidence dans les différents Partis communistes, et financent les premiers groupes maoïstes.

Pourtant, très vite, ils tergiversent et semblent débordés par leurs propres partisans. Prudemment diplomatiques, ils observent avec étonnement ces mouvements de masse d'une violence incontrôlable qui se réclament de la Chine.

Et le glissement s'effectue. En endossant l'habit prochinois, les maoïstes occidentaux fondent au jour le jour une idéologie inédite, qui n'a plus grand-chose à voir avec la ligne officielle et sinueuse du grand frère asiatique. Ce qui n'était qu'appui résolu à un État communiste devient un phénomène strictement franco-français.

Nous voici donc ramenés à notre interrogation première : comment définir cette idéologie proprement occidentale nommée « maoïsme » ?

Courant d'extrême gauche né au sein du communisme prosoviétique, il s'appuie en tant que courant politique sur quatre piliers visibles :

1° La volonté d'appliquer « à l'extérieur » le modèle chinois et plus particulièrement la « révolution culturelle ». Les maoïstes suivent l'exemple des gardes rouges : pratique de l'enquête au sein du peuple, établissement dans les usines ou les campagnes, mouvements de rectification accompagnés de brutales autocritiques...

2° La mise en avant du tiers-mondisme. La Chine est dans les années soixante le plus grand pays du tiers monde. Il s'agit de rétablir la justice en faveur des pays pauvres. La lutte du Nord-Vietnam est de ce point de vue un combat emblématique.

3° L'antisoviétisme ; à la différence des « communistes critiques », des trotskistes, et d'une grande partie de la gauche, les maoïstes ne considèrent pas les pays de l'Est comme des États socialistes, même dégénérés, mais comme des pays « révisionnistes », souvent qualifiés de « sociaux-impérialistes », ou « sociaux-fascistes ». C'est dire que le maoïsme se pose comme un virulent courant antisoviétique. Avec le recul, Serge July y voit même la première apparition d'un « anticommunisme de gauche [2] ».

4° Le populisme : sans doute eût-il été préférable de placer ce dernier trait en première position. Car la grande différence entre les maoïstes et les autres militants d'extrême gauche est leur constant appel au peuple et à ses vertus. Contrairement à l'orthodoxie marxiste, qui fait du prolétariat le moteur de l'histoire, le maoïsme s'appuie sur la vaste entité du peuple tout entier : il s'ouvre à la paysannerie, aux étudiants, aux petits commerçants... La révolution chinoise n'a-t-elle pas été l'œuvre des paysans ? Maniant volontiers la démagogie, usant parfois d'une presse à gros traits, les maos français donnent chair à un populisme de gauche, qui s'enracine, non sur la haine de l'étranger, mais sur la haine de classe.

Tels sont les quatre fondements du maoïsme : la volonté d'exporter l'exemple chinois, le tiers-mondisme, l'antisoviétisme et le populisme.

Précision capitale : le maoïsme, en dépit de son influence momentanée, n'a jamais touché grand monde. Il a certes rassemblé dans la rue deux cent mille personnes le 4 mars 1972, jour de l'enterrement de Pierre Overney, qui venait d'être abattu par un vigile de la régie Renault.

Pourtant, au faîte de sa gloire, entre 1971 et 1972, il ne doit pas y avoir en France plus de sept mille militants maoïstes, toutes tendances confondues.

Un chiffre insignifiant ? Pas tant que cela, si l'on observe que ces sept mille activistes proviennent presque tous de la moyenne ou de la haute bourgeoisie, qu'ils finiront parfois bardés de diplômes, et qu'ils représentent souvent alors les exécutifs de demain, donc d'aujourd'hui.

Il y a certes à l'arrivée bon nombre d'éclopés. Mais c'est là un ultime paradoxe. Mouvement tragique et dérisoire, prônant sans cesse la guerre, la violence, l'émeute ou l'attentat, le maoïsme affiche pourtant des pertes relativement faibles : Gilles Tautin, lycéen mort par noyade en fuyant la police le 7 juin 1968, et Pierre Overney, tué par le vigile Jean-Antoine Tramoni devant les grilles de la régie Renault à Billancourt le 25 février 1972.

A cette liste devraient s'ajouter les nombreux suicides survenus à la fin des années soixante-dix, lorsque les militants les plus déterminés ne parvinrent pas à renouer avec le fil de leur existence.

Du côté des victimes du maoïsme, la liste est plus longue :

– Ramon Trabal, attaché militaire à l'ambassade d'Uruguay, assassiné le 19 décembre 1974 par les Brigades internationales (BI).

– Le général Joaquim Zenteno-Anaya, ambassadeur de Bolivie en France, exécuté par les BI le 11 mai 1976.

– Jean-Antoine Tramoni, moniteur d'auto-école, ancien vigile de la régie Renault, responsable de la mort du maoïste Pierre

Overney, assassiné le 23 mars 1977 par les Noyaux armés pour l'autonomie populaire.

Soit trois morts. C'est beaucoup trop, sans doute, mais c'est négligeable, si l'on compare ces chiffres au bilan terriblement lourd des Brigades rouges en Italie, des Groupes révolutionnaires antifascistes du 1er octobre (GRAPO) en Espagne, ou de la « guerre populaire prolongée » du Parti communiste du Pérou – Sentier lumineux.

Les prochinois de France ont contourné la lutte armée, sans jamais aller jusqu'au bout de leur logique militaire. Faut-il y voir un signe de maturité ou faut-il estimer au contraire que les maoïstes ont déclenché en France un engrenage terroriste qui s'est perpétué avec Action directe ? La question mérite d'être posée.

Ainsi surgit en tout cas le maoïsme : sinistre et magnifique, tragique et comique, enthousiasmant et suicidaire, pur et manipulé, toujours partagé entre l'ombre et la lumière.

Juste avant l'envol, un dernier mot : je me suis lancé dans cette entreprise sans aucune arrière-pensée. Je ne souhaite ni dénigrer systématiquement, ni au contraire tramer une « histoire officielle » pleine de héros raisonnables et de résistants modérés.

La vérité n'est pas toujours plaisante. Le maoïsme relève largement de la cécité collective, mais il recèle aussi une générosité, un sens moral.

A l'heure des bilans, nous verrons plus loin si la morale l'a emporté sur le désir de mort. Ou sur l'ambition.

1

La préhistoire : de l'alliance avec les Russes à la guerre idéologique

AVANT 1949 : COMMENT LA CHINE INSTALLE SA DIFFÉRENCE

Tout démarre en Chine. Forcément. Mais quand ?

Il est malaisé de délivrer l'acte de naissance du maoïsme. On pourrait évidemment énoncer avec hâte qu'il éclôt lors de la grande rupture sino-russe de 1962, lorsque Mao Zedong se pose en leader du tiers monde et provoque une scission générale dans le Mouvement communiste international, donnant naissance à des centaines de mouvements et à un courant autonome. C'est une erreur.

La Chine manifeste son esprit d'indépendance à l'égard des camarades soviétiques dès les débuts du communisme léniniste. Elle y est d'abord poussée par l'URSS elle-même. En 1926 et 1927, Staline force le Parti communiste chinois à s'allier avec Tchang Kaïchek, alors même que les troupes du Guomindang combattent les forces révolutionnaires. Une faute stratégique, contre laquelle s'élève alors Trotsky. Mao Zedong penchera quelque temps en faveur du trotskisme.

Mais il reste finalement proche de Staline. Peut-être se méfie-t-il du marxisme orthodoxe de Trotsky et de sa mise en avant systématique du prolétariat, alors qu'il n'y a justement en Chine presque pas d'ouvriers, mais surtout des paysans pauvres. A cet égard, le pragmatisme de Staline rejoint celui des dirigeants chinois. Un autre facteur ne doit pas être négligé : Staline aide financièrement les forces de Mao.

Pourtant le dirigeant soviétique souhaite avant tout contrecarrer l'influence japonaise. C'est la raison pour laquelle il continue à soutenir parallèlement le camp de Tchang Kaïchek. Ce double jeu finit en crise ouverte lorsqu'en 1936, Staline contraint Mao à faire libérer le chef du Guomindang, qui avait été capturé à Xian par le général communiste Chang. Le phénomène intéressant, dans ce cas précis, n'est pas le fait que Staline se soit opposé à la volonté de Mao. Le plus étonnant, c'est que Mao ait obéi. Cette libération en dit long sur le prestige dont le « Petit Père des peuples » jouissait auprès du « Guide de la révolution ».

Lorsque le culte de Mao prend forme, dès 1942, comment ne pas y pressentir l'écho admiratif de la déification de Staline ? Historiquement, l'acte de naissance du maoïsme en tant qu'idéologie indépendante date du 12 février 1942 : deux mille cadres communistes de la huitième armée de route sont convoqués à Yan'an. L'objet de la surprenante réunion ? Lancer l'étude des textes de Mao. Peu de temps après, le quotidien *Jiefang Ribao* enfonce sereinement le clou : « Toutes les organisations et tous les camarades doivent étudier en profondeur les deux derniers discours du camarade Mao Zedong [1]. »

La sacralisation du texte maoïste vient de commencer. Dans toute son ambiguïté. Car si les dirigeants chinois copient le culte de la personnalité cher à Staline, ils manifestent aussi clairement une volonté de différenciation d'avec le grand frère soviétique, alors aux prises avec l'ex-allié nazi.

Anecdote pleine d'humour noir : au moment même où la direction chinoise (Mao, Kang Sheng, Liu Shaoqi, Gao Gang, Peng Zhen, Li Fuchun, Chen Boda) lance cette campagne, l'homme des Russes, le camarade Wang Ming, cadre supérieur de l'Internationale communiste, souffre d'une étrange maladie. Et pour cause ! Depuis octobre 1941, un « médecin » nommé Jin Maoyao lui administre une dose quotidienne de poison, sur ordre de Li Fuchun. Affaibli, alité, épuisé, le camarade Wang Ming survivra par miracle à ce rude traitement. L'homme des Russes pourra continuer à faire son rapport.

Il est intéressant de noter que la mise en avant des textes de Mao se fait déjà sous le couvert d'une « campagne de rectification ». La Chine rouge et ses partisans étrangers connaîtront plus tard d'incessantes campagnes de ce type. Nous ne sommes pourtant qu'en 1942.

Officiellement, le Parti communiste chinois reste cependant dans l'orbite de Staline. Mieux, lorsque la République populaire de Chine est enfin établie en 1949, Mao lâche cette phrase apparemment définitive : « La Russie d'aujourd'hui est la Chine de demain [2]. » On ne saurait être plus clair.

Quelques mois auparavant, en juillet 1949, il avait confirmé son adhésion au bolchevisme le plus orthodoxe : « Nous sommes reconnaissants à Marx et à Engels, à Lénine et à Staline qui nous ont donné des armes. Ces armes ne sont pas des mitrailleuses, mais le marxisme-léninisme [3]. »

Mao a toujours eu le sens de la formule. Il entérine ici sa totale dévotion envers Staline. Mais cette soumission est-elle sincère ?

Dès 1945, les dirigeants chinois ont en réalité cherché le contact... avec les Américains. Mao Zedong et Zhou Enlai ont reçu à Ya'nan des émissaires de Washington, et leur ont proposé d'organiser une rencontre officielle entre Mao et Roosevelt. Mieux : en 1946, Zhou Enlai reçoit le général George Marshall, et lui confie, au nom de Mao, son admiration pour les Etats-Unis : « Nous estimons que la démocratie qui sera introduite en Chine devra correspondre au modèle américain [4]. »

Peine perdue ! Washington fait la sourde oreille, et Pékin reste finalement dans le giron de Moscou. Par manque de choix. A l'époque, Mao ne songe pas une seconde à fonder une troisième voie entre les deux superpuissances : « Il n'y a pas de troisième voie. On se range soit dans le camp impérialiste, soit dans le camp socialiste. Toute neutralité est camouflage [5]. »

Ce martèlement est révélateur. Les Chinois ont besoin d'une manne financière et d'un grand protecteur pour se développer en toute quiétude. Puisque Washington a peur du drapeau rouge, autant rester proches des Soviétiques.

Dès la naissance de la Chine communiste, un certain nombre d'ingrédients du maoïsme sont en tout cas déjà en place : mise en avant de la pensée de Mao Zedong, fidélité à l'orthodoxie marxiste-léniniste, pragmatisme, lancement de campagnes de rectification.

DE 1949 À 1960 : « ALLIÉS » DE MOSCOU

Hormis un quarteron de sinologues, qui s'intéresse en France à la toute jeune République populaire de Chine au début des années cinquante ? Pas un chat. Le régime de Mao apparaît généralement comme un simple satellite de Staline. Il est vrai que les Chinois poussent à son pinacle le culte du « Petit Père des peuples ».

Pourquoi cette fascination pour le dictateur de Moscou, qui ourdit au même moment procès sur procès ? Mao a sans doute pensé que l'exemple stalinien était pédagogique : aux yeux des Soviétiques, Staline incarne à lui tout seul la « dictature du prolétariat » ; emblème vivant du Parti-État, il règne sur l'URSS à la façon d'un monarque ; à travers son personnage, le communisme est devenu à la fois une religion d'État et un culte de l'État.

Mao pressent-il que le peuple chinois, encore arriéré, a besoin lui aussi d'une dévotion de type religieux ? La période russophile correspond à une vague de répression calquée sur le modèle stalinien. Il est vrai que la guerre de Corée, qui fait alors rage, crée dans le pays une grande effervescence. En 1951, Mao déclenche une « campagne nationale d'élimination des contre-révolutionnaires dans les villes ». Cette campagne s'accompagne de la promulgation d'une loi répressive, à l'imitation du code pénal soviétique de Vychinski, qui réglemente la terreur stalinienne. C'est le début d'une intense répression, dont Jacques Guillermoz dresse l'édifiant bilan : « Limitées au début aux réactionnaires caractérisés et actifs : membres de sociétés secrètes, éléments associaux, agents et ex-agents du Guomindang, guérillas anticommunistes, les exécutions s'étendirent bientôt à des catégories plus larges : gens de professions libérales, ex-membres de syndicats, collaborateurs de maisons étrangères... Une estimation rapprochée des victimes rurales et urbaines peut se situer entre 1 et 3 millions d'individus [6]. »

Nul en Occident ne songe alors à s'émouvoir. La guerre froide bat son plein, et chacun des camps en présence ne cesse de vouer aux gémonies les massacres de l'autre. D'un côté le bloc de l'Est, soutenu en France par le Parti communiste et ses compagnons de route ; de l'autre, la grande masse des « atlantistes », où les sociaux-démocrates côtoient les chrétiens conservateurs et même certains anarchistes.

La Chine paraît bien lointaine, et le régime de Mao est perçu comme un gros appendice de la dictature soviétique.

La situation change progressivement à partir de la mort de Joseph Staline, le 5 mars 1953. Tentant de tirer parti des dissensions qui agitent la direction de Moscou, Mao ne songe alors qu'à soutirer une aide financière accrue, tout en élargissant sa marge de manœuvre.

Mais la crise ouverte en 1956 par le XXe congrès du Parti communiste d'Union soviétique et l'adoption du fameux rapport Khrouchtchev provoquent indirectement une vague de soulèvements dans les « démocraties populaires ». Lorsque les chars russes rétablissent l'ordre en Hongrie par deux fois, les 23-24 octobre, et le 4 novembre 1956, Mao applaudit à tout rompre. Pourtant, il critique au même moment la gestion répressive de la crise polonaise, et semble appuyer la volonté de liberté du peuple polonais. Une attitude paradoxale ? Révélatrice en tout cas du machiavélisme chinois : tout en souhaitant maintenir l'unité du camp socialiste, Mao veut que les États-membres se dégagent autant que possible de la tutelle de Moscou. Gomulka semble l'avoir fait en Pologne. Mao lui apporte donc son soutien. Les Hongrois au contraire veulent purement et simplement se débarrasser du communisme. Aux yeux des marxistes-léninistes chinois, ce n'est pas acceptable.

Manœuvrant habilement dans les coulisses du Mouvement communiste international, les Chinois jouent un rôle d'arbitre, de conseiller, parfois de médiateur. Pour François Fejtö, « les Soviétiques n'ont réussi à résoudre – par un compromis en Pologne, par la violence en Hongrie – la crise provoquée par la déstalinisation qu'avec l'accord et sous la pression des Chinois [7] ».

En dépit de leur soutien affiché à l'intervention en Hongrie, les Chinois vont alors apparaître progressivement en Pologne, puis en Occident comme des promoteurs de la libéralisation du monde communiste. Leur indépendance de vues est considérée comme un discret signe de dégel, tandis que leur orthodoxie stalinienne semble relever de la parade diplomatique. Il y a changement d'image. Mao se donne une stature de réformateur. Aussitôt, c'est la cavalcade.

Beaucoup d'observateurs occidentaux s'enthousiasment bruyamment pour le régime chinois et sa différence spécifique. Ils ne vont pas être déçus.

Dans la foulée de la crise polono-hongroise, Mao présente en février 1957 un rapport à la Conférence suprême d'État, dans lequel il affirme que la révolte hongroise de 1956 a prouvé que l'instauration du socialisme dans un pays ne mettait pas du tout un terme aux contradictions sociales. Autrement dit, la révolution ne doit pas s'arrêter, tant que subsistent des contradictions. Si l'on se contente de réprimer, on est voué à l'échec. L'erreur des staliniens hongrois avait été de ne gouverner que par la terreur, en négligeant de faire fonctionner la démocratie interne, et en faisant fi des fameuses contradictions [8].

De février à juin 1957, la campagne des « Cent Fleurs » veut justement mettre au grand jour les contradictions qui agitent la société socialiste en construction. Pendant quelques mois règne alors en Chine une relative liberté d'expression. Inventant la révolution venue d'en haut, Mao choisit de libéraliser momentanément son pays. Détail intéressant : parmi les nombreux pamphlets qui fleurissent « spontanément », on note toute une série de textes antisoviétiques, qui critiquent de plus en plus ouvertement le parti de Moscou.

Toutefois, la « démocratisation » débouche dès juin sur une sévère purge anti-intellectuelle.

Quant aux rapports avec l'Union soviétique, ils restent très cordiaux : le 10 octobre 1957 est même signé un accord secret de coopération militaire entre Chine et URSS, qui prévoit la fourniture au régime de Mao de modèles de bombes atomiques. A la fin de la même année, le gouvernement chinois lance une nouvelle campagne de modernisation économique, le « Grand Bond en avant », qui consiste en une mobilisation générale et permanente des paysans, dorénavant embrigadés dans des « communes populaires ».

Il ne s'agit évidemment pas ici de réécrire succinctement l'histoire du régime chinois, mais de bien percevoir qu'à la fin des années cinquante, le pragmatisme de Mao et son attitude de soutien critique à l'égard de Moscou rencontrent la faveur d'un nombre grandissant de communistes occidentaux, fascinés par les campagnes de rectification qui leur semblent témoigner d'une société socialiste en réelle construction. Il est vrai que le dynamisme des Chinois jure avec la glaciation entretenue par les Soviétiques dans les « démocraties populaires ».

Peu suspect de maoïsme, le sociologue Edgar Morin témoigne en 1961 de ce qui constitue alors aux yeux des Occidentaux le modèle chinois : « Rythme accéléré de développement sur deux fronts – villes et campagnes –, mobilisation massive à travers le système des communes, sentiment surtout qu'en Chine se concilient [...] la rationalité suprême et l'humanité suprême, l'adhésion enthousiaste des masses et la lucide direction des chefs, l'harmonie et le devenir[9]. »

Les partisans occidentaux de la Chine sont donc à la fin des années cinquante des démocrates, qui rêvent d'un socialisme à visage humain, et qui croient discerner à Pékin une tentative véritablement sincère de transformation des rapports entre hommes. Edgar Morin parlera de la « supériorité humaine du communisme chinois[10] ».

Nombreux sont alors les grands voyageurs qui partent déjà à la rencontre lointaine du peuple chinois. Tous rapportent de leurs équipées des récits picaresques, décrivant par le menu cette altérité radicale qui constitue pour eux l'exotique esprit chinois. C'est d'ailleurs la prise de conscience de cette mystérieuse altérité qui légitimera bientôt aux yeux des Occidentaux les plus fidèles toutes les violations de la liberté d'expression, toutes les atteintes flagrantes à l'intégrité de la personne.

Qui sont les zélateurs étonnés du mystère chinois ? Parmi les plus convaincants : le cinéaste Joris Ivens et sa femme Marceline Loridan, ou encore Simone de Beauvoir, qui publie en 1957, chez Gallimard, *La Longue Marche*. Une exposition organisée à Paris en février 1959 sur le thème « Le livre et la Chine » donne une idée de la pléthore d'intellectuels sinophiles qui préparent déjà le terrain à l'arrivée du maoïsme politique : il y a bien sûr des militants du PCF, tels Gaston Monmousseau, Marius Magnien, ou encore Paul Vaillant-Couturier. Hors parti, l'exposition accueille Simone de Beauvoir, mais aussi Claude Roy. Il y a aussi les traditionnels amis de la Chine, parfois fort éloignés du communisme, à l'exemple de Lucie Faure ou de Pearl Buck. Précisons que l'exemplaire exposition accueille, comme il se doit, un stand des très officielles Éditions de Pékin.

La Chine peut aussi compter sur le soutien de plusieurs cinéastes connus. Outre Joris Ivens, Roger Pigaud ou Robert Menegoz louangent par l'image les vertus du régime de Mao.

Les plus décidés des sinophiles participent tout naturellement à l'Association des amitiés franco-chinoises, dont le président est à la fin des années cinquante Jean Bosch, un militant du PCF. L'association sera mise en veilleuse dès 1960, lorsque apparaîtront les premiers signes tangibles de schisme.

Toute une partie de l'intelligentsia veut alors croire en la Chine comme elle a cru en l'URSS dans les années trente. Même les trotskistes, ces éternels dissidents du communisme, se laissent charmer par la sirène maoïste. Lorsque éclatera la querelle entre la Chine et l'URSS, une célèbre revue trotskiste, *La Vérité*, ira jusqu'à prôner une alliance entre Mao et la minuscule Quatrième Internationale, qui survit depuis sa fondation en 1938 : « Il est [...] possible que le Parti communiste chinois se rapproche du programme de la Quatrième Internationale. Si les menaces deviennent concrètes, si une guerre éclate entre le cheval de Troie impérialiste, l'Inde et la Chine, le parti chinois pourrait chercher un appui plus large dans les masses, tant à l'intérieur qu'à l'extérieur [11]. » Mao n'a plus qu'à rejoindre l'internationale trotskiste !

Il est vrai que pour de nombreux militants de gauche en rupture de ban avec le PCF, les campagnes chinoises ressemblent à une version orientale de la révolution permanente théorisée par Trotsky. Les esprits les plus optimistes minimisent la répression des opposants, ou excusent les bavures au nom de l'exotique imprévisibilité de la civilisation chinoise. Comparés aux Soviétiques, les Chinois apparaissent décidément comme des réformateurs, des adeptes de la révolution permanente, des libéraux.

Mao Zedong rencontre d'ailleurs très vite une grande renommée... littéraire. Poète, il voit ses œuvres éditées par Seghers en 1958. Quant à ses ouvrages politiques, ils paraissent naturellement aux Éditions sociales, qui dépendent du Parti communiste.

Nous avons vu que la déstalinisation et les crises de 1956 ont permis aux Chinois d'affirmer tout à la fois leur différence spécifique et leur poids dans le mouvement communiste. Cette volonté d'indépendance ira en se renforçant. Pour le grand déplaisir de Khrouchtchev, qui commence à se méfier de plus en plus de cet allié stalinien, belliciste, qui donne sans cesse au monde des leçons de marxisme-léninisme.

L'affaire Peng Dehuai est à cet égard révélatrice. Ministre de la Défense de Chine et vétéran de la Longue Marche, Peg Dehuai effectue au printemps 1959 un long voyage en Occident, au cours duquel il rencontre Khrouchtchev à Tirana. Nul ne connaît la teneur exacte de l'entretien. Mais il semble bien que le dirigeant chinois ait fait savoir au leader russe qu'il était en désaccord avec les orientations du gouvernement de son pays. Peng Dehuai : un opposant à Mao ? Khrouchtchev ne le décourage pas.

Dès son retour à Pékin, le ministre dissident fait circuler un mémorandum dans lequel il critique les résultats économiques catastrophiques du « Grand Bond en avant », qu'il attribue aux « égarements gauchistes de Mao [12] ». Lorsque le comité central se réunit, une dure bataille oppose maoïstes et partisans de Peng Dehuai. Mao va jusqu'à brandir la menace d'une démission. Pis ! Il se dit prêt à reprendre le maquis. Cette bravade aura quelque effet. La ligne dissidente est finalement rejetée. Peng connaît bientôt la disgrâce. Son entreprise a fait long feu. Pour les Soviétiques, c'est une lourde défaite, dont ils vont payer les conséquences.

Car Mao n'a pas pu ignorer la rencontre de Tirana entre Khrouchtchev et Peng Dehuai.

Il faut toutefois attendre 1960 pour qu'éclate le conflit idéologique sino-soviétique.

DE 1960 À 1963 : LE SCHISME

Ce sont les Chinois qui dégainent les premiers.

Non sans calcul, ils choisissent avec soin le terrain du combat. En avril 1960, le monde communiste célèbre avec faste le quatre-vingt-dixième anniversaire de la naissance de Lénine. Sautant sur l'occasion, les maoïstes publient dans *Le Drapeau rouge* du 1er avril et du 16 avril, puis dans *Le Quotidien du peuple* du 22 avril, trois études doctrinales, qui font bien vite l'objet d'une brochure au titre explicite : *Vive le léninisme.*

L'idée en est simple : sous le prétexte de la défense et de l'illustration d'un pur léninisme, les Chinois tirent à boulets rouges sur les Russes, accusés à mots couverts d'avoir trahi les enseignements du maître. François Fejtö résume la situation en une phrase lapidaire : « La défense de Lénine, c'était le procès de Khrouchtchev [13]. »

Pourtant, jamais le leader soviétique n'est nommé. A sa place, les Chinois attaquent Tito, et l'accusent d'avoir révisé l'enseignement de Lénine en mettant de côté la nécessaire lutte armée contre l'impérialisme. Au lieu de négocier avec l'adversaire, et pratiquer la « détente », mieux vaudrait propager la révolution. Il est intéressant de noter au passage que les Chinois révisent aussi Lénine. Pour celui-ci, la contradiction principale est celle qui oppose le capital au travail, tandis que pour les Chinois, elle oppose le monde occidental aux peuples du tiers monde. Une conception toute nouvelle, qui deviendra l'un des axiomes fondamentaux de la diplomatie maoïste. La lutte de la classe ouvrière contre le capital devient sur un plan géopolitique le combat des pays sous-développés contre l'Occident opulent. États pauvres contre États riches.

Pour rétablir la balance et régler cette contradiction, les Chinois prônent ouvertement la violence. Contrairement aux Soviétiques, qui parlent alors de dégel et de coexistence pacifique, ils envisagent sérieusement la guerre avec l'impérialisme. C'est un message codé, qui s'adresse aux multiples guérillas du tiers monde : les Russes ne vous aideront que du bout des doigts, tandis que nous, Chinois, irons jusqu'au bout pour vous soutenir. Tout est en place. Le duel peut démarrer.

Dès le 10 juin, les Soviétiques répliquent à *Vive le léninisme* en republiant une œuvre de Lénine, dans laquelle il s'en prenait aux « communistes de gauche » : *La Maladie infantile du communisme, le gauchisme.* La promotion du livre est tapageuse et orientée : on lit par exemple dans le numéro du 10 juin 1960 de *Russie soviétique* que « les extrémistes de gauche contemporains considèrent comme un recul du marxisme-léninisme la coexistence pacifique, l'interruption de la course aux armements, et l'amitié entre les pays socialistes et les pays capitalistes [14] ». En d'autres termes, les Chinois ne sont que des gauchistes qui veulent la guerre avec le capitalisme. Ce texte sera reproduit dans la *Pravda* du 12 juin, et paraîtra en France dans l'hebdomadaire communiste *France nouvelle* en date du mercredi 22 juin [15].

Entre-temps, du 5 au 9 juin, la Fédération syndicale mondiale, qui rassemble les syndicats proches des Partis communistes (dont la CGT en France), s'est réunie à Pékin dans un climat houleux. La délégation chinoise y a vivement critiqué les Soviétiques, et a reçu l'appui des Indonésiens.

Le 20 juin, Khrouchtchev participe à Bucarest au congrès du Parti des travailleurs roumains. Il attaque violemment les Chinois, en les accusant notamment de s'accrocher à un cheval mort. Cet animal décédé n'est autre que Staline [16].

Ensuite, c'est l'escalade : dès août 1960, l'URSS rappelle tous ses techniciens et ingénieurs stationnés en Chine.

Plus tard, lors de la conférence à Moscou de quatre-vingt-un partis communistes et ouvriers, du 11 au 25 novembre 1960, l'Albanie d'Enver Hodja se range aux côtés de la Chine. Elle n'est pas la seule. Les Chinois peuvent déjà compter sur plusieurs alliés dans l'internationale : Nord-Coréens, Australiens et Indonésiens les soutiennent inconditionnellement. D'autres commencent à se rapprocher d'eux. Sensibles au tiers-mondisme de Mao, les partis communistes de Birmanie, de Thaïlande et de Malaisie applaudissent les propos de la délégation de Pékin. Le schisme se profile.

Lorsque s'ouvre l'année 1961, la rupture entre la Chine et l'URSS est donc un fait patent, même si la Chine siège toujours formellement dans les diverses instances du Mouvement communiste international. Dès lors, chaque parti est forcé de prendre position.

Un certain nombre d'intellectuels et de militants français sont réceptifs aux thèses chinoises : des communistes dissidents, partisans d'une libéralisation du PC français, des trotskistes, confiants dans le modèle chinois, des gens de tout bord, conquis par les proclamations tiers-mondistes de Mao, et même des militants orthodoxes du PCF. A quelques jours de son XVIe congrès, le Parti communiste français publie en avril 1961 une brochure intitulée : *Pour l'unité idéologique du mouvement communiste mondial.* Les thèses chinoises et albanaises y sont violemment critiquées. Maurice Thorez avait pourtant passé ses vacances d'été 1960 en Albanie. Mais après avoir louvoyé pendant quelques mois, en évitant de critiquer trop ouvertement les dissidents, le PCF s'est résolument rangé dans le camp de Moscou, tout en mettant en garde ses membres contre la tentation chinoise.

Il faut dire que Pékin pousse maintenant directement à la formation de fractions au sein des partis communistes restés fidèles à Moscou. En Europe, les ambassades chinoises de Berne et de Bruxelles distribuent subsides et soutiens. Les PC français, italien et belge, sont particulièrement visés. Il est clair que les Chinois veulent créer un « second » Mouvement communiste international. En suscitant des fractions, ils souhaitent prendre à terme le contrôle des appareils. Une première opération est lancée dès 1961 en Australie, où s'agite un minuscule PC proche de Moscou. Peu après la fameuse conférence des quatre-vingt-un partis, qui a vu les Australiens voter avec la Chine, les deux délégués, Sharkey et Dixon, tentent d'imposer cette nouvelle orientation au sein de la direction. Mais Moscou veille au grain. Pas question de laisser déstabiliser le moindre Parti communiste, si petit soit-il. Mis en minorité par tous les moyens possibles, Sharkey et Dixon devront attendre 1964, pour former avec E.F. Hill un Parti communiste d'Australie (marxiste-léniniste), fidèle à la pensée de Mao. La Nouvelle-Zélande est l'objet d'une bataille analogue. Pourtant, la situation y tournera en faveur des prochinois. Le Parti communiste de Nouvelle-Zélande sera donc historiquement l'un des très rares mouvements prosoviétiques qui basculeront dans le giron de Pékin, provoquant bien sûr une scission, et l'apparition d'un parti rival, tout aussi squelettique que lui.

Mais l'obsession prioritaire des maoïstes est bien entendu le tiers monde : ils y courtisent non seulement la Corée du Nord, mais aussi le Nord-Vietnam. Mieux : lors de la crise des missiles qui oppose Cuba aux États-Unis, les Chinois appuient lourdement Fidel Castro.

Les Soviétiques ne vont pas se laisser grignoter sans réagir. Le 25 novembre 1961, l'URSS ferme son ambassade à Tirana. L'ensemble du mouvement communiste semble alors faire corps avec Moscou. Toutefois, les 6 et 7 janvier 1962, le Parti communiste de Belgique, bien qu'aligné sur la ligne khrouchtchévienne, décide d'ouvrir dans son organe, *Le Drapeau rouge*, une « tribune de discussion sur le renouveau du mouvement communiste [17] ».

Le 22 février, un des dirigeants historiques de ce parti, Jacques Grippa, publie dans le cadre de cette tribune un article favorable aux Chinois.

Le débat fait alors rage dans le parti. C'est un précédent, sur lequel nous reviendrons longuement : Jacques Grippa sera historiquement le premier communiste européen qui franchira le pas et se ralliera à Pékin et Tirana dès 1962.

Même la France semble touchée.

Le 3 octobre 1962, un cadre du PCF nommé Régis Bergeron donne le coup d'envoi de la dissidence dans *France nouvelle.* Membre de la rédaction de *L'Humanité* et sinophile convaincu, il était devenu en 1959 conseiller aux Éditions de Pékin pour les publications en langue française, ce qui l'avait amené à s'installer en Chine jusqu'en 1961, avec la bénédiction du Parti français, qui avait d'ailleurs accueilli pour la première fois un stand des Éditions de Pékin à la fête de *L'Humanité* de 1959. De retour à Paris, il devient rédacteur en chef adjoint de *France nouvelle*, mais reste discrètement un fidèle des Chinois, jusqu'à cette fameuse date d'octobre 1962, où il rédige dans l'hebdomadaire communiste un article ouvertement favorable à la Chine : « A l'aube de l'an 14. » Dans ce papier fortement hétérodoxe et sulfureux, le militant communiste vante les succès du régime de Mao, et affirme en substance qu'on n'a pas le droit de condamner un pays aussi lointain si on ne l'a pas visité.

Le même mois, un texte anonyme publié dans une revue de gauche, *La Nation socialiste*, est diffusé à l'intérieur du PCF. Même rhétorique que chez Bergeron, et même appui aux thèses maoïstes. A cette époque, les éléments les plus sinophiles sont souvent des libéraux, qui tentent de démocratiser de l'intérieur le Parti communiste. Dès 1962, quelques oppositionnels, parmi lesquels Paul Noirot et Léon Lavallée, prennent carrément contact avec les diplomates chinois, et rendent une discrète visite à l'ambassade de Berne. Pourquoi ces modérés approuvent-ils la virulence chinoise ? Tout simplement parce qu'ils souhaitent débarrasser le PCF de la tutelle moscovite, s'opposent à la politique autoritaire de l'URSS vis-à-vis des partis communistes, et veulent jouer la carte de Pékin dans le dessein d'affaiblir Moscou.

A l'intérieur même de la forteresse de Maurice Thorez, le vent d'Est commence donc à souffler en une brise légère, presque imperceptible, qui va bientôt se transformer en bourrasque. La préhistoire du maoïsme français touche à sa fin. Nous atteignons 1963. La grande saga peut commencer.

2

De 1963 à 1966
Une naissance chaotique

L'EXPÉRIENCE RÉVOLUTION

Simple hasard, ou ironie de l'histoire ?

Le maoïsme français n'est pas né dans une banlieue ouvrière ou dans un village de paysans, mais tout simplement au 40, rue François-Ier (Paris 8e), tout près de la célèbre avenue George-V et du très chic restaurant le Fouquet's. Une adresse pour le moins bourgeoise. Par quel miracle les partisans français de Mao Zedong ont-ils pu atterrir dans un tel triangle d'or de l'opulence capitaliste ? La réponse tient à l'énigmatique personnalité du tout premier maoïste de France, l'avocat Jacques Vergès. Un personnage inattendu. Que vient-il faire dans cette aventure, et quel sera son rôle exact ?

La prestigieuse adresse de la rue François-Ier abrite à partir de 1963 une luxueuse revue mensuelle, ouvertement prochinoise : *Révolution*. Ce n'est surtout pas un bulletin militant. Plutôt un *Paris Match* révolutionnaire, avec couverture couleur, et magnifiques photos de combattants venus de tous les coins du monde, ou de militantes aux formes sculpturales. « C'est la révolution sur papier glacé », commente alors une méchante langue. Jacques Vergès en est le fondateur.

Nous sommes en 1963. La polémique entre Parti communiste chinois et Parti communiste d'Union soviétique ne cesse de s'envenimer. Pourtant la querelle se passe toujours en famille. Aucune scission officielle n'est encore intervenue au sein du Mouvement communiste international. Le 14 juin, les Chinois sortent une nouvelle brochure, particulièrement ferme, qui prétend tracer une ligne de démarcation entre les positions « marxistes-léninistes » authentiques (les leurs), et les idées « révisionnistes » (celles des Russes). Comme leur nom l'indique, les révisionnistes, disciples de Khrouchtchev, ont révisé le communisme, et oublié les principes de Marx, Engels, Lénine et Staline. Publiée sous le nom de *Propositions concernant la ligne générale du mouvement communiste international*, la brochure deviendra célèbre sous l'appellation de « Lettre en vingt-cinq points ». Elle donne à tous les dissidents prochinois un véritable argumentaire de rupture.

A cette époque, les Chinois concentrent certes leur tir sur les pays occidentaux, mais ils s'intéressent d'abord et avant tout au tiers monde, et aux pays en voie de décolonisation. Non sans opportunisme et flair diplomatique.

Tout en encourageant guérillas et armées populaires, les hiérarques de Pékin normalisent leurs relations avec plusieurs pays d'Asie connus pour leur anticommunisme : c'est le cas de la Birmanie, du Népal ou de Ceylan. Pourtant Mao veut devenir une figure historique du tiers monde. Il s'appuie alors sur l'Indonésie du président Soekarno. Le Parti communiste, de plus en plus acquis aux thèses chinoises, décidera même de soutenir le gouvernement. Un axe sino-indonésien se forme.

En Afrique, la pénétration a commencé dès la fin des années cinquante. En avril 1960, une Association d'amitié des peuples de Chine et d'Afrique se forme à Pékin. Objectif : soutenir les luttes du peuple africain. Dès le mois de mai, un Comité pour le soutien de l'émancipation afro-asiatique se charge d'apporter une aide politique et militaire aux mouvements anticolonialistes. En 1961 viennent également se greffer un Institut d'Afrique, un Comité d'étude des affaires africaines, et un Comité du peuple chinois pour l'aide aux pays africains contre l'agression. Au total : un véritable dispositif de combat qui vise à soutenir activement tous les mouvements révolutionnaires d'Afrique. L'appareil est lui-même relié en permanence aux ambassades, aux consulats, et aux bureaux de l'agence de presse Chine nouvelle. Pour parachever le dispositif, la radio de Pékin en ondes courtes diffuse soixante-dix heures de programme par semaine à destination de l'Afrique.

De nombreuses personnalités du tiers monde sont alors reçues en grande pompe à Pékin : Sékou Touré en septembre 1960, Kwamé N'krumah en août 1961, et même Ferhat Abbas, représentant du Gouvernement provisoire de la République algérienne, et du Front de libération national. A tous, les Chinois distribuent leur or. Le FLN touchera notamment à l'issue de la visite de Ferhat Abbas un prêt substantiel destiné à des achats d'armes.

Même activisme débridé en ce qui concerne l'Amérique latine. A partir de mars 1960, une Association d'amitié sino-latino-américaine se charge de centraliser les contacts avec les différentes guérillas. En 1961, la venue à Pékin de William

G. Rodriguez, inspecteur général des forces armées de Cuba, donne lieu à un mois de réjouissances. C'est dire que les maoïstes appuient alors bruyamment la révolution cubaine.

Dans un tel contexte de soutien total aux luttes du tiers monde, comment s'étonner de voir surgir la personnalité de Jacques Vergès ?

Né le 5 mars 1925 à Oubone, au Siam, Jacques Vergès est le fils d'une Vietnamienne, décédée en 1928, et d'un militant communiste, Raymond Vergès, qui va créer la section de La Réunion du Parti communiste français, devenue Parti communiste réunionnais en 1955.

Frère jumeau de Paul Vergès, qui deviendra secrétaire général du Parti communiste réunionnais, Jacques Vergès est au lycée le condisciple de Raymond Barre. Il abandonne très tôt ses études pour s'engager dans les Forces françaises libres, en décembre 1942, et participe aux campagnes d'Afrique du Nord, d'Italie et de France. Il adhère ensuite au PCF en 1945, à vingt ans, et reprend à Paris ses études interrompues par la guerre. En 1948, il prend la direction de l'Association des étudiants de La Réunion, proche du Parti communiste. Il dirige ensuite avec *Pol Pot*, futur leader des Khmers rouges, le Comité de liaison des associations d'étudiants coloniaux. Après un stage à l'école centrale coloniale du PCF en 1949, il devient permanent à Prague de l'Union internationale des étudiants, de 1951 à 1954. Il travaille alors sous le contrôle d'Alexandre Chelepine, qui deviendra le patron du KGB.

De retour à Paris, le voici de nouveau sur les bancs des facultés, où il passe ses ultimes diplômes.

Jacques Vergès devient bientôt un avocat engagé dans la décolonisation de l'Algérie et plus particulièrement dans la défense des militants du FLN. Fondateur, avec Mourad Oussedik, Ben Abdallah, Maurice Courrégé et Michel Zavrian, du collectif des avocats qui défendent les combattants indépendantistes emprisonnés, il se taille par ses plaidoiries « de rupture » une notoriété internationale. Sa situation reste pourtant ambiguë. Jusqu'en 1957, il est membre du Parti communiste français. Or les positions du PCF contredisent celles du FLN. Le Parti communiste se contente en effet de défendre un « statut de l'Algérie » au sein de la République française. Pas question de soutenir les incontrôlables boutefeux du FLN, qui prônent l'indépendance totale. Difficile, donc de rester au PC tout en défendant une position maximaliste. Pendant quelque temps, le jeune avocat s'accommode de l'ambiguïté. Mais en 1957 éclate la bataille d'Alger, à l'issue de laquelle tous les avocats algériens du collectif sont arrêtés.

La tâche des Français n'en devient que plus lourde. C'est à eux qu'incombe maintenant la défense de tous les indépendantistes emprisonnés. Un travail écrasant. Depuis qu'il a publiquement défendu Djamila Bouhired, militante du FLN qui deviendra sa femme, Vergès est devenu une figure de proue du mouvement anticolonialiste dans la métropole.

Il préfère dans ces conditions quitter le PCF sans faire de vagues, pour avoir les mains libres et se consacrer totalement à la lutte pour l'indépendance de l'Algérie. Sa rupture « douce » s'effectue donc sur des positions anticolonialistes. Il est alors membre de la Fédération de France du FLN, dirigée par Mohammed Boudiaf, qui défend une ligne « dure ».

Avocat scandaleux, défenseur de « terroristes » algériens, Vergès est bien vite voué aux gémonies. En 1961, il est même suspendu d'activités pour un an.

Immédiatement, il part au Maroc et devient conseiller du ministre des Affaires africaines. Un séjour hautement profitable, pendant lequel le jeune avocat noue des contacts avec de nombreux mouvements du tiers monde : il rencontre, entre autres, les représentants du Comité des organisations nationalistes des colonies portugaises, de l'Union des populations du Cameroun, du Mouvement populaire pour la libération de l'Angola, du Frelimo (Front de libération du Mozambique), ou du Congrès national africain. Il fait la connaissance de Nelson Mandela, d'Oliver Tambo, ou encore d'Amilcar Cabral. Le tout nouveau fonctionnaire organise alors des stages d'entraînement militaire à Oujda, où les combattants de l'Armée de libération nationale algérienne (ALNA) côtoient les plus marxistes des révolutionnaires du tiers monde. Dans toutes les organisations, un clivage s'effectue déjà entre sinophiles et prosoviétiques. Il est clair que les Russes soutiennent les guérillas avec mollesse et se méfient tout particulièrement de l'ALNA, qu'ils ne connaissent pas. Jacques Vergès a l'occasion de rencontrer à Rabat des diplomates chinois. C'est là que s'effectuent les tout premiers contacts.

Lorsque survient l'indépendance de l'Algérie en 1962, Vergès s'installe tout naturellement à Alger, où il devient responsable du département Afrique et chef de cabinet du ministre des Affaires étrangères, Mohamed Khemisti, plutôt bien disposé en faveur des Chinois. A l'époque où il était secrétaire général de l'Ugema (l'Union générale des étudiants musulmans d'Algérie), Khemisti avait d'ailleurs visité la Chine dès 1957.

Fort de sa charge officielle, et avec l'accord de son ministre de tutelle, Jacques Vergès fonde un hebdomadaire de combat, *Révolution africaine*, entièrement financé par le FLN, et qui vise à soutenir les luttes des « pays frères ».

Cette position éminente au carrefour de tous les combats du tiers monde lui vaut de se rendre en Chine pendant le mois de mars 1963, c'est-à-dire au plus fort de la crise soviéto-chinoise. Il est traité avec moult égards, et rencontre même Mao Zedong, dont il rapporte une interview pour son journal.

Un voyage déterminant. Très rapidement, *Révolution africaine* évolue vers des positions prochinoises. L'hebdomadaire internationaliste est pour Pékin une véritable providence. A travers lui, les Chinois prennent directement contact avec les mouvements de libération les plus radicaux. *Révolution africaine* devient un point de contact, une plaque tournante, qui échappe largement au contrôle du FLN. Très vite, une édition anglaise voit le jour. Elle est imprimée et diffusée depuis la Suisse par Nils Anderson, qui dirige par ailleurs une maison d'éditions prochinoise, La Cité.

Parallèlement, la situation de Vergès à Alger se complique sérieusement. Ses adversaires politiques tiennent l'appareil du FLN, et Ben Bella, qui lui est hostile, finit par le destituer. Jacques Vergès prend soin de prévenir les Chinois de la situation. Il faut dire que Ben Bella est entouré de nombreux conseillers prosoviétiques.

Forcé de rentrer à Paris, l'avocat réorganise l'infrastructure européenne de *Révolution africaine* et fonde, grâce à l'appui logistique de Nils Anderson, le mensuel *Révolution*, dont le numéro 1 sort en septembre 1963.

Il est tout de suite évident que le nouvel organe de presse bénéficie d'une large manne financière. Édité par la SARL Les Nouvelles Éditions internationales, il annonce tout de suite trois éditions : en français, espagnol et anglais. *Révolution* possède des bureaux non seulement à Paris, mais encore à Lausanne, Londres, New York, Dar-Es-Salaam, La Havane, et Pékin. Il y a peu de membres permanents : un administrateur, Patrick Kessel, dont le nom n'apparaît qu'au deuxième numéro, et deux secrétaires de rédaction : Siné et Strelkoff. La revue porte en sous-titre : « Afrique, Amérique latine, Asie ». C'est dire que l'esprit en est tricontinental. En couverture du numéro 1, Vergès a d'ailleurs placé une photo couleur de Fidel Castro. La tonalité est donc avant tout communiste et tiers-mondiste. Elle est aussi nettement prochinoise. Dès le premier numéro, *Révolution* publie des textes de Liu Shaoqi et du secrétaire général du Parti communiste de Nouvelle-Zélande, Wilcox, favorable à Pékin.

Révolution soutient la Chine, mais garde une certaine indépendance de vues. Le comité de rédaction ressemble d'ailleurs à une ébauche d'internationale tiers-mondiste : Hamza Auni (Pakistan), Mohammed Babu (Zanzibar), Amilcar Cabrera (Venezuela), Richard Gibson (États-Unis), Nguyen Kien (Vietnam), Hassan Riad (République arabe unie), et Castro da Silva (Angola). Parmi les rédacteurs du journal, on remarquera bientôt Hilda Gadea, la première femme de Che Guevara, Régis Debray ou encore Camillo Torrès. Un éventail plus que large.

Pourtant, les Chinois sont bel et bien les maîtres d'œuvre du projet. *Révolution* publie d'ailleurs en troisième page de couverture une publicité pour les éditions en langues étrangères de Pékin. Le financement du titre se fait alors essentiellement par abonnement : les Chinois ont souscrit trois mille abonnements à un tarif exorbitant.

Dès le numéro 2, la couleur est d'ailleurs clairement annoncée. La couverture représente des enfants chinois qui chantent, avec en une : « La Chine veut la paix ». A l'intérieur, des textes de Liu Shaoqi et de l'agence Chine nouvelle cohabitent avec un article de Che Guevara.

A partir de décembre 1963, et du numéro 4, la revue tente de se développer. Elle annonce la création des Éditions Révolution, qui doivent publier une brochure, *Pour et contre Staline.* Il est vrai que pour beaucoup de jeunes militants, la pilule stalinienne est dure à avaler. Comment la Chine, au style si moderniste, peut-elle s'escrimer à défendre Staline ? Le numéro 4, toujours favorable à Cuba, contient aussi une attaque virulente contre le PCF.

Révolution est la base fondatrice du maoïsme français. Le gouvernement du général de Gaulle va-t-il laisser faire ? Au départ, il louvoie. La France n'est-elle pas favorable à la décolonisation ? Quant à Jacques Vergès, il jouit chez les gaullistes d'un prestige tout particulier : il a combattu le nazisme au sein des Forces françaises libres. C'est un « compagnon ». Il faudra que *Révolution* aille très loin dans la provocation pour encourir enfin les foudres du régime. Le numéro 7, de mars 1964, comporte un dossier favorable à l'indépendance des DOM-TOM : les « confetti de l'empire ». Immédiatement, la police française fait saisir dix mille exemplaires du magazine. La moitié du tirage, selon la revue, qui annonce dans la foulée pas moins de soixante mille lecteurs. Un chiffre sûrement exagéré. Pourtant, il paraît plausible que la revue tire alors à vingt mille exemplaires.

A partir du printemps 1964, *Révolution* semble vouloir participer à la vie politique... française. Elle annonce dans le numéro 8 la création de Groupes Révolution, et conseille à ses lecteurs de rejoindre les Associations d'amitiés franco-chinoises, qui viennent de se reformer sous la direction de Charles Bettelheim. Parallèlement, elle n'hésite pas à publier les communiqués des petits groupes marxistes-léninistes qui commencent à éclore à travers le pays.

Revenant sur la question de Staline, un article non signé du numéro 9 (mai 1964), « une question d'importance majeure : Staline », clôt le débat : « Les erreurs et les déviations de Staline sont une chose, l'analyse globale que nous devons porter sur l'ensemble de la période en est une autre. On ne porte pas un jugement historique à partir de considérations sentimentales. Or la simple évidence montre que, malgré les fautes de Staline, et sous la direction de Staline, l'Union soviétique s'est consolidée en tant qu'État socialiste. [...] Le bilan historique est donc un bilan positif. »

Dont acte. L'allégeance aux thèses chinoises est maintenant totale et officielle. On trouvera d'ailleurs dans le numéro 12 (octobre-novembre 1964) quatre-vingt-quatre pages du « Petit Père des peuples » lui-même, sous la forme d'un livre encarté : *Les Principes du léninisme.*

Quel est donc l'objectif exact de *Révolution* ? A un moment où les Chinois tentent de supplanter les Soviétiques au sein du mouvement communiste, il s'agit avant tout d'un dispositif axé sur le tiers monde. Jacques Vergès ne se contente pas de publier les textes des révolutionnaires d'Indonésie, du Ghana, ou de Cuba. Il a maintenu des liens au plus haut niveau de l'État algérien, et organise le soutien logistique aux mouvements de libération nationale.

La priorité de *Révolution* n'est donc pas la France. Il s'agit bien au contraire de constituer à terme, sous la houlette des Chinois, un front de tous les mouvements anticolonialistes du tiers monde. A côté des groupes ML en gestation, l'internationale de *Révolution* paraît diantrement plus efficace. Quant à la France, elle n'est tout simplement pas concernée.

Les fameux Groupes Révolution n'ont d'ailleurs rien donné. Il faut dire que les prochinois français sont alors non seulement peu nombreux, mais déjà très émiettés. La plupart d'entre eux se méfient comme de la peste de Vergès. Ses positions sont ambiguës, partagées entre castrisme et maoïsme, et son opulence fait des jaloux.

La plupart des premiers cercles maoïstes travailleront néanmoins avec l'avocat. Jacques Grippa, fondateur du Parti communiste de Belgique (prochinois), tentera même à un moment donné de contrôler *Révolution*. En pure perte. Vergès est avant tout un tiers-mondiste. Il est persuadé que la tentative de créer des partis communistes prochinois en Europe est une vaste fumisterie. L'échec rapide des Groupes Révolution lui a prouvé que le grand bouleversement ne viendrait pas du vieux continent. Pendant l'été 1964, il rencontre une deuxième fois Mao Zedong. *Révolution* tente alors de diversifier ses appuis. Il se lie au Ghana, ainsi qu'à l'Indonésie. Pourtant ces deux pays « progressistes » connaissent bientôt des coups d'État sanglants.

Un autre putsch sera par contre profitable à l'avocat : peu après la destitution de Ben Bella, il rentre en grâce auprès du gouvernement algérien. Il interrompt immédiatement *Révolution* et repart pour Alger au début de l'année 1965.

Sa carrière de maoïste français s'arrête ici.

LES TOUT PREMIERS MARXISTES-LÉNINISTES

« Marxiste-léniniste »... Le mot est lâché. Il deviendra un label distinctif, une marque déposée. Car les « prochinois » n'aiment pas qu'on les appelle ainsi. La fidélité à Pékin est pour eux l'adhésion à une stricte orthodoxie et non la simple allégeance à un État étranger. A la différence des « révisionnistes », qui ont bradé l'héritage, ils brandissent leur filiation : le marxisme-léninisme pur et dur, augmenté des apports historiques de Staline et Mao. Ce sont eux, les « vrais communistes », par opposition aux « liquidateurs khrouchtchéviens ».

Mais qui sont concrètement ces nouveaux révolutionnaires, pour qui Pékin est La Mecque de la révolution mondiale ? Deux filiations apparaissent clairement dès l'origine.

Une première famille regroupe des militants communistes non déstalinisés, qui rejettent le vent libéral en provenance de Moscou, et pensent que le PCF n'aurait jamais dû rendre les armes à la fin de la Deuxième Guerre mondiale. Exemple archétypal : François Marty. Né en 1904, il adhère au PCF en novembre 1926, à l'âge de vingt-deux ans. Il est alors instituteur dans le village minier de Velmanya, non loin de Perpignan. Il grimpe peu à peu les échelons régionaux du Parti, et siège à partir de 1934 au Bureau des Pyrénées-Orientales. La guerre survient, et il est tout naturellement mobilisé. Il rejoint la vie civile en juillet 1940, et fonde bientôt un maquis des FTP dans la région de Villefranche-de-Rouergue. En 1943 et 1944, il commande une école militaire d'officiers FTP. Il prend ensuite la direction d'un bataillon dans la région de l'Aude sous le nom du commandant *Bourgat*, et libère à partir du 15 août 1944 Quillan, Couiza, Espéraza, Limoux et Carcassonne. A la fin de la guerre, il fait certainement partie de ceux qui souhaiteraient garder les armes et faire la révolution. Mais il se plie à la discipline du Parti, et se laisse démobiliser en juillet 1945. Auréolé de son prestige de résistant, il devient rapidement secrétaire départemental du Mouvement de la Paix, puis membre de son Conseil national. François Marty campe alors sur des positions bolchevistes, applaudit l'intervention soviétique en Hongrie, et critique la déstalinisation qui s'empare du mouvement communiste. Dès 1962, il se reconnaît tout naturellement dans les positions dures de Pékin et Tirana. Pendant l'été 1963, il part en vacances en Albanie. A son retour, il prend publiquement position « contre le renégat Khrouchtchev ». Il se lie parallèlement aux minuscules cercles prochinois qui commencent à éclore au sein du PCF. Il sera finalement exclu du Parti le 12 décembre 1964, mais gardera un grand prestige auprès des militants de la région de Carcassonne. François Marty deviendra une figure emblématique du marxisme-léninisme français et participera à la création du Parti communiste marxiste-léniniste de France, en 1967, avant de mourir dans un accident de voiture en 1971 [1].

La deuxième famille est constituée de militants anticolonialistes et tiers-mondistes, qui ont souvent été très actifs dans le soutien au FLN algérien.

Nul doute que Jacques Jurquet appartient à cette catégorie. Né en 1922, il s'abonne pour la première fois à *L'Humanité* en 1936 et rompt par là même avec les Jeunesses socialistes, dont il était membre. De son propre aveu, il n'a pas supporté la politique de non-ingérence du gouvernement Léon Blum dans les affaires espagnoles.

Le 6 septembre 1941, il épouse à Marseille Myriam Feigenbaum, qui lui donne trois enfants en pleine guerre. A partir de novembre 1942, Myriam Jurquet doit entrer dans la clandestinité pour fuir les lois antijuives. Quant à son mari, il adhère au Parti communiste à la fin de l'année 1941. Déporté en Allemagne dans le cadre du Service du travail obligatoire (STO), il s'évade d'un train et rejoint une équipe de réfractaires cachés dans la forêt de Molain (Jura). Ayant perdu tout contact avec le PCF, il se lie à la résistance non communiste des Mouvements unis de résistance d'Arbois. Il devient secrétaire du chef d'état-major FFI du Nord-Jura, puis rejoint la Première Armée française, et plus précisément le troisième régiment de spahis algériens de reconnaissance le 1er octobre 1944. Blessé lors d'une action à Remiremont le 28 novembre, il reste hospitalisé jusqu'en 1946.

A sa sortie d'hôpital, il rejoint l'administration, et devient fonctionnaire des impôts à Melun.

Il grimpe lentement les échelons du Parti. Dès 1947, après avoir suivi les écoles de cadres, il entre au secrétariat fédéral de la Seine-et-Marne, grâce à l'appui de Laurent Casanova. Il y est plus spécialement chargé de l'agitation-propagande.

Muté à Marseille le 1er janvier 1954, il est membre du comité fédéral du PCF des Bouches-du-Rhône et secrétaire général adjoint de l'Union générale des fédérations de fonctionnaires CGT pour les Bouches-du-Rhône – des postes de second plan, qui s'expliquent par les rivalités internes au parti. Jurquet est considéré comme un « homme de Casanova », ce qui déplaît aux caciques méridionaux. Il mène donc au sein du Parti une carrière modeste de cadre provincial. Mais lorsque éclate la guerre d'Algérie, il entre en conflit avec la ligne du PCF, qui a accepté de voter les pouvoirs spéciaux réclamés par le gouvernement du socialiste Guy Mollet.

En 1959, il vit avec une militante clandestine du FLN, Baya Allaouchiche. Le PCF tente de les séparer, au nom de l'intérêt supérieur du Parti. Il refuse cette intrusion dans sa vie privée (qui est alors une pratique courante au sein du PCF). En réponse, il est ramené à la base.

Il soutient de plus en plus activement le FLN, sans toutefois rompre avec le Parti. Jurquet milite notamment pour le compte du FLN dans la communauté immigrée de Marseille. Détail cocasse : il est surveillé tout à la fois par la DST, et le PCF, dont il s'éloigne insensiblement, sans toutefois couper le cordon.

Éclate la crise entre la Chine et l'URSS. Les positions fermement tiers-mondistes de la Chine ne peuvent que le séduire. Il a d'ailleurs adhéré au comité de Marseille des Associations d'amitiés franco-chinoises (AAFC) dès 1962, par simple curiosité à l'égard d'un pays lointain dont tout le monde parle. Il reçoit donc chaque semaine l'hebdomadaire *Pékin information*, rédigé en Chine.

Pendant l'été 1963, il passe ses vacances dans un centre de l'organisation communiste Tourisme et Travail, à Allos. C'est là qu'il décide finalement d'entrer en dissidence.

A la rentrée 1963, le PCF tente de liquider l'ensemble des Associations d'amitié franco-chinoise. Elles sont alors dirigées par un communiste de stricte obédience, Dresch. Pour le PCF, il importe de saborder au plus vite le réseau d'associations. La direction aurait d'ailleurs été jusqu'à faire pilonner sur ordre du parti dix mille exemplaires, fraîchement arrivés de Chine, de la brochure *Vive le léninisme*[2]. Il est par ailleurs demandé aux adhérents de ne plus diffuser *Pékin information*. Un comble ! Le comité de Marseille des AAFC est le premier à refuser l'autodissolution. Ses animateurs en sont Marcel et Paul Coste, le docteur Hervé Llucia, Joseph Roger, André Fortin. Tous, à l'exception d'un industriel nommé Deschamps, sont membres du Parti. Ils seront bientôt rejoints par les comités de Perpignan, Reims, Lille et Le Puy.

A l'automne 1963, les AAFC de Marseille organisent la projection d'un film chinois. Ce n'est qu'un prétexte. Dès la fin du spectacle débute la conspiration. L'heure est venue de passer à l'action. Mais comment rompre l'isolement ? Les prochinois ne sont encore qu'une poignée de militants du PCF.

En novembre 1963 paraît le numéro 1 du bulletin : *Cercle d'études et de documentation*, organe du comité de Marseille de l'Association des amitiés franco-chinoises, qui se donne pour objectif d'« étudier sous toutes ses formes le rayonnement dans le monde de la République populaire de Chine ». Pour bien marquer le coup, les militants marseillais dressent dès le premier numéro l'impressionnante liste des partis dont ils se sentent proches : le Parti du travail d'Albanie, le Parti communiste de Birmanie, le Parti communiste de Ceylan, le Parti du travail de Corée, le Parti communiste d'Indonésie, le Parti communiste du Japon, le Parti communiste de Malaisie, le Parti communiste de Nouvelle-Zélande, le Parti communiste du Venezuela, le Parti des travailleurs du Vietnam, le Parti communiste de Belgique, le Parti communiste du Brésil, le Parti communiste de Suisse et le Parti communiste d'Australie.

Attention ! Ne nous laissons pas ici abuser par la langue de bois. Car à l'exception des partis d'État et de quelques PC asiatiques (notamment celui d'Indonésie), la plupart des formations citées dans cette liste ne sont que de petites scissions des PC prosoviétiques, qui se distinguent de leurs « aînés » par d'infimes changements d'appellation. C'est ainsi qu'au Brésil, le Parti communiste du Brésil est prochinois, tandis que le Parti communiste brésilien est prosoviétique. Un véritable rébus pour initiés.

Composé d'une dizaine d'adhérents (Rubirola, Kaledjian, François, Jurquet, les frères Coste, Fortin, Juliot, Maillet), le tout jeune CED a donc soif de reconnaissance.

Dès l'automne 1963, une délégation se rend secrètement à l'ambassade de Chine à Berne. Comment les dissidents français ont-ils pu entrer en contact avec Pékin ? Tout simplement par l'intermédiaire des Amitiés franco-chinoises, dont ils sont tous membres. A leur retour, ils rendent compte de l'entrevue lors de la réunion du Bureau en date du 11 décembre 1963 : « Le premier secrétaire de l'ambassade nous a fait un tour d'horizon politique et donné quelque précisions sur le rapport des forces entre les révisionnistes modernes et les marxistes-léninistes. Il a envisagé l'obligation pour les marxistes-léninistes français de constituer un parti marxiste-léniniste, et nous a expliqué dans quel cas on doit ou ne doit pas créer un tel parti. De même, si des camarades ayant de grandes responsabilités viennent sur les positions marxistes-léninistes, il y a lieu de ne pas les démasquer afin qu'ils gardent leurs responsabilités [3]. »

On ne saurait être plus clair. Les prochinois doivent faire leur travail de sape AU SEIN des PC. La création du parti maoïste viendra plus tard.

A la même époque, le cercle de Marseille prend langue avec Jacques Vergès. Marcel Coste se rend à Paris pendant l'automne 1963 et rencontre Patrick Kessel et Nguyen Kien au siège de *Révolution*. Jacques Jurquet contactera plus tard Vergès. Quant à la luxueuse revue prochinoise, elle publiera plusieurs communiqués de Marseille.

Surgit alors à Clichy un autre cercle, qui fait paraître à partir de janvier 1964 un *Bulletin d'information marxiste-léniniste*, mais qui va rapidement bifurquer sur une voie différente [4].

Nombreux sont les petits groupes qui entrent en rapport avec la très accueillante ambassade de Chine à Berne. Plusieurs militants du Parti socialiste unifié font ainsi le voyage de Suisse : c'est notamment le cas de Jean-Louis Triaud et d'Alain Gineste. Acquis aux idées ML, ils décident de rallier le PCF pour y impulser une dissidence prochinoise et créent bientôt au sein du secteur lettres de l'Union des étudiants communistes un minuscule cercle Drapeau rouge. Le tout petit groupe fréquente alors non seulement la mouvance de Jacques Jurquet, mais aussi la revue *Révolution*. Il est probablement le tout premier noyau ML de Paris.

En février 1964, la France du général de Gaulle reconnaît officiellement la Chine rouge. Mais, pour les marxistes-léninistes, le combat continue plus que jamais, et les contacts avec les Chinois se multiplient. Lors d'un voyage à Berne de janvier 1964, les Chinois posent d'ailleurs aux Français des questions de plus en plus précises, que les militants rapportent fidèlement à leurs camarades : « Les camarades Chinois voudraient savoir : 1) la cause de la fermeture du consulat de Tchang Kaïchek à Marseille ; 2) le nombre de ressortissants chinois vivant à Marseille [5]. » Des questions fort peu politiques, qui montrent sans risque d'erreur que les services de Pékin songent à utiliser les ML pour des renseignements qui n'ont rien à voir avec le combat antirévisionniste [6].

Au printemps 1964, une large délégation du cercle de Marseille se rend à Berne. Il semblerait que les réunions précédentes aient justement eu pour objet de préparer cette rencontre presque officielle. Participent à ce voyage : Jacques Jurquet, Marcel Juliot, Paul Coste, et Christian Maillet, tous membres du PCF. Ils sont fort aimablement reçus par l'ambassadeur en personne, qui leur fait un long exposé sur la situation internationale et les assure du soutien chaleureux de Pékin.

A leur retour, c'est la répression : Coste, Maillet, Juliot et Jurquet sont exclus du PCF en avril 1964.

Jurquet est très vite identifié comme leader, et devient pour les militants communistes une véritable cible. Surveillé en permanence par des groupes de jeunes communistes qui ne le lâchent pas d'une semelle, il achète un pistolet Beretta dans le quartier du Panier et ne se déplace plus qu'armé, avec un chien-loup.

Plusieurs cercles éclosent : Perpignan (avec François Marty), Aix-en-Provence, Bordeaux, Toulon, Grenoble, Saint-Savournin. La situation est donc extrêmement confuse : d'un côté un regroupement de petits cercles influencés par Marseille et Perpignan, de l'autre un cercle de Clichy aux positions ambiguës (sur lequel nous reviendrons). Parallèlement, où situer les Groupes Révolution, manœuvrés par Vergès, et qui disparaissent dès la fin 64 ?

A côté des stricts marxistes-léninistes, nombreux sont les démocrates, les libéraux sinophiles. On verra même surgir en octobre 1963 une éphémère Association populaire franco-chinoise, dans laquelle militent de nombreux communistes rénovateurs, qu'on appelle alors « italiens », en rappel des positions modérées du Parti communiste italien. Parmi eux, on remarque notamment les animateurs de la Voie communiste. L'APFC disparaîtra en 1966 sans avoir jamais obtenu de reconnaissance de l'ambassade chinoise, qui préfère soutenir les nouvelles Amitiés franco-chinoises, reconstruites depuis peu par Charles Bettelheim, ou encore Régis Bergeron.

La situation se complique encore de par l'attitude des diplomates chinois et albanais. Le cercle de Clichy semble bénéficier des faveurs de Tirana, tandis que Marseille-Perpignan s'adosse à Pékin. Y aurait-il des tiraillements entre Chinois et Albanais ? Il est clair que les Albanais aimeraient obtenir le contrôle exclusif des mouvements européens. Mais la Chine ne se laissera jamais faire. Toutefois, on verra apparaître dès 1964 dans les mouvements marxistes-léninistes des « hommes de Tirana » et des « hommes de Pékin ». Dirigeant du cercle de Perpignan, François Marty est-il un « homme de Tirana » ? Il se charge en tout cas des contacts avec les Albanais. Une délégation est reçue à l'ambassade d'Albanie à Paris. Tout de suite, la différence d'attitude entre Chinois et Albanais est flagrante. Autant les Chinois sont « orientaux » et « indicatifs », autant les Albanais sont lourdement dirigistes. L'ambassadeur ordonne carrément aux militants français de créer le plus vite possible un nouveau Parti communiste. Pour Jurquet et Marty, c'est plus que prématuré. Comment une trentaine de militants éparpillés pourrait-elle accoucher d'un PC rénové ?

En attendant, la mayonnaise monte, et les cercles se multiplient. Forts de leur passé communiste, qui leur confère aux yeux des Chinois une incontestable légitimité, Paul Coste, Régis Bergeron, François Marty et Jacques Jurquet sont invités au Japon en juillet 1964. Il s'agit de participer à une conférence mondiale contre les armes d'extermination massive. Arrivés à Tokyo, les quatre Français rencontrent... un Chinois, Lu Dingyi, qui dirige alors l'ensemble des syndicats chinois, et qui disparaîtra pendant la Révolution culturelle. La conférence démarre et, très vite, c'est l'incident. Un délégué indien s'en prend aux Chinois. En riposte, ceux-ci organisent une conférence parallèle. Les ML français se rallient immédiatement à la nouvelle conférence, que fréquente la grande majorité des délégués du tiers monde. Ils sont alors abordés par un diplomate chinois, qui les invite discrètement en Chine. Quelques jours plus tard, les voilà partis à Hong Kong, Canton, puis Pékin. A leur arrivée dans la capitale chinoise, ils découvrent que de nombreux délégués de la conférence de Tokyo, ont fait, comme eux, l'objet d'une invitation. Que va-t-il se passer ? Ils apprennent que Mao Zedong lui-même les recevra dans une heure. Nos quatre Français ébahis débarquent au Palais présidentiel et se retrouvent au milieu d'une bruyante assemblée de délégués du tiers monde, réunis dans un grand amphithéâtre. Au tout dernier rang, se tient Jacques Vergès. Juste à côté de lui, un étrange Japonais, le prince Sayonji. Mao arrive. Il marche avec difficulté et s'appuie sur deux jeunes gens. Il s'assied face aux Français et montre Jurquet du doigt :

« Vous êtes français ?

– Oui.

– Vous connaissez de Gaulle ? »

Il éclate de rire, et ajoute : « Le général de Gaulle, c'est le bourgeois le plus rusé du siècle [7] ! »

Fin de la saynète. Mao commence son discours, hostile à l'impérialisme américain, ce « tigre de papier ».

A leur retour, les militants galvanisés poursuivent de plus belle la lutte antirévisionniste. Leur objectif est clair : il s'agit, non pas de créer un parti, qui n'aurait aucune audience, mais, pour le moment, de fédérer les différents cercles de bouillants dissidents. Une conférence est donc réunie dès juillet 1964 à Saint-Julien-Boutières, en Ardèche. Mais la paranoïa règne. Les « révisionnistes » sont de plus en plus menaçants à l'égard des ML et les attaques de commandos se multiplient. Par mesure de sécurité, les militants décident d'opérer un rendez-vous clandestin en pleine forêt de la Jalla. Beaucoup sont armés. Soudain, les guetteurs repèrent un intrus. Il est immédiatement encerclé, et menacé par plusieurs revolvers. Surprise : il s'agit d'un Vietnamien, Nguyen Kien, qui travaille à *Révolution*, et se présente comme un envoyé de Jacques Vergès. Pourquoi n'a-t-il pas été annoncé ? Comment a-t-il eu vent de la très discrète réunion ? Après avoir subi un interrogatoire en règle, Nguyen Kien est déposé en voiture à la gare la plus proche.

La conférence se tient finalement dans la propriété d'un militant et dès septembre 1964 naît officiellement la Fédération des cercles marxistes-léninistes de France (FCML), principalement constituée de communistes récemment exclus du PCF, et qui lance un nouveau bulletin : *Pour la défense du marxisme-léninisme*. La toute première affiche ML est éditée en octobre 64, avec une mise en page de Christian Maillet, qui deviendra un peintre connu.

Mais très vite, le besoin d'un journal national, d'une vitrine des idées nouvelles se fait sentir d'autant plus cruellement que *Révolution* a cessé sa parution. En février 1965, et grâce aux deniers chinois, le numéro 1 de *L'Humanité nouvelle* voit le jour. Il s'agit certes modestement d'un mensuel, mais il a déjà la forme d'un journal, et son nom, « L'Humanité nouvelle », est un véritable pied de nez aux révisionnistes. Logé 26, boulevard des Dames (Marseille 2e [8]), le premier journal prochinois de France est dirigé par un ancien membre du PCF, qui resta vingt ans au Parti, où il fut journaliste à *Ce soir*, secrétaire général de rédaction aux *Lettres françaises*, chef de la rubrique culturelle de *L'Humanité*, membre du comité de rédaction de *La Nouvelle Critique*, et rédacteur en chef adjoint de *France nouvelle* : Régis Bergeron. Le nouvel organe de la FCML publie dès son premier numéro les biographies des deux figures les plus emblématiques du mouvement : Jacques Jurquet et François Marty. Chaque numéro de *L'Humanité nouvelle* retracera ensuite l'itinéraire des militants communistes exclus à tour de bras d'un PCF qui épure lourdement ses cellules du sud de la Loire.

Le 1er mai 1965, François Marty et Jacques Jurquet sont naturellement invités à Tirana. Ils rencontrent Enver Hodja et Jacques Jurquet lance un appel aux militants du PCF sur les ondes de Radio Tirana.

Lorsque arrivent les élections présidentielles de décembre 1965, la FCML appelle à voter blanc. Ses sympathisants doivent rédiger eux-mêmes un bulletin de vote nul, sur lequel sera écrit : « Pour la fidélité à l'idéal communiste, je vote communiste [9]. »

Elle a eu auparavant à régler une pénible affaire : un de ses militants, Nicolas Lanzada, s'est révélé être un agent infiltré du PCF. Il est bruyamment dénoncé.

Parmi les toutes jeunes recrues de la FCML, un lycéen de Janson-de-Sailly (Paris 16e) : Gérard Miller. Membre du PCF, il conteste depuis longtemps les orientations de la direction et se reconnaît volontiers dans le nouveau cours chinois. En 1964, il rejoint la FCML mais garde sa carte du Parti communiste. Il participe donc à la première réunion du groupe ML de Paris en 1964. Le chiffre en est révélateur : pas plus de douze personnes, parmi lesquelles Pierre Rigoulot, Régis Bergeron, Claire Brière, Pierre Blanchet, Jean-Louis Triaud, Pierre et Michèle Pignot, ou encore Alain Gineste. Ce dernier traverse d'ailleurs des moments pénibles : après avoir vécu une brève aventure avec Michèle, la femme de Pierre Pignot, il est vertement tancé par l'organisation. La FCML veut-elle perpétuer la coutume du Parti communiste des « années héroïques », selon laquelle la vie privée des militants doit être surveillée ?

La plupart des prochinois sont alors des adultes, âgés d'environ trente ans, qui ont généralement passé plusieurs années au PCF. Au milieu de tous ces doctrinaires qu'il juge sinistres, le lycéen Miller fait vraiment figure de jeunot.

L'activité militante de la FCML est fort réduite. Peu ou pas d'actions, de rares réunions, pas de décisions claires. L'ambiance est lourde, teintée de paranoïa. Chacun suspecte l'autre d'être un agent secret de Moscou, ou plutôt du maître d'œuvre des actions clandestines du PCF, Gaston Plissonnier. Les conversations téléphoniques sont particulièrement codées : au lieu de parler des « Albanais », les militants évoquent ainsi mystérieusement l'appui des « albatros » !

Jurquet et Marty apparaissent comme les leaders de moins en moins contestés du minuscule marxisme-léninisme français. Reconnus par les Chinois, ils se rendent maintenant à Berne tous les deux mois. Tout cela inquiète fort les divers services de police, qui suivent, surveillent et photographient les ML pendant leurs trajets en train. En juin 1965, trois dirigeants de la FCML se rendent comme d'habitude à Berne : Jacques Jurquet, François Marty et Marcel Juliot. Il s'agit cette fois de régler les divergences idéologiques avec le groupe de Clichy, mené par Claude Beaulieu, qui est d'ailleurs convoqué deux ou trois jours plus tard. La réunion se passe sans problème, en présence de l'ambassadeur. A la fin de l'échange de vues, les Chinois remettent aux Français un défraiement de deux cents dollars par personne, qui doit couvrir leurs frais de déplacements. Ils prennent ensuite le train, et descendent à Genève, où ils doivent changer pour la France. Dans un couloir de la gare, ils sont subitement entourés par des hommes en civil de la police fédérale suisse, qui les interpellent. Ils sont alors isolés les uns des autres, et longuement interrogés. Jurquet tombe sur l'inspecteur Marchesi, qui lui notifie son inculpation pour espionnage. Pour faire bonne mesure, il ajoute : « Les meilleurs espions, ce sont les pères tranquilles dans votre genre [10] ! » Finalement, les trois révolutionnaires sont expulsés dans les vingt-quatre heures. Nous sommes le 20 juin 1965. Leurs rivaux du cercle de Clichy connaîtront bientôt le même sort [11].

Pendant l'été 1965, les nouveaux dirigeants communistes passent tout naturellement leurs vacances en Albanie. C'est alors qu'un jeune militant profite de leur absence pour fomenter une dissidence. Georges Frêche, qui signe *Georges Lierre* dans *L'Humanité nouvelle*, fait le tour de tous les cercles ML de France, et tente de les convaincre de la nécessité de rajeunir l'appareil. Jurquet, Marty et consorts sont déjà trop vieux, ils appartiennent à une autre époque.

Dès leur retour en France, Jurquet et Marty apprennent la manœuvre de la bouche d'un militant de Poitiers, Michel Gilquin. Immédiatement, Frêche est exclu de la FCML. Il rallie alors le Centre marxiste-léniniste de France, issu du groupe de Clichy, qui va bientôt rompre avec la Chine. Beaucoup plus tard,

Georges Frêche adhérera au Parti socialiste, et deviendra finalement... maire de Montpellier. Beaucoup de prochinois évoqueront alors avec humour son pseudonyme, *Lierre*, « la plante grimpante »[12].

Pendant ce temps, la FCML continue à grandir. Le 23 mars 1966 les « Chinois » font même la preuve de leur esprit turbulent lors d'une grande manifestation parisienne de soutien au Nord-Vietnam, à laquelle appelle notamment le PCF. Pendant tout le défilé, les militants ML brandissent fièrement drapeaux rouges et banderoles. Les choses se gâtent lors de la dispersion, qui doit avoir lieu place de la Concorde, à proximité de l'ambassade des États-Unis. Collés contre le jardin des Tuileries, les maoïstes se retrouvent soudain coupés du reste de la manifestation par un épais cordon de militants du service d'ordre du PCF. Immédiatement, les prochinois décident d'entraîner la manifestation vers la rue Saint-Florentin, toute proche. Il leur faut donc enfoncer le barrage prosoviétique. Mais les durs-à-cuire du PCF ne se laissent pas faire. Très vite, la manif antiaméricaine dégénère en combat sino-soviétique. Les militants du PCF frappent violemment les prochinois, lacèrent une banderole, cassent quelques pancartes et s'emparent d'un drapeau rouge.

Parallèlement, le service d'ordre « révisionniste » a réussi à regrouper la manifestation à quelques centaines de mètres. Le gros des marcheurs s'ébranle placidement vers le boulevard Saint-Germain pour un ultime baroud d'honneur antiaméricain, tandis qu'un bon millier d'ultras menés par les ML réussissent à pénétrer dans la rue Saint-Florentin, gagnent la rue du Faubourg-Saint-Honoré, et terminent par un sit-in place de l'Opéra, suivi d'un bref discours de Madeleine Riffaud.

Pour les prochinois, c'est un succès. La preuve même qu'en dépit de leurs faibles forces, ils terrorisent les communistes orthodoxes, et bénéficient d'une réelle popularité au sein de la gauche.

Il est temps de franchir l'étape suivante. La FCML a fait son temps. Place maintenant au Mouvement communiste français (marxiste-léniniste).

L'AFFAIRE GRIPPA

Ce n'est pas en France que les Chinois ont établi leur tête de pont, mais en Belgique. L'homme que Pékin a élu, celui sur lequel la Chine parie, le leader qui doit fédérer le nouveau mouvement, va pourtant cruellement décevoir le pouvoir maoïste.

Membre du Comité central du Parti communiste belge, dirigeant historique du mouvement communiste et héros de la résistance, Jacques Grippa a dans les mains des cartes que ses homologues français ne possèdent pas. Son niveau dans la hiérarchie communiste est beaucoup plus élévé que celui de Jurquet ou Marty. Grippa est comparable à Maurice Thorez ou à Jacques Duclos. Son entrée en dissidence aura donc un grand écho international.

Jacques Grippa est né à Grivegnée, en 1913, de parents italiens émigrés, sympathisants communistes. Il adhère au Parti communiste dès 1932, et devient membre du Comité fédéral de Bruxelles en 1937. Lorsque le PCB entre dans l'illégalité au début de la Deuxième Guerre mondiale, il est membre du triangle de direction fédérale. Il maintient le PCB en vie malgré la répression et multiplie les activités de résistance à partir de 1941. Lorsque la majorité de la direction du PCB décide de faire reparaître son organe, *Drapeau rouge*, sous contrôle allemand, il s'oppose vigoureusement à cette position et poursuit la lutte armée contre l'occupant nazi jusqu'à son arrestation le 9 juillet 1943. Il sera déporté à Buchenwald. A son retour, il devient chef de cabinet du ministre des Victimes de guerre, puis chef de cabinet du ministre des Travaux publics. Membre du Comité central de 1946 à 1954, il l'est à nouveau de 1957 à la scission de 1963 [13]. Après avoir âprement défendu le point de vue des Chinois au sein même du Parti communiste belge, il est exclu du Comité central en novembre 1962, et quitte officiellement le parti en avril 1963, lors du XIVe congrès.

Grippa entraîne avec lui une importante partie de la fédération de Bruxelles. Pendant l'été 1963, il se rend ostensiblement à Tirana. Le 11 septembre paraît le premier numéro de *La Voix du peuple*, organe officiel des communistes prochinois de Belgique. Grippa en est le directeur et le propriétaire. Ce n'est qu'une première étape.

Le 22 décembre 1963, plusieurs hauts dirigeants communistes fondent officiellement le Parti communiste de Belgique. Le secrétaire général en est Jacques Grippa. Quant au bureau politique, il est composé de Delogne, Dubois, Glineur, Grippa, Massoz, Raindorf, Schraeyen, Trifaux et Van Thournhout. Le nouveau parti s'oppose vigoureusement au Parti communiste belge, resté prosoviétique. Parmi les figures qui le composent : Sam Herssens, Graindorge, Vanderlinden, Allard. Le Parti a peu d'adhérents : environs cinq cents, mais tout le monde en parle. Il bénéficie d'ailleurs de moyens importants. Son siège est situé 65, rue des Palais (Bruxelles 3). Le nouveau mouvement ouvre aussi une librairie, « Le Livre international », 6, rue Émile-Claus (Bruxelles 5).

Immédiatement, le PCB de Grippa est bruyamment reconnu par la Chine et l'Albanie. N'est-il pas alors le seul parti marxiste-léniniste d'Europe occidentale ?

Le 1er mai 1964, Maurice Massoz assiste au défilé militaire à Tirana.

Le 20 mai, Jacques Grippa, Monique Grippa, Henri Glineur, René Raindorf et Arnold Hauwaert se posent à Pékin. La délégation du minuscule parti est reçue avec autant d'honneurs qu'un gouvernement étranger. Dès leur descente d'avion, les ML sont chaleureusement accueillis par Deng Xiaoping, Kang Sheng et Lu Dingyi. Plus tard, ils rencontrent Liu Shaoqi, puis enfin Mao lui-même. La fête n'est pas terminée. Dès le 29 mai, la délégation s'envole pour Pyong Yang, où elle est reçue par le leader de la Corée du Nord, Kim Il Sung.

Fort de son auréole, dirigeant du tout premier parti maoïste d'Europe, Jacques Grippa apparaît comme une figure de proue. Il bénéficie de moyens financiers très importants, sans commune mesure avec son influence réelle. Le PCB transforme vite *La Voix du peuple* en un journal hebdomadaire. Mieux, le parti ouvre des locaux à travers toute la Belgique : Charleroi, Liège, Mons, La Hestre, Wavre, Mouscron, Anvers.

Or son attitude diffère largement de celle des Français. Non seulement le leader belge a fondé un parti dès 1963, alors que les Français trouvent cette position prématurée, mais il va en outre présenter de nombreux candidats aux élections législatives du 23 mai 1965, tandis que la FCML prône systématiquement l'abstention révolutionnaire. Tout au long de la campagne, de violentes bagarres opposent les militants des deux PC. Un colleur d'affiches prosoviétique, Marcel Seys, est même assassiné d'un coup de tournevis dans l'œil par un ML, André Bandella. Au final, les prochinois réussissent à grignoter environ 20 % de l'électorat communiste. Dans la région bruxelloise, ils totalisent même 7 252 voix, contre 21 173 au PCB prorusse. C'est un assez bon résultat, et même peut-être un bon départ [14]. Mais le pétard va faire long feu. Car le PCB connaît de 1965 à 1967 pas moins de cinq scissions qui vont complèment le réduire à néant.

Parallèlement, les relations entre Jacques Grippa et les Chinois se dégradent mystérieusement, sans qu'il soit possible d'expliquer clairement la cause de la rupture. Durant l'été 1966, au plus fort de la Révolution culturelle, Grippa est reçu par Mao, Lin Biao, Zhou Enlai, puis Kang Sheng, chef des services secrets et coordinateur du nouveau Mouvement communiste international. Contre toute attente, celui-ci critique ouvertement le PC de Belgique et fait état de divergences publiques, sans qu'il soit possible de les connaître clairement. D'un seul coup, le roi Grippa est déboulonné. Quelques mois plus tard, il tente de se rendre à Tirana, mais ne parvient pas à sortir de l'aéroport. Des policiers albanais le remettent dans le premier avion en partance.

En août 1967, les Chinois interrompent brutalement leur

importante aide financière et commencent à dénoncer le communiste belge comme « révisionniste ». Or, à ce moment précis, aucune divergence politique visible n'apparaît entre Jacques Grippa et les dirigeants chinois. Selon une thèse couramment répandue, le militant wallon aurait rompu avec Pékin parce qu'il refusait la « Révolution culturelle » et campait sur des positions... pro-Liu Shaoqi. Mais la réalité est tout autre : il faudra attendre 1968 pour voir effectivement le Parti communiste de Belgique, privé de toute ressource chinoise, prendre la défense de Liu Shaoqi et critiquer la ligne de Mao. Une prise de position curieuse, ambiguë et fort tardive.

Le mystère reste donc entier. Qu'est-ce qui a amené les Chinois à rompre si brutalement avec celui-là même qui constituait au départ la clef de voûte de leur édifice ?

Plusieurs explications sont aujourd'hui avancées. Pour certains, Jacques Grippa aurait voulu jouer trop ostensiblement la carte albanaise au détriment des Chinois. En créant son PCB dès 1963, n'a-t-il pas indiqué trop lourdement qu'il se situait dans l'orbite d'Enver Hodja, qu'il souhaitait comme Tirana créer au pas de charge des partis communistes hostiles à Moscou ? Les Chinois se sont-ils sentis court-circuités par l'ambitieuse Albanie, qui souhaitait régner sans partage sur les ML européens ?

Un événement curieux, survenu en 1979, pourrait étayer une autre thèse. Quelques années avant sa mort, Jacques Grippa se serait présenté au siège du Parti communiste belge (prosoviétique), et aurait tout simplement demandé sa réintégration. Il aurait alors fourni une lettre de recommandation émanant de l'ambassade soviétique à Bruxelles. Faut-il déduire de ce fait troublant que Grippa aurait été, dès le début, un fidèle agent de Moscou, infiltré tout en haut de la pyramide prochinoise pour mieux la saboter ? L'hypothèse est d'autant plus plausible que les communistes (prosoviétiques) avaient l'habitude de méthodes peu orthodoxes. Dans son histoire du KGB, le journaliste américain John Barron raconte par exemple que les services soviétiques ont créé de toutes pièces au Mexique en 1969 un groupe d'extrême gauche factice, le Mouvement d'action révolutionnaire [15].

La question reste en tout cas sans réponse. Quant au Parti communiste de Belgique, il est mort au milieu des années soixante-dix, sans moyens ni militants. Un cercle de grippistes subsiste encore de nos jours en Belgique.

Le plus étonnant, c'est que l'affaire Grippa a eu un rebondissement français. Tout démarre en janvier 1964 lorsque voit le jour à Clichy le *Bulletin d'informations marxiste-léniniste*, organe d'un cercle de Clichy qui campe sur des positions ML. Le nouveau groupe est classiquement composé de militants en rupture avec le PCF, parmi lesquels Claude Beaulieu, Patrick Prado, Alain Dupuy, ou encore Monneret, Anne Benveniste, Gilbert Balon.

Presque immédiatement, le cercle de Clichy noue des liens privilégiés avec l'Albanie et se rapproche du Parti communiste de Belgique. Il a également une ambition hégémonique qui se heurte à celle des cercles du sud de la France. « Clichy » pense comme les Albanais qu'il faut créer un parti sur-le-champ pour mettre les Soviétiques devant le fait accompli. Il défend cette attitude à Saint-Savournin (petite cité minière des Bouches-du-Rhône) lors de deux réunions de confrontation avec les cercles du Sud au début de l'année 1964. Il y prône en substance l'union de tous les marxistes-léninistes de France sous la houlette de Jacques Grippa, considéré comme le leader européen du mouvement. Une position jugée inacceptable par les autres groupes. « Clichy » va donc se développer seul et impulser son propre réseau.

Le 1er mai 1964, Claude Beaulieu est officiellement invité à assister au défilé de la fête du travail à Tirana.

A partir de février 1965, le *Bulletin d'information marxiste-léniniste* annonce l'existence de « groupes marxistes-léninistes de la région parisienne », qui possèdent un local à Clichy, 11, rue du Landy. Chaque numéro du modeste bulletin comporte alors un encart publicitaire pour *La Voix du peuple,* de Grippa.

Le 18 mars 1965, les cercles proches de Prado et Beaulieu créent finalement le Centre marxiste-léniniste de France (CMLF), qui se veut l'embryon du futur Parti communiste et se dote d'un local central au 13, rue Saint-Lazare (Paris 9e).

A la différence notable de la FCML, qui prône l'abstention, le CMLF appelle à voter de Gaulle lors des élections présidentielles de décembre 1965. Une prise de position surprenante, violemment dénoncée par le PCF, et qui tendrait à prouver que le groupe de Beaulieu s'aligne directement sur la politique extérieure chinoise, alors favorable à de Gaulle. L'affiche électorale du CMLF se distingue en tout cas par son ton provocateur : « Unité des travailleurs contre les nazis américains ! » s'exclame-t-elle, avant d'appeler à un « front uni national antiaméricain ». L'ensemble est illustré d'une photo largement barrée de François Mitterrand affublé d'un dollar sur le front, avec une légende sans appel : « Non à Mitterrand, le candidat proaméricain ». Selon un article publié dans le numéro 136 de l'hebdomadaire ML belge *Clarté*, en date 4 décembre 1970, l'affiche aurait été entièrement fabriquée en Belgique par le PCB, puis expédiée en France. Il faut dire que les militants du CMLF diffusent régulièrement *La Voix du peuple.*

Le 1er mai 1965, Alain Dupuy et Claude Beaulieu sont reçus à Pékin, tandis que Patrick Prado se rend à Tirana.

Le 16 janvier 1966, le CMLF tient sa première conférence nationale, en présence de Dupuy, Beaulieu, Paul David, Rabinovicz, et Jean-Claude François. Il s'y félicite de la défaite de François Mitterrand et conclut que la victoire du général de Gaulle est une bonne chose.

Après son exclusion de la FCML à l'automne 1965, George Frêche a lui aussi fait brièvement partie du CMLF, qui n'a toutefois jamais connu de développement significatif, et dont plus personne n'a entendu parler à partir de Mai 68. Quelques mois avant les événements, le centre marxiste-léniniste de France a pourtant ouvert la librairie « Nguyen Van Troi », 19, rue Burdeau (Lyon 1er). Le CMLF lyonnais, qui édite *La Voix populaire*, est l'une des cellules les plus dynamiques. Peu après le mois des barricades, elle rompt avec sa maison mère et se rallie à des positions maoïstes plus classiques.

Il semblerait que le CMLF ait subsisté à l'état infra-groupusculaire jusqu'à la fin des années soixante-dix. Quant à Claude Beaulieu, il serait actuellement militant du Parti communiste français dans la région de Cagnes-sur-Mer.

LE BOUILLONNEMENT ÉTUDIANT

Tandis que les marxistes-léninistes purs et durs s'affrontent en un combat sans merci pour l'hégémonie sur le mouvement et la reconnaissance par la Chine et l'Albanie, un nouveau front s'ouvre au cœur même de l'université française.

Dans les facultés bouillonnent les idées nouvelles. Trotskistes, libertaires, « italiens », castristes, maoïstes et prosoviétiques orthodoxes prennent leurs marques et parfois contestent, revendiquent, protestent. Certains sont issus des plus riches familles de France. D'autres appartiennent plus modestement à la petite-bourgeoisie aisée. Beaucoup d'entre eux sont juifs. Ils appartiennent à la génération des enfants de la Résistance et s'enthousiasment spontanément pour la révolution cubaine, le FLN algérien, puis la Chine, le Vietnam en lutte. Le creuset de leur connivence est l'Union des étudiants communistes, qui est littéralement traversée par les idées nouvelles, les idées modernes, les idées à la mode : ce halo impalpable que sociologues et journalistes nommeraient aujourd'hui la « culture jeune ». Un exemple, ô combien parlant : au tout début 1963, le numéro 47 de l'organe de l'UEC, *Clarté*, consacre un dossier iconoclaste à « La nouvelle éducation sentimentale ». Concrètement, on y apprend comment draguer au Quartier latin ! Au grand dam des frileux dirigeants communistes, qui n'apprécient guère cette dérive petite-bourgeoise et adolescente.

En 1962, *Clarté* emménage dans un nouveau local, 3, place Paul-Painlevé (Paris 5e), tout près de la Sorbonne. Dès ce moment, l'UEC a totalement échappé à la férule de l'appareil. La tendance qui prédomine est dite « italienne », en référence à l'aile gauche du Parti communiste italien, qui défend avant l'heure des positions « rénovatrices » et eurocommunistes. Parmi ses représentants les plus actifs, citons, en vrac : Jean-Marcel Bouguereau, Roland Castro, Alain Forner, Serge July, Pierre Kahn, Marc Kravetz, Jean-Louis Péninou et Marie-Noëlle Thibaud. Les deux leaders de la tendance sont alors sans conteste Kahn et Forner. Ils seront exclus en 1966. Précisons que le camp « italien » est loin d'être unifié. De nombreuses sous-sensibilités s'y affrontent sereinement. Face à l' « Italie », que trouve-t-on ? Une multitude confuse de gauches étudiantes qui manifestent de façon brouillonne une générosité teintée de tiers-mondisme. Tous les ingrédients qui composeront Mai 68 sont déjà en place. Même... le maoïsme.

Comment les prochinois vont-il apparaître au sein de la gauche du Quartier latin ? Tout part d'un duo inattendu entre un professeur de philosophie et l'un de ses élèves. Robert Linhart intègre l'École normale supérieure de la rue d'Ulm à l'automne 1963. Le schisme sino-soviétique est en train de se consommer. Dès son arrivée au 45, rue d'Ulm (Paris 5e), le nouveau normalien s'attache tout particulièrement à l'un de ses professeurs, Louis Althusser, qui procède à une relecture scientifique, épistémologique de Marx. Membre du PCF, Louis Althusser est très favorable aux thèses chinoises.

L'été suivant, en 1964, Linhart part, comme de nombreux jeunes de gauche, en Algérie. Il travaille pendant les vacances au ministère de l'Agriculture algérien, où il occupe un poste subalterne. Il participe également à un camp international de la jeunesse, qui se tient à Sidi Ferruch.

Robert Linhart est venu avec son « cothurne », son compagnon de chambre à la rue d'Ulm, Thomas Ferenczi. Il fait pendant cet été 1964 une rencontre brève mais décisive avec un agronome espagnol, fils de réfugiés républicains, qui se nomme Caballero. Caballero est fonctionnaire du ministère algérien de l'Agriculture. Il est aussi farouchement prochinois. Jour après jour, Linhart et Caballero poursuivent de longues discussions sur l'état du mouvement communiste. Caballero donne au jeune « ulmard » de nombreux textes chinois, alors introuvables en France. Pour Robert Linhart, c'est une révélation, au sens presque mystique du terme. Le sort en est jeté. Convaincu par l'agronome, il entre en maoïsme comme d'autres en religion.

Dès la rentrée, il rallie le cercle d'Ulm de l'UEC, déjà acquis aux thèses althussériennes, et prend contact avec la toute nouvelle ambassade de Chine, qui vient d'ouvrir à Paris. Il est aimablement reçu. Au même moment, Louis Althusser, dont la renommée va grandissant, se laisse convaincre par certains de ses élèves de longue date (notamment Balibar, Macherey et Establet), de diriger un séminaire sur *Le Capital*. Relire Marx, tout réviser (dans le bon sens) et établir des bases scientifiques : le programme a de quoi séduire nombre de jeunes étudiants en recherche. Le séminaire est un grand succès universitaire : outre Althusser, s'y illustrent bien sûr Balibar, Macherey, mais aussi Rancière. Dans la foulée éclosent un peu partout dans les universités parisiennes des écoles de formation théorique, qui tentent de dégager le joyau marxiste de la gangue des interprétations. L'élève le plus brillant de Louis Althusser est sans conteste Robert Linhart. Il a vingt ans, il est beau, fougueux, il est doté d'une incroyable vivacité d'esprit et peut tenir en haleine des auditoires subjugués pendant des heures, même si ses arguments sont parfois secs et abstraits. « Robert Linhart, c'était Nietzsche », confie une Michelle Manceaux encore aujourd'hui fascinée par ce Robespierre cassant de la rue d'Ulm [16].

Althusser rêve depuis longtemps de « redresser les jambes au chien », selon la rude formule du dirigeant communiste italien Amedeo Bordiga, c'est-à-dire de peser sur la ligne du PCF pour l'amener à rompre définitivement avec le révisionnisme. Peut-être espère-t-il que les écoles théoriques qui fleurissent au sein de l'université, comme cent fleurs s'épanouissent, vont provoquer au sein du Parti communiste une révolution culturelle. En tout cas, l'UEC sera largement ébranlée par le nouveau courant althussérien qui se dessine pendant l'année scolaire 1964-1965.

La tête de pont, la centrale révolutionnaire de la nouvelle tendance, est tout naturellement la rue d'Ulm. Dès le printemps 1965 paraissent de sérieux et verbeux *Cahiers marxistes-léninistes*, rédigés à cent pour cent par des élèves d'Althusser : Robert Linhart, bien sûr, mais aussi Jacques-Alain Miller (grand frère du petit Gérard Miller, qui milite à la FCML), Jean-Claude Milner, ou encore Jacques Rancière.

La revue connaît un grand succès de diffusion, en dépit d'un contenu austère et d'une mise en page inexistante.

Mais Althusser et Linhart ne veulent pas s'arrêter en chemin. Leur volonté de redresser le PCF va même s'accommoder de manœuvres machiavéliques. La thèse d'Althusser est simple : il est bon que le PCF soit resté stalinien, car cela préserve son ancrage dans la classe ouvrière. Si les « Italiens » triomphent et rénovent le Parti, il vont lui faire perdre cet ancrage en le transformant en un simple appareil social-démocrate. Que faut-il donc faire ? Tout simplement combattre l'influence rénovatrice au sein de l'UEC. Les prochinois althussériens décident alors avec sang-froid de s'allier aux pires orthodoxes pour combattre les modernistes. Arrive, du 4 au 7 mars 1965, le huitième congrès de l'organisation étudiante. Fidèles à leur tortueuse logique, les prochinois soutiennent la direction contre les dissidents. Ceux-ci dénoncent bruyamment la « manipulation stalinienne ». Mais le résultat ne se fait pas attendre : Linhart et une poignée de maoïstes se retrouvent au bureau national de l'UEC, en compagnie des prosoviétiques Guy Hermier et Jean-Michel Catala, et sous l'œil inquiet des responsables du Parti.

Immédiatement, les « ulmards » tentent de prendre le contrôle de *Clarté*. Mais les apparatchiks veillent au grain. Un seul numéro de l'organe communiste se teintera momentanément de rouge althussérien : le numéro 1 du *Nouveau Clarté*, qui sort en octobre 1965, contient un article de Robert Linhart sur une grève ouvrière à Sochaux, ainsi qu'un entretien avec Charles Bettelheim, dont les sympathies prochinoises sont connues de tous. Outre Robert Linhart, le large comité de rédaction du *Nouveau Clarté* s'enrichit également d'un nommé *G. Tiennot*, pseudonyme transparent de Tiennot Grumbach. La prise de l'UEC est donc un coup d'épée dans l'eau.

La notoriété de Louis Althusser va par contre s'accroître considérablement. En 1965, un jeune éditeur dans le vent nommé François Maspero lui confie une collection baptisée « Théorie ». Coup sur coup vont sortir *Pour Marx*, et *Lire « Le Capital »* (ouvrage collectif issu du séminaire, qu'ont cosigné Balibar, Establet, Macherey, Rancière et Althusser). Deux ouvrages qui vont connaître un grand retentissement universitaire, et dont la renommée traversera les océans, au point que des disciples d'Althusser apparaîtront sur les campus américains.

Dans le même temps, le cercle d'Ulm se renforce nettement tandis que d'autres petits groupes apparaissent çà et là : outre Jean-Paul Dollé, Jacques Broyelle, Kostas Mavrakis ou Bruno Queysanne, on voit débarquer une recrue particulièrement déterminée : Christian Riss. D'autres cercles ML commencent à voir le jour. Celui de l'École normale supérieure de Fontenay est animé par Monique Dragon et Blandine Kriegel.

Benny Lévy est déjà en contact avec Linhart. Juif d'origine égyptienne, il n'a pas la nationalité française. Mais il lit avidement les textes d'Althusser et les publications des marxistes-léninistes de l'UEC.

Depuis son intégration rue d'Ulm, il est devenu *de facto* le « second », le numéro deux du groupe, l'alter ego, la cheville « ouvrière » de Robert Linhart.

Ce dernier discute et milite aussi avec un homme légèrement plus âgé (il a vingt-six ans), Tiennot Grumbach. Né le 19 mai 1939, et neveu de Pierre Mendès France, celui-ci découvre la politique à la fin des années cinquante, en luttant pour l'indépendance de l'Algérie. Membre des Jeunes radicaux, puis du Parti socialiste unifié, il bâtit en dehors de la politique officielle des réseaux d'amitié dont le dénominateur commun est la lutte anticolonialiste. En 1957, il participe au festival mondial de la jeunesse, à Moscou. Déjà, les divergences apparaissent. Car l'URSS soutient la paix « en Algérie », tandis que les jeunes militants souhaitent l'indépendance, la paix « avec l'Algérie ». Il y aura même rupture au sein de la délégation française. Grumbach s'investit à fond dans le soutien au FLN, puis au nouveau régime algérien, tout en poursuivant des études de droit et en militant au sein des CLAJ, le mouvement des Auberges de jeunesse, d'inspiration chrétienne et tiers-mondiste. En plein cœur de l'été 1962, il part convoyer vingt valises de médicaments qu'il a collectés pour les hôpitaux algériens. Lorsqu'il arrive sur place, il décide, sur un coup de tête, de rester.

Il s'installe en Algérie, au moment privilégié où le tout nouvel État est un véritable lieu de rencontre entre mouvements anticolonialistes. Une microsociété internationale s'organise alors à Alger. Grumbach y rencontre un nombre incroyable de combattants révolutionnaires venus de tous les horizons. Après quelques péripéties, il finit par créer un Institut de gestion et de planification socialiste, qui réussit à inviter Che Guevara. Pour des raisons sentimentales, il rentre ensuite en France à la fin 1964.

Il a eu le temps de faire la connaissance de Robert Linhart pendant le fameux été 1964 qui a vu la conversion du normalien. Grumbach était aux premières loges. Le camp de Sidi Ferruch, c'est lui qui l'avait organisé. Très vite, les deux hommes ont sympathisé, au point que Grumbach a accepté d'héberger Linhart pendant une partie de son séjour algérien.

De retour à Paris, Tiennot Grumbach évolue rapidement sur des positions prochinoises, dictées par son engagement tiers-mondiste, et fréquente volontiers les « ulmards » de l'UEC. Il est redevenu étudiant en droit et forme, lui aussi, un petit cercle d'opposants au sein de l'Union des étudiants communistes.

Fruit de ces multiples convergences, un mystérieux « Centre » est fondé en 1965. Parmi ses animateurs : Linhart, Grumbach, mais aussi Jacques Broyelle, Christian Riss, un étudiant en histoire : Daniel Kuckerman, et deux étudiants en droit : Heyman et Bensoussan. L'objectif secret est de rallier un maximum de sympathisants pour hâter la prise de pouvoir au sein de l'UEC. Une stratégie de coup de force. Fidèles à leur maître Althusser, les ML n'envisagent absolument pas la scission, mais rêvent de conquérir de l'intérieur le Parti communiste, pour le rebolcheviser et en faire une formation révolutionnaire.

Les dirigeants « révisionnistes » sont pourtant d'un tout autre avis. Depuis plusieurs mois, Roland Leroy scrute avec curiosité ces petits cercles d'intellectuels au vocabulaire abscons et à l'orthodoxie tapageuse et outrancière. Mais comment les coincer ? Lorsque arrivent les élections présidentielles de décembre 1965, la consigne de la direction est claire : le PCF appelle à voter François Mitterrand. Chez les maoïstes, la consternation règne. Appliquer la consigne du Parti, c'est se renier. Désobéir, c'est se faire expulser. Au final, les cercles dissidents courbent la tête et ne prennent pas position. Un silence hautain marquera la campagne. Mais l'étau se resserre. Bastion des trotskistes, le secteur « lettres » de l'UEC est bientôt dissous. Le grand ménage commence. Une fois de plus, les althussériens sont dans une position critique. Poussés par leur propre base et désireux de ne pas se couper du milieu étudiant qui condamne les manœuvres de l'appareil, ils décident en janvier 1966 de démissionner de leurs postes dirigeants au sein du Bureau national et du Comité national de l'UEC, tout en maintenant les cercles existants, et même en impulsant un « collectif » élargi de cercles dissidents.

Le changement de ligne s'amorce.

A la même époque, un conflit interne fort révélateur déchire le microcosme du Quartier latin. Les publications des ML se distinguent en général par un ton prétentieux et un style d'une grande aridité, à la limite de la lisibilité. Robert Linhart veille à la conformité de la ligne.

Mais au début de l'année 1966, le numéro 8 des *Cahiers marxistes-léninistes* provoque une véritable tempête. Conçu par Jacques-Alain Miller, avec la complicité de Milner et Macherey, il contient des articles sur Borgès, Gombrowicz ou encore Aragon. Un sommaire où bruissent les idées à la mode, du stucturalisme au lacanisme en passant par la déconstruction « telquelienne » et l'épistémologie. Pour Linhart, la coupe est pleine. Plus question de tolérer un tel salmigondis. Très vite, c'est la rupture. La tendance de Jacques-Alain Miller fonde un cercle d'épistémologie, qui se dote d'une revue spécifique, et concurrente des *Cahiers marxistes-léninistes* : *Les Cahiers pour l'analyse*, dont le nouveau gourou est non pas Mao Zedong, mais Jacques Lacan, dont Miller épousera d'ailleurs la fille, Judith.

1966, c'est vraiment l'année de la clarification. Au moment même où les « ulmards » découvrent avec Althusser que le marxisme est une science, le Comité central du PCF, réuni à Argenteuil du 11 au 13 mars, met en avant les thèses humanistes de Roger Garaudy, véritable bête noire des ML, et se paie le luxe d'une fragile libéralisation. Qui n'empêche pas la reprise en main de l'UEC. Tout doucement, de votes truqués en adhésions fictives de militants provinciaux, les « révisionnistes » marginalisent les maoïstes, qui vocifèrent à qui mieux mieux aux tribunes de l'UEC sans jamais recueillir de majorités significatives.

Les 14, 15 et 16 juillet 1966, Tony Lévy (frère de Benny), et Dominique Lecourt organisent à Andrésy, dans la maison de Michel Kompalitch, une conférence clandestine de toutes les cellules marxistes-léninistes de l'UEC. On ne parle plus alors de « cercles », mais bien de « cellules » qui visent à noyauter pour prendre le pouvoir. Soixante personnes participent à la réunion, dont une écrasante majorité de Parisiens. Objectif de la conférence : dresser le bilan de la nouvelle ligne. Depuis le printemps, une brochure (écrite par Benny Lévy), *Faut-il réviser la théorie marxiste-léniniste ?*, attaque ouvertement la direction du Parti communiste. Parallèlement, le passage des cercles aux cellules a incontestablement marqué une étape significative sur le chemin de la scission. Louis Althusser est convié, mais au dernier moment il se décommande. On lira tout de même un message à la tribune.

Andrésy, c'est la conférence de rupture, l'acte de naissance *de facto* de ce qui deviendra à la fin de l'année l'Union des jeunesses communistes (marxistes-léninistes) : un rassemblement d'étudiants ultrabrillants, parfois issus des plus riches familles françaises, et séduits par le vent qui souffle de Chine populaire. Trois sensibilités étudiantes sont en train de converger pour le meilleur ou pour le pire : les althussériens, les militants issus de la guerre d'Algérie (tel Tiennot Grumbach), et les anciens opposants à la ligne Kahn-Forner, dite « italienne », au sein de l'UEC.

L'organisation est certes faible. Outre Paris, il y a des cellules à Nancy, Rennes, Nantes, Lille, Dijon : au total, onze noyaux et quatre-vingt-quinze membres, auxquels il convient d'ajouter de nombreux sympathisants : en tout, une mouvance d'environ trois cents personnes. En dépit d'une langue de bois déjà prédominante, les « ulmards » ne sont pas encore trop sectaires. Régis Debray a pu ainsi défendre le point de vue cubain dans le numéro 5 des *Cahiers marxistes-léninistes*. Quant à Tiennot Grumbach, il est resté un ami de Che Guevara.

La rue d'Ulm, c'est toujours le bastion : on y compte trente-cinq membres.

Les publications sont éparpillées, mais plutôt nombreuses, et d'une tonalité toujours très intellectuelle : outre *Les Cahiers marxistes-léninistes*, les « ulmards » publient de très savantes *Études de planification socialiste*, sans oublier *Les Cahiers pour l'analyse*, dissidents mais toujours membres de la famille, ainsi que des revues régionales et sectorielles : *Vive le léninisme* (à

Nancy), ou encore *Octobre* (pour le cercle philo-socio). Il y a aussi pléthore de savantes brochures où l'on relève parfois les noms de Robert Linhart, Charles Bettelheim... C'est donc une véritable organisation qui se met en place.

Quelle stratégie va-t-on adopter ? Faut-il rallier la Fédération des cercles marxistes-léninistes, qui est sur le point de se transformer en Mouvement communiste français (marxiste-léniniste) ? Pas question ! La FCML semble trop sectaire, trop stalinienne. Pour l'instant, la priorité des priorités, c'est toujours la conquête organisée de l'Union des étudiants communistes.

A la conférence d'Andrésy, nul n'a encore reçu les numéros d'été 1966 de *Pékin information*, l'hebdomadaire international publié dans le monde entier par le gouvernement chinois. La bombe n'éclate donc qu'au mois d'août : Mao Zedong vient de lancer la « Grande Révolution culturelle prolétarienne », dont l'objectif plus ou moins avoué est d'avoir la peau de Liu Shaoqi et Deng Xiaoping. Pour les jeunes militants, la « Révolution culturelle » est un phénomène extraordinaire, historique, unique. Ils avaient rallié la Chine sur des positions léninistes et tiers-mondistes. Ils ont maintenant l'impression que la révolution continue et que le régime de Mao donne au monde une incroyable leçon de démocratie interne. La Chine, c'est pour eux tout à la fois le chahut libertaire, la remise en question des mandarins et l'application réelle des principes marxistes-léninistes. D'instinct, les Français s'identifient à tous les jeunes gardes rouges qui vocifèrent leur haine des notables et appliquent sur-le-champ la « justice populaire » : les intellos à la campagne, les bourgeois en prison et les ouvriers à l'université. On peut bien sûr rétrospectivement trouver étrange que de jeunes étudiants aussi éduqués, aussi cultivés que les normaliens aient pu si facilement se laisser subjuguer par la propagande de Pékin. Ce n'était pourtant pas si absurde. Mao, Althusser étaient perçus comme des penseurs de la rénovation, de la relecture. En se plaçant dans leur sillage, les normaliens révolutionnaires se sentaient dans le droit fil de l'esprit de la rue d'Ulm. Ils étaient les « grands esprits » révolutionnaires de la fin du XXe siècle. Jeunes, brillants, révoltés, ils incarnaient la continuité intellectuelle des maîtres du passé, ceux que l'esprit d'Ulm glorifiait et qui s'étaient souvent eux aussi dressés contre leurs aînés pour assener les idées nouvelles. Car telle est bien la totale arrogance des ML : ce qui les meut, c'est l'orgueil de faire du neuf, la certitude absolue de la novation. Ils sont jeunes, intelligents : ils vont tout chambouler.

Dès la rentrée 66, une nouvelle réunion se tient dans une auberge de jeunesse de Poissy par l'entremise de Tiennot Grumbach. Il s'agit maintenant de tirer les acquis du cours nouveau, et d'appliquer la Révolution culturelle à la France. Paris aura ses gardes rouges.

Au même moment, la direction de l'UEC décide de crever l'abcès. La première cellule dissoute est celle de Nancy. Elle est animée par Georges Sturm et Jean Jourdeuilh, qui sortent immédiatement un journal maoïste à grande diffusion : *Garde rouge*. Publié au départ comme un organe strictement nancéien, *Garde rouge* devient dès le numéro 2 le journal central de l'UJC (ML). Son directeur de publication est François Lebovitz. La chasse aux sorcières est extrêmement rapide et efficace. En quelques mois, les ML sont forcés de se regrouper en dehors du PCF. Cette nouvelle ligne ne plaît guère à Louis Althusser, qui refuse obstinément de quitter le Parti et prône toujours l'entrisme. Entre le maître et ses disciples, le divorce est à l'ordre du jour. Divorce relatif, divorce à l'amiable, puisque le penseur marxiste écrit encore un texte, non signé, dans le numéro 14 des *Cahiers marxistes-léninistes*, entièrement consacré à la Révolution culturelle.

Pendant ce temps, la polémique fait rage entre prochinois et « révisos ». Désireux de s'expliquer publiquement, les ML organisent le 6 décembre 1966, salle des Horticulteurs à Paris, un meeting au titre sans équivoque : « Qui sont les scissionistes ? »

Dans la rhétorique post-althussérienne, ce sont les dirigeants du PCF qui ont scissionné d'avec le vrai communisme, incarné par la Chine de Mao. Le soir de la réunion, les militants ML arrivent avec une demi-heure d'avance et ont la surprise de voir la salle déjà pleine à craquer... Le PCF a dépêché ses gros bras et son redoutable service d'ordre. Les jeunes maoïstes s'aperçoivent alors avec angoisse qu'ils vont devoir tenir meeting devant une assemblée entièrement hostile, et prête à en découdre.

Non sans courage, Gérard Dahan ose prendre la parole. Au bout de deux minutes d'un discours rendu inaudible par les sifflets à roulette, il est viré *manu militari* de la tribune, tandis que ses camarades se font copieusement casser la figure par des militants communistes d'un âge certain. Le meeting n'a même pas pu se tenir. Pour un coup d'envoi, c'est raté. Guy Hermier et Pierre Juquin, qui mènent la bataille pour le compte du PCF, se frottent les mains.

Pourtant, le cassage des « Horticulteurs » va finalement se retourner contre ses instigateurs. Au Quartier latin, tout le monde se prend de compassion pour les « ulmards », victimes de méthodes « fascistes ». Un véritable courant de sympathie se crée autour des ML et précipite l'adhésion de gens aussi différents que Jean-Pierre Le Dantec ou Jean-Claude Vernier.

Les 10 et 11 décembre 1966, la page se tourne. Réunis au

théâtre de l'École normale supérieure de la rue d'Ulm, une centaine d'exclus de l'UEC fondent officiellement l'Union des jeunesses communistes (marxistes-léninistes).

En cette fin d'année 1966, la France compte en somme trois familles prochinoises : les « orthodoxes » du Mouvement communiste français (marxiste-léniniste), les « grippistes » du Centre marxiste-léniniste de France, et les « ulmards », regroupés dans l'UJC (ML).

La grande cavalcade peut commencer.

3

De 1966 à avril 1968 : la mise à feu

La période qui court de l'été 1966 au mois de mai 1968 peut être décrite sans risque d'erreur comme le point culminant de la « mode mao ». Depuis l'explosion de la Révolution culturelle, la sinophilie qui irrigue jeunesse et intelligentsia s'accélère brutalement. Signe infaillible des temps : la veste en bleu de chauffe des prolétaires chinois commence à se vendre comme des petits pains. Certaines boutiques de prêt-à-porter l'imitent et vont jusqu'à commercialiser en France des vestes « au col mao ». C'est notamment le cas de la boutique O'Kennedy, située rue du Colisée (Paris 8e), tout près des Champs-Elysées. O'Kennedy, c'est la boutique « in ». Régulièrement, Europe 1 vient y faire en direct certaines de ses émissions. O'Kennedy vendant des tenues de gardes rouges ? C'est un indice qui ne trompe pas. La Chine de Mao est furieusement à la mode. Pour le *Lui* de Jacques Lanzmann, pas question de rater le coche. Le nouveau et scandaleux mensuel du groupe Filipacchi ose publier des photos de filles nues, qui cachent leurs seins de leurs bras repliés. Le droit de montrer des filles nues est un combat culturel. Les jeunes contre les vieux. Les libertaires contre les conservateurs gaullistes. En bonne logique, le numéro 42 de *Lui*, en date de juin 1967, est largement consacré... à la Chine. On y déniche notamment sur huit pages un sujet hautement « prochinois », nommé comme il se doit : « Le Petit Livre rose de Mao ». Vêtues de vestes chinoises, ou totalement nues, de belles Occidentales miment les combats de la Révolution culturelle. Chaque photo est agrémentée de pseudo-citations de Mao lui-même. Quelques pages plus loin, retour au sérieux : dans un long entretien, qui occupe pas moins de cinq pleines pages... de texte, l'écrivain Han Suyin vante la Chine populaire. Pas une once de critique dans cet article hagiographique, qui fait l'éloge de la femme chinoise. Inutile d'ajouter que la couverture de ce très maoïste numéro de *Lui* est d'un rouge éclatant. Iconoclaste, le mensuel de charme ? Pas tant que cela. Car en ces temps bouillonnants qui préludent aux événements de Mai 1968, la Chine vient de fusionner sans le vouloir avec la culture jeune.

Qu'est-ce qui séduit tant les jeunes Français ? Tout simplement un gigantesque malentendu. La Révolution culturelle apparaît aujourd'hui avec le recul historique comme une intense et banale lutte de pouvoir entre Mao Zedong et Liu Shaoqi. Mais, à l'époque, chacun voulait croire en la dimension libertaire du phénomène. De sorte que les gardes rouges semblaient tracer aux jeunes Français la route à suivre : celle d'un chahut radical et joyeux, d'un monôme poussé à l'extrême. Pour les prochinois français, la Chine est le pays le plus libre du monde. Elle donne l'exemple libertaire de la remise en question des privilèges et de l'abandon de la langue de bois.

Mao jouit donc d'une incroyable popularité chez les jeunes, les intellectuels et les artistes. Personnage emblématique, le cinéaste Jean-Luc Godard promène dans toutes les manifs ses éternelles petites lunettes noires. Il sort justement en septembre 1967 un véritable manifeste : *La Chinoise*. Le film a été presque entièrement tourné dans un appartement situé 15, rue de Miromesnil (Paris 8e), à moins de cinquante mètres de l'Élysée. Il a été pour l'occasion sous-loué à Antoine Bourseiller et Chantal Darget. Juliet Berto, Anne Wiazemsky, Omar Diop, Jean-Pierre Léaud et tant d'autres y exposent dans le désordre les idées de l'UJC (ML).

Car le metteur en scène le plus turbulent des années soixante brandit maintenant l'étendard maoïste. Il s'en explique dans un entretien accordé à Jacques Bontemps, Jean-Louis Comolli et Michel Delahaye, et publié dans *Les Cahiers du Cinéma*, numéro 194, d'octobre 1967 : « J'ai fait un film que j'ai appelé *La Chinoise*, et dans lequel j'ai adopté, contre les thèses du PC français, celles des écrits de Mao Zedong ou des *Cahiers marxistes-léninistes.* »

Les Cahiers marxistes-léninistes ? C'est bien sûr la revue théorique de l'UJC (ML). Depuis près d'un an, le cinéaste suisse traîne ses guêtres dans la mouvance des « ulmards ». Il demandera même un jour à Tony Lévy l'autorisation de filmer les conférences de l'Université rouge, que parraine alors le mouvement maoïste. Pourtant, l'accueil des mouvements ML à la sortie de *La Chinoise* est loin d'être enthousiaste. *L'Humanité nouvelle*, dans une critique d'une violence inouïe, qui lui vaudra plus tard des salves de courrier de lecteurs, parle même d'une « provocation de type fasciste ». Et l'article, signé du pseudonyme *Michèle Daria*, dresse le procès en règle du film : « On voit dans ce film évoluer au milieu de meubles bourgeois, d'électrophones de luxes, d'amas de petits livres rouges, d'affiches chinoises, de découpages de journaux de modes à côté de découpages de la presse qui fait référence au marxisme-léninisme, et de l'organe central de notre mouvement, des jeunes bourgeois étudiant la philosophie à la faculté de Nanterre [...]. Toute cette petite faune s'agite donc dans une pièce : on écoute Radio Pékin, on fait de la gymnastique en commun sur des citations de Mao, on danse sur la chanson du film, dont les paroles sont à peu près cela : " Le Vietnam bouge et moi je danse, Mao, Mao... C'est le petit livre rouge qui nous fait voir tout en rouge ", on se balade en décapotable, on se fait des petits cours incompréhensibles en cercle fermé [...]. Il est vrai que Godard, produit exemplaire de la société capitaliste décadente, ne doit pas savoir que *L'Internationale* se chante debout en levant le point [1] ! » Charge furieuse, et curieusement révélatrice. Car les jeunes maoïstes français ne se reconnaissent-ils pas secrètement dans ces étudiants désœuvrés, consommateurs blasés qui rêvent d'un monde de liberté sans entraves, loin de l'étouffement moralisateur de la société gaulliste ? La grande majorité des prochinois n'est pas composée de fiers prolétaires, mais d'enfants de la bourgeoisie. *La Chinoise* est de ce point de vue un film bien plus réaliste que les pages fantasmatiques de *L'Humanité nouvelle*, qui glorifient la mystique ouvrière des années trente et quarante. « Sept cent millions de Chinois, et moi, et moi, et moi... », chante alors Jacques Dutronc, sur des paroles signées Jacques Lanzmann. L'UJC (ML) va-t-elle au moins défendre *La Chinoise* ? Même pas. Interrogés dans *Le Nouvel Observateur* du 20 septembre 1967, les normaliens rouges rejettent eux aussi la très véridique vision godardienne : « C'est une provocation. Une provocation policière. [...] Ce qui est grave, c'est qu'on associe les marxistes-léninistes à de jeunes bourgeois qui s'amusent. Qui jouent à la révolution comme à la cabane d'Indiens. C'est un film malhonnête. [...] C'est une satire basse et boulevardière destinée à rassurer une bourgeoisie futile et apeurée. [...] La révolution n'est pas un jouet de classe [2]. » Cette révolte futile, ce chahut bourgeois que stigmatisent les étudiants ML se traduiront quelques mois plus tard par les événements de Mai 68. Où l'on constate que même les révolutionnaires les plus acharnés n'ont pas vu venir Mai. On peut admirer au passage cette « haine de soi » qui caractérise alors les militants de l'UJC (ML) : ne sont-ils pas eux-mêmes les représentants de la jeunesse bourgeoise des années soixante qu'ils méprisent si ouvertement ?

La Chinoise est évidemment un film événement. Non seulement parce qu'il porte sur la jeunesse maoïste un regard sans complaisance, mais aussi parce qu'il dresse avant l'heure le portrait de la génération 68.

Il est facile, avec le recul, de se moquer du maoïsme et de la cécité historique qui a une nouvelle fois saisi les intellectuels. Mais, dans le contexte de l'époque, chacun a voulu croire qu'un vent véritablement nouveau soufflait d'Extrême-Orient. Revenant en 1985 sur son passé de dirigeant maoïste, Olivier Rolin rappelle que « Hannah Arendt elle-même, dans son introduction à l'édition de 1966 des *Origines du totalitarisme*, a manifesté vis-à-vis de l'expérience chinoise, Révolution culturelle incluse, une certaine bienveillance, lui accordant en tout cas le bénéfice du doute et l'excluant du “ phénomène de domination totale ” [3] ».

Étrange raisonnement, qui veut donner raison aux aveugles en arguant d'une cécité généralisée. Puisque tout le monde est aveugle, pourquoi ne le serais-je pas, moi aussi ?

Des wagons entiers d'intellectuels et d'artistes s'accrochent alors à la locomotive chinoise. Et les pèlerinages d'intellos donnent naissance à un nouveau genre littéraire : le récit de voyage en Chine, dont la mystique est loin d'être absente.

Un des plus enthousiastes zélotes de la Révolution culturelle est l'écrivain italien Alberto Moravia. De retour d'un périple qui s'est déroulé en 1967, il publie *La Révolution culturelle de Mao*, ouvrage hagiographique dans lequel il va jusqu'à exalter... la misère, en un curieux dialogue imaginaire :

« B : Mais alors, qu'est-ce que c'est vraiment la pauvreté chinoise ?

« A : Je dirais que c'est l'absence de richesse. C'est-à-dire, au fond, la condition normale de l'homme [4]. »

Lorsqu'elle est chinoise, la misère devient normale. Tout est dit. Mais pourquoi faire aujourd'hui un procès à Moravia ? Comme les autres, il s'est extasié, il a voulu justifier les aberrations, il s'est persuadé que la misère chinoise était plus supportable parce qu'elle était chinoise donc lointaine, et il a cru que la Révolution culturelle était une révolution.

Sans faire aucun effort de séduction, la Chine est devenue à la fin des années soixante le nouvel espoir des jeunes, des intellectuels. Elle n'y est sans doute pas pour grand-chose. Car le maoïsme, c'est l'investissement des fantasmes. Jamais la réalité chinoise n'a correspondu à ce que les prochinois y voyaient.

C'est là tout le paradoxe de ce courant politique. Il se réfère sans cesse à un pays étranger. Il est pourtant, en son fond, occidental. Signe plus parlant qu'un long discours, un dirigeant de l'UNEF, Jean-Louis Péninou, donne à son fils, né le 20 mars 1968, le joli prénom de... Mao.

VERS UN NOUVEAU PARTI COMMUNISTE ?

Les 25 et 26 juin 1966 se tient salle Lancry (Paris 10ᵉ), le congrès qui officialise la transformation de la Fédération des cercles marxistes-léninistes en Mouvement communiste français (marxiste-léniniste). La mue a lieu dans un climat explosif. Tandis que la Révolution culturelle démarre avec fracas en Chine, les dirigeants du Parti communiste français radicalisent leur hostilité aux prochinois : commandos, cassages de gueule, surveillances des réunions, et menaces diverses se multiplient, au point que certains dirigeants du MCF vivent constamment armés. Il n'est pas de semaine sans que la presse orthodoxe ne se déchaîne en hurlements : « Les groupuscules prochinois en France ne représentent qu'une poignée de renégats et d'aventuriers de toutes sortes. Parmi eux, on trouve encore quelques fils de grands bourgeois avides de " révolution " avant d'aller gérer les affaires de papa », écrit par exemple *L'Humanité* du 13 mai 1967. La thématique obsessionnelle de la propagande communiste est simple : les ML sont en réalité des « anticommunistes de gauche », ainsi que l'écrivait déjà Pierre Sergeot en février 1964 dans le numéro 54 du mensuel de l'UEC, *Clarté*.

Tous les services du PCF sont mobilisés, à commencer par la mystérieuse Section de montée des cadres (SMC), dirigée par Gaston Plissonnier, et généralement considérée comme la « police secrète » du Parti. Dans un rapport interne de 1967, la SMC analyse ainsi l'état des groupes ML : « Il est possible de dire que, depuis un an, nous avons porté de sérieux coups aux groupuscules, que la démonstration est faite qu'ils n'ont pas d'audience et qu'ils sont incapables d'organiser un mouvement de masse. » Le texte s'inquiète ensuite de la pénétration des idées nouvelles à Paris, avant de conclure : « Il semble souhaitable de discuter avec les fédérations de la région parisienne et avec l'UEC [...], de voir avec elles comment elles réagissent, d'obtenir la mise en place dans chaque fédération d'un responsable à ces questions, ce qui n'est pas le cas actuellement [5]. » Le PCF nomme donc à partir de 1967 dans chaque fédération un « spécialiste » de la lutte antimaoïste. La SMC a également infiltré des agents secrets au sein même des mouvements, ainsi qu'en témoigne un rapport plus ancien, qui détaille les rencontres entre dirigeants français et diplomates chinois à l'ambassade de Berne [6].

Il faut dire que les prochinois eux-mêmes ne demeurent pas inactifs. Ils conseillent aux membres dissidents du PCF de rester à leur place le plus longtemps possible et de renseigner le MCF (ML) sur les actions et les campagnes du Parti. D'autres sont présents à la CGT. Le renseignement circule dans les deux sens.

En attendant, le message de Lancry est clair. Le nouveau mouvement doit constituer « l'outil de la reconstruction d'un parti communiste marxiste-léniniste en France [7] ». En d'autres termes, les quelque deux cents organisés du MCF vont devoir maintenant fonder le parti à marche forcée. Sans rencontrer de réel gonflement des effectifs. Pourquoi ce soudain empressement à faire jaillir un parti de ce qui n'est encore qu'un groupuscule ? Le fait est que la France traîne les pieds. En Belgique, en Italie, en Espagne sont déjà apparus des partis marxistes-léninistes autoproclamés. En ne s'alignant pas sur les autres pays européens, les Français risquent d'affaiblir leur position au sein du nouveau mouvement communiste.

Le MCF est alors dirigé par un secrétariat collectif, composé de Jacques Jurquet, François Marty, Marc Tibérat, et d'un nouveau venu, Raymond Casas. Né le 12 juin 1926, ce dernier participe activement pendant la guerre au réseau France liberté, essentiellement constitué de très jeunes résistants. Il adhère aux Jeunesses communistes en mai 1944, à l'âge de dix-huit ans. Il deviendra plus tard un cadre actif du PCF dans la région de Blois, où il réside. Il travaillera notamment sous la direction de Gaston Plissonnier. Sa carrière de militant communiste « orthodoxe » comporte par ailleurs un épisode plutôt cocasse. En 1951, il habite Paris et y poursuit ses activités politiques. Il fait alors la connaissance d'un étudiant communiste particulièrement fougueux et résolu : Jacques Chirac. Chaque dimanche, Raymond Casas et Jacques Chirac vendent *L'Humanité*, dans un contexte explosif de guerre froide et de répression anticommuniste. Le futur président de la République n'a que dix-neuf ans. Outre le PCF, il fréquente assidument le Mouvement de la paix pendant quelques mois.

Lorsque survient plus tard le schisme sino-soviétique, Raymond Casas opte pour les Chinois, ce qui lui vaudra la tenace inimitié de Gaston Plissonnier. Il rejoint le MCF (ML) au congrès de Lancry. Pour les ML, Casas est une recrue de choix, à la biographie exemplaire : n'est-il pas tout à la fois ancien résistant, communiste « historique » et authentique salarié de l'usine Air Équipement ?

A nouveau mouvement, ère nouvelle. Le MCF (ML) se développe dans un climat totalement inédit, marqué par l'explosion de la Révolution culturelle.

Dès le mois d'août 1966, une délégation se rend à Pékin. Il s'agit de transmettre aux camarades chinois la bonne nouvelle de la création du Mouvement, et aussi peut-être de soutirer quelques sous, nécessaires à un accroissement de la propagande. Les Français veulent également sans doute entretenir leur légitimité. Car les hiérarques asiatiques continuent à regarder avec sympathie les autres groupuscules qui les soutiennent. Robert Linhart, de l'UJC (ML), n'a-t-il pas été reçu par les diplomates chinois de Paris ? Quant aux leaders du CMLF, ils entretiennent encore d'excellents rapports avec Pékin, et surtout Tirana.

Le MCF a pourtant une ambition plus grande. Il veut être à la

France ce que le PCF est à l'URSS : un parti fidèle, dévoué, dans la grande tradition de l'Internationale communiste, et surtout, unique. La fidélité, ça ne se partage pas.

La délégation du MCF (ML) arrive à Pékin en août 1966 : elle comprend Régis Bergeron, Francis Campestre, Raymond Casas, Jean Martin et Marc Tibérat. Après avoir été reçus comme à l'accoutumée par des membres du Département des liaisons internationales du PC chinois, les délégués rencontrent pour la première fois celui qui leur est présenté de manière assez floue comme un haut dignitaire du parti, et qui n'est autre que Kang Sheng, le chef des services secrets chinois. C'est dire qu'en 1966 les mouvements maoïstes ressortissent aux yeux des Chinois à la catégorie du « renseignement ».

Kang Sheng reçoit les ML français le 23 août. Dans la serviette du dirigeant chinois, Régis Bergeron a la surprise d'apercevoir un exemplaire annoté des *Mémoires de guerre* du général de Gaulle. Pourtant le responsable du contre-espionnage n'est pas venu faire l'apologie du général. Les traits tirés, il avoue ne dormir que quatre heures par nuit. Et avec l'air de mettre de bons amis dans la confidence, il annonce aux Français éberlués qu'une intense lutte entre deux lignes s'est déclarée au sein du gouvernement chinois. D'un côté la jeunesse, l'enthousiasme et Mao ; de l'autre les révisionnistes, les bourgeois, Liu Shaoqi. Kang Sheng n'est pas avare de détails. Il affirme même avec une incroyable précision que la Révolution culturelle qui vient d'éclater durera très exactement trois ans et se terminera en 1969. Les militants étrangers doivent absolument soutenir Mao contre les révisionnistes. En retour, ils seront aidés sans faiblesse. Mieux : ils seront préférés [8].

Mais pour devenir les seuls et uniques interlocuteurs des Chinois, les Français doivent à tout prix faire la preuve de leur représentativité. Or *L'Humanité nouvelle* n'est qu'un modeste mensuel, réalisé de Marseille.

La direction du MCF décide immédiatement de le transformer en hebdomadaire, et de transférer son siège à Paris. Aussitôt dit, aussitôt fait. A partir du numéro 22, du jeudi 6 octobre 1966, *L'Humanité nouvelle* devient hebdomadaire. Sa « une » comporte pour l'occasion un portrait de Mao ainsi légendé : « Mao Zedong est le Lénine de notre époque. » Un titre barre toute la page : « Vive la Grande Révolution culturelle prolétarienne ! »

Comme promis, le journal s'est maintenant installé 40, boulevard Magenta (Paris 10e).

Aux yeux des Chinois et des Albanais, le MCF est déjà considéré comme un interlocuteur privilégié, celui qui draine en tout cas la majorité des abonnements de soutien, et des achats d'espace publicitaire : très vite, les Chinois souscrivent à *L'Humanité nouvelle* dix mille abonnements à tarif « préférentiel ». Une somme rondelette, estimée par Jacques Jurquet à cinq cent mille francs par an, à laquelle il faut ajouter les achats d'espace publicitaire, et la fourniture gratuite de propagande, à charge pour les Français de la vendre sur le territoire. Les Albanais ne sont pas en reste. Depuis juin 1964, un Fonds de solidarité distribue des sommes importantes aux organisations sœurs : son budget pour les années 64 et 65 s'élève à sept cent mille dollars. A cette époque de balbutiement, l'or de Pékin transite en réalité par l'Albanie. Les subventions de Tirana proviennent donc des caisses chinoises. Nénmoins, la situation évoluera très vite et l'État balkanique deviendra lui-même un pourvoyeur direct [9]. Jacques Jurquet et François Marty ne cessent alors de se rendre aux ambassades de Chine et d'Albanie, avec lesquelles ils travaillent presque quotidiennement. Objectif numéro un : contrer l'influence du Parti communiste.

La mode « mao » fait cependant rage, et les meetings des Amitiés franco-chinoises permettent de drainer un grand nombre de curieux ou de sympathisants. Le vendredi 7 octobre 1966, près de trois mille personnes se rassemblent à la Mutualité pour fêter le dix-septième anniversaire de la république populaire de Chine. Aucun « bonze révisionniste » ne pointant le bout de son nez, la soirée est un franc succès. On remarque à la tribune Charles Bettelheim, Pierre Vilar, Gilbert Mury, Hélène Marchisio, Joseph Marchisio, Michèle Pignot, Régis Bergeron, Claude Thiellement et Siné. Dans la salle se pressent toutes les sensibilités du maoïsme français : les compagnons de Vergès, les « ulmards », les « chinois » du MCF (ML), et même des grippistes. Quelques jours plus tard, un meeting organisé dans la salle B de la Mutualité par le seul MCF sur le thème du soutien à la Révolution culturelle rassemblera entre trois et quatre cents personnes.

Sur le plan européen, des partis marxistes-léninistes éclosent un peu partout. Mais l'événement le plus important a lieu les 14 et 15 octobre 1966 à Livourne, en Italie : les prochinois forment sur les lieux mêmes où s'était créé le Parti communiste italien le Parti communiste d'Italie (marxiste-léniniste), en présence d'un dirigeant historique qui pourtant ne rejoindra jamais ses rangs : Amedeo Bordiga. Bientôt déchiré par de multiples schismes, le PC d'Italie (ML) apparaît vite comme le plus gros mouvement d'Europe : dirigé par Fosco Dinucci, il rassemblera jusqu'à dix mille militants en 1968 [10].

Le Ve congrès du Parti du travail d'Albanie, réuni à Tirana le 1er novembre 1966, donne une idée de la nouvelle internationale en construction. Sont présents, bien sûr, plusieurs partis-États : le Parti communiste chinois, le Parti des travailleurs du Vietnam, le

Parti du travail de Corée, le Parti communiste roumain, et aussi le FNL du Sud-Vietnam. Mais le nombre des PC favorables à Pékin et Tirana est significatif : PC d'Indonésie, PC de Nouvelle-Zélande, PC de Birmanie, PC de Malaisie, PC du Japon, PC de Belgique, PC du Brésil, PC d'Australie, PC du Pérou, Parti de la révolution socialiste du Liban, PC de Ceylan, PC de Colombie (ML), PC révolutionnaire du Soudan, PC (ML) de l'Équateur, PC de Bolivie, PC révolutionnaire du Chili, PC d'Italie (ML), Mouvement communiste français (ML), Organisation des ML autrichiens, Parti des travailleurs haïtiens... Au total : plus de trente pays. L'Internationale communiste est-elle en train de se reconstituer ? Le représentant de la France est Raymond Casas. Il profite de son séjour pour rencontrer longuement Enver Hodja, ainsi que Kang Sheng, qui a fait, lui aussi, le voyage de Tirana.

En France, le MCF annonce bruyamment en novembre 1966 l'adhésion d'un célèbre intellectuel communiste : Gilbert Mury. Entré au Parti communiste en octobre 1940 après une jeunesse plutôt royaliste, et résistant actif pendant la guerre en dépit d'une infirmité (il a un pied bot), Mury est au moment de sa démission secrétaire général du Centre d'études et de recherches marxistes, professeur à l'École centrale du Parti, et membre des comités de rédaction des revues *Économie et Politique* et *Cahiers du communisme*. Il est aussi l'auteur de plusieurs essais sur Descartes, le catholicisme ou les intellectuels.

Pour la première fois, une figure de tout premier plan, plus élevée dans la hiérarchie communiste que Régis Bergeron, Jacques Jurquet, François Marty ou Raymond Casas, se rallie aux positions chinoises et adhère au MCF (ML).

Cette montée en puissance inquiète beaucoup les dirigeants du Parti communiste. La Section de montée des cadres est maintenant sur le pied de guerre. Il est évident que le PCF surestime largement le danger que représentent pour lui les prochinois. Mais, pour la première fois dans son histoire, il est menacé par un courant rival, qui le déborde sur la gauche et qui s'appuie sur une coordination internationale de pays socialistes. C'est un phénomène inédit. Les militants communistes vont réagir de deux manières. On sait déjà qu'ils s'emploient à infiltrer des taupes au sein des groupes prochinois. Le parti va également se lancer dans des opérations paramilitaires, visant à casser physiquement le mouvement naissant.

Dès l'automne 66, c'est le déluge des coups. Sur les marchés, aux portes des entreprises, à la sortie des universités, les journaux du MCF (ML) sont déchirés et les vendeurs tabassés. Les militants les plus connus sont suivis, coincés dans des rues sombres et roués de coups. Quant aux meetings publics, ils sont systématiquement cassés par des commandos.

Le vendredi 16 décembre 1966, le MCF organise ainsi à Tours une réunion de soutien à la Révolution culturelle, en présence de Raymond Casas, Michel Gilquin et Claude Combe. Dès le début du meeting, un commando du PCF prend d'assaut la tribune et frappe violemment les orateurs. Claude Combe, membre du bureau politique du MCF et ouvrier tourneur à l'usine Paulstra de Châteaudun, s'en tirera avec un visage tuméfié et quelques points de suture.

Cette escalade de la violence franchit une étape supplémentaire le vendredi 5 mai 1967, lorsqu'un fort commando communiste décide d'empêcher un meeting central du MCF (ML) contre l'intervention américaine au Vietnam, qui doit se tenir à la Mutualité, en présence de Gilbert Mury, Jacques Jurquet, Raymond Ribert et Régis Bergeron. Les gros bras du PCF utilisent pour l'occasion une stratégie véritablement militaire. Ils débarquent à la Mutualité dès 19 heures, soit une bonne heure avant le début du meeting, avec matraques et barres de fer. Face à eux, quelques dizaines de ML sont en train de déployer des banderoles pour décorer la salle. Pris de panique, ils se barricadent à l'intérieur de la Mutualité. Que faire ? Après un certain flottement, ils décident de se rassembler dans le hall pour protéger les accès, en priant pour que des renforts arrivent. Soudain, c'est la charge. Six cents militants du PCF armés jusqu'aux dents enfoncent les portes et poussent le souci du détail jusqu'à les dégonder, cassent la figure des opposants et mettent la salle à sac. Puis ils s'emparent de la tribune, et transforment le meeting ML en un meeting du Parti communiste. Un coup de force d'une audace inouïe, qui se solde par de nombreux blessés et un chaos indescriptible. Car les prochinois ont eu le temps de se rassembler à l'extérieur.

Au moment où un orateur du PC s'apprête à prendre la parole, un ML intrépide le bouscule, et hurle dans le micro : « Vive Staline ! » Il est immédiatement roué de coups, jusqu'à perdre connaissance.

La situation devient alors surréaliste. Le meeting du MCF est devenu un meeting du PCF, avec prise d'otages ! Le service d'ordre du Parti communiste a réussi à coincer quatre prochinois, dont Régis Bergeron, qui sont retenus de force. Ils seront matraqués et frappés à plusieurs reprises.

Entre-temps, les ML se sont regroupés dans la rue et s'apprêtent à donner l'assaut. Mais la police, qui vient d'arriver en grand nombre, établit un cordon sanitaire entre prosoviétiques et prochinois. Du coup, le MCF est maintenu à l'extérieur de la Mutualité, qu'il avait pourtant louée.

Épilogue provisoire : les quatre otages sont finalement libérés, et les six cents communistes sortent en vainqueurs, sous haute protection policière. Que faire? Les ML décident de tenir le meeting envers et contre tout. La réunion a lieu dans une Mutualité dévastée, aux banderoles arrachées, aux chaises brisées et aux affiches lacérées. Pour les jeunes étudiants prochinois, les militants du PCF ne sont plus alors que des « fascistes [11] ».

Tout cela n'empêche pas le volant des sympathisants de s'élargir. Depuis 1965, la librairie « Le Phoenix », située 72, boulevard de Sébastopol (Paris 3e), est gérée par Régis Bergeron. Elle diffuse largement la propagande de Pékin. En janvier 1967, elle annonce fièrement que quatre mille *Petit Livre rouge* ont été vendus... à Paris. Il est vrai que la bible du président Mao rencontre alors un succès mondain qui n'a pas grand-chose à voir avec le militantisme.

En juin 1967 éclate la guerre des Six Jours. Pour les prochinois, aucune hésitation. Israël doit être détruit, et l'OLP d'Ahmed Choukeiry est l'unique représentant des Palestiniens. Pendant plusieurs semaines, le MCF remplace la haine antirévisionniste par un antisionisme radical. Clou de la campagne : il osera organiser à lui tout seul une manifestation parisienne de soutien aux « peuples arabes ». Cette manifestation, qui se tient le 15 juin 1967, est historiquement le tout premier cortège indépendant du MCF. Moins de cent personnes vont ainsi défiler dans le 19e arrondissement de Paris, avant d'être dispersées rue Marx-Dormoy par une police en surnombre. Et les ML reviendront de leur mini-manif avec un véritable sentiment de griserie. Pour faire face à la vaguelette maoïste, la police n'a-t-elle pas mobilisé des cohortes entières de CRS, comme si elle anticipait déjà l'ampleur du futur mouvement gauchiste? C'est sûr. Les prochinois font peur à l'État.

Les dirigeants sont alors essentiellement préoccupés par leur reconnaissance internationale. De ce point de vue, ils ne chôment pas. Du 8 au 15 août 1967, une délégation se rend à Tirana. Elle est composée de Jacques Jurquet, Raymond Casas, Claude Combe et Gilbert Mury. Elle rencontre non seulement Enver Hodja, mais encore Ramiz Alia, ainsi que Piro Bitat, qui dirige le département étranger du Parti du travail d'Albanie, et Behar Shtylla, un autre apparatchik spécialisé dans les contacts internationaux. Le voyage en Albanie sera aussi une occasion d'entrevue avec les dirigeants du Parti communiste d'Italie (ML), et du tout nouveau Parti marxiste-léniniste d'Autriche.

Quelques jours plus tard, nos militants français s'envolent pour Pékin. Cette fois-ci, la délégation se compose de Jacques Jurquet, Raymond Casas, Régis Bergeron, et Alain Castan. Ils rencontrent longuement Kang Sheng le 30 août, sans suspecter une seule seconde que leur interlocuteur est un seigneur du renseignement. Les Français auront par ailleurs la surprise de croiser à Pékin une délégation de l'UJC (ML) conduite par Robert Linhart. Car même si les Chinois préfèrent les vétérans communistes aux jeunes étudiants, ils gardent le contact avec les brillants « ulmards », promis à un bel avenir au sein de la bourgeoisie. La scène se passe à l'Opéra de Pékin. Les délégations françaises sont assises à deux rangs d'écart. Un Chinois s'en vient alors demander aux membres du MCF s'ils acceptent de rencontrer ceux de l'UJC (ML) et de négocier l'unité. Raymond Casas est tout à fait d'accord. Mais Jacques Jurquet s'offusque. Pas question de dialoguer avec les « ulmards » ! Scandalisé par l'attitude de son compagnon, Raymond Casas gardera des liens avec Robert Linhart jusqu'au début des années soixante-dix.

De retour à Paris, les dirigeants du MCF s'attellent à une tâche historique : la préparation du congrès de fondation du nouveau Parti communiste. Après quelques retards dus à des problèmes d'organisation, le congrès est finalement convoqué à Puyricard les 30 et 31 décembre 1967. Il est marqué par de très graves incidents. Cent quatre militants ont convergé de tous les coins de la France dans la propriété boisée de Georges Gauthier, militant ML et fils d'un dirigeant communiste des Bouches-du-Rhône. Depuis vingt-quatre heures, la police a mis en place des barrages sur toutes les routes qui mènent à la propriété, et relève l'identité de chaque participant. Le ministère de l'Intérieur a-t-il eu vent de quelque risque de violence ? Les policiers sont armés de mitraillettes. Le spectre du « péril jaune » est toujours d'actualité.

Certains militants ne parviendront pas jusqu'au lieu du congrès. Prévenu à Aix-en-Provence de la présence du dispositif policier, Gilbert Mury décide de faire demi-tour. Il est de toute façon hostile à la création du parti, qui lui semble à tout le moins prématurée. Il n'est pas le seul. Plusieurs sections sont résolument opposées au congrès de Puyricard, à l'exemple de la section de Lyon du MCF (ML), dont l'écrasante majorité des membres est contre la formation d'un parti, qu'elle juge irréaliste, compte tenu de la faiblesse des effectifs.

La journée du 30 décembre se passe à peu près normalement. Une voiture des Renseignements généraux tente malgré tout d'entrer dans la propriété. Elle en est dissuadée par le service d'ordre, équipé de talkies-walkies. On signale aux congressistes des camions bâchés, pleins de gardes mobiles, qui sillonnent les routes avoisinantes. C'est donc dans une atmosphère lourde et suspicieuse que Jacques Jurquet lit son rapport politique. Il n'y a sur place aucune délégation étrangère, à l'exception d'un représentant du Parti communiste de Nouvelle-Zélande, Ray Nunes.

Les travaux se terminent finalement vers trois heures du matin, pour reprendre le lendemain.

Le 31 décembre, en début d'après-midi, un membre du Service d'ordre en position dans le bois se trouve soudain nez à nez avec quatre hommes armés. Il prend ses jambes à son cou et donne l'alerte.

Pendant ce temps, les quatre hommes ont contraint plusieurs militants à s'allonger à plat ventre par terre, sous la menace de leurs armes. Ils sont toujours en pleine forêt, à mi-chemin entre la route et le lieu du congrès.

Six prochinois armés se précipitent à leur rencontre. S'agit-il de policiers imprudents ou d'activistes d'extrême droite ? Ni les uns ni les autres. Les assaillants sont d'intrépides militants du Parti communiste français. Sans doute espéraient-ils attaquer les congressistes par surprise. Leur plan a en tout cas échoué, puisqu'ils se retrouvent en nombre inférieur, isolés au milieu du bois.

Leur réaction est alors d'une violence inouïe. Armés de fusils et de revolvers, ils tirent onze coups de feu vers le sol pour se dégager. Un militant prochinois, Christian Maillet, est blessé au pied. Raymond Casas, qui vient d'arriver, ne peut retenir un cri de détresse : « Mais vous êtes complètement fous ! » Quant à Jacques Jurquet, il arrête un de ses gars au moment précis où il va décharger son fusil de chasse sur le commando du PCF.

Brandissant leurs armes, les communistes se saisissent d'un jeune ML, qui n'est autre que le propre fils de Jacques Jurquet, et le prennent en otage pour garantir leur sortie de la propriété. Le jeune homme marche en leur compagnie pendant une cinquantaine de mètres avec un revolver dans le dos. Mais il est expert en arts martiaux, et parvient à se dégager au terme d'une violente bagarre. Il s'enfuit sous les coups de feu, qui le manquent de peu.

Jacques Jurquet a reconnu certains des agresseurs. Il les avait côtoyés au sein du PCF de Marseille. Et comme nous sommes dans le Midi, le western se clôt sur une scène plutôt comique. Le soir même, la mère de Jacques Jurquet s'en va insulter l'un des assaillants... chez lui. Ne sont-ils pas tout bêtement voisins ? Le commando du PCF aura échoué en tout. Loin de briser le congrès, il galvanise au contraire l'ardeur des militants, même si les débats sont finalement écourtés.

Le Parti communiste marxiste-léniniste de France (PCMLF) naît glorieusement ce 31 décembre 1967.

Jacques Jurquet en devient immédiatement l'inamovible secrétaire politique. Mais il partage cette fonction avec Raymond Casas. Les autres secrétaires sont François Marty (Perpignan), Claude Combe (Tours), et Michèle Pignot (Paris). Quant au

Bureau politique, il se compose de Louis Barbot, Régis Bergeron, Aimé Delrue, Bernard Deniau, Georges Gauthier, Roger Gronier, Marcel Juliot et Robert Thiervoz. Gilbert Mury, qui n'a pas assisté au congrès, est toutefois nommé au Comité central, qui compte vingt-neuf membres. Mais il restera critique à l'égard du PCMLF [12].

Pour tous les congressistes, l'instant est historique. La classe ouvrière a enfin retrouvé son Parti communiste. Le PCF est relégué aux poubelles de l'histoire. Pour marquer l'événement, on ajoute à *L'Internationale* le « couplet de Puyricard » :

Ouvre donc les yeux, camarade,
Et vois qui sont les renégats.
Sors du brouillard de cette rade,
Rejoins tes frères de combat.
Crie : à bas le révisionnisme,
A bas les mystificateurs !
Vive le marxisme-léninisme,
Notre idéal libérateur !

Le PCMLF est donc créé. Sur le papier. Il ne lui reste plus qu'à se construire dans les faits. Hélas ! La réalité est nettement plus têtue que la propagande.

Car le nouveau parti regroupe entre cinq cents et mille membres. C'est peu. Beaucoup trop peu pour espérer concurrencer un jour les grands rivaux du PCF, qui rassemblent alors à chaque élection environ 20 % des suffrages.

Il est clair qu'entre janvier et juin 1968, le PCMLF ne joue à aucun moment un rôle de leader. Témoin passif de la montée du mouvement de Mai 68, il se contente de participer de façon minoritaire aux différentes actions qui sont menées contre l'intervention américaine au Vietnam ou le mouvement d'extrême-droite Occident. Il y a certes quelques bagarres avec des militants du PCF ou des nationalistes défendant le Sud-Vietnam, mais dans l'ensemble, le « nouveau parti de la classe ouvrière » reste assez passif. Il se contente de publier son hebdomadaire, *L'Humanité nouvelle*, qui se fait l'écho de l'action des cellules d'entreprise du Parti.

L'initiative revient alors aux jeunes rivaux de l'UJC (ML), qui font preuve au même moment d'un incroyable dynamisme.

L'UNION DES JEUNESSES COMMUNISTES (MARXISTES-LÉNINISTES), OU LES « ULMARDS » À L'USINE

1967, année maoïste ? Le moins que l'on puisse écrire, c'est que les débuts de l'Union des Jeunesses communistes (marxistes-léninistes) sont fastes. Certes, les jeunes « ulmards » sont un peu déconcertés par leur succès. Car ce ne sont pas les masses travailleuses qui se pressent aux grilles de l'École normale supérieure de la rue d'Ulm, mais bien le « tout-Paris » intellectuel, sensible aux ravages de la mode « mao ». On verra même Jean-Luc Godard filmer évasivement quelques réunions avant de se faire virer par Tony Lévy, et enfiler les couloirs, mégot au bec et lunettes noires vissées sur le front. La première tâche que s'assigne le jeune mouvement consiste à créer une Université rouge, pour mieux former ouvriers et étudiants. Plusieurs militants et sympathisants sont appelés à discourir : Dominique Lecourt, François Lebowitz, Benny Lévy, ou encore Nicos Poulantzas. « A l'UJC (ML), on jouait au ping-pong avec la pensée », résume joliment Tiennot Grumbach[13].

L'UJC (ML) va aussi relancer une vieille tradition communiste. Il s'agit de célébrer la date du 21 février, jour anniversaire de l'exécution par les nazis du groupe Manouchian, qui est devenu plus tard une journée internationale d'action contre l'impérialisme. Un comité de personnalités est constitué en vue de la préparation du 21 février 1967 : on y remarque Jean Baby, Jean Begbeder, Charles Bettelheim, K.S. Karol, Georges Mattéi, Michel Mendès France, Jean-Pierre Olivier de Sardan, Jean-Louis Péninou, Bernard Schreiner, Jean Terrel ou encore Jacques Valier. Tous ne sont pas d'authentiques marxistes-léninistes, mais ils donnent une idée du noyau large des amis des prochinois. Jean Baby rejoindra d'ailleurs plus tard l'UJC (ML) et contribuera à l'émergence de la Gauche prolétarienne. L'initiateur de l'action est Tiennot Grumbach.

A dire vrai, le 21 février 1967 n'est qu'un demi-succès. Quelques centaines de jeunes gens défilent sans incidents sur le boulevard Bonne-Nouvelle (Paris 10e) aux cris de « US assassins » et « Libérez le Vietnam », tandis que de rituelles bagarres opposent révolutionnaires et militants du mouvement Occident aux abords de la place Saint-Germain-des-Prés. Pas de quoi fouetter un chat.

En attendant, le succès parisien de l'Université rouge est tel qu'elle doit bientôt quitter la rue d'Ulm pour émigrer au 44, rue de Rennes (Paris 6e), une salle plus apte à recevoir son large public. Qui sont alors les maîtres d'œuvres de l'UJ ? Outre Robert Linhart, on remarque bien sûr Benny Lévy, mais aussi son frère, Tony Lévy, sans oublier l'infatigable Tiennot Grumbach, ou encore Jacques Broyelle.

Le véritable trio dirigeant se résume alors à Benny Lévy. Robert Linhart et Jacques Broyelle. Tous s'accordent sur un point : pas question de faire de l'UJC (ML) une organisation « petite-bourgeoise ». Place à l'autocritique permanente et à la maîtrise des passions. Il s'agit maintenant de mettre sa vie tout entière en accord avec ses idées, de cesser par exemple d'aimer les westerns, ou encore d'éviter le « débraillé sexuel »... Tout un programme, austère, puritain, volontiers répressif, à l'image éternellement ambiguë de la Révolution culturelle chinoise. Cette volonté moralisatrice peut aller fort loin. Philippe Barret est amoureux de Blandine Kriegel, militante comme lui de l'UJC (ML), et fille de Maurice Kriegel-Valrimont. « Ne l'épouse pas », conseille fermement Benny Lévy. C'est que la jeune fille est une intellectuelle. Une tare maintenant rédhibitoire. Mieux vaudrait se marier à une jeune prolétaire, pour faire essaimer la cause de la révolution. Philippe Barret passera outre [14].

Dernier signe d'un renforcement d'activité : l'UJC (ML) possède depuis janvier 1967 au 10, rue Gît-le-Cœur (Paris 6e) une librairie parisienne. C'est Tiennot Grumbach qui a racheté le bail à Jorge Semprun, avec l'argent de sa grand-mère. Concurrente et amie du Phœnix, la librairie Gît-le-Cœur diffuse les ouvrages chinois, albanais et vietnamiens, ainsi que l'ensemble de la presse ML.

La relative montée en puissance des « ulmards » se heurte alors à un obstacle important. Le MCF (ML) annonce de plus en plus fort qu'il est sur le point de créer « le » Parti communiste. Il a en outre sur l'UJC (ML) le redoutable avantage d'être reconnu par les Chinois. Que faire ? Robert Linhart décide de prendre rendez-vous avec l'ambassade de Chine à Paris.

Il est fort aimablement reçu, boit le thé de l'amitié, mais se heurte à une prudence toute diplomatique. Aux yeux des Chinois, les « ulmards » ont un défaut : ce ne sont que des étudiants. Il leur manque l'implantation dans la classe ouvrière. Non sans habileté, les dirigeants du MCF ont réussi à les convaincre qu'ils étaient en majorité des ouvriers communistes, ce qui est loin d'être le cas. L'UJC (ML) se heurte donc à une difficulté absolue : il lui faut à tout prix sortir du Quartier latin et agrandir son audience. Militant fort inventif, Tiennot Grumbach sera le maître d'œuvre d'un concept nouveau. Sachant que la guerre du Vietnam fait alors rage, et que le Comité Vietnam national, contrôlé par le PCF, défend un mot d'ordre pacifiste, « Paix au Vietnam », les maoïstes décident de créer des Comités Vietnam de base (CVB) qui clameront un slogan beaucoup plus guerrier : « FNL vaincra ! »

Structure large, les CVB permettront de rallier un grand nombre de sympathisants, sans les forcer à subir le rude apprentissage de la vie althussérienne. Tout le monde au Quartier latin n'est-il pas hostile à la sanglante intervention US au Vietnam, avec son cortège de bavures abominables et de bombardements meurtriers de populations civiles ? Dans les lycées, dans les facs, l'expérience est un réel succès. Dans la khâgne du lycée Louis-le-

Grand, 70 % des élèves sont proches des nouveaux comités. On voit même dans les rangs des CVB la haute silhouette d'un tout jeune collaborateur de *L'Express*, Jean-François Bizot. L'effet Vietnam donne un coup d'accélérateur à la cause des ML.

C'est donc dans une ambiance plutôt optimiste que se tient, les 14, 15 et 16 juillet 1967 dans une auberge de jeunesse de Poissy, la deuxième rencontre nationale de l'UJC (ML). Elle est placée sous le signe de l'« Enquête ». Comme le proclamait déjà la une du numéro 5 de *Garde rouge* (avril 1967) : « Qui n'a pas fait d'enquête n'a pas droit à la parole. » La phrase est signée Mao.

L'enquête, c'est encore une idée des Chinois. Le concept en est lumineux : pour bien connaître la classe ouvrière et le monde paysan, il faut procéder à une enquête systématique et objective, en allant sur le terrain. Il s'agit de quitter les universités pour aller sur les lieux mêmes où sévit l'exploitation. De pratiquer l'analyse concrète. Cette mise en avant de l'enquête sera une des principales caractéristiques du mouvement maoïste. A la différence des autres révolutionnaires, qui parlent encore de la classe ouvrière comme d'une entité mythique, les jeunes ML de l'UJ vont en quelque sorte réinventer la sociologie ouvrière, en mettant en lumière l'hétérogénéité du monde prolétarien : « Pour l'UJC (ML), la classe ouvrière n'était pas un bloc uni », précise un des promoteurs de l'enquête, Tiennot Grumbach [15]. En allant « au-devant des prolétaires », les étudiants révolutionnaires pointent la différence entre ouvriers spécialisés (OS) et manœuvres diplômés. Ils découvrent l'existence d'un sous-prolétariat immigré au sein même du prolétariat. Les « ulmards » ont donc pour consigne de passer des vacances actives, et de se rendre dans des régions à forte concentration ouvrière ou paysanne. Des cellules d'enquête se forment : certaines iront aux quatre coins de la France. D'autres se rendront en Chine et en Albanie.

Car le jour de la reconnaissance est arrivé. Par un beau matin d'août 1967, Robert Linhart, Jacques Broyelle, Jean-Pierre Le Dantec, Christian Riss et Georges Sturm se posent à Canton, tandis qu'un groupe de militants fait le voyage en train. L'UJC (ML) est enfin invitée à dialoguer avec le Parti communiste chinois. Dès l'atterrissage, l'ambiance est toute particulière. Un émissaire leur demande poliment... de se faire couper les cheveux. On est loin du grand rêve libertaire imaginé en France, mais qu'importe. Qui n'a pas fait d'enquête n'ayant pas encore droit à la parole, les jeunes étudiants se plient sans rechigner à la coupe obligatoire. Plus tard, ils rencontrent un officiel chinois, qui les bombarde de questions précises sur l'histoire de l'UJC (ML). Ils ont aussi, sur un mode nettement plus informel, une discussion troublante, émouvante, avec un Américain de Pékin :

Sydney Rittenberg. Jeune communiste du sud des États-Unis dans les années quarante, Rittenberg découvre la Chine dès 1945, et en tombe amoureux. Il rejoint les rouges, combat aux côtés de Mao et participe à la prise du pouvoir en 1949. Il est alors... arrêté pour espionnage, et passe six ans dans un camp d'internement. Réhabilité, il se lance à fond dans la Révolution culturelle, au point de diriger une faction de gardes rouges, qui finissent par s'emparer de la radio nationale. Plus tard, il sera de nouveau emprisonné et ne retournera en Amérique qu'en 1976, peu de temps avant la mort de Mao. Il est aujourd'hui homme d'affaires, et consultant des jeans Levi-Strauss... en Chine. Détail important : Rittenberg est en 1967 le principal pourfendeur officiel de Jacques Grippa, ce ML de la première heure maintenant considéré comme révisionniste. Peut-être profite-t-il de l'occasion pour mettre en garde les jeunes « ulmards » contre le Parti communiste de Belgique, qui ne cesse de les courtiser. Deux rencontres ont déjà eu lieu à Bruxelles en décembre 1966, puis mars 1967, avec notamment Michel Graindorge. Quant à l'hebdomadaire du PCB, *La Voix du peuple*, il ne tarit pas d'éloges sur l'UJC (ML). En 1967, Linhart et ses camarades sont en tout cas éperdus d'admiration devant le vétéran américain.

La Révolution culturelle bat son plein. Coupés du monde dans leur résidence pour étrangers, les ML français entendent battre au loin le cœur de la Chine : rumeurs de manifs, convois de soldats qui passent très vite... Un soir, Robert Linhart et Jean-Pierre Le Dantec regardent le soleil se coucher sur la terrasse de l'hôtel. Quelque part dans Pékin, on entend un cortège. Soudain Le Dantec éclate en sanglots. C'est trop beau, d'être en Chine, en plein cœur d'une « révolution ». Et qu'importe si on n'y participe pas [16]...

Les « ulmards » quitteront la Chine avec émotion, comme des pèlerins ayant fait le voyage de Jérusalem. Au même moment sort le numéro 7 de *Garde rouge*, avec en dernière page un slogan éloquent, qui se passe de commentaire : « La bombe chinoise, une grande victoire de la pensée de Mao Zedong. » Il est vrai que la Chine vient tout juste de faire exploser sa première bombe H...

D'autres militants auront nettement moins de chance que Linhart et ses amis. Une « cellule d'enquête », menée par Alain Monchablon, se rend pour sa part en Albanie. L'accueil est encore plus guindé qu'en Chine. Les garçons sont rasés à la frontière, tandis que les filles sont forcées de troquer leurs jeans contre des jupes longues. Pendant des journées entières, les malheureux agrégatifs doivent ensuite subir des rapports en langue de bois stalinienne sur les succès grandissants de l'économie albanaise. Monchablon ne tarde pas à s'ennuyer ferme. Un après-midi d'exposé morne et poussif, il griffonne sur son calepin un serpent émergeant des sables, et y accole cette légende : « Albanie, désert théorique. » Négligeamment, il froisse la feuille, la roule en boule et la balance dans la corbeille à papier. Le professeur albanais continue imperturbablement son cours magistral.

Quelques heures plus tard, c'est la crise. Rassemblés en catastrophe, les Français se retrouvent face à un cadre albanais vert de rage, qui brandit sous leur nez la feuille froissée. Hélas ! Dans un pays ouvertement stalinien, comment s'étonner que les poubelles soient systématiquement fouillées, et les brouillons relus par de zélés policiers ? L'ennui, c'est que les commissaires politiques ignorent le nom du saboteur : « Camarades, un traître s'est glissé parmi vous, qui a gravement insulté notre glorieuse république. Votre séjour ne saurait se poursuivre dans ces conditions. »

Silence général parmi les Français. Pas question de dénoncer un copain, surtout en Albanie ! Trois jours plus tard, la délégation de l'UJC (ML) est fermement reconduite à la frontière. Plus jamais le Parti du travail d'Albanie ne voudra entendre parler de l'UJC (ML) [17].

L'été 1967 est un moment décisif de l'histoire du maoïsme en France. Tandis que certains chefs visitent la Chine et l'Albanie, les étudiants de la base s'éparpillent à travers la France, et tentent de prendre contact avec des ouvriers. La plupart du temps, leur entreprise ne rencontre que méfiance et apathie. Le cas de Jean-Pierre Olivier de Sardan est de ce point de vue particulièrement éloquent. Héritier du château de Sardan, près de Sommières, le leader des CVB décide en toute simplicité d'enquêter sur ses propres terres ancestrales, en compagnie de Nicole Linhart, la femme de Robert. Le jeune seigneur part donc à la rencontre des paysans. Inutile de dire que le contact entre classes ne ressemble pas à une fusion. Les paysans sont certes très polis, mais restent sur une réserve courtoise. La révolution peut-elle venir de la noblesse, ou bien d'intellectuels parisiens ? Il arrive tout de même que des sympathies se créent, et que de véritables contacts se nouent. A l'usine Perrier de Vergèze, Nicole Linhart réussit ainsi à rencontrer des ouvriers favorables aux thèses chinoises et albanaises, et à impulser un noyau de sympathisants. Un exemple, parmi beaucoup d'autres, positifs ou négatifs.

De sorte qu'en septembre les militants de l'UJC (ML) doivent admettre qu'ils sont, pour la première fois, sortis de leur tour d'ivoire. Pour Robert Linhart, encore bouleversé par sa religieuse visite de la Chine, il faut marquer le coup. Dans la grande tradition des gardes rouges, il lance en septembre 1967, lors de la réunion de bilan des cellules d'enquête qui se tient à la rue d'Ulm, un vaste « mouvement de rectification ».

A partir de ce moment, l'UJC (ML) entre dans une spirale du durcissement. L'engagement devient chaque jour plus dur, plus exigeant, plus prenant. Le mouvement opte volontiers pour la violence, radicalise son intolérance. Exit l'aspect folklorique du Quartier latin. « Feu sur l'intellectuel bourgeois », clame le numéro 3 du *Bulletin intérieur.* L'intellectuel bourgeois n'est autre que... Louis Althusser. Car l'épuration idéologique doit être totale. Et le maoïsme français ne saurait avoir d'autres idoles que Marx, Engels, Lénine, Staline et bien sûr Mao.

Pour marquer leur détermination, pour montrer que leur engagement est tout sauf petit-bourgeois, les dirigeants, Robert Linhart en tête, lancent en parallèle un mot d'ordre nouveau et dévastateur : la « ligne d'établissement ». L'idée en est simple et terrible. Les jeunes étudiants doivent abandonner tout carriérisme, toute ambition, tout rêve matériel, pour s'immerger dans la classe ouvrière, s'établir en usine, et y chercher le contact avec les ouvriers les plus conscients. L'objectif est de forger au sein de la CGT une CGT de lutte de classes, analogue à ce que furent en leur temps les cercles ML au sein de l'UEC. Chacun se répète comme un mot de passe secret une mystérieuse et poétique sentence chinoise, attribuée à Mao Zedong, et qui ne figure pas dans *Le Petit Livre rouge* : « Il faut descendre de cheval pour cueillir les fleurs. »

Plus terre à terre, le *Bulletin intérieur* numéro 6, du 17 décembre 1967, précise : « Il doit être bien clair que ce qui est en question, fondamentalement, c'est de transformer la base de classe du mouvement marxiste-léniniste, c'est de mettre fin à un état d'isolement des masses. » Froideur de la tactique, et sacrifice religieux.

Seule fausse note dans le concert : l'opinion de Benny Lévy, qui soutient l'enquête, mais se méfie de l'établissement. Il est mis en minorité. Un bémol apparaît toutefois. Pour des raisons stratégiques, il est décidé que les dirigeants de l'UJC (ML) ne s'établiront pas tout de suite. Ils restent à l'abri des remparts d'Ulm, tandis que les sacrifiés se présentent devant l'autel. Vingt premiers étudiants sautent le pas avec enthousiasme, dès la rentrée de 1967. Parmi eux, un jeune matheux, incroyablement brillant : Alfred Vidal-Madjar. Certains établis proviennent de milieux aisés, mais d'autres sont d'origine ouvrière : c'est le cas d'André Cuisinier. Son père s'est saigné aux quatre veines pour lui payer ses études et pour lui permettre d'intégrer l'École normale supérieure de Saint-Cloud. Lorsqu'il apprend que son fils a décidé de se faire embaucher en usine, il vit une véritable tragédie personnelle.

Dans l'établissement, le maoïsme atteint peut-être son pinacle, son point de non-retour, son apothéose. Car au sein de l'extrême-gauche française, il est le seul courant qui impose à ses adeptes un tel don de soi, une telle abnégation, un tel suicide social, un tel « martyr glorieux [18] ». On entre ici dans un domaine presque mystique. Les maoïstes vont aller à l'usine pour expier leurs origines sociales, leur culture, leurs diplômes, leur ouverture d'esprit. Place à la sueur, à l'abrutissement volontaire, au sacrifice.

L'établissement donnera plus tard naissance à une poignée de livres intenses et tragiques, qui narrent le cauchemar de jeunes universitaires aux mains ensanglantées, physiquement incapables d'effectuer le travail qui leur est assigné [19].

Une ancienne établie de l'UJC (ML) se souvient de cette époque de pénitence : « Ma première tentative d'établissement, c'était à Paris, dans le 20e arrondissement, l'usine fabriquait des plats en étain. Pour être embauchée, j'ai raconté une histoire maintes fois répétée par la suite : j'avais vécu avec un homme, il m'avait abandonnée, il fallait que je gagne ma vie. Je ne suis restée qu'une journée dans cette usine, mais il m'en reste un souvenir très vif. Toute la journée, j'ai nettoyé de grandes plaques d'étain avec un produit à base d'alcool. Je suis naturellement très maladroite, rapidement j'ai eu les mains en sang. Le contremaître m'a gentiment conseillé de changer de métier : “ Ce n'est pas pour vous ”, a-t-il ajouté. J'étais virée. Je suis sortie de l'usine en pleurant, désespérée de ne pas être reconnue pour ces compétences-là [20]. »

L'établissement deviendra un trait caractéristique du maoïsme français. On verra des vagues d'embauche en usine jusque dans les années quatre-vingt. Il y a encore aujourd'hui des établis, issus des grands mouvements des années soixante et soixante-dix. L'établissement s'exprime par des dizaines de témoignages contradictoires : des victoires obtenues sur des contremaîtres, des usines mises en grève, des militants épuisés, au bord de la rupture, des vies fracassées, mises en miettes, et difficilement recollées à la fin du mouvement, et aussi des embauches bidon, provisoires, qui ressemblent plus à des stages d'études qu'à un engagement réel. Chacun aura vécu cette immersion dans la classe ouvrière de la façon qu'il aura voulu. Mais seul le résultat compte : pour les rivaux de l'Union des étudiants communistes, de la Jeunesse étudiante chrétienne, de la Jeunesse communiste révolutionnaire, ou de la Fédération des étudiants révolutionnaires, les « ulmards » ne sont plus des gugusses au jargon incompréhensible, mais de vrais révolutionnaires, qui ont tout abandonné pour « servir le peuple », selon le nom du nouveau mensuel de propagande de l'UJC (ML), qui paraît depuis le

1er juillet 1967, et qui remplace progressivement *Garde rouge.* Admettons-le : la lecture de *Servir le peuple* est tout aussi aride que celle de *Garde rouge.* On n'y trouve aucune allusion à la ligne d'établissement, qui est censée rester secrète. Seul vague indice de prolétarisation : la multiplication d'articles sur des grèves, des luttes en usines. A partir du numéro 15, en date du 1er février 1968, le bimensuel *Servir le peuple* devient toutefois le « Journal des Groupes de travail communistes et de l'Union des jeunesses communistes (marxiste-léniniste) ». Les Groupes de travail communistes, qui apparaissent pour la première fois, sont les cercles d'établis.

Tous les militants n'ont pas renoncé à leur confort bourgeois. Ils ont d'ailleurs fort à faire en dehors des usines. L'UJC (ML) mène en effet deux combats parallèles et souvent complémentaires : une joute quotidienne avec l'extrême droite, et l'édification des Comités Vietnam de base. Car la guéguerre avec le mouvement Occident et la Restauration nationale bat son plein. Les « ulmards » sont passés maîtres dans l'art d'ourdir des « pièges à fafs ». La recette en est simplissime. Un lycéen gringalet sert d'appât. Apparemment seul et sans protection, il diffuse bruyamment *Servir le peuple*, ou *Victoire pour le Vietnam*, le journal des CVB. Lorsque surviennent des militants d'Occident, prêts à tabasser l'appât, un groupe de dix cogneurs surgit d'une rue avoisinante et c'est l'hallali.

Plus sérieusement, l'UJC (ML) s'engage alors dans une voie paramilitaire. Des Groupes de protection et d'autodéfense (GPA) voient le jour. Il s'agit non seulement d'organiser le service d'ordre des manifestations, mais encore de mener toutes les actions militaires contre l'extrême droite, le PCF, ou la police. Les principaux animateurs des GPA sont un normalien, adhérent de l'UJC (ML) depuis sa création (Olivier Rolin), un étudiant en histoire (Jean-Marc Salmon), auxquels il faut ajouter Jacques Rémy, Jean-Claude Zancarini (dit *Tarzan*), Didier Truchot, Jean-Paul Cruse (dit *Paulo*), ou encore Maurice Brover (dit *Momo*) : au total, une belle brochette de militaros, qui pratiquent assidument le karaté, le coup de poing américain, le manche de pioche, ou la matraque.

La première action d'envergure des GPA a lieu le 7 février 1968. Ce soir-là, l'extrême droite tient à la Mutualité un meeting de soutien au Sud-Vietnam. Pour Tiennot Grumbach et les CVB, pas question de tolérer une telle réunion.

Les GPA se voient donc assigner un objectif clair : casser le meeting. Pour la première fois dans l'histoire du maoïsme français, une action militaire d'envergure est non seulement décidée par la direction de l'UJC (ML), mais encore soigneusement préparée, dans la grande tradition de la résistance et du mouvement communistes : rendez-vous secondaires, armes blanches, casques. Des casques de chantier et des manches de pioche ont même été achetés en gros au BHV !

Le jour dit, trois cents militants prochinois font brutalement leur apparition place Maubert à Paris, non loin de la fameuse Mutualité. Mais la police est déjà là, en surnombre. Qu'à cela ne tienne ! Les militants feignent de se disperser pour réapparaître brusquement devant l'église Saint-Germain-des-Prés. Et lorsque déboulent les CRS, l'occasion est trop belle. Cette fois-ci les GPA passent à l'attaque. Les affrontements, d'une violence extrême, durent toute la soirée. Grand pourfendeur de « fachos », Jacques Rémy s'illustre par une tactique infaillible. Lorsqu'un policier le charge, il feint de prendre la fuite, et par un fulgurant retournement, envoie son poursuivant au tapis. La soirée du 7 février 1968 restera dans beaucoup de mémoires. Trois mois avant mai, elle constitue le premier avant-goût des futures émeutes : grenades lacrymogènes, vitrines brisées, résistance à la police, nombreux blessés. L'UJC (ML) n'a plus rien d'un conclave d'agrégatifs. Elle se félicite en tout cas de son opération du 7. Et dès le 21 février, les GPA repassent à l'action.

Il s'agit comme l'année précédente de célébrer la journée mondiale de la lutte contre l'impérialisme. Mais cette fois-ci, pas question d'un simple meeting ou d'une bêlante manif. Les militants décident d'investir les beaux quartiers de Paris. Nouvel objectif : la prise militaire du consulat du Sud-Vietnam, situé avenue de Villiers (Paris 17e). Le bâtiment est donc la cible d'un véritable assaut. Pourtant la forteresse demeure imprenable. Impossible de pénétrer dans l'immeuble-bunker. Les maoïstes parviennent néanmoins à hisser au fronton le drapeau du FNL. Ils maculent la façade de slogans vengeurs et se répandent dans les rues bourgeoises pour une manif au pas de course. Les CRS déboulent en retard, avec l'intention d'en découdre. Il est vrai que le cortège n'est pas autorisé. L'ennui, c'est que les GPA n'ont pas l'habitude de détaler devant une simple charge. L'affrontement est une fois de plus très violent. Jean-Paul Cruse est au premier rang des cogneurs. Pendant la bagarre, il est blessé à la tête. Le sang coule sur son front, se répand sur son imperméable. Mais, au lieu de l'évacuer, ses camarades en font un étendard. Il mènera la manifestation, couvert de sang, une barre de chantier à la main. Pour les autorités, le message est clair : l'UJC (ML) est maintenant une organisation dure, prête à toutes les actions les plus spectaculaires. Où le débat fait rage. Car la popularité des CVB cache une crise interne. Nombreux sont les adhérents qui aimeraient remettre en cause la dogmatique tutelle de l'UJ. De sorte qu'à mesure que se multiplient les coups de force, la mainmise des « ulmards » sur les Comités Vietnam de base se fragilise.

Ce qui n'empêche pas les opérations les plus massives. Les maoïstes sont à l'origine du coup d'envoi direct de Mai 68.

Tout commence le 30 avril. Mené par Roger Holeindre, le Front uni de soutien au Sud-Vietnam rassemble plusieurs organisations d'extrême droite, unies par un même anticommunisme. Parmi les plus farouches activistes d'Occident, on remarque entre autres Alain Madelin, Christian de Bongain alias *Xavier Raufer*, Patrick Devedjian, ou encore Gérard Longuet.

Le 30 avril, le fameux Front uni a loué la salle du 44, rue de Rennes (Paris 6e) pour une exposition sur les « atrocités nord-vietnamiennes ». Les GPA décident tout naturellement de briser le meeting. Cette fois, la cible ne sera pas la police, mais l'extrême droite elle-même. L'attaque est soigneusement préparée au théâtre d'Ulm par Jean-Marc Salmon, Tiennot Grumbach, Jacques Rémy, Didier Truchot...

Le jour venu, cinquante militants répartis en trois groupes (deux pour l'assaut, un pour la protection) sont à l'affût dans les rues environnantes. A l'intérieur de l'exposition, pas plus de vingt nationalistes. Deux d'entre eux gardent la porte d'entrée. Toute l'opération est basée sur l'effet de surprise. Si les deux gardiens repèrent les ML, ils auront le temps de verrouiller la lourde porte cochère. Il s'agit donc de faire très vite. La suite ressemble furieusement à un film d'action. Une 4L lancée à cent à l'heure freine brutalement devant l'entrée. Elle est conduite par un maoïste et contient les barres de fer. Les portes arrière s'ouvrent brutalement. Le premier groupe s'équipe rapidement, sous les yeux incrédules des deux vigiles qui commencent à se rendre compte que le bâtiment fait l'objet d'une attaque. Ils n'ont pas le temps de bloquer les issues. Le premier commando, mené par Jacques Rémy, Jean-Claude Zancarini et Jean-Paul Cruse se précipite à l'intérieur de l'immeuble. Mais la salle de réunion est déjà barricadée. Une simple petite ouverture permet à un seul individu de passer. Que faire ? N'écoutant que son audace de chef, Jean-Marc Salmon entre bravement dans la salle, où l'attendent les fascistes. Il ressort tout de suite, le crâne en sang. Pas question d'attaquer dans ces conditions. Soudain déboule Tiennot Grumbach. Il connaît bien les lieux, pour y avoir organisé maintes conférences de l'Université rouge. Il y a une porte latérale, qui permet d'entrer par-derrière ! Immédiatement, c'est la ruée. Lorsque l'assaut est donné, les vingt défenseurs de la salle se retrouvent pris en tenaille, entre les assaillants qui sont passés par-derrière et ceux qui prennent l'entrée individuelle. C'est une véritable curée. Les ML s'acharnent tout particulièrement sur le leader du Front uni de soutien au Sud-Vietnam, Roger Holeindre [21].

L'exposition est bien entendu saccagée : matériel de projection détruit, affiches lacérées, photos, documents déchiquetés. Lorsque retentit au loin la première sirène de police, les militants décrochent en bon ordre. Dehors, le groupe de protection simule une manifestation pacifique de protestation contre l'exposition. La police investit aussitôt le quartier pour retrouver les assaillants. Un membre du groupe de protection, Christian de Portzamparc, est arrêté. Aisément repérable à cause de son visage ensanglanté, Jean-Marc Salmon ne parvient à s'échapper qu'en se réfugiant tout en haut d'un immeuble. Les autres militants s'égaillent. Gérard Miller, qui a rejoint l'UJ en 1967, décide de se mêler à la foule des touristes qui visitent le palais du Louvre, et finit bucoliquement la journée en contemplant des tableaux...

Les Comités Vietnam de base revendiquent bien entendu l'attaque. En réponse, Occident prédit une punition mémorable. Nous sommes le 30 avril 1968.

Le reste se confond avec la chronologie des événements de Mai 1968. Le 3 mai, le recteur de l'académie de Paris, Jean Roche, demande à la police de faire évacuer la Sorbonne, pleine d'étudiants casqués et armés qui attendent une descente d'Occident. Le mouvement d'Alain Madelin et Gérard Longuet n'a-t-il pas clamé qu'il allait venger l'affront subi le 30 avril ? L'irruption de la police dans la cour de l'université et l'arrestation des étudiants provoquent la première émeute.

C'est une autre histoire, c'est même le chapitre suivant.

Quoi qu'il en soit, on peut dire sans risque d'erreur que l'UJC (ML) aura directement mis le feu aux poudres et construit la première barricade de Mai.

A ce moment de l'histoire, le mouvement des « ulmards » a bigrement changé. Il s'est fortement militarisé, a érigé le sacrifice social en valeur fondatrice et a augmenté son audience par le biais des Comités Vietnam de base, auxquels s'ajoute fin avril 1968 un Mouvement de soutien aux luttes du peuple, qui veut lui aussi cibler « large ».

Contre toute attente, les maoïstes vont pourtant rater le rendez-vous de Mai.

4

De mai à décembre 1968
le rendez-vous manqué

N'y a-t-il pas là un gros paradoxe ? Pour la plupart des historiens et des observateurs, le maoïsme est considéré comme une composante essentielle du mouvement de Mai 1968, dont la chronique est difficilement séparable de celle de l'époque, ainsi qu'en témoigne l'indispensable *Génération*, d'Hervé Hamon et Patrick Rotman [1], qui décrit par le menu les frasques adolescentes de tous les protagonistes de l'époque, qu'ils soient trotskistes, communistes, anars, folklos, incontrôlables, ou... maoïstes.

Pourtant, le relevé brut des faits réserve maintes surprises. Il apparaît en effet que les prochinois sont dans l'ensemble passés complètement à côté de 68, qu'ils n'ont rejoint le mouvement que tardivement, et qu'ils n'ont pas eu sur son évolution de rôle déterminant.

Ici se dévoile toute l'ambiguïté de notre objet d'enquête. Car s'il est exact que le maoïsme politique n'a pas joué de rôle phare en mai 68, on ne saurait en dire autant du maoïsme « culturel ». En tant que phénomène de société, mode et expression fugitive de la révolte adolescente, il a incontestablement participé du bouillonnement libertaire des idées de Mai. Dehors/dedans. Ce qui, peut-être, appelle dès maintenant une question de fond : le maoïsme français relève-t-il de la sphère du politique, ou a-t-il eu sur la société française une influence culturelle ? La réponse se dégagera sans doute au fil des pages et des rebondissements d'une histoire qui ressemble de plus en plus à un parcours de « Grand Huit ».

LE « MAI » RATÉ DES MAOÏSTES

Mai 68 a-t-il vraiment démarré le 30 avril, avec le cassage militaire du 44, rue de Rennes ? Techniquement, oui, puisque cette action a déclenché l'engrenage des manifestations : c'est en représailles contre le raid de la rue de Rennes que les militants d'Occident ont affirmé qu'ils allaient attaquer Nanterre, puis, le 3 mai, la Sorbonne, provoquant une intervention policière, qui a elle-même déterminé la première grande riposte étudiante [2]. Les ML peuvent se vanter d'avoir été l'étincelle qui a mis le feu à la plaine. Pourtant, leur rôle dans les événements précurseurs de Mai a été inexistant.

Lorsque, à la fin 1966, des étudiants libertaires influencés par l'Internationale situationniste s'emparent du bureau de Strasbourg de l'UNEF et publient un pamphlet célèbre, *De la misère en milieu étudiant*, qui synthétise l'ennui, l'étouffement de toute une génération, les maoïstes sont complètement absents. Et quand une poignée d'étudiants menés par un jeune anarchiste proche de la revue *Noir et Rouge*, Daniel Cohn-Bendit, occupe la tour administrative de Nanterre, donnant naissance au Mouvement du 22 mars, les quelques ML nanterrois condamnent l'intempestif chahut. En bonne logique prochinoise, ils n'ont alors que mépris pour leurs condisciples étudiants. Ce qui les intéresse, c'est la classe ouvrière, le Prolétariat avec un P majuscule, et l'établissement, dans lequel ils commencent à se jeter. Les revendications étudiantes, qui portent notamment sur le droit de visite des garçons dans les chambres des filles, leur paraissent aussi futiles que *La Chinoise*, de Godard, pour laquelle ils n'ont que mépris. Tout change après l'action du 30 avril.

A peine remis de leurs émotions, les durs de l'UJC (ML) sont déjà sollicités. Nous sommes le 1er mai 1968, et les maoïstes décident d'entrer de force dans le traditionnel cortège de la CGT. Un an auparavant, la cohorte prochinoise avait été tenue à distance par les gros bras de la centrale syndicale. Cette fois-ci, les militants ont l'intention d'en découdre. Après Occident, le PCF ?

Massés tout près du Cirque d'hiver, deux ou trois cents maoïstes attendent le moment propice en scandant des slogans : « Vive la CGT de lutte de classes ! », et en vendant leur nouveau journal de propagande, dirigé par Roland Castro, qui a pour nom *La Cause du peuple* [3].

Soudain, Robert Linhart donne le signal de l'assaut. S'ensuit une mêlée confuse. Les ML parviennent à s'insérer dans un cortège d'ouvriers hostiles, qui établissent immédiatement autour des étudiants révoltés un véritable cordon sanitaire. La victoire est tout de même remportée : vaille que vaille, les maoïstes ont tenu la rue.

Le véritable danger vient alors de l'extrême droite qui clame son désir de vengeance. Vite, une rumeur se répand. Un commando va déferler sur Nanterre.

Aussitôt, les maoïstes proposent leurs services aux Nanterrois, et les durs d'Ulm investissent le campus. Ils vont le transformer en un véritable château assiégé. Une équipe file au bois de Boulogne chercher des branches fourchues, qui serviront de frondes. D'autres s'emploient à creuser en travers de la route une profonde tranchée pour obliger les fascistes à descendre de voiture. Sur les toits, on hisse les caisses de boulons. Robert Linhart est le grand général de cette bataille prolétarienne sans prolétaires. Il est efficacement assisté de Roland Castro. Les militants d'Occident ne se montreront finalement pas. Mais aux yeux des étudiants, les maoïstes ont fait la preuve de leur puissance militaire. Beaucoup sont séduits par ces parades casquées. L'esprit de sérieux des prochinois tranche singulièrement avec la dimension libertaire des actions du Mouvement du 22 mars.

Mai 1968 démarre... et l'UJC (ML) rate pourtant le coche. Menée par un Robert Linhart survolté, la direction condamne immédiatement les manifestations étudiantes, qu'elle juge « petites-bourgeoises ». Pire : l'UJC (ML) est persuadée que les étudiants sont les victimes d'un complot social-démocrate visant à les jeter dans un piège. Mai 68 n'est selon elle qu'un mouvement bourgeois et même une immense provocation du pouvoir gaulliste. Pas question d'aller sur les barricades. Les ML ont même pour consigne de ne participer à aucune manifestation. Courageusement, certains d'entre eux vont porter la bonne parole antiétudiante au sein même des facultés en grève. Christian de Portzamparc se retrouve ainsi aux Beaux-Arts. Son raisonnement alambiqué sur l'existence d'un « complot social-démocrate » et sur la nécessité d'aller aux usines se heurte à un mur de huées. Les ML n'ont plus la cote. Leur hostilité au Quartier latin, qui leur a pourtant donné le jour, les coupe chaque jour un peu plus de la grande masse des étudiants.

Un vent de fronde commence alors à souffler dans l'organisation. Individuellement, les militants participent déjà aux manifs, violant ainsi les ordres de la direction. Certains tentent même d'infléchir le courant, tel Roland Castro, qui fait également partie de la mouvance du Mouvement du 22 mars. Mais aucun argument n'ébranle les certitudes de Robert Linhart. L'UJC (ML) se mure dans un isolement hautain.

Comment expliquer cette ligne aberrante, si contraire à la logique maoïste ? Faut-il y voir un délire de Linhart, qui va bientôt craquer psychiquement et disparaître du mouvement ? Peut-être pas. Car la condamnation de Mai 68 est une décision collective de la direction. Si Linhart en est à l'origine, il a été suivi par tout le monde. A commencer, semble-t-il, par Benny Lévy, qui sera pourtant plus tard l'artisan du changement de ligne.

Survient un événement décisif. Dans la nuit du 10 au 11 mai,

Paris connaît sa première grande nuit des barricades. Au vu des foules rassemblées dans la rue, nul ne peut plus douter que le mois de mai 1968 restera dans l'histoire. Mais les « ulmards » demeurent intraitables. Posté à la porte de l'École normale supérieure de la rue d'Ulm, Tony Lévy martèle à tous ceux qui viennent prendre des consignes qu'il n'est pas question de descendre dans la rue.

L'UJC (ML) traverse alors une véritable tragédie. Tandis que l'émeute s'empare progressivement de Paris, Robert Linhart est soudainement la proie d'un délire inextinguible. Il le sent, il en est sûr, le piège de la bourgeoisie est en train de se refermer sur la classe ouvrière, que les étudiants vont conduire au massacre. Alors que bruit l'émeute, il disparaît, file au siège du Parti communiste, place Kossuth, où il exige de rencontrer son secrétaire général, Waldeck Rochet. Il se fait bien entendu éconduire par les gardiens de nuit.

Il décide de rédiger une lettre d'insultes à Mao Zedong, puis s'embarque au hasard dans un train, d'où il saute en marche avant d'échouer chez un médecin, qui lui administre des calmants. Ce n'est pas sa première crise forte. Quelques jours auparavant, il dort chez Gérard Miller. Au réveil, il déclare à un Miller interloqué qu'il a décidé de se rendre, sur-le-champ, à l'ambassade de Chine. Non sans culot, les deux amis vont sonner à la porte de la légation. Robert Linhart explique alors à des diplomates vaguement inquiets que la Chine se trompe totalement. Elle soutient la lutte des étudiants : c'est une grave erreur de Mao. Et Linhart de dicter aux diplomates un convulsif message de rupture entre UJC (ML) et Chine populaire. Le plus étonnant, c'est que les Chinois s'exécutent et notent avec un soin tatillon les déclarations délirantes du normalien français. Une scène pour le moins surréaliste.

Quoi qu'il en soit, la nuit du 10 au 11 mai marque la fin du leadership de Robert Linhart, qui entre rapidement et discrètement en cure de sommeil. L'UJ a définitivement perdu son chef. Pendant ce temps, Mai 68 soulève les foules.

Que deviennent alors les autres organisations marxistes-léninistes ? Le PCMLF, quasiment inactif, se contente d'éditer des numéros spéciaux de *L'Humanité nouvelle*, et d'animer quotidiennement un stand dans la cour de la Sorbonne. Il n'aura sur le mouvement de Mai aucune influence, et ne mènera aucun combat. Mais à la différence de l'UJC (ML), il soutient la lutte des étudiants dès son démarrage. Cette attitude « lucide » lui vaudra plus tard la sympathie de nombreux « ulmards » déçus par leur direction. Quant au Centre marxiste-léniniste de France, il se désagrège silencieusement et sa trace se perd juste avant les événements. Seule la région Rhône-Alpes maintient une certaine activité. Elle rompra avec le CMLF en novembre 1968 pour se transformer en Voix populaire.

Et l'UJC (ML) ?

Depuis le décrochage de Linhart, Benny Lévy est devenu *de facto* le nouveau numéro un de l'organisation. Il s'appuie sur une petite équipe d'amis sûrs, qui font fonctionner la machine militante : Roland Castro, Tiennot Grumbach, Philippe Barret, Christian de Portzamparc, Tony Lévy, sans oublier Jacques Broyelle, André Cuisinier, Gérard et Amy Dahan, Jenny Chomienne... Et la propagande repart de plus belle. Premier acte décisif : la fondation d'un quotidien militant. *La Cause du peuple* n'avait pas reparu depuis son numéro 1 du 1er mai 68. A partir du 23 mai, elle devient quotidienne, et se définit comme un « journal de front populaire ». Elle est alors fabriquée par Tiennot Grumbach, avec la complicité de l'imprimeur Simon Blumenthal, qui œuvre pour toutes les familles de l'extrême gauche. Il s'agit concrètement de l'organe central du Mouvement de soutien aux luttes du peuple. Structure « large » visant à capter un maximum de sympathisants désireux de se mettre au service du peuple, le MSLP fonctionne depuis l'automne 1967 sur le même modèle que les Comités Vietnam de base. Le Mouvement de soutien aux luttes du peuple, c'est déjà l'embryon d'un grand mouvement populaire aux contours flous, déjà un signe d'éclatement de la petite organisation ML, déjà une première mouture de ce qui deviendra un jour la Gauche prolétarienne.

Car l'UJC (ML) est tout doucement en train d'imploser en une multitude de sous-groupes : outre le MSLP, elle impulse des cercles Servir le peuple, des Comités de défense contre la répression, et bien sûr des Groupes de travail communistes (regroupant les établis). Pendant tout le mois de mai, les établis se dépenseront sans compter pour porter dans les usines la bonne parole de la révolution et déclencheront effectivement de nombreuses grèves avec occupation.

Dès la grande manifestation unitaire du 13 mai, il est clair que les ML n'ont plus l'intention de déserter la rue. Leur cortège est important, chamarré, et se gonfle sensiblement à mesure que progresse le défilé. Le PCMLF a lui aussi rameuté ses troupes. Dès lors, le rythme de l'agitation est de plus en plus soutenu, tandis que les contours de l'UJC (ML) paraissent de plus en plus flous. Dans le maelström de Mai et dans la France en grève, qui songe encore à préserver sa chapelle groupusculaire ? Les maoïstes travaillent main dans la main avec les anarchistes, les trotskistes, les chrétiens, les syndicalistes, les inorganisés. De nombreux contacts « transversaux » se nouent sur les barricades, à des années-lumière des vieilles barrières idéologiques qui semblent maintenant tomber par la grâce de la liberté retrouvée.

Qui est prochinois? Qui ne l'est pas? Dans le grand combat commun contre le régime gaulliste, tout le monde est momentanément frère.

Dans un tel cyclone, les ML se distinguent par un ouvriérisme qui ne se démentira pas. Lorsqu'on apprend le 16 mai que les travailleurs de Renault-Billancourt occupent leur usine, ce sont les maoïstes qui déclenchent dans la précipitation une audacieuse manifestation.

Lançant le mot d'ordre « Front populaire pour la liberté », les maoïstes décident d'impulser la fusion des luttes ouvrières et étudiantes. Concrètement, un groupe de trois cents militants se rassemble place de la Sorbonne. Direction : l'île Seguin, et la Régie Renault. Parti en fin d'après-midi, le cortège arrive chez Renault en pleine nuit. Au premier rang, une banderole proclame : « Les ouvriers prendront des mains fragiles des étudiants le drapeau de la lutte contre le régime antipopulaire. » Dans la foule, personne ne le sait, mais la phrase est signée... Staline.

A Renault, l'accueil est poli, mais ferme. Barricadés sur leur lieu de travail, les ouvriers n'ouvrent pas les portes. La CGT a veillé au grain. Pas question de se laisser déborder par les prochinois, qui scandent un long slogan : « A bas le régime antipopulaire de chômage et de misère ! » Les maoïstes tournent les talons, vaguement déçus. C'est sûr, un jour, ils reviendront. Et il y aura du sport.

En tout cas, les révolutionnaires ne cessent plus de s'agiter. Unis au Mouvement du 22 mars, au SNESUP, à l'UNEF, ils participent à toutes les manifs, toutes les occupations. Le 24 mai au soir, c'est une foule bigarrée qui incendie la Bourse au plus fort de l'émeute. Parmi les spectateurs actifs du grand brasier, on remarque tout aussi bien Jean-Marc Salmon de l'UJC (ML) que Serge July du Mouvement du 22 mars, Alain Geismar, du SNESUP, ou Jean-Pierre Vigier, qui dirige l'éphémère journal *Action*. Dans le feu des manifs, dans la fraternité des cortèges se noue une nouvelle alliance. Une fraternité du feu, de la fête, de la libération. L'esprit de Mai souffle.

Mai 68 se termine donc pour les ML d'une façon bien différente de son démarrage. A la trappe, le mépris hautain, le refus de participer aux manifs et les raisonnements alambiqués. Place à la grande agitation et à la lutte sans entraves. Mais n'est-il pas déjà trop tard?

Lorsqu'un million de personnes descendent dans la rue à la fin mai pour soutenir le général de Gaulle contre la « chienlit des Cohn-Bendit », beaucoup de militants commencent à douter : non seulement l'UJC (ML) a été incapable de diriger le mouvement, mais le mouvement lui-même est en train de retomber comme un soufflé. Pointe alors le vent froid de l'autocritique. Et si les ML avaient raté Mai?

La marche de l'histoire est implacable. Autant Mai 68 fut un état de grâce, fulgurant, momentané, autant juin constitue à la fois un durcissement et un étiolement du mouvement.

Dès le début du mois, il est clair que les étudiants sont désormais sur la défensive. Petit à petit, la police récupère facultés en grève et usines occupées. C'est le reflux.

Les maoïstes sont maintenant à la pointe du combat. Débordant d'activité militante, ils tentent à toute force d'endiguer les reprises de travail. Il leur faut aussi accueillir les centaines, les milliers de jeunes qui frappent à leur porte. Avant mai, l'UJC (ML) ne devait pas compter plus de trois cents membres. Aujourd'hui, les demandes d'adhésion affluent, et ce n'est qu'un début.

Comment absorber et supporter ces nouveaux venus pleins d'ardeur, qui n'ont jamais lu Althusser, ne viennent pas de l'École normale supérieure et n'ont pour tout bagage idéologique que la folie des journées de mai ?

Juin est un mois difficile, âpre, contradictoire, marqué par des affrontements violents, qui se solderont par trois morts. La première victime est marxiste-léniniste. Elle tombe à Flins. L'usine Renault y est alors en grève depuis la mi-mai. Un conflit très dur, qui s'est maintenu malgré la récente signature par les syndicats et le gouvernement des « accords de Grenelle », au début du mois. Le vendredi 7 juin est considéré par la direction de la régie Renault comme une date-butoir. Si les ouvriers (pour la plupart immigrés) ne reprennent pas le travail, les sanctions vont pleuvoir. L'euphorie de Mai n'aura duré qu'un instant. Sur le conseil d'un ouvrier maoïste établi dans l'usine, Jean-Michel Normand, une délégation d'ouvriers se rend aux Beaux-Arts, à Paris, pour quémander une aide militante. Chaque faculté en grève étant, une à une, reprise par la police, les éléments les plus tenaces se sont repliés rue Bonaparte (Paris 6e), où cohabitent des inorganisés, quelques reliquats des comités d'action spontanés qui ont fleuri un peu partout et des militants de l'UJC (ML) qui veulent enrayer le « défaitisme révisionniste ». La délégation ouvrière est donc accueillie avec enthousiasme. Les maoïstes et leurs alliés décident même de lancer une véritable marche sur Flins, qui aura lieu le 7 juin, jour où expire l'ultimatum de la direction. Le lieu du rassemblement est fixé à Elisabethville, place de l'Étoile... à 5 heures du matin.

Pour l'UJC (ML), Flins sera une bataille symbolique et décisive. Réunis dans le théâtre d'Ulm, les dirigeants vont toutefois s'interroger : jusqu'où faut-il aller ? Nul ne doute que l'affrontement risque d'être violent. Certains, tel Roland Castro, prêchent une certaine modération. D'autres, à l'image de Jacques Broyelle, citent les écrits militaires de Mao. La ligne qui se dégage finalement consiste à se mettre au service des ouvriers. S'ils veulent en découdre, les ML les y aideront.

Chacun se partage alors les tâches. Jean-Pierre Le Dantec restera à l'École normale supérieure avec Benny Lévy pour assurer permanence et coordination. Jean-Pierre Olivier de Sardan dirigera la manifestation sur place. Quant à Jean-Marc Salmon, Olivier Rolin et un troisième, ils formeront un triangle de direction militaire. La manifestation se prépare comme une action clandestine, avec rendez-vous secondaires et itinéraires détournés. Dans le plus grand secret, une camionnette bourrée de cocktails Molotov prend la direction des usines Renault de Flins. La bataille se prépare. Précision importante : les ML ne sont pas les seules parties prenantes. De nombreux militants des comités d'action et du Mouvement du 22 mars se joignent à l'initiative, et décident spontanément de se rendre au rendez-vous d'Elisabethville : c'est notamment le cas de Serge July, de Michel Butel, de Nicolas Boulte, de Prisca Bachelet, ou encore de l'anarchiste Jean-Pierre Duteuil, Nanterrois et compagnon de route de Daniel Cohn-Bendit. Tous se feront cueillir par la police, qui a établi un énorme barrage sur l'autoroute de l'Ouest, juste à l'entrée du tunnel de Saint-Cloud. Même Jean-Edern Hallier, qui conduit une Jaguar, ne parvient pas à convaincre les CRS qu'il part en week-end à Deauville [4] ! Tout ce beau monde finira provisoirement parqué... dans une chapelle, sous haut contrôle policier. La partie s'annonce rude.

Les militants ML, qui ont obéi aux consignes clandestines, parviennent cependant à bon port.

Nous sommes le 7 juin 1968, à 5 heures du matin. Les portes de l'usine Renault s'ouvrent pour la reprise du travail, en présence de nombreuses forces de l'ordre et même du préfet. Mais les grévistes, aidés des étudiants, commencent à semer le chahut. La grande majorité des ouvriers refuse d'entrer dans l'usine et de gagner son poste. La présence des CRS casqués et armés de mousquetons ne fait rien pour arranger les choses. Elle a même sur les salariés un effet dissuasif. Très vite, il est clair que les grévistes sont en train de l'emporter.

Pour les étudiants, c'est tout de même un grand moment. Ils ne sont encore que quelques centaines, et plus de sept mille ouvriers les environnent. La fameuse jonction prolétaires-étudiants est en train d'avoir lieu. Dirigeant du Syndicat national de l'enseignement supérieur et célèbre leader du mouvement de Mai, Alain Geismar a réussi à contourner les barrages. Il fréquente alors la mouvance du 22 mars et apprécie l'efficacité militante des ML. On lui offre volontiers la parole. Il se saisit d'un micro et recueille bientôt une véritable ovation :

« Les étudiants et les enseignants qui sont venus à Flins ne cherchent pas du tout à diriger la lutte des travailleurs, qui savent très bien ce qu'ils ont à faire. Ils sont venus pour leur apporter leur soutien, et pour se mettre à leur disposition [5]. » Toute la démarche de l'UJC (ML) est ici résumée : il s'agit encore une fois de servir humblement le peuple, en précédant quelquefois ses désirs.

Et les autorités ? Elles vasouillent, hésitent, et ne savent quelle attitude adopter. La police n'interviendra finalement qu'à 10 heures du matin, soit cinq heures après le début de la manifestation. Débute alors une véritable guérilla urbaine. Après trois sommations, les premières grenades commencent à exploser. Aussitôt, les maoïstes menés par Salmon et Rolin ripostent par des jets de pierres. Tandis que Geismar est prudemment « escamoté » par le service d'ordre révolutionnaire, les cogneurs de l'UJC (ML) entrent en scène, aidés par de nombreux incontrôlés du 22 mars. Ils vont recevoir l'aide de jeunes ouvriers, qui répandent l'essence de leurs mobylettes sous les cars de police avant d'y mettre le feu. Un groupe de manifestants fait même rouler vers les CRS une énorme cuve à mazout vide. Le front s'agrandit et l'émeute gagne tout le quartier. Très mobiles, bien armés, les militants cherchent l'escarmouche et se replient vite. Des barricades faites de citernes à fuel et de plaques de ciment sont édifiées. Détail cocasse : en plein milieu des bagarres, le maire de Meulan, Brigitte Gros, est embarquée sans ménagement et restera enfermée trois quarts d'heure dans un car de police.

Pendant ce temps, le gros des ML converge vers la gare, qu'il occupe pendant deux heures, avant de s'égailler sur les voies ferrées.

Pourquoi une telle stratégie ? Tout simplement pour imiter l'exemple vietnamien. Les forces de police manœuvrent avec lourdeur et ne savent pas réagir devant la guérilla. Les manifestants vont épuiser les CRS, les forcer à de boueuses charges au milieu des champs, les contraindre au repli. La guerre populaire est passée des villes à la campagne. Les militants sont même traqués par un hélicoptère de reconnaissance.

Les combats font également rage en ville. On ramassera cinquante blessés, souvent victimes de grenades offensives tirées à l'horizontale.

Pendant ce temps, à Paris, des étudiants solidaires tentent d'obtenir le départ d'un train pour acheminer des renforts. Mais les cheminots CGT refusent d'obtempérer. La position du PCF n'a décidément pas varié : les gauchistes provocateurs sont les seuls émeutiers.

L'émeute dure quarante-huit heures. Lévy et Le Dantec coordonnent les opérations sans interruption à partir de leur quartier général de la rue d'Ulm. Ils contribuent aussi à calmer le jeu. Car certains commencent à envisager de véritables actes de guerre. Olivier Rolin, de passage à Ulm entre deux affrontements, suggère notamment d'incendier les cars de police depuis un pont autoroutier qu'il a repéré. Il abandonnera l'idée.

Arrive le week-end. Une trêve momentanée, durant laquelle la police crève les pneus de toutes les voitures immatriculées à Paris.

Dès le lundi 10 juin, la guerre populaire repart de plus belle. Le drame arrive alors sans crier gare. En début d'après-midi, Jean-Marc Salmon réceptionne une équipe de secours. Le rendez-vous est fixé à la pointe d'une île de la Seine enjambée par le pont de Meulan. Soudain, la police ! Une dizaine de gendarmes mobiles vient de faire son apparition à deux cents mètres. Salmon examine la situation. Pas de repli possible. Il ne reste qu'une seule solution : sauter dans la Seine.

Les militants plongent sans aucune panique. Salmon est le dernier à s'immerger dans l'eau glacée, qui lui coupe le souffle. Il commence à nager, quand une voix impérative retentit dans ses oreilles. Du pont qui surplombe l'île, un motard dirige son pistolet droit sur lui :

« Sors de là ou je tire ! »

Une dame âgée, qui passe par là, insulte le policier :

« Mais vous êtes complètement fou ! Vous n'allez quand même pas tirer ! » Salmon en profite pour se précipiter sur la berge opposée. Le voici sorti d'affaire. Mais à trente mètres, un autre nageur semble en difficulté. Il crie en levant les bras et commence à se noyer. Salmon tente de nager vers lui, mais le courant l'entraîne en sens contraire. Sur la rive opposée, les gendarmes observent placidement la scène. L'homme met un temps infini à couler. Enfin, il disparaît complètement sous les eaux. Un civil en survêtement plonge alors du pont et agrippe l'inconnu par son vêtement. Mais il est trop tard. L'étoffe se déchire et l'homme est emporté par le courant.

Le noyé se nommait Gilles Tautin. Il avait dix-sept ans. Élève du lycée Mallarmé, il militait à l'UJC (ML) en compagnie d'Yves Mamou. Membre du service d'ordre, il avait pour spécialité de prendre en photo les militants d'extrême droite. Il était officiellement venu faire des photos pour le compte de *La Cause du peuple*. Gilles Tautin est historiquement le premier mort de la cause marxiste-léniniste.

Très vite, la rumeur de son décès parcourt l'émeute, qui atteint alors des sommets. Certains ouvriers, un peu loubards, décident même de piller une armurerie pendant la nuit. Ils s'en ouvrent à Roland Castro, qui file illico demander des consignes à la rue d'Ulm. Après avoir tergiversé, Benny Lévy finit par accepter l'opération. L'initiative ne vient-elle pas des travailleurs eux-mêmes ? Mais Castro a des états d'âme. Le lendemain matin, il finit par dissuader lui-même les jeunes ouvriers. Le pillage n'aura pas lieu. Contre toute attente, l'agitateur s'est mué en raisonneur.

Partout en France, la violence ouvrière remplace les émeutes étudiantes. A Sochaux, deux ouvriers meurent pendant une émeute à laquelle participent activement les ML : Pierre Beylot et Henri Blanchet. Les manifs sont de plus en plus dures. Le 10 juin au soir, les affrontements à Paris surprennent par leur violence : soixante-douze barricades sont érigées. On relèvera quatre cents blessés et mille cinq cents arrestations. La mort du lycéen a redonné un coup de fouet au mouvement finissant. Les journaux ML reflètent bien ce changement de tonalité. Pour la première fois, *L'Humanité nouvelle*, dans un numéro spécial en date du 12 juin, lance un cri d'alarme : « Organisons partout la résistance populaire ! » Au même moment, le numéro 15 de *La Cause du peuple*, en date lui aussi du 12 juin, s'exclame : « Vive la résistance prolétarienne ! »

Dans l'adversité, c'est l'esprit de la résistance antinazie qui affleure. Il irriguera souvent la phraséologie et les comportements maoïstes.

Le 12 juin 1968 est en tout cas une date charnière. C'est le jour où le nouveau ministre de l'Intérieur, Raymond Marcellin, qui a été nommé le 1er juin à la faveur d'un remaniement ministériel du gouvernement Georges Pompidou, décrète l'interdiction d'une douzaine d'organisations gauchistes, parmis lesquelles les deux principaux groupes ML : le Parti communiste marxiste-léniniste de France, et l'Union des jeunesses communistes (marxistes-léninistes). Si l'interdiction de l'UJC (ML) peut s'expliquer par son activisme forcené, il en va tout autrement du PCMLF, qui s'est toujours cantonné à un militantisme classique et réserve encore l'essentiel de ses coups au PCF.

Il est donc clair que le ministère de l'Intérieur, mal renseigné par ses fonctionnaires sur le danger réel que constituent les pro-chinois, surestime largement l'influence du PCMLF. Le jeudi 28 mai 1968 à 19 h 45, Raymond Marcellin avait déjà prononcé à la télévision ces paroles stupéfiantes :

« Dans tous les pays du monde, ou presque, il y a un parti maoïste, il y a des marxistes-léninistes [...]. Il est raisonnable de dire – et les renseignements que j'ai me permettent de le dire – que les chefs d'orchestre se rencontrent. Il est facile d'imaginer qui peut être le chef d'orchestre du maoïsme et du marxisme-léninisme. »

La police est encore loin de comprendre et de maîtriser

l'extrême gauche française. Dans l'adversité, il est toujours plus commode de démoniser. Pourtant, tous les services de police et de renseignements, du SDECE (contre-espionnage français) à la DST en passant par les Renseignements généraux, sont mobilisés. Un service d'écoutes téléphoniques spéciales baptisé « Orion » surveille spécifiquement les échanges des militants maoïstes. Parmis les policiers versés avec plus ou moins de bonheur dans le dossier ML, citons dans le désordre Roger Le Taillanter, Auguste Sauzon, Henri Boucoiran, Philippe Massoni ou encore Jacques Harsrich.

A dire vrai, les mouvements d'extrême gauche ne sont pas tout à fait surpris par la mesure d'interdiction qui les frappe. Des bruits plus qu'insistants n'avaient cessé de filtrer.

Depuis deux jours, le PCMLF s'emploie à dissimuler ou à brûler ses archives. Il incinère aussi de nombreux documents confidentiels qui lui ont été confiés par des militants de l'UJC (ML) à des fins d'évacuation. Un acte pour le moins regrettable. Une réunion de crise est organisée à Paris dès l'annonce de l'interdiction.

Immédiatement, Jacques Jurquet prône le passage à la clandestinité et le maintien de l'appareil. Certains jugent cette position irréaliste. Gilbert Mury est particulièrement virulent. Il estime que le PCMLF n'a qu'à changer de nom pour se maintenir dans la légalité. La clandestinité n'a pour lui aucune signification. Raymond Casas est plutôt du même avis. Mais c'est Jurquet qui commande. Jurquet, que ses détracteurs nomment souvent le « y-a-qu'à » : « Y a qu'à entrer dans la clandestinité. Y a qu'à maintenir le parti... »

Chacun se replie à la va-vite sur ses terres. Dans la capitale, le local du PCMLF est maintenant quasiment vide. Seul un permanent, Max Durand, garde les locaux. La police arrive, perquisitionne et trouve un fusil de chasse, que le PCMLF garde en réserve en cas d'agression par l'extrême droite. Durand est immédiatement arrêté par les hommes du commissaire Le Taillanter.

Même scénario à Marseille, où Henri Blasquez est lui aussi interpellé. Il faut dire que, selon une source policière, les Renseignements généraux auraient réussi à infiltrer un agent au sein du mouvement : cette taupe aurait notamment fait partie d'une délégation à Tirana...

La direction est, pour l'heure, déjà entrée dans la clandestinité. Jacques Jurquet et Régis Bergeron n'osent plus revenir chez eux. Ils prennent une chambre d'hôtel à Pigalle. Ils découvriront le lendemain matin que c'est un hôtel de passe. Stupeur des prudes léninistes.

Quelques jours plus tard, les dirigeants du PCMLF rallient le hameau de Velmanya, sur les flancs du mont Canigou, qui est en quelque sorte le fief de François Marty. Le militant ML y possède depuis toujours une petite villa. A Velmanya, tout le monde est communiste, stalinien, et adepte... de Marty, donc en rupture ouverte avec le PCF. La sécurité du PCMLF est garantie. Il existe dans la région un autre village ML : Baillestavy. Deux minuscules fiefs de la cause prochinoise en plein cœur des campagnes françaises.

Jacques Jurquet, Raymond Casas et Claude Combe prennent leurs quartiers d'été dans le village de deux cent cinquante habitants. François Marty a récupéré au passage les archives du PCMLF. Le tout dans le plus grand secret.

Dès le 12 juin, Michel Gilquin a pris l'avion pour Alger. Objectif avoué : contacter l'ambassade de Chine. Les diplomates se contentent de bonnes paroles.

A Velmanya, le débat sur la clandestinité fait à nouveau rage. Malgré sa culture bolchevique et son passé d'ancien résistant, François Marty n'est pas très chaud. A quoi bon entrer en résistance quand il suffit de refonder au grand jour un nouveau parti légal ? Mais Jurquet est intraitable : l'interdiction témoigne d'une véritable « fascisation » de la société française. Il faut réagir en plongeant dans la clandestinité. Raymond Casas et Claude Combe ne sont pas d'accord. Coexistent donc au sein du parti une tendance légaliste et une tendance clandestine, qui va finir par l'emporter.

Pour des raisons de sécurité et d'éparpillement, il est hors de question pour le moment de réunir le secrétariat du PCMLF. Dans ces conditions, François Marty, Jacques Jurquet et Raymond Casas constituent un nouveau secrétariat en triangle, selon la méthode de la résistance. Le nouveau centre reçoit d'ailleurs le nom de « Direction centrale clandestine ». Le PCMLF prend le maquis.

A l'UJC (ML), l'ambiance est beaucoup moins sereine. La direction a certes pris elle aussi des mesures de clandestinité : déplacement des chefs, hébergement chez des amis sûrs, mobilisation du service d'ordre pour la protection rapprochée de Benny Lévy et ses camarades, etc.

Le 15 juin, le mouvement interdit s'est même payé le luxe d'une cérémonie publique avec l'enterrement de Gilles Tautin, organisé par Jean-Pierre Le Dantec. Quant à *La Cause du peuple*, elle a imperturbablement continué à paraître quotidiennement jusqu'au 30 juin.

Mais le drame couve déjà. Il éclate au début du mois de juillet, peu après la réapparition d'un Robert Linhart très diminué. Une réunion clandestine de la direction, la première depuis l'interdiction, se tient dans un appartement du 12e arrondissement de

Paris, situé non loin de la place Daumesnil. Pour l'occasion, le service d'ordre est sur les dents. Des guetteurs ont même pris position sur les toits environnants pour prévenir une éventuelle intervention policière.

L'ambiance est terriblement lourde. Tout le monde s'engueule, et se renvoie la responsabilité... de l'échec. Car les ML ont un pénible sentiment de ratage. Non seulement ils se sont ralliés tardivement au mouvement de Mai après un flottement difficilement pardonnable, mais ils n'ont jamais réussi à le diriger vraiment, et ils n'ont eu d'influence sur le cours des événements qu'à l'extrême fin, en juin, alors que la « majorité silencieuse » condamnait déjà les « groupuscules ». Un bel échec, effectivement, quand on se targue d'être l'avant-garde consciente du prolétariat. Loin d'avoir mené le mouvement de bout en bout, les maoïstes n'ont pu qu'y contribuer. De simples acteurs, mais pas des leaders. A quoi servait donc la pensée de Mao ?

En attendant, il faut absolument rebondir et réagir. Certains proposent (déjà) de monter un grand journal populaire. D'autres veulent à tout prix maintenir l'organisation. Tension, engueulades et rancœur sont au menu, tandis qu'un Robert Linhart diminué par son « craquage » se contente d'arbitrer sans réellement intervenir. A l'arrivée, c'est l'impasse. Et chacun décide de réfléchir de son côté, en enquêtant au sein du peuple.

Les ML partent donc, dans le désordre, faire une « longue marche » à la rencontre de la « France populaire ». Rendez-vous à la rentrée, pour tirer le bilan et prendre une décision quant à l'avenir.

L'organisation va alors s'éclater en une multitude d'expériences parcellaires, d'autocritiques, de ralliements : Benny Lévy s'en va enquêter à Sochaux, tandis que Monique et André Cuisinier choisissent de faire leur autocritique à Lyon. Nicole et Robert Linhart sont en Languedoc, au milieu des paysans, avec de jeunes ouvriers de Citroën. Quant à Gérard Miller, à l'exemple de nombreux militants, il partage ses vacances en deux temps : juillet le voit enquêter parmi les paysans de la région de Nantes. Août est plus classique : il est toujours à la campagne, mais cette-fois-ci, il se repose dans une villa !

Chacun y va donc de sa « longue marche » pour converger à la fin du mois d'août en une assemblée générale qui se tient comme d'habitude rue d'Ulm.

AUTOMNE 68 : ON RECONSTRUIT ?

Une véritable tragédie grecque, avec d'étranges intermèdes comiques, des scènes d'action et un parfum de psychothérapie collective. Le militantisme est-il une période de refoulement? On serait tenté de le croire en évoquant cette étrange assemblée, qui s'étale sur deux jours et voit se succéder rires et larmes. Nous sommes à la fin du mois d'août 1968. La rue d'Ulm, qui en a décidément vu d'autres, est le théâtre de ce que Tony Lévy nomme rétrospectivement « une réunion historico-hystérique [6] ». Le « mouvement de rectification » décidé en juin est allé beaucoup plus loin que prévu. Pris dans une spirale d'autocritique, les adhérents de l'UJC (ML) ont lancé une véritable révolution culturelle interne. Beaucoup de militants de base ont le sentiment d'avoir été floués. L'échec de Mai, c'est celui de Robert Linhart, sur qui pleuvent les injures. Silencieux, il encaisse les insultes. Au plus fort du défoulement collectif, une fille pointe sur lui un index accusateur : « Et en plus, on était dirigé par un fou [7] ! » Nicole Linhart la gifle. On frôle le pugilat. Aucun coup bas ne sera épargné à la direction. Pris de nausée, Benny Lévy doit sortir. On vient de lui cracher au visage. Plus tard, il apostrophe Tiennot Grumbach : « Tu as peur de la mort [8] ? » La réunion tient du psychodrame de groupe.

Deux grandes tendances se dessinent tout de même au milieu des injures : d'un côté les « liquidos », qui veulent en finir avec l'UJC (ML) pour créer un parti léniniste ou rallier le PCMLF ; de l'autre les « révisos », qui rêvent de prolonger l'expérience au sein d'une structure large, à définir. Encore ce clivage d'anathèmes recouvre-t-il une réalité beaucoup plus complexe. Car au cours de l'été 68, chaque section de l'UJ s'est autonomisée, et transformée en un groupe de réflexion qui participe du débat général et de la lame de fond. Dès lors on compte presque autant de tendances que de groupes locaux. Pendant les débats, Benny Lévy est maintenant entouré d'une sorte de garde prétorienne chargée de veiller à sa sécurité. On y remarque Olivier Rolin, Jean-Paul Cruse ou Jean-Marc Salmon.

Le débat, d'une violence inouïe, dure pendant tout l'automne 1968 : quatre grandes tendances continuent à se déchirer sur les ruines de l'UJC (ML) :

1° Ceux qui décident de rejoindre le PCMLF, notamment Claudie et Jacques Broyelle, André et Monique Cuisinier, ou encore Arnold Bac.

2° Le groupe de Toulouse.

3° Le groupe de Lyon.

4° Le groupe qui publie *La Cause du peuple.*

La majorité décide finalement d'adhérer au PCMLF. Il jouit à ses yeux du prestige de la reconnaissance chinoise et semble incarner une certaine stabilité idéologique, face aux errements des « ulmards ».

Regroupée autour de *La Cause du peuple*, une infime minorité d'environ quarante personnes, menées par Benny Lévy, refuse le ralliement et décide de poursuivre l'expérience UJ sous une autre forme. On retrouve parmi ces quarante-ci la plupart des têtes pensantes, des « grands esprits » de la rue d'Ulm. Certains sont bardés de diplômes, ou sur la voie royale qui mène aux plus hautes charges. Hasard ou nécessité ? Les quarante qui refusent aujourd'hui le PCMLF sont souvent ceux qui se bâtiront demain un avenir brillant au sein du système. Quant à Robert Linhart, il s'est immergé dans un autre monde. Hostile au PCMLF, il est certes toujours considéré comme un « dirigeant » de la minorité, mais il est surtout retourné « à la base » et s'est installé en tant qu'ouvrier chez Citroën. Cette expérience donnera lieu à un magnifique récit, qui paraîtra en 1978 au Seuil : *L'Établi.*

Une première réunion schismatique a lieu durant l'automne 68 au domicile d'Olivier Rolin, 33, rue Lacépède (Paris 5e). Il n'y a pas plus de douze personnes. Mais sont déjà présents ceux qui formeront le noyau dur de la nouvelle organisation : Benny Lévy, Tony Lévy, Jean Schiavo, Maurice Brover, Jean-Claude Zancarini. C'est là qu'est donné le véritable coup d'envoi. De réunion en réunion dans le cadre immuable de la rue d'Ulm, prend ensuite corps ce qui deviendra, en octobre 68, sous la férule implacable de Benny Lévy, la Gauche prolétarienne [9].

Linhart emporte à l'usine les échecs de Mai, tandis que Lévy sort tout auréolé de la bataille de Flins, qui constitue pour ses partisans le point de départ d'une nouvelle époque.

5

De janvier 1969 à juillet 1970 : le fulgurant apogée des maos

Dès l'automne 1968, écrire l'histoire des maoïstes, c'est rassembler un puzzle. On s'égare dans un labyrinthe de hurlements, de manifs, de commandos, de grèves. Les témoignages se télescopent, se contredisent, s'annulent. Dans l'éclatement qui suit Mai, il y a surdose. Tout le monde s'agite simultanément, court, s'égosille, dort trois heures par nuit, crée un groupe, le dissout, disparaît, réapparaît.

C'est la phase ascendante du maoïsme, la « belle époque », la montée en puissance.

LE DÉFERLEMENT DE LA GAUCHE PROLÉTARIENNE

Rendons à César ce qui...

De toutes les organisations maoïstes de l'après-Mai 68, la plus importante sur le plan numérique autant que sur celui de l'influence culturelle est sans conteste la Gauche prolétarienne.

C'est la GP qui a su partir à la rencontre de la « France sauvage » et faire la conquête de l'Intelligentsia. C'est elle qui a littéralement dominé le paysage contestataire jusqu'à son autodissolution définitive en novembre 1973.

Elle n'a certes pas été la seule organisation présente en ce début des années soixante-dix. Une histoire du mouvement de Mai devrait aussi s'intéresser aux groupes trotskistes (Ligue communiste, Lutte ouvrière, Organisation trotskiste), anarchistes (Organisation révolutionnaire anarchiste, Fédération anarchiste), ultragauche (Informations-Correspondances-Ouvrières, Révolution internationale, Pouvoir ouvrier) ou plus inclassables (Cahiers de Mai, Organisation communiste Révolution !), sans oublier les autres groupes ML (Parti communiste marxiste-léniniste de France, Ligne rouge, Voix populaire).

Tous ces « groupuscules gauchistes », selon l'appellation des gouvernants et du Parti communiste, ont joué, chacun à sa manière, un rôle décisif dans l'explosion politique et culturelle de l'après-Mai. Encore faudrait-il aussi déterminer la subtile dialectique qui s'établit alors entre les divers groupes existants et l'esprit de Mai 68. Comment, pourquoi trotskisme ou maoïsme ont-ils pu incarner la révolte de toute une jeunesse, au point de se confondre avec elle ? Les « cheveux longs » ont-ils été gauchistes ? Ou bien les courants d'extrême gauche ont-ils fugitivement surfé sur la vague ?

Quelle que soit la réponse, le maoïsme a certainement joué un rôle à part : véritable creuset culturel de sa génération, il a vécu en permanence une troublante contradiction entre, d'une part l'esprit libertaire de Mai, d'autre part la tradition bolchevique stalinienne, revue et corrigée par les hiérarques chinois.

Un cocktail théorique inédit, dont la viabilité et la longévité ne pouvaient que poser problème.

La Gauche prolétarienne naît donc de la poussive décomposition de l'ex-UJC (ML). Il s'agit pour ses promoteurs de faire table rase du passé, d'inventer un langage nouveau, adapté à la France d'après-Mai 68.

La jeune organisation est avant tout le fruit de la rencontre de deux pôles complémentaires : d'un côté les « ulmards », de l'autre la branche la plus radicale du Mouvement du 22 mars, animée notamment par Serge July et Alain Geismar.

Tous deux ont passé l'été 68 à Cuba. De retour à Paris, ils fondent un éphémère bulletin, visant à recoller les morceaux du mouvement, *Interluttes*. Au tout début de l'année 1969 sort un ouvrage épais, *Vers la guerre civile* (éditions et publications Premières). Les auteurs en sont Alain Geismar, Serge July, et un nommé *Erlyn Morane*, pseudonyme collectif qui dissimule Herta Alvarez et Evelyne July. Il s'agit pour les militants de Mai de tirer le bilan du mois des barricades. Le ton, guerrier, est donné dès les premières pages : « En France, c'est le début d'une lutte de classe prolongée. Voici les premiers jours de la guerre populaire contre les expropriateurs, les premieurs jours de la guerre civile. » Pas question d'arrêter le combat. Mai ne fut que la première étape de la lutte, les soixante-huitards ont la ferme intention de récidiver et envisagent sérieusement la révolution violente. Inutile de dire que la publication de *Vers la guerre civile* sera très favorablement accueillie par la toute nouvelle Gauche prolétarienne.

July et Geismar sont conviés à de nombreuses réunions. Aucun des deux n'a réellement la fibre maoïste, mais ils sont sincèrement impressionnés par la capacité qu'a eue l'UJC (ML) de s'autodissoudre et de se remettre en question. Fascinés par le bagout, l'emphase, la dimension envoûtante de Benny Lévy, ils perçoivent volontiers la nouvelle organisation comme une sorte d'équivalent français du FNL vietnamien.

Ce qui naît, avec la Gauche prolétarienne, c'est en réalité une organisation sacrificielle, dans laquelle l'individualité, le confort bourgeois et l'ambition vont être sacrifiés à la révolution, à la guerre civile. Il s'agit d'aller du centre vers la périphérie, c'est-à-dire de privilégier la lutte en direction des couches les plus défaforisées : immigrés, OS, femmes travailleuses, paysans pauvres, petits commerçants endettés. Ce sont les secteurs les plus modestes qui lanceront l'incendie. A l'horizon, la guerre révolutionnaire. Car, à la différence de l'UJC (ML), qui n'osa jamais excéder la violence des travailleurs lors des émeutes de Flins, la GP va déclarer la guerre aux possédants. La Gauche prolétarienne, dès sa naissance, prône la violence, la vraie, et veut chercher l'affrontement avec l'État. Dans un entretien accordé en 1972 à Michèle Manceaux, et publié dans *Les Maos en France*, Benny Lévy, qui s'avance maintenant affublé du pseudonyme de *Pierre Victor* , résume en une formule mathématique l'essence du projet « gépiste » : « Prolétarisation et militarisation [1] ».

La nouvelle organisation conjugue sans pitié ces deux impératifs. Dès le printemps 1969, des dizaines de lycéens, âgés de seize et dix-sept ans, vont ainsi laisser tomber famille et études pour s'établir en usine, sur l'ordre de cadres maoïstes, souvent normaliens. Ils seront parfois accompagnés, voire précédés par des dirigeants : Jacques Theureau, Jean Schiavo, Jean-Paul Cruse ou Pierre Blanchet prendront, eux aussi, le chemin des ateliers.

Nous n'en sommes pas encore là. Dès le 1er novembre 1968 sort une nouvelle *Cause du peuple*, sous la direction de Jean-Pierre Le Dantec. « Journal communiste révolutionnaire prolétarien », il s'orne d'un large portrait de Mao et s'ouvre sur un titre prometteur : « De nouveau le combat ! »

Il faut dire que, dans le concert des groupuscules, les prochinois se distinguent par le port ostensible à la boutonnière d'un badge à l'effigie de Mao. Une concession au culte de la personnalité ? En un sens, oui, bien sûr. Mais les « maoïstes » revendiquent hautement cette appellation, nouvelle dans le milieu prochinois. Benny Lévy explicite cette attitude dans *Les Maos en France* : « Quand on parlait de nous en disant " marxiste-léniniste ", on prenait ça pour une insulte. On revendiquait le terme " maoïste ", le portrait de Mao. Cela dit, on était bien évidemment pour le marxisme, le léninisme, mais on voulait marquer la NOUVEAUTÉ du maoïsme [2]. »

Pour la GP, le maoïsme est plus une pratique qu'une théorie. C'est l'idée d'appliquer à la France le type de comportement des gardes rouges ou des révolutionnaires chinois. C'est pourquoi, très rapidement, les maoïstes de la Gauche prolétarienne se métamorphosent de façon elliptique en « maos ». Une transformation presque religieuse. Chacun devient lui-même son propre dieu, puisque tout militant est maintenant en puissance un président Mao.

Maos, les « gépistes » ? Sans doute. Mais la plupart des autres courants d'extrême gauche leur donnent un autre sobriquet, encore plus explicite : ce sont des « maos-spontex », c'est-à-dire des maoïstes spontanéistes [3]. Telle est la différence essentielle qui sépare la GP du PCMLF : pour l'organisation de Benny Lévy, le Parti communiste n'est pas encore formé. Il doit naître spontanément des luttes, au cœur des grèves et des manifestations. Le rôle des révolutionnaires n'est pas de constituer abstraitement un parti autoproclamé, mais de se mettre au service du peuple, pour l'aiguillonner, l'orienter vers la fondation du parti. Il y a dans le mao-spontanéisme une dimension messianique. On attend sans fin la création spontanée du parti, car elle signifiera l'imminence du matin rouge, mais on s'interdit de précéder les désirs de la classe ouvrière.

Alors même que Robert Linhart est parti en usine, la plupart des établis de la première génération font le voyage en sens inverse et reviennent au bercail d'Ulm. Pas question, pour l'instant, de reprendre les études. Il s'agit de tout repenser, de faire table rase des erreurs passées (la stratégie visant à infléchir la CGT de l'intérieur est vivement critiquée), de construire une organisation totalement nouvelle. Et, petit à petit, cela prend forme : autour de Benny Lévy se reforme un noyau qui rappelle la force compacte qui avait naguère présidé à la formation de l'UJC (ML). Parmi les tout premiers militants, citons Jean-Claude Vernier, Christian Riss, ou Jean-Claude Milner.

Les discussions avec Geismar et July durent pendant tout l'automne et une partie de l'hiver 68-69. C'est une manie de l'époque. On glose énormément dans les groupes d'extrême gauche... et on pinaille sans fin sur de minuscules points doctrinaux pour finalement oublier les divergences et s'unir.

Concrètement, la nouvelle organisation est tout sauf démocratique. Elle sera toujours gouvernée par un mystérieux Comité exécutif, où l'on entre par copinage et cooptation. Une direction occulte, presque féodale, dont la composition changera régulièrement au gré des disgrâces et des changements de ligne.

Qui compose le tout premier Comité exécutif de l'hiver 68-69 ? Benny Lévy, forcément, mais aussi son frère, Tony Lévy, sans oublier Christian Riss, Jean Schiavo, Olivier Rolin, Jean-Claude Zancarini, Maurice Brover, Serge July, Alain Geismar, Jean-Paul Cruse, Gilbert Castro, Jacques Theureau, Jean-Pierre Le Dantec, Bernard Liscia, ... Robert Linhart est considéré comme « dirigeant », mais son établissement à Citroën l'éloigne du centre. Il ne compte plus.

La GP existe. Et c'est le déluge. Immédiatement, elle se lance dans un tourbillon de meetings, manifestations et actions diverses sur tous les thèmes de lutte possibles et imaginables. C'est ce qui s'appelle un démarrage en fanfare. Mais n'oublions pas le contexte. Mai 68 est toujours présent partout, surtout à l'Université et dans les lycées. La suragitation de la GP n'est que le reflet de la confusion générale. La ligne de l'organisation en ce printemps 69 est d'ailleurs peinte avec soin dans le numéro 1 des *Cahiers de la Gauche prolétarienne*, publié en avril 1969, et qui porte en titre : « De la révolte antiautoritaire à la révolution prolétarienne. » On ne saurait être plus clair. Mai 68 n'était que la première étape. La deuxième, c'est... la révolution.

La première opération violente est menée le dimanche 15 juin 1969 sur le marché de Montrouge, tout près de Paris. Un an après 68, les maos ont décidé de montrer leur détermination en attaquant les forces de l'ordre. Reprenant la vieille tradition des « pièges à fafs » de l'UJC (ML), les militants de la GP attirent les policiers dans un piège, et leur cassent la figure. Il s'agit concrètement de montrer aux travailleurs que l'État est vulnérable. Pour plus d'exemplarité, Jean-Pierre Olivier de Sardan, qui est maintenant le cinéaste officiel de la GP, filme toute l'opération. Après la bataille, Jean-Paul Cruse et ses camarades vont comme de juste faire leur rapport à Serge July, tout près du bassin des poissons rouges de l'École normale supérieure. « Ulm » reste décidément la base éternelle du maoïsme.

Mai 68 n'a pas encore fini d'ébranler la société française et l'Université est littéralement incendiée de conflits. Pas une fac sans AG (assemblée générale), pas un lycée sans CAL (Comité d'action lycéen). Une des places fortes de la contestation est alors le Centre expérimental de Vincennes qui ouvre à la rentrée universitaire de l'automne 68, sous l'impulsion du ministre Edgar Faure. L'objectif de Vincennes est de s'ouvrir à toutes les voies nouvelles de la culture, de la psychanalyse au structuralisme, en accueillant tous les candidats, même non bacheliers. Vincennes sera surtout une vitrine de la contestation, et fera les choux gras de l'hebdomadaire d'extrême droite *Minute* qui ne cessera d'y dénoncer trafics de drogue, délinquances et délits divers.

Vincennes joue un rôle important dans la maturation du maoïsme, dans la mesure où il constitue un point de contacts entre intellectuels et jeunes maos. Car les « gépistes » n'ont en moyenne pas plus de vingt-cinq printemps. Les intellectuels, les penseurs, ils ne les connaissent que par les livres. A Vincennes, des rapports amicaux vont se tisser au fil d'incessantes grèves, avec de nombreux universitaires : Michel Foucault, François

Châtelet, Hélène Cixous, Gilles Deleuze, Jean-François Lyotard, ou encore Michel Serres. Vincennes, c'est La Mecque de la contestation, au point que les élèves eux-mêmes se demandent si les diplômes qu'on y décerne parfois ont une quelconque valeur.

Parmi les leaders étudiants, nous retrouvons plusieurs maoïstes de premier plan, à commencer par Jean-Marc Salmon. Ancien de l'UJC (ML), militant de la première heure de la GP, il hésite pourtant à s'engager totalement aux côtés de Benny Lévy et craint de rejoindre une nouvelle secte. A Vincennes, il prône un maoïsme libertaire, autonome, dégagé des carcans organisationnels. De par son autorité naturelle et sa présence active sur tous les fronts violents, Salmon est considéré comme le « patron » de Vincennes, le leader de tous les contestataires. Il anime d'ailleurs depuis février un très informel Comité de base pour l'abolition du salariat et la destruction de l'Université auquel participent André Glucksmann (plus âgé que ses camarades, et déjà maître-assistant, il a trente ans) et Jean-Paul Dollé (qui va rejoindre Vive la révolution).

Ils sont forcément très proches des militants « officiels » de la GP qui d'ailleurs rêvent eux aussi non pas de réformer l'Université mais bien de la détruire. Le chef local de la Gauche prolétarienne est Gérard Miller. Lui aussi a vécu tous les combats du maoïsme : il a milité au MCF (ML), avant de rejoindre l'UJC (ML) et de participer à toutes ses péripéties. Il milite avec sa belle-sœur, Judith, tandis que son frère, Jacques-Alain, opère, lui, en province. La plupart des membres du comité de base finiront par rejoindre la GP. Ils auront eu le temps de mener quelques belles luttes anti-PCF et d'éditer le numéro unique d'une revue emblématique, *Révolution culturelle*, où l'on retrouve André Glucksmann, Françoise Renberg, Jean-Paul Dollé et Jean-Marc Salmon.

Autre secteur chaud : les lycées : les chefs de file de la GP y sont Christian Jambet et Guy Lardreau, deux hypokhâgneux peu soucieux d'intégrer la rue d'Ulm et qui se taillent une sacrée réputation au Quartier latin en faisant un jour l'apologie de l'ancien chef du Guépéou, Beria.

Le 2 mai 1969, l'agitation prend un tour dramatique au lycée Louis-le-Grand, surnommé « base-grand » par les maos. Le leader de la cellule Léo Frankel de la Gauche prolétarienne est Antoine de Gaudemar. Il est interne. Le jeune homme est, à dire vrai, bien peu concerné par la politique. Maoïste, lui ? Plutôt un lycéen romantique, pris dans la tourmente de Mai : « On avait plus lu Rimbaud, Tzara, Artaud et Lautréamont que Mao et Marx », confie-t-il aujourd'hui, avant de résumer la situation : « On était plongé dans la marmite de 68[4]. »

A l'heure de la cantine, l'alerte est donnée : « Les fachos

arrivent ! » Une descente de plus ? Il est vrai que les militants de l'ex-mouvement Occident n'ont pas perdu espoir de reconquérir le Quartier latin et de nettoyer Louis-le-Grand. Dans le réfectoire, c'est le branle-bas de combat. Pas question de se laisser écrabouiller par les fascistes. Le commando, armé de barres de fer, est acueilli par un déluge de chariots pleins d'assiettes et de plats cuisinés, balancés non seulement par les lycéens maoïstes, mais encore par ceux que la GP nomme pompeusement « les rebelles prolétariens de Louis-le-Grand » : en clair, les autres élèves.

Cette virulente riposte porte ses fruits. Le commando hésite, marque le pas. Un militant d'extrême droite fait alors rouler dans les pieds des lycéens une grenade artisanale. Un élève nommé Gabriel Rebourcet se baisse pour la ramasser à l'instant même où elle éclate. Sa main est arrachée. C'est l'horreur. Tandis que ses camarades évacuent le blessé et récupèrent les restes du membre, la bagarre reprend de plus belle [5]. Tous les participants du commando parviendront à s'enfuir, à l'exception de Jean-Gilles Malliarakis, qui reste à terre, assommé. Il sera bientôt écroué, en compagnie de Roger Holeindre. Pour Antoine de Gaudemar, l'irruption de la violence dans l'univers quotidien marque un changement d'étape : il décide de s'engager pleinement au sein du mouvement maoïste.

La plus grosse opération du printemps a cependant lieu le mardi 17 juin. Il s'agit officiellement d'une « marche de la jeunesse » sur Flins. La réalité est légèrement différente. A 16 h 30, près de deux cents militants armés, dont un fort contingent de lycéens, se retrouvent... à l'église. Le curé d'Élisabethville, près de Flins, les a conviés à un rendez-vous clandestin. On peut s'étonner de la complicité d'un homme d'Église avec des révolutionnaires maoïstes prônant la guerre civile. Mais depuis l'avènement de la Révolution culturelle, un nombre grandissant de prêtres voit d'un bon œil le mouvement prochinois – qui semble porteur d'enthousiasme, de générosité, de charité. Les maoïstes ne veulent-ils pas aider les pauvres et ne l'ont-ils pas démontré en s'établissant ? Il y a effectivement d'incontestables ressemblances entre établis et prêtres ouvriers. Durant toute son histoire, le courant prochinois sera environné de sympathisants chrétiens, du dominicain Jean Cardonnel à Nicolas Boulte, catholique laïque et militant « gépiste ».

En ce 17 juin 1969, Olivier Rolin prend la parole dans la nef de l'église. Son sermon est bref : il s'agit de révéler aux maos le but final de l'insolite rendez-vous : la Gauche prolétarienne n'est pas venue prêcher la bonne parole aux ouvriers de Renault. Elle a l'intention de venger la mort de Gilles Tautin, « assassiné » un an auparavant.

Et ils y vont ! Surarmés, les militants prennent d'assaut l'usine Renault-Flins par surprise, sous le regard interloqué des ouvriers. Objectif militaire : casser la gueule à la maîtrise, cette milice de contremaîtres qui veille au bon déroulement de la production. Les maos commencent par briser quelques vitres, remplacent le drapeau de la Régie Renault par une pièce de tissu rouge, peignent sur la statue du premier patron de l'entreprise publique, Lefaucheux, des slogans vengeurs.

Mais la maîtrise a eu le temps de se regrouper. Une joute d'une extrême violence s'ensuit. Rolin a le bras gauche et un os du visage cassés. Mais il ne cesse pas le combat. Les ouvriers doivent absolument comprendre que les maos sont de leur côté. Les deux cents cogneurs ne finissent par décrocher que lorsqu'un hélicoptère commence à les survoler, tandis que les sirènes de police convergent. Retraite en bon ordre. Jean-Claude Milner offre des suppositoires antidouleur aux militants les plus amochés. Imperturbable, Jean-Pierre Olivier de Sadran a tout filmé, pour les archives de la GP.

Il s'agit maintenant de gagner un point de rendez-vous, prévu pour l'évacuation des leaders et des blessés. Les militants de base se débrouillent comme ils peuvent. Ils fuient par les champs en une longue colonne de marcheurs militants. Certains parviennent à regagner Paris. D'autres réussissent à se cacher chez l'habitant. Au volant d'un minibus de location, Nicole Linhart arrive au lieu prévu. Olivier Rolin est emmené dans une voiture particulière. L'atmosphère est presque paisible. La jeune femme s'apprête à distribuer des boissons fraîches aux combattants quand les flics surgissent de toutes parts. Cette fois, c'est la panique. Les militants fuient comme des lapins. Beaucoup seront arrêtés, tels Nicole Linhart, Kostas Mavrakis, Judith Miller, ou Roland Geggenbach. Ils sont relâchés au bout de deux jours. La police a été courtoise.

Pour la GP, Flins 69 a vengé Flins 68. C'est une victoire magnifique qui a, de surcroît, démontré la collusion entre CGT et patronat. Des cégétistes ont effectivement prêté main-forte à la maîtrise. Un responsable syndical a même balancé des chaises sur les militants révolutionnaires. Seule circonstance gênante : les ouvriers se sont contentés d'observer les affrontements sans jamais y participer. Après moult débats, leur apathie est considérée comme une approbation tacite. S'ils étaient hostiles aux maoïstes, ils auraient physiquement aidé la maîtrise. Quant à la presse, elle n'a guère applaudi. Certains journalistes de droite ont même parlé de « fascisme rouge ».

D'un point de vue militaire, Olivier Rolin ne recueille que des éloges. Moralité : il faut recommencer. En mieux. Pour gagner l'estime des travailleurs.

D'autres actions, moins violentes mais tout aussi spectaculaires, démontrent l'efficacité des maos. En juin 69, un commando attaque le siège du patronat, alors situé tout près du drugstore de la place de l'Etoile (Paris 8e). Quarante activistes débouchent du métro sans crier gare. Parmi eux : Maurice Brover, Jean-Claude Zancarini, Gérard Miller. Vite, ils bombardent la facade de pierres et de boulons. Habile artificier, Miller lance pour sa part des fioles contenant un produit fumigène inoffensif utilisé au cinéma. L'effet est magique. Tout le monde croit que le siège du patronat est en feu ! Les militants se replient dans le métro, sans encombre. Aucune arrestation, et une belle démonstration de violence symbolique. Il ne leur reste plus qu'à gagner la rue d'Ulm, pour le rapport.

A la veille de l'été 1969, la GP s'est fortement développée : elle a impulsé de nombreux comités de base ouvriers : à Renault-Le Mans, Renault-Billancourt, Citroën-Choisy, Peugeot-Sochaux, Renault-Flins, Vitho-Saint-Ouen, Girosteel-Le Bourget, etc.

Ses principaux bastions lycéens sont, à Paris, Honoré-de-Balzac, Louis-Le-Grand, Henri-IV...

Nombreux sont les lycéens, les étudiants qui rejoignent la Gauche prolétarienne et font, à la base, un bout de chemin avec elle : Alain Finkielkraut, Bernard-Henri Lévy, Gilles Millet, Rémy Kolpa Kopoul, Philippe Conrath, Brice Couturier, Michel Favart...

Les « gépistes » apparaissent aussi sur des fronts de lutte jusqu'alors délaissés par l'extrême gauche : ils soutiennent les petits commerçants et se rapprochent de leur leader, Gérard Nicoud, que l'on qualifie alors souvent de fils spirituel de Pierre Poujade. Ils défendent également les luttes des paysans.

Arrive l'été 1969. Il est marqué par un événement très important dans l'histoire du maoïsme français.

Alain Geismar et Léo, la femme de Benny Lévy, se rendent en Jordanie. Ils vont visiter de nombreux camps palestiniens, dont celui de Karamé, et rencontrer des officiels du Fatah.

Dès l'origine, les ML ont toujours soutenu activement la cause palestinienne contre l'Etat d'Israël, épousant ainsi les positions de la diplomatie chinoise. Lorsqu'a éclaté la guerre des Six Jours en juin 1967, UJC (ML) et MCF (ML) s'étaient d'ailleurs unis pour manifester leur soutien aux Arabes. Cette fidélité constante est d'autant plus remarquable que la plupart des leaders prochinois sont d'origine juive, à l'exemple de Robert Linhart, Benny Lévy, Alain Geismar, ou Tiennot Grumbach.

Le voyage en Jordanie est capital, dans la mesure où il scelle un pacte de solidarité entre l'Organisation pour la libération de la Palestine et les maos français, qui jurent d'aider les fedayin.

Les Palestiniens étaient toutefois en contact avec la GP depuis plusieurs mois, par l'intermédiaire d'Adel Rifaat, le frère aîné de Benny et Tony Lévy.

Cette attitude proarabe permet aux « gépistes » de gagner la sympathie de nombreux travailleurs immigrés, qui constitueront bientôt un véritable royaume ouvrier dans l'État maoïste. Durant le séjour d'août 1969, Alain Geismar et Léo Lévy côtoient en Jordanie des militants venus de tous les coins du monde. La cause palestinienne est alors à la mode. Partout, elle enflamme les campus. Geismar est invité à s'exprimer sur la radio en ondes courtes du Fatah. Un officiel palestinien lui propose même de l'argent pour financer une campagne de soutien à la lutte de l'OLP. Il refuse la manne [6]. Mais des contacts solides et durables sont maintenant noués.

Dès le mois de septembre, un autre groupe, le Front populaire pour la libération de la Palestine (de Georges Habache), qui pratique alors détournements d'avions et actes terroristes, contacte Olivier Rolin et propose aux maoïstes des stages d'entraînement gratuits dans les camps du Moyen-Orient. Tout comme Geismar, Rolin décline poliment l'offre [7].

Mais les maoïstes vont marquer activement leur soutien aux Palestiniens par une série d'attentats antisionistes : dans la nuit du samedi 25 au dimanche 26 septembre 1969, des « ouvriers révolutionnaires » attaquent symboliquement l'hôtel particulier du baron Elie de Rothschild et maculent sa façade d'inscriptions : « Rothschild, le peuple français et le peuple palestinien te balaieront !... » « El Fath vaincra !... »

Le lendemain, cent jeunes militants, dont une bonne moitié d'Arabes, se rassemblent au métro Notre-Dame-de-Lorette vers 20 heures et marchent sur le siège de la Banque Rothschild qu'ils prennent d'assaut, brisant les vitres, répandant de l'essence au rez-de-chaussée et y mettant le feu, aux cris de : « Rothschild crèvera !... »

Un peu plus tard, les « gépistes » s'en prennent, rue de Richelieu (Paris 1er), aux locaux du quotidien de droite *L'Aurore*, accusé d'être « prosioniste » : les vitres sont brisées, et un drapeau du Fatah est fiché dans la devanture. Un ouvrier de l'imprimerie du journal est légèrement blessé à la tête au cours de l'affrontement. Le chef militaire de la manifestation violente n'est autre qu'Olivier Rolin.

Il faut dire que la fin de l'été 1969 est aussi marquée par le lancement d'une nouvelle ligne politique, qui fait immédiatement grincer bien des dents à l'intérieur même du Comité exécutif de la Gauche prolétarienne. Benny Lévy estime maintenant que la situation de la France de 1969 est comparable à celle de l'occupation nazie. Face aux « bandes armées patronales », à la répression policière et aux « kollabos » du PCF, doit se lever une « Nouvelle résistance ».

L'expression est lâchée. Une fois de plus, les maoïstes se placent dans la filiation directe des maquis : il s'agit au fond de vertébrer un maoïsme authentiquement français. Les nouveaux partisans luttent non seulement contre les « kollabos du PCF », mais encore pour une révolution culturelle ininterrompue. Mi-maquisards, mi-gardes rouges, ils ont pour mission de déclarer la guerre aux riches et à leurs complices. Sus à l'occupant et aux collaborateurs !

Tout le monde n'est pas d'accord avec la nouvelle ligne : Philippe Barret et Serge July émettent des réserves. Mais ils plieront. Nul n'ose défier Benny Lévy. La Gauche prolétarienne s'engage donc en septembre 1969 sur une voie qui doit logiquement la mener à la lutte armée. Toutefois, elle ne créera de véritable structure clandestine qu'à partir de juin 1970.

Mais dès septembre 69, des dizaines et des dizaines d'actions violentes, effectuées par les militants « gépistes », sont officiellement revendiquées par une mystérieuse « Nouvelle résistance populaire » qui voit le jour et dont le maître d'œuvre est Olivier Rolin, habituel coordinateur des opérations chaudes. Il ne s'agit encore que d'un sigle, bien commode lorsque les « gépistes » font usage de la violence. La NRP de 69 ne comporte encore ni partisans, ni infrastructure secrète.

La ligne de Nouvelle résistance devient maintenant l'axe central de toute l'activité maoïste. Et chacun met la main à la pâte. Car Benny Lévy a décrété que tous, dirigeants ou simples militants, devaient subir le baptême du feu. L'un après l'autre, les membres du CE participent à des commandos, lancent des cocktails Molotov, manient la barre de fer, au milieu de leurs camarades sans grade : le 23 janvier 1970, une attaque en règle du commissariat de Mantes-la-Jolie est ainsi réalisée par Alain Geismar et l'inévitable Olivier Rolin.

La plupart des actions sont alors essentiellement symboliques : grues sabotées sur des chantiers à la suite de la mort accidentelle d'un ouvrier, distribution gratuite de tickets de métro, organisations de passages en force sans payer dans les transports en commun, etc.

De nombreuses brochures de propagande, éditées au début de l'année 1970, témoignent de cette mise en avant spectaculaire de la violence : « Patron, tu paieras ! Pour un œil, les deux yeux, pour une dent, toute la gueule !... » résume la brochure *Vaincre et Vivre. Dans les usines se lève la nouvelle résistance.* Plus loin, ces menaces précises : « Peugeot, tes ateliers sont jonchés de bois sec ! Tu as trop voulu jouer avec le feu ! Tu es en train de récolter ce que tu as semé ! Tant pis pour tes châteaux, tant pis pour tes bureaux, tant pis pour tes cabots, tant pis pour toi, tant mieux pour nous. » Et le texte de conclure : « Contre les ennemis qui font de l'or avec notre sang, il n'y a qu'une seule attitude possible, c'est la riposte [...] Nous n'attendrons pas demain ni après-demain pour faire payer le prix du sang et des larmes. C'est pourquoi nous disons au patron : c'est la guerre [...]. Vos flics imbéciles ne peuvent rien contre les partisans de l'ombre. A Dunkerque, un jeune ouvrier est tué, deux grues du port sont immobilisées par un sabotage : voilà qui fera réfléchir les assassins. A Hénin-Liétard, après l'assassinat de seize mineurs, un incendie éclate dans les bureaux de la reconversion des mines [...]. A Nice, les ouvriers de Brevex incendient la villa et la moto du patron : voilà qui annonce aux assassins des lendemains où le sang appellera le sang. »

La brochure *Organisez-vous Coup pour Coup* se veut plus théorique. Après avoir expliqué qu'il était nécessaire de « frapper le patron » parce qu'il cristallise la « haine ouvrière », le texte précise qu'il s'agit de prendre le pouvoir et que l'objectif de la GP est de créer à terme « le parti de la nouvelle résistance ». En attendant il est essentiel « que les masses s'arment », car « pour ôter le masque aux monstres, il faut les frapper ».

On peut s'étonner au passage du style à la fois pompier et incantatoire des proclamations « gépistes ». Elles correspondent à une volonté stylistique. Quels que soient les auteurs des textes, le style ne varie jamais. Il y a là une volonté didactique et populiste. Les maos espèrent se mettre au niveau des lecteurs ouvriers et utilisent des images simples, parlantes, parfois enfantines, comme en témoigne le dernier chapitre de la brochure : « Il faut le pouvoir : pour assurer réellement le bifteck, et pour garantir effectivement la liberté. »

Alors même que le mouvement connaît un essor visible, il développe donc une ligne politique où l'ouvriérisme le plus débridé côtoie une inquiétante mystique du sacrifice, caricature moderne de l'esprit de résistance antinazie.

Un événement significatif intervient à l'automne : camarade d'Olivier Rolin et futur permanent de la Nouvelle résistance populaire, Maurice Brover démissionne du Comité exécutif : il refuse la nouvelle ligne que vient d'édicter Benny Lévy lors d'une réunion tenue à l'École normale supérieure de Saint-Cloud : pour être plus proches des travailleurs, les maoïstes doivent obligatoirement... se marier ! Brover refuse obstinément de passer devant le maire. Il sera donc « remis à la base ». Pour vivre le sacrifice jusqu'au bout, il part s'établir en usine à Lyon, et ne reviendra à Paris que lorsque la Nouvelle résistance deviendra une véritable organisation clandestine.

En attendant, les maoïstes de 1969 vivent une des périodes les plus exaltantes de leur histoire. L'activisme de la Gauche prolétarienne est mille fois plus ardent, mille fois plus violent et mille fois plus efficace que celui de l'UJC (ML). Le recrutement est lui aussi en hausse. Dès la fin de l'année, on estime à plus de cinq cent le nombre des participants. Précisons qu'à la différence du PCMLF, la GP n'a ni cartes de membre ni formulaires d'adhésion. On milite parce qu'on pratique ensemble le maoïsme au quotidien.

Consécration internationale : un membre du Comité exécutif, Christian Jambet, a même la joie insigne d'être invité à Pékin en septembre 69, à l'occasion du vingtième anniversaire de la révolution chinoise. Il rencontre au cours d'une soirée Zhou Enlai, qui s'étonne un peu de la présence parmi les invités d'un garçon âgé d'à peine vingt ans. Il serre la main du jeune Français, lui susurre quelques banalités avant de demander soudain comment on fait exactement pour lancer un pavé. Grand éclat de rire diplomatique, qui précède une question beaucoup plus sérieuse : les militants français vont-ils bientôt passer à la lutte armée ? Pris de court et réagissant d'instinct, le jeune militant ne parvient qu'à glisser : « Non. » Déjà, le ministre s'éloigne vers une autre main tendue.

Plus tard, Christian Jambet participe à un gigantesque rassemblement place Tien Anmen, en présence de Mao lui-même. Il éprouve alors pendant quelques minutes une véritable transe mystique, un état de grâce presque religieux.

Pour les maos, la reconnaissance chinoise est un joli pied de nez aux rivaux du PCMLF. Jamais la Gauche prolétarienne ne recevra cependant d'aide substantielle des Chinois, qui souscriront simplement quelques dizaines d'abonnements à *La Cause du peuple.*

Pourtant, les « gépistes » n'oublient pas ce vieil ennemi de la Chine qu'est le Parti communiste. Depuis toujours, les permanents de la place Kossuth s'opposent vigoureusement aux bouillants maoïstes. Jusqu'à présent, les maos de la GP s'étaient contentés de dénoncer verbalement les « révisos », sans jamais chercher l'affrontement direct. Il y a bien eu de temps en temps quelques bagarres lors des défilés syndicaux, mais c'était tout.

Les choses changent à partir de septembre, quand éclate l'affaire d'Argenteuil. Tout commence en plein mois de juillet 1969, lorsque les résidents immigrés du bidonville d'Argenteuil reçoivent un arrêté d'expulsion signé de la municipalité communiste. Immédiatement, les maos débarquent en nombre, portrait du timonier à la boutonnière, et exigent bruyamment le maintien du bidonville et le relogement immédiat des habitants. La municipalité est violemment dénoncée pour avoir envoyé des bulldozers contre les immigrés. Plusieurs baraques ont effectivement été rasées, mais leurs habitants se sont contentés de les rafistoler quelques centaines de mètres plus loin. Et les maos de gesticuler contre les « kollabos révisionnistes ». Couronnement de la lutte : les révolutionnaires parviendront à rassembler sous leurs bannières près de deux cents immigrés. Pour le PCF, pas question de tolérer les prochinois dans un fief communiste. La tension monte d'un cran. Militants du service d'ordre et adhérents d'un club de boxe local sont sollicités. Et l'automne démarre sur des chapeaux de roues : tous les dimanches, c'est la chasse au mao sur le marché d'Argenteuil, tandis que la presse communiste se répand en injures sur les « provocateurs gauchistes ». De fil en aiguille, le climat se durcit, jusqu'au fatal dimanche 14 septembre 1969 où le Comité exécutif de la GP organise une « bataille prolétarienne antirévisionniste ».

Concrètement, plusieurs dizaines de militants, harangués par Jean-Pierre Le Dantec et dirigés militairement par Olivier Rolin, qui porte encore un bras en écharpe en souvenir de la récente expédition de Flins, affrontent violemment les communistes armés de bâtons en un choc frontal particulièrement âpre. La bagarre dure deux heures. De part et d'autre, on relève de nombreux blessés, dont Jean-Pierre Le Dantec.

Encore une rixe de rue, présentée a posteriori comme une victoire symbolique. Pour les militants, il s'agit maintenant de lutter, non seulement contre les capitalistes, mais surtout contre les « kollabos du PCF ». Les batailles antirévisionnistes vont donc se succéder. Certaines se solderont par des échecs militaires, telle celle d'Ivry, où les maoïstes doivent décrocher sous les coups infligés par les Jeunesses communistes, et trouvent leur salut dans le métro.

La ligne de Nouvelle résistance se traduit par une intensification et un durcissement des actions. La France entière est alors la proie d'une agitation permanente qui touche non seulement les universités et les lycées mais encore une certaine partie du monde ouvrier. Les groupes gauchistes rivalisent d'audace et d'invention. C'est à qui défiera le plus visiblement la puissance de l'État. Dans une telle surenchère, les maos ne sont pas les derniers à prendre des risques. Ils vont même apparaître rapidement comme la force révolutionnaire la plus active sur le terrain. Cette présence chahuteuse dans tous les recoins de la « France populaire » n'est pas le fruit d'un heureux hasard. Elle n'est que le résultat des campagnes d'établissement lancées depuis septembre 1967. Les maos sont maintenant établis dans toutes les régions de l'hexagone. Avec un succès grandissant : des travailleurs immigrés les rejoignent, mais aussi de jeunes prolétaires français, conquis par un discours volontiers démagogique, qui fait fi de tout réalisme et offre la lune à qui la montre du doigt.

Un bon mot parcourt le milieu journalistique : on y raconte que *La Cause du peuple* est au gauchisme ce que *Paris Match* est à la presse hebdomadaire ! La boutade frappe juste. Chaque mois, puis chaque semaine, le journal de la GP traite l'actualité dans une optique populiste, à grands renforts de mots grossiers et de formules choc. On ne recule devant aucun procédé de la presse à scandales pour faire passer le message : « Vie chère, vie d'esclaves assez !... » s'exclame en « une » *La Cause du peuple* numéro 12, de septembre 1969. Au fil des numéros s'égrènent les slogans porteurs : « Tremblez, petits chefs, nous sommes les plus forts !... » « Résister sans craindre la mort, et vaincre !... » « On a raison de séquestrer les patrons !... » « Y en a marre de la vie d'esclaves !... » « Ce que nous voulons : tout !... » et, parfois, comme dans *La Cause du peuple* numéro 13 du vendredi 31 octobre 1969, d'étonnantes et poétiques fulgurances : « Les ouvriers sont maîtres de l'époque ». Mais les rédacteurs, André Glucksmann, Christian Jambet, Guy Lardreau, Gilles Susong, ne sont-ils pas étudiants, parfois normaliens ?

Aux résistants, il manquait un chant. Dès le début de l'année 1970, l'erreur est réparée, lorsque Dominique Grange sort un quarante-cinq tours au titre éloquent, « Les Nouveaux partisans ». La plupart des militants le connaîtront bientôt par cœur :

Écoutez-les nos voix qui montent des usines
Nos voix de prolétaires qui disent y en a marre
Marre de se lever tous les jours à cinq heures
Pour prendre un car, un train, parqués comme du bétail,
. . . .
Marre de la vie d'esclaves, de la vie de misère
Écoutez-les nos voix, elles annoncent la guerre !

... et ce refrain vengeur :

Nous sommes les nouveaux partisans
Francs-tireurs de la guerre des classes
Le camp du peuple est notre camp
Nous sommes les nouveaux partisans.

La pratique maoïste, c'est alors un investissement total, monastique, de vingt-quatre heures par jour, au service des plus défavorisés et de la révolution : sabotages, grèves, manifs, commandos, diffusions de la presse, chasse au fasciste, meetings, réunions, séances d'autocritique, séminaires de formation rythment l'existence de façon frénétique. Quant au Comité exécutif, il se réunit trois soirs par semaine pour faire le point des luttes. Impossible, donc, d'en rendre compte linéairement. Le maoïsme de 1970 est une explosion permanente, un foisonnement créatif, un maelström.

Il est vrai qu'en matière d'agitation, les maos regorgent d'idées. Membre du Comité exécutif et responsable de l'infrastructure, Tony Lévy règne sur la région Provence-Côte d'Azur [8]. Une zone délicate où la GP marque le pas et vit une pénible stagnation des effectifs. Comment faire démarrer la machine ? Tout simplement en organisant un gros coup. Olivier Rolin et Jean-Claude Zancarini sont expédiés de Paris. Ils s'attellent sur-le-champ à une tâche délicate : l'attaque militaire d'un commissariat de police. Les révolutionnaires ont choisi celui de la porte d'Aix, qui jouxte un quartier arabe. Le mardi 19 novembre 1969, un groupe d'une cinquantaine de personnes armées de cocktails Molotov et de barres de fer parfois ornées d'un bout de tissu rouge marchent résolument sur le commissariat de la rue Halle-Puget. Certains distribuent aux passants un tract d'une grande franchise : « Nous allons attaquer le commissariat du quartier. Pourquoi ? Parce que les flics sont les chiens de garde des patrons, qu'ils nous obligent à vivre dans la merde [...] Le peuple ne tolérera plus que ces chiens essaient de nous mordre. Pour un œil, les deux yeux, pour une dent, toute la gueule [9]. »

L'effet de surprise joue à plein. Les policiers en faction n'ont que le temps de se replier à l'intérieur. Vitres et phares de voitures sont brisés à coups de gourdin, tandis qu'une camionnette 404 et deux fourgons sont incendiés. Le repli s'effectue en bonne ordre. Un succès ! Pour les maoïstes, c'est une réussite, qui draine vers eux des étudiants, de jeunes prolétaires et nombre de loubards désireux d'en découdre. La GP les accueille à bras ouverts. L'attaque du commissariat de Marseille est la toute première opération officiellement revendiquée par la Nouvelle résistance populaire.

Tony Lévy rêve alors de pénétrer un milieu extrêmement fermé : celui des dockers. Une tâche presque impossible. Le port de Marseille est entièrement tenu par la CGT et le Parti communiste. N'écoutant que son courage physique, Lévy organise pourtant au printemps 70 une vente publique et musclée de *La Cause du peuple*. Au bout de quelques minutes, la sono des maos est arrachée, son porteur a le nez cassé, et les militants doivent refluer. La CGT est maîtresse de son territoire. Mais Tony Lévy ne veut pas en rester là. Dans sa manche, il a une botte secrète. Quelques mois auparavant, il a soutenu une lutte de gitans, résidents d'un bidonville des quartiers nord. Ceux-ci lui ont juré de l'aider en cas de coup dur. C'est le moment de faire appel aux vrais amis. Face aux durs de la CGT, les gitans feront sans doute le poids. Rendez-vous est pris dans un café de la Joliette à 5 heures du matin. Il s'agit de pénétrer sur le port et de tenir le terrain coûte que coûte. Une heure s'écoule : personne. Il est bientôt plus de 6 heures. Trop tard pour le meeting : les ouvriers sont déjà rentrés. Soudain, un gitan arrive au bistrot. Les copains sont là. Tony se rend dans une rue adjacente et découvre un camion bâché, récemment volé. A l'intérieur, cinquante gitans exhibent... des couteaux. Pas de quartier pour les révisionnistes ! Tony Lévy disperse la troupe en arguant de l'heure tardive. Il a eu froid dans le dos [10].

Quant au port de Marseille, il se révélera totalement impénétrable. Roué de coups à plusieurs reprises par des dockers CGT, Tony Lévy finit par renoncer, après qu'on lui a enfoncé un talon dans l'œil.

L'alliance avec les gitans, pour surprenante qu'elle puisse paraître, n'est pas si étonnante. Un peu partout en France, les « gépistes » nouent des liens dans toutes les catégories sociales : ouvriers, employés, mais aussi paysans, voire commerçants.

A Grenoble, la GP est dirigée par Claire Brière, Pierre Blanchet et Volodia Shashahani. Elle mène la lutte pour dénoncer les conditions de vie dans un foyer d'immigrés, le foyer de Seyssinet. Après une attaque militaire du foyer, Brière et Blanchet sont forcés de se cacher sur le campus. Les syndicats de petits commerçants, et principalement le CID de Gérard Nicoud, prennent alors fait et cause pour eux, au grand étonnement des autorités qui trouvent plutôt contre nature l'alliance des trublions et des boutiquiers. Quel ne sera pas leur étonnement lorsque, le 23 mars, les petits commerçants de l'Isère érigeront des barricades pour protester contre la fiscalité... avec l'aide des maoïstes.

A Paris, priorité est donnée aux actions spectaculaires. Les lycéens et les étudiants de la GP, dirigés par Antoine de Gaudemar, Frédéric Joignot et Jean-Claude Zancarini, s'en donnent à cœur joie. Ils se distinguent notamment lors de la « campagne du métro ». Pour contrer une hausse du ticket, la GP décide dans un premier temps de rendre le métro gratuit. Concrètement, des manifestants bien armés ouvrent les portes et laissent s'écouler la foule. Plus tard, des milliers de tickets dérobés à la station Passy seront redistribués gratuitement.

L'activisme maoïste ressemblant à une véritable cavalcade, elle-même inscrite dans les folles années d'agitation qui suivent Mai 68, comment s'étonner de voir le gouvernement réagir avec force ? Les différents ministres de l'Intérieur de la Ve République ont toujours eu vis-à-vis des prochinois un problème de compréhension. On a vu en juin 1968 à quel point la police surestimait par exemple le danger potentiel représenté par le PCMLF. Certains fonctionnaires sont alors prompts à pressentir la main de Pékin derrière les agitateurs maos, alors que les Chinois ont toujours manifesté la plus grande circonspection envers leurs zélateurs étudiants. Dans le contexte de l'époque, le discours de la GP est particulièrement guerrier. Mais il relève largement de la rodomontade. Les actions de résistance ressemblent peu à des actes « terroristes » : on se contente de jeter des cocktails Molotov et de saboter des grues. Il n'y a pas de quoi fouetter un chat ; quant au sang des riches, il ne coule certainement pas.

Pourtant, le ministre de l'Intérieur, Raymond Marcellin, s'inquiète de plus en plus de la poussée maoïste : les effectifs de la Gauche prolétarienne se sont enflés et les rapports des indicateurs créditent le mouvement de Benny Lévy de quatre-vingt-deux « attentats ». Il n'en faut pas plus pour inquiéter un ministre peu soucieux d'apaisement, qui reste persuadé que la révolution est à nos portes et qui, dans un ouvrage autobiographique, dénoncera encore en 1978 les menées subversives de la GP : « La Gauche prolétarienne, en 1970, tenta une escalade révolutionnaire, mais fut rapidement bloquée parce que nous étions prêts[11]. »

L'attitude des forces de l'ordre sous le règne de Georges Pompidou se caractérise en fin de compte par une répression maladroite et exagérée qui déclenche un phénomène de radicalisation. Nous verrons plus loin qu'avec l'arrivée au pouvoir de Valéry Giscard d'Estaing et la nomination de Christian Bonnet, puis de Michel Poniatowski à l'Intérieur, l'attitude de l'État changera fortement et la répression s'allégera.

Mais, pour beaucoup de témoins, l'époque pompidolienne reste marquée par la présence massive de cars de CRS aux quatre coins de la France et par une politique de fermeté souvent perçue comme provocante.

Les premières escarmouches ont lieu sur le terrain juridique. Le ministère de l'Intérieur dépose plainte contre la GP en mars 1970 pour « injures et diffamation envers la police, provocation au meurtre, au pillage, à l'incendie et aux crimes contre la sûreté de l'État ». L'affaire est confiée au juge Galmiche.

Dans la foulée, *La Cause du peuple* est massivement saisie. Pire, un meeting prévu le 14 mars à la Mutualité pour promouvoir la ligne de Nouvelle résistance est carrément interdit par la préfecture.

Ambiance. Le dimanche 22 mars au matin, le directeur de *La Cause du peuple*, Jean-Pierre Le Dantec, tombe dans un véritable guet-apens ourdi par des policiers en civil. Tandis qu'une voiture prétendument mal garée l'empêche de traverser, jaillissent de toutes les portes cochères des escouades d'inspecteurs. Avait-il l'intention de fuir ? Pas du tout. En dépit des consignes de prudence, Le Dantec voulait tout simplement faire son marché, non loin de son domicile, rue Villiers-de-l'Isle-Adam (Paris 20e). Il est écroué à la prison de la Santé.

Immédiatement, c'est le branle-bas de combat. Le Comité exécutif se réunit d'urgence à l'École normale supérieure. Sa composition a déjà quelque peu changé : outre Benny Lévy, il comprend notamment Tony Lévy, Gilbert Castro (le trésorier), Olivier Rolin, Jacques Theureau (qui mène les actions à Renault-Billancourt), Jean Schiavo (l'homme du Nord), Bernard Liscia (son complice, axé sur Dunkerque), Charles Léonetti, Joseph Tournel (un mineur âgé d'une cinquantaine d'années), André Terray (même profil), Michel Grandjean, Alain Geismar et Serge July.

La Cause du peuple tire alors à quarante mille exemplaires. Or, seuls douze mille journaux ont été saisis. Il s'agit donc d'organiser par tous les moyens la diffusion des exemplaires interdits.

Très vite, la gauche traditionnelle se mobilise pour dénoncer l'atteinte à la liberté d'expression. Et l'opinion observe avec une sympathie grandissante ces jeunes étudiants en butte à la répression. On peut dire que l'arrestation de Le Dantec et la saisie de *La Cause du peuple* profitent largement à la Gauche prolétarienne, qui va ainsi occuper les médias et gagner les faveurs de très nombreux intellectuels et artistes, séduits par le mouvement de Mai et désireux d'aider ses partisans en détresse.

En attendant, un jeune journaliste de *Jazz-Hot*, qui n'appartient pas au Comité exécutif, est chargé de remplacer Le Dantec : Michel Le Bris accepte sans sourciller cette fonction de martyr. En devenant le nouveau directeur de *La Cause du peuple*, il s'expose à une très probable arrestation.

Nicole Linhart se charge pour sa part d'organiser les prisonniers politiques et de former un « front démocratique d'avocats ». La formule est de Benny Lévy. Cinq avocats sympathisants vont se charger des dossiers maoïstes : Henri Leclerc (du PSU), Marianne Merleau-Ponty, Josyane Moutet, Monique Antoine et Maurice Courrégé (ancien défenseur du FLN aux côtés de Jacques Vergès). Ils ne percevront aucun honoraire. Leurs relations avec la GP sont régies par de strictes règles de sécurité. Les rencontres avec les maos, toujours clandestines, ont généralement lieu au pied de la tour Eiffel. Un peu partout en France, des militants se sont fait arrêter dans le cadre des enquêtes concernant les actions de la Nouvelle résistance populaire.

Serge July est alors chargé d'une tâche délicate. Il devient, avec Jean-Claude Vernier, un des grands communicants du maoïsme, son attaché de presse et son responsable des relations publiques. C'est à lui qu'incombe la tâche de faire passer le message révolutionnaire dans les médias bourgeois.

Il a de la chance : les gauchistes sont incroyablement dans le vent. Mai 68, c'était il y a deux ans. Beaucoup de ceux qui s'étaient aventurés sur les barricades ont gardé la nostalgie des moments de fièvre. Et toute la presse de se pencher avec un intérêt passionné sur cette jeunesse française qui veut ardemment détruire la société. *Le Nouvel Observateur* du 9 mars 1970 donne ainsi la parole à un nouveau partisan, *J.P.*, interrogé par Michèle Manceaux. Agé de vingt-deux ans, étudiant en troisième année de philosophie à la faculté de Nanterre, le militant énonce tranquillement la ligne maoïste : « La GP est née après mai-juin 1968 : elle a regroupé tous ceux qui refusaient la thèse du reflux révolutionnaire, qui refusaient de se tenir sur la défensive, et pour qui " continuer le combat " n'était pas un mot d'ordre abstrait. »

Avec une gande habileté et un évident sens de la communication, *J.P.* évite soigneusement de distinguer la GP des autres courants issus de Mai mais la positionne comme la seule et unique organisation qui souhaite au fond aller jusqu'au bout de Mai 68. Quelques jours plus tard, dans *Le Monde* du 11 avril 1970, Serge July signe une longue et lyrique tribune libre, « Pour la cause du peuple » : « Nous voulons abattre le despotisme patronal ; nous voulons tout simplement que le pouvoir de diriger les usines revienne aux travailleurs ; nous voulons abattre l'université actuelle, parce que nous voulons détruire la machine de division entre ceux qui " travaillent " et ceux qui " pensent " ; nous voulons que cesse la ruine des petits agriculteurs et commerçants parce que nous voulons nous appuyer sur eux pour conquérir la prospérité de la majorité et non les détruire pour imposer la prospérité d'une minorité. [...] Pour gagner le pain et les roses, la paix et la liberté, il faudra bien se battre. [...] Le jour viendra où l'État, à ce point contesté, n'aura bientôt plus que l'autorité du fusil pour tenter de mettre à la raison les centaines de milliers de hors-la-loi qui ne supportent plus le régime d'oppression et de vie chère. [...] A ce moment-là, nous continuerons à nous battre comme avant nous la génération FTP avait dû le faire. »

Raymond Marcellin n'a pas l'intention d'en rester là. Il lui faut la possibilité légale de frapper quand il veut les organisations récalcitrantes. Un projet de loi « anticasseurs » est donc déposé à l'Assemblée par le Garde des Sceaux, René Pleven. Malgré les protestations de la gauche modérée, la nouvelle loi est massivement adoptée le 30 avril 1970 par une chambre majoritairement conservatrice. Elle permet d'inculper directement les organisateurs de rassemblement quand éclatent des incidents, même s'ils n'en sont pas forcément responsables.

Le même jour, Michel Le Bris est arrêté. Pressentant le danger, il avait pris une chambre d'hôtel pour se planquer, mais avait rempli la fiche à son nom !

Pour les maos, la vie devient très dure. Quelques jours plus tard, la GP de Paris a prévu de mener une action contre *Le Parisien libéré*, rue des Petites-Écuries (Paris 10e). Quarante personnes ont été drainées depuis Nanterre et Vincennes. Tout est, comme d'habitude, à la fois soigneusement minuté et quelque peu bordélique : un premier contingent a pour tâche de bloquer la rue, tandis qu'un second fera le guet; parallèlement, deux commandos attaqueront le siège du journal. Mais lorsque les maoïstes débarquent, les CRS débouchent de toutes les rues avoisinantes. Ils ont été apparemment bien renseignés. Gérard Miller trouve son salut en se réfugiant discrètement dans les étages d'un immeuble. Quant à Thelma, la femme de Jean-Pierre Olivier de Sardan, elle est arrêtée alors qu'elle remonte dans sa voiture. Les policiers connaissaient l'endroit où elle était garée...

Cette fois-ci, l'air se raréfie singulièrement. La GP doit trouver une solution. Le contexte médiatique est très favorable. Dès lors, pourquoi ne pas utiliser une personne connue, qui servira en quelque sorte de bouclier, de paratonnerre ? Très vite, les militants optent pour Jean-Paul Sartre. Toujours engagé dans le siècle, le philosophe n'a cessé de défendre les étudiants poursuivis par la justice. Il avait même, à l'automne 68, pris la direction du bulletin *Interluttes*, animé par Alain Geismar et Serge July. Plus tard, en janvier 1970, il avait témoigné en faveur d'un militant de Vive la révolution, Roland Castro, lors d'un procès, et s'était attiré les sarcasmes de *La Cause du peuple*. Mais, aujourd'hui, tout change. Peut-être acceptera-t-il d'aider les « gépistes ». Sur ce point précis, les témoignages sont extrêmement ambigus : deux personnes différentes ont revendiqué, lors d'entretiens, la paternité de la prise de contacts avec Sartre : Gérard Miller, et Robert Linhart. Plus disert que Linhart, Miller affirme qu'il a lui-même contacté Simone de Beauvoir chez elle, et que c'est donc par son entremise qu'un déjeuner a été organisé entre Sartre et les maos. Mais, dans *Génération*, Hervé Hamon et Patrick Rotman racontent que la décision de contacter Sartre a été prise lors d'une réunion tenue chez Jean-Claude Milner, à l'issue de laquelle le penseur à été immédiatement joint au téléphone [12].

Il est clair en tout cas que Benny Lévy frétille à l'idée d'entrer en contact avec Sartre. Le fameux déjeuner a lieu à La Coupole, le 15 avril 1970 : sont présents Benny Lévy, Robert Linhart et Alain Geismar. Sans la moindre hésitation, Sartre accepte immédiatement de servir de paravent à la GP. Il deviendra le directeur effectif de *La Cause du peuple*, sans cautionner aucunement le contenu des articles.

Six directeurs de publication se sont déjà solidarisés avec Jean-Pierre Le Dantec et Michel Le Bris : Daniel Anselme des *Cahiers de Mai*, Guy Degorce de *Tribune socialiste*, Jean-Marie Domenach d'*Esprit*, Jean Edern Hallier de *L'Idiot international*, Paul Noirot de *Politique aujourd'hui*, et Claude Perdriel du *Nouvel Observateur*. Un subtil mélange de petits journaux né de Mai 68 et de titres reconnus de la gauche traditionnelle.

Le 27 avril, Jean-Paul Sartre prend officiellement la direction du journal révolutionnaire. Il demande alors à une de ses amies, Liliane Siegel, de servir d'intermédiaire avec les maos et de codiriger le bimensuel.

Cet investissement de Jean-Paul Sartre sera déterminant dans l'émergence d'un phénomène remarquable et troublant : l'engagement de dizaines d'artistes et d'intellectuels aux côtés, et parfois dans les rangs des maos. L'Intelligentsia devient maoïste [13].

Du coup, l'activisme reprend force et vigueur. Il se traduit le 8 mai 1970 par une des plus célèbres actions « gépistes » : le pillage de l'épicerie de luxe Fauchon, place de la Madeleine (Paris 8e). Il s'agit au départ de manifester la solidarité des maoïstes avec les petits commerçants. Fauchon est considéré comme le symbole de la « grande surface », par opposition aux épiciers pressurés par le fisc.

A 13 h 30, vingt résistants menés par Jean-Claude Zancarini débarquent brutalement dans le magasin. Aussitôt, la troupe se divise en deux. Tandis qu'un premier groupe immobilise les vendeurs, un deuxième entasse foies gras et vins fins dans de grands sacs de toile.

A l'extérieur, Antoine de Gaudemar a rassemblé une cinquantaine de lycéens, chargés de protéger l'opération. Ils doivent notamment garantir aux pillards l'accès du métro. La bande surgit du magasin et s'enfuit prestement, tandis que la chaussée se jonche d'un tract au titre édifiant : « Nous ne sommes pas des voleurs. Nous sommes des maoïstes. »

Une victoire totale ? Pas tout à fait. Car nul ne s'attendait à la farouche riposte des vendeurs de Fauchon. Armés de couteaux, ils parviennent à coincer une étudiante en sociologie de vingt ans, Frédérique Delange. Son père, haut fonctionnaire au Plan, est un client régulier de Fauchon. Il poussera la direction du magasin à ne pas porter plainte.

Voici donc les maoïstes avec leurs victuailles. Mais où les distribuer ? Un immigré, Moussa Fofana, propose d'aller les offrir aux résidents d'un foyer africain de la région parisienne. Aussitôt dit, aussitôt fait. Mais les maoïstes prennent soin au passage d'avertir la presse. Gérard Miller appelle un journaliste de l'AFP et lui affirme que le produit du pillage sera distribué dans six endroits différents, ce qui est faux. Pourquoi ce coup de bluff improvisé ? Tout simplement pour donner l'impression aux médias que les maoïstes avaient planifié une distribution massive des produits de la rapine.

Au foyer de Nanterre, le reporter de l'AFP est témoin d'une scène étonnante : prenant la parole en dialecte africain, Moussa Fofana remet cérémonieusement au responsable du foyer des sacs entiers de produits de luxe.

Pour les maos, c'est un fantastique coup médiatique, qui leur vaut la sympathie immédiate d'une grande partie de la population, bien au-delà des petits commerçants. On les appelle maintenant « les Robin des bois ». Ne prennent-ils pas aux riches pour redonner aux pauvres ?

Du coup, tout le monde s'émeut du sort de Frédérique Delange, dont le nom franchit les frontières. Le chanteur des Rolling Stones, Mick Jagger, déclarera publiquement son admiration pour la jeune étudiante.

Le 19 mai, le procès de Frédérique Delange se transforme en une véritable mise en cause de l'épicerie de luxe. Le procureur ira jusqu'à comparer la Gauche prolétarienne à une « conférence de Saint-Vincent-de-Paul musclée ». Pourtant, la sentence apparaît particulièrement sévère : la jeune fille écope de treize mois de prison ferme.

Aussitôt, la presse s'émeut, toutes tendances confondues, ou presque. La cause de Frédérique, mêlée à celle de Le Bris et Le Dantec, devient un enjeu médiatique national. Partout, July, Lévy et Sartre soufflent sur la braise. La Gauche prolétarienne devient une fantastique attachée de presse d'elle-même. Fauchon est le symbole même du combat de la jeunesse.

Il n'est plus de jour sans que les maoïstes n'occupent la presse, la radio, ou même, plus difficilement, la télévision.

Quant à *La Cause du peuple*, elle est maintenant régulièrement saisie. Mais tout le monde peut l'acheter aux multiples vendeurs sauvages qui quadrillent le Quartier latin, ou à la librairie Gît-le-Cœur, contrôlée par Vive la révolution.

Le 25 mai, un grand meeting unitaire de soutien à Le Dantec et Le Bris se tient à la Mutualité. La GP est certes la grande organisatrice du rassemblement, mais, dans un souci consensuel, elle a invité toutes les familles de Mai. Ambiance électrique et salle archicomble. Le dernier numéro de *La Cause du peuple*, en date du vendredi 23 mai, vient d'être interdit. Mais il est ostensiblement diffusé dans le hall : « Libérons les résistants », clame-t-il en une. Et, à l'intérieur, ce titre sans équivoque : « Comme à Renault, comme à Berliet, apprendre à faire la guerre [14]. » Anonymes entre tous, des inspecteurs en civil enregistrent consciencieusement les discours enflammés. A tout seigneur, tout honneur : Jean-Paul Sartre ouvre le bal et fustige une justice qui traite les militants politiques emprisonnés comme de vulgaires détenus de droit commun. L'homme qui lui succède a la bonne cinquantaine. Mineur du Nord et ouvrier maoïste, il a été récemment coopté au Comité exécutif de la GP par Benny Lévy. Il se nomme Joseph Tournel. Benny Lévy, lui, n'est même pas présent dans la salle. Il est plus que jamais le dirigeant secret, le mentor clandestin du mouvement maoïste.

Parmi les orateurs, on remarque Henri Weber, de la Ligue communiste (trotskiste), ou encore Manuel Bridier, du PSU. Dans l'intervention qui clôt la soirée, un autre « gépiste », et non des moindres, Alain Geismar, appelle à manifester le 27 mai, jour du procès de Le Dantec et Le Bris, avant d'annoncer la nécessaire formation d'un large mouvement unitaire d'entraide pour faire face à la répression, le Secours rouge.

Le soir même, la préfecture de police interdit toute manifestation le 27 mai 1970.

Arrive le jour fatal. La scène se joue simultanément sur deux théâtres différents. Au Palais de justice de Paris s'ouvre le procès de Jean-Pierre Le Dantec et Michel Le Bris, coupables d'avoir dirigé cet incendiaire brûlot qu'est *La Cause du peuple*. La GP entend bien transformer l'audience en une nouvelle tribune médiatique. Il s'agit une fois de plus de faire la une des journaux et de nourrir le débat d'idées.

Les inculpés vont s'en donner à cœur joie : Le Dantec et Le Bris rivalisent de lyrisme et fustigent tout à la fois l'État policier et ses collaborateurs révisionnistes du « PCGT ». Michel Le Bris aura notamment cette phrase épique : « Nous opposerons à l'armée blanche des terroristes l'armée rouge du peuple. » Parmi les témoins de la défense, Joseph Tournel, qui vient parler de sa longue expérience de mineur du Nord, deux ouvriers de chez Renault, Jean-Paul Sartre, et une véritable brochette d'ecclésiastiques : Michel Blaize, prêtre franciscain, et Jean Cardonnel, qui est dominicain. Une fois de plus, les liens entre prochinois et chrétiens de gauche jouent à plein. Comme l'affirme Jean Cardonnel lors du procès, « je suis le témoin d'une cause qui nous est commune ». On ne saurait mieux définir la secrète connivence qui unira en permanence les deux courants de pensée. D'autres témoignages de soutien sont lus à la barre : André Pieyre de Mandiargues s'en prend au « nouveau racisme dirigé contre les jeunes », tandis que François Mitterrand s'élève contre la procédure engagée : « Sans préjuger le fond des articles parus dans *La Cause du peuple*, je n'admets ni la procédure judiciaire suivie contre les auteurs, ni l'arrestation préventive de Le Dantec et Le Bris, ni le régime de droit commun qui leur a été appliqué. »

Alain Geismar a pour sa part demandé à Me Henri Leclerc de lire au tribunal une véritable déclaration de guerre : « ... Je témoignerai, aujourd'hui, dans la rue [15]. »

Les maoïstes ont effectivement décidé de faire du 27 mai une épreuve de force majeure. Il s'agit en toute simplicité de porter l'émeute au cœur même de Paris. Une révolution maoïste. Mao n'a-t-il pas récemment déclaré : « La tendance générale est à la révolution » ? En fait de guerre civile, le Quartier latin est le site d'escarmourches, de mini barricades et de charges incessantes, qui mettent aux prises quelques centaines de manifestants casqués qu'assistent de jeunes badauds, spontanément attirés par le fumet des lacrymos. La faculté de Jussieu résiste pendant plusieurs heures aux assauts des CRS, et les incidents, cantonnés au Quartier latin, durent jusque tard dans la nuit. Au total, près de cinq cents arrestations.

Le coup de main le plus spectaculaire doit avoir lieu gare Saint-Lazare (Paris 8e). Il s'agit de s'emparer de la gare et de bloquer le trafic ferroviaire. Le maître d'œuvre de la spectaculaire action est Olivier Rolin. De rendez-vous secondaire en rendez-vous tertiaire, plusieurs centaines de jeunes militants se retrouvent dans des trains de banlieue qui convergent vers Saint-Lazare. Chacun porte une valise, pleine de barres de fer, de cocktails Molotov. Mais lorsque les militants descendent des trains au terminus de Saint-Lazare, la police est présente en grand nombre. Quelqu'un a-t-il mouchardé ? La prise de la gare est annulée *in extremis*.

La violence organisée gagne aussi la province : deux cent manifestants répètent le scénario parisien à Marseille. Mais, au final, le résultat est plutôt mince. Malgré leur splendide battage médiatique, les maos n'ont pas réussi à refaire Mai 68. Ils se sont contentés d'un jogging printanier. La France reste indifférente au sort de Le Dantec et Le Bris.

Tandis que brûlent les derniers abribus, tombe une nouvelle qui vient parachever cette journée fertile en rebondissements : la Gauche prolétarienne est officiellement interdite par le ministère de l'Intérieur.

Quant à Jean-Pierre Le Dantec et Michel Le Bris, ils écopent respectivement d'un an et de huit mois de prison.

L'ex-GP vient de rencontrer tout à la fois gloire et interdiction.

LA TRAJECTOIRE PARADOXALE DE VIVE LA RÉVOLUTION

Lorsque éclate la crise ultime de l'UJC (ML) en septembre 1968, plusieurs groupes refusent de suivre Benny Lévy dans son aventure sacrificielle. Un fort contingent de militants rallie le PCMLF, tandis qu'un petit noyau crée Ligne rouge et que des mouvements indépendants, fondés par des sympathisants, éclosent un peu partout, tel Rennes révolutionnaire, ou encore Oser lutter.

Vétérans de l'UJC (ML), Tiennot Grumbach et Roland Castro

n'ont jamais apprécié, ni l'autoritarisme froid de Benny Lévy, ni son culte de la violence. Bien qu'en accord avec les thèses spontanéistes, qui prévoient que la classe ouvrière elle-même créera le parti révolutionnaire à travers la généralisation des luttes sociales, ils rejettent instinctivement la mystique du sacrifice, le manque d'humour et l'intolérance de la GP.

Tiennot Grumbach est alors établi à l'usine Citroën XV : ce sera pour lui une expérience extrêmement pénible : il maigrit de douze kilos en trois mois. Parallèlement, il met en place avec d'autres établis un certain nombre de « bases ouvrières », indépendantes de toute organisation.

A Nanterre, Roland Castro tente pour sa part d'opérer la fusion des étudiants et des résidents du bidonville tout proche. C'est lui qui donne le coup d'envoi d'une petite organisation aux moyens nettements plus réduits que ceux de la GP : Vive le communisme. Au départ, il ne s'agit que d'une dizaine de personnes, gravitant autour du campus de Nanterre et armés d'un journal modeste dont le premier numéro sort à l'automne 68. Tiennot Grumbach les rejoint au printemps suivant et amène notamment ses réseaux ouvriers.

VLC est un groupe paradoxal au sein duquel cohabitent des sensibilités pas forcément complémentaires. Il y a d'abord les anciens de l'UJC (ML), souvent experts en langue de bois marxiste-léniniste : outre Tiennot Grumbach et Roland Castro, on remarque Gilles Olive, Christian de Portzamparc, René Frydman, Jean-Paul Dollé, ou encore un couple : Gérard et Amy Dahan. Moins dogmatiques et plus activistes sont les militants spécifiquement issus des Comités Vietnam de base : Daniel Cukerman, Charles Masse. La troisième composante jouera un rôle déterminant : il s'agit tout simplement des jeunes, qui n'ont aucune expérience militante : c'est notamment le cas de Stéphane Courtois, d'Yves Hardy, ou encore de Serge Marteau, un ancien des Auberges de jeunesse qui deviendra plus tard ouvrier à Hispano-Suiza, avant de se suicider quelques années plus tard.

A la différence de la GP, qui « blinde » en permanence son discours, VLC manifeste une réelle volonté d'intégrer la dimension libertaire de Mai 68. Comme le dit justement Roland Castro, il s'agit alors de « poursuivre l'éblouissement [16] ». Le groupe est donc en perpétuelle évolution, en constant renouvellement. Il est pourtant doté d'une direction solide et autoproclamée. Le chef, c'est Roland Castro. Il est entouré de Tiennot Grumbach, Gilles Olive, Richard Deshayes, Amy et Gérard Dahan, Leslie Kaplan et Daniel Cukerman. Pour tous ces étudiants un peu « bohème », Mai 68 n'est autre qu'une répétition de la révolution culturelle. Il s'agit maintenant d'investir aussi bien la culture que la politique.

VLC va à plusieurs reprises prendre des positions complètement atypiques. Lors de l'élection présidentielle de mai 1969, toutes les organisations maoïstes appellent à l'abstention. Toutes, sauf une, Vive le communisme, qui, dans un esprit unitaire, appelle à voter pour le trotskiste Alain Krivine. Et Vive le communisme d'affirmer en mai 69 : « C'est une bonne chose qu'il y ait un candidat " gauchiste " aux élections. » Des maos soutenant un trotskiste ? De mémoire de stalinien, on n'avait jamais vu ça !

Vive le communisme possède alors plusieurs implantations : à l'université de Nanterre, les militants participent à la fondation d'une crèche sauvage, en relation avec le bidonville tout proche et les cités des Marguerites et des Provinces françaises. Ils sont aussi présents à Renault-Flins, Citroën, et à l'usine Grandin de Montreuil. C'est alors Grumbach qui gère Flins, tandis que Gérard Dahan s'occupe de Citroën et Gilles Olive de Grandin. La discipline à VLC n'est en rien comparable à la stricte rigueur de la GP. Pourtant, les dirigeants ont tenu à prolétariser au maximum l'organisation. Chaque militant fonctionne donc en binôme : tout étudiant est lié à un camarade ouvrier, qu'il aide, et dont il écoute la leçon.

Mais les temps ont changé. L'époque de l'UJC (ML) et de ses délires dogmatiques est bel et bien finie. Dès lors, le nom « Vive le communisme » commence à peser. Lors d'une réunion qui se tient pendant l'été 1969 chez Tiennot Grumbach, 28, rue d'Aboukir (Paris 2e), juste en face du *Figaro*, les quarante copains qui composent le groupuscule décident qu'il se nommera désormais Vive la révolution. Il s'agit de préserver à tout prix l'esprit festif de Mai 68. Dans une épaisse brochure collective datée de juillet-août 1969, et qui a tout simplement pour titre *Vive la révolution,* on peut lire ce passage, qui indique le chemin qu'empruntera maintenant VLR : Il s'agit « d'étendre le champ de lutte du mouvement étudiant aux luttes anticapitalistes touchant les conditions de vie des masses ». En clair, les maoïstes s'intéressent maintenant à la vie quotidienne, à la culture, à la sexualité. Au passage, la ligne de Nouvelle résistance, chère à Benny Lévy, est cruellement égratignée : non, la France n'est pas devenue un pays fasciste. Les maos ne sont donc pas des résistants. Lors d'un stage de formation tenu le 2 novembre 1969, une voix persiflante ira jusqu'à qualifier la Gauche prolétarienne de « doriotiste [17] ».

VLR va très vite se distinguer des autres mouvements maoïstes par sa démocratie interne. Le noyau dirigeant n'a certes pas été élu, mais les discussions, les contestations vont bon train. Il n'y a pas vraiment de chefs à VLR. Plutôt une sorte d'assemblée générale permanente. L'esprit de Mai a triomphé du dogmatisme. Nul ne s'étonnera que les rudes partisans de la GP n'aient que mépris pour les tendres chevelus de VLR, épris de rock et de convivialité, qui n'hésitent pas, lors de certaines réunions, à tirer discrètement sur un « joint ».

Il faut dire que Stéphane Courtois se définit alors ouvertement comme « anarcho-maoïste [18] ». Quant à Tiennot Grumbach, il parle aujourd'hui, à propos de VLR, de « maoïsme libertaire [19] ». *Vive la révolution* numéro 1 sort le 15 novembre 1969. Il se définit comme un « journal marxiste-léniniste maoïste », et porte en titre : « Pour une politique révolutionnaire ». Grâce aux talents de maquettiste de Jacques Barda, le journal deviendra vite un des plus élégants du petit milieu gauchiste.

Arc-bouté sur ses noyaux militants, qui éditent une presse abondante – *Base ouvrière Renault-Flins*, *Base ouvrière Citroën*, *L'Étincelle-Grandin Montreuil*, *Feu Rouge-Buffon*, *La Lutte continue*, *Travailleurs-Étudiants*, *Le Paria*, *L'Assaut 15*ᵉ, *La Pavasse* et tant d'autres –, VLR s'appuie aussi sur la librairie Gît-le-Cœur, de Tiennot Grumbach, dont s'occupent notamment Marianne et Dimitri, puis Stéphane Courtois. Un drôle de bunker, auquel on accède en frappant à une lourde porte blindée. Gît-le-Cœur, c'est bientôt non seulement une librairie, mais encore une maison d'édition, chargée de la propagande de VLR. On y trouve évidemment de nombreuses brochures chinoises. La politique des ML français est à cet égard d'une clarté limpide : ils ne paient pas leurs factures. Les Chinois continuent néanmoins à les abreuver en littérature. Une astucieuse forme de subvention indirecte. Tout est dans le non-dit.

La ligne de VLR est fort sineuse. Elle soutient la « conscience spontanée » du prolétariat, mais ouvre au printemps 1970 de sérieuses négociations avec un rigide groupe trotskiste, Lutte ouvrière, bien éloigné du spontanéisme maoïste. La révolution avortée de 68 n'autorise-t-elle pas toutes les audaces ?

L'activisme brouillon de VLR reflète une époque de tempêtes. Parmi les nombreuses campagnes lancées à l'automne 69, celle du Tchad est des plus dures. Le mouvement de Castro et Grumbach soutient le Front de libération national tchadien (FROLINAT), qui mène une féroce lutte armée contre le régime du président François Tombalbaye et les parachutistes français dépêchés par le président Georges Pompidou. Les activistes de VLR décident en conséquence d'ouvrir un second front, à l'intérieur même de Paris. Le jeudi 13 novembre 1969 en fin d'après-midi, quarante jeunes gens procèdent à une attaque en règle de l'ambassade du Tchad, rue des Belles-Feuilles (Paris 16ᵉ), déclenchant un début d'incendie.

Il faut dire qu'en cet automne « chaud », la concurrence entre groupuscules fait rage. La Gauche prolétarienne est partout en première ligne. Les militants VLR, dont la mouvance peut maintenant être estimée à cent cinquante personnes, ne veulent pas être en reste et sont tentés par le suivisme. Ils vont ainsi soutenir à leur tour Gérard Nicoud et la lutte des petits commerçants.

Les « gépistes » étant par ailleurs spécialistes des coups médiatiques, VLR va à son tour créer l'événement. Une occasion de faire la une des journaux lui est donnée en janvier 1970. Dans la nuit du 1er au 2, quatre travailleurs immigrés meurent asphyxiés dans un foyer sordide d'Aubervilliers. La température était descendue à – 4°. Pour se chauffer, les résidents avaient dû se résoudre à mettre le feu à des détritus au fond d'une poubelle et avaient été étouffés par les vapeurs nauséabondes. Un fait divers atroce, digne de Zola, qui prouve aux maoïstes que, dans la France de 70, l'oppression est aussi terrible qu'à l'époque de *Germinal*. Le 10 janvier, jour des obsèques, vingt jeunes marxistes-léninistes envahissent le siège du Conseil national du patronat français, 31, avenue Pierre-Ier-de-Serbie (Paris 16e). Surgissant d'une église toute proche, cent personnes se massent aussitôt à l'extérieur pour scander des slogans et protéger l'opération. Il y a des maos, bien sûr, mais aussi de nombreux intellectuels. VLR lance en ce jour un style de propagande que la GP reprendra à son compte avec succès : l'utilisation de personnalités consentantes chargées de jouer les boucliers et d'attirer les médias. C'est Jean-Jacques Porchez qui a tout préparé. Parmi les vedettes convoquées, on repère Maurice Clavel, Pierre Vidal-Naquet, mais aussi Marguerite Duras, et même Jean Genet. Tous applaudissent l'occupation du CNPF. Surtout lorsque Castro apparaît à un balcon et entreprend de haranguer la foule.

Peu de violence dans cette action symbolique. Le commando se contente de graffiter les murs des différents bureaux. Des banderoles sont déployées le long de la façade : « Le responsable : le capital !... » ou : « De l'exploitation légale à l'assassinat légal !... » Soudain, des CRS en surnombre bloquent les deux extrémités de l'avenue. Impossible de se replier. Dès lors, le rassemblement médiatique tourne à la retraite de Russie. Pierre Vidal-Naquet se retrouve avec le visage en sang, tandis que Maurice Clavel reçoit sur la tête un fort coup de matraque. Roland Castro est embarqué comme tout le monde dans un car de police. Mais il décide de s'enfuir par une fenêtre en profitant d'un feu rouge. Il est rattrapé au bout de quelques mètres et copieusement matraqué. Pire : il est bon pour le tribunal des flagrants délits. Lors de son procès, il aura la satisfaction de voir Jean-Paul Sartre, Maurice Clavel et Jean Genet venir défiler à la barre pour témoigner des conditions de vie inhumaines faites aux travailleurs immigrés.

Faut-il s'en étonner ? La plupart des intellectuels et des artistes français nourrissent vis-à-vis des jeunes gauchistes un complexe de culpabilité. A travers Mai 68, les jeunes ont donné une leçon aux vieux. Ils leur ont rappelé que « la jeunesse est comme le soleil à 8 ou 9 heures du matin » (selon la formule de Mao). Et les vieux ont courbé l'échine, obéissant instinctivement aux consignes des gardes rouges français. On mesure mal avec le recul l'impact qu'a pu avoir la jeunesse française sur ses aînés. Aider les maos, c'est montrer qu'on est dans le coup, qu'on est resté adolescent, qu'on sait encore se révolter. Dans un tel contexte, il est normal que les suffrages de l'Intelligentsia se portent spontanément sur VLR. N'est-il pas de tous les groupes maoïstes le moins sectaire et le plus tributaire de la dimension dionysiaque de Mai ?

D'autres actions donnent aux militants l'occasion de monter en première ligne. Les 2 et 3 mars 1970, ils mènent la lutte contre les policiers qui tentent d'investir l'université de Nanterre, après que de violents incidents eurent opposé maoïstes et militants du Groupe union défense (extrême droite). Nanterre, c'est depuis toujours le fief de VLR. Une crèche sauvage d'enfants de travailleurs immigrés a d'ailleurs été récemment installée dans la salle D du bâtiment des Lettres. Sa devise est tout un programme : « Bébés français et immigrés, même biberon !... »

En ce jour de février, les maos déclenchent la guérilla urbaine. Et *Vive la révolution* numéros 3-4, de mars 70, ne se sent plus de joie : « Nanterre, ça sent bon le printemps », s'exclame la une. Et un article, qui s'étend sur deux pages sous un titre flamboyant, « la bataille de Nanterre », affirme, martèle sa vérité : « La victoire militaire est nette ! [...] C'est la première sérieuse victoire militaire sur les flics depuis Mai 68. [...] Nous avons remporté une victoire politique et militaire. Ce n'est pas le moment de nous faire récupérer par les bureaucrates du gauchisme légal. »

A Nanterre, VLR mène effectivement sa première action violente de masse. Faut-il y voir l'indice d'un changement, voire la volonté de copier la stratégie de Nouvelle résistance, chère à la GP ? Sans doute pas. N'oublions pas que Nanterre est le bastion « historique » de l'organisation. Elle se doit d'y être en pointe pour maintenir son hégémonie.

La plupart du temps, Vive la révolution préfère les actions symboliques, ainsi qu'en témoigne l'occupation de la mairie de Meulan. Il s'agit pour Tiennot Grumbach et ses amis de la Base ouvrière de Flins (Daniel Cukerman, Nadja Ringart, Marc Hatzfeld, Anne Hocquenghem...), de dénoncer un trafic clandestin d'immigrés illégaux, avec la complicité de l'ANPE de Meulan. Or les locaux de l'ANPE jouxtent la mairie. Les militants décident donc en bonne logique révolutionnaire d'attaquer militairement la mairie le 6 mars 1970 à 10 heures du matin. Le raid est soigneusement préparé la veille à l'École normale supérieure.

L'organisateur de l'action est Gérard Dahan. Tout commence par un « couac ». Contre toute attente, Dahan « oublie » curieusement de se réveiller. L'heure tourne, les militants piétinent sur place : pas de Dahan. Qu'à cela ne tienne. Le raid aura lieu sans lui. Trente militants, divisés en trois escadrons, lancent l'attaque par deux rues différentes. C'est jour de marché. Il y a foule : l'action n'en sera que plus spectaculaire. Un premier commando, composé notamment de Richard Deshayes, Marc Hatzfeld et Nadja Ringart, envahit l'ANPE, bouscule son directeur, Marcel Boreau, qui joue selon VLR un rôle dans le « trafic d'esclaves », et saccage les lieux. Au même instant, un deuxième groupe s'empare de la mairie. Depuis une fenêtre de l'ANPE, un orateur équipé d'un mégaphone fait un bref discours. Et c'est le repli, en bon ordre. Mais quelques gendarmes tentent de s'interposer. Jets de pierre et bagarres les opposent au groupe de renfort, chargé de protéger l'évacuation... Les voitures repartent dans un désordre certain. Une automobile a même été carrément abandonnée par ses occupants. A l'intérieur, les forces de l'ordre retrouvent le sac à main de Nadja Ringart. Il ne leur reste plus qu'à perquisitionner chez l'imprudent propriétaire de la voiture. Ils y découvrent les papiers de Marc Hatzfeld. Immédiatement, ce dernier entre dans la clandestinité. Moins experte, Nadja Ringart est arrêtée le 17 mars, en allant rendre visite à ses parents. Elle ne sera libérée qu'à la mi-juin. Quant à Marc Hatzfeld, il finit par se faire coincer en compagnie d'Anne Dollé alors qu'il convoie des centaines de tracts. Il a malencontreusement franchi une ligne jaune !

Entre-temps, la situation a radicalement changé. *La Cause du peuple* est régulièrement saisie, Sartre en est devenu le directeur. La solidarité doit primer sur les divergences. La librairie Gît-le-Cœur accepte d'assurer la diffusion des numéros interdits, tandis que les militants de VLR participent pleinement aux actions de partisans du 27 mai 1970, jour de la dissolution du groupe de Benny Lévy.

Pour Castro, Grumbach, Dahan, Courtois et les autres, il est temps de passer à une autre étape. Les révoltes spontanées se multiplient : il faut les faire fusionner. Une réunion se tient au centre universitaire Dauphine en juin 1970. Outre VLR est présente la tendance trois de la Ligue communiste, animée par Guy Hocquenghem. Les deux courants tombent d'accord sur la nécessité de changer la vie quotidienne et d'ouvrir de nouveaux fronts de lutte : les éditions Gît-le-Cœur symbolisent cette ouverture en publiant de nouvelles brochures, évocatrices : *Le Droit à la paresse*, de Paul Lafargue, ou *Le Combat sexuel de la jeunesse*, de Wilhelm Reich. Cette dernière brochure sera d'ailleurs préfacée anonymement par Jean-Michel Palmier. Quant à la maquette, elle est notamment réalisée par un militant proche des Albanais, qui soutient alors le PCMLF : Patrick Kessel. Un paradoxe ? Pas tant que cela. Car dans le mouvement prochinois prime parfois une certaine solidarité militante.

De plus en plus, les prochinois de VLR tournent en réalité les yeux vers... l'Amérique. Non que les subsides de la CIA pleuvent, mais les mouvements hippy, yippy, les expériences communautaires, les Diggers fascinent de plus en plus les jeunes Français. Et si le vent libérateur soufflait finalement d'ouest en est ? Stéphane Courtois participe ponctuellement au journal de Jean-Édern Hallier, *l'Idiot international*, qui campe souvent sur des positions « gépistes » mais s'intéresse beaucoup à la contre-culture américaine : mouvements féministes, luttes homosexuelles, vie quotidienne deviennent des sujets de débat au sein de VLR. On lit Jerry Rubin, Abbie Hoffmann, Emmett Groagan.

Le mouvement ML bénéficie aussi du soutien du mensuel *Actuel*, via Jean-Paul Ribes, Jacques Barda ou encore Annette Lévy-Willard.

Cet intérêt pour l'Amérique se traduit dès le printemps 1970 par une active campagne de soutien au « Black panther party », le parti des Panthères noires. Les « Black Panthers », qui fascinent Jean Genet et subissent la répression de l'État US, se réclament entre autres du *Petit Livre rouge*. Lors d'une de ses visites aux États-Unis pendant le premier semestre 1970, Jean Genet apporte aux Panthères un soutien bruyant. Il est parfois accompagné d'un militant VLR. A son retour, VLR lance sa campagne, marquée par la publication d'une brochure entièrement payée et réalisée par Jean-Luc Godard. En juin 70, le groupe mao organise à la Mutualité un concert de free-jazz avec en vedette Archie Shepp. L'événement est financé de A jusqu'à Z par Sylvina Boissonnas, héritière de la famille Schlumberger et bailleuse de fonds de nombreuses organisations gauchistes qui, par un étrange caprice de la nature humaine, acceptent son argent tout en la méprisant.

Un événement curieux se produit dans la même période. « Ministre des Affaires étrangères » du parti des Panthères noires, une nommée Connie Mathews débarque à Paris, dans l'appartement de Jean Seberg. L'actrice américaine est en effet une des principales bienfaitrices du mouvement noir. Pour VLR, l'arrivée d'une dignitaire des Panthères, c'est un événement. Hélas ! La militante noire se révèle avoir un caractère de cochon. Hautaine, méprisante, constamment blasée, elle promène son royal ennui d'un local militant à l'autre. On lui montre fièrement une brochure française de soutien à son parti, et la voilà qui hurle : le titre n'est pas correct, et la brochure stupide. Humiliés, les dirigeants de VLR n'osent rien dire. Vive la révolution vient d'ouvrir à Villeneuve-la-Garenne une Maison du Peuple dotée d'une crèche sauvage. Le ministre consent à la visiter, mais se fait accompagner ostensiblement de deux gardes du corps armés. Or, rien ne lui plaît. Elle trouve les locaux inintéressants, laids, peu avenants. Les militants, qui se décarcassent pour donner vie à ce lieu, n'apprécient guère la moue boudeuse de la Panthère aux ongles griffants.

Une fille finit par s'emporter. Mathews se fait vertement rembarrer. En réponse, le ministre lui décoche une énorme gifle. Un silence, et la jeune Française balance à son tour une claque à l'Américaine. Immédiatement, les gardes du corps dégainent leurs revolvers. Western à Villeneuve-la-Garenne. Connie Mathews est prestement évacuée. A la Maison du Peuple, on n'est pas près d'oublier la visite des Panthères noires... Le lundi 23 février 1970 à la Mutualité, la militante américaine participera néanmoins avec Agostinho Neto, futur président de l'Angola, et Jacques Vergès à un meeting de soutien à Eldridge Cleaver, un dirigeant des Panthères qui vit en exil à Alger [20].

Lorsque arrive l'été 70, Vive la révolution a en tout cas beaucoup changé. Le groupuscule marxiste-léniniste de l'automne 68 s'est transformé en un vivier créatif et informel. Fusion des révoltes et désir de changer la vie sont devenus des priorités. Réussira-t-il à passer le cap ?

LE PCMLF DEVIENT CLANDESTIN

Le temps de l'occupation est revenu. Pour Jacques Jurquet et ses camarades, la France n'est plus un pays démocratique. Depuis l'interdiction du Parti communiste marxiste-léniniste de France, le 12 juin 1968, elle est entrée dans un processus de « fascisation ». Voici venue l'heure des nouveaux maquisards.

On peut juger révélatrice cette volonté de s'ancrer dans la résistance. Ne trouve-t-on pas le même raisonnement chez les rivaux de la Gauche prolétarienne ? La culture de la résistance joue un rôle considérable dans l'élaboration théorique d'un maoïsme typiquement français. La vision des ML est alors fort limpide : l'occupant, c'est le pouvoir capitaliste qui saigne à blanc le peuple français. Quant au rôle du collaborateur, il est joué tout à la fois par le Parti communiste et la CGT, accusés de ne pas défendre les ouvriers et de prendre systématiquement la défense des nantis.

Une vision du monde aussi manichéenne peut sans doute prêter à sourire, mais, dans le contexte, elle ne semble pas du tout enfantine. Il est vrai que le gouvernement gaulliste traite avec rudesse ses extrémistes de gauche et traque les dirigeants prochinois.

Pendant l'été 1968, les principaux chefs du PCMLF se cachent dans le fief de François Marty, le hameau de Velmanya, non loin de Perpignan. Un beau matin, la frayeur les gagne. De l'autre côté de la vallée, des dizaines de militaires se dirigent vers eux. Le général de Gaulle a-t-il décidé de pratiquer la terre brûlée ? Par mesure de sécurité, les maoïstes se dispersent dans la campagne. Mais ils s'aperçoivent bien vite que les compagnies de soldats ne s'intéressent pas du tout à eux. Velmanya est tout simplement le site de manœuvres militaires. Plus de peur que de mal.

C'est à Velmanya qu'est décidée la réorganisation du parti en triangles clandestins, indépendants les uns des autres, et chapeautés tout en haut par une Direction centrale clandestine, constituée de Jacques Jurquet, Raymond Casas et François Marty. Toutes les instances nommées à Puyricard (Bureau politique et Comité central) sont suspendues.

Le redémarrage effectif sera pourtant lent et poussif. Car, lors de l'interdiction de juin 68, chacun s'est égaillé dans la nature. Le PCMLF s'est désagrégé. Il faut maintenant refonder une structure. Les premiers tracts clandestins n'apparaissent qu'en décembre 1968, près de six mois après l'interdiction : « Rejoignez les organisations révolutionnaires clandestines du PCMLF », proclame un des tout premiers pamphlets du parti maintenu.

Dans la foulée de Mai et grâce à la crise de l'UJC (ML), nombreux sont pourtant les étudiants et lycéens qui frappent bruyamment à la porte du discret PCMLF. Parmi les transfuges de l'UJ, citons Monique et André Cuisinier, ou encore Jacques Broyelle. Certains se contentent d'une promenade touristique avant de retourner au bercail « gépiste ». D'autres vont s'intégrer durablement au parti. Tous vont sans le vouloir faire souffler le vent de la révolution culturelle dans un univers confiné, peu réceptif à la dimension libertaire de Mai.

La direction est alors partagée entre deux sensibilités. Si Jacques Jurquet, puis, après quelques hésitations, François Marty défendent farouchement la nécessité d'une discipline militaire et d'une clandestinité à tout crin, Raymond Casas, de par sa culture humaniste et syndicale, est nettement favorable à la légalisation. « La clandestinité de Jurquet, pour moi, ça ne tenait pas le coup », martèle-t-il encore vingt-huit ans plus tard : « C'était du carnaval ! Un truc dingue, à la Kafka. C'était un machin tout à fait surréaliste [21]. »

Le PCMLF sera sans cesse tiraillé entre ces deux points de vue antagonistes. En décembre 1968, il opte apparemment pour une voie « à ciel ouvert », en lançant publiquement la ligne de « front uni ». Le Front uni se veut une organisation de masse qui doit regrouper sur des bases très larges l'ensemble des anciens acteurs de Mai. Une grosse organisation pourra ainsi enrober le très secret PCMLF. *L'Étincelle*, bulletin de la cellule clandestine de l'entreprise Albert, parle dans son numéro de décembre 1968 d'un « front uni antimonopoliste, anti-impérialiste ».

L'artisan de cette nouvelle ligne est Jacques Jurquet. Tout en défendant l'idée d'un parti clandestin et militarisé, Jurquet estime que, si le PCMLF veut capitaliser sur Mai 68 et accueillir les nombreux jeunes qui frappent à sa porte, il doit impérativement se doter d'une façade légale. Une savante manœuvre visant à concilier les deux points de vue, clandestin et légaliste. Dans une même optique, la Direction centrale clandestine décide au début de l'année 1969 de lancer un projet qui porte comme nom de code « AG ». Le jeudi 20 février 1969 apparaît un hebdomadaire à large diffusion, qui ressemble comme un frère à ce qu'était *L'Humanité nouvelle* avant l'interdiction : *L'Humanité rouge*. « Hebdomadaire d'informations et d'étude marxiste-léniniste au service des luttes des ouvriers, paysans et intellectuels », il appelle dès le numéro 1 à « constituer un Front uni contre les monopoles de l'impérialisme, qui pourra se reconvertir, si les événements l'imposent, en Front antifasciste ». Très vite, le nouveau journal devient pour la grande masse des étudiants le nom d'une toute nouvelle organisation ML, issue comme beaucoup d'autres du grand chambardement de 1968.

Comme par hasard, on ne trouve dans *L'Humanité rouge* que de rares et vagues allusions au PCMLF. Sur le maintien de l'appareil, pas un mot ou presque. Les militants qui rejoignent de bonne foi les Comités de défense de *L'Humanité rouge* ignorent souvent que le parti de Puyricard survit dans une clandestinité de fer. A l'inverse, les rares documents signés PCMLF, qui sont parfois éparpillés sur le sol par des mains anonymes juste avant l'ouverture de certaines usines, ne font aucune mention de *L'Humanité rouge*. On a l'impression que ce sont deux groupes totalement indépendants. Derrière la façade légale se dissimule pourtant une armée secrète de partisans rouges, au grand effroi des services de police. Selon les instructions de François Marty, chaque comité de défense de *L'Humanité rouge* est dirigé par un triangle clandestin de trois adhérents du parti.

Ancien dirigeant du PCMLF, Régis Bergeron n'a pas repris d'activités politiques à l'automne 68. A l'instar de nombreux vétérans marxistes-léninistes, il a perdu le contact en juin et a préféré se retirer sur la montagne, pour gérer la librairie Le Phœnix, toujours spécialisée dans la diffusion d'ouvrages chinois. Mais, un matin de décembre 1968, dix policiers en civil munis d'une commission rogatoire viennent l'arrêter avant l'aube à son domicile de Noisy-le-Sec. L'affaire est assez obscure. Les forces de l'ordre se basent sur le témoignage d'un activiste récemment inculpé chez qui on a retrouvé des uniformes de l'armée et qui a mis en cause Bergeron et le PCMLF. La perquisition dure trois heures. Les policiers ne trouvent finalement qu'un inoffensif pistolet d'alarme. Bergeron est embarqué au quai des Orfèvres. Il y est notamment interrogé par le commissaire Roger Le Taillanter, qui accepte au passage de lui rendre un petit service : ce matin-là, l'ancien rédacteur en chef de *L'Humanité nouvelle* doit rendre à Louis Pauwels un article pour sa revue, *Planète*. Fort courtoisement, Le Taillanter appelle Pauwels pour lui expliquer que le « papier » aura du retard ! Régis Bergeron est ensuite confronté à un autre commissaire, qui lui pose cette question à la fois surprenante et révélatrice :

« Si l'armée chinoise arrive à Paris, est-ce que c'est vous qui serez Premier ministre[22] ? » Vis-à-vis des prochinois, la police nage en plein rêve fantasmatique... Au bout de deux jours de garde à vue, Régis Bergeron est finalement libéré. Il découvre qu'en son absence, sa librairie a été perquisitionnée de fond en comble.

En attendant, L'Humanité rouge devient un groupe d'extrême gauche à part entière qui défend, face à la Gauche prolétarienne et à Vive la révolution, une ligne strictement orthodoxe et prochinoise. Vaille que vaille, et clandestinité mise à part, le PCMLF revient donc à une activité politique traditionnelle. Car à aucun moment il ne songe à déclencher la lutte armée. Les méthodes de propagande diffèrent radicalement de celles de la GP. Elles s'inspirent en réalité de celles du Parti communiste : réunions, tractages, manifestations, rien au fond que du très légal. Clandestinité, oui, guerre de partisans, non.

Lorsque le général de Gaulle organise son départ du pouvoir par un référendum plébiscite organisé le 27 avril 1969, le PCMLF prend position comme n'importe quelle formation : il appelle ouvertement à voter « non à de Gaulle ».

A l'issue de la consultation, où le « non » l'emporte, Charles de Gaulle quitte le pouvoir. Conformément à la loi, il est provisoirement remplacé dans l'attente d'élections présidentielles par le président du Sénat, Alain Poher. Jacques Jurquet met alors à profit la vacance du pouvoir pour tenter une opération hasardeuse. Le 6 mai 1969, il envoie à Alain Poher une lettre ouverte dans laquelle il réclame la levée de l'interdiction qui pèse sur le PCMLF. Ses arguments sont exemplaires : « [...] Je suis en mesure de mettre le gouvernement au défi de révéler que mon parti ou quelque autre militant issu de ses rangs ont pu justifier l'intervention de la justice tant en ce qui concerne la sûreté intérieure que la sûreté extérieure de la France. L'organe central du PCMLF n'a subi aucune saisie. Les nombreuses interpellations et perquisitions opérées à l'encontre des locaux et des militants du PCMLF le lendemain de son interdiction n'ont pas permis une seule inculpation de nature à être maintenue par décision du pouvoir judiciaire [23]. » Cette lettre forcera plus tard Jacques Jurquet à une sévère autocritique. Quoi qu'il en soit, Alain Poher accueille la requête avec une totale indifférence et ne prend même pas la peine de répondre. L'interdiction du PCMLF ne sera jamais abrogée. Et la police continue à serrer de près ce qu'elle croit être un dangereux nid de comploteurs à la solde de Pékin.

Il faut dire que le PCMLF maintient avec la Chine des liens privilégiés. En décembre 1969, une délégation des « communistes marxistes-léninistes de France » (on ne fait plus d'allusion à un parti) se rend à Pékin. C'est le premier voyage de militants français depuis l'interdiction. Jacques Jurquet rencontre une nouvelle fois Kang Sheng, le chef des services secrets. Les rapports avec la Chine restent donc au beau fixe. Le PCMLF bénéficie toujours d'une aide annuelle de cinq cent mille francs, sous forme d'abonnements chinois à *L'Humanité rouge*. Sans oublier, bien sûr, les largesses albanaises [24].

Pourquoi ce traitement de faveur, qui ne touche que le seul PCMLF, au détriment des autres groupes prochinois ? Tout simplement parce que Kang Sheng et Jiang Qing, l'épouse de Mao, sont partisans du monopole de représentation. Désireux à terme de créer une nouvelle internationale communiste, ils tentent de hâter le regroupement des formes ML au sein du seul parti reconnu par Pékin. Le PCMLF de Jurquet sera soutenu jusqu'au bout par le régime chinois.

Quant aux « révisionnistes » du PCF, qui sont dénoncés avec fureur dans chaque numéro de *L'Humanité rouge*, ils vont bientôt reprendre la vieille lutte antichinoise. Raymond Casas est ainsi victime d'une nouvelle agression dans la nuit du 28 au 29 mai 1969. Un homme de main du PCF l'attend dans la cour de son immeuble et lui porte au visage plusieurs coups d'un énorme couteau, le tranchet. Perdant son sang en abondance, Raymond Casas est conduit de toute urgence par sa femme à l'hôpital de Blois. Cette violente attaque, qu'on peut à juste titre qualifier de meurtrière, sera largement dénoncée par l'ensemble des courants d'extrême gauche. Le groupe Vive la révolution exprimera notamment son total soutien à Raymond Casas. Il faut dire que des liens souterrains unissent les deux mouvements. Tiennot Grumbach a même imprimé au nom de la solidarité militante un numéro clandestin de *L'Humanité nouvelle*. Par mesure de sécurité, il l'a ensuite livré à un militant du PCMLF, de voiture à voiture. Patrick Kessel, qui soutient L'Humanité rouge, participe d'autre part à la maquette de certaines brochures des éditions

Gît-le-cœur. Quant à *L'Humanité rouge*, elle se fait régulièrement l'écho des activités des bases ouvrières de VLR. Il est clair qu'une ébauche de rapprochement s'effectue en 1969. Elle sera de courte durée.

De nombreux anciens de l'UJC (ML), amis de Grumbach et Castro, ont rejoint le PCMLF. Cela crée des liens et change les pratiques. Dieu ! qu'ils sont bouillants, actifs et pinailleurs, les nouveaux militants formés à la rude école prolétarienne de la rue d'Ulm ! Pas question pour eux de s'encroûter ni de ronronner entre deux réunions blafardes. Dès 1969, la propagande du PCMLF change de ton, se durcit : *L'Humanité nouvelle* reparaît irrégulièrement sous la forme d'un bulletin mi-ronéoté, mi-imprimé. Le numéro 5, en date de décembre 69, comporte de façon exemplaire une recette pour confectionner les cocktails Molotov. Quelques mois plus tôt, un tract signé du Comité permanent d'action pour la Palestine et du Mouvement anti-impérialiste (cache-sexes du PCMLF) a pris la défense des Palestiniens qui se lancent dans les actes terroristes et pratiquent les détournements d'avion : « L'attaque des boeing d'El Al : riposte de la résistance palestinienne contre la brutalité sioniste dans les territoires occupés. » Tout au long du texte, les auteur de détournements et d'attaques contre la compagnie civile sont appelés « patriotes palestiniens du FPLP » et « résistants du FPLP ». Un chant révolutionnaire inventé par un militant du PCMLF clame à la même époque : « Nous sommes tous des fedayin/Nous sommes tous des détourneurs d'avion/Nous libérerons la Palestine ! »

Cette apparente dérive militariste reste toutefois purement verbale.

A l'automne 69, priorité est toujours donnée au Front uni. Un mensuel à grande diffusion paraît sous ce nom depuis le 1er octobre. Se définissant comme un instrument « au service des luttes des ouvriers, paysans et intellectuels », il loge au 17, rue du Sentier (Paris 2e). Le titre du premier numéro est au diapason de l'époque : « La colère grandit dans les villes et les campagnes. » Des comités de Front uni démarrent dans plusieurs villes, et des éditions régionales apparaissent, notamment dans le Rhône, ainsi qu'à Aurillac, où les frères Aimé et Jacques Delrue éditent *L'Arverne*. Dans certains cas, la nouvelle ligne permet à L'Humanité rouge de recruter bon nombre d'adhérents : sur la ville de Lyon, où existent quatre comités de Front uni, celui de *Max Cluzot* regroupe près de cent personnes, encadrées par vingt militants du PCMLF. Pourtant, il apparaît bientôt que les militants des comités de Front uni sont souvent les mêmes que ceux des comités de défense de *L'Humanité rouge*, créés lors de la parution du journal pour regrouper les sympathisants. Pis : l'existence du mensuel *Front uni* crée une certaine confusion. On n'y trouve aucune référence à *L'Humanité rouge*. Comme *L'Humanité rouge* ne contient elle-même aucune référence au PCMLF, le profane n'a guère de chance de s'y retrouver dans le maquis des sigles.

D'autant que, malgré la multiplication des façades légales, la police continue à traquer sans répit le parti clandestin. Au début de l'année 1970, une nouvelle vague d'arrestations a lieu : Jean Thiriot, Patrick Bernier, Alain Filou, André Marie et Bernard Rey se retrouvent à la prison de la Santé pour « reconstitution de ligue dissoute ». *L'Humanité rouge* mobilise alors ses troupes pour exiger la « libération des marxistes-léninistes emprisonnés ».

Pourtant, le PCMLF a au même moment d'autres chats à fouetter. Il est en effet la proie d'une forte crise interne.

Pendant l'hiver 1969-1970, Raymond Casas, qui est membre de la Direction centrale clandestine, convoque de son propre chef la majorité des membres du Bureau politique du PCMLF dans un restaurant de Vineuil, non loin de Blois. Depuis l'interdiction du parti, le Bureau politique n'a pas eu l'occasion de se réunir à cause de la rigide clandestinité imposée par Jurquet et Marty. Casas n'est pas d'accord avec cette conception. Ouvrier, syndicaliste, il veut ouvrir le PCMLF au mouvement de Mai et critique la discipline de fer, héritée selon lui d'un autre âge. De sa propre initiative, il a déjà multiplié les contacts extérieurs. Il fréquente le noyau des *Cahiers de Mai* et correspond avec Robert Linhart, dont il a fait la connaissance à Pékin en 1967.

Marty habite toujours Velmanya, où ont été transférés les bureaux du PCMLF. Il est loin de tout. C'est donc en réalité Jurquet qui gouverne. Il est immédiatement la cible principale des membres du Bureau politique qui jugent la Direction centrale clandestine autocratique. Dès février 70, Jacques Jurquet procède à l'exclusion de Raymond Casas. Dès lors, le PCMLF connaît une très importante scission. Parmi les militants qui soutiennent Casas figurent Claude Combe, Michelle Pignot, Roger Gronier, Georges Gauthier, Robert Thiervoz, Bernard Deniau, Louis Barbot, Gilbert Denis, André Roustan, Madeleine Vissière, Michel Gilquin, ou encore Gilbert Mury. Tous jouissent localement ou nationalement d'un prestige énorme parmi les adhérents de base. Ils entraînent avec eux des pans entiers de l'organisation : une partie de la région parisienne, Grenoble, Limoges, le Nord, la Bretagne, la Normandie, la Mayenne, l'Orléanais et la Touraine. Depuis son adhésion au Mouvement communiste français (marxiste-léniniste), Raymond Casas n'a jamais cessé de publier un petit bulletin révolutionnaire, *Le Travailleur*. Il donne le même titre à l'organe central d'un deuxième PCMLF qui se forme sous sa houlette, avec l'appui d'un groupe de jeunes militants regroupés autour d'un établi de Renault-Billancourt, Pierre Clerc. Fort du ralliement de nombreux vétérans, le nouveau PCMLF entre en concurrence directe avec le PCMLF qui édite *L'Humanité rouge* et *L'Humanité nouvelle*. Il campe toutefois sur des positions beaucoup plus légalistes, et veut s'ouvrir à l'esprit de Mai 68.

La rupture étant consommée, Jacques Jurquet va-t-il pouvoir enfin respirer et reconstituer son PCMLF amputé d'une bonne moitié de ses membres ? Pas du tout. Car dans le feu du débat interne qui a accompagné le départ de Casas, le dirigeant clandestin a cru bon de s'appuyer sur les jeunes, issus de l'UJC (ML). Il a même contribué dans la bonne tradition maoïste au lancement d'un « mouvement de rectification », mené notamment par *Max Cluzot*, Pierre Serre et Jean Thiriot.

Il a également élargi la Direction centrale clandestine : en font maintenant partie Jacques Delrue, Michel Gilquin (qui n'a finalement pas scissionné avec les autres), Christian Maillet, Jean Thiriot et François Marty. Mais cela ne suffit pas. Pour donner des gages aux jeunes et s'appuyer sur eux face à la scission des « vieux », Jurquet laisse se constituer à l'intérieur de la direction un Comité exécutif central, chargé d'établir le bilan des erreurs et de convoquer à terme une « conférence nationale de rectification ». Un vrai délire bureaucratique. Une des principales activités du Comité exécutif consiste à développer massivement la propagande souterraine du PCMLF. A partir du numéro 6, de mai 1970, *L'Humanité nouvelle* devient mensuelle. Elle paraissait auparavant de façon très irrégulière et n'avait d'ailleurs publié que six numéros en deux ans. Elle va maintenant connaître une spectaculaire métamorphose. Dès le numéro 7, en date de juin, elle se mue en un véritable journal, imprimé au format tabloïd. Michel Gilquin en est le rédacteur en chef clandestin. L'un de ses principaux collaborateurs est *Max Cluzot*, un ancien dirigeant de l'UJC (ML) lyonnaise. Quant à Jacques Jurquet, il se consacre à *L'Humanité rouge*, qui paraît maintenant à un rythme hebdomadaire et qui compte parmi ses rédacteurs un autre ancien de l'UJC (ML), Jacques Broyelle.

D'un seul coup, et sous l'influence des jeunes recrues, le PCMLF reprend vigueur. Le vendredi 1er mai 1970, il se paie même le luxe d'une manifestation clandestine dans le 15e arrondissement de la capitale qui réussit à se disperser juste avant l'arrivée des cars de police. Dès le samedi 9 mai, il remet ça. Quelques centaines de jeunes sillonnent Paris en clamant des slogans de soutien au Nord-Vietnam et au Cambodge : « Yankees nazis hors du Cambodge », « Indochine Palestine, même combat », « Paris Washington tous ensemble en même temps », et, bien sûr, « Marx, Engels, Lénine, Staline, Mao !... »

Or, les jeunes militants vont prendre leur tâche un peu trop au sérieux. Soucieux d'interroger au plus profond les causes de la crise, ils finissent par s'en prendre eux aussi à l'autorité de Jacques Jurquet. Ce dernier a vu venir le coup. Il tente une ultime manœuvre disciplinaire. *Cluzot*, Serre et leurs amis sont remis à la base, à l'issue d'une réunion tendue qui se tient chez François Marty, à Velmanya, en présence notamment d'Alain Doronte. Les jeunes militants refusent la sanction, affirment représenter la seule et authentique continuité du PCMLF et convoquent en novembre 1970 à Paris la fameuse « conférence nationale de rectification », qui décide de maintenir coûte que coûte le Comité exécutif central, de former un PCMLF indépendant de celui qui édite toujours *L'Humanité rouge* et de continuer par ailleurs la publication de *L'Humanité nouvelle* clandestine.

Lorsque s'achève l'année 1970, la crise du PCMLF est donc totale. Trois groupes différents revendiquent le sigle : la tendance Casas, celle de *Cluzot* et celle de Jurquet, qui bénéficie d'un atout de poids : son groupe est le seul reconnu par les Chinois. Ses effectifs viennent pourtant de chuter à moins de cent membres. Il ne contrôle plus que Marseille, Clermont-Ferrand et la région parisienne[25].

Le PCMLF n'a pas su digérer l'afflux de nouveaux militants, aux valeurs bien différentes de celles de ses dirigeants « historiques ».

L'INTERNATIONALE MAOÏSTE... ET SES LIMITES

Avril 1969. Pékin en liesse accueille le IXe congrès du Parti communiste chinois, sur lequel règnent conjointement Mao Zedong et Lin Biao. Chiffre significatif : soixante-treize organisations politiques et journaux militants envoient des délégations ou des messages de soutien. A l'heure où j'écris ces lignes, la quasi-totalité de ces groupes a disparu en fumée.

Il y a évidemment dans le lot bon nombre de « partis-États », tels le Parti du travail d'Albanie, ou le Parti des travailleurs du Nord-Vietnam. Mais la plupart des groupes représentés sont des mouvements maoïstes indépendants qui luttent pour la révolution dans leur propre pays.

La photographie est saisissante – et révélatrice : on s'aperçoit tout de suite qu'à l'exception de l'Asie où les PC maoïstes de Birmanie, Inde, Thaïlande ou Indonésie représentent des forces énormes, la Chine n'a su partout ailleurs que s'attirer les faveurs de groupuscules ou d'organisations sans représentativité. En Amérique, en Europe, les prochinois sont majoritairement des scolarisés en révolte. On est à mille lieues de la nouvelle internationale prolétarienne dont rêvaient peut-être les dirigeants chinois.

On pourrait même ajouter cruellement que si les communistes prosoviétiques règnent sur la classe ouvrière des pays occidentaux, les prochinois doivent pour leur part se contenter des campus. Pourtant, les services internationaux du Parti communiste chinois continuent allégrement à soutenir « leurs » petites organisations. Régulièrement, des dignitaires français, italiens, suisses, anglais, américains, sont reçus comme des chefs d'État par le gouvernement chinois et posent pour la photo en compagnie de Zhou Enlai, Lin Biao, Kang Sheng ou Mao lui-même.

Chez les maoïstes occidentaux, c'est même la course à la représentativité. Car les Chinois sont formels. Même s'ils aident (mollement) la plupart des groupuscules, ils souhaitent qu'un seul parti représente chaque pays. En France, Pékin a élu le PCMLF de Jurquet. Cela n'empêche pas l'ambassade chinoise à Paris de garder des contacts avec la Gauche prolétarienne, Vive la révolution ou Ligne rouge. Trois organisations françaises ont ainsi l'honneur de voir leurs messages de félicitations à Mao Zedong reproduits dans l'hebdomadaire *Pékin-Information* : le PCMLF, Ligne rouge et la Gauche prolétarienne. Tout en privilégiant le parti de Jacques Jurquet, les Chinois gardent donc des liens avec ses rivaux.

Dans d'autres pays, la concurrence est plus âpre. Les Espagnols du Front révolutionnaire antifasciste et patriote (FRAP) ne cessent de quémander une aide substantielle pour déclencher la lutte armée contre le régime de Franco. Les Chinois les écoutent avec bienveillance, mais ne font rien. Ils préfèrent alors aider la propagande clandestine du Parti communiste d'Espagne (marxiste-léniniste), qui imprime à Paris son journal, *Vanguardia Obrera*. Les activistes du FRAP ont alors une idée de génie. Ils commandent à la Chine des milliers d'exemplaires de *Pékin-Information* en langue espagnole. Les journaux doivent transiter par Paris avant d'entrer clandestinement en Espagne. Mais aucun Espagnol ne verra la couleur de *Pékin-Information*. Car les militants brûlent tout ce qu'ils reçoivent dans une chaudière parisienne. Il n'a jamais été question de faire passer les journaux en Espagne. Par leurs gigantesques commandes, les militants du FRAP ont voulu faire croire aux Chinois qu'ils avaient une audience énorme. Ils finiront surtout par connaître le discrédit lorsqu'il s'avérera que le groupe est largement infiltré par divers services de police[26].

Si la Chine a cru impulser en Europe une internationale de partis de masse, elle doit bien vite déchanter. Comme l'écrivent deux spécialistes du renseignement, Roger Faligot et Rémi Kauffer : « Montée de toutes pièces par les soins de Zhou Enlai et de Kang Sheng, l'Internationale maoïste n'était qu'une pâle copie du défunt Komintern et même de son successeur d'après-guerre, le Kominform. Ce n'est qu'en Asie qu'elle prenait une consistance réelle. Ailleurs, il s'agissait de partis-croupions [27]. »

Le plus dramatique, pour les Chinois, c'est qu'ils n'ont au fond aucun contrôle politique sur ces mouvements survoltés qui ne se réclament de la Révolution culturelle que pour mieux faire passer leur message générationnel.

LE FOISONNEMENT DES GROUPUSCULES

A combien s'élèvent les effectifs maoïstes en France ? Avant la crise de 1970, le PCMLF compte environ deux mille militants. La Gauche prolétarienne, qui n'a aucun système de cartes de membres, tourne autour d'un millier de sympathisants. Quant à Vive la révolution, il se contente à son apogée de drainer une mouvance d'environ quatre cents personnes. Pas de quoi fouetter un chat, ou renverser l'État.

Pourtant, l'impact des ML est sans commune mesure avec leur nombre réel. Pour beaucoup d'observateurs, le maoïsme est une idée neuve, un courant politique novateur qui vient bousculer les idées reçues, chambarder les conservatismes, détrôner les petits chefs. Mouvement trublion, insolent, audacieux, généreux, le maoïsme français va rapidement conquérir le cœur de l'Intelligentsia et s'attirer l'indulgence des aînés.

Les maos se dépensent sans compter pour faire passer le message. On les trouve partout, des usines aux journaux en passant par les scènes de théâtre et les plateaux de cinéma. C'est l'époque où le *Petit Livre rouge* trouve naturellement sa place dans les bonnes bibliothèques bourgeoises entre Françoise Mallet-Joris et Henry Miller.

Dans un tel contexte, même les plus petits groupuscules déploient un activisme sans commune mesure avec leur influence réelle. On assiste dès l'explosion de l'UJC (ML) à un foisonnement de cercles, de groupes, de comités maoïstes. Certains n'ont d'influence que sur leur propre ville. C'est le cas par exemple d'Oser lutter à Issy-les-Moulineaux, ou encore de Rennes révolutionnaire, qui prend bientôt le nom de Drapeau rouge. Certains groupes vont toutefois atteindre une envergure nationale.

Historiquement, Ligne rouge provient de la rencontre de deux petites structures : d'une part une poignée d'anciens membres du MCF (ML) qui avaient refusé en 1967 la transformation en PCMLF, d'autre part un des groupes apparus lors de l'explosion de l'UJC (ML) à l'automne 68 : il s'agit précisément du groupe de Toulouse, qu'on qualifie de « dogma », pour dogmatique.

Dogmatique, Ligne rouge l'est terriblement. Usant à loisir de la langue de bois, ce groupe développe une longue et fastidieuse polémique avec le PCMLF. En dépit d'un aspect rébarbatif, il réussit toutefois à se développer et crée des sections dans plusieurs villes de France, comme par exemple Sochaux. Une des particularités les plus intéressantes de Ligne rouge c'est sa critique du populisme. Arc-bouté sur la thèse marxiste selon laquelle seul le prolétariat peut mener la révolution, Ligne rouge refuse de soutenir les petits commerçants. Animé entre autres par Gilles Manceron, il publie depuis février 1969 un mensuel, *Ligne rouge*, spécialisé dans les attaques contre L'Humanité rouge, et une kyrielle de petits bulletins d'entreprise. Lors du IXe congrès du Parti communiste chinois, la petite organisation envoie un message de soutien qui sera publié dans *Pékin-Information*. Lors de son voyage en Chine de décembre 69 et janvier 70, Jacques Jurquet pousse un coup de gueule et demande aux Chinois de cesser toute relation avec Ligne rouge qu'il accuse d'être un groupuscule diviseur. Kang Sheng lui donne publiquement raison. En tout état de cause, jamais Ligne rouge ne connaîtra le traitement de faveur du PCMLF.

Autre organisation, plus spécifiquement ancrée dans la région Rhône-Alpes, Voix populaire est une émanation de la cellule de Lyon du Centre marxiste-léniniste de France. « Organe des ouvriers marxistes-léninistes de la région Rhône-Alpes », il s'agit au départ de l'organe lyonnais du CMLF. Mais, peu après mai 68, Voix populaire rompt avec le CMLF. Le vieux rival du PCMLF a maintenu, durant tout le mois de mai, sa ligne de soutien au régime gaulliste. Concrètement, il est resté presque totalement inactif et semble depuis lors être entré en hibernation. On n'entendra plus jamais parler de lui.

Les jeunes militants de Voix populaire ont d'autres ambitions. Ils souhaitent maintenant s'insérer dans la dynamique ML et conquérir une envergure nationale. A l'automne 1969, Voix populaire se transforme donc symboliquement en Voix prolétarienne. Elle compte dans ses rangs Jean-Louis Hurst, ou encore Alain Belleville.

Pendant l'année 1970, Voix prolétarienne et Ligne rouge vont finalement fusionner pour donner naissance à un nouveau groupe, Prolétaire ligne rouge, dont les initiales (PLR) sont les mêmes que celles du *Petit Livre rouge*. Tout un programme. Le Prolétaire ligne rouge ouvre en 1973 une librairie, L'Étincelle, 92, rue Oberkampf (Paris 11e).

1970 marque aussi l'apparition d'un mouvement qui fera preuve d'une longévité remarquable : le Groupe pour la fondation de l'union des communistes de France (marxistes-léninistes), plus connu sous l'appellation raccourcie d'UCF (ML).

L'UCF (ML) est fondée en 1969 par un noyau de militants du Parti socialiste unifié, menés entre autres par un maître-assistant de philosophie à l'université de Vincennes, Alain Badiou. De par sa pratique, ce groupe rappelle fortement l'UJC (ML) d'avant l'interdiction. Tout de suite, il se livre à un activisme forcené : travail dans les bidonvilles, établissement, formation de « camps de la révolution », c'est-à-dire création de comités de base, et lancement d'un audacieux projet « grands magasins » dans lequel la population doit bloquer le circuit de consommation et organiser le passage gratuit aux caisses. La campagne des grands magasins se traduira souvent dans les faits par l'organisation plus ou moins rationnelle de pillages [28].

On pourrait ainsi énumérer sans fin les faits d'armes des maoïstes qui, en cette fin d'année 70, incarnent en France l'expression même de la révolte d'une jeunesse contre la pauvreté et l'injustice.

6

D'août 1970 à décembre 1973 : la France sauvage

La période qui court de l'été 1970 à la fin de l'année 1973 est sans nul doute paradoxale. Elle constitue le point culminant de la dissémination du maoïsme dans le champ culturel. On y voit converger les plus célèbres penseurs, intellectuels, créateurs français. Parallèlement, les fronts de lutte se multiplient, s'intensifient ; les maos eux-mêmes n'ont jamais été aussi populaires. Phénomène encore plus troublant : c'est au sein même d'un groupe prochinois, Vive la révolution, que prennent forme les mouvements de critique de la vie quotidienne : libération de la femme, droits des homosexuels, des jeunes, des immigrés.

Pourtant, ces années glorieuses sont aussi celles de l'éclatement : éclatement volontaire de l'ex-Gauche prolétarienne qui décide, après l'interdiction du 27 mai 1970, non de se reformer, mais au contraire de se transformer en un rassemblement de plus en plus informel de luttes parcellaires et qui finit par s'auto-dissoudre en 1973. Éclatement involontaire de Vive la révolution qui se laisse déborder par le processus de fédéralisation qu'il a lui-même initié et qui disparaît dès l'été 1971. Éclatement également incontrôlable du Parti communiste marxiste-léniniste de France qui s'est scindé en trois branches rivales et qui ne parvient pas à recréer l'unité perdue.

Le maoïsme devient donc de plus en plus fluide, de moins en moins idéologique, de plus en plus « quotidienniste » : il s'agit de lutter au jour le jour et d'ouvrir des fronts partout, même dans la vie de tous les jours.

LA RÉVOLUTION CULTURELLE FRANÇAISE

« Vous avez perdu politiquement, mais vous avez gagné sur le plan culturel. »

Cette confidence de Pierre Mendès France à Tiennot Grumbach en dit certainement plus qu'un long discours [1].

En ce début des années soixante-dix, le véritable tour de force des maoïstes est, d'abord et avant tout, d'avoir subjugué une grande partie des intellectuels et artistes français, qui n'ont pas hésité à s'engager à leurs côtés, à les soutenir publiquement et même à les financer. Mieux : de tous les courants de la galaxie gauchiste, les prochinois sont quasiment les seuls à oser jouer ainsi la carte des personnalités et à les utiliser sans vergogne. Seule la Ligue communiste (trotskiste) fait parfois appel à des vedettes, mais de façon beaucoup moins systématique. Il est remarquable d'observer qu'à l'intérieur même du maoïsme, ceux qui utilisent cette stratégie viennent tous de l'UJC (ML) et ont très souvent fréquenté la rue d'Ulm. Non sans humour, Roland Castro lâche aujourd'hui une phrase assassine : « L'UJC (ML) était dirigée par des énarques. Il y avait chez elle une culture de tradition élitiste française [2]. »

La tactique des maos consiste en tout cas à inverser complètement le rapport traditionnel des cadets et des aînés. Forts de la « pensée Mao Zedong », les maoïstes démontrent aux vieux qu'ils n'ont rien compris, que la jeunesse est porteuse d'un message nouveau, et qu'ils n'ont d'autre solution pour se raccrocher au train de l'Histoire que de payer leur dîme ou d'obéir sans discuter. Beaucoup de stars des années soixante et soixante-dix vont ainsi se soumettre de plein gré à la loi maoïste, pour deux raisons fondamentales : le souvenir de Mai est encore radieux ; et le maoïsme est toujours furieusement à la mode : la révolution culturelle chinoise n'apparaît-elle pas comme une préfiguration du mois des barricades ? Être mao, c'est être détenteur de l'esprit de Mai, c'est être jeune.

Les militants vont notamment prélever une sorte d'impôt chez les producteurs de cinéma ou les comédiens célèbres. Certains donnent plus que d'autres : Jean-Paul Sartre, Jean Genet, Jean-Luc Godard, ou encore la productrice Albina du Boisrouvray. La plupart du temps, ce sont, entre autres, Alain Geismar et Serge July qui partent à la recherche des deniers de la révolution. Le milieu du cinéma est particulièrement visé. Pour les maos, il s'agit de ne rater aucune vache à lait du show-business. Par l'intermédiaire d'un assistant de Louis Malle, les militants de VLR réussissent même un assez joli coup. Ils parviennent à se faire embaucher en grand nombre comme figurants dans *Le Souffle au cœur*. Tiennot Grumbach et Richard Deshayes font eux-mêmes le casting d'une scène de bal. Hélas ! Dans la mouvance de Richard Deshayes traînent quelques loubards, toujours prêts à en découdre. Le tournage se termine en bagarre générale. Louis Malle a dû se demander qui étaient ces curieux figurants chevelus, vêtus de manteaux afghans ou de blousons de cuir, suivant affinité.

Aucune menace dans les quêtes révolutionnaires. Ni racket, ni extorsion de fonds. Plutôt la promesse, si l'on donne beaucoup, d'être reconnu un jour comme un authentique frère de lutte. La Gauche prolétarienne a inventé un terme générique qui désigne l'ensemble des personnalités qui gravitent autour d'elle et peuvent lui être utiles : les « démocrates ». On retrouve sous ce vocable les nouveaux « compagnons du route » du marxisme-léninisme, semblables à ceux qui suivirent naguère la ligne du Parti communiste.

Tous ne bénéficient pas du même traitement. La politesse varie suivant la notoriété. Mais, dans tous les cas, l'usage des « démocrates » c'est de servir le peuple, servir la cause, obéir. Pas question de les traiter avec aménité. Ce ne sont que des bourgeois corvéables à merci. Les jeunes militants, issus pourtant de la même classe, vont les utiliser froidement, avec parfois un certain cynisme.

Journaliste et écrivain, Michèle Manceaux évoque certains épisodes passés avec amertume. Le maoïsme, elle l'a rencontré à la fin de l'année 69, en la personne de Judith Miller, alors qu'elle préparait un livre sur la condition des enseignants. Peu après la sortie de l'ouvrage, *Des professeurs : pour quoi faire ?*, Judith Miller est virée de l'Université. Elle est notamment accusée d'avoir distribué des certificats d'unité de valeur... dans un bus. Michèle Manceaux en conçoit un sourd remords. N'est-elle pas *in fine* la seule responsable du scandale ? Elle fréquente alors de nombreux militants de la GP, sans réellement saisir en quoi consiste exactement le maoïsme. En 1970, elle entre au *Nouvel Observateur*. Pour les « gépistes », c'est une aubaine. Michèle Manceaux devient un de leurs relais privilégiés dans la presse bourgeoise. En parallèle, elle contribue à la création d'un nouveau journal mao, *J'accuse*, et multiplie les articles dans le nouveau titre. *J'accuse* est conçu par les maos comme un titre populaire, à grande diffusion. Le premier numéro paraît le 15 janvier 1971. Il deviendra un lieu de focalisation dans lequel s'exprimeront en langage révolutionnaire de nombreux « démocrates », tels Jean-Luc Godard, Jean-Paul Sartre, Simone de Beauvoir, Marin Karmitz, Katia Kaupp, Mariella Righini, Alexandre Astruc, Agnès Varda ou Gérard Fromanger. La direction de *J'accuse* revient bien sûr à de « vrais » militants : André Glucksmann et Robert Linhart, qui vient de faire son service militaire. Michèle Manceaux s'investit à fond dans le grand journal populaire – qui n'aura finalement que cinq numéros. Mais elle est toujours officiellement reporter au *Nouvel Observateur*. Cette double collaboration lui sera fatale. Mise en demeure par Olivier Todd de choisir entre les deux titres, elle est finalement licenciée du *Nouvel Observateur* et fait la cuisante expérience de la non-solidarité de ses amis révolutionnaires qui ne vont pas lever le petit doigt pour l'aider et qui ont même, selon elle, tenté de l'enfoncer auprès du directeur du *Nouvel Observateur*, Jean Daniel, dans l'espoir d'en faire un martyr médiatique. Michèle Manceaux fera ensuite vingt-deux demandes d'emploi en pure perte. A cause des maos, elle est grillée. Tout le monde a peur d'elle.

Quelques mois auparavant, une épreuve pénible lui avait déjà donné à réfléchir. Un matin, peu après une action à Flins, la police déboule chez elle dès potron-minet pour l'arrêter. Son appartement est mis à sac. Les policiers la traitent grossièrement. Elle est finalement relâchée après six heures de garde à vue et se précipite au local de *J'accuse*, 16, rue du Bourg-Tibourg (Paris 4e), pour conter ses mésaventures. André Glucksmann, qui s'occupe alors des relations publiques de la GP, lui jette un regard méprisant : « C'est dommage qu'elle n'ait pas été tabassée. On aurait pu en faire une affaire [3]. »

Un drôle de personnage, Glucksmann, que Michèle Manceaux ne porte pas dans son cœur. Il se comporte avec les « démocrates » en parfait culpabilisateur et fait preuve en toute occasion d'un évident pragmatisme : un jour qu'il se rend à l'usine Renault-Billancourt en compagnie de Michèle Manceaux, elle le voit tripoter sa chaîne de moto pour se noircir les mains. Que ne ferait-on pas pour avoir l'air ouvrier [4]...

D'autres gardent de l'époque un souvenir plus romantique. En 1969, Marin Karmitz est un cinéaste dans le vent qui vient de réaliser un film militant, au titre évocateur, *Camarades*. Ami personnel de Serge et d'Evelyne July, il gravite dans la mouvance du 22 mars et ne se considère absolument pas comme maoïste. Plutôt un ludion de l'après-Mai. Son rêve d'alors : mettre en pratique le bonheur de 68, c'est-à-dire picoler, dire « merde » à l'État, faire la fête. Rien de bien marxiste-léniniste [5].

Pourtant, lorsque la Gauche prolétarienne est dissoute en 1970, il héberge secrètement Gilbert Castro, Olivier Rolin puis Serge July pendant six mois et prend bientôt la décision de devenir compagnon de route des maos. Il ira fort loin. Devenu l'auxiliaire d'Oliver Rolin, il participera à certaines actions de la Nouvelle résistance populaire en tant qu'agent de liaison et transportera notamment armes et explosifs.

Supporter à tout crin de la GP, il finit par réaliser un authentique film « gépiste » qui sort dans le circuit commercial en 1972 : *Coup pour Coup*. L'histoire d'une grève sauvage menée par des ouvrières en lutte tout à la fois contre le patronat et les « kollabos » de la CGT. Il s'agit théoriquement de « rendre la parole à la classe ouvrière ». Pourtant, la tonalité du film est surtout populiste : les ouvriers-acteurs multiplient les gros mots comme un gage de réalisme et les slogans assénés sont du style : « La Justice populaire, elle est à cran d'arrêt »; ou encore : « Notre révolte fera tache d'huile, avant de faire tache de sang. » Marin Karmitz connaît bientôt une grande satisfaction militante : *Coup pour Coup* est acheté par les Chinois et diffusé en Chine populaire.

Quelques semaines après *Coup pour Coup*, Jean-Luc Godard sort lui aussi dans les salles un film maoïste « grand public » : *Tout va bien*. Une polémique éclate bientôt entre les deux hommes. Marin Karmitz pense en effet que l'artiste doit mettre tout son talent au service du peuple, au point de nier sa propre identité d'auteur. Godard au contraire veut bien parler des luttes ouvrières, mais à travers son propre style artistique. Deux manières différentes de pratiquer ce que Karmitz nomme la « guérilla culturelle [6] ».

D'autres artistes s'investissent de façon plus ponctuelle mais tout aussi spectaculaire. C'est le cas du cinéaste François Truffaut. Le 8 septembre 1970, il écrit une lettre au président de la Cour de Sûreté de l'État. Objectif : défendre publiquement les diffuseurs de *La Cause du peuple* qui sont sur le point d'être jugés. La position de Truffaut est intéressante, dans la mesure où elle reflète l'attitude de la plupart des artistes et intellectuels de l'après-Mai : « [...] Je n'ai jamais eu d'activités politiques et je ne suis pas plus maoïste que pompidoliste, étant incapable de porter des sentiments à un chef d'État, quel qu'il soit. Il se trouve seulement que j'aime les livres et les journaux, que je suis très attaché à la liberté de la presse et à l'indépendance de la justice. Il se trouve également que j'ai tourné un film intitulé *Farenheit 451* qui décrivait pour la stigmatiser une société imaginaire dans laquelle le pouvoir brûle systématiquement tous les livres; j'ai donc voulu mettre en accord mes idées de cinéaste et mes idées de citoyen français. C'est pourquoi, le samedi 20 juin, j'ai décidé de vendre sur la voie publique le journal *La Cause du peuple*. J'ai rencontré là, dans la rue, d'autres vendeurs, et parmi eux Jean-Paul Sartre et Simone de Beauvoir [7]... » François Truffaut aurait également pu citer Jean-Edern Hallier, Patrice Chéreau, Samy Frey, Robert Gallimard, Claude Lanzmann, ou Éric Losfeld, tous présents lors de cette vente mémorable, pendant laquelle Sartre manque être arrêté et ne doit son salut qu'à l'interjection cocasse d'un militant : « Vous n'allez tout de même pas arrêter un prix Nobel [8] ! »

Ici est condensée toute l'intelligence des dirigeants maoïstes. Ils ont réussi un véritable tour de force : en dépit d'un discours qui prône la guerre civile, ils ont su devenir la « coqueluche » du Tout-Paris intellectuel et artistique.

Juste après la dissolution de la Gauche prolétarienne, les maos ont ainsi formé une Association des amis de *La Cause du peuple* : on y côtoie pléthore de gens célèbres : Simone de Beauvoir et Jean-Luc Godard, bien sûr, mais aussi Michel Leiris, Alexandre Astruc, Jean-Louis Bory, Cavanna, Marguerite Duras, Samy Frey, Jean Rouch, ou encore Delphine Seyrig.

Ce n'est qu'un début. A partir du printemps 70, les stars ne manqueront plus à l'appel.

En septembre, vingt-neuf militants maoïstes incarcérés entament une grève de la faim pour obtenir un régime spécial de prisonniers politiques. Le mouvement dure un mois, sans déboucher sur un quelconque changement de statut.

Dès janvier 1971, la grève reprend. Mais, cette fois-ci, d'autres militants prennent le relais à l'extérieur : on verra des jeûneurs gare Montparnasse, à la Sorbonne, ou à Jussieu. A Montparnasse, les grévistes de la faim campent dans une petite église attenante à la gare, la chapelle Saint-Bernard. Tout Paris va bientôt s'y presser : Yves Montand, Simone Signoret, Vladimir Jankélévitch, Maurice Clavel...

Mais l'une des actions les plus spectaculaires du courant prochinois sera la création du comité Djellali. Djellali Ben Ali, un jeune Algérien, a été tué le 27 octobre 1971 par l'ami d'une gardienne d'immeuble de la Goutte d'Or lors d'une altercation. Immédiatement, les maos se mobilisent contre le « crime raciste » et décident bientôt de créer un comité Djellali qui rassemble tout de suite un nombre incroyable d'intellectuels en renom : Gilles Deleuze, Jean Genet, Claude Mauriac, Jean-Claude Passeron, Michel Drach, Claire Etcherelli, Michel Foucault, Michel Leiris, Michèle Manceaux, Marianne Merleau-Ponty, Yves Montand, Jean-Paul Sartre, Simone Signoret... Un plateau dont rêverait tout animateur de télévision culturelle.

Le 27 novembre 1971, le comité Djellali tient sa première réunion publique à la Maison Verte, rue Marcadet (Paris 18ᵉ). Il s'agit d'un local protestant, tenu par le pasteur Heydrich. La salle est presque entièrement remplie de travailleurs immigrés. Mais, au milieu d'eux, on repère Jean-Paul Sartre, Jean Genet et Michel Foucault. Grâce à Djellali, trois des plus grands écrivains français ont ainsi l'occasion de converser, dialoguer, se voir. Jean Genet s'entretient paisiblement avec Jean-Paul Sartre et fait la connaissance de Michel Foucault qu'il n'avait encore jamais rencontré. Comment Jean Genet s'est-il retrouvé à cette réunion ? Grâce à une ancienne danseuse du Metropolitan Opera de New York, une Allemande nommée Catherine von Bülow. Elle travaille maintenant chez Gallimard et milite au sein du courant maoïste. C'est elle qui est chargée de s'occuper de Genet lorsqu'il passe à Paris. Elle l'a donc tout naturellement entraîné au fameux meeting du comité Djellali.

Les maoïstes peuvent se vanter d'avoir su rassembler derrière leurs banderoles les plus grands intellectuels français. Phénomène particulièrement intéressant : certains créateurs vont pousser le soutien jusqu'à un véritable engagement temporaire : c'est le cas, entre autres, de Jean-Paul Sartre, de Michel Foucault, de Jean-Luc Godard et de Philippe Sollers. Il est donc essentiel de faire un gros plan sur chacun d'eux et de décrire leur action aux côtés des prochinois.

Jean-Paul Sartre

En 1967, Alberto Moravia visite la Chine rouge en pleine Révolution culturelle. Rencontrant un écrivain officiel et prolétarien dont il ne retient pas le nom, il se heurte à un véritable mur d'indifférence polie. Opiniâtre, il tente à toute force d'établir le dialogue :

« Que pensez-vous de Lukacs ?

– Je ne l'aime pas, c'est un révisionniste.

– Et Sartre ?

– Il a refusé le prix Nobel, c'est bien. Mais, lui aussi, c'est un révisionniste [9]. »

Par une curieuse ironie de l'Histoire, celui que les Chinois traitent de révisionniste finira par s'identifier au combat maoïste, jusqu'à se définir un jour lui-même comme ayant « l'esprit mao ».

Comment Jean-Paul Sartre a-t-il pu à ce point s'impliquer dans le mouvement prochinois ?

Certainement pas par amour du régime de Pékin. Lorsque éclate la Révolution culturelle, le penseur reste sceptique. En décembre 1966, l'écrivain cubain Alejo Carpentier fait un bref séjour en Chine et en revient... alarmé. Les foules entières qui récitent *Le Petit Livre rouge* comme un bréviaire lui paraissent relever de la folie collective. Il s'en ouvre à Sartre et Simone de Beauvoir. Un an plus tard, ils recueillent, de la bouche de Kateb Yacine, un témoignage plus ambigu. Le poète algérien a séjourné à Pékin plus longtemps que Carpentier, et la Révolution culturelle lui a paru dégager un parfum de gaieté. Pour en savoir plus, Jean-Paul Sartre et Simone de Beauvoir iront dîner à l'ambassade de Chine en 1967. Autour de la table, l'ambassadeur, bien sûr, mais aussi quelques amis français de la Chine : Vercors, ou encore les Bourdet. A la fin du repas, nul ne se sent très éclairé. Les échanges en sont restés au stade de la cordialité diplomatique. En fin de compte, Sartre et Beauvoir se forgent une opinion nuancée, commune à beaucoup d'intellectuels de gauche, dont le Castor se fait l'écho dans *Tout compte fait* : « Empêcher une nouvelle classe privilégiée de se former, donner aux masses un authentique pouvoir, faire de tout individu un homme complet : je ne peux que me rallier à un tel programme. Cependant, je ne saurais accorder à la Chine cette confiance aveugle que jadis l'URSS a suscitée dans tant de cœurs [10]. »

En ce qui concerne les jeunes militants prochinois, Jean-Paul Sartre garde la même attitude circonspecte. En 1967, il passe à la rue d'Ulm et, par l'intermédiaire de Jenny Pontalis, discute avec certains militants de l'UJC (ML). Mais il n'est pas question du moindre ralliement.

Lorsque éclate Mai 68, son attitude change progressivement. A l'instar de la grande majorité des artistes et intellectuels français, il est complètement bouleversé par la lame de fond culturelle qui secoue la France. Désireux à sa manière de participer au tourbillon, il rêve de jouer un rôle d'intellectuel populaire, au service des masses. Il ouvre son appartement du 222, boulevard Raspail (14e) aux représentants de tous les groupes gauchistes – qui s'y succèdent à midi tapant, et souvent s'y rencontrent.

Tout de suite après Mai, Sartre accepte même de prendre la direction symbolique d'un petit bulletin, animé par des anciens du 22 Mars, Geismar et July, *Interluttes*. En janvier 1970, il accepte également de soutenir Roland Castro, de VLR, lors d'un procès. Il est donc tout prêt à se laisser instrumentaliser par les jeunes activistes issus du mois des barricades. On le verra ainsi traîner sa canadienne de meeting en meeting. Il signera un très grand nombre de pétitions et prendra systématiquement la défense des enfants de Mai.

Sa décision d'accepter la direction de *La Cause du peuple*, en avril 1970, est dans le droit fil de ce soutien permanent. Il ne s'agit pas de cautionner l'intégralité du programme des maoïstes mais de les aider à s'exprimer. Défenseur attitré des gauchistes, l'avocat Henri Leclerc côtoie souvent le philosophe. De cette fréquentation, il tire une morale sans doute fondée : « J'ai fait la connaissance de Sartre durant cette période. [...] C'est vrai qu'il s'est embarqué dans le soutien de la GP avec un discours où l'on sentait chez lui l'envie d' " être dans le coup ", fruit de sa crainte permanente de réitérer la passivité politique dont il avait fait preuve sous l'Occupation : la révolution venait, il voulait en être [11]. »

La première action militante de Jean-Paul Sartre est la fameuse diffusion publique de *La Cause du peuple* interdite, le samedi 20 juin 1970, avenue du Général-Leclerc (Paris 14e). Pour les maos, c'est un test important : ils ont la preuve que Jean-Paul Sartre, de par son statut de prix Nobel, est totalement intouchable : la police n'a pas osé l'arrêter. Quant aux intellectuels, ils marchent d'un seul pas sous l'autorité morale de l'auteur de *La Transcendance de l'ego*.

Dès lors, Benny Lévy ne va plus relâcher la pression. Pour se protéger des nombreux militants qui frappent à sa porte, une sébile à la main, Sartre a demandé à une de ses amies proches, Liliane Siegel, de servir à la fois de lien avec les maoïstes et de barrage éventuel. C'est donc elle qui, dans un premier temps, noue un contact permanent avec Benny Lévy. Du jeune chef, elle dresse un portrait révélateur : « J'avais beaucoup entendu parler de lui. On le disait autoritaire, brusque, intraitable et très orgueilleux. J'avais, comme on le fait toujours, essayé d'imaginer un physique à partir de ces rumeurs. J'avais été surprise par un homme de taille moyenne, déjà menacé par une calvitie naissante. Son sourire m'avait frappé : un sourire chaleureux, séduisant, franc. Je devais découvrir plus tard que peu de gens y avaient droit. Par la suite, des militants me raconteraient combien il les traitait durement et donnait ses ordres sur un ton cassant, le regard menaçant. Je ne pouvais me résoudre à les croire. Avec moi, il était différent, prévenant, attentionné, il voulait me plaire : quand nous étions ensemble, j'étais du bon côté, du côté de Sartre [12]. »

Benny Lévy, Serge July, Jean-Claude Vernier ou André Glucksmann rencontrent régulièrement Sartre lors de réunions « secrètes » tenues dans des appartements prêtés par des amis. Sartre trouve au départ ce petit jeu clandestin assez puéril. Un jour, Benny Lévy arrive en retard. Sartre lui décoche un trait qui fait mouche : « Si tu avais été un résistant pendant la guerre, tu aurais raté ton rendez-vous et ça t'aurait été fatal, c'est ce qui fait la différence entre un vrai résistant et toi [13]. » Liliane Siegel, qui raconte la scène, ajoute, éberluée : « Je fus stupéfaite de la réaction de *Pierre Victor*, son visage devint blême, son regard se durcit, son sourire se transforma en un tel rictus qu'il me fit peur. Il me parut clairement, ce jour-là, qu'il lui fallait toujours avoir raison, qu'il ne supportait pas la moindre remarque, la ressentant comme un affront [14]. »

Tout en assurant la direction de *La Cause du peuple*, Jean-Paul Sartre accepte de participer à de nombreuses actions militantes. Le jour du procès d'Alain Geismar, il se rend devant les portes des usines Renault à Billancourt. Nous sommes le 20 octobre 1970. Bien protégé par une nuée de militants (en cas d'agression cégétiste), le philosophe grimpe sur un tonneau et, muni d'un porte-voix, harangue un public ouvrier réduit : « Camarades [...] vous seuls pouvez juger l'action de Geismar. Quel est le travail de *La Cause du peuple* ? c'est de montrer que la violence exercée sur le peuple au nom de prétendus impératifs économiques, la violence sournoise mais totale que l'on subit ici dans les usines, avec les cadences, les menaces de licenciements, avec l'espionnage et les gardes-chiourme, tout cela est en réalité une mise en esclavage. Contre cette violence-là, il n'est pas de moyens légaux, il n'est pas de possibilités de réformes, il n'y a qu'une solution : la violence populaire. C'est pour ça qu'on juge Geismar. Celui que l'on juge, c'est le peuple lui-même [15]. »

Surpris, intrigués, un nombre grandissant de métallos finit par s'approcher. Et Sartre de conclure par cette phrase qui résume son engagement personnel : « Il y a cinquante ans que le peuple et les intellectuels sont séparés; il faut maintenant qu'ils ne fassent plus qu'un [16]. »

Même si Jean-Paul Sartre entretient des rapports privilégiés avec la Gauche prolétarienne, il continue néanmoins à soutenir des journaux rivaux. A l'automne 1970, il accepte ainsi de prendre la direction symbolique de *Tout*, et de *La Parole au peuple.* Quant à Simone de Beauvoir, elle devient directrice de publication de *L'Idiot international.* Le périodique de Jean-Edern Hallier flotte alors dans l'orbite maoïste.

Un des plus grands investissements journalistiques de Sartre sera bien sur *J'accuse.* La directrice de publication du tout nouveau titre n'est autre que Liliane Siegel, qui a repris pour l'occasion son nom de jeune fille, Sendyk. Lorsque *J'accuse* fusionne avec *La Cause du peuple* au printemps 1971, elle continue à en assumer la direction.

En décembre 1970, Jean-Paul Sartre approfondit son action militante. A l'instar de nombreux jeunes maoïstes, il part enquêter sur la condition des mineurs à Bruay-en-Artois. En février, un coup de grisou survenu à Fouquières-lès-Lens a tué seize ouvriers. Le procès des responsables doit avoir lieu à Paris le lundi 14 décembre. Le 12, les maoïstes convoquent un tribunal populaire « sauvage » qui siège dans la mairie de Lens. Le grand organisateur du tribunal n'est autre que Serge July. Quant à Jean-Paul Sartre, il est procureur. A l'approche de l'audience, Sartre et Liliane Siegel partent donc chez les mineurs pour préparer le procès.

Le soir de son arrivée, Sartre est invité à dîner dans la famille d'André Terray, un ouvrier acquis à la cause révolutionnaire et membre de l'instance dirigeante de la GP. On lui sert un civet de lapin. Le philosophe est allergique à cette viande. Mais refuser le plat serait faire un affront. Il ingurgite son assiette en silence, avant de subir une violente crise d'asthme.

Quelques jours plus tard, le tribunal populaire de Lens se réunit sous les flashes des photographes, en présence de nombreux militants et d'une petite dizaine de mineurs.

Une affaire plus pénible provoquera une rupture éphémère entre l'écrivain et ses jeunes camarades.

Le 13 février 1971, les maos demandent à Sartre de participer à une manifestation pacifique au Sacré-Cœur, contre la répression policière. En fait de rassemblement, il tombe dans un véritable guet-apens.

Cornaqué par Gilbert Castro, Jean-Claude Vernier et Liliane Siegel, il se retrouve à son grand étonnement au milieu d'une église vide. Où sont les manifestants, les banderoles ? Autour de lui, il n'aperçoit qu'une petite dizaine de dévots qui prient. Sartre se penche sur Liliane Siegel : « Je me suis encore fait avoir. C'est un truc à la con [17] ! »

Il n'a pas tort. Car, en fait de manifestation pacifique, il s'est fait entraîner contre son gré dans une occupation illégale et militaire du Sacré-Cœur. Au bout de quelques minutes, les CRS font irruption dans l'église et commencent à matraquer tout ce qui bouge. Sartre est plaqué contre un mur. Deux maos s'exposent aux coups pour le protéger. Il parvient finalement à sortir par une porte dérobée. Le lendemain, il donne avec Jean-Luc Godard une conférence de presse pour protester contre la virulence de la police. Mais, quelques jours plus tard, il décide de rompre avec Benny Lévy et ses amis. A Liliane Siegel, il confie alors le fond de sa pensée : « Je n'aime pas qu'on me prenne pour un con [18]. »

Cette brouille passagère ne l'empêchera pas de continuer son flirt poussé avec le maoïsme. Tout au long de l'année 1971, il est de tous les meetings, de toutes les manifs. En juin, il crée avec Évelyne Le Garrec, Claude-Marie Vadrot, Jean-Claude Vernier et de nombreux journalistes de gauche une nouvelle agence de presse, l'Agence de presse Libération, dont l'objectif est de « donner la parole au peuple ». Maurice Clavel en devient le directeur-gérant.

On pourrait citer à l'envi les actions militantes de Jean-Paul Sartre. Celle du 18 janvier 1972 résume assez bien l'ambiance de l'époque. Pour protester contre la politique carcérale du ministre de la Justice, René Pleven, il décide de donner une conférence de presse au ministère de la Justice. Rendez-vous est pris à l'hôtel Inter-Continental, situé à quelques dizaines de mètres du ministère, sis place Vendôme (Paris 1er). Parmi les présents : Michèle Vian, Gilles Deleuze, Jean-Pierre Faye, Michel Foucault ou encore Claude Mauriac, bien encadrés par un fort contingent maoïste.

La manifestation démarre, aux cris de « Pleven au mitard », ou « Pleven assassin ». Les CRS dispersent violemment le rassemblement. Au passage, un journaliste se fait copieusement passer à tabac. Sartre et Foucault s'interposent courageusement, au risque de se faire eux-mêmes bastonner.

Le 6 décembre 1972, Sartre assiste au nouveau siège de l'Agence de presse Libération, 14, rue de Bretagne (Paris 3e), à une réunion décisive à laquelle participent Michel Foucault, Alexandre Astruc, Philippe Gavi et Claude Mauriac : il s'agit de préparer le lancement d'un quotidien révolutionnaire, *Libéra-*

tion. La décision de créer un quotidien avait été prise par le Comité exécutif de l'ex-Gauche prolétarienne pendant l'été 72. L'influence des idées de Sartre au sein même du mouvement est alors nettement perceptible. Car Sartre est depuis longtemps partisan d'un quotidien. Il ne s'agit pas du tout dans son esprit de faire un journal mao, mais un vrai « quotidien démocratique », dans l'esprit de Mai 68, qui reprendra à son compte la méthode de l'enquête. Pour Serge July, « la clef théorique du maoïsme français, c'est l'enquête [19] ».

La fondation de *Libération* traduit aussi l'éclatement de l'ex-Gauche prolétarienne, chacun s'investissant maintenant dans le secteur qui lui est proche.

Sans prendre part aux débats qui agitent l'organisation, Jean-Paul Sartre développe un dialogue philosophique avec Benny Lévy et Philippe Gavi. Il maintiendra ces rapports privilégiés bien après la mort de l'ex-GP, au grand dam de la plupart de ses amis. Qu'est-ce qui a bien pu motiver un engagement aussi radical ?

Chez les maos, Jean-Paul Sartre croit découvrir une fusion de la violence et de la morale : « Pour les maos [...] partout où la violence révolutionnaire prend naissance dans les masses, elle est immédiatement et profondément morale car les travailleurs, jusque-là objets de l'autoritarisme capitaliste, deviennent, fût-ce pour un moment, les sujets de leur histoire [20]. »

C'est donc au nom de la morale que le philosophe accepte, non seulement de se laisser utiliser par eux, mais encore de s'identifier à leur courant jusqu'à y appartenir pleinement : « Violence, spontanéité, moralité : tels sont pour les maos les trois caractères immédiats de l'action révolutionnaire [21]. » Cette définition sartrienne du maoïsme « gépiste » est d'une parfaite exactitude : la Gauche prolétarienne est effectivement une organisation spontanéiste qui pense que le parti révolutionnaire naîtra tout seul au sein des luttes ; mais ces luttes devront être violentes : comme l'a dit Mao, « le pouvoir est au bout du fusil ». Dès lors, la perspective est bien la lutte armée. Faut-il s'en offusquer ? Non, puisque la violence populaire ne vise selon Sartre et les maos qu'à combattre l'injustice. Elle est restauratrice, morale.

Pour Jean-Paul Sartre, le maoïsme est une pensée inédite, qui vient durablement chambouler le paysage politique : « Les partis classiques de la gauche en sont restés au XIXe siècle, au temps du capitalisme concurrentiel. Mais les maos, avec leur praxis anti-autoritaire, apparaissent comme la seule force révolutionnaire – encore à ses débuts – capable de s'adapter aux nouvelles formes de la lutte des classes, dans la période du capitalisme organisé [22]. »

Sans jamais adhérer formellement à la GP, (mais il n'y avait pas de carte de membre chez les maos !), Sartre a donc progressivement glissé du soutien d'un intellectuel fasciné par Mai 68 et désireux de s'ancrer dans les masses à un maoïsme philosophique dont la morale constitue le soubassement.

Dans un entretien avec Simone de Beauvoir, qui figure dans *La Cérémonie des adieux*, il affirme en conclusion être un représentant de « l'esprit mao [23] ».

Michel Foucault

Tout autre, et moins radical, est l'engagement de Michel Foucault dans le courant prochinois.

Politiquement, Michel Foucault ne manifeste au départ que peu d'intérêt pour les mouvements extrémistes.

En 1948, il a rejoint le PCF, mais s'en est progressivement détaché pour devenir un virulent anticommuniste. La parution du livre *Les Mots et les choses*, en 1966, modifie son attitude. Contre toute attente, et à la surprise de son auteur, le savant ouvrage devient rapidement un best-seller. Mieux : l'œuvre de Foucault est l'objet d'un grand engouement sur les campus. Elle est lue, relue, critiquée, pas toujours appréciée par les étudiants contestataires. Dans une interview emblématique, une autre idole des universités, Jean-Luc Godard, s'en prend ainsi au « Révérend Père Foucault », coupable selon lui de décréter ce que chacun pense à chaque époque [24].

Pendant le mois des barricades, Foucault enseigne en Tunisie dans le cadre de la coopération. Il ne participe donc à rien. Mais, peu après son retour, il est nommé directeur du département de philosophie à la nouvelle faculté expérimentale de Vincennes qui a ouvert ses portes en décembre 1968. Vincennes, c'est l'avant-poste de l'après-Mai : un laboratoire ludique où se rencontrent toutes les nuances de la contestation.

Foucault se lance dans la mêlée des grèves universitaires. Le 23 janvier 1969, il est même arrêté après une bataille rangée avec la police sur le campus de Vincennes. Il ne sera relâché qu'à l'aube du lendemain.

Sous sa férule, le département philo devient bientôt un bastion maoïste ; parmi les enseignants : Alain Badiou, Judith Miller, Étienne Balibar, Jacques Rancière. Cette coloration politique n'échappe pas à la sagacité du ministre de l'Éducation nationale, Olivier Guichard : le 15 janvier 1970, il en dénonce publiquement le caractère « marxiste-léniniste [25] ».

Pourquoi cette immersion brutale du penseur dans le mouvement révolutionnaire, et plus précisément maoïste ? Peut-être parce que les jeunes intellectuels gauchistes sont parmi ses plus fervents lecteurs. Peut-être aussi à cause de l'influence de son ami Daniel Defert qui a été recruté comme assistant de sociologie à Vincennes et qui milite à la GP. Biographe de Michel Foucault, Didier Eribon précise que « Foucault est resté deux années à Vincennes. Deux années mouvementées, qui seront essentielles dans sa vie, dans sa carrière, dans son œuvre. C'est là qu'il revient vraiment à la politique, qu'il rencontre l'Histoire, " comme un scaphandre déposé au fond de la mer et que la tempête soulève soudain jusqu'au rivage ", selon l'image qu'il a lui-même employée et que Jules Vuillemin rappellera dans son éloge funèbre au Collège de France [26]. »

Le paradoxe de Foucault va prendre chair à partir du 2 décembre 1971 : il devient en ce jour professeur au Collège de France. Il poursuit dès lors une double activité : tantôt il est un respectable professeur, tantôt il devient un brûlant activiste.

Le 8 février 1971, Michel Foucault, Pierre Vidal-Naquet et Jean-Marie Domenach annoncent la création du Groupe d'information sur les prisons (GIP). L'adresse postale du nouveau groupe est le 285, rue de Vaugirard (Paris 15e). Il s'agit en substance du propre domicile de Michel Foucault. Les militants maoïstes sont alors en pleine grève de la faim pour obtenir un hypothétique statut de prisonniers politiques. La création du GIP s'inscrit dans ce contexte. Foucault accepte donc sciemment de se laisser utiliser. Mais il poursuit également une recherche sur le milieu carcéral, qui s'est traduite, entre autres, par la publication de *Surveiller et punir*. A travers le GIP, il entend donner corps à sa recherche, la prolonger concrètement par une tentative d'amélioration des conditions de la détention. « Le GIP constituait une sorte d'expérience de pensée », se souvient Gilles Deleuze en 1986 dans un entretien accordé à la revue américaine *History of the present* : « Michel a toujours considéré la pensée comme une expérience ; c'était son héritage nietzschéen. Dans ce cas précis, l'idée n'était pas de mener une expérience sur la prison, mais de comprendre la prison comme un lieu où une certaine expérience est vécue par les détenus, une expérience que les intellectuels, ou du moins les intellectuels tels que les concevait Foucault, devraient eux aussi méditer. »

L'action des maos complète donc ses préoccupations de penseur. Pour Foucault, le GIP est non seulement un outil de défense des militants maos, coupables selon lui d'avoir simplement voulu s'exprimer, mais encore un lieu de réflexion sur la condition pénitentiaire. Il est important de préciser que l'infrastructure du GIP est entièrement fournie par les militants de l'ex-Gauche prolétarienne, qui offrent matériel, ronéos, locaux...

Peut-on dire alors que Michel Foucault est en 1971 un militant maoïste ? Certainement pas. Comme nombre de savants, il est fasciné par le vertige de Mai et s'agrège plus au vague et libertaire esprit gauchiste qu'au dogme marxiste-léniniste.

De très nombreuses personnalités adhèrent au GIP : Jean-Claude Passeron, Jean Gattegno, Robert Castel, Gilles Deleuze, Jacques et Danièle Rancière, Jacques Donzelot, Claude Mauriac. Les réunions du groupe se tiennent souvent chez Hélène Cixous, près du Parc Montsouris (Paris 14e). Foucault est le leader incontesté. Secondé par Daniel Defert, il déploie une énergie fiévreuse. Survienne une mutinerie dans une prison, il se dépense en tracts, pétitions, rassemblements.

La plus célèbre de ces manifestations est bien sûr la tentative d'occupation du ministère de la Justice, le 18 janvier 1972 [27]. Ce jour-là, Foucault, Mauriac, Sartre et leurs amis s'en tirent avec les honneurs de la presse.

Le 1er mai 1971, Michel Foucault a eu moins de chance : le GIP diffuse devant les portes de la prison de la Santé, à Paris, un tract réclamant l'abolition du casier judiciaire. Foucault et Domenach sont brutalement interpellés. Ils porteront plainte.

Il est intéressant de noter que le GIP rencontre en France un succès considérable. Bien que la plupart de ses adhérents de base soient issus de la mouvance maoïste, il finit par attirer un grand nombre d'avocats, de journalistes ou de religieux, bien au-delà de la sphère gauchiste. Ce succès ne durera pas. Dès la fin de l'année 1972, d'autres groupes, plus radicaux, moins mondains et moins liés aux maos, prennent le relais du GIP : c'est notamment le cas du Comité d'action des prisonniers, de Serge Livrozet.

De janvier 71 à la fin 72, le combat maoïste de Michel Foucault s'inscrit donc dans sa réflexion sur le sens de la justice. En 1972, il accepte de débattre publiquement avec les maos dans un numéro des *Temps modernes* qui leur est dévolu : on peut y lire un long dialogue avec *Pierre Victor*-Benny Lévy, qui met notamment en question la notion de « justice populaire ». Benny Lévy défend la création de « tribunaux populaires ». Foucault est contre. L'entretien, qui court sur quarante pages, est à la fois verbeux et révélateur : verbeux, parce que écrit en langue de bois maoïste. Révélateur, parce qu'on y discerne clairement les divergences qui séparent Michel Foucault de l'ex-GP. Un simple, un court extrait résume cette différence fondamentale :

« Benny Lévy : – Au premier stade de la révolution idéologique, je suis pour le pillage, je suis pour les excès. Il faut tordre le bâton dans l'autre sens, et l'on ne peut pas renverser le monde sans casser des œufs...

« Michel Foucault : – [...] Il faut surtout casser le bâton [28]. »

Face au populisme débridé des maoïstes, qui se traduit notamment par l'appel à une justice populaire et souvent sommaire, Foucault défend une position encore plus extrême, qui peut surprendre de la part d'un militant qui mène en parallèle une respectable carrière de professeur au Collège de France : il veut en fin de compte supprimer les tribunaux, et fait confiance *in fine* à la justice spontanée, au sens moral inné du peuple. Sur ce point, il entre en opposition avec Jean-Paul Sartre. Ce dernier affirmera sans ambages : « Nous ne sommes pas d'accord, les maos et moi, d'un côté, et lui de l'autre. Nous considérons que le peuple peut fort bien créer une Cour de justice [29]. »

Face à un Jean-Paul Sartre qui défend l'érection de tribunaux populaires, Michel Foucault campe sur des positions anti-autoritaires, et même quasiment anarchistes : abolition des tribunaux. En dépit de son soutien affiché aux maos, il en est donc fort éloigné.

Un sordide fait divers et son exploitation vont précipiter la rupture entre Michel Foucault et l'ex-Gauche prolétarienne.

Dans une petite cité minière du nord de la France, Bruay-en-Artois, une jeune fille de seize ans, d'origine ouvrière, est mystérieusement assassinée. Très, vite les soupçons du juge Pascal, qui mène l'enquête, se portent sur un notable local : le notaire Pierre Leroy.

Pour les maos, l'affaire est exemplaire, lyrique, pédagogique : un riche a égorgé une pauvre. Dès le 4 mai 1972, un Comité vérité et justice se met en place. Sans entrer dans les détails de l'affaire, sur laquelle nous reviendrons plus loin, il faut préciser que l'ex-GP va faire de ce crime un véritable symbole.

Pour beaucoup de sympathisants maoïstes, c'en est trop. Les ex-« gépistes » sont allés trop loin dans le dérapage. Même Jean-Paul Sartre, qui est toujours directeur de publication de *La Cause du peuple-J'accuse*, commence à s'alarmer. Mais Benny Lévy et la direction restent inflexibles. Pas question d'infléchir d'un iota la stratégie populiste [30].

L'ennui, c'est que la culpabilité du notaire n'est en rien établie. De sorte que la haine de classe des maoïstes prend très vite un air de lynchage. Dès lors, les compagnons de route, les « démocrates » se sentent de plus en plus mal à l'aise. Sartre et Foucault font le voyage de Bruay pour tenter de comprendre la situation et continuent publiquement à soutenir le Comité vérité et justice. Certains murmurent alors que, à l'instar de nombreux intellectuels, ils sont devenus les « otages » des maos, que sous la pression militante ils cèdent, un peu trop vite, aux injonctions qui leur sont faites de paraître publiquement sous les banderoles révolutionnaires. Car, en fin de compte, ni Sartre ni même Foucault ne désertent la cause gauchiste. Dans le cas de Foucault, il y a pourtant cassure et éloignement progressif.

Il participera encore, en observateur plus ou moins actif, au lancement de *Libération*. Mais, à l'exception d'un ou deux articles, il n'écrit guère dans le nouveau quotidien. Et quand l'ex-GP se désagrège en 1973, il cesse progressivement de défendre des positions extrémistes, jusqu'à les abandonner complètement à partir de 1975.

Michel Foucault s'est sans nul doute laissé manipuler par les maos. Mais il s'est aussi servi du maoïsme pour mener, sur le terrain, une enquête sur le système carcéral et l'enfermement. Un travail qui prolongeait naturellement son œuvre.

Jean-Luc Godard

Jean-Luc Godard a-t-il été, comme le proclamait un graffiti de la Sorbonne en mai 1968, « le plus con des Suisses prochinois » ? Il est incontestable qu'il a totalement adhéré aux thèses maoïstes et activement milité dans la mouvance ML.

Sensible à la Révolution culturelle dès les années soixante, il commence à lire les textes chinois en 1966. Il est alors un jeune compagnon de route du Parti communiste français.

Sa conversion publique aux idéaux marxistes-léninistes se traduit par la sortie en septembre 1967 d'un film culte et générationnel : *La Chinoise*[31].

Les maos, Godard les fréquente déjà. Il a eu l'occasion de filmer certaines réunions de l'UJC (ML), à la rue d'Ulm. Il est donc assez proche du groupe de Robert Linhart et Benny Lévy. Mais, ainsi qu'on l'a vu précédemment, le film est très froidement accueilli par les marxistes-léninistes officiels : ni le MCF (ML), ni l'UJC (ML) n'apprécient ce poème brouillon qui manque singulièrement de rigueur dogmatique. Godard en concevra une réelle amertume. Il s'était pourtant inspiré des *Cahiers marxistes-léninistes*, rédigés par les « ulmards ».

En mai 68, il est de toutes les barricades, de toutes les occupations. Armé d'une caméra 16 mm, il tourne les manifs et en fait des « ciné-tracts », devenus aujourd'hui de rares pièces de collection.

Lorsque l'UJC (ML) explose à la fin de l'été 68, il rallie provisoirement un petit groupe maoïste basé à Issy-les-Moulineaux, Oser lutter, qui vient par ailleurs d'ouvrir une succursale à Vincennes. C'est là qu'il fait la connaissance d'un ancien militant de l'UJC (ML), directeur de publication du bulletin *Bastions rouges*, qui va partager avec lui maintes aventures cinématographiques : Jean-Pierre Gorin.

A cette époque, Jean-Luc Godard vit les retombées de Mai comme un instant de grâce. Véritable apôtre de la cause révolutionnaire, il renonce en bloc à sa carrière de cinéaste pour se lancer dans les films militants. Dès octobre 1968, il rompt avec les *Cahiers du cinéma*, qui flirtent alors avec les « révisionnistes » du

PCF, et qui sont maintenant financés par Daniel Filipacchi. Deux taches indélébiles.

Pris dans une véritable spirale de radicalisation il se sépare de la plupart de ses amis parisiens qu'il considère comme des bourgeois, des représentants de la gauche caviar. Seuls les artistes qui s'engagent directement au sein du mouvement mao lui semblent encore dignes d'intérêt : il voit Jean-Pierre Léaud, ou Anne Wiazemsky, qui partage alors sa vie. Les autres, tous les autres, il ne leur accorde même plus l'aumône d'une parole. Cette attitude hautaine, froide, méprisante, lui vaudra de sévères inimitiés et une rupture définitive avec François Truffaut. Dans une lettre terrible, celui-ci lui écrira en mai 1973 :

« Tu te conduis comme une merde. [...] Tu as changé ta vie, ton cerveau, et quand même, tu continues à perdre des heures au cinéma à t'esquinter les yeux. Pourquoi ? Pour trouver de quoi alimenter ton mépris pour nous tous, pour te renforcer dans tes nouvelles certitudes ? [...] Une fille de la BBC t'appelle pour que tu parles de cinéma politique dans une émission sur moi, je la préviens d'avance que tu refuseras, mais, mieux que ça, tu lui raccroches au nez avant de la laisser finir sa phrase, comportement élitaire, comportement de merde, comme lorsque tu acceptes de te rendre à Genève, Londres ou Milan et que tu n'y vas pas, pour surprendre, comme Sinatra, comme Brando, comportement de merde sur un socle [32]. »

Avant 68, Godard était certes un personnage froid, fantasque, mais il n'avait pas encore érigé en système cette culture du refus qui devient maintenant sa carte d'identité médiatique et même son sésame auprès des journalistes. Là est sans doute l'ambiguïté d'un engagement maoïste total, sincère, et néanmoins réfléchi. Mais certains chefs maos n'étaient-ils pas eux aussi des hommes de pouvoir ? Leurs carrières respectives semblent l'avoir démontré.

La démarche de Jean-Luc Godard est en tout cas très particulière : parallèlement à son engagement militant à Oser lutter, il paraît vouloir renoncer à son statut de jeune « mandarin du cinéma », et fonde un collectif cinématographique, le Groupe Dziga Vertov, qui voit le jour en 1969 : outre Jean-Luc Godard, il comprend Jean-Pierre Gorin, Gérard Martin, Nathalie Biard et Armand Marco. Toutefois, le Groupe se réduit vite aux seules dimensions du duo Godard-Gorin.

Le premier film du Groupe Dziga Vertov, *Pravda* (1969), est une dénonciation de la présence soviétique en Tchécoslovaquie. Pour l'occasion, le Groupe s'est associé à deux militants, Paul Burron et Jean-Henri Roger. Ce dernier est alors adhérent de L'Humanité rouge, façade légale du Parti communiste marxiste-léniniste de France, devenu clandestin en juin 68. Il a déjà coréalisé le précédent long métrage de Godard, *British Sounds* (1969). *Pravda* est un documentaire collectif, mais fort... godardien, dans lequel les « acteurs » se cachent en permanence derrière les livres qu'ils lisent à haute voix.

Le Groupe signera plusieurs autres films souterrains, dans lesquels la patte de Jean-Luc Godard sera plus que perceptible : *Luttes en Italie* (1969), *Vladimir et Rosa* (1971), ou encore *Jusqu'à la victoire* (1970) : commande officielle du Fatah, le film est entièrement tourné dans les camps palestiniens de Jordanie, et ne sera jamais achevé. Remonté en 1974 par Jean-Luc Godard et Anne-Marie Miéville, il devient, sous le nom d'*Ici et Ailleurs*, une magnifique méditation sur l'engagement militant.

Mais le film le plus connu, le plus emblématique du Groupe Dziga Vertov est sans conteste *Vent d'est.* Sans doute doit-il sa notoriété au fait que de nombreuses personnalités acceptent d'y participer, de Daniel Cohn-Bendit à Gian Maria Volonte.

Jeune cinéaste dans le vent, réalisateur de deux films prometteurs, *Mamaïa* et *Money Money*, José Varela décide d'arrêter sa carrière sur les barricades. Plus question d'obtenir des articles dans *Elle* ou de fréquenter le Tout-Paris. Il abandonne tout, honneurs, films, amis, perd sa femme, Adriana, qui ne peut supporter son engagement, et se lance à corps perdu dans le militantisme mao. C'est donc de bon cœur qu'il accepte de participer en tant qu'assistant au tournage de *Vent d'est.* Mais peut-on réellement parler de tournage ?

« *Vent d'est*, qui devait être contractuellement un western écrit par Dany Cohn-Bendit, réalisé par Jean-Luc et produit par le neveu d'Agnelli (Fiat), s'est en fait élaboré au cours d'une assemblée générale permanente qui a duré deux mois dans un petit studio du Trastevere. Toutes les tendances politiques de l'extrême gauche y étaient représentées : Dany Cohn-Bendit, Pierrot Brumberg, Jean-Pierre Duteuil et Bernard Carasso pour le 22 Mars, Gorin et Sorin pour Oser lutter, Jean-Henri Roger pour L'Humanité rouge, Pierre David et d'autres pour les trotskistes et Lutte ouvrière, Gian Maria Volonte pour le PCI, plus quelques « progressistes » comme Marco Ferreri, Bertolucci... Les quelques femmes qui étaient là, comme Anne Wiazemsky et Marie Dedieu, qui plus tard rejoindra le Mouvement de libération des femmes, n'étaient pas supposées représenter quoi que ce soit, mais suivre leurs hommes [33]. »

Certains se distinguent immédiatement par leur sens de la formule, à l'image de Jean-Pierre Gorin qui laisse un jour tomber : « La belle image, c'est un concept bourgeois. Et puisque nous ne sommes pas capables de faire comme les Chinois de belles images prolétariennes, faisons au moins des images laides pour partir du point zéro de l'esthétique [34]. »

Tout un programme... Godard écoute les discours de Gorin avec vénération. Le créateur a trouvé son commissaire politique, son gourou.

L'influence du militant d'Oser lutter ne tarde pas à être perceptible. José Varela décrit notamment une scène de tournage particulièrement pittoresque : « [...] Dany Cohn-Bendit, Brumberg, et les autres du 22 Mars étaient les seuls qui prenaient l'affaire avec l'humour qu'elle méritait. Je garde cette image fantastique de Dany et Pierrot, perchés sur des arbres, poussant des grands cris d'oiseaux (le film à faire était évidemment là) pour saboter la scène que nous tournions, dans les champs au-dessous. Une scène lourdement signifiante où l'un d'entre nous, symbolisant les avant-gardes communistes, distribuait un sandwich composé du bouquin d'Althusser : *Lire le Capital*, entre deux tranches de pain, à un autre qui, lui, symbolisait les peuples du tiers monde en lutte [35]. »

Considéré par beaucoup comme le film manifeste de l'après-Mai, *Vent d'est* étouffe sous la chape de plomb du sérieux militant et sous le poids d'un discours marxiste-léniniste dénué du moindre humour. Le film se clôt pourtant sur une note comique, ainsi qu'en témoigne un militant maoïste nommé *Gérard* : « On était trente-six " représentants " de toutes les tendances de l'extrême gauche française et Jean-Luc avait imposé au producteur d'accepter qu'il y ait un groupe de " metteurs en scène politiques ". Le plus drôle, c'était le mode de paiement : moi, j'ai reçu un chèque en tant que représentant de la ligne " la révolution n'est pas un dîner de gala ", c'était vraiment écrit comme ça ; un autre représentait la ligne " quand il fait beau, il vaut mieux aller à la plage qu'au boulot, etc [36]. " » Ultime pirouette, à l'instant de la paie.

A cette époque, Jean-Luc Godard est un militant tout ce qu'il y a d'actif. Depuis sa rupture avec les *Cahiers du cinéma*, il s'est rapproché d'une toute nouvelle revue maoïste qui gravite dans la sphère de *Tel Quel*. Fondée en janvier 1969, *Cinéthique* est animée par Marcel Hanoun (qui va rapidement s'éloigner), Gérard Leblanc, Jean-Paul Fargier, Eliane Le Grivès, Simon Luciani, ou Tobias Engel. Revue ouvertement marxiste-léniniste, *Cinéthique* pratique la surenchère envers les *Cahiers du cinéma* et défend systématiquement les films militants les plus abscons.

Parallèlement à cet engagement théorique, Godard apporte aux mouvements maoïstes une aide très concrète. Il s'est lié en Suisse à une imprimerie révolutionnaire qu'il a en partie financée. Il va donc aider certains groupes à imprimer des documents « sensibles ». Tout au long de l'année 1970, Vive la révolution bénéficie de son support logistique : il fait imprimer un poster représentant une jeune et belle Palestinienne armée d'un fusil. Il s'occupe également de l'impression d'une brochure de Carlos Marighela sur la guérilla urbaine et d'un texte de soutien au parti des Panthères noires. Mais, très vite, il se laisse happer par la Gauche prolétarienne et s'intègre à la cohorte des « démocrates » qui escortent le devenir du mouvement de Benny Lévy. Lorsque *La Cause du peuple* est interdite en 1970, il aide à la diffuser, et ira jusqu'à participer à sa confection prohibée dans l'imprimerie maoïste des Nouvelles presses populaires, rue des Haies (Paris 20e).

Durant l'hiver 70-71, il participe largement au journal *J'accuse*. Sous le pseudonyme de *Michel Servet*, il y attaque violemment le cinéaste Jean-Pierre Melville, qui vient de sortir *Le Cercle rouge*. Maoïsme oblige, Jean-Luc Godard tente d'écrire en style ouvrier, ce qui donne à l'arrivée un curieux morceau d'anthologie :

« On était furieux de s'être laissé baiser comme des lapins par Melville-Marcellin. Melville, il a beau s'appeler comme ça, et Delon, et Bourvil, et Montand aussi, en fait, dans *Le Cercle rouge*, ils s'appellent tous Marcellin [37]. »

Rappelons que Raymond Marcellin est alors ministre de l'Intérieur. L'activité militante de Godard ne s'arrête pas à la rédaction d'articles : le cinéaste participe à toutes les actions publiques de l'ex-GP, en compagnie de Michel Foucault ou Jean-Paul Sartre. Il ne cesse alors de demander de l'argent à ses connaissances du milieu du spectacle. En 1971, José Varela reçoit ainsi de la Commission d'avance sur recettes la somme de deux cent mille francs pour tourner son prochain film, *La Déménageuse*. Immédiatement, Marin Karmitz et Jean-Luc Godard lui proposent de donner cet argent pour réaliser un film collectif sous la direction de Godard et Gorin. Le plus étonnant, c'est que Varela accepte. L'intérêt supérieur de la cause maoïste passe avant sa propre vie de créateur. En bon militant discipliné, il est prêt à tous les sacrifices, tous les renoncements. Heureusement pour lui, le projet de film collectif échoue rapidement. *La Déménageuse* sera tournée à Genève et sortira à l'Olympic, la salle de cinéma de Frédéric Mitterrand.

L'activisme de Godard connaît toutefois un brutal coup d'arrêt à partir du 7 juin 1971. Il est victime d'un terrible accident de moto qui l'immobilise plusieurs mois sur un lit d'hôpital. Il mettra plusieurs années à en surmonter les séquelles.

Lorsque survient le drame, il est en train de tourner son premier film « grand public » depuis mai 68 : *Tout va bien*.

Œuvre maoïste, largement influencée par la rhétorique populiste de la Gauche prolétarienne, *Tout va bien* raconte une grève ouvrière. Les vedettes du film sont Jane Fonda et Yves Montand. Jean-Pierre Gorin en cosigne la réalisation. Quant au chef opérateur, il s'agit d'un autre membre du Groupe Dziga Vertov,

1968. Affiche de propagande du Parti communiste marxiste-léniniste de France. Le PCMLF n'aura connu en tout que six mois d'existence légale. *(D.R.)*

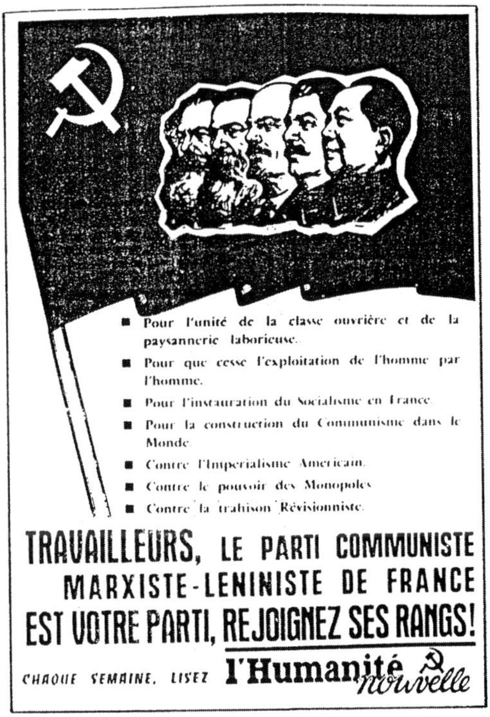

Printemps 1970. Flanqués de quelques amis et de nombreux journalistes, Jean-Paul Sartre et Simone de Beauvoir diffusent des numéros interdits de *La Cause du peuple*. *(Magnum)*

4 mars 1972. Point d'orgue de la mobilisation maoïste, l'enterrement de Pierre Overney rassembla une foule estimée à 200 000 personnes. *(D.R.)*

Ancien leader de Mai 68, Alain Geismar devint tout naturellement le porte-parole de la Gauche prolétarienne. *(D.R.)*

28 février 1972. Trois jours après la mort de Pierre Overney, l'hommage d'Alain Geismar sur les lieux mêmes du crime. *(Kestone)*

Printemps 1970. Jean-Luc Godard aide à la confection de *La Cause du peuple*. *(Magnum)*

c - A Grandin, les camarades de l'Etincelle qui n'avaient pas tenu compte au début de leur travail du nombre de femmes dans l'usine, ont senti la nécessité d'en faire un axe de propagande particulier, afin de mener une lutte idéologique beaucoup plus intense sur la presse du coeur, le pouvoir marital dans la société bourgeoise etc... Les camarades ont été aussi sommés d'intervenir sur des problèmes extérieurs à l'usine, afin de pouvoir concentrer au niveau de l'usine toute la révolte des ouvrières contre toutes les brimades administratives auxquelles elles ont à faire face (Sécurité Sociale, scolarisation des enfants)

Le boulot avec les jeunes, c'est à la fois être comme eux et en même temps aller plus loin. Etre comme eux, c'est vivre la même vie, la même oppression, la même révolte, ne pas être celui que l'on fuit dès qu'on le voit parce qu'on sait qu'il va parler politique.

La politique, en effet, cela apparaît comme un truc extérieur. D'abord, l'idée est souvent que c'est l'affaire des syndicats ou du PC. Plus on s'éloigne de la vie de tous les jours, de l'exploitation à la boîte ou à la ville, plus les jeunes sont méfiants. La politique, cela a toujours été le moyen d'entraîner sur un autre terrain, les magouilles électorales, le partage des sièges, bref l'affaire de ceux qui ne sont pas comme nous et qui donc ne nous regarde pas. Donc, la politique, on s'en fout, même si en réalité on en fait tous les jours. On mène des luttes dans la boîte, on se bat avec les poulets, mais on n'est pas du tout concerné par le discours de Chaban, la politique du PC, les magouilles parlementaires.

PROLETAIRES DE TOUS LES PAYS, NATIONS ET PEUPLES OPPRIMES, UNISSEZ-VOUS !

la cause du peuple

1 F | Boite Postale 130, Paris-20e C.C.P. : N° 3048991 - LA SOURCE | JOURNAL COMMUNISTE REVOLUTIONNAIRE PROLETARIEN | 3e ANNEE AOUT 1970 | N° 27

Alain Geismar est partout

Geismar avait dit : l'été sera chaud. C'est pour cela que la bourgeoisie l'a fait rechercher partout et qu'elle l'a jeté en prison ; sans doute s'imaginait-elle empêcher les révoltes.

Mais en réalité, parce qu'il est un révolutionnaire, Geismar n'avait fait que proclamer bien haut le désir des masses : jouir de l'eau, du soleil, de la nature entière ; connaître le repos, — vivre, en un mot — et puisque la bourgeoisie le leur refusent, briser sa dictature.

Alors l'été sera chaud. Dans les mines, il n'y a pas de trêve ; la guerre de classes continue : à Thomson, on a saboté toute l'année ; on sabote en été. Dans les mines, à la fosse Agache, un mineur est licencié pour s'être révolté contre un porion : c'est toute la fosse qui s'arrête ; il est réintégré.

A Vittel, les travailleurs pénètrent dans le quartier réservé aux curistes et y imposent la loi de la lutte des classes. Partout, à la Baule, à Thonon, de la Ciotat à Vittel, les masses troublent les vacances dorées des possédants. A l'île de Bendor, on coule des cabin-cruisers ; à Juan-les-Pins, à la Ciotat, à Thonon, contre les accapareurs qui veulent faire payer au peuple le droit de se baigner, par centaines, on envahit les plages que les riches veulent interdire, et on les défend.

L'été chaud est partout, et c'est l'affaire de tous. Contre cela, que peut faire la bourgeoisie ? Que peut Marcellin et ses provocations ?

Et quand à l'été succédera une rentrée brûlante, que pourront-ils ?

RIEN, CAR ON NE DISSOUT PAS LE PEUPLE.

16 mars 1973. Meeting public de l'Humanité rouge, prête-nom légal du PCMLF clandestin. *(D.R.)*

Novembre 1973. Voyage du PCMLF à Pékin. Les deux Français présents aux côtés de Zhou Enlai et Jiang Qing sont Jacques Jurquet et Marie-Thérèse Dufour. *(D.R.)*

Août 1969. Voyage du PCMLF en Albanie. Enver Hodja, au centre, est entouré de François Marty et Jacques Jurquet. Tout au bout à gauche, Michel Gilquin. *(D.R.)*

Septembre 1971. Jacques Jurquet, en compagnie de la femme de Mao, Jiang Qing. *(D.R.)*

Septembre 1978. Alain Castan et Jacques Jurquet déposent une gerbe au mausolée de Mao. *(D.R.)*

Armand Marco. Sorti en 1972, le film, qui devait marquer le « grand retour » de Godard dans le circuit classique, est un échec retentissant.

Quelques mois plus tard, Jean-Luc Godard dissout le Groupe Dziga Vertov et se sépare définitivement de Jean-Pierre Gorin. La sortie de *Tout va bien* est aussi l'occasion d'une violente polémique entre Jean-Luc Godard et Marin Karmitz sur la nature du cinéma militant, dont nous avons parlé plus haut.

Il faut dire que la prestigieuse revue s'est finalement alignée sur la ligne marxiste-léniniste. De 68 à 71, les *Cahiers du cinéma* étaient pourtant proches du Parti communiste. Tout change sous l'influence de Philippe Sollers et du mouvement *Tel Quel*. Influencés par la critique telquelienne, fascinés par les textes de Genette, Sollers ou Todorov, les cinéphiles des *Cahiers* ressentent comme un séisme le « mouvement de Juin 71 ». Il s'agit d'un mouvement de rectification à la chinoise, brusquement lancé par Sollers en 1971, que nous allons bientôt décrire.

Comme la plupart des cercles qui gravitent alors dans l'orbite de *Tel Quel*, les *Cahiers* suivent le changement de ligne dès l'automne 71. Dès lors, les rapports avec Godard se réchauffent brusquement, et le cinéaste suisse fait un retour en force dans le numéro d'octobre : le film *Vladimir et Rosa* y fait la couverture. Pour les féroces cinéphiles marxistes-léninistes, Godard est alors le seul cinéaste... aimable.

Peut-on considérer les *Cahiers du cinéma* comme une marionnette de *Tel Quel* ? Pas tout à fait. Car, tandis que Philippe Sollers et ses amis s'en tiennent à un maoïsme créatif et un tantinet folklorique, les rédacteurs des *Cahiers* professent un marxisme-léninisme beaucoup plus dogmatique et verbeux. Loin de rallier l'ex-GP, il vont plutôt se rapprocher de groupes « idéologiques », tels le Prolétaire ligne rouge, et, surtout, l'UCF-ML d'Alain Badiou. Ces deux organisations auront tout loisir de défendre leurs positions dans les colonnes des *Cahiers du cinéma* : « Glorifions la Chine et l'Albanie, bases rouges de la révolution mondiale ! » s'exclame ainsi le Prolétaire ligne rouge dans le numéro d'avril-mai-juin 1973, avant de poursuivre : « Vive le cinéma, arme de propagande communiste ! Vive le communisme ! »

Le passage au maoïsme se traduit sur le plan formel par l'abandon de toute photo. Les *Cahiers* deviennent pour un temps un objet austère, sentencieux, dénué du moindre sourire. Parallèlement, le comité de rédaction est supprimé. De nouveaux arrivants, venus du monde mao, vont contribuer à durcir la revue : Serge Toubiana a milité à Ligne rouge, puis à Vive la révolution. Il anime au sein des *Cahiers* une tendance particulièrement dogmatique, le Groupe Lu Xun d'intervention idéologique. Quant à Philippe Zarifian, dit *Philippe Pakradouni*, il devient bientôt le garant de la pureté bolchevique, le grand idéologue de la nouvelle ligne.

L'adoption du maoïsme provoque immédiatement d'intéressants rapprochements avec plusieurs collectifs artistiques déjà acquis à la Chine rouge : le Front des artistes plasticiens, la Base rouge de Vincennes, animée par Serge Le Péron, Francis Beck et Jean-Henri Roger (qui s'est éloigné du PCMLF), le Comité d'action de l'IDHEC avec Dominique Villain, ou le collectif Cinéluttes, qui regroupe Jean-Pierre Thorn, François Dupeyron et Richard Copens.

Petit à petit, l'idée d'un Front culturel révolutionnaire, que ses défenseurs nommeront joliment le « Front Q », voit le jour. Des discussions s'étaient déjà engagées à la fin de l'année 70 avec *Cinéthique* et *Tel Quel*, en vue de la construction d'un tel front, mais elles avaient vite achoppé.

Le 26 juillet 1972, une soixantaine de personnes se réunit en Avignon à l'initiative des *Cahiers*. Les participants décident de lancer le « Front Q » et se donnent une année pour transformer l'essai. Rendez-vous est pris l'année suivante pour faire le bilan. Un bilan évidemment décevant, qui se traduit dès l'automne 1973 par un constat d'échec, et qui aboutit à la mise en minorité de *Philippe Pakradouni* au début de 1974, après que celui-ci eut proposé que les *Cahiers* mettent le cinéma de côté au profit du politique.

N'est-il pas fascinant de constater que, alors même que la ligne culturelle de la République populaire de Chine s'en tient au réalisme socialiste le plus strict, ses partisans français comptent parmi les plus avant-gardistes des structuralistes, des déconstructeurs, des questionneurs du signe ? Un curieux paradoxe.

Jean-Luc Godard va poursuivre ses activités politiques dans la mouvance de l'ex-GP jusqu'à l'ultime dissolution du groupe de Benny Lévy en 1973 : il participera notamment à la campagne populiste de Bruay-en-Artois.

Mais il décide bientôt de prendre du recul et s'exile volontairement en province, à Grenoble, où il poursuit en compagnie d'Anne-Marie Miéville une activité cinématographique de moins en moins marquée par le maoïsme, même si l'on n'observe dans ces films ultérieurs aucune trace de reniement. Il aura réalisé pendant sa période maoïste pas moins de treize films, sans compter les ciné-tracts de Mai 68 : *La Chinoise* (1967), *Le Gai Savoir*, *Un film comme les autres*, *One plus One*, et *One American Movie* (1968), *British Sounds*, *Pravda*, *Vent d'est* et *Luttes en Italie* (1969), *Jusqu'à la victoire* (1970), *Vladimir et Rosa* (1971), *Tout va bien* et *Letter to Jane* (1972)[38].

Philippe Sollers

De tous les intellectuels ralliés au maoïsme, Philippe Sollers occupe une place à part pour deux raisons évidentes : il n'a d'abord jamais évolué dans la mouvance de la Gauche prolétarienne ; il est ensuite resté maoïste jusqu'à la mort de Mao, en 1976. Un record de longévité.

L'attitude de Philippe Sollers et de la revue *Tel Quel* à l'égard de la Chine est au départ fort ambiguë.

Dès l'avènement de la Révolution culturelle en 1966, la toute jeune revue littéraire est traversée par un intense débat interne. Faut-il soutenir ce qui, vu de France, passe pour un soulèvement libertaire et antiautoritaire ? Auteur d'une histoire de *Tel Quel* écrite dans une optique plutôt sympathisante, Philippe Forest affirme que le débat « ne porte pas sur les mérites de la révolution culturelle dont chacun éprouve la fascination, mais sur la stratégie qui, dans le contexte intellectuel et politique français, doit être adoptée par la revue [39] ».

Deux lignes se dégagent progressivement au sein du Comité politique qui s'est formé dès 1966 : d'un côté, Philippe Sollers, partisan d'un engagement immédiat au côté des nouveaux groupes ML ; de l'autre, Marcellin Pleynet, qui souhaite opérer un détour tactique par le PCF et qui propose d'ancrer *Tel Quel* dans un grand parti ouvrier. Un débat interne fait rage. Pleynet, finalement, l'emporte. Sans jamais adhérer formellement au PCF, les telqueliens décident d'évoluer dans son champ d'influence.

Étranges communistes prosoviétiques qui, en sous-main, feront pendant plusieurs années l'éloge de la Chine rouge. Pourtant, une nouvelle réunion du Comité politique, tenue en janvier 1967 chez Jean-Louis Baudry, entérine clairement la ligne défendue par Marcellin Pleynet.

Tel Quel noue immédiatement des contacts avec les instances culturelles du PCF, tout en défendant secrètement des positions prochinoises. Cette attitude semi-clandestine provoquera au début des années soixante-dix l'apparition d'un minicourant maoïste au sein des intellectuels du Parti communiste. Mais nous n'en sommes pas encore là.

Lorsque *Tel Quel* se rapproche de la maison communiste, il est accueilli avec une sympathie mêlée de prudence. Parmi les communistes les plus favorables à Sollers : Jacques Henric, de *France nouvelle*, ou encore Jean-Louis Houdebine, de *La Nouvelle Critique*. Dans le cas de cette dernière revue, qui prétend être la voix des intellectuels communistes, le soutien à *Tel Quel* est très marqué.

Passe le séisme de 68. Pendant les deux années qui suivent, le maoïsme de *Tel Quel* transperce de plus en plus ouvertement les textes. Pourtant, le PCF ne dit mot. Il faut dire que la sinophilie de Sollers ne s'accompagne d'aucune perche tendue en direction des groupuscules. Les telqueliens aiment la Chine, mais continuent à soutenir le PCF.

En janvier 1971, Philippe Sollers ira jusqu'à déclarer dans le numéro 45 de *Tel Quel* à propos des *Quatre Essais philosophiques* de Mao Zedong : « Notre thèse est qu'ils constituent par rapport à la ligne massive des textes de Marx, Engels, Lénine un " bond en avant " considérable et complètement original de la théorie matérialiste dialectique. »

Cet ancrage prochinois attire évidemment l'attention des maoïstes. Membre du Parti communiste, universitaire, poète et prochinoise, Michèle Loi prend contact avec Sollers et le questionne sans ambages sur son engagement ML dans une lettre du 10 juin 1971 : « ... Nous sommes quelques-uns à toujours attendre que vous leur expliquiez comment vous résolvez la contradiction entre l'écriture d'avant-garde et l'action révolutionnaire [40]. »

En termes polis, c'est bien ici le texte telquelien qui est convoqué : comment peut-on être à la fois difficilement lisible, accessible à une minuscule élite, et néanmoins communiste, prolétarien ? Sollers et ses amis réussiront le tour de force de défendre des positions marxistes tout en continuant à produire une œuvre inclassable, pleine d'une richesse incomparable.

La rupture avec le PCF s'effectue lors de la parution d'un ouvrage à la gloire de la Chine populaire, *De la Chine*, de Maria-Antonietta Macchiocchi [41]. Le manuscrit a été envoyé à Philippe Sollers par Louis Althusser au début de l'année 71. Enthousiaste, Sollers s'occupe lui-même de le faire publier dans la collection « Combats » que Claude Durand lance au Seuil. Avec le recul du temps, *De la Chine* apparaît comme le témoignage incroyablement naïf d'une intellectuelle fascinée par la propagande, qui prête au régime chinois toutes les qualités d'un paradis socialiste.

De la Chine paraît en juin 1971. Pour les telqueliens, c'est l'occasion rêvée d'une rupture spectaculaire avec le PCF. Et Sollers de s'enflammer pour Macciocchi.

Le prêtexte du divorce est donné en septembre 1971 : Maria-Antonietta Macciocchi doit dédicacer son livre à la fête de *L'Humanité*. Mais la direction du PCF appose son veto. Aussitôt, Philippe Sollers réagit à ce qu'il considère comme un acte de censure, dans une violente « tribune libre », publiée dans *Le Monde* du 11 septembre : « *De la Chine* représente aujourd'hui non seulement un admirable témoignage sur la Chine révolutionnaire, mais encore une source d'analyses théoriques qu'il serait illusoire de croire refoulées. *De la Chine*, c'est la puissance et la vérité du

“ nouveau ” lui-même. Son absence, sa censure dans une manifestation d’union de la gauche sont le symptôme grave d’un aveuglement navrant. C’est pourquoi je n’irai pas cette année côtoyer des “ écrivains ” – dont certains notoirement réactionnaires – à la fête de *L’Humanité*. Les livres ne sont pas des produits ménagers. *De la Chine* est l’un des très rares livres d’aujourd’hui, de demain. Le travail de Maria-Antonietta Macciocchi a devant lui toute l’histoire. »

Maria-Antonietta Macchiocchi rejoint par la suite l’équipe de *Tel Quel*. En l’absence de Sollers, la revue de Julia Kristeva, Marcellin Pleynet et leurs camarades aura quand même un stand à la fête communiste. Ses animateurs, Rottenberg, Scarpetta, Houdebine et Henric l’utiliseront pour défendre *De la Chine*.

Cette fois-ci, la rupture avec le Parti communiste est bel et bien consommée. Philippe Sollers en fait l’amère expérience quelques semaines plus tard. Dans *Littérature interdite*, Pierre Guyotat s’en est violemment pris à une bête noire de *Tel Quel*, Louis Aragon. Sollers et Guyotat doivent alors animer un débat dans une librairie du boulevard Saint-Michel. Mais un commando d’étudiants communistes perturbe la réunion et s’en prend violemment aux orateurs. Ni Sollers ni Guyotat ne pourront finalement prendre la parole.

En octobre 1971, le divorce s’achève par la publication d’un manifeste, les *Positions du mouvement de Juin 71*.

Le changement de ligne de *Tel Quel* prend des allures de révolution culturelle et s’apparente à un « mouvement de rectification » dans la grande tradition des gardes rouges. Le plus étonnant, c’est que l’adoption de l’austère ligne marxiste-léniniste se fait dans une ambiance d’humour et de « second degré ».

Les murs de *Tel Quel*, dans les locaux du Seuil, 27, rue Jacob (Paris 6e), se couvrent ainsi de dazibaos savoureux, surprenants et finalement très parisiens : « Deux conceptions du monde, deux lignes, deux voies : Aragon ou Mao Zedong ? Camarades, il faut choisir !... » Ou encore : « Le mouvement de Juin 71 est né d’une révolte interne à *Tel Quel* contre la ligne droitière et révisionniste qui n’a que trop duré ! Camarades ! Sans théorie révolutionnaire pas de pratique révolutionnaire ! À BAS LE DOGMATISME, L’EMPIRISME, LE RÉVISIONNISME, L’OPPORTUNISME ! VIVE LA PENSÉE MAO ZEDONG ! » Encore plus lyrique, cette affichette : « On ne peut pas soutenir à la fois Vertov et Visconti ! *Tel Quel* et Aragon ! Mao Zedong et Leroy ! Le marxisme et Barberis ! »

Plus inquiétant : « Le révisionnisme en plein jour : Rothschild penseur de l’humanité. »

Et, enfin, cette simple affirmation : « Camarades, il y a de l’eau dans le gaz ! »

On pourrait énoncer sans fin les dazibaos de *Tel Quel*. Reconnaissons-leur un petit parfum d'Alphonse Allais, fort inattendu au regard des circonstances.

Devenu un mouvement littéraire maoïste, *Tel Quel* voit s'éloigner plusieurs de ses collaborateurs, restés fidèles au communisme orthodoxe : Jean Ricardou, Jean Thibaudeau ou Jacques Derrida. Beaucoup de telqueliens du PCF se retrouveront plus tard autour de Jean Ristat, dans la revue *Digraphe* qui paraîtra en 1974.

Mais, à l'inverse, il provoque chez les intellectuels influencés par ses conceptions littéraires un véritable mouvement de conversion.

En février 1972, Pierre Guyotat, Jacques Henric et Stanislas Ivankow rendent leur carte du parti. Au même moment, la revue *Promesse*, qu'animent Guy Scarpetta, Jean-Louis Houdebine, Jacques Chatain et André Barret, rompt totalement avec le PCF. Mieux : une kyrielle de petites revues s'alignent à leur tour sur les positions maoïstes. Basée à Marseille, *Manteia* est rédigée par Gérard Arseguel, Joseph Guglielmi, Jean Malrieu, Jean Todrani et Jean-Jacques Viton. Dès 1972, *Manteia* soutient *De la Chine* et rejoint le Mouvement de Juin 71. Idem pour la revue *TXT*, créée en 1969 à Rennes par Christian Prigent et Jean-Luc Steinmetz. D'autres groupes d'intellectuels maoïstes convergent alors : Supports/Surfaces naît en 1970. Il s'agit d'un petit mouvement, dont les conceptions picturales se rapprochent du formalisme telquelien : parmi ses membres, Louis Cane, Daniel Dezeuze ou encore Marc Devade. Artistes militants, engagés, Cane, Devade et leurs amis ont pour habitude de diffuser des tracts dans les vernissages. Ils critiquent tout particulièrement l'art conceptuel, et reçoivent souvent le soutien des telqueliens. En 1971, ils lancent une nouvelle revue, *Peinture Cahiers Théoriques*, qui se distingue non seulement par une illisibilité toute telquelienne, mais encore par une féroce critique de l'art contemporain.

Même phénomène de convergence dans le domaine de la critique cinématographique. Fondée en 1969, la revue *Cinéthique*, qui accueille les textes de Jean-Luc Godard, est très vite en osmose avec le Mouvement de Juin 71. Hasard ou nécessité ? Jean-Luc Godard avait proposé à Philippe Sollers en 1967 de tourner dans *La Chinoise*. Il devait y tenir son propre rôle. Il avait finalement refusé.

Éperonnés par *Cinéthique*, qui les borde sur le flanc gauche, les *Cahiers du cinéma* sont eux aussi très influencés par *Tel Quel* et par l'évolution de Godard. Ils participent de façon indépendante à la rupture avec le PCF et au processus de radicalisation.

Signe de vitalité du maoïsme telquelien, on voit naître dans les universités des cercles de soutien à *Tel Quel*, véritables fronts de lutte idéologique. A Nantes, plusieurs étudiants potassent les positions du Mouvement de Juin 71 et prennent contact avec *Tel Quel.* Jean-Louis Houdebine décide de prendre en charge les réseaux universitaires qui se tissent. Des « fronts maoïstes de lutte idéologique » apparaissent à Lille, Poitiers, Rennes, Strasbourg. A l'été 1972, un séminaire est organisé... dans les ruines du château du marquis de Sade. Plus tard, un congrès fédérateur se tient dans la salle du 44, rue de Rennes. Toutefois, le dogmatisme des jeunes étudiants atteint de véritables sommets. Disparu l'humour telquelien. Il ne reste plus qu'un discours austère, fermé. Rien qu'une hermétique langue de bois telquelienne, mâtinée de marxisme-léninisme. Les groupes étudiants ne seront guère encouragés par l'équipe de *Tel Quel.* A partir du 15 mars 1972, un bulletin polémique vient fédérer les différents réseaux affinitaires : *Tel-Quel-Mouvement-de-Juin-71-Informations* se donne pour objet « de mettre au point, sur le front de la littérature et de l'art d'avant-garde, un nouveau type d'intervention appuyant le nouveau que marque dans la théorie et la pratique marxiste-léniniste la pensée Mao Zedong, la grande révolution culturelle prolétarienne chinoise et l'avenir de la Chine révolutionnaire [42] ».

Le style du nouveau bulletin est parfois surprenant. Mais la révolution du langage n'est-elle pas, elle aussi, à l'ordre du jour ? Dans le numéro 2-3, du 30 avril 1972, un étudiant anonyme raconte une manifestation : « La partouze à cocos gitons cogitons meeting, ci-gît lit on l'ordre bourgeois... camascarades vous èbtes tous manifpulés... cette manif camarades on l'a faite. C'est-à-dire que dès demain on pourra la refaire, malgré la loi des flics et des liquidos. »

Assez vite, l'activisme débridé de Philippe Sollers et ses amis intéresse les organisations d'extrême gauche. A l'automne 1972, une délégation composée de Sollers, Pleynet, Kristeva, Cane, Houdebine et Devade a rendez-vous dans un luxueux appartement du quai Bourbon (Paris 4e). C'est là que loge la psychanalyste Marie-Claire Boons, qui a pour notable caractéristique de militer au sein du Groupe pour la fondation de l'union des communistes de France (marxiste-léniniste), plus connu sous l'appellation d'UCF (ML). Il s'agit d'une organisation spontanéiste qui professe un extrême dogmatisme. La plupart des dirigeants de l'UCF (ML) sont présents : Alain Badiou, Sylvain Lazarus, Natacha Michel, ainsi que Bernard Sichère, qui a déjà eu l'occasion de s'exprimer dans les colonnes de *Tel Quel.*

Entre les rigides maoïstes, qui organisent alors des commandos de censeurs pour casser les spectacles qu'ils n'aiment pas, et *Tel Quel*, le courant ne passe guère. Pourtant l'UCF (ML) compte dans ses rangs bon nombre d'universitaires qui prisent la geste telquelienne et écrivent parfois des articles dans les *Cahiers du cinéma*.

L'extrémisme de Philippe Sollers ne va pas sans quelques dérapages. En 1972, un commando du mouvement palestinien Septembre noir prend en otage les athlètes israéliens pendant les jeux Olympiques de Munich. L'affaire se termine par un carnage. Dans le monde entier, les méthodes de Septembre noir soulèvent la réprobation. Mais, en France, une poignée de militants maoïstes rassemblés au sein d'un éphémère Groupe de soutien à la révolution palestinienne signe une pétition dans laquelle on lit un véritable éloge de Septembre noir : « [...] le commando de Septembre noir est intervenu à Munich pour arracher 200 combattants de la résistance aux souffrances et aux tortures qui leur sont infligées dans les prisons israéliennes. [...] Le Groupe de soutien à la révolution palestinienne condamne l'agression organisée par la police allemande conformément aux exigences de Mme Golda Meir, agression qui a provoqué le drame. »

Le texte, qui légitime l'action du commando, est signé par Marcellin Pleynet, Philippe Sollers, Louis Cane, Marc Devade, Jacques Henric, Gérard Vallerey, Jean-Louis Baudry, Guy Scarpetta, Jacques Chatain, Jean-Louis Houdebine et Stanislas Ivankow, c'est-à-dire la majorité des maoïstes telqueliens, auxquels s'est joint Gilbert Mury, qui depuis plusieurs années a fait du soutien aux Palestiniens un objectif prioritaire.

A titre de comparaison, il est intéressant de noter que, à la même époque, le Comité exécutif de l'ex-Gauche prolétarienne refuse de soutenir l'attentat de Munich. Philippe Sollers campe donc sur des positions particulièrement extrêmes.

Quoi qu'il en soit, alors même que le mouvement de Benny Lévy, Alain Geismar et Serge July s'achemine vers l'autodissolution à la fin de 1973 et que Vive la révolution n'a pas survécu à l'été 1971, *Tel Quel* reste au début de 1974 un véritable phare de la cause prochinoise en milieu intellectuel, dont la ferveur marxiste-léniniste semble inébranlable. Beaucoup, parmi les maoïstes les plus engagés, établis en usine ou clandestins, se moquent volontiers de l'engagement un tantinet folklorique de Philippe Sollers, entre contestation et mondanité. Dans un texte rédigé en septembre 1980, *Pourquoi j'ai été chinois*, celui-ci livre pourtant quelques clefs importantes. Il y décrit notamment *Tel Quel* comme « une conjugaison du maoïsme et du structuralisme », avant de se livrer, plus loin, à une ébauche de définition du « telqueliste maoïste » : « On était " maoïste " par souci de révolte. A ce moment-là, on rentrait immédiatement en contradiction avec les maoïstes eux-mêmes, c'est-à-dire avec les cohortes de maoïstes qui pensaient que le maoïsme c'était le retour à la tradition pure et dure du marxisme, c'est-à-dire au stalinisme [43]. »

Le maoïsme telquelien, ludique, libertaire, ne peut que se heurter à la chape de plomb dogmatique des marxistes-léninistes. La logique même de l'engagement militant aurait dû en outre conduire les telqueliens à arrêter toute pratique d'écriture. C'est ce qu'ils n'ont justement jamais voulu faire. Universitaire, auteur d'un livre sur *Tel Quel*, Ieme Van der Poel explicite cette attitude hors normes : « [...] Le problème du maoïsme de *Tel Quel* est beaucoup plus complexe et a très peu en commun, finalement, avec le militantisme de la Gauche prolétarienne ou le tiers-mondisme du Seuil. De plus, le maoïsme telquelien reste toujours lié [...] au projet d'une révolution du langage [44]. »

Révolution du langage, maoïsme littéraire : telles sont les clefs de l'engagement de Philippe Sollers au sein du courant prochinois. N'ira-t-il pas jusqu'à traduire en français des poèmes de Mao Zedong ? Derrière le militantisme prochinois se cache une éternelle perplexité face à l'altérité du texte asiatique. Le paradoxe de Sollers est bien d'avoir soutenu jusqu'au bout le maoïsme, sans avoir perdu un iota de son originalité littéraire.

VIVE LA RÉVOLUTION : LA CONTRE-CULTURE SE DÉSORGANISE

C'est venu tout naturellement au cours du printemps 1970 et de ses conflits à répétition. Bien loin de vouloir créer un parti révolutionnaire, les allumés de VLR envisagent maintenant de donner à leur propre organisation une forme encore plus dispersée, encore plus réceptive à tous les aspects de la contre-culture.

L'idée est de rompre avec le gauchisme officiel, institutionnalisé en groupuscules, pour passer à un nouveau stade, dans lequel VLR catalysera les révoltes, les fera fusionner. L'horizon : la rupture avec le militantisme classique et un travail en profondeur sur la vie quotidienne. Comme le souligne à ce propos Ieme Van der Poel, « l'écart qui existe entre VLR et les autres groupes maoïstes va en s'agrandissant. En adoptant comme slogan le mot " aliénation ", VLR s'oppose explicitement aux maoïstes de la GP qui, à la même époque, prêchent la " résistance " [45] ».

Aliénation contre résistance : l'enjeu du débat est ici clairement posé. D'un côté une rhétorique militaire, ouvriériste, classique, de l'autre une pensée libertaire, quotidienniste, ouverte à l'évolution des mœurs.

Dès juin 1970, une réunion se tient à la faculté de Dauphine sur le thème de la « fusion des révoltes ». Elle entérine au passage l'adhésion de la tendance trois de la Ligue communiste et de son principal leader, Guy Hocquenghem, à VLR.

Peu après, une brochure verte, rédigée par Roland Castro, donne le « la » du nouveau VLR : « Changer la vie ! Briser tous les obstacles. Faire fusionner les révoltes. Préparer de façon prolongée l'insurrection armée. Édifier l'organisation politique prolétarienne : la libre centralisation du peuple », s'exclame longuement la couverture. Et, au fil du texte, on déniche ces paroles, plus rimbaldiennes que maoïstes : « La " sauvagerie " est l'étape indispensable à la construction du prolétariat en classe, c'est-à-dire en parti » ; en encore : « Il ne pourra y avoir de lendemains qui chantent, sans que ceux d'aujourd'hui commencent à chanter. »

Sur un plan plus politique, la brochure contient aussi une vigoureuse critique de la Gauche prolétarienne et de sa stratégie de Nouvelle résistance : « [...] [La Gauche prolétarienne] chevauche à la crête des vagues sans suivre leur reflux. [...] L'ultra-idéologisme doit être combattu car il instaure un rapport religieux à la lutte politique ; il est en son fond manipulation, et s'oppose au principe de libre adhésion des masses par l'utilisation de succédanés freudiens comme la culpabilisation. [...] Le coup du " parti des fusillés ", on ne nous le fera plus. Salut ! »

Le véritable objectif, spontanéiste et maoïste, est de voir le futur parti naître spontanément des luttes ouvrières, ce que résume bien l'ultime slogan qui clôt l'importante brochure : « Vive l'autonomie prolétarienne [46] ! »

Jamais VLR n'aura à ce point mérité le qualificatif d'anarcho-maoïste.

Cette nouvelle ligne se traduit symboliquement pendant l'été par la fermeture de la librairie Gît-le-Cœur et la création au 27, rue Geoffroy-Saint-Hilaire (Paris 5e), de la « Commune », un nouveau lieu ouvert à toutes les formes de contre-culture, dans lequel on trouve les journaux les plus audacieux de l'underground français, du *Tamanoir* au *Parapluie* en passant par le *Cri du peuple, Vroutsch, Zinc, Quatre Millions de jeunes travailleurs*, ou encore *Charlie-hebdo*, une de ses meilleures ventes.

La petite organisation déjà pas mal désorganisée possède deux autres locaux, 73, rue Buffon (Paris 5e) et rue du Fer-à-Moulin (même arrondissement).

Détail frappant, qui traduit bien la volonté des dirigeants d'en finir avec le schéma classique des mouvements maoïstes : le bulletin intérieur cesse définitivement de paraître pendant l'été. Il sera remplacé quelque temps par un *Bulletin politique* public et accessible à tous.

Mouvance, centre d'impulsion, de création, Vive la révolution laisse émerger en juillet 70 un Front de libération des jeunes (FLJ) qui va bientôt multiplier les actions spectaculaires dans les stations balnéaires. Dirigé par un ex-élève du lycée Buffon,

Richard Deshayes, le FLJ est une drôle de mouvance dans la mouvance. Au FLJ, on trouve de tout : des hippies en déshérence, des marginaux, des cogneurs en attente de combat. Le FLJ est aussi à la pointe de l'amour libre. Car nombreux sont les militants de VLR qui veulent en finir avec les contraintes du couple. Certains s'installent dans la polygamie, tandis que d'autres organisent maintes parties collectives. Tiennot Grumbach ne vit-il pas, selon la rumeur, avec plusieurs femmes ?

Le paradoxe, c'est que VLR, tout en brisant les tabous organisationnels et sexuels, reste malgré tout encore un petit groupe marxiste-léniniste. Pendant le fameux été 1970, une délégation très officielle part ainsi en Jordanie à l'invitation du Fatah de *Yasser Arafat.* Elle visite notamment un camp de réfugiés situé à Amman. A l'issue du voyage, VLR édite une brochure de propagande, *Vive la victorieuse lutte du peuple palestinien.* Mais le roi Hussein de Jordanie décide au même moment de détruire la présence palestinienne sur son sol. Le fameux massacre de septembre 1970 restera sous le nom de « Septembre noir ». Quant à la brochure, qui vantait l'intégration des Palestiniens dans la société jordanienne, elle finit... au pilon.

Cet épisode palestinien aura une fin tragique. Un jeune Arabe de Nanterre, proche de VLR, décide d'aller à son tour combattre en Jordanie. Il y trouvera la mort.

Le voyage en Jordanie s'inscrit également dans un processus de radicalisation lié à la montée de la tension en France et à la répression déclenchée contre la Gauche prolétarienne. A l'automne, VLR se dote discrètement d'un groupe armé. Ce noyau clandestin achète des armes (revolvers, fusils, explosifs), souvent anciennes ou périmées, qu'un ancien parachutiste remet en état. Qui compose cette structure ? Roland Castro, Gilles Olive, Richard Deshayes, Gérard Dahan, Yves Hardy, José le Portugais, Thierry, ou encore Jojo, le « copain de Pigalle »... Pourtant, jamais Vive la révolution ne basculera dans la lutte armée. Le noyau se forme à titre purement préventif, mais ne réalise aucun attentat.

Dès la rentrée de septembre, un nouveau journal apparaît dans les librairies alternatives. Fidèle maoïste de cœur, Jean-Paul Sartre accepte d'en être le directeur de publication. *Tout*, numéro 1, sort le 23 septembre 1970, avec en exergue : « Ce que nous voulons : tout ! » Dès l'abord, le ton est donné. Pas question de recréer un sinistre organe militant. Un article-manifeste intitulé « Une nouvelle attitude politique » explicite le changement de ligne : « Les gens luttent pour vivre, nous aussi. Et mourir pour vivre autrement, mener, continuer la lutte pour abattre le vieux monde, n'est pas un drame. [...] Donc, on sait ce qu'on veut, [...] on n'est pas prochinois, qu'ils aillent en Prochine (on admire la révolution chinoise, c'est le plus grand moment révolutionnaire actuel et le plus avancé, simplement dans nos métropoles impérialistes on a des problèmes nouveaux à résoudre). On est en Europe, on veut la révolution de transition vers le communisme dans un pays impérialiste très développé. On voudrait que ça aille vite. »

En dernière page, une annonce signale qu'on peut passer commande d'un autocollant : « On ne se connaît pas ? Et si on se parlait dans le métro et si on frappait à la porte du voisin ? »

La délirante maquette est évidemment signée Jacques Barda.

Naïfs, généreux, les gens de VLR ? Sans doute. Pourtant le processus de fédéralisation va bientôt se heurter à de rudes écueils.

Depuis plusieurs mois, la presse française se fait l'écho des actions spectaculaires des femmes en lutte du « Women's liberation movement » américain, bientôt appelé familièrement le « Women's lib ». En France, le « Mouvement de libération des femmes » apparaît pendant l'été 1970 lorsqu'un groupe de femmes se rend place de l'Étoile pour rendre un bruyant hommage à la femme du soldat inconnu.

Dès l'origine, il est clair que le nouveau MLF est influencé à la fois par la contre-culture américaine et par le vent contestataire de Mai 68. Les femmes qui composent la toute première mouvance féministe sont pour la plupart proches des groupes d'extrême gauche. Elles ont généralement une double activité : dans des mouvements révolutionnaires, et au sein du MLF, qui n'est lui-même qu'un rassemblement informel non mixte.

Or il est frappant de constater que la plupart des fondatrices du MLF viennent justement du maoïsme. C'est notamment le cas de Monique Wittig, qui dirige Féminisme-marxisme-action. C'est aussi le cas des filles de VLR.

On peut même dire à bon droit que la cause des femmes, en France, est largement née au sein du mouvement maoïste. *Tout* sera *de facto* le premier journal politique dans lequel le nouveau féminisme s'exprimera librement, avant la naissance en mai 71 de l'organe propre du MLF, *Le Torchon brûle* : dès le numéro 9 de *Tout*, daté du 18 février 1971, les femmes gèrent ainsi leur propre page.

Comment les filles de VLR en sont-elles venues à créer, avec d'autres, le tout premier Mouvement de libération des femmes ? Peut-être parce que Vive la révolution s'intéresse plus que les autres groupes gauchistes à ce qui vient des États-Unis. Peut-être aussi parce que la parole y est plus libre, plus spontanée qu'ailleurs. Dans la période qui suit mai 68, les thèses ultra du « Women's lib » américain connaissent un grand engouement international. Le journal *Women's liberation* est d'ailleurs en vente à la célèbre librairie Maspero, 40, rue Saint-Séverin (Paris 5e), qui diffuse toutes les publications gauchistes. L'influence américaine sur l'émergence du féminisme français est donc indéniable.

Petit à petit, les femmes maoïstes décident de s'organiser sans hommes. Lors du procès d'Alain Geismar en octobre 1970, elles s'enchaînent ainsi symboliquement devant la prison de la Petite Roquette, avec un message sans équivoque : « Nous sommes solidaires des prostituées, des voleuses, des avorteuses, des filles-mères, des révolutionnaires... »

Les réunions de femmes se multiplient et la domination machiste à l'intérieur des groupes est dénoncée avec violence. Pourquoi les chefs sont-ils toujours des mecs ? La femme n'est-elle pas finalement « le prolétaire du prolétaire » ?

A VLR, Roland Castro, Tiennot Grumbach et les autres dirigeants sont bientôt directement interpellés par leurs propres compagnes. La révolte des femmes touche absolument tout le monde, d'Annette Lévy-Willard à Marguerite Arene en pasant par Nadja Ringart, Suzanne Fenn ou Françoise Picq. Les mecs de VLR sont brocardés, critiqués, dénoncés en public. Leurs défauts physiques, leurs traits de caractère sont tournés en dérision. C'est vraiment la fin du couple bourgeois.

Le coup ultime est donné au printemps 1971, quand toutes les filles de Vive la révolution scissionnent pour rejoindre le Mouvement de libération des femmes. Pour les hommes, la pilule est d'autant plus dure à avaler qu'elle correspond aussi à de nombreuses séparations amoureuses. Car les partantes ont décidé de « chasser la bourgeoisie de leur tête », selon une formule de *Tout* numéro 6-7, du 10 janvier 1971. Un texte sans appel, publié dans le numéro 15 de l'organe de VLR, explicite le féminisme radical des scissionnistes. Clairement intitulé « Votre libération sexuelle n'est pas la nôtre », l'article interpelle avec violence les maos mâles : « On vous sucera tout votre sperme, on vous avalera les tripes, et vous n'aurez plus que des os, un ventre sans chair, sans peau, qu'avec des os pour Boudou (c'est notre chien). Notre corps nous appartient ! Ras l' bol des justifications ! Jouir sans entraves ! » Et la signature : « Des filles du MLF. »

Le message, déprimant, est reçu cinq sur cinq par les chefs de VLR : il n'y a plus d'amour possible entre les hommes et les femmes tant que les femmes seront assujetties aux hommes. Faudra-t-il attendre la révolution pour connaître à nouveau le coup de foudre ? Détail délicat : une des scissionnistes n'est autre que Sylvina Boissonnas, la richissime héritière qui finançait jusqu'ici les activités de VLR et qui va maintenant distribuer sa manne aux divers courants féministes, principalement la tendance Psychanalyse et Politique, animée par Antoinette Fouque. VLR se retrouve brutalement amputé.

Au même moment, l'organisation subit un véritable drame. Depuis plusieurs mois, Richard Deshayes dérive vers une violence de plus en plus exacerbée, plutôt suicidaire. Principal leader du Front de libération des jeunes, il se révèle bien vite un écrivain talentueux. En témoigne le manifeste du FLJ, rédigé au tout début de 1971 : « Assez de baffes, assez de brimades, assez de chantages. On n'a pas peur de l'âge, on a peur de devenir vieux, et vous, bourgeois, vous nous faites vieillir. Qu'une chose soit claire : nous ne sommes pas contre les vieux, mais contre tout ce qui les a fait vieillir. [...] Vivre, c'est pas survivre ! »

La réalité n'est malheureusement pas aussi poétique que les textes. Au départ, le FLJ n'est qu'un groupe de jeunes lycéens. Mais il s'est progressivement rapproché de plusieurs bandes de loubards et a vu affluer un certain nombre de cogneurs marginaux, parfois délinquants. Richard Deshayes, qui vient de quitter sa femme et ses deux enfants pour vivre avec une militante établie en usine, côtoie notamment des jeunes de la cité des Marguerites, à Nanterre. Il est devenu une sorte de chef de bande. Mais il a du mal à contrôler ses troupes, qui se rendent coupables d'un viol collectif.

La bande des Marguerites commence alors à menacer les gens de VLR. Des loubards viennent régulièrement à la Commune : sans vraiment se cacher, ils piquent des livres dans les rayons pour aller les revendre ailleurs et multiplient les menaces verbales. Un dimanche de janvier 71, la bande profite de la fermeture hebdomadaire pour cambrioler la librairie. Elle pique la caisse, saccage tout et met le feu. L'ennui, c'est que la librairie n'est pas assurée.

Deshayes proteste de son innocence. Mais tous les regards se tournent vers la bande des Marguerites, et donc vers le FLJ. Autre épisode, nettement plus grave : celui du dimanche 31 janvier 1971. Le Palais des Sports de la porte de Versailles accueille ce soir-là un concert rock qui doit faire événement : David Allen Gong, Kevin Ayers, Yes, Soft Machine et Iron Butterfly figurent au programme. Un plateau alléchant qui rassemble plus de cinq mille personnes. Mais, dans la foule qui se presse aux portes du Palais, un important contingent du FLJ a décidé de foutre la pagaille. Un tract répandu sur la chaussée donne le ton : « Flic-Fric-Marre. On ne paiera pas ! Ce soir, il y a les Soft Machine, Kevin Ayers, etc. La musique appartient aux jeunes, pas aux vieilles crevures qui font du fric sur notre dos, et celui des groupes. [...] Ce soir, on refuse les flics, on refuse leur caisse, on refuse le spectacle ; le spectacle, c'est la vie, c'est la révolution, c'est les Soft Machines [*sic*], mais c'est aussi noust [*sic*]. La musique est à nous, ce soir on la reprend ! Osez vivre ! Osez vaincre. Front de Libération des Jeunes. » En réalité, le groupe des casseurs ne compte pas plus d'une centaine de personnes. Mais la bande de Richard Deshayes est particulièrement déterminée. Dès 20 heures, les portes sont littéralement défoncées, et le FLJ déclare le Palais salle ouverte. Va-t-on en rester là ? Pas du tout. Grisés par leur facile succès, les membres du FLJ s'emparent des micros et clament des slogans à la gloire du pillage. C'est le début d'un gigantesque défoulement collectif : les sièges sont arrachés du sol, piétinés, incendiés. Au bout de plusieurs minutes de destruction, David Allen parvient à s'installer sur scène et réussit à jouer pendant près d'une heure, au milieu d'un invraisemblable brouhaha et d'une foule compacte qui a envahi le plateau. Sa prestation se déroule sans trop d'encombre. Kevin Ayers lui succède sans problème. Mais, au beau milieu de la prestation, un curieux projectile part du balcon, survole la scène et va atterrir au parterre : un grand sandwich ! Plusieurs centaines de morceaux de pain sont ainsi précipités sur le public : après s'être longuement acharnés sur les fauteuils, les gars du FLJ viennent de s'emparer de la buvette : la salle est bientôt bombardée de bonbons, d'esquimaux, de cigarettes, de bouteilles de bière ou de Coca-Cola. Même les rouleaux de papier hygiénique finissent en serpentin. Sur un mur, ce slogan : « L'abondance enfin à notre portée. »

Pendant ce temps, Kevin Ayers et son groupe, The Whole World, tentent de jouer dans un indescriptible chahut. Entre deux morceaux, le chanteur britannique s'adresse à la foule : « Si tu veux la violence, tu es comme les flics. » Peu nombreux sont les spectateurs qui reçoivent le message. Quant au concert, il s'interrompt brutalement lorsque la police donne l'ordre de couper le courant. A la sortie, ce qui devait être un festival pop en plein Paris s'achève en émeute, avec gaz lacrymogène, charges de CRS et bris de vitrines. Deux militants de VLR figurent parmi les interpellés et attirent à ce titre l'attention de la police : Yves Hardy et Marc Touche.

La dérive trouve son épilogue le mardi 9 février 1971. Une manifestation de soutien aux prisonniers maoïstes doit se tenir coûte que coûte place Clichy (Paris 17e) à l'appel du Secours rouge, vers 18 heures. Le rassemblement a été interdit par la préfecture, mais les maoïstes de VLR et de la GP veulent l'épreuve de force, l'affrontement.

Richard Deshayes a donc pour consigne de chercher l'incident. Au coin de la rue Damrémont et de la rue Ordener, il rencontre son destin. Alors qu'il tente de relever une fille, étendue à terre, un policier épaule calmement son fusil lance-grenade et lui tire à bout portant dans le visage. Les éclats cisaillent son œil droit. Sonné, gravement blessé, Richard Deshayes s'écroule.

Immédiatement, d'autres membres des forces de l'ordre se

jettent sur lui et frappent à coups de botte le corps allongé. L'ont-ils reconnu ? Sert-il de bouc émissaire ? Ils tiennent leur vengeance. Par sa vitrine, un pharmacien a vu toute la scène. Il appelle Police-Secours. Mais aucun car ne se dérange. Il faudra attendre qu'une ambulance privée parvienne à se faufiler au cœur de l'émeute.

Le lendemain, cinq hommes en civil déboulent sans frapper dans la chambre d'hôpital du jeune homme. Ce sont des policiers, venus en quelque sorte « faire le ménage ». La grenade tirée sur Richard Deshayes n'était pas réglementaire. Il s'agit maintenant d'en faire disparaître les traces. Peine perdue. Les parents du jeune homme défiguré et éborgné ont eu le temps d'emporter les pièces à conviction.

Richard Deshayes ne se remettra jamais de cette grave blessure. Roland Castro s'en souvient comme d'une tragédie personnelle : « De cette histoire, je garde une culpabilité de chien », confie-t-il plus de vingt ans après [47].

Juste après l'affaire, VLR sort en affiche et en tract le portrait ensanglanté de Deshayes, tandis que son manifeste connaît une très large diffusion. Mais un ressort est brisé. Beaucoup à VLR ressentent de la honte. Cette page-affiche, qui est collée partout, suscite des interrogations, un malaise. Fallait-il vraiment « récupérer » le drame pour en faire un argument de propagande ?

Pour Richard Deshayes, le militantisme s'arrête ici. Il tombe amoureux d'une infirmière, et vit bientôt en communauté avec un petit groupe d'ouvriers. La plupart des militants de Vive la révolution n'osent pas reprendre contact avec lui.

Quelques mois plus tard, le fondateur du FLJ passe à la Commune et tombe sur Stéphane Courtois, qui ne le reconnaît pas tout de suite : l'homme qui se présente est rasé comme un bonze tibétain, défiguré, méconnaissable. Richard Deshayes n'aura plus aucune activité politique.

Un autre scandale, infiniment moins grave, perturbe l'existence chaotique de VLR. Le numéro 8 de *Tout* (du 1er février 1971), comporte un titre assez peu courant dans la presse prochinoise : « Je voudrais embrasser une fille sur le cul. » Quelques semaines plus tard, *Tout* numéro 12, en date du 23 avril, s'ouvre carrément sur un fessier orné d'un slogan : « Libre disposition de notre corps, y en a plein le cul !... »

Le dossier a été largement rédigé par Guy Hocquenghem. Cette fois-ci, les maoïstes en pleine révolution culturelle s'attaquent franchement à la sexualité et à ses tabous. Plusieurs femmes du MLF y prônent l'affranchissement de la tutelle masculine. Il y a aussi les homosexuels et les lesbiennes qui, pour la première fois en France, revendiquent fièrement leur sexualité différente. Un mineur de quinze ans raconte notamment ses troubles expériences : « Les spectateurs, dans le noir, ils se tapaient le western, l'autre, dans les chiottes, il essayait de se taper le gamin. Mais ça puait. Il l'avait coincé contre l'urinoir et il y avait la flotte qui mouillait le froc du petit... », et ainsi de suite...

Tout près, un titre choc : « Nous nous sommes fait enculer par des Arabes, nous en sommes fiers et nous recommencerons. » *Tout* évoque dans le même numéro l'existence d'un Front homosexuel d'action révolutionnaire qui vient justement de se créer à l'initiative de Guy Hocquenghem, et qui va bientôt publier son propre journal, le *Fléau social.* Le numéro 12 de *Tout* crée un véritable scandale. L'homosexualité est encore en France totalement taboue. S'en réclamer franchement en 1971 est presque inconcevable.

Une fois de plus, le maoïsme est le lieu où se cristallise un changement important dans la société française : c'est au sein de Vive la révolution qu'éclôt le mouvement de libération homosexuelle. Tout comme le féminisme, il est né en Amérique, du mouvement hippy et de la contestation radicale sur les campus californiens.

Il est donc incontestable que, en dépit de sa prétention à appliquer en France le modèle chinois, Vive la révolution a les yeux tournés vers les États-Unis et leur contre-culture.

La lecture de *Do it*, le livre de Jerry Rubin dans lequel le leader américain défend les thèses du mouvement yippy, joue un rôle important dans ce processus. En attendant, le scandaleux numéro de *Tout* provoque une violente réaction gouvernementale. Le journal est immédiatement saisi par la police. En tant que directeur de la publication, Jean-Paul Sartre est inculpé pour outrage aux bonnes mœurs. Une perquisition de sept heures a lieu à la librairie la Commune. Elle débouche sur une nouvelle inculpation : le lieu militant vend *Le Petit Livre rouge des écoliers et des lycéens,* qui défend l'accès des mineurs à une libre sexualité.

Même les autres organisations maoïstes condamnent VLR : située au 76, boulevard Saint-Michel (Paris 6e), la librairie Norman Béthune est proche du PCMLF-Humanité rouge. Outrée, elle refuse absolument de diffuser le numéro honni.

De tous les groupes maoïstes, Vive la révolution est celui qui va le plus loin dans la libération des mœurs, dans la remise en question de la vie quotidienne et dans la révision du dogme marxiste-léniniste. Les Chinois finissent eux aussi par s'en apercevoir. Il faut dire que Roland Castro est le premier à dégainer. Au tout début de l'année 1971, il se rend à l'ambassade de Chine. Motif : VLR critique la politique extérieure de Pékin. Mao Zedong soutient alors le régime dictatorial du Pakistan pour de très pragmatiques raisons géopolitiques. Pendant trois heures d'affilée, Roland Castro s'élève contre cette real-politik qui lui paraît incompatible avec l'esprit de la Révolution culturelle. Éternellement courtois, les diplomates se bornent à constater les divergences.

Quelques mois plus tard, en mai, trois membres de l'ambassade en costume et cravate débarquent à la Commune et font mine de feuilleter les livres en exposition.

La semaine suivante, Tiennot Grumbach et Stéphane Courtois – qui gèrent la librairie – sont carrément convoqués à l'ambassade. Le jour du rendez-vous, Stéphane Courtois poireaute sur le trottoir de l'avenue George-V. Que peut bien faire Tiennot Grumbach ? Ce dernier a préféré prudemment rester chez lui. Pour la première fois de sa vie, Stéphane Courtois met le pied en terre chinoise avec une pointe d'appréhension. Il est immédiatement soumis à un long interrogatoire d'identité. Date de naissance ? Profession des parents ? D'instinct, il ment.

Il est ensuite introduit devant un fonctionnaire de haut rang qui lui expose enfin les griefs des Chinois à l'égard de VLR : la librairie diffuse un bulletin rédigé par des dissidents de L'Humanité rouge basés à la faculté de Jussieu, qui se nomme *L'Humour rouge*. Le petit journal se veut satirique, et se moque notamment de Mao Zedong. Les Chinois ont en fait pris prétexte de *L'Humour rouge* pour marquer leur mécontentement. Sans se démonter, Stéphane Courtois leur explique que l'humour fait partie de la tradition révolutionnaire française. L'incident est clos. Quant aux relations avec Pékin, elles deviennent franchement inexistantes.

En réalité, les jours du plus libertaire de tous les groupes maoïstes sont maintenant comptés. La désorganisation atteint son point culminant au printemps 71 : le FLJ n'existe plus, les filles sont parties, les homosexuels s'organisent de leur côté. Quant aux militants ouvriers, aux établis, aux animateurs des Maisons du Peuple, ils prennent leur autonomie. Le projet de révolution collective a fait place aux révoltes individuelles. Il faut absolument redresser la barre pour ne pas couler définitivement. Rendez-vous est pris en juin 1971, pour tenter de réorganiser l'appareil.

Pendant les jours qui précèdent la décisive réunion, Roland Castro tente de rédiger son discours : une tentative de bilan de la stratégie de fusion des révoltes. A-t-il pris du LSD ? Pendant trois jours et trois nuits, il ne dort pas. Hébergé par Gérard Dahan, il rumine en douce la surprenante décision qui va cueillir à froid les quelque cent maos convoqués.

Le « congrès » se tient au centre protestant de l'impasse Nansouty (Paris 14e), tout près du parc Montsouris. Une salle moderne, en sous-sol, avec des bancs de bois.

Pendant deux heures, Roland Castro improvise un monologue incendiaire, poétique, onirique, et sidère son auditoire, pourtant rompu aux joutes verbales : « Le moment est venu de nous séparer », murmure-t-il, avant d'ajouter en un souffle lyrique : « Quand on se reverra, il y aura un mouvement philosophique de masse. » En attendant, « la fusion entre la politique et la vie ne s'est pas faite [48] ». Roland Castro vient d'autodissoudre Vive la révolution sans consulter personne. Cette décision brutale, venue d'en haut, provoque la surprise, la rancœur, puis la haine. Chacun se sent trahi par le « père ». Pourtant, l'organisation n'a déjà plus d'existence réelle. Certains partent vivre en communauté, d'autres s'investissent ailleurs. Sans chef, pas question de continuer. Tout se désagrège pendant l'été.

La Commune tiendra le coup jusqu'à l'automne 1973. Elle n'est plus alors qu'une librairie militante d'extrême gauche, comme il en existe beaucoup.

Ainsi se clôt en juin 1971 le plus inventif et le plus novateur de tous les groupes maoïstes, le creuset culturel qui a vu naître en France le féminisme et la cause homosexuelle : Vive la révolution.

LA CAUSE DU PEUPLE, OU L'EXPÉRIENCE DES LIMITES

Une « apocalypse mao » ?

Il est parfois des victoires au goût de cendres. L'émeute maoïste du mercredi 27 mai 1970 ne se solde-t-elle pas au final par un demi-échec militaire et par l'interdiction de la Gauche prolétarienne ?

Le véritable succès est alors médiatique. Grâce à l'appui récent de Jean-Paul Sartre et Simone de Beauvoir, grâce aussi à l'impact du pillage de Fauchon, les maos ne cessent plus d'occuper la devanture des kiosques. De marginale et extrémiste, leur cause est devenue nationale et presque populaire. Le petit groupe a réussi à peser sur la vie politique, à la perturber.

Dès le jeudi 28 mai, le Comité exécutif se réunit chez une « démocrate », 58, rue de Londres (Paris 8e), pour tirer le bilan d'une situation pour le moins contrastée.

Benny Lévy prend la parole : dissoute, la GP ? Au fond, c'est une bonne chose « [...] Marcellin nous a devancés, et nous lui devons sans doute l'économie d'une crise. S'il n'avait pas décidé de nous interdire, nous aurions été obligés de réexaminer nous-mêmes nos structures et notre itinéraire [49]. »

Alain Geismar approuve : « L'expérience d'hier montre que nous sommes de plus en plus un corps séparé du mouvement dont nous sommes issus et que nous animons. [...] Nous serons bientôt des vedettes du Tout-Paris, mais fermés sur nous-mêmes. Marcellin nous permet d'adopter une ligne de fuite [50]. »

Éternel spécialiste des questions militaires, Olivier Rolin surenchérit : « Notre ambition n'est pas de devenir la première bande armée de France, mais de préparer l'insurrection des usines [51]. »

Fidèles au spontanéisme qui les distingue de leurs rivaux du PCMLF et qui les rapproche au contraire de VLR, les dirigeants de la Gauche prolétarienne envisagent au fond la transformation de la petite organisation en une vaste fédération de fronts de lutte. Sachant que le futur parti révolutionnaire doit naître des luttes populaires, ils se proposent d'inventer une structure plus adaptée à ce volontaire éclatement.

A priori, les « gépistes » semblent proches des thèses de Vive la révolution. Il y a pourtant entre les deux groupes une différence fondamentale : la fédéralisation de VLR se traduit par une remise en cause de la vie quotidienne qui l'amène notamment à soutenir la cause des femmes ou des homosexuels. A la GP, rien de tel : éclatement, fédéralisation des luttes, oui, mais on reste sur un plan strictement politique. Il n'y a pas, comme à VLR, glissement vers le culturel, même si la cause féministe est défendue par de nombreuses militantes. La Gauche prolétarienne ne tente en aucune façon de remettre en question la vie quotidienne : elle ne s'intéresse ni aux communautés rurales, ni à la presse « underground », ni à l'homosexualité, ni au renouveau du rock. Ce qui la mobilise, ce sont encore et toujours les conflits sociaux et politiques, les fractures de classes.

Revenant en 1972 sur la décision de ne pas reformer la GP après la dissolution de 70, *Pierre Victor*-Benny Lévy résume parfaitement l'état d'esprit des maos : « De fait, la GP avait fait son temps ; il fallait la dissoudre et faire quelque chose de plus adapté à la situation. [...] On dit : il faut réajuster notre travail. En gros, cela veut dire : il faut que, maintenant, les militants qui étaient groupés dans la GP, qui, à partir d'elle, avaient promu un certain style d'action et de travail, se dispersent dans les différentes couches contestataires et aident chacune de ces couches à se doter d'organisations représentatives autonomes. Le principe de ce réajustement est de créer des organisations de masse, dans la jeunesse, dans les usines, chez les petits commerçants, chez les petits paysans ; des organisations de masse, autonomes, qui systématisent leur expérience propre [52]. »

Le nom de « Gauche prolétarienne » va donc complètement disparaître. Les « gépistes » se feront maintenant connaître sous le nom de leur journal, *La Cause du peuple*, ou tout simplement sous l'elliptique signature : « les maos ».

Concrètement, le Comité exécutif décide de mener trois offensives simultanées :

Première offensive : l'action dans les entreprises sera maintenue et même développée. Priorité est toujours donnée à l'établissement.

Deuxième offensive : en direction de l'opinion. Il ne faut pas relâcher la pression sur les « démocrates » qui sont de plus en plus nombreux à rallier les maoïstes : sur proposition d'Alain Geismar, on décide de donner chair à un large Secours rouge qui doit, entre autres, venir en aide aux militants incarcérés.

Troisième offensive : sur le terrain militaire. La branche armée doit être développée et renforcée. A côté du mouvement public doit se créer une structure clandestine autonome, chargée de préparer la guerre populaire.

Quant à Alain Geismar, le plus célèbre des maos de par son passé de leader de 68, il est promu porte-voix officiel de la nouvelle Cause du peuple.

La révolution peut commencer...

L'ennui, c'est que Raymond Marcellin ne l'entend pas de cette oreille. Persuadé que le maoïsme représente un danger pour la France, il veut à tout prix empêcher la reconstitution de la ligue dissoute.

Dès le 30 mai, un mandat d'arrêt est lancé contre Geismar. A l'instar des autres membres du CE, il n'a d'autre solution que de se cacher dans l'appartement du 58, rue de Londres.

Mais, pour la police, il est devenu la cible numéro un : en tant que porte-parole des maoïstes, il est le symbole même de l'autorité bafouée. Encore faut-il le dénicher.

Les Renseignements généraux possèdent sur ce point un atout maître : ils ont réussi à infiltrer au sein de la GP une taupe d'un genre particulier. Il s'agit d'un ouvrier, syndicaliste de gauche, qui est suspecté de détournements de fonds. Les hommes du commissaire Jacques Harstrich n'ont guère de mal à le convaincre de travailler pour eux. S'il collabore, la faute d'hier sera « oubliée ». Sur ordre des RG, l'homme adhère à la Gauche prolétarienne en 1969. C'est un vrai, un authentique ouvrier de cinquante ans égaré au milieu des normaliens, des fils de bonne famille. Ce statut particulier lui vaut une carrière fulgurante. Au bout de quelques mois, Benny Lévy le fait entrer au saint des saints, le Comité exécutif. Comme le souligne avec humour Harstrich : « On ne pouvait souhaiter meilleur indicateur : l'homme correspondait parfaitement à “ l'ouvrier modèle ” des gauchistes. [...] Ironie du sort : le seul informateur des RG dans la hiérarchie des maos est un de leurs rares prolétaires [53] ! »

L'identité de cette taupe est aujourd'hui connue de la totalité des anciens leaders de la GP. Néanmoins, l'objet de ce travail n'est ni de remuer le couteau dans la plaie, ni de désigner un quelconque bouc émissaire. C'est pourquoi j'ai pris la décision de ne pas révéler ici son identité, bien que je la connaisse avec certitude. J'ajouterai pour être précis que de nombreux services de renseignements s'intéressent alors aux maos. Il n'est donc pas du tout improbable que d'autres taupes, plus discrètes, aient été infiltrées.

Revenons en juin 1970. Les agents des RG prennent rendez-vous avec X dans une boîte de nuit située tout près du rond-point des Champs-Élysées (Paris 8e). Désireux de bien traiter ses hôtes policiers, le patron leur offre foie gras et champagne. C'est donc en tartinant ses toasts que X révèle l'existence d'un luxueux duplex situé rue de Londres, qui pourrait bien servir de planque au porte-parole mao.

Que faire ? Rien ne prouve que Geismar se cache vraiment dans l'appartement. Après quelques hésitations, Jacques Harstrich et ses hommes décident d'intervenir le 25 juin 1970 à 19 h 30. Le duplex est un ancien atelier de peintre. Des baies vitrées permettent d'accéder au toit de l'immeuble voisin, sur lequel deux inspecteurs, Christian Bracco et Bernard Mariel, ont pris position. Trois autres policiers surveillent l'entrée de l'immeuble : Gilbert Falcini, Jean-Pierre Moreau et Claude Pichereau. Quant à l'officier principal Jean Mouillefarine, il dirige une escouade d'hommes en civil qui se sont égaillés dans la rue de Londres. Tout est prêt. Le commando d'attaque est constitué de trois hommes : Jacques Harstrich, Henri Blaise et Valentin Jouaire. Harstrich sonne. C'est la maîtresse de maison elle-même qui ouvre. En une seconde, elle comprend la situation et se mure dans le silence. Les policiers n'ont même pas besoin de décliner leur identité. Au rez-de-chaussée, il n'y a personne. Rien qu'une femme de chambre effrayée. Les fonctionnaires montent à l'étage. Dans le fond de la pièce : des caisses de livres, un piano à queue et un grand tapis roulé. Soudain, un phénomène troublant : le tapis roulé bouge. Croyant échapper à la sagacité des inspecteurs, Alain Geismar n'a rien trouvé de mieux que de se cacher dans un tapis ! Jacques Harstrich lui lance : « Allons, monsieur Geismar, nous n'allons pas jouer à cache-cache ! »

Pâle comme un mort, le dirigeant de la GP sort du tapis. Il ignore à quel service il a affaire. Et, pendant quelques secondes, il s'est dit que des barbouzes étaient peut-être venus l'exécuter sommairement. Menotté, Geismar est conduit à la préfecture, où il est reçu par le commissaire Poiblanc. Un inspecteur lui glisse alors avec un sourire : « Tu as été donné. » A l'époque, il n'en croit pas un mot.

Avec l'incarcération d'Alain Geismar à la Santé, l'ex-GP vient de perdre son porte-parole, son emblème. Le coup est rude. Pour contre-attaquer, il est urgent de recréer très vite un front des « démocrates » qui pourront servir de bouclier à l'organisation.

A partir du printemps 1970, et jusqu'à sa disparition effective à l'automne 73, le courant ex-« gépiste » avancera au milieu d'une véritable escorte de stars. Sa création la plus spectaculaire est, à la veille de l'été, celle du Secours rouge, qui voit le jour le 11 juin 1970.

Le postulat en est simple : il s'agit de créer un front uni sans exclusive pour venir en aide aux victimes de la répression. Comme l'explique le Manifeste du Secours rouge, « le Secours rouge sera une association démocratique légalement déclarée, indépendante de toute organisation et ouverte à tous ».

Bien que créé à la seule initiative des maos, le Secours rouge voit affluer des militants, des cadres de toutes les organisations d'extrême gauche, qui vont souvent magouiller en sous-main pour s'emparer de tel ou tel comité local. La composition de son premier « comité d'initiative nationale » reflète ce souci d'œcuménisme : on y trouve de nombreux chrétiens (le révérend père Jean Cardonnel, le pasteur Casalis, l'abbé Robert Davezies, Georges Montaron), d'anciens résistants (Charles Tillon, Vercors, Roger Pannequin, Jean Chaintron, Eugénie Camphin, Yvonne Halbwachs-Basch...), ainsi que des personnalités de gauche (Claude Angeli, Marcel-Francis Kahn, Bernard Lambert, Henri Leclerc, et, bien entendu, Jean-Paul Sartre).

Officiellement, le représentant de l'ex-GP auprès du Secours rouge est Philippe Barret. Mais, en réalité, ce sont Serge July et Benny Lévy qui tentent de contrôler le nouveau groupe depuis la coulisse.

Beaucoup de militants maoïstes « durs », aguerris à la joute ou établis en usine, commencent à grogner devant l'irruption des intellos et des comédiens. Ils s'en ouvrent à Benny Lévy lors d'une réunion du Comité national (instance dirigeante large qui regroupe soixante-dix cadres) à Choisy-le-Roi. Le chef leur cloue le bec en expliquant que l'organisation a besoin d'un paravent de protection. Tel est donc l'usage avoué du Secours rouge : enrober une organisation de plus en plus secrète [54]. Au passage, les consignes de prudence sont réitérées. Chaque membre du Comité national doit apprendre par cœur un numéro de téléphone de secours, une sorte de « ligne rouge » à n'utiliser qu'en cas de coup dur.

L'objectif prioritaire est en tout cas de préparer l'été chaud. Car un éphémère Mouvement du 27 mai (c'est la date de l'interdiction de la GP) veut porter la révolution sur les plages pour rappeler aux riches estivants le nouveau slogan mao : « Alain Geismar est partout !... » en fait d'été chaud, quelques commandos supervisés par Antoine de Gaudemar et Frédéric Joignot parviennent à réaliser des opérations spectaculaires, bien répercutées par la presse : des rats morts sont lancés à travers les vitres de l'hôtel Negresco, à Nice, tandis que des kilos de merde atterrissent sur les tapis de l'hôtel Plaza-Athénée de Paris. D'autres palaces reçoivent leur lot de cocktails Molotov, et quelques propriétés privées sont attaquées.

L'été chaud est donc plutôt tiède.

A la rentrée, se pose à nouveau le lancinant problème de la répression et des nombreux emprisonnés « gépistes ». Un point important doit ici être précisé : beaucoup de militants arrêtés dans la foulée du 27 mai ont été discrètement libérés au début du mois d'août. Le gouvernement fait preuve d'une relative mansuétude, qui permet à un certain nombre de dirigeants de reprendre imperturbablement leurs actions révolutionnaires.

Dès le 1er septembre, les maoïstes incarcérés lancent de façon coordonnée une grève de la faim qui dure vingt-cinq jours et se solde par une certaine amélioration des conditions de détention.

A l'extérieur, Serge July se démène comme un beau diable pour obtenir un maximum de couverture presse. Il réussit un coup de maître le jeudi 24 septembre 1970. Ce soir-là, dix mille jeunes sont rassemblés au Palais des Sports de la porte de Versailles pour écouter les Rolling Stones. Par l'intermédiaire d'un disc-jockey, Serge July a pu rencontrer Mick Jagger le matin même à l'hôtel Crillon, place de la Concorde (Paris 8e). De sorte qu'en plein milieu du concert le groupe s'arrête un instant. Les lumières s'éteignent et Serge July monte sur scène. Passablement ému, il lance au micro :

« Les Stones m'ont demandé de prendre la parole ce soir. Pendant que je vous parle, pendant que les Stones vont chanter, une centaine de prisonniers politiques sont en taule. [...] Si aujourd'hui ils sont en taule, c'est parce qu'ils se sont battus contre les flics, qui croient pouvoir continuer longtemps, impunément, les tabassages dans les commissariats, contre leurs sales gueules qui nous font chier à chaque coin de rue, à la sortie du lycée, de l'usine, de la fac, du bal. S'ils sont en taule, c'est parce qu'ils n'ont pas peur de dire que lorsqu'on reçoit un coup de matraque sur la gueule, il faut bousiller le mec qui vous l'a envoyé, que lorsqu'on en a marre d'être emmerdé par un chef à l'usine, on a raison de lui casser la gueule ; que lorsqu'on en a marre, on a raison de se battre, de se révolter. [...] Avec eux, battons-nous. Liberté pour le peuple [55] ! »

Serge July recueille une véritable ovation. Quant à l'ex-Gauche prolétarienne, elle peut se vanter de compter auprès d'elle un nouveau « démocrate » : le chanteur des Rolling Stones.

De tous les prisonniers maoïstes, le plus médiatisé est sans conteste Alain Geismar. Benny Lévy n'a pas renoncé à son projet initial : Geismar doit devenir le symbole vivant de l'ex-GP. Partout en France, les murs se couvrent de slogans bombés à la peinture : « Geismar-*Arafat* même combat », « Alain Geismar est partout », « Alain Geismar nous montre le chemin de l'honneur », etc.

Depuis sa cellule de la Santé, l'ancien leader de Mai 68 commence à se sentir manipulé. Il n'a pas tellement envie de jouer les vedettes et ce statut de martyr officiel l'énerve de plus en plus. Il s'en ouvre à son avocat, Henri Leclerc. Quelques jours plus tard, ce dernier lui apporte la réponse laconique de Serge July : « Fous-nous la paix. Le peuple est stalinien. Il a besoin de martyrs [56]. »

Le procès d'Alain Geismar a lieu le 20 octobre 1970. Pour l'occasion, les maoïstes frappent un gigantesque coup médiatique. Tandis qu'au Palais de Justice le prévenu lit une interminable déclaration politique, Jean-Paul Sartre prend la parole place Bir-Hakeim, à Boulogne-Billancourt, devant quelques travailleurs de la régie Renault, un rien ébahis. Toute la presse, française et étrangère, s'est mobilisée pour entendre le prix Nobel [57].

Au même moment, dans Paris, des commandos harcèlent la police. Trois cent soixante-quinze personnes seront interpellées.

Quant à Geismar, il écope finalement de dix-huit mois de prison ferme.

Les maos de l'ex-Gauche prolétarienne ont réalisé leur objectif : depuis le printemps, ils ne cessent de faire l'actualité. Leur image publique de « Robin des bois » s'en est trouvée renforcée. N'ont-ils pas clamé tout l'été que les plages devaient être ouvertes aux pauvres et fermées aux riches ? Ce discours démagogique rencontre un écho grandissant. Il est renforcé par la répression – qui forge les martyrs. Au sein du groupe mao, une seule victime politique sera à déplorer : accusé par ses camarades d'avoir eu la tête tournée par la fréquentation des stars, Serge July est exclu du Comité exécutif et renvoyé à la base : il s'installe à Douai de novembre 1971 à décembre 1972, date de son retour en grâce.

Tandis que les vedettes se mobilisent, que les journalistes frétillent et que les militants du Secours rouge se décarcassent, l'armée clandestine prépare ses premières opérations.

L'appellation « Nouvelle résistance populaire » est apparue dès septembre 1969, après que Benny Lévy eut lancé la ligne de résistance. Mais c'est seulement après la dissolution de mai 70 que se met en place une véritable « organisation partisane secrète », une structure clandestine, parallèle à la structure légale. Son objectif avoué ? Lancer la guerre révolutionnaire, préparer l'insurrection. Son chef est membre du Comité exécutif : il s'agit d'Olivier Rolin. Il est efficacement secondé par Maurice Brover, cheville ouvrière ou plutôt militaire de la NRP, ainsi que par Jean-Claude Zancarini.

Il est moralement délicat d'identifier publiquement les membres de ce groupe armé pour plusieurs raisons : beaucoup, par honte, modestie ou prudence, refusent que leur nom soit cité. D'autres précisent que certaines affaires ne sont pas encore prescrites. Certains craignent enfin d'éventuelles vengeances de la part d'amis de leurs victimes. Difficile, dans ces conditions, d'effectuer sur la Nouvelle résistance populaire un travail exhaustif.

Au départ, la petite cellule secrète ne compte guère plus de dix « militaires » qui vont s'entraîner au maniement des armes et des explosifs. Surnommé *Antoine* ou *le Maréchal*, Olivier Rolin a pour souci principal d'éviter tout dérapage : il s'agit avant tout de maîtriser la violence pour que l'action garde un caractère symbolique et entraîneur.

Rolin a souvent déclaré que la NRP était moralement ennemie du meurtre et n'a jamais agi qu'avec des armes non chargées. Maurice Brover affirme cependant qu'un seul homme était généralement armé de balles réelles [58]. Qui a raison, Rolin ou Brover ? Il nous est aujourd'hui matériellement impossible de trancher. Absence de cartouches ou non-dissémination, il s'agit, quoi qu'il en soit, d'empêcher toute bavure et de garantir à la frappe un caractère « chirurgical ».

La NRP fonctionne en parfaite autarcie. Dans un appartement situé près de la porte de la Villette, une militante dont le pseudonyme est *Emma* se spécialise dans la fabrication de faux papiers. Situé dans le 13e arrondissement de Paris, un autre appartement sert de station d'écoute radio : un militant y capte en permanence les fréquences de la police. Équipé d'un matériel coûteux, sophistiqué pour l'époque, le groupe tentera même d'émettre des messages pirates : un véritable fiasco.

Pour les déplacements, la méthode est simple : on vole des voitures ou des fourgonnettes. Louées avec de faux papiers, elles ne sont tout simplement jamais rendues.

Quant au financement, il vient largement, entre autres, des dons de généreux mécènes, parmi lesquels un certain nombre de producteurs de cinéma.

La toute première action effective de l'armée secrète est menée le 26 novembre 1970. Ce n'est pas vraiment un succès. Le député gaulliste Michel de Grailly est le président de la société d'économie mixte qui a géré la construction des inutiles abattoirs de la Villette : un scandale financier du régime de Georges Pompidou. Pour dénoncer la corruption et montrer qu'il y a deux poids, deux mesures entre Geismar le condamné et Grailly, l'homme libre, le Comité exécutif a décidé une audacieuse opération, dont se charge la NRP.

Le jour dit, Olivier Rolin et ses amis préparent soigneusement leur intervention. Comme des acteurs, ils se déguisent en « bourgeois » du 16e arrondissement. Leurs magnifiques costumes blancs ont été achetés d'occasion aux puces de Clignancourt. Ils se maquillent à outrance, avec perruques et fausses moustaches. Les voici enfin prêts.

Le commando planque dans une estafette garée rue Eugène-Labiche (Paris 16e), tout près du domicile du député UDR. Après plusieurs heures d'attente, toujours rien. Soudain, la 504 Peugeot de la cible s'engouffre dans la rue. Sans méfiance, le député sort tranquillement de sa voiture et tombe sur trois militants armés, dont Olivier Rolin. Interloqué, il se laisse entraîner dans la fourgonnette qui démarre en trombe. Les trois maos se jettent sur lui et tentent de l'immobiliser. Mais l'homme se défend. Un des militants sort de sa poche une seringue qui contient un puissant sédatif. L'ennui, c'est que de Grailly se débat comme un fou. La bagarre tourne à l'aigre. Les partisans le frappent à coups de crosse pour le calmer.

L'autre subit alors l'injection sans protester. Il est ensuite enfermé dans une grande malle de déménagement. Selon le plan initial, la malle doit être transférée dans un véhicule-relais avant d'être abandonnée du côté de la porte de Versailles. Le délicat déménagement doit avoir lieu dans un parking souterrain. C'est là que l'opération échoue. La dose de sédatif était trop faible. Dans sa malle, Michel de Grailly donne de violents coups de pied. Soudain, une voiture, qui vient inopinément se garer à quelques mètres. Impossible, dans ces conditions, d'effectuer un transfert discret. Olivier Rolin donne immédiatement l'ordre du repli, alors même que le député commence déjà à défoncer la malle en bois qui l'emprisonne. Les membres de la NRP s'enfuient en courant par la rampe d'accès du parking. Le soir même, Rolin franchit la frontière belge. Un communiqué de victoire revendique l' « arrestation » du député, au nom de la Nouvelle résistance populaire [59].

Pendant ce temps, l'action à ciel ouvert continue. A dire vrai, la cavalcade a repris avec une force accrue. Les militants de la Cause du peuple interviennent maintenant sous un grand nombre de noms éphémères : Milices ouvrières multinationales, Groupes ouvriers antiflics, Groupes ouvriers de riposte, Comités de lutte d'ateliers, Mouvement de la jeunesse, et tant d'autres. Chaque conflit social, chaque événement de politique internationale, chaque fait divers fait l'objet d'une action, aussi médiatique qu'efficace. Avec un sens évident de la formule choc et une indéniable créativité. Lors d'un conflit de mai 1971, les maos inventent la « douane ouvrière » à la porte des usines et contrôlent les mallettes des cadres et dirigeants. Le lundi 21 juin 1971, *La Cause du peuple-J'accuse* numéro 5 se définit comme un nouveau « cahier de doléances » du peuple. Quant aux commerçants en lutte contre le fisc, ils sont maintenant nommés les « jacquou du petit commerce ».

Un des terrains de prédilection du maoïsme est alors la presse. Ainsi qu'on l'a vu dans les pages consacrées à Jean-Paul Sartre, les « gépistes » rêvent de créer en France un vrai, un authentique journal populaire, qui serait un reflet objectif de la montée de la colère du peuple. Dès l'été 1970, la direction de l'ex-Gauche prolétarienne envisage la création d'un hebdomadaire à grand tirage largement rédigé par les « démocrates », *J'accuse* : Serge July est chargé de mettre le projet sur pied. Mais les fonds manquent. Rapidement, les discussions s'enlisent. Un numéro zéro paraît pourtant le 1er novembre 1970 : *J'accuse* porte en titre : « Le temps des procès. » Le journal sert de lieu d'expression à de nombreux artistes, journalistes et intellectuels : Alexandre Astruc, Gérard Fromanger, Jean-Paul Sartre, Jean-Luc Godard, Marin Karmitz, Michèle Manceaux, Catherine Humblot, Katia Kaupp, Mariella Righini, Agnès Varda...

Bien qu'officiellement indépendant des maos, qui continuent à publier *La Cause du peuple* en dépit des saisies et interdictions, *J'accuse* est en réalité dirigé par Robert Linhart, avec l'aide d'André Glucksmann qui, sans être coopté au Comité exécutif, remplace Serge July dans son rôle de grand communicateur auprès des « démocrates ».

Un autre journal sert provisoirement de caisse de résonance. Largement financé par Sylvina Boissonnas, *L'Idiot international* a vu le jour en décembre 1969. Son fondateur, Jean-Edern Hallier, est un « ex » de *Tel Quel* et un ancien rédacteur du journal *Action* (en mai 68). Très vite, Hallier se laisse séduire par la pensée maoïste, au point d'ouvrir ses colonnes aux militants de VLR et de la GP. Lorsque la répression se déclenche en mai 70, *L'Idiot international* devient tout naturellement un pôle de rassemblement des « démocrates » : Benny Lévy, Serge July et Gilbert Castro participent maintenant aux réunions de rédaction, tandis que Jean Genet, Gilbert Mury, Daniel Guérin, Pierre Klossowski ou Jean-Paul Sartre s'expriment dans ses colonnes. Mais Jean-Edern Hallier n'est pas un personnage aisément manipulable. Il entend rester seul maître à bord de son cher journal et rejette toute tentative de noyautage. Le personnage affectionne en outre les démonstrations théâtrales. Dans le sous-sol de *L'Idiot*, 2, rue de Vauvilliers (Paris 1er), il organise parfois des séances d'entraînement militaire « à la palestinienne ». Rien de bien sérieux. Lors de la visite d'un journaliste américain, Hallier n'en peut plus d'exhiber un fusil M-16 et le brandit glorieusement dans son bureau. Cette fois-ci, c'en est trop. Membre de la GP, Christian Jambet s'empare rageusement de l'arme et lâche une rafale à travers la porte. Le journaliste américain prend ses jambes à son cou. Pour faire oublier cet épisode grotesque, Hallier offre à ses collaborateurs... des costumes maos.

A partir de septembre 1970, Simone de Beauvoir accepte de devenir directrice du journal, qui commence lui aussi à subir les foudres de Raymond Marcellin. Mais elle n'apprécie guère la personnalité fantasque de Jean-Edern Hallier. Prenant prétexte d'un article qu'elle désapprouve, elle se retire en mars 1971. Quant à *L'Idiot*, il s'arrêtera en décembre, avec une ardoise de quinze millions de centimes.

A cette époque, les maoïstes ont déjà déserté le périodique de Jean-Edern Hallier. Dès la fin 1970, ils s'investissent pleinement dans *J'accuse*. Pourtant, le titre populaire ne fait pas l'unanimité. Il pompe beaucoup d'argent et provoque un certain désintérêt pour *La Cause du peuple* qui continue vaille que vaille à sortir. Pire : Benny Lévy commence à s'inquiéter du retour en force de Robert Linhart. L'ancien chef de l'UJC (ML), qui avait connu de graves troubles psychiques, jouit d'une grande popularité parmi les « démocrates » de la rédaction. *J'accuse* pourrait très bien lui servir de tremplin.

Benny Lévy trouve bientôt une parade : *La Cause du peuple* et *J'accuse* n'ont qu'à fusionner. Mais l'équipe de *J'accuse* n'est pas du tout d'accord. Robert Linhart et André Glucksmann veulent maintenir leur relative autonomie. En pure perte. Nul ne résiste à la volonté de fer de Benny Lévy.

Dès le 24 mai 1971, les deux titres sont unifiés, les deux comités de rédaction fusionnés. Le nouveau journal se nomme tout simplement *La Cause du peuple-J'accuse*. Seul Guy Lardreau ne supporte pas l'abandon de l'historique *Cause du peuple* et quitte l'organisation.

Quant à *La Cause du peuple-J'accuse*, elle s'écarte ouvertement du défunt *J'accuse*. Plus question de donner la parole aux « démocrates » ou de fayoter les intellectuels. La nouvelle ligne est sans appel : l'essentiel des articles doit maintenant provenir des correspondants régionaux. Michèle Manceaux, Marin Karmitz, Jean-Luc Godard, Agnès Varda ou Alexandre Astruc se retrouvent rapidement sur la touche. Certains d'entre eux vivent cette période comme une nécessaire mortification. Pourquoi l'artiste serait-il mieux traité que l'ouvrier ? Jean-Luc Godard pousse le zèle jusqu'à nettoyer lui-même les bureaux et se promène maintenant avec une serpillière et un balai. Il faut dire que *La Cause du peuple* possède un local central « à ciel ouvert », 4, passage Dieu (Paris 20e).

La crise éclate au bout de deux mois. Un stage de la rédaction se tient en juillet 1971. Benny Lévy en profite pour régler ses comptes. Trois militants sont sur la sellette : Robert Linhart,

André Glucksmann et Jean-Pierre Le Dantec. Après les avoir copieusement tancés, Lévy exige de chacun d'eux une autocritique publique. Et de se tourner vers Le Dantec : « Commence, Jean-Pierre. » Mais Benny Lévy est peut-être allé trop loin. Un vent de révolte inédit commence à souffler sur le stage. Aucun des trois accusés n'acceptera de faire son autocritique. L'autorité du chef est bafouée.

A la même époque, le courant maoïste se donne un outil particulièrement utile : en juin 1971 naît une véritable agence de presse gauchiste qui va tenter de concurrencer la puissante Agence France Presse : l'Agence de presse Libération. L'idée a été lancée quelques mois auparavant par Jean-Luc Godard. Jean-Claude Vernier est le maître d'œuvre du projet. Son détonateur : l'affaire Jaubert. Le samedi 29 mai 1971, le journaliste du *Nouvel Observateur*, Alain Jaubert, sort d'un restaurant de la place Clichy, à l'instant même où la police charge une manifestation du Secours rouge en soutien à des nationalistes antillais. Désirant porter secours à un homme ensanglanté, il prend place à ses côtés dans le car de Police-Secours qui l'emmène à l'hôpital Lariboisière.

Pendant tout le trajet, Jaubert est copieusement passé à tabac. Une bavure de plus. La France de Georges Pompidou n'est alors tendre ni avec la jeunesse, ni avec les journalistes. L'APL naît dans le contexte électrique de l'affaire Jaubert. Son directeur officiel est bien évidemment un « démocrate » : Maurice Clavel. Le premier siège de l'APL s'installe provisoirement dans l'appartement de Jean-Claude Vernier, rue Guénégaud (Paris 6e).

Tandis qu'éclate la crise interne liée à la montée en puissance des « démocrates » au sein du mouvement mao, la NRP multiplie commandos et attentats, avec une remarquable efficacité. Après avoir symboliquement attaqué la prison de la Santé en janvier 71, elle a fait sauter les locaux du journal d'extrême droite *Minute* dans la nuit du 13 au 14 mai.

C'est pourtant une action totalement pacifique qui va mieux faire connaître la mystérieuse armée secrète. Sur une idée de Maurice Clavel, les maos décident en toute simplicité de déposer une gerbe au mont Valérien le 18 juin 1971.

Jouant de son carnet d'adresses, l'écrivain chrétien réussira un coup fumant, une réunion émouvante et symbolique. Les membres de la NRP organisent une cérémonie à laquelle participent d'anciens, d'authentiques résistants, tels Jacques Debu-Bridel, gaulliste de gauche, ancien membre du Conseil national de la Résistance, Jean Cassou, Compagnon de la Libération, ou encore le professeur Vladimir Jankélévitch. Tous sont figés au garde-à-vous sous une pluie fine et pénétrante. A leurs côtés, Jean-Pierre Le Dantec. Réunis pour la seule et unique fois, nouveaux et anciens partisans déposent gravement une gerbe : « Aux victimes du fascisme, ancien et nouveau. » Une heure plus tard débute la commémoration officielle du 18 Juin, en présence des plus hauts représentants de l'État.

La lutte maoïste est bien entendu sans commune mesure avec celle que les résistants menèrent contre l'occupant nazi. Mais il lui arrive parfois de voir couler le sang.

En juillet 1971, les troupes du roi Hussein de Jordanie lancent à Amman une ultime offensive contre les militants palestiniens, déjà largement décimés en septembre 1970.

Éternels supporters de la cause palestinienne, les maos décident d'intervenir. Le 23 juillet, à 18 h 30, un commando attaque l'ambassade de Jordanie, boulevard Maurice-Barrès, à Neuilly.

Grâce à un madrier, les militants enfoncent le portail et jettent sur le bâtiment des cocktails Molotov qui provoquent un début d'incendie. Juste avant de se replier, ils ont le temps d'accrocher à la façade un drapeau palestinien. Normalien, cofondateur de l'UJC (ML) et ouvrier chez Renault, Christian Riss a participé à l'assaut. Il se rend maintenant au métro Porte-Maillot pour un repli discret. Soudain, un petit groupe de manifestants poursuivis par la police passe tout près de lui. Obéissant aux consignes de sécurité, le militant observe la scène comme un quelconque badaud.

Mais deux policiers l'ont peut-être repéré. Ils se jettent sur lui. Le premier le ceinture, tandis que le deuxième, dans un excès de panique, lui braque son arme de service sur la poitrine... et tire. Christian Riss s'écroule. Au bout d'une demi-heure, il est évacué par Police-Secours et transporté à l'Hôtel-Dieu. Par miracle, le maoïste n'est que grièvement blessé. Il sera quand même transféré directement de son lit d'hôpital à l'infirmerie de la prison de Fleury-Mérogis. Maurice Clavel, Jean-Marie Domenach, Michel Foucault et les autres se mobilisent immédiatement. Christian Riss obtiendra finalement la liberté provisoire. Quant au policier qui a tiré, il sera bientôt mis hors de cause. Ironie du destin : Christian Riss se tuera accidentellement en montagne dix ans, jour pour jour, après le 23 juillet 1971.

Richard Deshayes, Alain Jaubert, Gilles Guyot, Christian Riss... Nombreuses sont les victimes d'une police qui jouit généralement d'une totale impunité.

Au sein de la Cause du peuple, on finit par s'interroger. Cette escalade de la répression a-t-elle une signification ? Le gouvernement n'est-il pas en train de franchir une étape significative dans le processus de fascisation ? Et bientôt : faut-il entrer dans la clandestinité ? Jacques-Alain Miller et Jean-Claude Milner sont persuadés que certaines instances de l'État sont tentées par le fascisme. Ils rédigent une brochure, *Z en France*, au contenu si franchement unilatéral que la direction décide de la pilonner avant qu'elle ne soit diffusée. Un soir de panique, les maos vont même fébrilement devenir clandestins pendant quelques heures, jusqu'au contrordre. Nous sommes en plein été 1971.

Pour les résistants, juillet-août sont des mois d'intense préparation. La NRP a décidé d'enlever le P-DG de Framatome, le général en retraite Buchalais. Il s'agit de soutenir la lutte des ouvriers de Babcock-Atlantique, en lutte contre la direction de Creusot-Loire, dont elle dépend. Jour après jour, les maos planquent devant l'immeuble du général, boulevard de Montmorency (Paris 16e), tout près de la porte de Passy. L'opération est d'une grande complexité : la voiture de la cible doit être encadrée par deux autres véhicules, d'où jailliront les partisans. Soucieux de ne rien laisser au hasard, les militants vont jusqu'à répéter l'enlèvement dans une propriété de Normandie. Tout va pourtant capoter pour une raison simple : jamais la voiture de la cible n'apparaîtra boulevard de Montmorency. Le général a-t-il été prévenu, ou bien est-il tout bêtement en vacances ? Quand les grévistes reprennent le travail à Babcock, Olivier Rolin annule l'opération. Le général Buchalais l'a échappé belle.

Mais le combat militaire continue : pour venger symboliquement Christian Riss et pour adresser un avertissement tout à fait concret au gouvernement, un commando de trois personnes attaque le mercredi 29 septembre à 18 h 30 un agent de police qui règle la circulation au carrefour Ledru-Rollin (Paris 12e). Les militants neutralisent le gardien de la paix, lui passent les menottes et s'emparent de son arme de service, qu'ils remplacent par un pistolet d'enfant auquel est accroché une petite pancarte : « Avec cette arme-là, on pense que la sécurité du public sera mieux assurée qu'avec une arme pouvant tuer. » La prise d'arme est revendiquée par la Milice ouvrière multinationale. Un simple prête-nom de la NRP.

Pendant l'automne 71, la Nouvelle résistance renforce nettement sa logistique en se dotant d'un nouvel appartement destiné à capter les ondes de la police. Situé au 30, rue Félicien-David (Paris 16e), le local devient vite en jargon partisan la « maison de la radio ». Parallèlement, plusieurs boutiques sont dévalisées : il s'agit d'avoir en permanence une garde-robe de beaux vêtements pour ne pas se faire remarquer.

Lorsque le groupe De Wendel-Sidelor annonce le licenciement de douze mille employés, le Comité exécutif de l'ex-GP ordonne à la NRP d'enlever l'héritier de la dynastie, Henri de Wendel. Le rapt doit avoir lieu au tout début de l'année 1972.

Cette fois-ci, les militants révolutionnaires disposent d'une source de première main. Le beau-fils d'Henri de Wendel,

Charles-Henri de Choiseul-Praslin, milite à la Gauche prolétarienne. Bien qu'héritier d'une des premières familles de France, il est ouvrier à la Régie Renault. Il renseigne volontiers les partisans sur les habitudes de la victime. Henri de Wendel loge place de Colombie (Paris 16e), dans un magnifique immeuble où habite également Marcel Dassault.

Mais ce qu'ignorent les compagnons d'Olivier Rolin, c'est que la police est dès le départ au courant du projet d'enlèvement. La fameuse taupe du Comité exécutif a-t-elle encore frappé ? Un militant récemment arrêté était-il porteur d'un indice, tombé entre les mains de la police ? Quoi qu'il en soit, les apprentis-kidnappeurs vont tomber dans une souricière.

Tout a été soigneusement minuté, répété, réglé. Rolin et ses amis occupent une Mercedes, garée dans le parking souterrain de l'immeuble de Wendel. Des guetteurs motorisés doivent les prévenir par radio de l'arrivée de la cible. Un appartement a même été loué près de la porte de Saint-Cloud pour abriter le futur kidnappé et ses ravisseurs.

Le jour dit, tout se passe d'abord comme prévu. Un guetteur prévient Rolin que la Jaguar du milliardaire vient de quitter le siège des aciéries. Elle devrait logiquement entrer dans le parking au bout de quelques minutes. Mais rien ne se passe. Olivier Rolin commence à s'impatienter. Nerveux, il finit par quitter la voiture et arpente le vaste parking. Pour donner le change, il tient à la main un gros gâteau. Presque immédiatement, il remarque un homme en imperméable, et, plus loin, une Renault avec des passagers.

La Jaguar arrive. De Wendel en sort et jette un œil en direction des résistants. Un simple coup d'œil, furtif, rapide. Un coup d'œil de trop. Les sens aux aguets, Rolin a soudain le sentiment que l'héritier des maîtres de forge sait qui il est.

Vite, la Mercedes démarre, rugit et jaillit hors du parking à l'instant même où deux voitures banalisées tentent d'en bloquer l'entrée. Plusieurs services sont effectivement sur les lieux : il y a, bien sûr, les Renseignements généraux, mais aussi la Police judiciaire, avec le célèbre commissaire Broussard. Pourquoi les forces de l'ordre laissent-elles ainsi filer les partisans ? Faut-il y voir un manque de réflexe, un cafouillage ? C'est toujours possible. Mais peut-être les policiers ont-ils jugé plus intéressant de filer les résistants jusqu'à la planque de la rue Félicien-David, pour mieux les connaître, les identifier... Pour l'heure, les conjurés préfèrent croire au miracle. A la « maison de la radio », on ne les attendait plus. Captant les fréquences de la police, les opérateurs « gépistes » avaient entendu les communications des inspecteurs, sur le point de pincer leurs amis. Le commando maoïste est en tout cas tombé dans un guet-apens [60].

De nombreux indicateurs tentent alors d'infiltrer la Cause du peuple. La plupart resteront inaperçus. Mais l'un d'eux va connaître un sort peu enviable.

Militant africain, Moussa Fofana a la langue bien pendue, ce qui lui vaut une certaine popularité parmi les militants de la région parisienne. Il est aussi très connu pour ses vélléités de séducteur : ne drague-t-il pas systématiquement toutes les filles maoïstes qui s'activent avec lui ?

Petit à petit, son comportement va toutefois devenir suspect : après avoir été arrêté par la police, il est libéré un peu trop vite. Il commence ensuite à délirer : il propose des actions de plus en plus téméraires, de plus en plus dangereuses : il tanne notamment ses camarades pour qu'ils incendient un foyer de la Sonacotra. La direction finit par s'inquiéter : et si c'était un traître ? Suite aux poursuites dont il est l'objet, Moussa Fofana se cache en Belgique, au sein d'un réseau favorable à la Cause du peuple. Le Comité exécutif décide alors de lui tendre un piège et met au point un scénario machiavélique : Fofana est contacté par une prétendue « fraction interne » qui contesterait la direction en place et préparerait le déclenchement immédiat de la lutte armée.

Aussitôt, l'homme saute à pieds joints dans la souricière : il est d'accord avec la fraction, juge lui aussi la direction trop molle et veut participer à la guerre qui s'annonce.

« On » lui offre aussitôt de participer à une première opération. Rendez-vous est pris à la frontière belge. Moussa Fofana est pris en charge par quatre maos, parmis lesquels Olivier Rolin et Jean-Paul Cruse. Il est conduit près de Blériot-Plage dans une grande galerie souterraine qui sert de champignonnière. Au départ, il ne se méfie pas : sans doute pense-t-il récupérer un dépôt d'armes.

Soudain, les quatre hommes se retournent sur le traître supposé et braquent sur lui leurs revolvers. Fofana tremble de peur. Il est menotté et fouillé ; les militants découvrent alors une ultime preuve de ses activités policières : le mao africain a sur lui un équipement sophistiqué, électronique, qui achève de convaincre les partisans. Une scène surréaliste va maintenant se dérouler. A la lueur des torches électriques, Moussa Fofana passe devant un expéditif tribunal populaire, qui a tôt fait de le condamner à mort. Le coupable peut toutefois se rassurer : la sentence est assortie du sursis. Moussa Fofana a intérêt à se faire tout petit.

Sitôt le « procès » terminé, Rolin, Cruse et les autres abandonnent leur victime au fond de la galerie, sans lui avoir ôté les menottes. Vingt-quatre heures après, il réapparaît à Bruxelles : des complices planqués non loin l'ont peut-être aidé à repartir en Belgique.

Il arrive parfois, mais plus rarement, que des indicateurs de police soient pris de remords et décident de travailler... pour les maos. Gérard Miller, qui est maintenant établi comme ouvrier agricole et codirige l'ex-GP dans l'ouest de la France, voit un jour débarquer un sympathisant qui l'entraîne mystérieusement dans une voiture pour mieux se dévoiler : il n'est autre qu'un indicateur des Renseignements généraux. Et l'homme de préciser : « Les RG m'ont proposé de payer mes études si je donnais des renseignements [61]. »

Interloqué, Miller file à Paris et fait son rapport à Olivier Rolin. Celui-ci reste méfiant : pour tester l'individu et sa bonne volonté, l'informateur est longuement interrogé par un militant dissimulé derrière un rideau, puis il est chargé d'affirmer à ses traitants qu'il a assisté à une réunion où étaient présents des membres de la NRP. A l'issue de la rencontre, il se conduit plutôt bien : il ne pipe mot aux RG et réussit même à découvrir le nom de tous les militants de la NRP déjà fichés.

Il continuera à travailler clandestinement pour la Cause du peuple, qui peut donc se vanter d'avoir infiltré au moins un agent maoïste au sein des Renseignements généraux.

D'opération symbolique en rapt avorté, la violence enfle doucement pendant l'année 1971, jusqu'à culminer dans le drame.

Bastion symbolique de la classe ouvrière, la Régie Renault de Boulogne-Billancourt est devenue pour la plupart des groupes d'extrême gauche un véritable enjeu : y prendre pied, c'est à la fois prouver qu'on est capable de recruter en milieu ouvrier et faire un gigantesque pied de nez à la CGT, qui a tout fait en mai 68 pour empêcher la fusion des étudiants et des travailleurs.

Toutes tendances confondues, les trotskistes sont évidemment présents en grand nombre. C'est aussi le cas des maoïstes : parmi les groupes ML actifs à Renault, signalons principalement l'Humanité rouge, Métallo rouge et la Cause du peuple. Implanté depuis la fin 1968, le groupe de sympathisants de l'Humanité rouge s'élève à une centaine de personnes. Il s'oppose vigoureusement à la Cause du peuple, dont il dénonce les méthodes « aventuristes ». Sociologue du travail, Jacques Frémontier a longuement étudié l'action des révolutionnaires à Renault : « Les deux principaux groupes maoïstes de Billancourt, la Gauche prolétarienne et l'Humanité rouge, s'opposent violemment sur au moins trois points : les premiers préconisent les actions de commandos, les seconds les condamnent ; les premiers mènent la lutte contre les contremaîtres, les seconds s'y refusent ; les premiers se battent contre tous les syndicats, les seconds tentent de les noyauter [62]. »

D'un côté, une agit-prop classique, de l'autre un anarcho-maoïsme mis en pratique au jour le jour. Il est clair que, pour les militants de l'ex-GP, Renault est un bastion dont la conquête s'entend en termes militaires : il s'agit d'édifier une « zone de partisans Renault ». Après avoir infiltré une quinzaine d'établis, la Cause du peuple multiplie depuis 1970 les campagnes violentes : il y a d'abord la campagne du métro, durant laquelle les maos ouvrent les portillons pour permettre aux ouvriers de passer sans payer. Vient ensuite la bataille des cantines, avec son cortège de mini-attentats et de cassages de gueules.

Progressivement, les groupes d'atelier, les comités de lutte mis en place par les maos, radicalisent leur activisme : violences, sabotages sont de plus en plus fréquents.

Que pensent en 1971 les ouvriers du maoïsme ? Observant « à chaud » le tournant violent de l'ex-GP, Jacques Frémontier affirme que « ce changement de ton, de tactiques, de méthodes dresse aujourd'hui l'énorme majorité des ouvriers de Billancourt contre les militants de la Gauche prolétarienne, baptisés désormais “ fascistes ” et, par contrecoup, contre tous les groupuscules gauchistes. Le sabotage des machines, la violence, les voies de fait contre des contremaîtres, voire de simples employés, irritent la grande masse des travailleurs qui préfèrent l'action calme, organisée, réfléchie [63] ».

Il y aurait donc un décalage très net entre une poignée de militants à l'activisme frénétique et une majorité d'observateurs plutôt sceptiques.

La Cause du peuple marque tout de même quelques points. Il faut dire que son Comité de lutte Renault est d'un genre particulier. Benny Lévy, qui habite Boulogne, a décidé de s'occuper personnellement de cette usine symbole qui sert généralement de baromètre des conflits sociaux. Le chef en titre du Comité de lutte est Jacques Theureau. Parmi les militants les plus actifs, citons un ancien élève de l'École normale supérieure de Saint-Cloud, Aboulker, ou un chrétien, Nicolas Boulte, sans oublier Jacques Theureau, Christian Riss (qui vient de la rue d'Ulm), José Duarte, ou encore Sadock Ben Mabrouk.

Face à la violence des maos, la maîtrise de la régie Renault n'a d'autre solution que de se radicaliser. Comme le soulignent Hervé Hamon et Patrick Rotman, « une réelle psychose de l'agression s'empare de l'encadrement. La police assure la protection de tel ou tel [64] ».

Le Comité de lutte Renault est d'un incroyable dynamisme et d'une très grande violence : il cherche en permanence l'affrontement physique avec la maîtrise ou la CGT. Chaque cadre craint donc prosaïquement de se faire casser la figure en rentrant chez lui.

En janvier 1972, un commando saccage le bureau d'un agent de maîtrise. En réponse, la direction licencie deux immigrés maoïstes : Sadock Ben Mabrouk et José Duarte. Le 29, les militants entament une grève de la faim. Ils sont bientôt rejoints par Christian Riss. Depuis la bavure dont il a été victime, et dont nous avons parlé plus haut, le jeune homme est sous le feu des projecteurs : la Régie a découvert dans la presse que le jeune ouvrier était normalien. Il a été licencié sur-le-champ.

Jean-Pierre Le Dantec fait immédiatement le tour des stars. Les trois grévistes, qui campent au presbytère de la rue d'Anjou, reçoivent bientôt la visite régulière de Simone Signoret, Costa-Gavras, Régis Debray, Michel Drach, ou Chris Marker. Point culminant de la campagne des personnalités : le 14 février 1972, Jean-Paul Sartre pénètre clandestinement dans l'usine même et parvient à distribuer pendant quelques minutes un tract à des ouvriers fort surpris. Flanqué de Benny Lévy et Jean-Pierre Barou, il est expulsé manu militari.

Malheureusement, les visites de vedettes n'ébranlent absolument pas la fermeté de la direction. Depuis 68, Renault en a vu d'autres.

Et les maoïstes commencent à douter. La grève de la faim dure depuis trois semaines ; l'échec devient de plus en plus évident. Arrêter le mouvement ? Impossible. Benny Lévy décide donc de lancer l'épreuve de force.

Au fil du temps, les établis ont réussi à recruter un certain nombre d'authentiques jeunes ouvriers, français ou immigrés. L'ennui, c'est que l'adhésion ne s'est pas forcément effectuée sur des critères politiques : beaucoup de jeunes travailleurs sont simplement de vrais cogneurs qui ont rejoint la Cause du peuple pour satisfaire leur amour de la castagne. Quant aux chefs maos, ils n'ont pas fait dans le détail : un ouvrier ? Quelle aubaine ! Et tant pis s'il manifeste une certaine propension à la marginalité.

Une affaire très pénible sera même étouffée par la direction mao : au début de l'année 72, une jeune militante est violée par quatre sympathisants du Comité de lutte Renault. Malgré les plaintes de trois militantes qui ont eu vent de l'affaire, les violeurs ne subiront aucune sanction. Le Comité de lutte veille jalousement sur sa légion de tabasseurs [65].

Quand Benny Lévy donne l'ordre d'augmenter la violence, personne ne se fait prier.

Le 17 février 1972, les maoïstes débarquent à la porte Émile-Zola avec barres de fer et casques. Un tract proclame : « Avis à tous les fascistes de la direction du Département 74 : vous paierez vos crimes. Ce sera dans un jour, une semaine, un mois, un an ou dix ans, nous sommes patients, le sang des fascistes coulera. »

Les maos ont un terme pour ce genre d'actions : ils les appellent des « embrouilles ». L'embrouille du 17 février se solde par quelques brèves échauffourées avec les gardiens. Mais rien de bien sérieux.

En stratège de la tension, Benny Lévy fixe la date de la prochaine embrouille : elle aura lieu le 25 février 1972 et devra être particulièrement violente, particulièrement exemplaire. La date du 25 n'est pas choisie au hasard. Le même jour, les maoïstes organisent une manif militaire au métro Charonne pour protester contre de récents crimes racistes. L'heure est à la lutte armée dans la rue.

Une réunion préparatoire se tient à l'École normale supérieure de la rue d'Ulm. Alain Geismar, puis Benny Lévy, haranguent les troupes. Le 24 février au soir, autre réunion : Benny Lévy convoque les militants du Comité de lutte Renault... et les engueule : ils ne sont pas assez audacieux, pas assez vaillants. Cette fois-ci, il faut que le sang coule : « Faut que ça saigne », déclare-t-il sans ambiguïté [66].

Le jeudi 25 février 1972, à 14 h 30, un commando maoïste débarque devant la porte Émile-Zola : il y a du monde, ce jour-là : Benny Lévy, Tony Lévy, Saïd Bouziri, et le Comité de lutte Renault au grand complet.

Des drapeaux rouges, accrochés à d'utiles barres de bois, font leur apparition, tandis que deux militants peignent des slogans sur le sol. Un orateur équipé d'un mégaphone harangue la foule en arabe. Un photographe de l'Agence de presse Libération, Christophe Schimmel, mitraille la scène.

Soudain, les maos chargent. Les drapeaux se transforment miraculeusement en lourdes barres de combat. Une violente bagarre éclate avec les vigiles, reconnaissables à leurs uniformes bleus qui rappellent un peu ceux des gardiens de prison. Tout à coup, un homme en civil vêtu d'une gabardine s'avance et sort un revolver. Surpris, les maoïstes refluent.

Mais un jeune ouvrier tient tête. Il se nomme Pierre Overney. Lui n'est pas un bourgeois établi en usine. Fils d'un ouvrier agricole, il a été récemment converti à la cause révolutionnaire. Licencié de la Régie Renault pour militantisme extrême, il est maintenant chauffeur-livreur aux Blanchisseries de Grenelle. Mais il milite toujours au Comité de lutte Renault et appartient au Comité national de la Cause du peuple. C'est un sacré cogneur : lors d'une récente embrouille avec la police, il a même un jour brandi une épée.

Aujourd'hui, c'est une barre de bois, qu'il tient fièrement devant l'homme au revolver. Contrairement à ses camarades, Pierre Overney n'a pas l'intention de reculer devant l'arme pointée.

« Recule, ou je tire, lui ordonne l'homme.

– Vas-y, tire ! »

Et c'est l'irréparable. La balle s'enfonce dans son thorax. Il tangue un instant, puis s'écroule face contre terre. Vite, la rumeur court, enfle : « Il est mort ! »

Benny Lévy se tient en retrait. Il n'a pas compris que la détonation qui vient de retentir était celle d'un revolver. Quand il apprend enfin la nouvelle, l'implacable leader part en sanglots convulsifs.

Les maoïstes viennent de rencontrer la réalité tangible de cette violence qu'ils appellent abstraitement de leurs vœux. La mort n'est plus un slogan, mais une réalité.

Le tireur s'approche du corps de sa victime. Il se nomme Jean-Antoine Tramoni. Du pied, il écarte la barre de bois. Puis il referme soigneusement les grilles. Pas un instant il ne s'inquiète de l'état du jeune ouvrier.

Tandis que les maos, en une ultime cavalcade, se répandent dans les ateliers en hurlant : « Pierrot est mort !... », le jeune homme est emmené d'urgence à l'hôpital Ambroise-Paré. Il meurt dans l'ambulance, à l'âge de vingt-trois ans.

Pendant ce temps, Benny Lévy réunit un véritable conseil de guerre dans la chapelle de l'Immaculée-Conception, à Boulogne, qui abrite les grévistes de la faim. Il lui faut analyser, maîtriser l'événement. Riss, Duarte et Ben Mabrouk arrêtent immédiatement leur mouvement. Benny Lévy décide que la manifestation de Charonne ne doit surtout pas être militaire. L'atmosphère est devenue électrique ; un nouveau drame pourrait survenir à tout moment.

D'un café du boulevard de la République (à Boulogne), le chef de la Cause du peuple téléphone à Alain Geismar. Celui-ci comprend tout de suite la gravité de la situation. Il lui faut maintenant calmer ses troupes, prêtes à en découdre. Depuis des jours, les maos ont été galvanisés. Responsable du Mouvement de la jeunesse, Frédéric Joignot vient à l'instant même de « chauffer » les lycéens et étudiants maoïstes, réunis à la faculté de Jussieu. Alain Geismar se retrouve donc face à une lourde tâche : il doit à tout prix désamorcer la bombe qu'il a lui-même amorcée. Pour la première fois, les dirigeants maoïstes craignent la violence même qu'ils prêchent depuis tant d'années.

En pleine rue, face au cortège qui se forme, il explique aux militants que seule une riposte démocratique, pacifique, vengera vraiment Pierrot. Pour la première fois depuis la création de la Gauche prolétarienne, il est hué par ses propres camarades. Va-t-il perdre le contrôle de ses troupes ?

A court d'arguments, il entre dans une colère noire et, pour montrer l'exemple, jette un cocktail Molotov dans une bouche d'égout. Après un certain flottement, chacun obéit finalement à la consigne : barres de fer et engins incendiaires sont abandonnés sur la chaussée.

La police s'attend, quant à elle, à une manifestation violente : elle charge brutalement le cortège désarmé qui brandit des portraits de Manouchian ou Jean Moulin. C'est la vraie débandade : Michel Foucault est copieusement matraqué. Robert Linhart reçoit un coup violent à la tête. Tony Lévy, Alain Geismar et Christian Jambet parviennent de justesse à échapper aux matraques.

La nouvelle de la mort de Pierre Overney a été répercutée par l'Agence de presse Libération, située maintenant rue Dussoubs (Paris 2e). Avec un évident sens de la presse, Jean-Claude Vernier a compris que la photo de Christophe Schimmel représentant Tramoni en train de pointer son arme sur Overney était un véritable « scoop ». Vite, Antoine de Gaudemar fait le tour des rédactions. Le cliché est immédiatement repris par l'ensemble de la presse et passe au Journal télévisé.

La France entière apprend la mort du jeune maoïste. Et chacun y va de son commentaire. Le Parti communiste se distingue tout de suite par sa hargne. La haine des prochinois l'aveugle-t-elle encore ?

Le 25 février au soir, le secrétaire général du PCF, Georges Marchais, tient meeting à Strasbourg devant mille cinq cents personnes. Réagissant « à chaud », il dénonce le « crime monstrueux »... des gauchistes, avant de s'interroger : « Est-ce qu'on va recommencer comme en 68 ? »

Le divorce entre Parti communiste et jeune génération est donc consommé en 1972. Quant aux maoïstes, ils sont confortés dans un sentiment que Serge July définit a posteriori comme « un anticommunisme de gauche[67] ».

Le lundi 29 février, la CGT de Renault-Billancourt refuse effectivement de soutenir les maoïstes. Seule la CFDT appelle à un meeting de protestation. En tout début d'après-midi, Maurice Clavel et Jean-Paul Sartre se présentent à la fameuse porte Émile-Zola pour recueillir des témoignages sur le crime. Des centaines de CRS sont présents.

Le même jour, la direction de la Régie annonce le licenciement de sept ouvriers maos, membres du Comité de lutte Renault.

A 18 h 30, une manifestation unitaire rassemble trente mille personnes au métro Charonne : on remarque Michel Rocard, Alain Krivine, Henri Weber, ou Jean-Edern Hallier. Les manifestants, très nerveux, hurlent des slogans vengeurs : « Flics fascistes assassins », « Marchais, menteur, complice des tueurs », ou encore, « Oui, Marchais, mieux qu'en 68 ».

La véritable démonstration de force a lieu le samedi 4 mars 1972. En ce jour historique, Pierre Overney est conduit au cimetière du Père-Lachaise par une foule estimée à deux cent mille personnes. C'est le point d'orgue de la mobilisation maoïste. C'est aussi symboliquement pour beaucoup le premier jour du déclin : cette irruption de la violence réelle dans un discours jusqu'ici hâbleur et abstrait représente pour de nombreux sympathisants un véritable traumatisme. Éclaireur des premiers instants du maoïsme français, Louis Althusser lâche cette parole, sans appel : « Ce qu'on enterre aujourd'hui, ce n'est pas Overney, c'est le gauchisme [68]. »

Insensiblement, un ressort vient de se briser. La manifestation est pourtant émouvante. La couleur dominante est bien entendu le rouge : rouge des drapeaux, des œillets, des badges, des calicots. Devant le cercueil, recouvert d'un large drap rouge, une couronne : « A Pierrot, mort pour la cause du peuple. »

En tête du cortège marchent les maos les plus connus : Alain Geismar, Jean-Pierre Le Dantec... Parmi les manifestants, on repère Alain Krivine et les cohortes trotskistes de la Ligue communiste, Jean-Pierre Chevènement et Claude Estier pour le Parti socialiste, Michel Rocard du Parti socialiste unifié, sans oublier Jean-Paul Sartre, Simone de Beauvoir, Jane Fonda, Simone Signoret, et même une poignée de royalistes menés par Bertrand Renouvin...

Est-ce déjà la fin d'une époque ? Les maoïstes ont-ils compris que la violence ne pouvait déboucher que sur le drame ? Vont-ils infléchir leur ligne militaire ? C'est compter sans la détermination, le fanatisme de Benny Lévy.

Dès le 26 février, celui-ci a discrètement convoqué Olivier Rolin. Il n'est pas question de laisser le meurtre impuni. Sinon, pourquoi avoir si souvent martelé la fameuse loi du talion maoïste : « Pour un œil, les deux yeux, pour une dent, toute la gueule » ? La branche illégale de l'ex-GP doit maintenant venger « proprement » la mort de Pierre Overney. Il s'agit aussi, par une action exemplaire, d'éviter tout dérapage « sauvage » de militants chauffés à blanc.

La nouvelle opération de la NRP se déroule le mercredi 8 mars 1972 au matin. Quatre partisans revêtus d'une anodine combinaison bleue de livreurs attendent dans une camionnette, rue de Sèvres, à Boulogne. A l'arrière, une grande caisse ouverte, sur laquelle on peut lire : « Frigidaire/Attention, fragile ».

Soudain, la cible apparaît sur le trottoir. Il s'agit d'un cadre de la Régie Renault, Robert Nogrette : en tant que chef-adjoint des relations sociales de l'entreprise, c'est lui qui a signifié leur licenciement à Sadock Ben Mabrouk et José Duarte.

L'estafette se porte à sa hauteur. Le véhicule s'arrête, la porte s'ouvre. Olivier Rolin et un autre résistant jaillissent, mitraillettes Sten à la main. Les armes ne sont pas chargées. Interloqué, l'homme est prestement poussé dans le véhicule qui démarre en trombe. En professionnel, Rolin s'empare du portefeuille de la victime et s'assure de son identité. Il n'y a pas d'erreur sur la personne.

Calmement, les maos coiffés de cagoules ligotent Robert Nogrette et l'allongent dans la caisse vide. Après avoir tourné dans Boulogne, l'estafette s'arrête devant le square des Frères-Farman.

En quelques secondes, la caisse est transférée dans une 4L qui file en direction du 17, rue Parent-de-Rosan (Paris 16e). C'est là que la Nouvelle résistance a installé une très clandestine « prison du peuple ». Situé au quatrième étage de l'immeuble, le studio devait au départ servir de cellule à Henri de Wendel. Après l'échec de l'opération, les nouveaux partisans ont pensé qu'il était inutile de se mettre en quête d'un nouveau local. Robert Nogrette est extrait de sa caisse. Olivier Rolin lui déclare qu'il a été enlevé par le Groupe Pierre Overney de la Nouvelle résistance populaire, parce qu'il est responsable des licenciements des maoïstes. Comme l'homme tremble de peur, il ajoute : « Vous n'avez rien à craindre, il n'est pas question de vous tuer [69]. »

Entre-temps, Benny Lévy a prévenu Jean-Claude Vernier. Celui-ci doit s'attendre à être contacté par la NRP. Consciencieusement, il apprend les mots de passe.

Dès le milieu de la matinée, il reçoit le signal. Immédiatement, Antoine de Gaudemar file au rendez-vous après avoir utilisé plusieurs immeubles à double entrée pour déjouer toute tentative de filature. La lettre de la NRP est scotchée sous le téléphone d'une cabine de la rue du Caire (Paris 2e). Elle contient un communiqué public du Groupe Pierre Overney qui réclame, entre autres, la réintégration des métallos licenciés.

Rue Parent-de-Rosan, l'attente commence. La Régie Renault va-t-elle céder ? Robert Nogrette est gardé par six militants cagoulés et équipés de gants de soie pour ne pas laisser d'empreintes. Petit à petit, l'atmosphère se détend. Vers midi, Robert Nogrette est détaché. Il sait maintenant que les maoïstes ne vont pas l'exécuter. Il accepte même de feuilleter le livre de Maria-Antonietta Macciocchi, *De la Chine*, qu'on lui propose de lire.

En milieu d'après-midi, nouveau signal à l'APL. Une fois de plus, Antoine de Gaudemar déjoue la surveillance policière et récupère sous un tapis d'immeuble... une cassette sonore. Il s'agit d'une « lettre de Robert Nogrette à sa femme ». Les auditeurs de RTL en ont la primeur au journal de 18 h 30 : « Mon petit, je suis très tranquille avec des jeunes gens masqués. On parle de choses et d'autres à bâtons rompus. Ils ont beaucoup d'attentions pour moi. [...] Ne te fais pas de mousse. Je suis très bien traité. »

A la préfecture de police, c'est le branle-bas de combat. L'État est défié. Le commissaire Poiblanc et ses hommes découvrent la camionnette qui a servi à l'enlèvement dans une rue de Boulogne. Mais la piste s'arrête là.

Quant à l'affaire Nogrette, elle mobilise bientôt les plus hautes instances de l'État. Même le président de la République, Georges Pompidou, dénonce devant les caméras de télévision « un acte absolument inqualifiable et digne d'un pays de sauvages ».

A l'extrême gauche, l'action de la Cause du peuple est sévèrement critiquée. Les « gépistes » sont isolés. Ils peuvent tout de même compter sur la solidarité de leurs « démocrates » les plus fidèles : ni Jean-Paul Sartre ni Maurice Clavel ne dénonceront l'enlèvement de l'employé de Renault.

Alors même que résonne encore l'affaire Nogrette, *La Cause du peuple-J'accuse* numéro 21, en date du 25 mars 1972, consacre une pleine page à « l'Italie contre le fascisme » et fait longuement l'éloge des Brigades rouges.

Tandis que la police lance une vague de perquisitions sans précédent dans les milieux maos, Tony Lévy parvient à contacter Olivier Rolin le jeudi 9 mars en fin d'après-midi. La rencontre a lieu dans un appartement spécialement loué pour la circonstance. Au nom de son frère Benny, Tony Lévy explique en substance que le rapt a assez duré. L'effet symbolique est atteint. Les ouvriers savent que le meurtre de Pierre Overney n'est pas resté impuni. Inutile, maintenant, de s'enliser. Rolin hésite. Deux jours d'enlèvement, c'est un peu court. Dans la soirée, il reçoit un coup de téléphone codé de Benny Lévy. Le message est clair : il faut libérer Nogrette.

Dès le vendredi 10 mars au matin, Robert Nogrette est « déguisé » en aveugle, avec des lunettes de soudeur opaques devant les yeux. Il tient à la main une canne blanche. Rolin sort un revolver (chargé à blanc). Il s'agit de traverser l'immeuble sans attirer l'attention. Personne. Dans le parking, une 4L attend. Elle conduit Robert Nogrette dans le 15e arrondissement. Il sera très exactement libéré au coin de la rue de Vaugirard et de la rue Desnouettes.

Olivier Rolin peut maintenant passer à Benny Lévy un ultime coup de fil codé : « La petite fille est rentrée à l'école. »

Grâce au témoignage de Robert Nogrette, les enquêteurs parviennent à retrouver la planque de la rue Parent-de-Rozan dès le samedi 11 mars. Ils apprennent que le studio a été loué au nom d'un homme dont les papiers ont été volés quelques mois plus tôt dans les vestiaires du Racing-Club de France. Chou blanc.

Les résistants ont été plus forts que la police.

Le bilan du kidnapping est pourtant contrasté. A l'extérieur de la Cause du peuple, la réprobation est unanime. Toute la gauche française, rivaux maoïstes inclus, dénonce un acte jugé insensé et suicidaire.

A l'intérieur, c'est le contraire. De nombreux militants ne se satisfont pas d'un rapt aussi court, et sans issue sanglante. Lors d'assemblées générales tenues à la rue d'Ulm pour tenter de dresser un bilan, les chefs sont contestés. Beaucoup critiquent leur mollesse, leur modération, leur reculade devant l'usage des armes.

Phénomène beaucoup plus grave : une dissidence interne se déclenche au sein même de la Nouvelle résistance populaire. L'autorité d'Olivier Rolin est ouvertement contestée par Maurice Brover et quelques autres. Une véritable divergence politique ? C'est beaucoup dire. Car la NRP est une famille, un clan d'environ vingt-cinq personnes soudées par la clandestinité. La scission de Maurice Brover s'effectue plus sur des mobiles affectifs que politiques. Mais peut-on réellement parler de « scission » ? Olivier Rolin le nie farouchement : « Je le démens formellement. En tout cas, je n'en ai pas eu connaissance[70]. »

Pourquoi cette opposition interne ? Le vent de fronde a commencé à souffler dès la mort d'Overney. Les résistants s'interrogent. A quoi servent-ils ? Ils savaient que Tramoni était armé. Pourquoi n'a-t-on rien fait ? Le décalage entre discours et réalité est devenu cuisant. Pierre Overney connaissait personnellement certains partisans. Mais aucun d'eux n'a su empêcher sa mort. Cette remise en question va plus loin encore : elle interroge la nature même du projet. Vivre dans la clandestinité, au milieu d'une société somme toute démocratique, n'est pas si aisé à justifier.

Maurice Brover résume cette crise de confiance : « On se méfiait du décalage entre notre action et le monde réel[71]. »

La scission de la NRP devient apparemment très vite une réalité concrète. Maurice Brover commence à rassembler dix à douze personnes chez lui, pour des réunions indépendantes. Deux structures parallèles se réclament dès lors de la NRP : d'une part un groupe Rolin, fidèle à Benny Lévy, d'autre part un groupe Brover, beaucoup plus incontrôlable, qui récupère au passage une partie de l'infrastructure logistique, menace de s'en servir et commence à critiquer certains membres de la direction, tel Jean Schiavo.

La campagne des embrouilles, la mort de Pierre Overney et le rapt de Nogrette trouvent en tout cas un épilogue sinistre dans la tentative de suicide de Nicolas Boulte.

Chrétien maoïste, Nicolas Boulte fait partie des militants licenciés par la Régie Renault juste après le meurtre d'Overney. Homme fragile, à fleur de peau, il traverse une crise de désespoir. La mort de Pierrot, c'est la faillite complète de ses espérances. Il en veut tout particulièrement au Comité de lutte Renault et le rend responsable de cette stratégie de la tension qui a conduit tout droit au drame.

Un vaste débat traverse alors l'organisation : beaucoup font silencieusement la même analyse. D'où un paradoxe de plus : alors même que la Cause du peuple atteint une sorte de zénith de l'influence médiatique, ses propres membres commencent insidieusement à douter, à renâcler devant le sacrifice permanent qu'on veut leur imposer. La révolte de Nicolas Boulte, pour tragique qu'elle soit, incarne bien l'état d'esprit de maints établis, épuisés jusqu'à la corde par une vie militante ininterrompue, et confrontés soudain à la réalité du sang.

Lors d'une réunion du Comité de lutte, Boulte conteste ouvertement les orientations en vigueur. Sa charge jette un froid. L'accusateur devient accusé. Les chefs maos n'ont pas l'intention de se laisser déborder par un simple établi. Avec cynisme, humour et désespoir, Nicolas Boulte décide de rédiger un petit réquisitoire sous forme d'aphorismes. Implacable : « Le Comité de lutte Renault prétend être pour l'abolition de la propriété privée. Pourtant, il tend de plus en plus à devenir la propriété privée de quelques-uns ; là aussi, il y a des petits chefs et des OS qui n'ont qu'un seul droit : celui de se taire. A force de lire Marx, Mao, et tous les autres, on se fait des idées ! Pauvres cons qu'on est, on y a cru[72] ! »

Pour les maos, pas question de laisser passer l'insulte : nul ne songe un seul instant à discuter les idées du dissident : il s'agit avant tout de fermer la bouche à l'hérétique.

Nicolas Boulte comparaît devant une sorte de tribunal improvisé. Pendant toute une nuit, il est insulté, injurié, humilié. Vient ensuite l'ultime menace : Boulte a l'intention de sortir une brochure critique. S'il la publie, il se fera proprement casser la tête à coups de barre à mine.

Non sans courage, le dissident décide d'aller jusqu'au bout de la rupture. Il prend contact avec le groupe Information-Correspondance-Ouvrière (ICO), composé de militants ultra-gauche antiléninistes, et publie sous forme de supplément au numéro 120 de leur revue, en date d'octobre-novembre 1972, une très incisive *Tentative de Bilan du Comité de lutte Renault*, signée du pseudonyme de *Baruch Zorobabel* : tous les dérapages, toutes les rodomontades des maoïstes y sont découpés au scalpel. Toutefois, le texte souffre d'un style confus, truffé de références marxistes souvent opaques. L'affectif tue l'efficace.

Quoi qu'il en soit, la brochure apparaît immédiatement comme un crime de lèse-majesté, un blasphème.

Des bandes de cogneurs se répandent dans les rues, barre de fer à la main : il faut coûte que coûte retrouver Boulte pour lui faire son affaire. Pris de panique, le chrétien mao n'ose pas rentrer chez lui. Il se réfugie chez un vieil ami, Bernard Kouchner, avant de succomber au désespoir. A quoi bon lutter, au fond ?

Il réintègre finalement son appartement, puis s'injecte une bulle d'air pour déclencher une embolie pulmonaire, avant d'avaler force médicaments. Il ne lui reste plus qu'à s'allonger sur son lit, pour attendre la fin.

Il est sauvé *in extremis* par Nicole Linhart qui s'inquiétait de ne pas avoir de nouvelles. Conduit à l'hôpital en urgence, Nicolas Boulte échappera de peu à la mort [73].

Ce cas limite illustre les tensions qui traversent l'organisation, partagée entre l'envie de mettre le holà à une dérive suicidaire et l'attirance morbide de la surenchère populiste couplée à l'escalade militaire.

Cofondatrice du Mouvement de libération des femmes, Élisabeth Salvaresi a entrepris en 1988 de reconstituer quelques fragments de la mémoire de l'après-68. Sa description de l'ambiance au sein de la Cause du peuple est plus que parlante : « L'organisation est en pleine décomposition. Pierre Overney vient d'être abattu. Le mécanisme de la terreur dévore les militants les uns après les autres. La nouvelle ligne s'appelle Lutte-Critique-Réforme. Elle s'accompagne d'un mot d'ordre assorti : " Tout le pouvoir aux ouvriers. " Les " prolos " et les " jeunes " du mouvement sont priés de juger les erreurs commises – forcément commises – par les cadres et dirigeants, avant de les renvoyer à la base, avant de prendre leur place [74]. »

Ambiance délétère, malsaine, pénible, avec son cortège de bavures : l'une des plus terribles a lieu à Toulouse où une militante fait raser une autre parce qu'elle a couché avec son mari. On perpétue de façon grotesque les excès de l'épuration.

La mise en avant de la nouvelle ligne correspond à une dérive populiste de l'organisation qui va culminer dans l'affaire de Bruay-en-Artois, déjà partiellement évoquée dans le chapitre consacré aux intellectuels.

Le 6 avril 1972, le corps dénudé et mutilé d'une adolescente de seize ans, Brigitte Dewevre, est retrouvé sur un terrain vague de la cité minière de Bruay. Le 13 avril, le juge Henri Pascal inculpe hâtivement un notable local, notaire de son état et membre important du Rotary Club, Pierre Leroy. Circonstance aggravante : le corps de la victime a été retrouvé non loin de la villa de Monique Mayeur, riche héritière et fiancée du notaire.

Il n'en faut guère plus pour déchaîner les maoïstes. *La Cause du peuple-J'accuse* déclenche la campagne anti-Leroy dès son numéro 23, du 1er mai 1972 :

« Bruay : et maintenant ils massacrent nos enfants ! » clame la une. En pages intérieures, c'est le massacre : « Le crime de Bruay : il n'y a qu'un bourgeois pour avoir fait ça !.. » Le journal d'extrême gauche va jusqu'à recueillir les appels au lynchage de certains habitants de Bruay : « Il faut le faire souffrir petit à petit ! – Qu'ils nous le donnent, nous le découperons morceau par morceau au rasoir ! – Je le lierai derrière ma voiture et je roulerai à 100 à l'heure dans Bruay ! – Il faut lui couper les couilles !... » Et *La Cause du peuple-J'accuse* de conclure : « Oui, nous sommes des barbares. »

C'est le début d'une violente et persistante campagne : semaine après semaine, mois après mois, l'organe militant va colporter sans vergogne les pires ragots : il laisse notamment entendre que Brigitte Dewevre aurait été violée et tuée lors d'une partouze de grands bourgeois.

Très vite, un Comité vérité et justice voit le jour : pour lui, la cause est entendue, bien avant le procès. Une main vengeresse ira jusqu'à peindre sur la maison de Monique Mayeur : « Arrêtez la complice !... » ou encore : « Bourgeois, cochons ! »

Les maos défendent depuis longtemps l'idée d'une justice populaire, de tribunaux du peuple. Mais, dans ce cas précis, ils cèdent à un vertige journalistique et condamnent un homme parce qu'il appartient à la bourgeoisie : une sorte de lynchage préventif.

Qui sont les instigateurs de la campagne ? Rien de moins que les chefs maos du Nord : Joseph Tournel, Serge July. Parmis les plus actifs adversaires du notaire, on remarque aussi Jacques Theureau, François Ewald, ou Simone Weber[75]. Quant à Benny Lévy, il a nécessairement donné son blanc-seing.

Chez les rédacteurs de *La Cause du peuple-J'accuse*, tout le monde ne suit pas la ligne. La réunion du comité de rédaction qui suit l'affaire se déroule même fort mal. André Glucksmann, Robert Linhart, Gérard Miller, Christian Jambet et Jean-Pierre Le Dantec s'élèvent l'un après l'autre contre la campagne de Bruay. Selon Hervé Hamon et Patrick Rotman, Jacques Theureau, du Comité exécutif, attend avec flegme que chacun ait parlé, avant de lâcher : « Cet article n'est peut-être pas parfait, mais il possède à mes yeux un mérite essentiel, celui de faire sortir de leurs réserves les vipères qui empoisonnent le comité de rédaction[76]. »

La sentence est sans appel. Pourtant, les voix contestataires continuent à se faire entendre : Jean-Paul Sartre déclare publiquement son désaccord dans une tribune libre publiée par *La Cause du peuple-J'accuse* numéro 24, du 17 mai 1972 : « Il aurait fallu montrer que la haine légitime du peuple s'adresse au notaire pour ses activités sociales, comme ennemi de classe caractérisé, et non à Leroy, assassin de la petite Brigitte, pour la raison qu'on n'a pas encore prouvé qu'il l'ait tuée. [...] Au niveau de la justice populaire, il y aurait là un amalgame qui risquerait de pousser au lynchage. [...] Il faut le reconnaître : le lynchage est une pratique trop louche (voyez les lynchages aux États-Unis), souvent trop empreinte d'une idéologie réactionnaire pour qu'il puisse devenir une sanction régulière de la justice populaire. » Le même numéro comporte une réponse de *La Cause du peuple*, au contenu plutôt effrayant : « Pour renverser l'autorité de la classe bourgeoise, la population humiliée aura raison d'installer une brève période de terreur et d'attenter à la personne d'une poignée d'individus méprisables, haïs. [...] Un principe de justice « populaire » qui empêcherait les mouvements naturels de justice de la part de la population, [...] serait un principe d'oppression, qui reproduirait le principe de tous les appareils judiciaires fondés sur l'exploitation : il serait extérieur aux masses. [...] Pour nous, la haine de classe est créatrice. C'est le point de départ nécessaire [77]. »

Contre l'avis du philosophe, La Cause du peuple défend donc ouvertement le lynchage et la terreur.

Jean-Paul Sartre acceptera toutefois de partir à Bruay avec Michel Foucault, Marin Karmitz et d'autres « démocrates », pour enquêter sur place.

Tandis que la campagne populiste se déroule sans anicroche, Benny Lévy s'occupe d'épurer l'appareil. Une assemblée générale de toute l'équipe de *La Cause du peuple-J'accuse* est bientôt convoquée : cinquante personnes se retrouvent dans un appartement du boulevard Saint-Germain, pour un ultime psychodrame : André Glucksmann, Christian Jambet, Jean-Pierre Le Dantec et Gérard Miller se font violemment tancer. Ils sont finalement mis sur la touche. Plusieurs quitteront l'organisation dans les mois suivants. Seul Robert Linhart, qui bénéficie d'un statut spécial en raison de son prestige et de son état de santé, est épargné.

Beaucoup de militants ne digèrent pas l'affaire de Bruay qui vient s'ajouter à une longue liste de dérapages violents : Rony Brauman préfère ainsi discrètement s'éloigner.

La campagne de Bruay, pour démagogique qu'elle soit, est un bon baromètre de l'activisme « gépiste ». Les maoïstes ont-ils, à ce point de leur histoire, un impact réel sur la population ? Oui et non. Oui, parce que leurs actions symboliques font souvent mouche, parce qu'ils défendent systématiquement les plus opprimés, parce que, dans certains cas, ils font effectivement reculer patronat et gouvernement. Non, parce que la plupart de ceux qui ont affaire à eux finissent par se méfier d'un activisme sans nuance, sans bornes, qui n'hésite pas à emprunter les chemins les plus violents.

Les maoïstes souffrent aussi de leur culte de l'efficacité : ils sont incapables de s'implanter sur le long terme, parce qu'ils privilégient en permanence le coup médiatique, le « scoop » journalistique. Sociologue et maoïste, Rémi Hess dresse un portrait au vitriol de l'unique maoïste de Charleville, qu'il a longtemps côtoyé : « En quête permanente de " mouvement", il change de " front de lutte" tous les mois. Il n'est " implanté " nulle part. Entre septembre 1972 et juin 1973, il a participé à une dizaine d'actions qu'il a toujours exacerbées puis abandonnées lorsque, journalistiquement parlant, il n'y avait plus rien à en tirer [78]. »

Ce sautillement permanent aura une conséquence désastreuse lors de l'affaire Da Costa. Jeune ouvrier boulanger des Ardennes, Michel Da Costa a été, lui aussi, tourneboulé par Mai 68. Pendant son service militaire, il décide par bravade de chanter « L'Internationale » devant les gradés. Il est immédiatement envoyé au bagne de Fort-Aiton. Revenu à la vie civile, il narre un jour son aventure traumatisante au mao de Charleville. Celui-ci saute sur l'occasion et sort le témoignage en brochure. Le texte sera imprimé à cinq mille exemplaires. Quelques mois plus tard, Michel Da Costa est arrêté pour viol du secret militaire : il sera finalement incarcéré à la prison de Charleville. A ce moment-là, le maoïste mène d'autres combats. Da Costa ? Il est déjà oublié. Quant au jeune boulanger, il regrette amèrement de s'être confié à la Cause du peuple : elle l'aura utilisé sans vergogne, avant de le laisser tomber quand il ne servait plus à rien.

L'ex-Gauche prolétarienne est donc en pleine décomposition : pourtant, le tableau n'est pas unilatéralement sombre. Un véritable mouvement de travailleurs immigrés va notamment émerger de façon spectaculaire.

La lune de miel entre maoïstes et immigrés ne date pas d'hier. Dès la guerre des Six Jours, en 1967, les ML français, toutes tendances confondues, ont pris le parti des Arabes. Plus tard, ils ont largement contribué au lancement de Comités Palestine aux quatre coins du territoire.

Ils ont donc acquis la sympathie d'un certain nombre de travailleurs maghrébins qui vont finir par les rejoindre. Le caractère le plus remarquable de cet engagement, c'est que les immigrés parviendront à créer au sein de l'ex-GP un véritable État dans l'État, une structure autonome qui ne reçoit ses ordres de personne, même si elle soutient toutes les initiatives du CE. Les chefs maos qui s'occupent tout particulièrement de leurs camarades étrangers sont alors principalement Gilbert Castro et Jean-Claude Zancarini.

La véritable naissance du mouvement immigré date de l'automne 1970 : c'est le fameux « Septembre noir », pendant lequel le roi Hussein de Jordanie se livre à un sanglant massacre de Palestiniens. Les maoïstes arabes découvrent à cette occasion leurs ressources mobilisatrices et prennent conscience de leurs limites : soutenir la cause palestinienne, ce n'est pas suffisant. Pourquoi ne pas s'intéresser à la situation française ?

En 1972, les Comités Palestine sont volontairement dissous. Deux événements précipitent l'émergence d'une structure nouvelle : l'assassinat d'un jeune Algérien nommé Mohammed Diab à Versailles, et la grève de la faim de Saïd Bouziri, militant mao menacé d'expulsion.

Comme d'habitude, le mouvement autour de Bouziri mobilise les stars : Michel Foucault, Jean-Paul Sartre, Jean Genet, Claude Mauriac, viennent lui rendre visite dans le local paroissial du 18e arrondissement de Paris qui l'abrite.

Dans un tel contexte, voient le jour des Comités pour la défense de la vie et des droits des travailleurs immigrés qui suscitent à travers la France de nombreuses grèves de la faim, visant à obtenir la régularisation des travailleurs immigrés clandestins et à obtenir l'abrogation de la circulaire Fontanet, qui entend remettre en cause les permis existants.

Cinquante grèves se déclenchent simultanément. La presque totalité des jeûneurs sont hébergés dans des locaux appartenant à l'Église.

À Valence, l'évêque ira jusqu'à déclarer : « J'ai vu le Christ dans les yeux des immigrés[79]. »

Il y a depuis longtemps une instinctive connivence entre maoïstes et prêtres de gauche : ces derniers apprécient le style mao et la volonté de luttre contre les inégalités sociales. Maos et chrétiens de gauche se retrouvent aussi sur la question du tiers monde : le tiers-mondisme prochinois trouve alors un incontestable écho dans une Église favorable à la participation aux luttes politiques. Plusieurs ecclésiastiques deviennent de véritables compagnons de route de la Cause du peuple : les pères Gallimardet, Loubier, Gilles Renaudin, Roger Menteur, ainsi qu'une bonne sœur, Simone Viguier. Du côté protestant, un pasteur : Charlie Heydrich. La plupart du temps, les ecclésiastiques se contentent d'accueillir les grévistes de la faim dans des salles paroissiales qui servent aussi de lieu de réunion, de rassemblement, voire de congrès.

Le succès et la popularité des grèves de la faim vont bientôt donner des ailes aux immigrés maos. Leurs comités sont encore trop parcellaires : il faut maintenant fonder une véritable structure d'ensemble, une gauche arabe en France. Il faut dire que l'écrasante majorité des maoïstes étrangers sont maghrébins, à l'exception d'un petit groupe de Portugais.

En septembre 1973, une vague de violences racistes survenues à Marseille donne le signal de la mue. Alors même que la Cause du peuple en pleine déliquescence est sur le point de tout arrêter, quatre cents délégués se réunissent dans la salle paroissiale de Roger Menteur, rue Saint-Maur (Paris 11e) : le Mouvement des travailleurs arabes est né.

Immédiatement, le tout nouveau MTA lance un mot d'ordre de grève générale des immigrés dans la région Provence-Côte d'Azur, pour protester contre les actes racistes : la grève a lieu le lundi 3 septembre 1973 et se solde par un incontestable succès.

Le vendredi 14 septembre, le même mot d'ordre est lancé sur Paris : nouvelle réussite. Lille embraye le 25 septembre.

Le bilan est sans appel : le MTA vient de faire la preuve de sa réelle implantation.

Qui sont les fondateurs du Mouvement des travailleurs arabes ? Des Maghrébins, bien sûr : Saïd Bouziri, Hamza Bouziri, Driss Elyazami, Mohamed Krit, Farid Aïchoune, Ali Majri, Majid Daboussi, *Mokhtar*, Larbi, Saïd ; il y a aussi un Syrien : Gilles Ladkany.

Au total, le MTA fonctionne avec un noyau de trente militants, autour desquels gravitent une centaine de sympathisants actifs. Mais les immigrés maoïstes n'ont guère de mal à remplir la Mutualité le 1er avril 1973 pour un meeting de soutien aux travailleurs sans papiers.

A dire vrai, le nouveau groupe ne sera jamais une organisation très structurée : fidèle au spontanéisme, il fonctionne plutôt comme une fédération informelle de comités locaux, libres d'agir à leur guise. Le Mouvement des travailleurs arabes se maintiendra jusqu'en 1976.

Un autre enfant du maoïsme, et non des moindres, voit le jour en 1973 : le quotidien *Libération.*

La matrice du futur journal est au départ l'Agence de presse Libération. Dans des discussions informelles, Jean-Claude Vernier, Jean-Paul Sartre, Maurice Clavel ont évoqué la possibilité future, éventuelle, d'un véritable quotidien démocratique, large, immergé dans les masses.

Une série d'événements donne corps au projet. Tout commence le 15 janvier 1972 lorsque la direction du quotidien *Paris-Jour* rend public un plan de redressement prévoyant trente-trois licenciements. Immédiatement, la rédaction déclenche la grève. Les maos de l'APL observent le mouvement avec intérêt : un des fleurons de la presse populaire, cousin germain du *Parisien libéré*, vient de s'arrêter : cela mérite d'être étudié. Jean-Claude Vernier, Antoine de Gaudemar et Claude-Marie Vadrot prennent contact avec le comité de grève qui s'est formé le 26 janvier.

L'APL va jusqu'à offrir son infrastructure aux journalistes en colère. Au bout de quelques semaines, le mouvement finit pourtant par s'effilocher. Mais, entre maos et détenteurs de la carte de presse, une première passerelle vient de s'établir.

Progressivement, la petite agence reçoit le concours de plusieurs transfuges de grands ou moyens journaux : Jean-René

Huleu (ex-*Paris-Turf*), Thierry Nollin (ex-*Paris-Jour*), ainsi que l'équipe entière d'un fanzine underground en pleine évolution, *Géranonymo* : Christian Poitevin, Claude Maggiori et Thierry Dalby. Ajoutons, pour être complet, deux lycéens de Melun : Béatrice Valleys et Gilles Millet.

L'idée qui germe est de fonder un journal itinérant qui parcourrait la France pour rendre compte des luttes.

Le projet se concrétise dès avril 1972, quand éclate l'affaire de Bruay-en-Artois. L'APL se décentralise dans les corons et sort bientôt le journal *Pirate*. Le nouveau titre est évidemment fidèle à la ligne ultrapopuliste de la direction. Il s'agit encore une fois de cracher sur Pierre Leroy et Monique Mayeur.

Pirate n'aura que deux numéros. Pourtant, les apprentis rédacteurs reviennent à Paris avec un sentiment d'urgence : dans les discussions qui s'ensuivent revient une idée : pourquoi ne pas faire notre propre quotidien ? C'est Jean-René Huleu qui, le premier, ose lancer ouvertement l'idée, comme une bouteille à la mer. Jean-Claude Vernier acquiesce. En un sens, le projet tombe plutôt bien. *La Cause du peuple-J'accuse* subit une grave crise interne liée à l'affaire de Bruay-en-Artois. C'est le moment de proposer à la direction une idée nouvelle, qui de toute façon flottait dans l'air depuis un bon moment.

En août 1972, Jean-Claude Vernier obtient l'accord du Comité exécutif lors d'une réunion tenue à Besançon. Le projet *Libération* peut vraiment démarrer.

Le nom du nouveau quotidien n'est pas choisi au hasard. Un autre *Libération* était né en 1941 sous la direction d'Emmanuel d'Astier de la Vigerie : c'était un journal de résistance. Il est normal que les nouveaux partisans reprennent en 1972 le titre de leurs aînés.

Dès l'automne, Jean-Claude Vernier, Cléo Vernier et Antoine de Gaudemar abandonnent la direction de l'APL pour se consacrer pleinement au projet. Ils sont remplacés par Patrick Benquet et François Duchêne. De réunion en réunion, le quotidien va dès lors prendre corps de façon chaotique et contradictoire.

D'abord, recruter des journalistes. Hélas ! Beaucoup se méfient des caisses vides et du manque de moyens. Certains ont aussi été échaudés par le rapide échec de *J'accuse*, qui n'a pu échapper à la reprise en main du Comité exécutif. Parmi les professionnels qui osent néanmoins rallier le quotidien en gestation : Catherine Humblot, Marc Baron, Daniel Brignon, Gérard Brugeilles, Gérard Kopé, Alain Leiblang, Sylvie Marion, ou Françoise Morin. Signe d'ouverture : un militant d'extrême gauche non maoïste, Philippe Gavi, est également pressenti : ancien animateur des *Cahiers de Mai*, Gavi évolue dans la mouvance libertaire.

Ainsi qu'on l'a vu dans la partie qui lui est consacrée, Jean-Paul Sartre est très favorable à un quotidien. Il accepte sans hésiter d'en être le futur directeur de publication, mais entend jouer son rôle à plein. Plus question d'être une potiche entre les mains des maos. Grâce à lui, les « démocrates » vont une fois de plus se mobiliser.

Ils commencent par vider leurs poches : Michel Foucault donne des sommes en liquide. Maurice Clavel offre aux maos une partie des droits d'auteur des *Paroissiens de Palente* [80]. Quant à Sartre, il accepte d'écrire avec Benny Lévy et Philippe Gavi un livre bilan, *On a raison de se révolter*. L'avance sur droits d'auteur s'élève à trente mille francs, qui filent directement dans la caisse de *Libération*. Toutefois, l'écriture du livre est retardée par la dégradation de l'état de santé du penseur. L'ouvrage ne paraîtra finalement qu'en 1974 et se soldera par un demi-succès commercial [81].

En attendant, les « démocrates » se pressent à nouveau sous la bannière maoïste. Le mercredi 6 décembre 1972 à 9 h 30 du matin, une réunion fort prometteuse rassemble non seulement Benny Lévy et Jean-Claude Vernier, mais encore Jean-Paul Sartre, Michel Foucault, Alexandre Astruc, Maurice Clavel : tous s'accordent sur un point : l'aventure de *Libération* promet d'être passionnante. Il faut la vivre.

Une SARL, les Éditions de la Liberté, est bientôt fondée. Le capital de vingt mille francs est réparti entre quatre cogérants : Jean-René Huleu, Serge July, Jean-Paul Sartre et Jean-Claude Vernier.

Huleu est alors le directeur technique, la cheville ouvrière du projet. Quant à Serge July, c'est un revenant. Chef des maos du nord de la France, instigateur avec Joseph Tournel de la campagne de Bruay, il vient d'être rappelé à Paris par Benny Lévy pour s'occuper du nouveau quotidien. July, c'est un mao pur et dur : sa présence à la tête de *Libération* est une précaution de la direction.

Libération est présenté à la presse le jeudi 4 janvier 1973 lors d'une conférence tenue à la Maison verte, rue Marcadet (Paris 18e), à laquelle participent Philippe Gavi, Jean-René Huleu, Serge July, Jean-Claude Vernier et Jean-Paul Sartre : dans une intervention remarquée, l'auteur de *L'Idiot de la famille* précise le sens de son engagement au sein du quotidien : « [...] Si je suis dedans, je n'entends pas l'être comme un prête-nom, comme j'ai été un moment directeur de *La Cause du peuple* simplement pour le cas de carreaux cassés. Je prétends y participer vraiment. C'est-à-dire que nous y travaillerons tous. [...] Quel est le moyen d'informer le peuple ? C'est de l'informer par le peuple. [...] Il y avait un secret à Bruay parce qu'il semblait qu'il y avait tout un monde bourgeois qui était fermé, clos et caché. C'est contre cela que nous essaierons de nous dresser. Nous voulons, dans la mesure où nous le pourrons, donner toutes les informations que le peuple peut donner au peuple [82]... »

En novembre 1972, *Libération* s'installe au 14, rue de Bretagne (Paris 3e). Il partage ce nouveau local avec l'APL. Tandis que des Comités Libération fleurissent un peu partout à l'instigation des « gépistes », l'effet-Sartre est une nouvelle fois remarquable : les candidatures affluent, tandis que la future rédaction semble un instant se noyer dans un maelström de discussions insensées et de propositions à tue-tête. Il y a comme un lointain effluve de Mai 68 dans ce débat ininterrompu, désordonné, créatif...

Tout ceci n'empêche pas les maos de renforcer discrètement leur emprise. Pas question de laisser le navire leur échapper : deux rédacteurs de *La Cause du peuple-J'accuse*, Pierre Audibert et Jean-Pierre Barou, viennent renforcer l'équipe dirigeante en janvier 1973.

Quant aux intellectuels, ils seront vite déçus. N'oublions pas que La Cause du peuple professe alors une ligne populiste selon laquelle la vérité vient du peuple et non des élites. Il y a chez les maos, de façon plus ou moins inavouée, un certain mépris à l'égard de ces riches artistes ou penseurs qui leur courent après. Se servir d'eux, pourquoi pas ? Les laisser prendre le pouvoir, certainement pas. Ce rejet instinctif de la culture, cette glorification de l'ouvriérisme triomphent bientôt à *Libération*. Loin d'être accueillis à bras ouverts, Sartre, Foucault et les autres vont être poliment découragés.

Le lundi 12 février 1973, Jean-Paul Sartre se rend à une conférence de rédaction. Fatigué, malade, il s'est fait accompagner de Michèle Vian. Commentant l'actualité, il se lance dans une longue et brillante tirade. Il approuve, contredit, commente. Les autres participants se murent alors dans un silence apathique. On le laisse parler, un point c'est tout. Lorsque Sartre se tait enfin, certains hochent mollement la tête en signe d'acquiescement poli et reprennent « leur » discussion. Auteur d'une histoire de *Libération*, François-Marie Samuelson commente la scène en connaisseur : « Cette main non tendue préfigure l'absence des intellectuels à *Libération*. Le manque de pensée n'en sera que plus vif. Aucun plan machiavélique n'a pourtant été conçu pour les écarter. Leur présence n'était pas désirée, tout simplement. Les intellectuels interviendront quelquefois, mais comme des gens invités par politesse. Résistance passive. Complexe d'infériorité. [...] Ou seulement une querelle intérieure ? " C'était plutôt l'ingratitude des nouveaux rois ", pensera Maurice Clavel [83]. »

Des textes de Jean-Paul Sartre ou Maurice Clavel seront effectivement éjectés du journal, sans autre forme de procès... pour des raisons de place.

Deux numéros zéro paraissent au printemps 73. A ce moment de l'histoire, la Cause du peuple tient toutes les rênes. Ou presque. A l'exception notable de Maurice Partouche et Maren Sell, tous les responsables sont effectivement maoïstes : Jean-Claude Vernier, Serge July, Pierre Audibert, Jean-Pierre Barou, Jean-René Huleu, Thierry Dalby, Gilles Millet, Antoine de Gaudemar.

Il existe même au sein de la rédaction une très secrète « cellule maoïste ». Il s'agit en substance d'un Front de l'information impulsé par le CE, qui regroupe non seulement les maos de *Libération*, mais encore les animateurs de l'APL et ceux de *La Cause du peuple-J'accuse*. La cellule occulte va s'efforcer de contrôler au maximum le contenu du journal.

Mais comment gérer un tel chaos ? *Libération* est un vaste souk, une machine désorganisée, pleine de courants contradictoires, de désirs inassouvis et de délirants extatiques. Difficile. Très difficile à gérer. Un ancien de Vive la révolution, Yves Hardy, lancera même une dissidence à laquelle se joindront, entre autres, Catherine Humblot, Aline Isserman ou encore François Gèze. Rediscussions. Autocritiques. Débats. Seuls Yves Hardy et un de ses comparses, Robert Aarse, sont virés de la mouvance.

Après cinq numéros zéro, le numéro 1 de *Libération* sort enfin le 18 avril 1973, avec en une : « Prenez votre journal en main. » Une fois de plus, les stars ont mis la main au portefeuille sans se faire prier : un appel à trouver vingt-trois millions d'anciens francs est signé par Serge Gainsbourg, Georges Moustaki, Delphine Seyrig, Jeanne Moreau, Jean Rochefort, Jean-Pierre Chevènement, Georges Fillioud, Jean-Francis Held, Alain Jaubert, Maurice Clavel, Philippe Sollers, ainsi que par les équipes d'*Actuel* et de *Charlie-Hebdo*.

Tandis que *Libération* (*Libé* pour les intimes) prend son envol, l'ex-Gauche prolétarienne de plus en plus essoufflée maintient néanmoins son activisme forcené.

La Nouvelle résistance populaire connaît même un surcroît de prestige : son savoir-faire lors du rapt de Nogrette, sa capacité à maîtriser les débordements lui valent une renommée grandissante dans le petit milieu du « terrorisme international ». Olivier Rolin et ses compagnons sont ainsi contactés un beau jour par un mouvement palestinien dur, le Front populaire de libération de la Palestine-Commandement général, dirigé par Ahmed Jibril. Le marché proposé est simple : si la NRP accepte d'assurer la logistique d'opérations de guerre sur le sol français, elle bénéficiera en échange d'espèces sonnantes et trébuchantes, et d'un sanctuaire. Rolin ne souhaite pas s'engager dans une spirale fatale. Il décline poliment l'offre palestinienne.

Comme la plupart des dirigeants de la Cause du peuple, Rolin est surtout en proie à un doute de plus en plus radical. Il s'interroge lui aussi sur l'assise populaire de son combat, sur sa validité future, sur la pertinence de son statut autoproclamé de résistant.

Indice pour le moins révélateur, la Nouvelle résistance publie dans *La Cause du peuple* numéro 27, du 14 septembre 1972, un communiqué sans appel, par lequel elle condamne fermement l'attentat des jeux Olympiques qui a provoqué la mort de plusieurs athlètes israéliens à Munich. Une prise de position courageuse qui lui vaut l'ire des immigrés maos. Ceux-ci diffusent au même moment sous forme de tract un « testament des cinq martyrs de Septembre noir assassinés à Munich ». Dans le même temps, plusieurs intellectuels apportent leur soutien au commando palestinien, ainsi qu'on l'a vu dans les pages consacrées à Philippe Sollers. Est-ce à dire que la branche militaire de la Cause du peuple refuse maintenant toute action sanglante ? Il faut plutôt y voir le signe d'une conduite tâtonnante, d'un certain manque de boussole dans la tempête.

En décembre 1972, la NRP frôle d'ailleurs le dérapage. Georges Pompidou vient de gracier l'ancien milicien Paul Touvier. Immédiatement, *La Cause du peuple-J'accuse* pousse de hauts cris. Cette grâce n'est-elle pas le signe de la dérive vichyssoise du régime ? Ne justifie-t-elle pas l'existence même de la résistance ? Sur une idée de Joseph Tournel, l'hebdomadaire mao va toutefois un peu trop loin : « La Guillotine, mais pour Touvier ! » clame en une *La Cause du peuple-J'accuse* numéro 33, parue le vendredi 1er décembre 1972.

Réclamer la peine de mort, c'est un peu fort. Mais la direction connaît une de ces accélérations qui lui sont coutumières. La NRP est effectivement chargée par le Comité excutif de liquider Paul Touvier : une fois de plus, la justice populaire s'enlise dans le lynchage.

Olivier Rolin et ses hommes vont pour la première fois devoir tuer un homme. Disciplinés, ils font taire leur conscience et organisent l'opération : la Nouvelle résistance loue un appartement à Chambéry, juste en face de celui de Paul Touvier. Pendant plusieurs semaines, les maoïstes en planque guettent l'apparition de l'ancien collaborateur. Celui-ci a-t-il été prévenu ? Par qui ? Quoi qu'il en soit, il ne se montre pas. De guerre lasse, le projet de meurtre est abandonné.

Selon une information non confirmée, une nouvelle cible serait alors assignée à Olivier Rolin. Le 29 novembre 1972, un Algérien, Mohammed Diab, est tué au commissariat de Versailles par le brigadier Robert Marquet. Selon certains témoignages extérieurs, la NRP aurait fait des repérages sur Marquet, en vue de préparer son exécution. L'opération aurait finalement été annulée. Toutefois, Olivier Rolin se dit persuadé qu'aucune action n'a été préparée contre le brigadier Marquet. L'information serait donc, selon lui, fantaisiste [84].

Dernière opération connue des partisans : celle qui vise le député de Belfort, André Tisserand. Est-il l'ancien responsable de la Milice à Limoges ? Il s'en défend et affirme être victime d'une homonymie. Mais, pour les maos, son statut d'ancien collaborateur ne fait pas de doute. Ordre est donné de l'enlever. Aussitôt, la NRP se met à l'œuvre. Cette fois-ci, l'homme ne se doute de rien. Le rapt ne devrait donc présenter aucune difficulté majeure. Une maison a même été louée à Dijon pour héberger la victime, qui doit être interrogée sur son passé pendant la guerre et avouer ses crimes.

Le rapt n'aura jamais lieu. Olivier Rolin décide de lui-même de tout abandonner. Un tel enlèvement risque de radicaliser la police. Il pourrait aussi être mal interprété : nous sommes à quelques jours des élections législatives de mars 1973 et Tisserand est justement candidat à sa propre succession. Dans un tel contexte, le kidnapper serait un acte pour le moins maladroit. Contre l'avis de ses camarades résistants, Rolin annule l'opération juste avant le premier tour. Tisserand sera finalement battu par un jeune socialiste, souscripteur de *Libération*, Jean-Pierre Chevènement.

Au sein du CE, beaucoup partagent les états d'âme du chef de la NRP. Progressivement, le petit noyau dirigeant en vient à considérer que l'organisation a fait son temps, qu'il faut maintenant tout arrêter.

Avant d'examiner les raisons d'une telle autodissolution, égrenons d'abord le compte à rebours de la fin.

Dès le début de l'année 1973, des bruits divers parcourent l'ex-Gauche prolétarienne : on parle d'une dissolution, d'une mutation. François Margolin est un simple militant de base du Mouvement de la jeunesse, que dirige Frédéric Joignot. Comme beaucoup de maoïstes sans grade, il est persuadé que l'organisation ne s'arrêtera jamais. Après l'interdiction de la GP en mai 1970, celle-ci s'était métamorphosée en une large fédération, la Cause du peuple. Margolin croit que la structure va connaître une nouvelle mue : « On pensait que c'était une fausse dissolution qui se profilait ; qu'on allait passer à autre chose, à une autre structure [85]. » Une rumeur se répand : le mouvement pourrait se fondre dans une vaste Nouvelle résistance. Une grande armée secrète.

A la base, personne ou presque ne s'attend donc à une mort définitive. On peut dire avec certitude que la décision de tout arrêter est venue unilatéralement d'en haut, et plus particulièrement du Comité exécutif.

Signe tangible du désintérêt des chefs : le Front de l'information se saborde pendant l'été 1973. Quant à *Libération*, il se soude rapidement autour de la personnalité de Serge July. Très vite, le quotidien abandonne ses rares signes extérieurs de maoïsme : lorsque éclate la guerre du Kippour en septembre 73, *Libération* en rend compte de façon objective, sans prendre systématiquement le parti des ennemis d'Israël : une première.

A cette époque, les jeux sont faits. La disparition de la CDP n'est plus qu'une question de jours.

L'ultime assemblée générale, dite « réunion des chrysanthèmes », se déroule dans une salle paroissiale de la rue Royale, à Versailles, le 1er novembre 1973. La date est bien choisie. C'est la Toussaint, le jour des morts. Deux cents personnes ont été convoquées : c'est peu et pourtant c'est le noyau central, le réseau véritable du maoïsme : chefs de comités, responsables locaux, régionaux, établis, scolarisés, tous écoutent, incrédules, les discours de Benny Lévy ou Alain Geismar, qui tentent de leur faire avaler la pilule.

Pour la plupart d'entre eux, l'annonce d'une dissolution définitive est un coup de tonnerre. Pourtant, la majorité se plie aux arguments des dirigeants. Discours confus, un rien alambiqués, d'où il ressort que l'organisation maoïste, telle qu'elle existe aujourd'hui, n'a plus aucune utilité révolutionnaire et qu'elle doit se dissoudre dans le mouvement social existant.

Certains s'opposent carrément à la dissolution : au Comité exécutif, seul Jean-Paul Cruse se dresse contre la majorité. Dans la salle, des protestations fusent. Parmis ceux qui appellent à continuer, on remarque Maurice Brover (de la NRP), Saïd Bouziri (du MTA), André Olivier (de Lyon) et Pierre Boisgontier (de Grenoble).

Tension, confusion, sentiment de trahison le disputent à la lassitude. On s'aperçoit qu'une seule réunion ne suffira pas à assouvir le désir de parole. Une seconde assemblée est donc convoquée au même endroit, quelques jours plus tard.

On y parle d'une coordination, qui pourrait se mettre en place pour faire un bilan des luttes, dans un an. Chacun se quitte en promettant de garder le contact, de continuer à militer au quotidien.

La Gauche prolétarienne est définitivement morte.

Reste une interrogation : pourquoi un mouvement à l'influence aussi disproportionnée par rapport à sa petite taille choisit-il de se saborder, alors même qu'il lance un quotidien et que son impact se renforce ?

Trois facteurs permettent d'expliquer la décision de Benny Lévy et de ses amis.

Premier facteur : l'épuisement. N'oublions pas que, pour la presque totalité des cadres et dirigeants maoïstes, la vie s'est arrêtée le jour de leur engagement : le maoïsme, cela veut dire militer vingt-quatre heures sur vingt-quatre, quitter sa famille, renoncer à ses études, partir en usine, risquer sa peau. Ceux qui avaient vingt ans en 1965 en ont maintenant vingt-huit : un âge plus sérieux, où il est temps de penser à son propre destin, à sa carrière, à ses amours. Lassitude, fatigue physique, intellectuelle, peuvent expliquer le ras-le-bol des dirigeants.

Deuxième facteur : la peur de la violence. Pour beaucoup de maos, la mort de Pierre Overney a été un électrochoc : pour la première fois, le discours de guerre civile s'est heurté à la réalité du sang. Et certains craignent l'escalade. A force de vanter la résistance et les exploits de prétendus partisans, le danger terroriste commence à poindre. Une partie de la base n'a-t-elle pas réclamé la mise à mort de Robert Nogrette ? Mieux vaut mettre le holà avant de commettre l'irréparable.

Troisième facteur : les limites du spontanéisme. Lors de la réunion des Chrysanthèmes, Benny Lévy s'est notamment appuyé sur l'expérience des travailleurs de Lip qui ont remis leur usine en route de leur propre chef : le simple fait que des ouvriers aient pu agir d'une telle façon sans y être poussés par des maoïstes prouve selon lui l'inutilité du groupe, qui n'a pas su être présent à l'endroit crucial. Il est vrai que le spontanéisme est forcément voué à l'échec : il refuse de créer le parti et attend sans fin que la classe ouvrière prenne elle-même ses affaires en main. L'absence de tout déclenchement révolutionnaire spontané pose nécessairement la question de la validité de l'engagement.

A la Gauche prolétarienne, cette impasse structurelle du spontanéisme est renforcée par le caractère violemment paradoxal de l'organisation : fidèle à sa ligne politique, elle se définit dès l'origine non comme un parti hiérarchisé mais comme une simple fédération de luttes autonomes, un rassemblement souple de comités théoriquement indépendants. Chacun s'accorde pourtant à reconnaître qu'il s'agit en réalité d'un groupe extrêmement autoritaire, au sein duquel tous les pouvoirs sont concentrés dans les mains d'un petit groupe occulte qui n'a jamais été élu par aucun collège : le Comité exécutif.

Interrogé en 1994 sur son passé de simple militant, Rony Brauman décrit l'atmosphère interne de l'ex-GP avec dureté : « Nos chefs faisaient preuve d'un autoritarisme terrible. Et les relations de pouvoir étaient d'autant plus impitoyables qu'elles étaient théorisées. Le chef pouvait par exemple décider qu'un couple devait “ s'établir ” : lui irait travailler en usine à Redon, en Bretagne, elle à Metz ! On exigeait de nous un dévouement absolu à la cause, qui était en fait un dévouement à nos chefs, avec ce que cela suppose de soumission, d'arbitraire et d'abus de pouvoir [86]. »

Entre le message maoïste-libertaire de l'organisation et sa réalité hiérarchique, la contradiction est explosive. D'où une question, simple et finale : un mouvement bâti sur une telle opposition entre discours et réalité pouvait-il vraiment durer ? La brève et tumultueuse histoire de la Gauche prolétarienne a prouvé le contraire.

Il n'en reste pas moins qu'en dépit de sa part d'ombre le mouvement de Benny Lévy est sans conteste celui qui a poussé le plus loin la mise en pratique concrète des préceptes de Mao, quelle que soit la valeur qu'on accorde à ces impératifs. Soucieux de « rechercher une percée du neuf », selon la formule de Tony Lévy, désireux de rendre compte d'une réalité strictement française, ils ont tenté d'éviter l'ossification par l'action. Les « gépistes » ont « mouillé leur chemise » : loin de se contenter de belles formules exotiques, ils ont vécu l'engagement sacrificiel jusque dans ses plus extrêmes limites concrètes.

LA GRANDE RIVALITÉ DES PCMLF

Pauvre Parti communiste marxiste-léniniste de France ! Depuis sa fondation à la veille des événements de 68, le « nouveau parti de la classe ouvrière » a collectionné les malheurs : attaqué par un commando du PCF le jour même de sa fondation à Puyricard, il a ensuite subi l'interdiction gouvernementale en juin 68, avant d'exploser complètement à l'issue d'une crise larvée qui a duré pendant toute l'année 1970.

Au bout du compte, le tableau en décembre 70 est assez surréaliste : trois groupes rivaux se partagent les quelque deux mille adhérents de l'organisation et prétendent, séparément, s'arroger la primauté du titre « PCMLF ». Difficile, donc, de s'y retrouver, entre un PCMLF-le Travailleur (de Raymond Casas), un PCMLF-Front rouge (de *Max Cluzot*) et un PCMLF-Humanité rouge (de Jacques Jurquet). Quant au profane, il risque fort d'être définitivement largué...

Bien que très affaibli par la crise de 1970, le PCMLF de Jurquet possède sur ses deux rivaux un net avantage : il est le seul officiellement reconnu par la Chine. Incapables de s'y retrouver dans le maquis touffu des scissions maoïstes, les Chinois ont décidé de maintenir leur appui à ce qui leur semble être la continuité historique du parti.

Soutien symbolique, qui se traduit par de fréquentes invitations à séjourner à Pékin, mais, surtout, soutien financier : le mouvement touche chaque année la somme, considérable à l'époque, de cinq cent mille francs. Les Chinois ont en particulier souscrit dix mille abonnements à l'hebdomadaire *L'Humanité rouge*. Cette manne permettra au mouvement atomisé de faire front dans la tourmente et de continuer à publier une importante propagande.

Le parti rencontre alors son homme providentiel en la personne d'Alain Doronte. Ancien responsable des Jeunesses communistes du Nord, Doronte a rejoint la Fédération des cercles marxistes-léninistes dès 1965. C'est donc déjà un vétéran. Il a manqué une bonne partie de la « guéguerre » de 1970 pour cause de service militaire. A son retour, il s'est tout naturellement rallié à la Direction centrale clandestine, celle de François Marty et Jacques Jurquet. Bientôt coopté lui-même à la direction, il se révèle être un très efficace organisateur, ainsi qu'un redoutable coupeur de têtes. Parmi les reproches des scissionnistes figurait celui d'une certaine mollesse : les contestataires estimaient notamment que le groupe dirigeant avait fauté en ne redonnant pas au PCMLF clandestin une activité régulière. Alain Doronte va justement s'employer à reconstruire le parti interdit, dont les effectifs réels s'élèvent après la crise à moins de cent membres.

Le premier souci de Jurquet, Doronte et Marty est de restructurer la presse du parti. Un problème aigu se pose : tous les journalistes de *L'Humanité nouvelle* clandestine ont rallié le PCMLF-Front rouge. Pire : ils ont imperturbablement continué à publier le journal du PCMLF, se l'appropriant ainsi sans autre forme de procès. Pas question de laisser passer l'affront. Dès la fin 1970, Alain Doronte publie à son tour, comme si de rien n'était, une *Humanité nouvelle*, qui, bien sûr, revendique la seule légitimité du titre, et comporte une intéressante mise en garde : « Divers groupes d'étudiants non débarrassés de l'idéologie bourgeoise annoncent leur intention de publier des feuilles sous le titre de l'organe central du PCMLF : “ *L'Humanité nouvelle* ”. [...] Mais nous faisons confiance à nos lecteurs pour qu'à la simple lecture des documents mystificateurs ils comprennent qu'il s'agit de textes faussement attribués au PCMLF. Même lorsqu'elle se camoufle derrière une phraséologie “ révolutionnaire ”, l'idéologie bourgeoise finit toujours par se trahir et les travailleurs ne s'y laissent pas prendre [87]. »

Sur le plan légal, *L'Humanité rouge* continue à paraître imperturbablement et à publier systématiquement des communiqués des partis frères de l'Internationale prochinoise. L'Humanité rouge, c'est aussi le nom du groupe (légal) derrière lequel s'abrite le PCMLF-Jurquet. Malgré ses faibles effectifs, il participe à toutes les mobilisations de l'extrême gauche et se remplume petit à petit.

Un drame inattendu va pourtant survenir : le 29 mai 1971, François Marty meurt à l'hôpital, deux jours après un accident de la route qui s'est produit tout près de Montpellier. Pour le

PCMLF, c'est un nouveau coup du sort : membre de la direction clandestine, ancien résistant et vétéran du PCF, François Marty était une figure consensuelle, un pilier du parti. Sur le coup, chacun s'interroge : et si c'était un crime du Parti communiste ? Mais tout semble indiquer qu'il ne s'agit au fond que d'un banal accident de la circulation. Détail symbolique : dès le 31 mai, le dirigeant de l'Albanie, Enver Hodja, rend public un communiqué attristé, qui se termine par cette phrase révélatrice : « Au nom du Comité central du Parti du travail d'Albanie, ainsi qu'en mon propre nom, nous adressons nos condoléances les plus profondes aux marxistes-léninistes français, au collectif du journal " *L'Humanité rouge* ", et à la famille de notre camarade inoubliable et ami intime du peuple albanais, François Marty [88]. »

La promptitude de la réaction albanaise est un indice : rappelons que, parmi les dirigeants ML, deux sensibilités cohabitent discrètement : si Jacques Jurquet est incontestablement un « homme des Chinois », François Marty était en quelque sorte son pendant albanais. Lors de la grande rupture de 1977 entre Chinois et Albanais, sa veuve, Suzanne Marty, choisira d'ailleurs résolument le camp de Tirana.

En attendant, le PCMLF-Humanité rouge doit tout faire pour conforter son assise internationale. Une occasion rêvée se présente à l'occasion des festivités du cinquantième anniversaire du Parti communiste chinois : une délégation du parti est invitée en Chine. Tant pis pour les rivaux. Le 3 septembre 1971, elle rencontre Zhou Enlai : les Français qui ont fait le voyage de Pékin sont Jacques Jurquet, André Druesne et Alain Castan.

Ce voyage est par ailleurs l'occasion d'un malentendu assez comique : pendant une cérémonie officielle, Jacques Jurquet est présenté au roi du Cambodge, Norodom Sihanouk. Croyant avoir affaire à un chef d'État européen, Sihanouk appelle Jurquet « Monsieur le Président ». Celui-ci est forcé d'expliquer qu'il ne dirige qu'une petite organisation maoïste française. Avec un naturel confondant, le souverain en exil lui rétorque alors : « Mais tous les Français aiment être appelés " président " [89] ! »

En dépit de son entregent diplomatique, le PCMLF de Jurquet et Doronte est en France une organisation minuscule, à l'influence négligeable si on la compare à celle de l'ex-Gauche prolétarienne, que les Chinois ignorent souverainement. Aucune vedette de cinéma, aucun ténor de l'intelligence, aucun penseur médiatique ne vient frapper à la porte du groupe : parmi les adhérents artistes, on remarque seulement, pendant peu de temps, un jeune chanteur débutant, Renaud, ou encore un pianiste de jazz, François Tusques. Comme toutes les organisations ML, le PCMLF a aussi son prêtre sympathisant, Jean Cardonnel.

Cette pénurie de stars ne l'empêche pas de donner des leçons au groupe de Benny Lévy. Le 28 février 1972, L'Humanité rouge se fend d'un tract pour dénoncer l'assassinat de Pierre Overney : « Pouvoir capitaliste assassin ! C'est avec une profonde indignation que " *L'Humanité rouge* " a appris l'assassinat fasciste du jeune ouvrier Pierre Overney. Il se disait " maoïste " et par là il entendait servir le peuple. Il est mort pour un idéal qui est aussi le nôtre. [...] Le souvenir de Pierre Overney, qui sans être marxiste-léniniste n'en était pas moins un courageux militant de la cause révolutionnaire, restera gravé dans la mémoire de notre peuple. C'est une certitude, Pierre Overney sera vengé. »

On peut admirer au passage la subtile dialectique du PCMLF. Le terme « maoïste » est pour lui injurieux. Seule a cours la très austère appellation de « marxiste-léniniste ». Un maoïste n'est donc pas un véritable marxiste-léniniste, mais simplement une sorte d'apprenti, encore ignorant des mystères de la cause.

En dépit de ce mépris affiché, il existe une étonnante ressemblance entre les positions de la Gauche prolétarienne et celles du PCMLF : l'une affirme que la situation de la France est semblable à celle de l'Occupation, qu'il faut entrer en résistance ; l'autre énonce que le régime est en voie de fascisation et que le parti doit résister clandestinement. Dans les deux cas, un même héritage : celui de la Résistance, qui constitue une donnée fondamentale du maoïsme français.

Le mot d'ordre de lutte contre la fascisation devient effectivement une des priorités du PCMLF : il lui permet de légitimer sa clandestinité. Pourtant l'Humanité rouge doit aussi recruter de nouveaux membres, sous peine de disparaître définitivement.

A la fin de 1972, deux structures larges voient le jour : le Centre d'informations sur les luttes anti-impérialistes (CILA), dirigé par la responsable des relations extérieures du PCMLF, Marie-Thérèse Dufour, et le Mouvement national de soutien aux peuples d'Indochine (MNSPI). Dès le 15 janvier 1973 paraît le numéro 1 de son journal, *Indochine en lutte*.

Le vendredi 16 février 1973 constitue une autre étape de la reconstruction : plus de cinq cents personnes se regroupent dans la salle B de la Mutualité pour prôner l' « abstention révolutionnaire » lors des élections législatives de mars. Parmi les orateurs : Suzanne Marty, Jacques Jurquet, André Druesne, mais aussi Monique Cuisinier.

Cinq cents personnes à un meeting, c'est peu : mais pour le PCMLF-Humanité rouge, dont les effectifs s'étaient écroulés au début de 1971, c'est une remontée significative.

En avril 1973 paraît le premier numéro d'une revue théorique, *Prolétariat*.

Pendant l'été, nouvelle visite du parti à Pékin : la délégation, menée par Jacques Jurquet, rencontre Zhou Enlai, Wang Hongwen, Jiang Qing, Qen Biao et Feng Xiuan.

A la fin de l'année 1973, le PCMLF-Humanité rouge est donc en pleine ascension. Il va toutefois se heurter à de sérieux rivaux. Passons rapidement sur le PCMLF-le Travailleur : cette organisation, fondée à l'initiative de Raymond Casas, s'articule au départ autour de trois axes : elle veut s'ouvrir aux débats issus de Mai 1968, préserver un caractère prolétarien, et renouer avec la démocratie interne, absente selon elle du PCMLF de Jurquet. Le PCMLF de Casas affirme notamment représenter la majorité du Bureau politique élu au congrès de fondation du parti, à Puyricard.

Un bulletin national, *Le Travailleur*, est lancé en mai 1971, et plusieurs éditions régionales apparaissent avant l'été. Toutefois, le souci démocratique se traduit surtout par un certain désordre interne. Très vite, d'interminables, d'obscures discussions idéologiques s'emparent de l'appareil. Plusieurs réunions clandestines du Bureau politique se tiennent alors chez un écrivain, Claire Etcherelli, non loin de la gare d'Austerlitz (Paris 13e).

Le PCMLF-le Travailleur va dès lors s'étioler au rythme des scissions : chaque groupe autonome acquiert progressivement son indépendance ; quant au parti, il est bientôt réduit à l'état de squelette : à partir de 1973, une fraction du groupe disparaît purement et simplement, tandis qu'une majorité rallie tantôt l'Humanité rouge, tantôt Front rouge. Quant à Raymond Casas, il abandonne toute activité politique au printemps 1972 : épuisé, malade, il a été mis en garde par un inspecteur de police : les gros bras du PCF n'ont pas fini de lui en faire voir. La vengeance de Gaston Plissonnier continue à s'exercer contre son ancien camarade.

Le PCMLF-le Travailleur parviendra à subsister jusqu'en 1977 : mais il ne représentera plus qu'une poignée de militants, regroupés autour de Pierre Clerc et Pierre de la Crau.

L'expérience le Travailleur est donc un échec assez net. Par souci d'ouverture, ce PCMLF ne tentera même pas de publier un organe clandestin. A l'inverse du groupe de Jacques Jurquet, il considère que la France républicaine permet la libre expression des opinions révolutionnaires : maintenir à toute force un parti interdit n'est donc pas une priorité. En tout état de cause, on cherche en vain à la lecture du *Travailleur* le moindre écho d'une action clandestine du PCMLF-Casas.

Tel n'est pas le cas du troisième parti issu de la crise de 1970. *Last but not least*, le PCMLF de *Max Cluzot* et ses amis se distingue immédiatement par son dynamisme et par un activisme soutenu.

Mais, d'abord, un rappel historique : pour conter la scission de Raymond Casas au printemps 1970, Jacques Jurquet suscite la création d'un Comité exécutif central, composé de jeunes militants et chargé de lancer un mouvement de rectification interne. Les jeunes en question se prennent au jeu, goûtent au pouvoir et apostrophent leur direction : à la fin de l'année 1970, il est clair que le mouvement de rectification va un peu plus loin que prévu : l'autorité de Jurquet lui-même est remise en cause. Au lieu de se renforcer, le parti est de nouveau menacé de scission. Contesté par son propre Comité exécutif, Jurquet réagit vivement : les nouveaux opposants sont exclus à la fin de l'année.

Un grand nombre de militants issus de 68 quittent alors le PCMLF-Humanité rouge pour fonder leur propre PCMLF.

Ils étaient déjà auparavant les rédacteurs effectifs de *L'Humanité nouvelle* clandestine. Ils continuent à la publier. Un organe public apparaît également : *Front rouge*. Il est dirigé par Michel Gilquin.

L'acte de rupture est consommé à Paris, quand les membres exclus du comité exécutif central convoquent en son nom une conférence nationale pour faire le point sur le mouvement de rectification. Dirigé par *Max Cluzot*, Michel Gilquin, Jean Audier, ou Pierre Serre, le nouveau PCMLF adopte immédiatement des positions originales : contrairement à la plupart des autres groupes maoïstes, il ne développe aucun discours populiste mais prône au contraire un combat strictement prolétarien. Un des mots d'ordre du parti est d'ailleurs : « Unité de la classe ouvrière autour des OS. » On est très loin du « front uni » de l'Humanité rouge ou de la « France populaire » de la GP : pas question, pour les jeunes militants, de soutenir petits commerçants ou artisans : fidèles à l'orthodoxie marxiste, ils privilégient la classe ouvrière.

Le jeune mouvement critique aussi la thèse selon laquelle le régime de Georges Pompidou est en voie de fascisation : il finira même par remettre en question la nécessité de la clandestinité. Enfin, son style s'inspire beaucoup plus de l'UJC (ML) ou de la Gauche prolétarienne que du parti fondé à Puyricard. Les militants du PCMLF-Front rouge pratiquent au quotidien un spontanéisme rationalisé : à l'instar de la GP, ils considèrent que seule la classe ouvrière peut mener ses propres luttes, qu'il faut impulser, non diriger. Le rôle du PCMLF est, dans ces conditions, de se mettre au service du prolétariat.

Les membres du Comité exécutif central viennent pour la plupart de l'UJC (ML). En coupant le cordon avec le groupe Jurquet, ils renouent avec leurs origines spontanéistes.

Bien que très hiérarchisé et discipliné, leur PCMLF laissera parfois souffler un vent presque libertaire, où l'influence « gépiste » poindra plus d'une fois.

Cette dimension frondeuse inquiète immédiatement la police. Dans un rapport confidentiel tombé entre les mains du PCMLF, et déposé à la Bibliothèque de documentation internationale contemporaine, un fonctionnaire de l'Intérieur tire un véritable signal d'alarme : « Le 10 mars 1971, à Reims (Marne), la découverte de documents " PCMLF " faisait apparaître que le " Comité exécutif central ", partisan de la lutte armée, avait pris la direction politique du parti depuis octobre 1970. [...] A l'occasion du centenaire de la " Commune " de Paris, une circulaire du 26 février 1971, émanant du " CEC ", également découverte à Reims, analyse les conditions dans lesquelles les actions à caractère " politico-militaire " doivent être menées et en précise les modalités : bombages, collages, bris de vitres, jets de bidons d'essence enflammés ou d'engins incendiaires, utilisation de dynamite [90]. »

Une fois de plus, la police fait la preuve ici d'une totale méconnaissance du maoïsme et surestime le danger représenté par le PCMLF. Passons sur l'énorme erreur factuelle : le Comité exécutif central n'a pas pris la direction politique du parti ; il a été exclu et a formé un deuxième parti. Le fonctionnaire est apparemment peu familier des méandres groupusculaires.

Phénomène plus grave : il confond les appels rituels à la révolution violente qui constellent toutes les publications d'extrême gauche avec la véritable revendication d'un passage à la lutte armée immédiate. Il est persuadé que le PCMLF-Front rouge rêve d'actions terroristes. Rien n'est plus faux. Jamais le mouvement lyonnais n'a, semble-t-il, envisagé à un quelconque moment de se lancer dans des actes semblables à ceux de la Nouvelle résistance.

Pourtant, les références politico-militaires évoquées dans le rapport correspondent malgré tout à une certaine réalité : en 1971 et 1972, le parti traverse effectivement une phase spontanéiste « extrême », influencée par la GP.

Désireux de s'implanter dans les usines, les ML de Front rouge vont notamment s'inspirer des techniques musclées propres aux « gépistes ».

Le 5 février 1971, une diffusion de tracts clandestins du PCMLF a lieu devant les portes du complexe Creusot-Loire, à Firminy. Les militants arborent des drapeaux rouges aux hampes de bois, des manches de pioche, des cagoules pour ne pas être reconnus... et de grands portraits du président Mao. Un car de police en patrouille a le malheur de passer par là. Immédiatement, les maoïstes se retournent sur lui, pour faire un exemple. Le car subit une attaque militaire d'une extrême violence, au cours de laquelle trois gardiens de la paix sont blessés. Les policiers ne parviendront à se dégager qu'en ouvrant le feu : deux militants sont touchés à la cuisse.

Il est vrai que le nouveau PCMLF n'est pas composé de plaisantins. Ce sont des activistes durs, organisés, sectaires, souvent violents, à qui il ne faut pas chercher noise et qui subissent l'attraction de la Cause du peuple. Un ancien cadre, Philippe Buton, se souvient des épreuves que le jeune sympathisant de Saumur doit alors subir : on lui demande d'abord de vendre l'hebdomadaire public du parti, *Front rouge*, en faisant du porte-à-porte. Lors d'une seconde épreuve, il doit ensuite coller sur les murs de Saumur des pages de *Front rouge*. Il en profite pour placarder *Charlie-Hebdo* et *Actuel*. Un curieux cocktail politique. Sacrifice plus lourd : notre lycéen est forcé de faire le deuil de ses vacances scolaires pour aller s'établir deux mois en usine. Dernière concession au PCMLF : Philippe Buton devra se faire couper les cheveux. Les fiers militants prolétariens n'ont que mépris pour les beatniks à longue tignasse. A Front rouge, le poil se porte court.

1971 marque le lancement d'une intense campagne d'établissement : une fois de plus, le PCMLF-Front rouge vante le sacrifice, ainsi qu'en témoigne un texte interne de la direction au ton particulièrement dur et au style plutôt rocailleux : « Feu sur les conceptions bourgeoises concernant l'établissement des camarades intellectuels. [...] " L'avenir professionnel " : une porte de sortie pour pouvoir un jour trahir la révolution. [...] Ce qui joue avant tout, c'est la nécessité d'opérer une rupture avec les études et ce qu'il y a au bout (les diplômes et l'avenir professionnel), de rompre avec le boulot de petit ou de moyen bourgeois. »

En finir avec l'ambition ; abandonner toute idée de destin individuel : tel est le sort peu enviable des jeunes étudiants ou lycéens qui rejoignent alors Front rouge.

La période violente, la dérive spontanéiste ne durent pas. Dès le 1er mai 1972, une conférence nationale clandestine tenue en Ardèche dresse le bilan du mouvement de rectification, critique les erreurs spontanéistes et décide que la crise de 70 est enfin terminée : cinquante délégués venus de toute la France participent à la réunion.

Dès lors, le parti va développer un activisme plus raisonné, tout en maintenant ses positions originales : critique de la fascisation, mise en avant de la classe ouvrière et, sur le plan international, une certaine indifférence à l'égard de la diplomatie chinoise.

Un paradoxe ? Sans doute. Car le PCMLF-Front rouge revendique haut et fort son attachement à la « pensée Mao Zedong » : pourtant, sa fidélité ne va pas jusqu'à épouser les virages de la politique extérieure de Pékin. L'exemple iranien est à cet égard révélateur : alors même que la Chine se rapproche de l'Iran, le PCMLF-Front rouge continue à stigmatiser le régime du Shah. A titre de comparaison, le PCMLF-Humanité rouge cessera pour sa part au même moment de dénoncer le régime de Téhéran.

Sectarisme et culte du sacrifice cohabitent avec un souci d'ouverture politique, qui se traduit dès l'hiver 72-73 par la création de deux structures larges visant à recruter des sympathisants bien au-delà du cercle restreint des adhérents du PCMLF : les Comités pour l'abrogation de la circulaire Fontanet, qui s'adressent au milieu immigré, et surtout les Comités Indochine-Palestine. Calqués sur le modèle des anciens Comités Vietnam de base, les CIP visent une vaste clientèle et s'adressent tout naturellement aux étudiants et lycéens. Ils ont même un quartier général « à ciel ouvert », 8, rue du Roi-de-Sicile (Paris 4e). Ils constituent également un rassemblement de personnalités amies : Abraham Behar, Vincent Monteil, Michèle Beauvillard, Charles Bettelheim, Jacques Debu-Bridel et même Philippe Sollers acceptent de cautionner le nouveau mouvement, qui peut aussi compter sur l'appui de quelques ecclésiastiques, parmi lesquels les pères Robert Davezies et Domergues.

Cette volonté d'ouverture se traduit par une significative augmentation des effectifs et par une reprise d'activité sur Paris : géographiquement, Front rouge domine surtout la région Rhône-Alpes. Quant à la capitale, elle reste un fief de l'Humanité rouge. La situation va pourtant rapidement s'équilibrer : le 4 mars 1973, près de mille cinq cent personnes se rassemblent à la Mutualité pour un meeting de soutien aux « peuples opprimés », à l'initiative des Comités Indochine-Palestine. Une occasion pour le PCMLF-Front rouge de mettre en avant un personnage historique qui vient de rejoindre ses rangs : Gilbert Mury. Le vétéran ML est présent à la tribune. Il fait un long discours sur la Palestine.

L'année 1973 est pour le nouveau parti une période de renforcement qui se traduit notamment par la création d'une structure spécifiquement ouvrière, l'Opposition syndicale révolutionnaire, majoritairement composée d'adhérents à la CFDT.

Une luxueuse revue théorique, *Octobre*, paraît en mars 1973 avec pour premier thème « l'histoire du révisionnisme en France ».

Lorsque éclate la guerre du Kippour en septembre 1973, le parti ne se contente pas de soutenir les États arabes : il va jusqu'à éditer pendant dix jours un quotidien, *Front rouge spécial Moyen-Orient*, qui publie les informations recueillies par son envoyé spécial sur le front, Paul Gay.

Mais le point d'orgue de la mobilisation, qui prouve effectivement la progression du parti, est sans conteste le « rassemblement communiste » du dimanche 28 octobre 1973 à la Mutualité, sur le thème : « Oui, la révolution est possible !... »

Plus de deux mille personnes participent à l'événement et écoutent notamment les discours de *Max Cluzot*, Bernard Rey,

André Roustan, ainsi que du cinéaste Tobias Engel. La partie « variétés » est assurée par Colette Magny.

La montée en puissance de Front rouge aboutit à la fin de 1973 à une situation ubuesque : deux PCMLF d'égale importance se disputent la paternité du titre, avec des positions divergentes.

C'est le début d'une pénible guerre fratricide qui durera pendant près de trois ans.

Pourtant le climat, à la veille de 1974, paraît s'apaiser : au sein de Front rouge, nombreux sont les militants qui, à l'instar d'un dirigeant parisien, René Rodriguez, s'interrogent sur le maintien de la clandestinité. Dans une société démocratique comme la France, à quoi bon maintenir à bout de bras une structure interdite ? Mieux vaut fonder à terme un parti à ciel ouvert. La querelle des sigles sera ainsi réglée.

Le nouveau parti naîtra finalement au printemps 1974.

7

De 1974 à 1977 : le second souffle

Avec l'élection de Valéry Giscard d'Estaing à la présidence de la république le 26 avril 1974 se clôt le règne de Raymond Marcellin. Les gauchistes vont pouvoir souffler : leur mortel ennemi, instigateur de la loi « anticasseurs » et pourfendeur acharné du péril communiste, vient enfin de prendre sa retraite. Le nouveau ministre de l'Intérieur, Christian Bonnet, prêche l'apaisement.

Petit à petit, la répression policière s'adoucit. Époque, situation, mentalité nouvelles : le souvenir de Mai 68 s'estompe et la plupart des intellectuels qui s'étaient ralliés au maoïsme commencent à s'éloigner sur la pointe des pieds : les plus voyants d'entre eux, Michel Foucault, Maurice Clavel et les autres prennent discrètement le large. Est-ce la fin définitive d'un courant politique né à peine dix ans plus tôt ? Bien au contraire. Pour les mouvements ML, la situation est curieusement... encourageante. Certes, le spontanéisme est en voie d'extinction. VLR, la Cause du peuple sont mortes. Quant à leurs derniers sectateurs, ils s'enfoncent pour la plupart dans l'autonomie qui commence à poindre dès 1974. L'autonomie ? Il s'agit d'un courant éphémère, issu de la décomposition du spontanéisme et qui le prolonge en estompant ses ancrages idéologiques : mélange pragmatique d'anarchisme, de maoïsme, d'antisyndicalisme, de critique de la vie quotidienne et de culte de la lutte armée, l'autonomie marquera la fin des années soixante-dix. Elle disparaîtra ensuite tout doucement pendant les années quatre-vingt.

Le second souffle du maoïsme vient paradoxalement des militants les plus sectaires, les plus dogmatiques : deux partis revendiquent l'héritage du PCMLF et se disputent une mouvance militante globalement estimable à six mille personnes : l'Humanité rouge et le Parti communiste révolutionnaire (marxiste-léniniste). Ils ne sont pas les seuls à occuper le créneau prochinois : citons encore le Parti d'unité prolétarienne, la Gauche ouvrière et paysanne, l'Union des communistes de France (marxiste-léniniste), l'Éveil, le Travailleur, l'Union de lutte communiste, Drapeau rouge et le Prolétaire-Ligne rouge, sans oublier une myriade de cercles locaux ou régionaux.

Phénomène important : aucun de ces groupes ne bénéficie d'un quelconque afflux militant lié à la disparition de la Cause du peuple : les anciens « gépistes » ont pour la plupart décidé de tout arrêter.

Comment expliquer ce phénomène contradictoire : d'un côté, la liquéfaction du spontanéisme ; de l'autre, la montée en puissance des mouvements les plus « raides » ?

Il ne s'agit au fond que d'un leurre, d'un dernier sursaut avant l'anéantissement. Dès 1977, il est clair que les partis ML n'ont fait que bénéficier des ultimes feux mourants de la génération 68. Ils connaîtront alors une chute vertigineuse qui s'achèvera par leur totale disparition pendant les années quatre-vingt.

Une fois de plus, l'enthousiasme, l'engagement radical feront place au désespoir.

Sur un plan international, la période est également marquée par le développement d'un maoïsme militaire et sa probable utilisation par différents gouvernements, tant occidentaux qu'orientaux. Un peu partout en Europe apparaissent des mouvements d'extrême gauche pratiquant la lutte armée. Sans entrer dans les nuances, on peut affirmer que deux grandes sensibilités s'opposent : d'un côté les guévaristes, adeptes de la théorie des « focos », de feux isolés, qui souhaitent développer une guérilla urbaine en Europe : les plus connus des « foquistes » sont les Allemands de la Fraction armée rouge (RAF).

Face à eux, des militants maoïstes défendent la thèse chinoise de la « guerre populaire prolongée » selon laquelle seul un Parti communiste combattant né des masses peut déclarer la guerre au capital. A cette deuxième catégorie ressortissent les fameuses Brigades rouges italiennes, responsables de multiples crimes et notamment de l'exécution d'Aldo Moro en 1978. En Espagne, une autre organisation campe sur les mêmes positions : le Parti communiste d'Espagne (reconstruit), qui contrôle les Groupes révolutionnaires antifascistes du premier octobre (GRAPO).

Dans quelle mesure Brigades rouges et GRAPO servent-ils des intérêts qui les dépassent, en se mettant objectivement au service d'une stratégie de la tension qui vise à contrer la montée du communisme en Europe ? Il est incontestable que les Brigades rouges ont contribué à « casser » en Italie le « compromis historique », ce grand rapprochement entre la Démocratie chrétienne et le Parti communiste, qui aurait pu conduire ce dernier à participer au gouvernement.

Au Portugal, certains maoïstes jouent un rôle tout aussi

trouble. A partir du printemps 1975, le Mouvement pour la réorganisation du parti du prolétariat (MRPP), d'Arnaldo Matos, lance une campagne militaire contre le Parti communiste portugais (prosoviétique) d'Alvaro Cunhal. Pendand des mois, les maoïstes attaquent, incendient et détruisent les permanences du PC, au point que les observateurs finissent par s'interroger : qui contrôle réellement les militants du MRPP ? En brisant l'élan du Parti communiste, ils préviennent toute velléité de prise du pouvoir, à la faveur des troubles qui ont suivi la chute du régime dictatorial en 1974.

Et la France ? Échappe-t-elle au maoïsme militaire ? Pas tout à fait. Mais les partisans français de la lutte armée ne pourront jamais s'appuyer que sur une poignée de sympathisants, vite repérés.

VIOLENCE ET DÉCOMPOSITION DU SPONTANÉISME

Dans les jours, les semaines qui ont suivi la réunion des Chrysanthèmes, en novembre 1973, la Cause du peuple s'est rapidement disloquée, chacun renouant enfin avec le fil de sa vie, après une assez courte période de transition consacrée généralement à un militantisme au quotidien, dénué de perspective révolutionnaire : certains se replient sur le syndicalisme ; d'autres participent à des comités ponctuels visant à exiger par exemple la libération des militants allemands emprisonnés. Lorsque meurt la GP, Benny Lévy, Jean-Paul Sartre et Philippe Gavi sont en plein travail de rédaction d'un ouvrage en forme de bilan, qui paraît en 1974 : *On a raison de se révolter* [1].

L'ouvrage sort dans une collection au titre évocateur, « la France Sauvage ». Ses directeurs en sont comme par hasard Jean-Pierre Le Dantec et Michel Le Bris.

A la sortie du livre, Jean-Paul Sartre présente notamment le livre à Bruay-en-Artois, où survit toujours le Comité vérité et justice fondé en 1972.

Quelques jours plus tard, le 24 mai 1974, il envoie une lettre à *Libération* par laquelle il renonce, pour des raisons de santé, à toute collaboration ultérieure avec la presse d'extrême gauche. Le rêve est terminé.

Chacun va maintenant s'inscrire dans la société civile et faire carrière : Jean-Paul Sartre poursuit quant à lui jusqu'à sa mort un dialogue philosophique avec Benny Lévy. L'ancien chef mao devient bientôt le compagnon, le proche, le secrétaire, le guide des dernières années du philosophe. Celui-ci ira jusqu'à écrire au nouveau président de la Répubique, Valéry Giscard d'Estaing, en 1974, pour lui demander de naturaliser Benny Lévy qui est encore apatride. Il obtient satisfaction dans des délais rapides. Pour fêter sa naturalisation, Benny Lévy organise une petite fête chez Liliane Siegel, qui ne lui a pas tenu rancune de sa froideur à l'époque de la GP. La présence insistante du jeune normalien auprès du vieux penseur lui vaudra pourtant de lourds reproches : a-t-il forcé la main à Sartre dans les dernières années de sa vie pour ajouter sa signature au bas des textes du philosophe ? Simone de Beauvoir cesse de lui adresser la parole en 1978, après qu'il eut convaincu Sartre de signer avec lui un reportage à Jérusalem, paru dans le *Nouvel Observateur.*

Malgré les critiques de ses proches, Jean-Paul Sartre poursuivra son dialogue philosophique avec Benny Lévy jusqu'à sa mort, le mardi 15 avril 1980. Quant à Simone de Beauvoir, elle parle à ce propos de « détournement de vieillard [2] ».

Décrire les destins individuels des autres chefs maos ne concerne pas cet ouvrage qui entend se cantonner à l'histoire proprement dite du mouvement maoïste.

Cette parenthèse sartrienne étant fermée, revenons à ceux qui nous intéressent : les réfractaires, les jusqu'au-boutistes, les adversaires de la dissolution.

Lors de la réunion des Chrysanthèmes, la plupart des militants désirant continuer l'action prennent contact entre eux et s'échangent des numéros de téléphone. Est-ce l'amorce d'un redémarrage ? Une réunion rassemblant la majorité des contestataires se tient dans une ferme des environs de Nantes au début de 1974 : Jean-Paul Cruse et Pierre Boisgontier sont à l'origine de l'invitation. Ils ont rédigé pour l'occasion un texte-manifeste, curieusement signé des « Chasse-goupilles et tirs rivés ».

De nombreux militants venus de toute la France expriment leur désir de continuer l'action : mais le ressort est bel et bien cassé. Aucune décision concrète ne parvient à être prise. Chacun se quitte sur la promesse de garder le contact. Et replonge dans un activisme parcellaire. Le processus d'atomisation n'a pas pu être endigué. Aucune organisation structurée n'a vu le jour à la réunion des Chasse-goupilles et tirs rivés. Un coup d'épée dans l'eau ?

Quelques mois plus tard, une nouvelle tentative unitaire a lieu. Cette fois-ci, le projet est ambitieux : en novembre 1974 paraît le premier numéro d'une nouvelle *Cause du peuple* qui reprend trait pour trait le logo de 1970 et s'orne d'un grand portrait du président Mao. L'aventure va-t-elle redémarrer ? En première page, un texte virulent, « Appel aux combattants maoïstes », donne le ton du nouveau journal : « Camarade, tu as lu dans la presse, tu as entendu dire par ceux qui en étaient que " la Cause du peuple " n'existait plus, ni le journal, ni le lieu où l'on coordonnait la solidarité et les combats, campagne après campagne.

[...] Là où Marcellin avait échoué, un quarteron d'ex-dirigeants fatigués a cru réussir. Ils ont également liquidé l'organisation qui avait brisé plus d'un mauvais coup contre le peuple et frayé des voies nouvelles à la révolution. [...] Nous n'avons que faire des idées tordues de quelques intellectuels qui croient bouleverser la science en revenant aux vieilleries anarchistes et désarment le peuple sous prétexte de ne pas l'enrégimenter. [...] Non, la " Cause du peuple " n'est pas morte ! »

Dont acte. Car le coup semble avoir été soigneusement prémédité. La nouvelle *Cause du peuple* a pour directeur de publication un ancien cadre « gépiste », cofondateur le 12 novembre 1972 d'une éphémère Union nationale des comités de lutte d'atelier : Daniel Greaume. Le journal est édité par une « société de presse Servir le Peuple », dont le siège se trouve 71, rue Louis-Blanc (Paris 10e). La même adresse abrite également les éditions Gilles Tautin. Détail révélateur : il s'agit du local du Mouvement des travailleurs arabes.

Parallèlement à *La Cause du peuple*, une revue théorique voit le jour : *Théorie et Pratique* donne la parole à Kostas Mavrakis, Michèle Loi, Alain Badiou, ou Marie-Claire Boons. Très vite, cette nouvelle *Cause du peuple* s'enrichit de l'adhésion d'un ancien membre du Comité exécutif de la Gauche prolétarienne, Joseph Tournel, qui n'y fera pourtant qu'un bref passage. Les 8 et 9 février 1975, l'organisation ressuscitée organise une grande « conférence nationale maoïste », pour tenter de recoller les morceaux épars de l'ancien groupe de *Pierre Victor* et Alain Geismar. Peine perdue.

Rien n'y fait : la désagrégation continue, lente et inexorable. Nul parmi les ex-« gépistes » ne souhaite en fait reconstituer une hiérarchie : l'heure est à l'autonomie, aux initiatives éclatées, indépendantes, radicales. N'est-ce pas la logique même d'un engagement spontanéiste qui, par nature, considère comme prématurée la formation d'un quelconque parti ?

Dès lors, tout s'écroule : la Cause du peuple divorce d'avec la revue *Théorie et Pratique*, tandis que le Mouvement des travailleurs arabes subit une scission « de gauche » qui donne naissance à un microscopique Front des travailleurs arabes. Le MTA historique continuera pourtant ses activités jusqu'en 1976 : en 1975, un groupe de militants se rendra même au Liban à l'invitation du Fatah qui souhaite reconstituer en France une gauche propalestinienne.

La nouvelle Cause du peuple s'éteint finalement en 1978, après s'être rapprochée du groupe le Travailleur, de Pierre Clerc. La plupart de ses animateurs évoluent alors dans la mouvance autonome. Certains sont depuis longtemps passés à l'action et pratiquent maintenant le maniement du P.38.

Ont-ils gardé des contacts avec les anciens membres de la Nouvelle résistance populaire ? Pas vraiment.

Pourtant, lorsque l'ex-GP s'autodissout en 1973, les anciens dirigeants sont confrontés à une fronde extrêmement inquiétante : depuis 1972, Maurice Brover a impulsé avec une dizaine d'autres résistants une NRP dissidente. Celle-ci refuse de se disloquer avec le reste de l'organisation.

Pendant un peu plus d'un an, les partisans veillent sur leur arsenal, continuent à se réunir et préparent des actions qu'ils ne réaliseront pas : ils ont gardé des armes, des explosifs, des faux papiers, des planques.

Pour Olivier Rolin, Benny Lévy et les autres, ces électrons libres de la lutte armée représentent un véritable péril. Pourtant, ces combattants de la dernière heure refusent eux aussi l'engrenage terroriste. Aucune exécution ne sera commise, même si deux ou trois attentats peuvent apparemment leur être attribués en 1974 et 1975.

Un autre groupe, issu de la NRP « officielle », prépare en 1974 l'enlèvement d'un cadre de Citroën-Balard, membre d'un syndicat de droite, la Confédération française du travail (CFT), et considéré comme un informateur de la police politique de Salazar au Portugal, la Pide.

Opération annulée.

Les branches de la Nouvelle résistance disparaîtront d'elles-mêmes en 1975. Elles auront survécu pendant deux ans.

Leur existence, leur maintien posent une grave, une décisive question : les maoïstes de la Gauche prolétarienne sont-ils moralement responsables de l'apparition en France de mouvements « terroristes » du type « Action directe » ? Dans un livre courageux et sincère paru en 1981, *L'Engrenage terroriste*, Alain Geismar pose lucidement le problème. En ce qui concerne la NRP, son diagnostic est sans appel : « Deux éléments sont ici décisifs, qui à la limite n'en font qu'un car les personnes sont pour une part les mêmes : d'une part, Mai 68 avait été un mouvement révolutionnaire " sympathique ", non sanguinaire, un hymne à la vie ; d'autre part, les fondateurs de la GP étaient habités, individuellement, d'une fermeté morale profondément enracinée et d'un grand sens des responsabilités. Plus précisément, et quelque imaginaire qu'elle se soit tissée, la GP a toujours été, de façon permanente et dépourvue de la moindre complaisance, un mouvement pour une morale politique capable d'assurer la légitimité de l'action. Tel est, à mes yeux, le sens évident de la rencontre avec Jean-Paul Sartre, qui fut à partir de 1970 le plus exigeant de nos amis [3]. »

Cette fermeté morale est aujourd'hui revendiquée par la plupart des anciens dirigeants de la Gauche prolétarienne. Elle explique selon eux la différence fondamentale qui sépare la France de l'Allemagne ou l'Italie. En maîtrisant la soif de violence, en ne cédant pas au vertige de l'escalade, la NRP aurait en quelque sorte désamorcé la bombe et évité un engrenage sanglant. Marin Karmitz ajoute, non sans lyrisme : « Olivier Rolin a sauvé la France [4] ! » Plus nuancé, Tony Lévy en appelle aux symboles : « Il n'était jamais question d'autre chose que de symbolique [5]. »

Un point mérite pourtant d'être soulevé : la violence, le sacrifice sont des thèmes récurrents, obsessionnels dans la prose « gépiste ». Dès lors, le doute s'insinue : un tel écart entre la parole (enflammée, sanguinaire) et les actes (relativement mesurés) pouvait-il durer longtemps ?

N'oublions pas qu'en 1972 la direction maoïste a ordonné à la Nouvelle résistance d'assassiner Paul Touvier. L'objectif était donc un meurtre de sang-froid. L'ancien collaborateur n'a échappé à la mort qu'en évitant de rentrer chez lui à Chambéry (avait-il été renseigné ?).

Le plus grave, c'est que ce dérapage ne constituait apparemment pas un acte isolé. A la même époque, il se pourrait que des repérages aient également été effectués en vue d'exécuter le brigadier Robert Marquet, responsable de la mort d'un Algérien. Rappelons toutefois qu'Olivier Rolin dément l'existence d'un tel projet [6].

Pire : la Nouvelle résistance populaire a ouvertement affirmé sa volonté de tuer, dans un texte intitulé « A propos de la peine de mort ». *La Cause du peuple-J'accuse* l'a publié dans son numéro 36, en date du vendredi 22 décembre 1972 : « Nous ne pouvons pas être, d'une manière absolue et définitive " contre la peine de mort " : nous savons que la marche vers l'émancipation de notre peuple se fera au prix de nombreux arrêts de mort, prononcés dans des tribunaux ou exécutés par des hommes de main, contre ceux qui se battent pour la liberté. [...] Lorsque des gens du peuple, réclamant la justice, seront assassinés par la sauvagerie des privilégiés, nous répondrons par l'exécution des responsables. » On ne saurait être plus clair. A partir de l'hiver 1972, la Nouvelle résistance affirme qu'elle appliquera intégralement la loi du talion maoïste : pour une bavure, pour une sentence, une exécution. Entre la mort de Pierre Overney et la dissolution de la Cause du peuple, la NRP s'est donc préparée à transgresser ce fameux tabou moral dont parle Alain Geismar et à commettre des crimes de sang. Un fait demeure toutefois certain : elle n'a pas franchi la frontière. Nul ne peut être tenu coupable de ses intentions.

L'autre question, la plus importante peut-être, est celle de la responsabilité intellectuelle : les « gépistes » ont publié un nombre incalculable de textes incendiaires, vantant la lutte armée, le passage à l'acte. Ces documents circulent encore aujourd'hui dans la mouvance radicale. Comment pourraient-ils ne pas susciter des vocations ?

Alain Geismar n'élude pas le problème : « [...] Il est certain que nous avons flirté avec la terreur et entraîné dans cette voie des milliers d'activistes. Peut-être avons-nous par là créé chez certains une telle frustration qu'elle les a ensuite conduits ailleurs : là où nous ne voulions aller à aucun prix [7]. » L'ancien porte-parole maoïste touche ici le point le plus sensible : depuis 1974, la plupart des mouvances « terroristes » d'extrême gauche revendiquent d'elles-mêmes une filiation avec la GP : l'assassinat du P-DG de Renault, Georges Besse, le 17 novembre 1986, a ainsi été réalisé par un « commando Pierre Overney d'Action directe ».

Action directe n'est pas directement issu du maoïsme : il s'agit plutôt d'un produit de l'autonomie, c'est-à-dire de la décomposition de l'extrême gauche post-soixante-huitarde. En son sein cohabitent deux sensibilités : une tendance libertaire, et une autre, maoïste, représentée par le groupe d'André Olivier.

Il n'en reste pas moins que jamais le terrorisme n'a pris en France une ampleur comparable à la situation italienne ou allemande. Faut-il en remercier la NRP, qui a su tuer dans l'œuf tout débordement, ou faut-il penser au contraire que la mentalité française est plus réfractaire au mode de pensée terroriste que l'allemande ou l'italienne ? Le passé totalitaire de l'Allemagne et l'Italie explique-t-il cette propension à la violence isolée ? Il paraît aujourd'hui difficile de répondre. Il est par contre établi que la Gauche prolétarienne a constitué, et constitue encore, une source d'inspiration et de référence pour les mouvements d'extrême gauche qui pratiquent la lutte armée.

Phénomène qui nous concerne au premier chef : un certain nombre de maoïstes de base se sont en tout cas livrés dans les années soixante-dix à des actes terroristes particulièrement sanglants.

Pour tenter de cerner leur parcours, retournons en 1973. Une structure d'un type un peu particulier éclot durant l'agonie de la Cause du peuple : fondés par un professeur de lycée, les Groupes révolutionnaires (GR) constituent des bandes de cogneurs aux cheveux courts qui officient dans les marges de l'organisation maoïste. Leur activité principale : casser la figure aux militants d'extrême droite, aux trotskistes lambertistes de l'Alliance des jeunes pour le socialisme (AJS) ou aux sionistes radicaux du Betar. Le troisième étage de la tour 46, à la faculté de Jussieu, est un de leurs lieux fétiches. C'est de là que partent souvent les commandos antifascistes ou les cassages de manifs. Structures souples, bandes paramilitaires, les GR suscitent vite un réel engouement dans la région parisienne : des GR éclosent dans plusieurs arrondissements de la capitale. On verra même un redoutable GR-Femmes, composé de militantes particulièrement remontées.

Le très chic 16e arrondissement a, lui aussi, son GR. Son chef possède un étrange charisme : Jean-Denis Lhomme n'est pas un militant comme les autres. Son père travaille pour une compagnie aérienne. Le jeune garçon a donc énormément voyagé dès son plus jeune âge. A vingt ans passés, il se prend de passion pour l'Amérique latine et y multiplie les séjours. En Uruguay, en Bolivie, au Chili, il découvre tout à la fois les dictatures militaires et leurs ennemis jurés, les guérilleros, auxquels il voue bientôt une admiration sans bornes. En France, les gauchistes se contentent de clamer des slogans dans les manifestations. Mais, en Amérique latine, on dégaine vraiment. Et la fascination du jeune Français s'accroît d'année en année. Lors d'un séjour à Santiago, il va jusqu'à prendre contact avec le principal groupe d'extrême gauche, le MIR.

A son retour du Chili, il a appris la leçon. Désireux d'en découdre à son tour, il rejoint les GR et participe à plusieurs actions violentes, qu'il juge évidemment trop molles.

En novembre 1973, il assiste en spectateur incrédule à la réunion des Chrysanthèmes. Comme beaucoup de jeunes militants, il ne comprend pas pourquoi les aînés veulent arrêter le combat. Une idée germe alors dans sa tête : pourquoi ne pas créer, en France, un mouvement de guérilla semblable à ceux qui se multiplient en Amérique latine ?

Jean-Denis Lhomme recrute avec un soin tatillon vingt-cinq jeunes militants triés sur le volet. Certains ont à peine quinze ans. Il ordonne et obtient que tous abandonnent leurs études pour faire des formations professionnelles et entrer à terme dans une totale clandestinité : lui-même est alors ajusteur. La tradition de l'établissement se perpétue. Point symptomatique : Lhomme se réclame du maoïsme mais ne semble guère s'intéresser aux faits d'arme de la NRP ; son groupe fonctionne de façon militaire, sans références à la Résistance, avec un souci maniaque du renseignement. Il planifie d'ailleurs à l'extrême ses opérations militaires.

Désireux de protester contre le putsch du général Pinochet au Chili, survenu à l'automne 1973, il organise ainsi au printemps suivant l'assassinat du P-DG de la société américaine ITT-France. L'appartement du dirigeant est localisé, ses habitudes sont consignées. Mais le groupe ne possède quasiment pas d'armes : son arsenal ne contient qu'une seule et unique mine antipersonnel. Pas question de frapper. La patience n'est-elle pas l'arme des « sages » ? La première véritable action plonge les enquêteurs dans la consternation.

Attaché militaire à l'ambassade d'Uruguay et ancien chef des services de renseignements de son pays, le colonel Ramon Trabal est à mille lieues de se douter qu'il a été choisi comme cible par une minuscule armée secrète maoïste.

Le jeudi 19 décembre 1974, à 13 h 10, il s'apprête à rentrer chez lui pour déjeuner et s'engouffre dans le parking souterrain de son immeuble, 15, avenue du Recteur-Poincaré (Paris 16ᵉ). Tout se passe très vite : deux jeunes gens planqués à l'entrée du parking lui tirent à bout portant sept coups de pistolets de calibre 7,65 avant de s'enfuir à pied.

Le colonel Trabal meurt sur le coup. Quelques heures plus tard, l'assassinat est revendiqué par une mystérieuse Brigade internationale Raul Sendic, qui frappe pour la première fois. Précisons que Raul Sendic est le fondateur d'un mouvement de guérilla uruguayen, les Tupamaros. Il est emprisonné depuis 1972. Partout dans le monde, le meurtre du diplomate nourrit les interrogations. Qui a bien pu commettre un tel acte ? Personne ne pense alors qu'il s'agit d'un groupuscule issu de la mouvance « gépiste ».

En Uruguay, l'affaire prend des allures de scandale. Dans une allocution télévisée, le président de la République, Juan Maria Bordaberry, ira jusqu'à dénoncer « un plan d'agression contre l'Uruguay [8] ».

Pour les toutes nouvelles Brigades internationales, cette opération est une victoire militaire. Par mesure de prudence, l'armée clandestine attend pourtant un an avant de renouveler l'exploit.

Le mercredi 8 octobre 1975, le capitaine Bartolomé Garcia Plata Valle, attaché militaire adjoint de l'ambassade d'Espagne à Paris, est grièvement blessé par balles alors qu'il sort de son appartement, au troisième étage d'un immeuble situé 130, route de La Reine, à Boulogne-Billancourt. Il est 13 h 20. L'homme vient de déjeuner. Deux hommes embusqués sur le palier lui tirent six balles dans l'abdomen. L'action est revendiquée par la Brigade internationale Juan Paredes Manot, du nom d'un militant de l'ETA fusillé le 27 septembre 1975 par le gouvernement du général Franco. Par miracle, le diplomate, père de cinq enfants, survivra à ses blessures.

Le mardi 11 mai 1976, même scénario meurtrier. Mais, cette fois, les jeunes maoïstes s'en prennent directement à l'ambassadeur de Bolivie en France, Joaquim Zenteno Anaya.

Comme un remake de l'épisode précédent, la scène se passe à 12 h 15. Zenteno Anaya sort de l'ambassade, 12, avenue du Président-Kennedy (Paris 16ᵉ), pour aller déjeuner chez lui. Il s'apprête à monter dans sa BMW 53 bleue, immatriculée

14 CMD 1, et garée sous le pont de Bir-Hakeim, quand deux hommes s'approchent de lui : l'un d'eux est barbu, vêtu d'un blouson beige et coiffé d'un béret basque. Il lui tire dans le dos et dans la tête deux balles de 7,65. Puis les deux hommes s'enfuient en direction du métro. Le diplomate meurt quelques instants plus tard. Quant à l'action militaire, elle est revendiquée par la Brigade internationale Che Guevara. La victime était effectivement chef d'état-major de l'armée bolivienne en 1967 et avait pris part à la traque du « Che ».

Cette fois, les Brigades internationales ont frappé fort. Et haut. La police, qui jusqu'à présent suivait des pistes « étrangères », commence à suspecter des militants français.

Le jeudi 30 juin 1976, *Libération* publie un dossier complet sur l'affaire dans lequel il affirme que les fameuses brigades sont exclusivement composées de militants français. Un responsable des Brigades internationales se laisse même interroger sous couvert d'anonymat. Il s'agit bien entendu de Jean-Denis Lhomme : « Nous nous sommes décidés à créer les Brigades internationales à la suite du putsch chilien, après avoir constaté l'incapacité des organisations révolutionnaires à proposer une riposte conséquente », lâche-t-il au journaliste Pierre Benoit, avant d'affirmer : « Pour nous, le pistolet est un outil de propagande au même titre que le stylo. [...] Nous ne sommes pas Carlos : on ressemble plus à ces premiers résistants qui descendaient les officiers avec des fusils de chasse, à tous ceux qui ont appris la guerre en la faisant. »

Qui peut alors penser que les jours du chef révolutionnaire sont comptés ? Jean-Denis Lhomme est en fin de compte un être fortement ambigu. Deux personnalités semblent cohabiter en lui : d'un côté, un chef militaire dénué d'états d'âme ; de l'autre, un jeune homme romantique, isolé, solitaire, sans vie affective. Son activisme est coupé du peuple, coupé de tous. C'est le désert. Depuis plusieurs mois, il aimerait tout arrêter, en finir avec les BI. Mais comment faire ? En juillet 1976, il opte pour la solution la plus simple.

Il s'empare d'un fusil à pompe qu'il dissimule dans un étui à guitare. Va-t-il réaliser une nouvelle exécution ? Il se rend à la pointe de l'île Saint-Louis, non loin de Notre-Dame de Paris. Il fait beau, chaud. Après avoir méthodiquement cerné son crâne pour qu'il n'explose pas, il se tire une balle dans la tête.

Le suicide du chef provoque au sein de la petite armée une véritable crise interne.

A ce point de l'histoire, il est important de préciser que les Brigades internationales ne sont pas seules. Depuis leur création en 1974, elles fonctionnent en binôme avec une mouvance de maos « à ciel ouvert », connue sous le nom de « Vaincre et vivre ». Vaincre et vivre est alors aux BI ce que l'ex-GP fut à la Nouvelle résistance : une branche légale, autorisée.

Mais les temps ont changé : Vaincre et vivre n'est au fond qu'un tout petit réseau d'anciens « gépistes » qui ont choisi les pratiques sociales au détriment des actions de guerre populaire : une mouvance de recomposition, en attendant d'hypothétiques jours meilleurs : au total, pas plus de dix militants ouvriers, dont un certain nombre d'anciens du Comité de lutte Renault : tous sont rompus au combat de rue et perpétuent l'héritage des GR.

Vaincre et vivre multiplie les actions violentes.

Son fait d'armes le plus spectaculaire a lieu le lundi 12 janvier 1976 à 7 h 30, 5, rue de la Chaise (Paris 7e). Quatre inconnus pénètrent dans l'appartement de Paul Gardent, directeur général des Charbonnages de France, le frappent, le bâillonnent et lui passent les menottes. Sa femme et son fils subissent le même sort.

Au départ, les militants ont dans l'idée de copieusement rosser l'industriel. Mais sur sa table de chevet ils découvrent un livre de Maurice Clavel. Stupeur. Finalement, cet homme n'est peut-être pas un monstre : Clavel arrêtera le bras des justiciers. Quelques heures plus tard, Vaincre et vivre revendique l'agression, en riposte à la mort de quarante-deux mineurs tués par un coup de grisou à Liévin le 27 décembre 1974.

En 1975, les maoïstes participent en outre à une curieuse réunion. Selon une source policière, Maurice Brover, qui vient de dissoudre « sa » NRP, les aurait contactés pour assurer la protection d'une rencontre secrète entre Palestiniens et Israéliens dans une villa de banlieue qui dépend des cliniques « antipsychiatriques » de Félix Guattari. Vaincre et vivre aurait ainsi veillé sur les très diplomatiques pourparlers dont Brover semble être le maître d'œuvre. Il faut dire que l'ancien résistant de la GP a noué au fil des ans des contacts durables avec certains courants palestiniens, dont le Fatah. Pendant les années soixante-dix, il fait de fréquents séjours à Beyrouth et se lie d'amitié avec plusieurs dirigeants de l'Organisation pour la libération de la Palestine (OLP).

Vaincre et vivre n'édite ni tracts ni journaux. Mais il se rapproche bientôt de la revue *Camarades*, dirigée par Yann Moulier : véritable creuset de l'autonomie en France, *Camarades* regroupe plusieurs sensibilités : des militants ultragauche français issus de la Gauche marxiste, des Italiens sensibles à l'expérience du groupe « Potere Operaio » et aux écrits de Toni Negri, des maoïstes spontanéistes venus de la GP. Vaincre et vivre publie plusieurs articles dans *Camarades*.

Lorsque Jean-Denis Lhomme se suicide en juillet 1976, l'équilibre qui s'est instauré entre Brigades internationales et activistes « à ciel ouvert » se rompt brutalement.

Dès lors, les deux structures opèrent un rapprochement rapide, au point de bientôt fusionner : pourtant, un partage implicite des tâches se maintient entre les deux mouvances : les Brigades internationales continuent à cibler des diplomates étrangers, tandis que Vaincre et vivre se spécialise dans les objectifs français.

En dépit de la mort du chef, qui est bientôt remplacé, une nouvelle opération est montée le 2 novembre 1976. Responsable de la SAVAK, la police secrète du shah, et officiellement attaché culturel de l'ambassade d'Iran, Homayoun Keykavoussi reçoit deux balles de 44 Magnum dans le ventre à 19 heures devant l'immeuble du 19, rue des Batignolles (Paris 17e) où il réside. Cette fois-ci, un grain de sable vient enrayer la machine. Un policier a par hasard assisté à la scène. Il se précipite, ceinture un des assaillants. Son complice s'enfuit sur une mobylette orange. Un corps-à-corps s'ensuit. Le maoïste ne parvient à se libérer qu'en tirant une balle dans la jambe du gardien de la paix.

Quelques heures plus tard, l'opération est revendiquée par une Brigade internationale Reza Rezayi, du nom d'un militant révolutionnaire iranien abattu par la SAVAK dans les rues de Téhéran le 16 juin 1973.

Une fois de plus, les policiers sont perplexes : car, en dépit de leur apparent professionnalisme, les tueurs se sont enfuis... en mobylette. Un mode de locomotion peu utilisé par les professionnels du crime ou de l'espionnage.

Keykavoussi réussit à survivre à ses blessures. Les enquêteurs finissent par privilégier, à tort, une piste iranienne : deux opposants au régime du shah, Mohammed Reza Takbiri et Nader Oskoui resteront incarcérés plusieurs mois, soulevant une vague de protestations internationales contre le gouvernement français.

Un autre meurtre est mis en chantier par les militants maoïstes : il s'agit maintenant d'assassiner l'ambassadeur d'un pays de l'Est, pour bien marquer l'hostilité des BI au « révisionnisme ». L'action sera abandonnée par manque de sécurité.

Du côté de Vaincre et vivre, la mue clandestine s'accomplit en décembre 1976, lorsque les maos décident d'assassiner Jean-Antoine Tramoni, l'ancien vigile de la Régie Renault qui avait fait feu sur Pierre Overney le 25 février 1972.

Ce meurtre-ci doit être exemplaire. Désireux de recueillir le point de vue des chefs historiques du maoïsme, les futurs tueurs rendent visite à certains d'entre eux et les informent avec franchise de leur projet, avant de poser cette simple question : approuvent-ils, oui ou non, l'exécution de Tramoni ? Certains rejettent l'idée avec horreur ; d'autres soutiennent l'entreprise. Il faut dire que, même au sein du petit groupe armé, le projet ne fait pas l'unanimité. Beaucoup renâclent et sont partisans d'annuler purement et simplement l'opération. Mais les « faucons » l'emportent.

Le mercredi 23 mars 1977 aux environs de 19 heures, Jean-Antoine Tramoni est donc abattu de cinq balles de 11,43 tirées par deux jeunes gens roulant à moto. Marié, père de trois enfants, il avait quitté les services de surveillance de la Régie Renault pour exercer le placide métier de moniteur d'auto-école à Limeil-Brévannes, non loin de Créteil.

La mort de Pierre Overney est enfin vengée. La justice populaire a été poussée jusqu'à son point le plus extrême. A 22 heures, un correspondant anonyme appelle l'Agence France-Presse et revendique le crime au nom d'un Noyau armé pour l'autonomie populaire-Pierre Overney.

Cette fois, la police n'a pas l'ombre d'un doute : les meurtriers sont français et appartiennent au milieu maoïste.

Un incident fortuit va les aider considérablement : le 3 mars, une patrouille de police avait repéré une Simca, stationnée devant le domicile de Tramoni, cours Beethoven, à Alfortville. Les agents savaient que l'ancien vigile faisait l'objet de menaces régulières et surveillaient tout particulièrement son immeuble. Quand les policiers s'approchèrent de la voiture, son unique occupant démarra en trombe. S'ensuivit une véritable course-poursuite. Au bout du compte, le fugitif finit par emboutir sa propre voiture et disparut à pied. A bord de la Simca accidentée, la police retrouva un fusil de chasse Remington, de nombreuses cartouches et une carte d'identité au nom de Christian Harbulot, vingt-cinq ans, demeurant rue Mademoiselle (Paris 15e).

Pour les inspecteurs des Renseignements généraux, cette découverte est une véritable aubaine. Harbulot, ils connaissent : ancien militant de la Cause du peuple à Nancy, il est monté à Paris à l'automne 73 et a participé à la réunion des Chrysanthèmes. Il est maintenant très actif à la faculté de Jussieu.

Le jeune homme devient bientôt un véritable « ennemi public » dont le portrait orne les commissariats.

Malgré le sérieux de la piste, les Noyaux armés pour l'autonomie populaire ignorent les strictes mesures de sécurité des Brigades internationales : au lieu d'attendre des jours meilleurs, ils frappent à nouveau dès le 26 mars 1977 : cent dix-neuf Renault-12 sont piégées par des inconnus sur le parking de Renault-Flins.

Le jeudi 31 mars, c'est la riposte : plusieurs dizaines de maoïstes sont interpellés au petit matin. Un coup de filet au jugé, pour voir. Une fois de plus, la pêche se révèle miraculeuse : l'un des maos arrêtés, Henri Savouillan, avoue très vite son appartenance aux NAPAP et affirme même avoir fourni à Harbulot l'arme qui a servi au meurtre de Tramoni. Il se rétractera plus tard devant le juge. Il est inculpé de complicité d'assassinat, en compagnie de deux autres militants, Maurice Marais et Egbert Slaghuis.

Dès lors, c'est l'engrenage : tandis que l'étau policier se resserre inexorablement, les NAPAP multiplient les attentats : le dimanche 3 avril 1977, à 4 heures du matin, le siège de la Confédération française du travail, 13, rue Peclet (Paris 15e), est dévasté par un incendie criminel.

Dans la nuit du 12 au 13 mai, l'avantage est de nouveau à la police : une patrouille de nuit interpelle rue Bobillot (Paris 13e) trois personnes suspectes : Michel Lapeyre, Frédérich Oriach et Jean-Paul Gérard. Tous sont armés. Dans leur voiture, garée à proximité, les policiers découvrent d'autres armes de guerre. Des perquisitions effectuées à leurs domiciles permettent de découvrir un véritable arsenal, ainsi que trois postes émetteurs-récepteurs. Les forces de l'ordre découvrent également que les trois militants des NAPAP préparaient un nouveau meurtre : celui du brigadier Robert Marquet, qui avait tué Mohammed Diab le 29 novembre 1972. Cette fois, les enquêteurs viennent de réaliser un gros coup.

L'arme que détient Michel Lapeyre n'est autre que celle qui a tué Tramoni. Quant à Frédéric Oriach, il apparaît immédiatement comme un personnage de tout premier plan. Infirmier d'hôpital, il est, lui aussi, un ancien de la Cause du peuple. Il a également milité au sein des Groupes révolutionnaires.

La prise est donc importante. La violence va-t-elle alors marquer une pause ? Pas du tout. Le lundi 6 juin à 2 h 25 du matin, un service de l'usine Usinor de Thionville est dévasté par un attentat à l'explosif. La revendication ne tarde pas : NAPAP. La même nuit, un local de Chrysler-France situé rue de Rome (Paris 8e) saute à son tour.

En dépit de ses nombreux coups de filet, la police ne parvient pas à neutraliser un réseau dont elle commence à entrevoir l'ampleur. Les Brigades internationales choisissent alors de frapper à nouveau. Le jeudi 7 juillet 1977 à 9 h 30, l'ambassadeur de Mauritanie en France, Ahmed Ould Ghanahallah, essuie trois coups de feu sur le trajet qui le mène de sa résidence à l'ambassade. Atteint au cou, à l'épaule et à la jambe, il échappe miraculeusement à la mort. La tentative de meurtre est revendiquée par la Brigade internationale Mustapha El Wali Sayed, en hommage à l'ancien secrétaire général du Front Polisario, tué à Nouakchott en juin 1976. Le message est clair : les BI se veulent solidaires du Sahara en lutte pour son indépendance face à la Mauritanie.

Ce nouveau meurtre est un véritable camouflet infligé à la police : son enquête marque le pas et le suspect numéro un, Christian Harbulot, qu'elle considère comme le leader des NAPAP, court toujours.

En attendant, la renommée des BI-NAPAP va grandissant.

Pendant l'été 1977, elle vaut aux maoïstes une bien étrange proposition. Des militants palestiniens, proches du Fatah-Conseil révolutionnaire d'Abou Nidal, prennent contact avec les chefs de la mouvance. Le responsable de la délégation loge dans un palace parisien, tandis que ses adjoints se contentent d'un hôtel minable de Barbès. La proposition du groupe palestinien est simple : l'organisation extrémiste souhaite assassiner Rifaat El Assad, le frère du président de la Syrie, Hafez El Assad. Elle a donc l'intention d'acheminer en France un commando suicide. Les militants des BI acceptent-ils de constituer une force d'appoint ? L'idée de devenir mercenaires ne les séduit guère. Les maos refusent. Quelques semaines plus tard, les mêmes Palestiniens reviennent à l'assaut, avec une proposition beaucoup plus troublante : on offre aux Français un stage de formation pour pilotes d'hélicoptère en Angola et un entraînement militaire de six mois dans un camp situé en Tchécoslovaquie.

Pourquoi les militants refusent-ils l'engrenage ? Tout simplement parce que leur obsession est justement la maîtrise de la violence, son contrôle à des fins symboliques. Pas question de devenir les Brigades rouges françaises. Dans l'esprit des NAPAP et des BI, le sang qui coule doit avoir une valeur d'exemple. Les militants tentent par tous les moyens d'éviter de tuer des policiers, des passants, des civils. Seule la cible doit être touchée. Théoricien italien de l'autonomie, Toni Negri contribue à calmer le jeu en critiquant les dérives sanguinaires des Brigades rouges et leur manque d'enracinement dans la population.

Les militants armés craignent donc paradoxalement une dérive militaire. Cela ne les empêche pas de s'allier pendant l'été 77 aux anarchistes des Groupes armés révolutionnaires internationalistes (GARI), dont fait partie Jean-Marc Rouillan, pour commettre une série d'attentats antinucléaires à travers la France.

A la fin de septembre, la situation se complique lorsque les détenus des NAPAP déclenchent une grève de la faim. Par solidarité et par bravade, les maos de l'extérieur font alors sauter une bombe devant les grilles du domicile du garde des Sceaux, Alain Peyrefitte, rue du Ranelagh (Paris 16e). L'action est revendiquée en ces termes : « Nous, NAPAP, avertissons la justice capitaliste en général et son ministre en particulier que nous les considérons comme responsables à partir de ce jour de la santé des prisonniers politiques révolutionnaires, sans distinction d'appartenance, en grève de la faim depuis le 26 septembre, pour leurs droits les plus élémentaires [9]. »

Deux autres attentats mineurs se produiront encore le 14 octobre. Christian Harbulot est finalement arrêté le samedi 3 décembre 1977, dans un café du 3e arrondissement de Paris, par les inspecteurs Jean Mouillefarine, Gilles Kaehlin, Serge Savoie, Pierre Massa, ainsi que par Jacques Harstrich. Les hommes des

RG surveillaient depuis plusieurs mois un ami d'Harbulot qu'ils avaient repéré. Ils n'ont eu qu'à attendre un contact entre les deux maoïstes [10].

L'arrestation de Christian Harbulot marque la quasi-disparition du maoïsme militaire en France, même si quelques actions éparses ont encore lieu au tout début des années quatre-vingt. Quant au spontanéisme, il se pare maintenant du seul visage anti-idéologique de l'« autonomie ». Mais la culture « gépiste » continuera longtemps à inspirer les textes et actions des militants autonomes

LE TOURNANT PATRIOTIQUE DU PCMLF

Le moins que l'on puisse écrire, c'est que l'année 1974 s'ouvre pour le PCMLF sous des auspices éminemment favorables : le parti est en pleine ascension, en plein développement, en pleine expansion. La manne venue d'Orient continue à se répandre et le parti de Puyricard réussit même à transformer *L'Humanité rouge* en quotidien à partir du 1er mai 1975, grâce à un vigoureux appui financier des Chinois qui n'hésitent pas à souscrire dix mille abonnements au nouveau journal [11].

La même année, une Jeunesse communiste marxiste-léniniste de France est créée, avec son organe militant, *La Jeune Garde rouge* [12]. Quant aux paysans ML, ils possèdent un organe propre, *La Faucille*, depuis avril 1974. Au printemps 74, le parti a aussi ouvert une librairie officieuse, Les Herbes sauvages, 70, rue de Belleville (Paris 20e). Un an plus tard, une deuxième librairie s'ouvre à Lyon, fief des rivaux du PCR (ML) : La Force du Livre, 33, rue Leynaud (Lyon 1er).

Mieux : le PCMLF connaît dans cette période un fort afflux militant. Grâce à la diplomatie d'Alain Doronte, la majorité des groupes issus du PCMLF-le Travailleur réintègrent l'un après l'autre le bercail de l'Humanité rouge : Rennes, Le Mans, Nantes, Chambéry, Rouen, Grenoble. D'autres petits groupes locaux décident eux aussi de fusionner avec le PCMLF : Servir le peuple (vallée de la Fensch), le Noyau marxiste-léniniste de Lille, les Jeunesses progressistes de Bretagne, et le Regroupement communiste révolutionnaire (marxiste-léniniste), de Pierre-Bénite.

Le plus gros ralliement a lieu en juin 1974 lorsqu'une tendance du Parti socialiste unifié, forte de cinq cents membres, rejoint le parti. Créée par Pierre Bauby et Emmanuel Terray au sein du PSU juste après mai 68, la Gauche révolutionnaire (marxiste-léniniste) a rapidement évolué sur des positions maoïstes. Depuis 1972, elle a acquis une totale indépendance. Des contacts officiels ont été noués avec Alain Doronte et André Druesne en 1973, jusqu'à la fusion du printemps 74. Seul un petit groupe de militants de la GR parmi lesquels figure Emmanuel Terray, refuse le ralliement. Certains fondent une Gauche marxiste-léniniste qui finira, elle aussi, par adhérer à l'Humanité rouge à la fin de l'année 1974. Quant à Pierre Bauby, il intègre immédiatement le Comité central du PCMLF, une structure large, sans pouvoir réel. Pourquoi ce choix de l'Humanité rouge ? Tout simplement parce qu'il s'agit à ses yeux du seul et unique parti reconnu par la Chine.

Il est vrai que jamais les liens entre PCMLF et Parti communiste chinois n'ont été aussi étroits : non seulement les Chinois financent le mouvement français, mais ils organisent pour les cadres ML des voyages clandestins en Chine. Pierre Bauby part pendant l'été 1974 avec un groupe de militants. Secret oblige, il va vivre un périple digne d'un roman d'espionnage : il prend un train pour Vienne. De là, il s'envole pour Athènes, puis Karachi, où il reste deux jours, et enfin Pékin. Au retour, même scénario : il passe par Karachi, Le Caire et Rome, avant de rentrer à Paris en train.

Le tableau est donc apparemment sans tache : meetings et manifestations sont de plus en plus larges, de plus en plus importants. Le parti a incontestablement renoué avec le succès : du point de vue des effectifs, il peut maintenant s'appuyer sur mille cinq cents militants « clandestins » auxquels il faut ajouter deux mille sympathisants actifs, ce qui donne un total respectable de trois mille cinq cents personnes [13].

Même la grande presse finit par s'étonner de ce « grand bond en avant », selon une formule du *Monde*, le 16 octobre 1974. Le 1er octobre a effectivement vu à la Mutualité un important rassemblement des Associations d'amitié franco-chinoises, contrôlées par le PCMLF. Dix mille entrées payantes ont été décomptées pour cette célébration du vingt-cinquième anniversaire de la République populaire de Chine : de mémoire de prochinois, on n'avait jamais vu autant de monde. A la tribune défilent successivement Régis Bergeron, Irène de Lipkowski, René Dumont, Michèle Loi, le révérend père Jean Cardonnel, Hélène et Joseph Marchisio, sans oublier Jacques Jurquet et Suzanne Marty. Pourtant, la grande réunion comporte un ingrédient imprévu. Lorsque Jean Crespi fait un exposé forcément louangeur sur la politique extérieure de la Chine, il est copieusement sifflé par une partie de l'assistance.

Il faut dire que le gouvernement chinois mène une politique extérieure qui lui vaut de nombreuses critiques. Depuis la visite du président Richard Nixon à Pékin en 1972, Chine rouge et États-Unis se sont nettement rapprochés. A la fin de 1973, la

Chine a décidé de lancer la « théorie des trois mondes » : selon cette ligne politique et diplomatique, le monde se divise en trois catégories : d'abord, les deux superpuissances (États-Unis et URSS) ; viennent ensuite les puissances intermédiaires (dont la France) et enfin le tiers monde. Les Chinois ajoutent que l'Union soviétique est aujourd'hui la plus dangereuse des deux superpuissances parce qu'elle parle de paix et prépare la guerre. L'URSS est devenue l'ennemi principal. Les dirigeants chinois ne cessent plus de dénoncer le « piège » de la détente et s'allient systématiquement avec tous les anticommunistes les plus notoires. En France, une véritable psychose de guerre s'empare des dirigeants clandestins du PCMLF : dès la promulgation de la « théorie des trois mondes », la direction centrale décide d'appliquer à fond la nouvelle ligne. Dès lors, la propagande maoïste se concentre sur la lutte antirévisionniste, avec des arguments d'une violence inouïe. Dans *L'Humanité rouge* numéro 221, du jeudi 14 mars 1974, l'éditorialiste anonyme tire un véritable signal d'alarme : « Aujourd'hui l'URSS est devenue une superpuissance fasciste [...]. Le social-impérialisme soviétique vise par nature à l'hégémonie mondiale et il n'est pas prêt à renoncer à l'Europe occidentale comme base stratégique dans sa rivalité avec les États-Unis. » Incroyable ? Pour le PCMLF, les chars russes sont quasiment aux portes de Paris !

Cette nouvelle orientation provoque un changement de cap du parti maoïste : on peut parler d'un véritable tournant patriotique. Un an auparavant, le PCMLF dénonçait la fascisation de l'État français. Mais, à partir de 1974, il se met à soutenir la politique extérieure de la France et les options du président Giscard d'Estaing en matière de défense.

L'Humanité rouge, numéro 236, du jeudi 27 juin 1974, s'ouvre sur un énorme titre qui scandalise nombre de militants : « Les accords entre l'Iran et la France en témoignent : l'Iran s'oppose aux deux supergrands ». Par fidélité envers la Chine de Mao et Deng Xiaoping, le PCMLF va jusqu'à cautionner la visite du Shah d'Iran en France, alors même que l'extrême gauche tout entière critique le régime dictatorial de Téhéran.

Ce soutien sans faille à la politique extérieure chinoise ne va pas sans rappeler l'attitude du Centre marxiste-léniniste de France qui appelait en 1965 à voter de Gaulle parce qu'il s'était rapproché de la Chine.

Dans un tel contexte, comment s'étonner que *L'Humanité rouge* s'en prenne aussi... aux antimilitaristes ? « L'antimilitarisme au service du révisionnisme », affirme un article paru dans le numéro 237 du jeudi 4 juillet 1974, où l'on trouve ce passage savoureux : « [...] Il ne faut pas hésiter, et c'est là une question de fermeté et de compréhension idéologiques propres aux militants animés authentiquement du désir de servir le peuple, à faire une préparation militaire et les stages commandos. [...] Toute autre attitude de refus des exercices physiques est petite-bourgeoise et reflète une incompréhension politique grave. »

Dès le printemps 1975, la lutte antisoviétique devient un objectif prioritaire.

En avril paraît le numéro 1 de *Combat pour l'Indépendance*, le journal du Centre d'information sur les luttes anti-impérialistes, qui bénéficie maintenant d'un local au 88, rue Rébeval (Paris 19e). En toute dernière page, on déniche une profession de foi pour le moins éclairante : éloge de la patrie, défense du nucléaire, rejet de l'antimilitarisme, tels sont les points forts d'un article virulent qui se clôt par cet appel au combat : « Patriotes, anti-impérialistes, à l'offensive [14] ! »

Au même moment, le Mouvement national de soutien aux peuples d'Indochine se transforme en Mouvement pour l'indépendance et la liberté, avec une même ligne politique et un nouveau journal, *Indépendance et Liberté*, dont le numéro 1 sort en mars 1975.

Jacques Jurquet et la Direction centrale clandestine décident alors de convoquer le deuxième congrès du PCMLF. C'est un événement. Le premier congrès ne remonte-t-il pas au 31 décembre 1967 ? Bien de l'eau a coulé depuis Puyricard. Pourquoi organiser maintenant un congrès clandestin ? Tout simplement parce que la pilule patriotique n'est pas facile à avaler. De nombreux petits groupes s'apprêtent à rallier le parti. Une explication politique s'impose, pour ne pas désorienter les nouveaux venus, fort surpris par le changement de cap.

En fait de congrès, il s'agit plutôt d'une réunion de la direction, élargie à quelques cadres sûrs, parmi lesquels Pierre Bauby. Le deuxième congrès du PCMLF se tient dans un appartement de la banlieue parisienne : il n'y a que dix-sept participants, qui vont, selon un rituel immuable, approuver la ligne patriotique du parti. Nul ne songe à critiquer la défense du programme nucléaire, de l'indépendance nationale et du service militaire.

Une véritable bavure va pourtant remettre en question cette belle unanimité.

Depuis la rentrée de septembre 1974, le lycée Honoré-de-Balzac, situé porte de Clichy (Paris 17e), est le théâtre de violents affrontements entre royalistes de la Nouvelle action française et maoïstes du Groupe révolutionnaire du 17e, issu de la Cause du peuple.

Au début de juin 1975, une troupe de monarchistes armés de gourdins diffuse sans incidents un tract au contenu surprenant : on y annonce une réunion organisée par un Centre d'études pour l'indépendance nationale, sur le thème : « France-tiers monde :

solidarité », avec comme orateurs Olivier Germain-Thomas (de l'Appel, un mouvement gaulliste de gauche), Jean-Michel Naullot (de l'Union des jeunes pour le progrès, gaulliste), Bertrand Renouvin (de la Nouvelle action française), Patrice Gélinet (ancien membre du Groupe action jeunesse, extrême droite) et... *Camille Granot*, de l'Humanité rouge.

Camille Granot, alias Monique Cuisinier, est alors membre de la direction du PCMLF. Le PCMLF n'hésite donc pas à participer à une réunion commune avec des monarchistes, des gaullistes et quelques éléments d'extrême droite.

Comment une entreprise aussi surprenante a-t-elle pu voir le jour ? Tout simplement grâce à Olivier Germain-Thomas. Gaulliste fort hostile à la « chiraquisation » de l'UDR, il milite activement pour l'indépendance nationale, contre les deux impérialismes, russe et américain. C'est lui qui a ourdi le fameux meeting. Deux réunions préparatoires se sont précédemment tenues au domicile de Patrice Gélinet, 26, rue Saint-Benoît (Paris 6e). Les deux délégués du PCMLF qui ont participé aux négociations préliminaires étaient Monique Cuisinier et Georges Zénatti. Il y a été notamment question d'inviter le représentant de l'Organisation de libération de la Palestine à Paris. Craignant une riposte éventuelle des sionistes du Betar, les organisateurs ont décidé de militariser la réunion.

Le meeting se déroule finalement au 44, rue de Rennes, qui en a vu d'autres, devant environ deux cents personnes, dont un bon tiers de jeunes royalistes en imperméables kaki, fleur de lis à la boutonnière. A l'extérieur de la salle, trente-cinq militants de l'Humanité rouge surveillent le quartier, casque à la ceinture et matraque dans la manche. Le service d'ordre de la Nouvelle action française protège l'enceinte intérieure. Malgré la présence de quelques journalistes, la presse observe un black-out total sur l'insolite convergence. Comme le souligne avec humour Bertrand Renouvin : « Il y a eu une incompréhension totale de la presse. Comment des maoïstes et des royalistes pouvaient-ils se rencontrer sans se taper dessus [15] ? »

Au même moment, le PCMLF noue des liens avec le Mouvement des démocrates, de Michel Jobert, ainsi qu'avec plusieurs hommes politiques de droite, tels Roger Chinaud et Joël Le Tac. Un meeting commun entre maoïstes et membres de la majorité giscardienne est même préparé dans le 18e arrondissement de Paris. Il sera annulé à la dernière minute sur ordre de Jacques Jurquet et du nouveau « secrétariat ». (Il faut dire que le PCMLF a fortement assoupli ses règles : la « direction centrale clandestine » est redevenue le « secrétariat », tandis qu'un « bureau politique » et un « comité central » ont été réactivés.)

Le point d'orgue de la campagne patriotique a lieu le 26 juin

1975 à 17 heures. La CGT a organisé une manifestation de soutien aux employés du *Parisien libéré*, en conflit avec leur direction depuis plusieurs mois.

C'est alors que le PCMLF décide de frapper un coup particulièrement spectaculaire : une manifestation « pirate » charge brutalement le cortège cégétiste et s'y intègre de force. Pendant deux heures, une centaine de maoïstes affronte le service d'ordre communiste à coups de barres de fer et tient le terrain coûte que coûte. Brandissant une large banderole (« Vive le Parti communiste marxiste-léniniste de France, interdit le 12.6.68 par la bourgeoisie et les dirigeants du PCF »), ainsi que de nombreux portraits du président Mao, de Gilles Tautin et de Pierre Overney, les ML osent défier le Parti communiste en plein milieu d'un de ses propres cortèges. Un tour de force au parfum de provocation.

La riposte de la CGT est foudroyante. Le premier rang de la manif est bientôt constellé de visages ensanglantés. Mais personne ne bouge. Le cortège clandestin finit par se replier en bon ordre par la rue de la Roquette (Paris 11e), après avoir repoussé un grand nombre de charges.

Le principal pourfendeur de Moscou et du PCF est Georges Zénatti, un rédacteur de *L'Humanité rouge* qui signe du pseudonyme d'*Henri Jour*. C'est lui qui essuie bientôt le feu des critiques internes. Car nombreux sont les sympathisants qui ruent dans les brancards et renâclent devant les dérives patriotiques. La réunion avec la NAF a incontestablement servi d'électrochoc.

La direction sent qu'elle est allée trop loin, qu'il faut recentrer le parti. André et Monique Cuisinier partagent ce point de vue avec Alain Doronte. Dès lors, le PCMLF va tout doucement mettre de côté son combat patriotique pour se « recentrer » sur les luttes ouvrières.

Le 14 février 1976, un « rassemblement national ouvrier » concrétise cette option : près de cinq mille personnes se réunissent à la Mutualité de 14 h 30 à minuit.

L'objet du meeting est non seulement de faire le point sur les luttes dans les entreprises, mais encore de contribuer à l'unité des ML.

Des délégations du Travailleur, de la (nouvelle) Cause du peuple et même du frère ennemi, le Parti communiste révolutionnaire (marxiste-léniniste), ont été officiellement invitées. Dans son intervention, Jacques Jurquet appelle avec fougue à l'unité des révolutionnaires. La foule va même jusqu'à reprendre le mot d'ordre : « Unité ! Unité ! Unité !... »

Le recentrage du parti provoque immédiatement la colère des tenants de la ligne patriotique. Les 10 et 11 janvier 1976 s'est tenu un congrès d'unification du Mouvement pour l'indépendance et la liberté et du Centre d'informations sur les luttes anti-impérialistes. *Combat pour l'indépendance* est devenu du même coup l'organe unique du MIL élargi. Mais la fusion ne prend pas : les militants venus du CILA soutiennent le changement de ligne du PCMLF, alors que ceux du MIL continuent à défendre une ligne patriotique extrême. La crise éclate en décembre 1976 et se traduit par l'édition ubuesque de deux numéros 14 de *Combat pour l'indépendance*. Celui qui est rédigé par les anciens du CILA s'ouvre sur un titre nerveux : « Non à la venue de Brejnev !... » Quant au journal des ex-MIL, il titre glorieusement : « Brejnev parle de paix pour mieux préparer la guerre. Pas de concessions à l'URSS. »

A première vue, les divergences sont peu visibles. Pourtant, il apparaît que les anciens du CILA sont beaucoup plus modérés que leurs rivaux, dont l'antisoviétisme obsessionnel ressemble parfois à de l'anticommunisme primaire.

La scission se traduit par une guerre des locaux : les ex-MIL occupent le 31, rue de Gergovie (Paris 14e), tandis que les ex-CILA tiennent le 88, rue Rébeval (Paris 19e).

Au début de 1977, la situation semble se clarifier : le Mouvement pour l'indépendance et la liberté (rue de Gergovie) rompt ouvertement avec le PCMLF et radicalise encore son hostilité à Moscou, qui va de pair avec une exaltation de toutes les forces anticommunistes : lors des élections municipales de 1977, le MIL appelle ainsi à « faire échec au PCF » : les électeurs doivent à tout prix empêcher l'élection de maires communistes. Dans une édition spéciale, en date de mars 1977, *Combat pour l'indépendance* va jusqu'à écrire : « Nous appelons sans équivoque [...] à voter dès le premier tour pour la liste la mieux à même de battre celles où sont présents les candidats du Parti communiste. [...] L'URSS veut dominer l'Europe. Le PCF veut opprimer notre peuple. Ils ne passeront pas ! »

De son côté, un Mouvement anti-impérialiste pour l'indépendance et la liberté (rue Rébeval) lance en mai 1977 un journal éphémère, *Combat des peuples*, au contenu nettement moins outrancier.

Un événement fort important va bientôt modifier toutes les perspectives : le jeudi 9 septembre 1976, la Chine annonce publiquement la mort de Mao Zedong. Immédiatement, le président Giscard d'Estaing envoie ses condoléances : « Avec le président Mao Zedong s'éteint un phare de la pensée mondiale. »

Au PCMLF, c'est la consternation. Toute la journée du 9, des militants maoïstes se relaient devant l'ambassade de Chine à Paris, avenue Georges-V (Paris 8e). Vers 19 heures, une délégation des « communistes marxistes-léninistes de France » conduite par Jacques Jurquet est enfin reçue par des diplomates chinois. A sa sortie, Jacques Jurquet tente de remonter le moral de ses troupes et lance : « La Chine est en de bonnes mains. Mao a prévu que les bonnes mains soient celles de Wang Hongwen [16]. » C'est ce qui s'appelle une erreur de jugement. Car Wang Hongwen fait partie avec Zhang Chunqiao, Yao Wenyuan et la veuve du président Mao, Jiang Qing, de la fameuse « bande des quatre » qui connaîtra une brutale disgrâce dès le début du mois d'octobre. Tous les observateurs s'accordent alors pour dire que la nouvelle direction chinoise de Hua Guofeng ne va certainement pas suivre les orientations de Mao Zedong.

Le maoïsme français vient donc insidieusement de franchir un col : il entame une lente et inexorable descente, due à trois facteurs : d'abord l'effondrement rapide du modèle chinois dès la condamnation de la « bande des quatre » et la rupture avec l'Albanie, ensuite l'éloignement chaque jour plus visible de Mai 68, enfin la dynamique de l'Union de la Gauche, qui rend encore plus marginaux les trublions prochinois.

Toutefois, les effectifs du PCMLF restent étonnamment stables : on tourne toujours autour de deux mille adhérents. Mais entre les militants et le monde réel le fossé ne cesse de croître.

Pour l'heure, les dirigeants de l'Humanité rouge sont confrontés à un grave danger interne : depuis la mort de Mao, les Albanais ont « réveillé » leurs hommes au sein des différents partis ML. L'objectif est à terme de préparer une scission.

Dès l'hiver 1976, chacun commence à compter les siens : pour le PCMLF, les jeux sont faits. Non seulement le groupe de Jacques Jurquet soutient vaille que vaille le nouvel homme fort de Pékin, Hua Guofeng, mais il endosse aussi sans états d'âme la critique de la « bande des quatre ». Entre la Chine et l'Albanie, il a donc choisi son camp : Pékin.

Du 1er au 8 novembre 1976 se tient alors à Tirana le septième congrès du Parti du travail d'Albanie. Officiellement, Chine et Albanie marchent toujours main dans la main. Mais, dans l'ombre, la guerre est déjà déclarée.

Une délégation du PCMLF se rend sur place. A peine arrivés, Jacques Jurquet et Alain Castan rencontrent une Française qui vit en Albanie : celle-ci leur fait comprendre qu'Enver Hodja s'apprête à attaquer publiquement la Chine dans son discours du lendemain. Que faire ? Le soir même, les Français tiennent un conseil de guerre dans leur chambre d'hôtel. Le lendemain, Enver Hodja s'en prend effectivement en termes clairs à la République populaire de Chine. Jacques Jurquet est à la tribune, au milieu des invités de marque. Lorsque survient le passage litigieux, tout le monde se lève et applaudit. Mais pas Jurquet. Ostensiblement, il met ses mains derrière le dos. Le message est clair.

Le jour suivant, Enver Hodja doit recevoir l'ensemble des

délégués étrangers dans la salle des pas perdus du palais présidentiel. Immédiatement, deux blocs se forment : d'un côté, les proalbanais, parmi lesquels Patrick Kessel, ou encore Nils Anderson. De l'autre, les « Chinois », avec bien sûr Jurquet, mais aussi l'Australien E.F. Hill. Enver Hodja s'avance vers le secrétaire politique du PCMLF et lui lance :

« Savez-vous ce qu'est une orange ? C'est rouge à l'extérieur et blanc dedans. Les Chinois sont des révisionnistes [17]. »

Un quart du PCMLF se range finalement sous la bannière albanaise, avec notamment Patrick Kessel et Suzanne Marty, appuyés par l'Association des amitiés franco-albanaises que dirige Abraham Béhar.

Dans les mois qui suivent le congrès du PTA, la scission internationale prend forme : au printemps 1977, dix-sept partis restent ouvertement fidèles à Pékin, neuf se rallient à l'Albanie et neuf restent indécis. L'Internationale maoïste est sur le point de connaître un schisme.

Les principaux partis qui soutiennent Tirana sont alors le Parti communiste d'Allemagne (marxiste-léniniste) d'Ernst Aust, le Parti communiste d'Italie (marxiste-léniniste), le Parti communiste d'Espagne (marxiste-léniniste), le Parti communiste du Portugal (reconstruit) et le Parti communiste révolutionnaire (marxiste-léniniste) du Chili.

Enver Hodja rompt définitivement avec Hua Guofeng le 7 juillet 1977. A cette date, PCMLF et PCR (ML) choisissent de rester fidèles à Pékin. La « bande des quatre » est vouée aux gémonies. Les deux mouvements sont par ailleurs en plein rapprochement. De longues et laborieuses négociations s'engagent. Le rêve du parti unique va-t-il finalement se réaliser ?

LE BREF TRIOMPHE DU PARTI COMMUNISTE RÉVOLUTIONNAIRE (MARXISTE-LÉNINISTE)

Depuis plusieurs mois, une rumeur parcourt les rangs de plus en plus compacts du PCMLF-Front rouge : la clandestinité forcée n'est-elle pas devenue un obstacle à la progression du parti ? De plus en plus, le secrétaire général *Max Cluzot* et ses lieutenants envisagent une apparition à ciel ouvert. Dans le cas de *Cluzot*, c'est une gageure. Ce militant nourrit un véritable culte du secret. Lorsque Front rouge organise une manifestation, il pousse la prudence jusqu'à se promener sur le trottoir, coiffé d'une perruque [18] !

La mue a lieu en avril 1974, lorsque se tient près de Pontarlier, devant soixante personnes, le congrès de fondation du Parti communiste révolutionnaire (marxiste-léniniste). Le secrétaire général en est, bien entendu, *Max Cluzot* : c'est lui qui détient l'essentiel du pouvoir. Mais le congrès nomme aussi un président honorifique, qui devient le porte-parole, l'emblème public du nouveau parti légal : André Roustan. Né en 1920, André Roustan peut s'enorgueillir d'un riche passé de combattant communiste : en 1936, il s'engage dans les Brigades internationales pour combattre les troupes de Franco en Espagne mais ne participe à aucune opération pour raisons de santé. Pendant la Deuxième Guerre mondiale, il rejoint les FTP et organise le premier maquis du Cantal à Siran. Arrêté en 1942, il est déporté à Buchenwald d'où il ne sortira qu'en 1945. Après la guerre, il reprend ses activités d'ouvrier maçon et milite successivement à l'Union des jeunesses républicaines de France (futures Jeunesses communistes), puis au PCF de Clermont-Ferrand. En 1966, ce stalinien convaincu prend contact avec le Mouvement communiste français (marxiste-léniniste). Un an plus tard, le 31 décembre 1967, il participe au congrès de Puyricard et devient membre fondateur du Parti communiste marxiste-léniniste de France. Après l'interdiction du parti le 12 juin 1968, il perd le contact avec ses anciens camarades. Il rallie enfin le PCMLF-Front rouge en 1972.

En plaçant André Roustan à la tête du parti, *Max Cluzot* envoie aux rivaux de l'Humanité rouge un message clair : le seul héritier du « vrai » PCMLF, c'est bien entendu le PCR (ML).

Deux délégations étrangères participent au congrès : des Allemands, membres du KPD (AO), qui édite *Rote Fahne*, et des Italiens du PCMLI, qui publie *Servire il popolo*. Le secrétaire général du parti a même fait le déplacement. Au grand étonnement des délégués, partagés entre fou rire et consternation, cet Italien à l'élégance tapageuse se lance dans une longue diatribe... contre les femmes, pour expliquer que la contradiction principale est celle qui oppose les hommes aux femmes. Le très original PCMLI inventera plus tard un rituel baroque de « mariage communiste » !

En attendant, le PCR (ML) vient brutalement d'apparaître au grand jour. Il a même un local semi-public, 162, rue Marcadet (Paris 18e).

Dès le mois de mai, il bénéficie en outre du ralliement d'un groupe de la Gauche ouvrière et paysanne, une tendance maoïste du PSU : Oser lutter, dans l'Essonne.

Alors même que le PCR (ML) prend son envol sans grand problème, la France traverse une crise momentanée : le président Georges Pompidou est mort le 3 avril 1974. Des élections présidentielles sont donc organisées. Comme d'habitude, les mouvements maos appellent à l'abstention révolutionnaire. Une idée germe alors dans le cerveau de *Max Cluzot* : et si le PCR (ML) présentait, lui aussi, un candidat ? Tous les regards se tournent naturellement vers André Roustan. Immédiatement, la machine se met en branle et la campagne Roustan commence. Elle va rapidement avorter. Car, en dépit des efforts du parti, il apparaît bientôt que le vétéran communiste n'a aucun droit légal de se présenter. Il a naguère été condamné pour avoir participé à une manifestation violente contre le *Figaro*, ce qui lui ôte la possibilité d'être candidat à une quelconque élection. Il est donc invalidé par le Conseil constitutionnel.

Pour les ML, c'est une grosse déception. Mais le flottement est de courte durée : la direction décide finalement de maintenir symboliquement la candidature Roustan et d'appeler les électeurs à déposer dans l'urne un bulletin nul sur lequel figure cette simple formule : « Je vote communiste, je vote André Roustan. »

Malgré cet échec relatif, le PCR (ML) participe à toutes les luttes sociales, ouvrières et universitaires, à tous les combats de l'extrême gauche. Contrairement à l'Humanité rouge, il prône l'antimilitarisme et la lutte « contre l'impérialisme français ». Il participe donc tout naturellement au rassemblement du Larzac qui se tient pendant l'été 1974 sur le causse du Larzac, tout près d'un camp militaire qui doit s'étendre, au grand dam des paysans locaux.

Le PCR (ML) a fait les choses en grand. Il a même planté au beau milieu du site une grande tente, éclairée par un groupe électrogène. Avec leurs cheveux courts et leurs rangers, les prochinois n'ont guère le look écologiste. Ils sont particulièrement remarqués. De nombreuses personnalités de gauche ont également fait le voyage du Larzac.

Entouré d'une poignée de membres du Parti socialiste, François Mitterrand fait le tour des stands et distribue les poignées de main. Lorsqu'il passe près du camp maoïste, plusieurs jeunes militants de base du PCR, du groupe occitan Poble d'Oc et de l'UCF (ML) le prennent spontanément à partie. Les slogans commencent à pleuvoir : « Mitterrand assassin du peuple algérien !... » « Sioniste assassin !... » Soudain, c'est l'affrontement : François Mitterrand reçoit des mottes de terre, puis des pierres. L'une d'elles l'atteint à la tête. Il chancèle. Le sang ruisselle sur son front. Des militants occitans, des socialistes et des membres du groupe Révolution tentent de s'interposer. Les affrontements, d'une grande violence, durent près de trois quarts d'heure. A l'issue de la joute, tous les regards se tournent... vers le PCR. Ses dirigeants tenteront à maintes reprises de se disculper et protesteront de leur innocence. Mais de nombreux témoins sont formels : les assaillants proviennent bel et bien de la mouvance de cogneurs qui traînent dans les marges du parti ML.

Le PCR (ML) n'avait certainement pas programmé l'affrontement. Mais ce sont incontestablement certains de ses militants, joints à d'autres, qui ont couvert Mitterrand d'invectives : « Va-t'en, ou nous aurons ta peau. »

Choqué, le premier secrétaire du Parti socialiste racontera plus tard qu'au plus fort de la bagarre il a vu briller la lame d'un couteau.

Le scandale du Larzac est un rude camouflet pour le nouveau parti qui expérimente dans la douleur le fossé culturel qui le sépare de l'ex-Gauche prolétarienne. Celle-ci recueillait tous les suffrages de l'Intelligentsia ; celui-là se fait trucider par la presse.

Implacable, le *Nouvel Observateur* du 26 août 1974 dénonce « cette inquiétante dégradation des luttes populaires », et s'interroge en une formule lapidaire : « Des fascistes au Larzac ?... »

L'image militariste du PCR lui collera longtemps à la peau. A tort ou à raison ? Il est incontestable que ce mouvement draine toute une mouvance de durs, de bagarreurs, prêts à en découdre à la moindre occasion, et sera souvent dénoncé pour son intolérance. Quoi qu'il en soit, l'incident du Larzac ne semble pas freiner sa progression chaotique.

Le dimanche 3 novembre 1974, il parvient effectivement à rassembler cinq mille personnes dans une Mutualité archicomble dont toutes les salles sont occupées. Le « rassemblement communiste pour le pouvoir des ouvriers et des paysans » annonce un programme gratuit et alléchant : le chanteur Gilles Servat, le pianiste de jazz François Tusques et de nombreuses chorales militantes. Signe de l'influence « gépiste », le Comité vérité et justice de Bruay-en-Artois, qui se maintient toujours malgré la disparition de la Cause du peuple, participe à un forum, en présence des parents de la victime, M. et Mme Dewevre. Parmi les invités, citons encore Maurice Clavel, Geneviève Moll, Alain Labrousse, sans oublier bien sûr Gilbert Mury. Il y a même des délégations étrangères : le FRAP (Espagne), AMADA (Belgique), le KBL (Luxembourg), le PCMLI (Italie), le KPD-AO (Allemagne de l'Ouest), ainsi que l'Union générale des étudiants palestiniens, l'Union des étudiants iraniens en France, l'Union des étudiants éthiopiens en France, et l'Association générale des étudiants guadeloupéens.

Un succès total, le rassemblement communiste ? Pas tout à fait. Car dès l'ouverture des portes à 14 heures, une cinquantaine de militants du PCMLF débarque en brandissant *L'Humanité rouge*. Les badauds peu au fait des subtilités du maoïsme assistent alors à une curieuse joute verbale : tandis que le PCMLF scande : « A bas le social-impérialisme !... » le PCR clame : « A bas l'impérialisme français !... » ou encore : « Shah, fasciste, assassin !... »

En clair, cela signifie que le PCMLF accuse le PCR d'être

vendu au PCF, tandis que le PCR accuse le PCMLF de s'être allié au gouvernement français et de soutenir le Shah d'Iran.

Au bout de cinq à dix minutes d'invectives, une jeune militante du PCR, particulièrement excitée, se jette sur un vendeur de *L'Humanité rouge* et lui déchire son journal. C'est le signal d'un rude corps à corps fratricide. Toute la journée, les membres du PCMLF bravent la pluie pour narguer ceux du PCR. Ils ne se dispersent que vers 18 heures, après avoir scandé devant les portes de la Mutualité : « PCMLF ! PCMLF !... »

A l'intérieur, le rassemblement bat son plein : dans une salle, Maurice Clavel, André Terray, Gilbert Mury et André Roustan évoquent la résistance antinazie; plus loin, on peut voir le nouveau film de Tobias Engel, tourné en Guinée-Bissau. Après l'intervention centrale de *Max Cluzot*, l'éternel émissaire du parti dans les pays arabes, Paul Gay, raconte son récent voyage en Algérie pour le compte du journal *Front rouge.* Le chanteur folk Gilles Servat se taille un franc succès.

La présence de Maurice Clavel ou d'André Terray (qui participa au Comité exécutif de la Gauche prolétarienne) démontre à quel point les maoïstes de la nouvelle génération sont fascinés par l'expérience « gépiste ».

Une nouvelle preuve va en être administrée. Quarante-deux mineurs trouvent la mort en décembre 1974 à Liévin à la suite d'un coup de grisou. Encore une tragédie qui vient endeuiller le monde de la mine. Immédiatement, la fédération PCR (ML) du Nord fonde une Commission populaire d'enquête qui recueille de multiples témoignages sur les conditions de travail et finit par organiser au cinéma Appolo de Liévin un tribunal populaire, en présence d'avocats, d'universitaires et d'un ancien mineur qui fut membre du Comité exécutif de la GP, Joseph Tournel.

Un tribunal populaire ? Voilà qui rappelle furieusement le tribunal populaire de Lens qui avait siégé le 12 décembre 1970 en présence de Jean-Paul Sartre, à la suite d'un coup de grisou qui avait, à l'époque, tué seize travailleurs. Le PCR (ML) marche incontestablement sur les traces de la GP.

Toutefois, il diverge d'avec le mouvement de Benny Lévy sur plusieurs points importants : le PCR se considère comme le seul et authentique parti de la classe ouvrière, alors que la GP estimait que seule la classe ouvrière devait fonder, toute seule, un tel parti; quant à la mystique résistantialiste, elle est quasiment absente du parti maoïste, qui ne songera jamais à engager des actions de lutte armée.

Reste la fascination pour ce qui apparaît déjà comme un « âge d'or » du maoïsme, une époque révolue.

La principale caractéristique du PCR (ML) est bien l'apparition en son sein d'une nouvelle génération de militants, regroupés à partir de mai 1975 au sein de l'Union communiste de la jeunesse révolutionnaire (UCJR), que dirige Jacques Archimbaud, alias *Jean-François Vitte*. Parmi les secrétaires nationaux de l'UCJR, on remarque la présence de François Besse. Fils du futur P-DG de la Régie Renault, assassiné par Action directe en 1986, il s'éloignera pour sa part du maoïsme dès 1979.

Très vite, le mouvement des jeunes devient au sein du PCR une structure à part qui se distingue par ses méthodes expéditives : l'UCJR de la région parisienne abrite notamment un certain nombre de cogneurs, reconnaissables à leur tenue : vêtus de blousons kaki, chaussés de rangers, ces militants aux cheveux courts arborent de superbes moustaches à la Staline. Leur sport favori : la chasse aux fascistes, aux sionistes et aux anarchistes. Certains se rapprocheront dans l'action des militants des Groupes révolutionnaires issus de la Cause du peuple. Parmi les plus activistes de ces jeunes maoïstes : Michel Perrot, *Pierre Le Noan* ou *François Longatte*. *Max Cluzot* a l'habitude de les appeler « la bande au keffieh », en raison de la coiffe palestinienne que certains portent autour des épaules. Il finit par les rappeler à l'ordre et leur ordonne d'abandonner leurs keffiehs trop voyants.

Quoi qu'il en soit, le PCR (ML) continue à se renforcer au cours de l'année 1975. La région lyonnaise, dirigée par Bernard Rey, reste son grand fief. Il y ouvre au début de l'année une Librairie populaire, 226, rue Duguesclin (Lyon 3e). Le parti possède aussi de fortes sections à Besançon et Amiens.

Événement important : le PCR (ML) perd le 29 mai 1975 un de ses adhérents « historiques » : Gilbert Mury. Dans un message adressé « à tous les camarades et amis de Gilbert Mury », la veuve de l'écrivain, Suzanne Mury, livre un message fort éloquent : « J'ai été la compagne pendant plus de trente ans de Gilbert Mury. [...] C'était un homme intègre, c'était un homme de devoir, c'était un militant. Il a consacré sa vie, ses loisirs, son temps, sa santé à préparer la venue de cet homme nouveau qu'il avait rencontré en Albanie socialiste. [...] Je vous demande de garder en vous le souvenir de ce que fut pour lui l'œuvre de Staline, à laquelle il était profondément et tragiquement attaché. [...] Adieu, mon camarade [19]. »

A la même époque, le parti manifeste une intense solidarité militante envers les maoïstes espagnols du Front révolutionnaire antifasciste et patriote (FRAP) qui viennent d'être condamnés à mort par le général Franco. Non seulement il parvient à coordonner la campagne de soutien, mais il démontre aussi sa capacité à occuper la rue dans des conditions « difficiles ». Le samedi 27 septembre 1975, jour de l'exécution de cinq militants espagnols, une manifestation unitaire des partis de gauche se dirige vers l'ambassade d'Espagne, avenue George-V (Paris 8e).

Menées par René Rodriguez, les troupes du PCR (ML) prennent la tête du cortège et passent outre l'ordre de dispersion. En dépit des nombreuses charges de police et des bombardements de grenades lacrymogènes lâchées depuis des hélicoptères volant en rase-mottes, les maoïstes s'engagent dans l'avenue George-V et affrontent les forces de l'ordre pendant plus d'une heure, avant de se disperser en bon ordre et d'abandonner le quartier aux pillards autonomes qui s'acharnent sur les boutiques de luxe.

Deux jours plus tard, le lundi 29 septembre 1975, paraît le premier numéro du *Quotidien du peuple*. Tout comme leurs rivaux du PCMLF, les militants du PCR ont maintenant leur quotidien, diffusé dans les kiosques.

Comment l'organisation, forte de mille adhérents et environ trois mille sympathisants, peut-elle financer un projet aussi ambitieux ? Tout simplement grâce aux Chinois. Car les liens n'ont jamais été coupés avec l'ambassade de Chine. Dès son démarrage, le nouveau journal bénéficie d'un peu plus de trois cents abonnements chinois. C'est peu, sans doute, au regard de *L'Humanité rouge*. Mais c'est tout de même une subvention efficace, à laquelle s'ajoutent de nombreuses collectes internes. Les militants appliquent une règle simple : tous les matins, ils vont acheter le *Quotidien du peuple* en kiosque pour le revendre ensuite dans la rue. Chaque diffuseur doit par ailleurs vendre au minimum deux exemplaires. Un système efficace.

Il faut dire que le PCR est une structure fort bien gérée. L'imprimerie du parti, IPCC, occupe notamment un gros espace immobilier situé rue des Envierges (Paris 20e).

La vie idéologique est alors fort riche : pendant toute l'année 1975, un mouvement de rectification lancé par *Max Cluzot* contraint les cadres et militants à de longues et douloureuses autocritiques.

1976 est pour le PCR la dernière année glorieuse : son apogée est aisément repérable : il s'agit de la fête de *Rebelles*, le 1er mai. *Rebelles* est l'organe de l'UCJR. Le samedi 1er mai 1976, l'Union organise à la Cartoucherie de Vincennes un « rassemblement de la jeunesse populaire » qui attire environ six mille personnes, de 18 heures à 2 heures du matin. Beaucoup viennent uniquement pour la partie artistique : outre Gilles Servat, le mouvement maoïste a recruté Imago, Roger Siffer, Soho, Chic Streetman et Pierre Akendengué, sans oublier l'incontournable François Tusques. Du côté cinématographique, deux réalisateurs présentent leurs films : Tobias Engel et Yann Lemasson. *Rebelles* est un journal de bonne facture, qui réussit même à obtenir pour son numéro 3 un entretien exclusif avec le footballeur Dominique Rocheteau.

Du 1er au 13 août, une caravane de *Rebelles* sillonne les stations balnéaires. La nouvelle campagne de la direction est alors l'appel à l'enquête. Comme tous les militants, *Max Cluzot* part lui aussi à la rencontre des luttes : il rencontre le leader des LIP, Charles Piaget, à Besançon, puis se rend à Marseille et à Fougères. C'est là que le chef est assailli par le doute.

Pour la première fois, ses certitudes sont ébranlées : il se rend compte que, partout, les grèves sont en reflux, que la dynamique la plus porteuse est celle de l'union de la gauche. Le maoïsme est voué à une marginalisation progressive.

A la rentrée de septembre 76, *Cluzot* aimerait tout arrêter. Mais la machine est lancée. Pis : autour de lui, nombreux sont les militants qui prétendent au titre de secrétaire général. Il continue donc à diriger son parti, sans grande envie et avec un sentiment croissant d'inutilité.

Quand survient la mort de Mao, le PCR (ML) participe activement à une manifestation unitaire le samedi 11 septembre 1976, en compagnie du PCMLF, de l'UCF (ML) et de la Gauche ouvrière et paysanne (dirigée par Alain Lipietz). Malgré cet œcuménisme, moins de mille personnes se rassemblent place de la République pour un rituel convenu.

Lors de l'éviction de la « bande des quatre », le parti n'hésite pas à condamner la veuve de Mao, tout en polémiquant avec l'Organisation communiste Révolution et la Gauche ouvrière et paysanne, qui critiquent vivement le gouvernement chinois. Lorsque survient le schisme de Tirana, *Max Cluzot* choisit logiquement Pékin et doit faire face à une minorité proalbanaise, menée notamment par un ancien rédacteur de la revue *Communisme*, Éric Vigne.

Depuis un an, le PCR (ML) mène par ailleurs des discussions poussées avec le PCMLF. La mort de Mao et l'éclatement du mouvement marxiste-léniniste international redonnent vie à ce processus d'unification.

La situation du PCR (ML) au début de 1977 est donc assez curieuse : apparemment, tout va bien : *Le Quotidien du peuple* continue à sortir en kiosque. Mieux : le PCR (ML) se paie le luxe de publier pendant quelques jours un deuxième quotidien. *La Tribune de Paris* voit le jour le lundi 31 janvier 1977. Il s'agit officiellement d'un « quotidien pour Paris et sa région ». Nulle part, on ne trouve la moindre mention du PCR. L'ambitieux projet du mouvement ML est en effet d'avancer masqué : l'idée, c'est de créer à côté du *Quotidien du peuple* un véritable *France-Soir* de gauche. *La Tribune de Paris* s'évertue donc à publier résultats de football et programmes de télé, tout en faisant la part belle à certains faits divers. Son numéro 4, du jeudi 3 février, s'ouvre ainsi sur un titre horrifique : « Saint-Barthélemy dans le 16e. La belle-mère échappe au massacre : le chargeur était vide !... »

L'expérience se solde rapidement par un échec financier. *La Tribune de Paris* n'aura réussi à sortir que jusqu'au numéro 11.

Le PCR (ML) maintient en tout cas une incontestable activité militante. Pourtant son audience se réduit sensiblement, ainsi qu'en témoigne le bide retentissant de la deuxième et dernière fête de *Rebelles*. Le parti a vu les choses en grand : les 30 avril et 1er mai, la Cartoucherie de Vincennes accueille un véritable festival rock, avec Eddy Mitchell, Gilles Servat, Tri Yann, Kirjuhel, Akendengé ou François Tusques. Un plateau ambitieux, qui pourtant ne soulève pas les foules. Une maigre assistance visite la Cartoucherie, dans une ambiance lugubre. Les fans d'Eddy Mitchell sont nettement plus nombreux que les sympathisants maos.

A l'issue de la « fête », c'est la consternation. Le PCR possède maintenant un local, qui n'est autre qu'une ancienne boucherie située 57, rue Ordener (Paris 18e). Il sera le théâtre d'une scène pénible. Le 2 mai 1977, les artistes qui ont joué pour l'UCJR viennent réclamer leurs cachets. L'ennui, c'est que toute la maigre recette a déjà été donnée à l'agent d'Eddy Mitchell. Plusieurs artistes repartent avec rancœur, sans avoir touché la somme qui leur avait été promise. La forteresse révolutionnaire commence à se fissurer sérieusement.

L'UNION DES COMMUNISTES DE FRANCE (MARXISTES-LÉNINISTES) : UNE SECTE POLITIQUE ?

La période qui suit la disparition de la Gauche prolétarienne voit notamment surgir une petite organisation, jusqu'ici éclipsée par la très médiatique Cause du peuple : le Groupe pour la fondation de l'Union des communistes de France (marxistes-léninistes), c'est-à-dire l'UCF (ML). L'UCF (ML) a été créée à l'automne 1969 par d'anciens militants de l'UJC (ML) qui avaient rejoint le PSU après l'interdiction du mouvement en 1968.

Alignée sur les thèses spontanéistes, l'UCF (ML) se distingue de l'ex-GP par son souci de pureté doctrinale et son ouvriérisme, qui contrastent avec le populisme du mouvement d'Alain Geismar, Serge July et les autres.

On a souvent critiqué la Gauche prolétarienne pour son élitisme, certains témoins affirmant même que la GP dissimulait un culte des élites intellectuelles derrière un verbiage révolutionnaire. Vraie ou fausse, l'accusation semble aller comme un gant à l'UCF (ML). Il s'agit d'un groupe essentiellement universitaire qui pratique en son sein un net distingo entre militants sans diplôme et professeurs. Bernard Sichère, qui enseigne la philosophie et milite à l'UCF, résume la situation d'une phrase lapidaire : « A l'UCF, en tant qu'intellos, on était ménagés. [...] L'UCF, c'était un peu chic [20]. »

Bernard Sichère ajoute que le mouvement est en fait tiraillé entre une tendance paranoïaque, intolérante, et un souci démocratique, antiautoritaire. Cette subtile dialectique est d'ailleurs propre à la quasi-totalité des groupes maoïstes, à l'exception notable de Vive la révolution.

Autre spécificité de l'UCF : les femmes y jouent un rôle important. Par contraste, on observe que le PCR (ML) est par exemple une organisation essentiellement masculine. Tel n'est pas le cas de l'UCF : la « région Bastille » est ainsi presque entièrement composée de femmes.

L'organisation fonctionne-t-elle sur un mode démocratique ? Absolument pas. Elle est dirigée depuis sa fondation par quatre professeurs : Alain Badiou, Sylvain Lazarus, Natacha Michel et Catherine Quiminal. Mais le seul, le véritable chef (autoproclamé) est Alain Badiou, qui enseigne la philosophie à l'université de Vincennes.

L'élitisme, qui va de pair avec un discours furieusement ouvriériste, entraîne parfois des situations ubuesques : le mardi 30 avril 1974, l'UCF (ML) organise par exemple un « meeting révolutionnaire du prolétariat international » dans une salle de l'hôtel Lutetia, un superbe palace parisien situé au carrefour Sèvres-Babylone (Paris 6e). Les travailleurs immigrés ont dû apprécier...

Car les militants maoïstes travaillent intensément en direction des couches les moins favorisées de la classe ouvrière : ils soutiennent activement les grèves des résidents des foyers Sonacotra et ronéotent eux-mêmes les tracts des comités de locataires.

Depuis le 3 janvier 1974, l'organisation, qui regroupe environ quatre-vingts personnes, s'est dotée d'un organe de propagande au style plutôt opaque, *Le Marxiste-Léniniste.* Son éditorial curieusement météorologique illustre bien le ton des textes de l'UCF : « [...] Ce qu'il faut faire, ce qui s'impose comme tâche aux révolutionnaires, c'est de faire le Parti, c'est de faire le Parti pour faire la révolution, pour que ce ne soit pas seulement le temps qui soit à l'orage, mais nous. Le Parti, c'est quand c'est nous qui devenons vraiment révolutionnaires et plus le temps. »

L'UCF (ML) possède aussi une maison d'édition, Potemkine, et impulse plusieurs mouvements parallèles : les établis sont regroupés au sein de Noyaux communistes ouvriers. Les Comités populaires anticapitalistes constituent une structure d'appel élargie.

L'UCF donne aussi naissance en 1974 à des Comités Portugal rouge ouvrier et paysan vaincra, qui font la part belle aux militants du MRPP d'Arnaldo Matos et soutiennent activement ses campagnes militaires contre le Parti communiste portugais (prosoviétique).

Le statut universitaire de ses dirigeants et sa composition essentiellement intellectuelle provoquent dès 1973 un intéressant rapprochement avec *Tel Quel*. (Encore le mot « rapprochement » est-il assez maladroit. Vis-à-vis de *Tel Quel*, l'UCF (ML) joue plutôt le rôle d'un adolescent en révolte, prêt à tout pour miner l'autorité parentale.)

La revue de Philippe Sollers n'a été nullement ébranlée par la mort de la Gauche prolétarienne et continue à se réclamer d'un marxisme-léninisme pur et dur. Bernard Sichère, ou la psychanalyste Marie-Claire Boons, qui sont membres de l'UCF, écrivent dans *Tel Quel*. L'UCF est même à cette époque le seul groupe ML qui travaillera de façon régulière avec *Tel Quel*.

1974 est effectivement pour les telqueliens une date importante. Du 11 avril au 3 mai, une délégation de la revue littéraire, composée de Philippe Sollers, Julia Kristeva, Marcellin Pleynet, Roland Barthes et François Wahl se rend en Chine. L'idée d'un tel voyage d'intellectuels germait depuis 1972. C'est Maria-Antonietta Macciocchi qui a organisé le voyage, en liaison avec la diplomatie chinoise. Au départ, Jacques Lacan devait se joindre à la délégation, mais il a renoncé au tout dernier moment pour ne pas être assimilé à *Tel Quel*. Pendant trois semaines, les Français effectuent un périple touristico-politique, visitent des monuments, des usines modèles et discutent avec des « ouvriers » triés sur le volet. A leur retour, ils éprouvent le besoin d'endosser des costumes « mao », et posent donc le pied à Orly dans cette tenue très symbolique, cautionnant ainsi le régime de Pékin.

Il faut attendre la mort du président Mao en septembre 1976 pour voir *Tel Quel* rompre définitivement avec la Chine. Encore le fait-elle sur des positions radicales : dès la condamnation de la « bande des quatre », Philippe Sollers et ses camarades prennent la défense de la veuve Mao et critiquent la dérive de Hua Guofeng. Cette prise de distance est toutefois suivie d'un rapide recentrage.

Épisode symbolique : en décembre 1976, Philippe Sollers n'hésite pas à participer à un déjeuner d'intellectuels chez Edgar Faure, déjeuner auquel assiste le président de la République, Valéry Giscard d'Estaing. La parenthèse mao est bel et bien refermée.

Pour en revenir à l'UCF (ML), sa proximité critique avec *Tel Quel* s'explique par son souci constant d'intervenir sur le front de l'art. Dès l'hiver 73-74, les maos de l'UCF ont participé à la campagne de boycott d'un film satirique de Jean Yanne, *Les Chinois à Paris*, qui raconte avec humour l'occupation de la capitale par les troupes chinoises. Opérations commandos, jets de peinture sur les écrans se multiplient. L'UCF est à la pointe de la lutte et fustige Jean Yanne, « gros requin du cinéma, milliardaire, copropriétaire de Gaumont [21]. »

Quoi qu'on puisse penser du film de Jean Yanne, qui sera de toute façon un échec commercial, le moins que l'on puisse écrire est que l'UCF manque singulièrement d'humour.

Au printemps 1974, Natacha Michel lance le Groupe Foudre d'intervention culturelle, qui va se distinguer par de très discutables pratiques de commandos. Le 20 juillet 1974, le Groupe Foudre interrompt par exemple la projection du film américain les *Bérets verts*, de John Wayne, au Cinéac-Italiens (Paris 1er) en lançant sur l'écran un composé de peinture et d'huile. Motif de la colère mao : le film de John Wayne défend l'intervention américaine au Vietnam.

De 1974 à 1976, Foudre organise une dizaine d'opérations : perturbation des cours de Maria-Antonietta Macciocchi sur le fascisme au printemps 1975, interruption d'une pièce de Pip Simmons, *An Die Musik*, au théâtre Récamier en juin 1975, commandos contre les salles qui projettent *Portier de nuit*, de Liliana Cavani, intervention contre Ariane Mnouchkine à la Cartoucherie de Vincennes.

L'obsession du Groupe Foudre est la lutte contre le « sexo-fascisme », c'est-à-dire la thèse selon laquelle le fascisme serait en quelque sorte le produit d'une pulsion sexuelle : les maos croient discerner une telle tendance néfaste chez Macciocchi, Cavani ou Simmons. Il n'empêche que les « chahuts programmatiques » du Groupe Foudre tombent généralement à plat et lui confèrent rapidement une déplaisante réputation d'intolérance. Dirigé par Natacha Michel, il regroupe de nombreux adeptes, parmi lesquels Bernard Sichère ou encore Yann Andréa. Natacha Michel est la véritable égérie du groupe. Dans son salon figure alors en bonne place une photo de Staline en train de faire un pied de nez...

L'activisme du mouvement d'Alain Badiou ne se résume pas au cassage de pièces de théâtre. L'UCF tient à être présente sur tous les front sociaux, dans toutes les grèves, dans les manifs : partout elle appelle à la constitution de « camps du peuple » ou de « pôles maoïstes ».

Les militants de la « région Renault » font même souvent preuve d'un indéniable courage physique face à leur adversaire le plus hargneux : la CGT. Aux portes de Billancourt, les militants cégétistes ont formé un commando de cogneurs équipés de chiens-loups. Lors d'une bagarre particulièrement violente, les maoïstes de l'UCF seront un jour contraints d'égorger un chien.

Une expédition au Mans en 1974 pour soutenir des immigrés en grève se solde elle aussi par un affrontement très dur. Les militants du PCF contraignent les maoïstes à prendre la fuite sur l'autoroute, toute proche de l'usine en grève. L'ennui, c'est que les membres de l'UCF sont à pied ! Ils vont donc courir pendant deux kilomètres le long de l'autoroute pour échapper aux communistes, qui les rattrapent en camionnette : de violents affrontements éclatent au beau milieu de la circulation. Un cégétiste tente même de pousser une fille sous les voitures. Les maos finissent par sauter la rembarde de sécurité et s'égaillent dans une cité HLM.

Petite organisation sectaire, l'UCF (ML) refuse superbement les offres d'alliance qui lui sont faites successivement par la (nouvelle) Cause du peuple, le PCMLF et le PCR (ML). Elle préfère se maintenir dans un splendide isolement et semble avoir survécu jusqu'en 1984. A partir de cette date, la situation devient confuse. Une UCF maintenue paraît avoir tenu le coup quelques années, tandis que la majorité du groupe fondait l'Organisation politique, qui s'est notamment distinguée par la création d'un club de réflexion basé à l'université de Reims : l'Association des conférences du Perroquet.

8

De 1978 à nos jours : l'agonie

Autant le dire clairement : le mouvement qui commence dès le début de l'année 1978 est le processus lent qui mène à l'extinction presque complète du courant maoïste.

A partir de 1978, les prochinois souffrent d'une série de facteurs conjoncturels défavorables : la mort de Mao Zedong, la condamnation de la « bande des quatre » et la rupture avec l'Albanie sabordent complètement le mythe de l'exemplarité chinoise. Pour les nouvelles générations, la Chine de Deng Xiaoping est globalement perçue, soit comme une dictature communiste, soit comme un État capitaliste qui n'ose pas dire son nom. Comme elle semble loin, l'époque « bénie » de la Révolution culturelle...

Parallèlement, le Vietnam lance en 1978 une opération militaire contre le régime des Khmers rouges au Cambodge, coupables d'énormes massacres de populations civiles. Une guerre fratricide, qui laisse un goût amer aux anciens partisans du FNL. Les temps changent vite et la plupart des intellectuels se mobilisent maintenant en faveur des « boat people », ces réfugiés qui tentent justement de fuir le Vietnam communiste.

On parle beaucoup à la fin des années soixante-dix des « nouveaux philosophes », une école médiatique de penseurs anticommunistes, presque entièrement composée d'anciens maos, de Bernard-Henri Lévy à Christian Jambet en passant par André Glucksmann ou Jean-Paul Dollé.

Quant à Mai 68 et à la Révolution culturelle, ils figurent déjà dans les programmes scolaires.

Dans un tel contexte historique, le maoïsme en tant que courant politique subit une lente et poussive liquéfaction, marquée par la dissolution des deux principaux partis (PCMLF et PCR), par un foisonnement de micro-idéologies (proalbanais, prochinois, maoïstes invariants) et par une série de vagues terroristes de grande ampleur (principalement en Belgique et au Pérou).

En France, les effectifs des mouvements ML diminuent vertigineusement, avant l'extinction quasi définitive.

La Chine elle-même est largement responsable de la disparition des principaux partis qui la soutiennent : dès le début des années quatre-vingt, le gouvernement de Deng Xiaoping coupe la plupart des subventions à ses partisans, les privant ainsi d'un soutien vital.

Pourtant, en 1978, la situation peut encore sembler florissante : les deux quotidiens ML lancés en 1975, *L'Humanité rouge* et *Le Quotidien du peuple*, continuent toujours, vaille que vaille, à figurer dans les kiosques.

Paris compte alors un nombre étonnant de librairies ML, qui traduisent l'émiettement progressif du courant : sur le versant chinois campent Les Herbes sauvages, 70, rue de Belleville (Paris 20e) et Le Phœnix, 72, boulevard de Sébastopol (Paris 3e). Les Albanais contrôlent et parfois financent la librairie Norman Béthune (76, boulevard Saint-Michel, Paris 6e), la Librairie internationale (2, rue Boulard, Paris 14e), Floréal (121, avenue du Maine, Paris 14e) et Le Monde en marche (139, rue du Château, Paris 14e). L'un après l'autre, chacun de ces lieux va disparaître. Faute de clients. Seuls Les Herbes sauvages et Le Phœnix existent toujours : mais la boutique de la rue de Belleville n'a plus rien de militant et s'est transformée en librairie généraliste. La librairie Le Phœnix, de Régis Bergeron, elle, a tout naturellement continué à diffuser les ouvrages chinois et y a ajouté bon nombre de livres sur la civilisation asiatique. Aucune librairie ne se réclame donc plus aujourd'hui de l'idéologie ML.

LE GRAND ÉMIETTEMENT

« Maoïste » ? En 1978, l'expression ne veut plus dire grand-chose. Depuis la mort de Mao, tous les repères ont vacillé, toutes les certitudes se sont écroulées. Le mythe d'une pacifique et libertaire « révolution culturelle chinoise » a du plomb dans l'aile.

Le mouvement s'est maintenant scindé en trois branches qui vont connaître des destins fort différents : les prochinois, les proalbanais et les maoïstes invariants, fidèles à la « bande des quatre » et à l'esprit de 67 : on plonge dans un labyrinthe de groupuscules volatiles au vocabulaire de plus en plus délirant.

En France, les deux principaux partis, le PCMLF et le PCR (ML), sont restés obstinément fidèles à Pékin et vont épouser tous les changements de ligne du régime chinois. Nous les étudierons plus loin. Ils ne sont pas les seuls à occuper l'espace des fidèles de Hua Guofeng et Deng Xiaoping.

De 1978 à 1980, un courant radical atypique les double sur la droite et développe des positions extrêmes.

On se souvient qu'en 1974 et 1975 le PCMLF prônait un vigoureux antisoviétisme zesté de patriotisme. Il a ensuite révisé cette attitude à partir de 1976. Ce recentrage a provoqué l'apparition d'un courant patriotique dur, qui s'est d'abord manifesté au sein du Mouvement pour l'indépendance et la liberté. En octobre 1977, des militants du MIL alliés à des dissidents du PCMLF créent l'Organisation pour la reconstruction du Parti communiste de France (marxiste-léniniste), qui publie une revue, *Questions actuelles du communisme*, au ton incroyablement outrancier : qualifiant le dirigeant soviétique, Leonid Brejnev, de « nouvel Hitler », l'organe ML se distingue par un soutien absolu au pacte Atlantique.

L'ORPCF (ML) incarne un courant à la fois prochinois et conservateur, prêt à passer toutes les alliances dictées par le pragmatisme pour faire obstacle par tous les moyens à l'influence des Partis communistes.

Lors des élections législatives de mars 1978, la gauche unie présente partout des candidats PCF-PS-Mouvement des radicaux de gauche. L'ORPCF (ML) appelle alors résolument à voter pour les candidats de droite. Peu après la proclamation des résultas, favorables à la majorité gaulliste et giscardienne, *Questions actuelles du communisme* se réjouit : « La victoire très nette des forces de la majorité et l'isolement du parti de Marchais aux élections ouvrent de bonne perspectives pour déjouer les machinations [1]. »

L'objectif du petit groupe est fort limpide : « Pour faire face à la menace de subversion du social-impérialisme russe, il est nécessaire d'isoler, d'attaquer ses instruments dans notre pays. Pour cela, il est nécessaire de former un large front national et démocratique unissant tout ce qui peut être uni contre la menace de guerre. Pour cela, il faut absolument détacher le PS – ou du moins ce qui peut en être détaché – de l'orbite du social-impérialisme [2]. »

En d'autres termes, l'ORPCF (ML) appelle à la constitution d'un vaste front national anticommuniste. Une véritable union sacrée pour barrer la route au PCF.

Cette ligne d'union nationale conduit les militants du MIL et de l'ORPCF (ML) à soutenir une « conférence contre la menace impérialiste russe en Europe » qui se tient à Lisbonne les 21, 22 et 23 mai 1978, en présence de nombreux hommes politiques conservateurs venus de tout le continent : les délégués français sont Raymond Dronne et Jean-Marie Daillet. À la tribune siègent des représentants des deux guérillas anticommunistes angolaises, le FNLA et l'UNITA.

Le courant « national » est alors en plein renforcement : il bénéficie de l'appui du Parti communiste du Portugal (marxiste-léniniste), qui publie *Unidade Populare*, ainsi que d'un petit mouvement allemand, les Marxistes-léninistes d'Allemagne, qui éditent *Die Neue Welt*, puis *Die Achtzige Jahre*.

A partir de 1979, une véritable internationale antisoviétique voit le jour : en mai se réunissent à Francfort les Marxistes-léninistes d'Allemagne, le Parti communiste unifié d'Italie, le Parti révolutionnaire des ouvriers et paysans de Turquie, l'ORPCF (ML), ainsi que des délégations venues de Belgique, d'Angleterre et du Portugal.

Les Chinois ont-ils discrètement favorisé l'éclosion de mouvements « ultra », prêts à s'allier avec la droite pour contrer l'ennemi russe ? Le fait est que, en dépit de sa très petite taille, l'ORPCF (ML) dispose très vite d'un local, 49, rue Sébastien-Mercier (Paris 15e). L'organe du MIL, *Combat pour l'indépendance*, devient en 1979 une luxueuse revue au contenu de plus en plus anticommuniste et de moins en moins marxiste-léniniste. Le numéro 30, en date de juillet 1979, contient par exemple un entretien avec Raymond Aron, ainsi que le compte rendu d'un débat sur « l'unité européenne et la paix » entre Jean-Marie Daillet (de l'Union pour la démocratie française) et Gérard Fuchs (du Parti socialiste).

L'ORPCF (ML) et tous les tenants du front national antirusse disparaîtront du paysage politique dès 1981, lorsque la Chine amorcera un rapprochement diplomatique avec Moscou.

Moins outrancier, un autre mouvement prochinois prend une certaine ampleur à la fin des années soixante-dix : l'Organisation communiste de France (marxiste-léniniste) est le fruit de l'agrandissement d'un petit groupe breton lointainement issu de l'UJC (ML) : Drapeau rouge.

Depuis le recentrage du PCMLF en 1976, l'OCF (ML) défend farouchement la « théorie des trois mondes » et considère le Parti communiste comme son ennemi prioritaire. En 1979, elle contrôle des sections à Besançon, Strasbourg, Paris, dans le Maine-Anjou-Poitou, ainsi, bien sûr, qu'en Bretagne. Son bastion historique est Rennes.

Elle ne va pas jusqu'à voter à droite lors des joutes électorales, mais se rapproche du Parti socialiste et soutient l'éphémère candidature de Michel Rocard à la présidence de la République en 1981. Pourquoi Rocard ? Tout simplement parce qu'il passe pour le plus anticommuniste des dirigeants socialistes. L'OCF (ML) survivra miraculeusement aux années quatre-vingt. En 1982, elle se transforme en Organisation communiste de France (démocratique) et continue à défendre des positions antisoviétiques, alors même que la Chine s'est rapprochée de l'URSS. A partir de 1984, l'OCF (D) lance une intéressante revue de réflexion, *Arguments*, qui contient une large part d'autocritique. Mais le mouvement continue à s'étioler. Au début des années quatre-vingt-dix, l'OCF (D) fait place à de minuscules Cercles communistes démocratiques, qui défendent des positions communistes et tiers-mondistes, et publient aujourd'hui une lettre d'information périodique, *Marx again*.

Il est donc clair que les marxistes-léninistes qui ont tenté de maintenir le soutien à Pékin en dépit des changements survenus depuis la mort de Mao se sont bien vite retrouvés dans une impasse idéologique, due au pragmatisme bien peu enthousiasmant des dirigeants chinois. En tant que garante d'une éventuelle pureté révolutionnaire, la Chine s'est autodétruite. De ce point de vue, le massacre des étudiants sur la place Tien Anmen en 1989 a constitué l'ultime point de décrochage entre les derniers partisans de la Chine et leur ancien modèle.

Le destin des militants proalbanais est fort différent.

Enver Hodja rompt officiellement avec la Chine de Hua Guofeng et Deng Xiaoping le 7 juillet 1977. Immédiatement, les tendances albanaises déjà constituées au sein des partis maoïstes prennent le large. On voit brutalement éclore toute une kyrielle de petits groupes. Toujours le jeu des dénominations : Combat prolétarien, Combat communiste (marxiste-léniniste), En avant prolétaires, Groupe Zimmerwald, Organisation communiste marxiste-léniniste Eugène Varlin, organisation communiste Babouchkine (marxiste-léniniste), Organisation communiste prolétarienne, et Organisation pour la reconstruction du Parti communiste de France. Cette dernière n'a strictement rien à voir avec l'Organisation pour la reconstruction du Parti communiste de France (marxiste-léniniste). L'ORPCF est basée à Strasbourg, où elle édite *L'Humanité nouvelle d'Alsace*.

Dès 1970, Patrick Kessel ouvre avec l'aide de l'Albanie la Librairie internationale et lance un *Bulletin international*, qui défend la ligne de Tirana.

Face à une Chine en plein recentrage économique, en plein pragmatisme diplomatique, l'Albanie paraît être un minuscule îlot révolutionnaire, insensible aux atteintes du monde. Contrairement aux Chinois, les Albanais maintiennent un discours strictement marxiste-léniniste, stalinien, et continuent à soutenir activement les partis qui s'en réclament. L'hétérogénéité doctrinale du « maoïsme » politique apparaît ici avec éclat. Derrière une même bannière ont pu se regrouper des éléments d'inspiration libertaire (VLR ou la GP), et des staliniens, partisans d'un État fort, hostiles depuis les années cinquante au « révisionnisme khrouchtchévien ». Derrière la très visible référence à Mao se cachaient finalement des courants de pensée extrêmement divergents.

En 1979, les militants strasbourgeois de l'ORPCF s'allient à l'Organisation communiste prolétarienne (issue de la nouvelle Cause du peuple), pour donner naissance au Parti communiste des ouvriers de France, continuateur proalbanais du PCMLF. Le PCOF compte immédiatement dans ses rangs une poignée de dirigeants « historiques » du parti de Puyricard, tels Suzanne Marty, Aimé Delrue, Jacques Delrue... Patrick Kessel ne participe pas au lancement du PCOF et maintient à son égard une attitude critique.

Dès l'été 1979, les bonnes habitudes d'antan semblent reprendre : une délégation du PCOF se rend en Albanie. Tirana devient alors pour quelques années un mini-Pékin. Un centre.

Le nouveau parti publie bientôt un mensuel de propagande, *La Forge*, et une revue, *Théorie et Pratique*. Il ouvre également grâce aux fonds albanais une librairie parisienne, Le Monde en marche. Mouvement très actif en dépit de sa taille minuscule, il donne bientôt naissance à une série de petites structures : l'Union de résistance populaire contre la réaction, le fascisme et la guerre, l'Opposition syndicale révolutionnaire, l'Union des jeunes antifascistes et anti-impérialistes, ou encore le Groupe de femmes Clara Zetkin.

Une internationale proalbanaise voit le jour dès la fin des années soixante-dix. Phénomène remarquable, cette petite internationale réussit à se maintenir après la chute du régime communiste de Tirana en 1992. Une réunion de partis proalbanais se tient ainsi le 18 septembre 1992 en Allemagne. La liste des participants prouve que le courant proalbanais subsiste à travers un grand nombre de petits groupes : Parti communiste d'Allemagne, Parti communiste révolutionnaire de Grande-Bretagne, Parti communiste du Danemark (ML), Parti communiste des ouvriers de France, Parti communiste d'Irlande (ML), Organisation marxiste-léniniste de Grèce, Parti communiste de Suède, Parti communiste révolutionnaire de Turquie.

L'Internationale possède aussi des sections au Mexique, en Colombie, au Nicaragua, au Canada et aux États-Unis. Elle se renforce en juillet 1994 lorsqu'une « conférence internationale des partis et organisations marxistes-léninistes » se tient à Quito, en Équateur. Une vingtaine de pays sont représentés. Un Comité de coordination est nommé. Depuis 1995, il édite en plusieurs langues une revue mondiale, *Unité et lutte*.

La librairie Le Monde en marche a fermé ses portes en 1992, juste après la disparition du régime d'Enver Hodja. Toutefois, le PCOF possède toujours un local, 15, cité Popincourt (Paris 11e).

Entre la Chine et l'Albanie, certains refusent en 1977 de choisir un camp. Pour ces maoïstes obstinés, la Chine a cessé d'être un modèle le jour même où la « bande des quatre » a été dénoncée. Pas question d'appuyer Deng Xiaoping. Mieux vaut défendre l'héritage historique, soutenir la veuve de Mao Zedong et continuer à se réclamer de la Révolution culturelle.

Dès novembre 1976, plusieurs intellectuels, parfois membres de l'Association des amitiés franco-chinoises, manifestent ouvertement leur inquiétude, critiquent la nouvelle ligne chinoise et manifestent leur fidélité envers Jiang Qing. Un texte assez laborieux est partiellement publié dans *Le Monde* du 20 novembre 1976. Parmi les signataires, on remarque Pierre Halbwachs, Maria-Antonietta Macciocchi, ou encore Philippe Sollers. Charles Bettelheim défend bientôt les mêmes positions. Le dernier carré des intellectuels sinophiles n'est pas près de se rallier à Deng Xiaoping.

Le paradoxe, c'est que, à l'exception de la petite UCF (ML), qui adopte une position ambiguë, aucun mouvement français n'ose s'aligner sur la veuve de Mao. Il faut attendre 1979 pour voir naître une Organisation communiste marxiste-léniniste Voie prolétarienne, qui défend la ligne maoïste invariante.

Le vent souffle alors de l'étranger et principalement des États-Unis où le Parti communiste révolutionnaire, de Robert Avakian, prend résolument la défense de la « bande des quatre ». Le 29 janvier 1979, de violents affrontements éclatent à Washington entre policiers et militants du PCR hostiles à la visite diplomatique de Deng Xiaoping. L'organe central du PCR, *Revolutionary Worker*, va jusqu'à titrer dans son édition de février 1979 : « Mort à Deng Xiaoping !... »

A l'initiative du PCR, un regroupement international apparaît en 1980 : Pour l'internationale prolétarienne. Il diffuse en 1981 au niveau international une curieuse brochure : *Quand un procès se retourne contre ses juges*. On y lit une furieuse défense de Jiang Qing, qui passe en jugement depuis le 20 novembre 1980. Détail troublant : il s'agit selon ses traducteurs d'une brochure chinoise, émanant d'un très mystérieux Parti communiste marxiste-léniniste de Chine. L'original aurait été imprimé à Shangaï le 1er janvier 1981 sur les presses de l'imprimerie « Shangwu ».

Quoi qu'il en soit, les animateurs de Pour l'internationale prolétarienne parviennent à impulser en 1984 un regroupement d'organisations maoïstes, le Mouvement révolutionnaire internationaliste, dont la composition appelle quelques commentaires : Collectif communiste d'agit-prop (Italie), Comité de réorganisation central du Parti communiste de l'Inde (marxiste-léniniste), Groupes communistes de Nottingham et Stockport (Angleterre), Groupe communiste révolutionnaire de Colombie,

Drapeau rouge (Nouvelle-Zélande), Groupe révolutionnaire international haïtien, Organisation prolétarienne communiste (marxiste-léniniste) d'Italie, Parti communiste de Ceylan, Comité régional Mao Zedong du Parti communiste de Colombie (marxiste-léniniste), Parti communiste du Népal (Mashall), Parti communiste du Pérou, Parti communiste révolutionnaire (États-Unis), Parti communiste révolutionnaire (Inde), Parti communiste de Turquie (marxiste-léniniste), Union des communistes iraniens Sardebaran, et Union communiste révolutionnaire (République dominicaine).

Une liste touffue, impressionnante et révélatrice. Car si on compte ici bon nombre de groupuscules sans aucune envergure, certains partis représentent des forces réelles... et armées. Le Parti communiste du Pérou est ainsi le fameux « Sentier lumineux » d'Abimael Guzman qui mène une guerre sanglante contre le gouvernement de Lima et sur lequel nous reviendrons plus loin. Autre organisation significative : le TKP (ML) de Turquie, qui compte d'importantes sections dans l'immigration turque en Allemagne et en France. Sans oublier le très activiste Parti communiste révolutionnaire des États-Unis, qui ne regroupe pas plus de sept cents membres mais a su tisser des liens dans le monde entier.

La présence du PCP (Sentier lumineux) au sein du MRI lui confère immédiatement une aura inquiétante. La nouvelle internationale va-t-elle propager la « guerre populaire » mise en œuvre au Pérou ? Le MRI se révèle finalement peu efficace. Il ne parviendra jamais à augmenter son audience et connaîtra bientôt de multiples scissions. On verra même apparaître dans les années quatre-vingt-dix une internationale rivale, le Mouvement maoïste international. Le MRI n'a aucune section en France. Il compte simplement quelques partisans étrangers, membres du TKP (ML) ou du PCP (Sentier lumineux).

La seule organisation maoïste réellement active est toujours l'OCML Voie prolétarienne, qui édite un journal, *Partisan*, une revue, *La Cause du communisme*, ainsi que de nombreuses feuilles d'entreprise.

LE SABORDAGE DES DEUX PRINCIPAUX PARTIS

Ni le PCR (ML), ni l'ancien PCMLF n'ont survécu aux années quatre-vingt. Comment s'est effectué ce passage au néant ?

Au départ, l'état des lieux semble positif. A la mort de Mao, le PCMLF s'aligne docilement sur le nouveau gouvernement chinois. Quelques semaines après la dénonciation de la « bande des quatre », une délégation menée par Jacques Jurquet rencontre d'ailleurs le nouveau maître de la Chine, Hua Guofeng. C'est une marque de confiance. Le soutien chinois ne se dément pas.

Sur un plan intérieur, la direction est en pleine autocritique. Pendant l'hiver 1977-1978, le troisième congrès du PCMLF est l'occasion d'une sévère révision des positions patriotiques de la période 1974-1975. Dans un discours fleuve, Jacques Jurquet bat sa coulpe et reconnaît toutes les erreurs commises, du meeting de la Nouvelle action française aux contacts pris avec Roger Chinaud. La nouvelle orientation est claire : classe contre classe ! Plus question de dénoncer à tous vents « les nouveaux tsars du Kremlin ». En outre, la tendance est à l'unité, même si les négociations avec le PCR (ML) avancent cahin-caha. Dans un tel contexte, le parti de *Max Cluzot* propose au mouvement de Jacques Jurquet de présenter des candidats communs aux élections législatives de mars 1978. N'oublions pas que le PCR a toujours eu des velléités électorales : n'avait-il pas tenté de monter une candidature André Roustan lors des présidentielles de 1974 ?

Depuis plusieurs mois, la direction du PCR (ML) négociait en réalité avec la Ligue communiste révolutionnaire (trotskiste), l'Organisation communiste des travailleurs (issue du groupe Révolution) et les Comités communistes pour l'autogestion (trotskistes pablistes). Les discussions avaient achoppé sur un point essentiel : LCR, OCT et CCA souhaitaient se désister au second tour pour les candidats de la gauche unie, stratégie que le parti ML récusait totalement. C'est donc à la suite de l'échec des pourparlers avec ces groupes que le PCR s'est tourné vers le PCMLF.

Pourquoi n'avoir pas commencé par offrir l'alliance aux militants de l'Humanité rouge ? Tout simplement parce que les dirigeants du PCR sentent bien que leur courant est en plein reflux. Faisant fi de tout sectarisme, ils préfèrent se tourner vers les mouvements d'extrême gauche les plus importants, sans tenir compte de la vieille haine qui sépare encore prochinois et trotskistes. C'est un indice très net d'évolution.

Avec le PCMLF, la négociation est âpre. Comme le souligne *Max Cluzot*, « les couteaux étaient à peine rentrés[3] ».

Tout de suite, les deux parties pinaillent sur le sigle : le PCR aimerait que les candidats se présentent sous l'étiquette de l'Union pour la démocratie prolétarienne. Mais le PCMLF n'est pas d'accord : il préfère l'appellation « Union ouvrière et paysanne ». Au bout du compte, les marxistes-léninistes formeront une éphémère Union ouvrière et paysanne pour la démocratie prolétarienne. Un sigle pour le moins barbare...

La campagne de l'UOPDP est historiquement un moment important. C'est la première fois que des prochinois participent directement à des élections d'envergure. Mais de vieux restes de paranoïa, une certaine défiance réciproque et un manque total de sens de la communication vont rendre l'affaire carnavalesque. Il est quasiment impossible de se souvenir du sigle « UOPDP ». En outre, les militants défendent un programme plutôt d'extrême gauche, mais qui n'annonce jamais clairement la couleur maoïste : beaucoup d'électeurs ne comprennent donc pas du tout à qui ils ont affaire. Dans certaines circonscriptions, le candidat est choisi de façon fort curieuse. A Saumur, par exemple, les membres du PCR présentent un véritable ouvrier nommé Bernard Plisson, qui n'est autre que le père d'un militant ML. L'ennui, c'est que le Plisson en question n'a aucune conscience politique et n'a strictement rien compris aux raffinements dialectiques de l'UOPDP. Lui donner la parole dans les meetings serait donc un exercice périlleux. Les ML ont alors une idée lumineuse : ils déclarent que le candidat a une extinction de voix ! C'est un cadre du PCR qui parle à sa place dans les préaux d'école.

Lorsque tombent les résultats, l'échec est total, sans appel. L'Union ouvrière et paysanne pour la démocratie prolétarienne n'a recueilli que vingt-huit mille suffrages, alors qu'elle se présentait dans cent quinze circonscriptions. En pourcentage, les scores varient entre 0,8 et 2 pour cent. Un bide noir.

Cet échec absolu peut être mis sur le compte d'une très mauvaise campagne et d'un manque de clarté. Mais il confirme aussi l'absence d'enracinement des ML, qui n'ont jamais réussi à conquérir une véritable position dans le paysage politique. Il est loin le temps béni de Puyricard où le PCMLF se définissait orgueilleusement comme le nouveau grand parti de la classe ouvrière.

L'échec de la campagne commune est diversement ressenti. Il a assez peu d'importance dans l'évolution ultérieure du PCR. Il va, en revanche, provoquer une ultime crise au sein du PCMLF.

Commençons par ce dernier.

Depuis le troisième congrès, les dirigeants du PCMLF sentent bien que le maintien de la clandestinité n'a plus aucun sens. Ils décident discrètement de redevenir légaux quelques semaines après l'échec électoral de mars 78. Sans fanfares ni trompettes, le Parti communiste marxiste-léniniste de France fait place à une association tout à fait légale : le Parti communiste marxiste-léniniste (PCML)... tout court.

A cette époque, les prochinois défendent une cause pour le moins discutable : depuis la victoire des Khmers rouges au Cambodge en 1975, on parle de plus en plus de génocide. Les informations précises concernant l'évacuation de Pnom-Penh et le massacre de centaines de milliers de gens ne cessent d'affluer.

Tout le monde condamne alors fermement le régime de *Pol Pot*. Seul le PCML défend coûte que coûte les sanglants Khmers rouges et continue à clamer qu'ils sont victimes d'un complot ourdi par leurs ennemis d'hier, alliés aux Vietnamiens, qui ont choisi le camp de Moscou. L'explication d'un tel soutien est simple : face aux Vietnamiens prosoviétiques, la diplomatie chinoise appuie Pnom-Penh. Dociles, les Français emboîtent le pas.

Leur soutien les conduit en septembre 1978... jusqu'au Cambodge. Du 8 au 16, une délégation comprenant Jacques Jurquet, Monique Cuisinier (qui depuis le décès accidentel de son mari, André Cuisinier, a repris son nom de jeune fille, Dagron), Marie-Thérèse Dufour et Alain Castan, se rend à Pnom-Penh et découvre avec effarement une cité complètement vide, aux rues bombarbées par une pluie tropicale, sous un ciel noir. Partagés entre l'indignation et la volonté de comprendre l'« expérience » des « communistes cambodgiens », les ML rencontrent les dirigeants du pays, *Pol Pot* et *Ieng Sary*, pendant près de quatre heures. A son retour en France, Jacques Jurquet livre au journaliste Jean-Michel Gardanne, du *Provençal*, ses impressions de voyage, fort diplomatique et alambiquées : « Nous n'avons pas la preuve que des massacres massifs n'ont pas été perpétrés au Cambodge. Mais nous n'avons pas la preuve inverse non plus. La ligne actuelle du Parti communiste cambodgien exclut le recours à la violence [4]. »

Le voyage du PCML comporte aussi une étape à Pékin. Jacques Jurquet va y vivre une aventure révélatrice. Il y est victime d'une grave intoxication alimentaire. Les Chinois l'hospitalisent. Il ne peut donc revenir en France avec ses camarades. Quelques jours plus tard, il se rétablit. Nous sommes le 1er octobre 1978, qui correspond en Chine à l'anniversaire de la révolution russe d'Octobre 1917.

En tant qu'hôte de marque, Jacques Jurquet est tout naturellement invité aux festivités. Il se retrouve dans une vaste salle de réception, au beau milieu d'une kyrielle de diplomates et de chefs d'État. L'homme fort de Pékin est maintenant Deng Xiaoping. C'est lui qui fend la foule et serre les mains. Juste devant Jurquet se tient un neveu du Shah d'Iran. Deng Xiaoping lui prodigue des marques d'affection très appuyées. Ignorant à qui il a affaire, il se tourne ensuite vers le secrétaire général du PCML avec un sourire avenant et lui tend la main. L'interprète lui susurre à l'oreille l'identité de son interlocuteur. Immédiatement, le sourire de Deng Xiaoping se fige. D'un seul coup, sa main lâche celle de Jacques Jurquet. Sans un mot, il se détourne et s'éloigne avec brusquerie. La veuve de Zhou Enlai prodigue au ML français quelques paroles aimables. Mais Jurquet a bien compris le message : la nouvelle direction chinoise n'a que faire de ces partisans minoritaires qui la soutiennent envers et contre tous. Le temps de l'aide est sur le point de s'achever.

L'internationale prochinoise va pourtant survivre jusqu'au début des années quatre-vingt. Le 1er mai 1979, le Parti communiste marxiste-léniniste de Belgique organise un meeting international, auquel participent de nombreuses formations, parmi lesquelles l'Organisation révolutionnaire des travailleurs (Espagne), le Parti communiste d'Allemagne, le Parti communiste (marxiste-léniniste) des États-Unis, le Parti communiste marxiste-léniniste d'Argentine et, pour la France, le PCML, ainsi que le Comité des patriotes du Kampuchéa Démocratique en France, qui soutient les Khmers rouges. Chacun y clame encore son allégeance à Pékin.

Pourtant les temps ont changé. La froideur de Deng était-elle un sombre présage ? Dès son retour en France, Jacques Jurquet est confronté à un rationnement de la subvention chinoise. *L'Humanité rouge* continue à paraître quotidiennement depuis 1975. Toutefois, elle ne vend en moyenne que mille cinq cents exemplaires par jour et ne tient que grâce aux abonnements chinois. Mais la nouvelle direction de Pékin a décidé de faire des économies. Elle réduit brutalement le nombre des abonnés à cent trente et un. *L'Humanité rouge* tombe donc au même niveau que *Le Quotidien du peuple,* l'organe du PCR (ML), qui n'a jamais été aussi chouchouté qu'elle. Dès lors, les ML français décident à terme de fondre les deux quotidiens rivaux en un seul. Le vendredi 4 janvier 1980 sort le numéro 1 d'un tout nouveau *Quotidien du peuple*, commun aux deux petits partis. Le journal ML ne parvient à publier que soixante-neuf numéros. Il s'éteint définitivement le jeudi 10 avril 1980. Il n'y aura plus jamais de quotidien maoïste en France.

Entre-temps, le PCML a déjà connu les premières secousses d'un terrible séisme qui va emporter une grande partie de l'organisation au fil de 1979 et 1980.

Juste avant cette crise brutale, le parti compte encore mille quatre cent neuf adhérents regroupés dans cent quatre-vingt-dix-huit cellules, auxquels on peut ajouter mille six cents sympathisants. Son audience militante n'a donc pas varié depuis 1975. Ses bastions sont la Bretagne, la région parisienne et Orléans. Il s'agit d'un parti composé à 77,4 pour cent de provinciaux. Il y a 25 pour cent d'ouvriers [5].

La crise qui traverse l'organisation à partir de la fin 1978 provoque une chute radicale des effectifs. Quarante pour cent des membres du PCML abandonnent toute activité politique : la région Bretagne est entièrement anéantie. Au niveau national, on ne compte plus en août 1980 que huit cent cinquante et un militants. Une véritable hémorragie.

Pourquoi ce séisme ? Tout simplement parce que les adhérents de base n'ont jamais digéré l'échec cinglant des législatives de 78 qui leur a paru sanctionner dix, quinze ans d'activisme inutile. Comme toujours dans les crises, celle de 1979-1980 comporte son lot de haines violentes, de logorrhées interminables, de brochures inutiles et de non-dits. La quasi-totalité des scissionnistes cesse toute activité militante.

Quant aux discussions avec le PCR, elles n'en finissent pas de ne pas aboutir. Un protocole d'unification est signé le 14 juillet 1979. Pour rien.

Le PCML entame alors, avec une extrême lenteur, un processus de déstalinisation qui va de pair avec un découplage progressif d'avec Pékin. Il faut dire que la Chine tient de moins en moins compte de ces minuscules partis qui continuent à la soutenir à travers le monde. Le *Nouvel Observateur* du 21 janvier 1980 révèle même que les diplomates chinois ont ouvert de très discrètes négociations... avec le PCF, en vue d'une prochaine normalisation.

Monique Dagron décrit avec franchise l'état d'esprit des militants : « A partir de 1980, le PCML entreprend une remise en question " philosophique " de ses références, de son histoire, de sa pratique (l'échec rend " sage " !), et entend participer, de plus en plus avec d'autres, à la rénovation des références et pratiques communistes, puis, plus généralement, à la rénovation de la gauche [6]. »

En 1979, le mouvement de Jacques Jurquet reste pourtant très aligné sur Pékin. Lorsque le régime chinois se rapproche de la Yougoslavie, le PCML prend immédiatement contact avec l'ambassade de Belgrade et apporte son soutien à la Ligue des communistes yougoslaves.

Mais des militants comme Pierre Bauby ou Monique Dagron sentent que le moment est venu de remettre en question un mode de fonctionnement qui semble dépassé. C'est pourquoi le PCML décide de présenter la candidature de Pierre Bauby aux élections présidentielles de 1981. L'idée, c'est de montrer au public le visage d'un marxisme-léninisme « new look ». La candidature Bauby sera aussi l'occasion de tisser ou de retisser de nombreux liens à gauche. De par son lointain passé au PSU, Bauby a gardé des contacts dans plusieurs formations. Le PCML tente ainsi de s'intégrer tardivement à la gauche en plein essor. Mais la candidature n'ira pas loin : malgré tous leurs efforts, les militants ne réussissent pas à rassembler les cinq cents parrainages nécessaires à la présentation d'un candidat. Pierre Bauby renonce. Mais au deuxième tour de l'élection présidentielle le PCML appelle à voter François Mitterrand. C'est une première.

Le quatrième congrès du Parti communiste marxiste-léniniste se tient le samedi 14 février 1981, dans les locaux de l'imprimerie La Nouvelle, 130-132, boulevard Jean-Jaurès (Paris 19e). Le vent nouveau y souffle avec force et le parti prend une décision historique : Jacques Jurquet, inamovible secrétaire général depuis le 31 décembre 1967, accepte de partager le pouvoir : un secrétariat collectif, composé d'Alain Doronte, Jean-Luc Einaudi, Monique Dagron, Pierre Bauby et Jacques Jurquet prend en main la destinée chancelante du parti. Pierre Bauby devient à la fois porte-parole et attaché de presse.

Geste hautement symbolique : la direction du PCML participe ès qualités au congrès de Valence du Parti socialiste. Recevant Pierre Bauby quelques mois auparavant, un dirigeant socialiste, Pierre Bérégovoy, lui a carrément proposé de monter un courant maoïste au PS. Bauby a poliment décliné l'invitation.

Mais le secrétariat collectif a fait le voyage de Valence. C'est l'occasion pour Jurquet de retrouver Norodom Sihanouk, qu'il avait rencontré pour la première fois à Pékin en 1971.

A ce moment de l'histoire, qui voit François Mitterrand accéder au pouvoir, le rêve de l'unification entre PCML et PCR a fait long feu. Le PCML fait sa révolution culturelle dans son coin.

En 1982, une délégation ML est reçue... à l'Élysée. Le parti est alors en pleine déliquescence : les effectifs s'élèvent maintenant à cinq cent treize militants. Le chiffre s'abaisse lorsqu'une poignée de ML décide de rejoindre le Parti communiste français. Un ralliement « historique », qui ressemble à une reddition. Les coups de feu tirés lors du congrès de Puyricard semblent aujourd'hui bien lointains. C'est qu'une délégation du PCF conduite par Maxime Gremetz s'est rendue à Pékin en mars 1982 : elle a notamment été reçue par le chef du département des liaisons internationales du Parti communiste chinois, Ji Pengfei.

Le message chinois est donc limpide : les liens sont renoués avec les partis communistes. Dès lors, à quoi servent les malheureux partis dissidents ?

En septembre 1982 paraît le numéro 1 de la revue *Travailleurs*, dirigée par Monique Dagron, qui vient compléter la lettre *PCML-Flash*, minuscule successeur de *L'Humanité rouge*. On y trouve un vibrant éloge de la Yougoslavie post-titiste, ainsi qu'un article de propagande... sur la Chine. Les bonnes habitudes sont difficiles à perdre.

Le cinquième congrès du PCML marque le passage d'un cap. Il se tient du 29 octobre au 1er novembre 1983 dans une petite salle de Saint-Germain-au-Mont-d'Or (près de Lyon), en présence d'une soixantaine de personnes. Au-dessus de la tribune, une banderole explicite : « Pour le renouveau du communisme ». Jacques Jurquet est mis sur la touche. Le PCML va même beaucoup plus loin en s'attaquant pour la première fois à Staline et en évoquant ses crimes.

Le secrétariat collectif est maintenant composé d'Alain Doronte, Monique Dagron, Pierre Bauby et Jacques Jurquet, qui n'a plus aucune autorité. En 1985, la nouvelle ligne se traduit par l'abandon pur et simple du nom « Parti communiste marxiste-léniniste » et son remplacement par le Parti pour une alternative communiste, qui édite une lettre d'informations, *Flash Alternatives*.

Le sixième congrès (du 20 au 22 juin 1986 à Dammarie-les-Lys) confirme la mise à l'écart de Jacques Jurquet, qui refuse le changement de nom, critique « l'abandon du marxisme-léninisme » et démissionne de ses fonctions dirigeantes. Quelques semaines plus tard, une délégation du PAC, comprenant notamment Monique Dagron et Alain Doronte, se rend à Pékin pour expliquer aux Chinois le nouveau cours. Plusieurs militants prennent le large en compagnie de Jurquet. C'est notamment le cas de Jean-Luc Einaudi.

Le PAC, qui regroupe maintenant environ trois cent cinquante personnes (la chute continue !), s'oriente désormais résolument vers la promotion de l'autogestion, espérant peut-être concurrencer tardivement le PSU en perte de vitesse. Il ne parvient qu'à subsister péniblement : il soutient la candidature de Pierre Juquin aux élections présidentielles de 1988 et s'investit notamment dans la coordination Arc-en-Ciel qui tente de mettre sur pied une gauche alternative proche de l'écologie politique.

Mais les anciens maos atteignent maintenant la quarantaine. L'épuisement et le manque de développement du PAC les conduisent bientôt à envisager la dissolution. En décembre 1988, le Parti pour une alternative communiste s'éteint, faute de combattants. Ainsi finit l'histoire du PCMLF, qui voulut prendre la place du PCF et diriger la classe ouvrière.

Le Parti communiste révolutionnaire a connu une mort beaucoup plus violente. Pour bien saisir comment s'est déroulée cette brève agonie, retournons à la case départ de 1978.

Contrairement au PCMLF, le PCR (ML) n'est pas du tout mécontent de sa participation aux législatives de mars : le score a certes été minime, mais le parti a pu utiliser la campagne pour faire parler de lui. Son bilan est donc plutôt positif.

Du point de vue de la « démocratisation », la direction du PCR est alors légèrement en avance par rapport à celle du PCMLF. Elle lance même en 1979 de « nouvelles orientations » qui se traduisent par une incontestable « glasnost ».

En 1978 paraît une revue théorique, *Que faire aujourd'hui*, qui vise justement à sortir du ghetto ML pour ouvrir de nouvelles perspectives. Il est important de signaler qu'à aucun moment le nouveau périodique ne s'affirme comme un organe du PCR. Il y a de la part du groupe maoïste une volonté latente de dépasser le carcan du parti, de placer le débat sur un autre terrain. La lecture de son organe central, *Le Quotidien du peuple*, en témoigne clairement : des personnalités fort extérieures au marxisme-léninisme, tel Haroun Tazieff, y sont interviewées, tandis que le combat des toutes nouvelles radios libres est largement médiatisé. Mieux : dans une très démocratique revue de presse, le journal ML donne la parole à des périodiques communistes, de droite, ou même trotskistes. Le dégel est donc évident.

Les militants de l'Opposition syndicale révolutionnaire décident parallèlement de jouer enfin le jeu syndical : ils sont presque tous adhérents à la CFDT. Ils vont maintenant briguer des postes et entrer dans la hiérarchie de la confédération. Le PCR (ML) contrôlera par exemple le syndicat CFDT des administrateurs de l'INSEE. Le parti tourne même en 1978 un long-métrage de propagande, *Pour demain*, réalisé par Yann Lemasson. La grande référence philosophique est alors Antonio Gramsci. C'est lui que lisent et relisent les dirigeants du PCR pour justifier ce nouveau cours.

A la même époque, le parti de *Max Cluzot* réalise un vieux rêve : il est enfin invité à séjourner en Chine. Une première délégation, suivie de plusieurs autres, s'y rend pendant l'été 1978. Les Chinois lui serinent de s'unir avec le PCMLF qui est en train d'abandonner la clandestinité.

Mais les discussions s'enlisent dans une pitoyable querelle de procédures : qui sera membre du Comité central, du Bureau politique, du Secrétariat ? Malgré l'édification d'un très formel « comité d'unification » entre les deux partis, le PCR avancera seul dans la voie de la rénovation culturelle.

La remise en question des dogmes n'empêche pas le mouvement ML de rester fidèle à l'activisme. De 1978 à 1980, le mot d'ordre c'est « oui aux actions efficaces ». Concrètement, des militants du nord de la France séquestrent Johnny Hallyday pendant quelques heures, en solidarité avec les mineurs de Longwy en lutte. À Nantes, d'autres ML s'emparent du trophée de la coupe de France de football. A Longwy, Denain, ils participent largement au soulèvement des mineurs qui tentent en 1979 de s'opposer à la fermeture des puits. Notons que les membres du PCR restent fidèles à leur spontanéisme rationalisé et n'apparaissent quasiment jamais sous le sigle du parti. L'ouverture se traduit aussi par l'apparition d'une direction tricéphale : *Max Cluzot* reste certes le secrétaire général du PCR (ML), mais il gouverne maintenant avec deux secrétaires politiques, dont René Rodriguez.

La ligne des « nouvelles orientations » culmine le 6 juin 1980, avec l'organisation à la Mutualité de « Six heures pour l'Afghanistan ». L'initiateur de la rencontre est Paul Gay. Le militant

ML a impulsé avec d'autres un Bureau international pour l'Afghanistan, en soutien aux Afghans victimes de la sanglante intervention militaire russe déclenchée en 1979 (le BIA éditera plus tard une revue, *Défis afghans*, dirigée par Laurent Schwartz).

Pour les militants du PCR (ML), c'est un incontestable succès médiatique. La blessure du Larzac est cicatrisée. Le Parti communiste révolutionnaire peut enfin se targuer d'amitiés, de liens parmis les personnalités de la société civile. La lecture de Gramsci n'aura pas été vaine. A l'issue du rassemblement, un appel pour le soutien à la résistance afghane recueille de prestigieuses signatures : Alexandre Adler, André Barjonet, François Béranger, Jean Bertolino, Christine Buci-Glucksmann, Marie Cardinal, Jean Cardonnel, François Chatelet, Gérard Chouchan, Costa Gavras, Jean-Pierre Faye, Pierre Halbwachs, Paco Ibanez, Vladimir Jankélévitch, Alfred Kastler, Jean Lacouture, Yann Lemasson, Arthur London, Maria-Antonietta Macciocchi, Yves Montand, Jean-Michel Palmier, Jorge Semprun, Simone Signoret, Haroun Tazieff, François Tusques ou encore Pierre Vidal-Naquet. Une superbe brochette de stars, que n'aurait pas désavouée la Gauche prolétarienne. Mais combien savent, parmi ces personnalités, que les militants qui ont recueilli leurs signatures sont des marxistes-léninistes prochinois ? A aucun moment le parti n'est apparu à ciel ouvert. Le PCR en plein reflux est en train d'opérer tardivement une miniconquête du champ culturel.

Lorsque arrivent les élections présidentielles de 1981, les frères ennemis n'ont guère envie de soutenir Pierre Bauby. Entre les deux partis, il y a maintenant trop de contentieux, trop de haines réciproques pour envisager une fusion sur le tard.

Le mouvement de *Max Cluzot* et René Rodriguez soutient finalement la candidate du PSU, Huguette Bouchardeau. Il essaiera même à un moment donné de mettre sur pied un « ticket » Haroun Tazieff-Huguette Bouchardeau.

Au même moment, le PCR s'investit dans la Fédération pour la gauche alternative, un regroupement éphémère de militants du PSU, de syndicalistes, de trotskistes pablistes, en vue de la reformation d'une gauche autogestionnaire.

Cette volonté d'ouverture aboutit en 1981 à une petite révolution interne : à l'initiative de *Cluzot* et Rodriguez, le PCR (ML) se transforme en PCR tout court. Certains militants « historiques » ne supportent pas l'abandon de la référence marxiste-léniniste : André Roustan se met volontairement sur la touche.

Max Cluzot en a alors plus qu'assez. Il est maintenant persuadé que le PCR n'est plus adapté aux nouvelles orientations, que la structure-parti doit, elle aussi, être dépassée.

A partir du congrès de 1982, le Parti communiste révolutionnaire autorise les tendances. Plusieurs courants apparaissent : certains prônent une réforme interne ; d'autres pensent que le PCR doit se dissoudre dans le courant associatif ; une troisième tendance hésite entre les deux attitudes.

Max Cluzot est alors évincé au profit de René Rodriguez, qui devient secrétaire général. Mais la machine est enrayée.

Entre 1982 et 1983, les sept cents derniers militants s'éloignent presque tous. Seul le « courant trois », animé par Rodriguez, maintient le PCR en état de survie. Il pense toujours qu'il faut rester communiste et rénover le parti de l'intérieur. Le PCR n'est plus qu'une coquille quasiment vide. Une fiction.

Une réunion du « courant trois » est finalement convoquée à Saint-Denis en 1983. Contre toute attente, René Rodriguez y décrète la dissolution définitive. Mais sa tendance rassemble justement ceux qui veulent continuer à tout prix. Dès lors, la haine explose et le parti s'anéantit violemment, sans « accompagnement thérapeutique », avec, pour beaucoup de militants, un sentiment d'échec, d'inachèvement.

En dépit de leurs structures de fer, de leur farouche léninisme, ni le PCR ni le PCML n'ont donc survécu aux années quatre-vingt [7].

UN TERRORISME MAOÏSTE ?

Est-il légitime d'énoncer la thèse suivante : depuis le début des années soixante-dix, une partie du mouvement prochinois a opté délibérément pour une stratégie de lutte armée et a développé un véritable terrorisme maoïste ?

On sait déjà que deux grandes sensibilités peuvent être distinguées parmi les mouvements militaires d'extrême gauche : d'un côté les adeptes des « focos », disciples de Che Guevara, qui souhaitent développer la guérilla urbaine ; de l'autre, les maoïstes, adeptes de la « guerre populaire prolongée », selon laquelle le Parti communiste doit mener lui-même la guerre révolutionnaire.

Qui est « foquiste » ? La principale organisation ayant opté pour la guérilla urbaine est la Fraction armée rouge allemande. Du côté maoïste, on retrouve les Brigades rouges italiennes, ou encore le Parti communiste d'Espagne (reconstitué).

Et la France ? Il est incontestable que notre pays n'a connu jusqu'ici que de petites vagues terroristes. Jamais les organisations d'extrême gauche n'ont atteint une ampleur comparable à la RAF ou aux Brigades rouges.

La Nouvelle résistance populaire n'a pas tué. Après la clôture de la Gauche prolétarienne, on assiste toutefois à l'apparition spectaculaire des Brigades internationales et des Noyaux armés pour l'autonomie populaire, qui se réclament du maoïsme. Au même moment, un terrorisme anarchiste semble prendre quelques forces en 1974, lorsque les Groupes armés révolutionnaires internationalistes (GARI) enlèvent le banquier Balthazar Suarez. Malgré leurs divergences idéologiques, maos des NAPAP et anars des GARI vont se rencontrer, et parfois réaliser en commun des sabotages ponctuels. Militants de l'un et l'autre courant évoluent alors au sein de ce qu'il est convenu d'appeler la mouvance autonome.

Le 1er mai 1979, un commando mitraille le siège du patronat français. Il s'agit de la toute première opération d'un groupe qui deviendra plus tard la principale organisation armée en France : Action directe.

Peut-on parler à propos d'Action directe de l'ultime phase d'un terrorisme mao, inauguré avec la NRP et poursuivi avec les NAPAP et les BI ? Honnêtement non, dans la mesure où jamais Action directe ne s'est réclamé du maoïsme, ni même du léninisme. En mars 1982, l'organisation rend public un manifeste, *Pour un projet communiste*, dans lequel elle se réclame clairement d'une idéologie communiste libertaire, antiautoritaire, antiléniniste et antistalinienne. On est donc ici dans une tout autre perspective que celle des NAPAP [8].

Pourtant, Action directe affirme ouvertement sa filiation avec la Nouvelle résistance. L'assassinat du P-DG de la régie Renault, Georges Besse, en 1986, que nous avons déjà évoqué, est d'ailleurs revendiqué par le commando Pierre Overney d'Action directe. L'organisation clandestine est en outre déchirée en deux clans : d'un côté, Jean-Marc Rouillan, Nathalie Ménigon, Georges Cipriani, Joëlle Aubron et leurs amis, des libertaires qui ont opté pour une stratégie « foquiste » et qui se sont notamment rapprochés de la RAF allemande. De l'autre, une branche lyonnaise, démantelée en 1986, avec les arrestations successives d'André Olivier, de Joëlle Crépet, de Bernard Blanc, ou de Max Frérot et d'Émile Ballandras.

Entre la branche parisienne et la lyonnaise, il y a beaucoup plus qu'un éloignement géographique. André Olivier n'est pas un nouveau venu. Ancien militant de base de la Cause du peuple, il a participé en novembre 1973 à la réunion des Chrysanthèmes qui a sanctionné la mort de l'organisation. Au début de 1974, il a ensuite rejoint l'éphémère coalition des « Chasse-goupilles et tirs rivés » qui a essayé, un temps, de recoller les morceaux de la GP. Après avoir milité au Comité d'action des prisonniers, André Olivier s'intègre à partir de 1975 à la mouvance autonome, où se côtoient ex-maos et anars. Il se rapproche alors des futurs créateurs d'Action directe, participe à sa toute première opération militaire (le mitraillage du CNPF en 1979) et accepte de constituer dans la région lyonnaise une branche clandestine. N'oublions pas qu'Action directe est un mouvement non autoritaire : les Lyonnais ont tout loisir de camper sur des positions différentes de celles de Rouillan ou Ménigon : ils se définissent clairement comme marxistes-léninistes et défendent l'héritage mao.

A partir de 1980, le groupe d'André Olivier abandonne même la référence à Action directe pour donner à son petit groupe le nom de l'Affiche rouge.

A ce point de l'histoire, les rapports entre Parisiens et Lyonnais sont fort tendus.

En 1982, la situation se complique singulièrement : sortant de son « territoire », la branche lyonnaise entame une série d'attentats en région parisienne et réutilise la signature « Action directe ». Il semble donc qu'André Olivier ait voulu s'approprier la seule paternité du nom, au grand dam des Parisiens [9].

Cette guerre interne ne passe pas inaperçue des services de police qui en tirent bientôt la conclusion suivante : deux tendances s'affronteraient au sein du mouvement politico-militaire : d'un côté les « internationalistes », qui travaillent avec la RAF ; de l'autre, les « nationaux », basés à Lyon.

En réalité, le seul combat réel oppose les « foquistes » libertaires de Paris aux maoïstes de Lyon, qui vont commettre trente-quatre attentats et se répandre en imprécations ouvertement antisémites. Un antisionisme obsessionnel, vite mué en antisémitisme, constitue un des ciments du groupe d'André Olivier. L'existence de la branche lyonnaise montre clairement que le maoïsme spontanéiste reste en France une source d'inspiration privilégiée pour les adeptes gauchistes de la lutte armée. Il est vrai aussi que, depuis 1986, ce maoïsme armé est totalement éradiqué. La France n'aura jamais connu que des flambées terroristes.

A la même époque, la Belgique est la cible d'une tardive série d'actions : du 2 octobre 1984 au 15 janvier 1985, huit attentats sont commis. Le public découvre à cette occasion l'existence des Cellules communistes combattantes, qui multiplient les « campagnes » jusqu'à leur démantèlement à la fin de l'année 1985 et l'arrestation de leur leader Pierre Carrette. Il est intéressant de noter que les CCC se réclament très explicitement de la pensée de Mao Zedong, ce qui les conduit à critiquer fermement Action directe [10].

Alors même que le maoïsme est en pleine extinction sur le plan idéologique, il survit donc en tant que courant militaire, cet apparent maintien traduisant peut-être tout simplement l'absence de réflexion des adeptes de la lutte armée, ou leur découplage d'avec la réalité chinoise.

Un pays va en tout cas se détacher du lot. Véritable îlot maoïste au cœur des années quatre-vingt, le Pérou est la proie depuis 1982 d'une intense « Guerre populaire prolongée », à l'instigation d'un redoutable Parti communiste du Pérou, que la presse appelle communément Sentier lumineux.

Son fondateur, un professeur d'Université répondant au nom d'Abimael Guzman, est un militant « historique », qui a été reçu en Chine dès 1965.

Il semblerait que le PCP soit responsable d'environ vingt-cinq mille morts. Arc-bouté sur un bastion paysan, les montagnes de l'Ayacucho, il contrôle notamment un quotidien publié à Lima, *El Siglo.*

Selon une enquête effectuée pour le compte du Pentagone, le parti politico-militaire du Commandant *Gonzalo* (nom de guerre de Guzman) disposerait de vingt-cinq mille combattants et d'une mouvance de sympathisants pouvant aller jusqu'à soixante mille personnes.

Précision importante : le Parti communiste du Pérou ne soutient ni le régime chinois de Deng Xiaoping ni le courant proalbanais. Il défend l'héritage de la Révolution culturelle et peut être défini comme « maoïste invariant ».

En 1992, l'arrestation d'Abimael Guzman porte un rude coup au mouvement. Dans les semaines qui suivent l'incarcération du « grand leader », considéré par ses disciples comme le continuateur direct du président Mao, une « campagne internationale pour la défense de la vie du docteur Abimael Guzman » est lancée. De nombreuses vedettes et personnalités acceptent de signer une pétition en faveur du leader maoïste, responsable de la mort de vingt-cinq mille Péruviens. Parmi elles : Mgr Jacques Gaillot, Tony Benn, Chrissie Hynde, Linton Kwezi Johnson, Jacques Jurquet, Colette Magny, ou encore Sinead O'Connor. Quelques mois après son incarcération, Abimael Guzman lance un appel à l'armistice, qui provoque une série de scissions au sein de son parti.

La situation au Pérou semble aujourd'hui en voie de normalisation. Toutefois, ce pays d'Amérique latine aura connu une véritable guerre populaire maoïste, à une époque où, partout dans le monde, les anciens partis prochinois se dissolvaient les uns après les autres.

Les dernières années du maoïsme auront été sanglantes.

CONCLUSION

Le maoïsme, un phénomène culturel

Au terme de ce long voyage plein de rire, d'espoir, de folie, de sang, de larmes, la plupart de nos interrogations du départ restent intactes.

Qu'est-ce que cette idéologie française, nommée le maoïsme ? Et, par voie de conséquence, pourquoi a-t-il presque totalement disparu du paysage politique ?

Une des plus grosses difficultés que rencontre l'historien du marxisme-léninisme est le manque de netteté du sujet : s'il naît effectivement au début des années soixante, le maoïsme connaît son apogée entre 1968 et 1972, c'est-à-dire en pleine période soixante-huitarde. Il est donc tentant de pratiquer l'amalgame et de transformer l'histoire du maoïsme en narration du mouvement de Mai.

Le rapport entre maoïsme et événements de Mai est pourtant beaucoup plus complexe. Il est même profondément énigmatique. Au tout début de ce travail, nous avons sommairement défini le maoïsme comme la conjonction d'un populisme de gauche, d'un tiers-mondisme militant, d'un antitotalitarisme qui prend le visage de l'antisoviétisme, et d'une volonté naïve d'appliquer en France le modèle chinois. Cet assemblage est lui-même cimenté par un discours marxiste-léniniste orthodoxe et par de constantes références à Staline. Un cocktail pour le moins hybride.

Au total, le corpus idéologique du maoïsme est à la fois récent et peu structuré : comment peut-on, par exemple, vanter la « démocratie directe » des gardes rouges tout en défendant Staline ?

Courant récent, le maoïsme souffre évidemment d'un manque d'expérience, d'une friabilité théorique. C'est pourquoi les organisations font souvent preuve d'un grand louvoiement pragmatique et changent constamment de ligne politique, au gré des mots d'ordre édictés par leurs directions.

De par sa fragilité doctrinale, le maoïsme est mal armé pour répondre à la crise de Mai 68. En témoignent les hésitations de l'UJC (ML), qui ne se lance à corps perdu dans le mouvement qu'aux alentours du 15 mai.

A l'inverse, dès que le feu vert est donné, les maos s'impliquent profondément dans les grèves et manifestations, allant jusqu'à opérer une fusion complète entre leur corpus idéologique et les aspirations libératrices de la génération soixante-huitarde. L'autodestruction du maoïsme spontanéiste entre 1971 et 1973 témoigne de cette volonté fusionnelle.

Quelle est, au sein du mouvement de Mai, l'identité propre du maoïsme ? Deux traits se dégagent immédiatement : d'une part un tiers-mondisme virulent, qui prend la forme d'un engagement sans nuance aux côtés des Nord-Vietnamiens et des Palestiniens, d'autre part un constant appel au peuple tout entier : populisme de gauche qui amène les maoïstes à soutenir Gérard Nicoud, leader des petits commerçants, ou à prendre parti dans les faits divers, à l'image de l'affaire de Bruay-en-Artois. Populisme, tiers-mondisme : tels sont les étendards spécifiques des prochinois.

Faut-il en fin de compte estimer que le maoïsme a tout simplement disparu du champ politique quand les derniers soixante-huitards ont rendu leur tablier ? C'est l'avis d'une ex-dirigeante du PCMLF, Monique Dagron : « Le maoïsme, c'était la rencontre entre la jeunesse et les idéaux venus de Chine. [...] Nous étions plus soixante-huitards que communistes. Chez nous, la tradition communiste ne l'a pas emporté. L'aspect générationnel a été plus fort que la culture politique [1]. »

Monique Dagron rend ici visible le jeu dialectique qui oppose constamment les acteurs de Mai 68 aux courants d'extrême gauche : la plupart des groupes gauchistes disparus à la fin des années soixante-dix ont été complètement ébranlés de l'intérieur par la dimension libertaire et ludique de Mai, qui contredisait leur message bolchevique et autoritaire. A l'inverse, les mouvements qui ont survécu jusqu'à nos jours sont justement ceux qui sont restés imperméables à Mai : le groupe trotskiste Lutte ouvrière, d'Arlette Laguiller, illustre cette volonté d'invariance. Jamais le message de Lutte ouvrière n'a changé d'un pouce. Cette indifférence aux événements lui a justement permis de traverser les années sans vraiment s'effriter. Tel n'est pas le cas du maoïsme. Courant moins monolithique, moins ancien que le trotskisme, il s'est laissé emporter comme un fétu de paille par les aspirations de la génération 68.

Il serait pourtant naïf de se contenter d'une telle affirmation. Car si les prochinois se sont laissé effectivement « manger » par les événements de Mai, ils ont aussi subi les assauts d'un meurtrier inattendu : la Chine elle-même.

Peu après la mort de Mao, il devient clair que la Chine se normalise, donne la primauté aux intérêts économiques et se met à jouer ouvertement le jeu d'une grande puissance. Pire : elle se désintéresse totalement de ses zélateurs.

Pour ses partisans, le soleil s'éteint. Ancien leader du PCR (ML), *Max Cluzot* résume ce sentiment de vide qui étreint les militants : « La Chine de Mao donnait crédit à l'utopie. Après Mao, ça ne fonctionne plus : l'utopie ne s'y projette plus[2]. »

Que reste-t-il du maoïsme sans Mao ? Rien qu'un communisme aux contours mal définis, teinté de populisme, de tiersmondisme, tiraillé entre des aspirations libertaires et autoritaires, ne trouvant plus sa place sur l'échiquier politique.

Le maoïsme, déjà mis à mal par sa fusion avec Mai 68, a finalement été définitivement tué par ses géniteurs, les Chinois eux-mêmes.

Reste une interrogation capitale.

Pourquoi des mouvements de fond aussi importants que la libération de la femme ou la reconnaissance de l'homosexualité ont-ils pu éclore, en France, au sein du maoïsme ?

C'est que le désir de modernité et la soif de renouvellement issus de Mai 68 ont trouvé en lui le véhicule le plus commode : n'oublions pas que le maoïsme est un courant jeune, dépourvu de traditions, à l'idéologie encore peu structurée.

Si donc, sur un plan politique, le maoïsme peut être défini comme un populisme de gauche, il se révèle être, sur un plan culturel, un extraordinaire véhicule ; un lieu d'investissement, de fantasmes.

Telle est peut-être la clef ultime du maoïsme. En tant que phénomène culturel, il est le lieu commode où chacun peut investir ce qui lui plaît. C'est la raison pour laquelle il apparaît, d'un pays à l'autre, de façon aussi hétérogène : en Allemagne, les maoïstes sont de rigides staliniens, organisés dans de minipartis ultra-hiérarchisés. En Amérique, ce sont des Noirs vêtus de cuir qui luttent contre le racisme en brandissant des fusils. En Italie, on voit naître un Parti communiste combattant, qui « jambise » ses adversaires et finit par les assassiner. Au Pérou naît une sanglante guérilla qui rappelle les Khmers rouges. En France, on assiste à une profusion de mouvements qui drainent un grand nombre d'intellectuels et mettent le doigt sur les dysfonctionnements de la société...

On serait bien en peine de trouver un point commun.

Comment une telle diversité serait-elle possible si le maoïsme n'était pas, culturellement, un gigantesque trou noir ?

Le maoïsme n'existe pas. Il n'a jamais existé. C'est sans doute ce qui explique son succès.

Notes

INTRODUCTION

1. François Fejtö, *Chine/URSS. De l'alliance au conflit*, Le Seuil, 1973.
2. Entretien avec l'auteur, le 17 novembre 1994.

1

LA PRÉHISTOIRE : DE L'ALLIANCE AVEC LES RUSSES À LA GUERRE IDÉOLOGIQUE

1. Cité dans : Roger Faligot et Rémi Kauffer, *Kang Sheng et les services secrets chinois*, Robert Laffont, 1987.
2. Cité dans : François Fejtö, *op. cit.*
3. *Ibid.*
4. *Ibid.*
5. *Ibid.*
6. *Ibid.*
7. *Ibid.*
8. *Ibid.*
9. Edgar Morin, « Du mythe chinois », dans *Arguments*, n° 23, troisième trimestre 1961.
10. *Ibid.*
11. *La Vérité*, n° 525-526, octobre-novembre 1963.
12. Cité dans : François Fejtö, *op. cit.*
13. *Ibid.*
14. Cité dans : Patrick Kessel, *Le Mouvement « maoïste » en France*, tome 1, UGE, 1972.
15. Sous un titre commun, « Problèmes actuels de la lutte contre l'opportunisme de droite et de gauche », *France nouvelle*, n° 766, mercredi 22 juin 1960, reproduit en fait deux articles soviétiques, respectivement parus dans la *Pravda* et *La Russie soviétique* au début du mois de juin.
16. Cité dans : Patrick Kessel, *op. cit.*
17. *Ibid.*

2

DE 1963 À 1966 : UNE NAISSANCE CHAOTIQUE

1. Une biographie de François Marty figure notamment dans *L'Humanité nouvelle*, n° 1, février 1965.

2. Annette Trotignon, Nadine Batude et Patrick Monnier, *La République populaire de Chine dans la presse du Parti communiste français*, Université Paris VII, 1973-1974.

3. Le procès-verbal de la réunion m'a été communiqué par Jacques Jurquet.

4. Voir à ce sujet l'affaire Grippa, p. 49.

5. Procès-verbal de la réunion du cercle de Marseille, en date du 24 février 1964 : cette pièce a été communiquée par Jacques Jurquet.

6. La DST suspecte alors principalement l'Association des amitiés franco-chinoises, dont le nouveau président est Charles Bettelheim, et qui compte parmi ses membres les plus actifs Joseph et Hélène Marchisio.

7. Entretien avec Jacques Jurquet, le 28 janvier 1995.

8. Le local du boulevard des Dames a été entièrement acheté avec de l'argent fourni par les Albanais.

9. *L'Humanité nouvelle*, n° 11, 15 novembre 1965.

10. Entretien avec Jacques Jurquet, le 28 janvier 1995.

11. *L'Humanité* reviendra à deux reprises sur la curieuse affaire de Berne : dans son numéro du 2 juillet 1965, le quotidien du Parti communiste donne une prétendue liste des expulsés : on y trouve Jacques Jurquet, François Marty, Georges Frêche, Claude Beaulieu, Patrick Prado, André Frémintin, Marcel Inocenti, Hugues Lebaire et Jean-Pierre Bensimon. Le journal mélange apparemment les participants à plusieurs voyages différents. Il regroupe également militants de la FCML et du cercle de Clichy. En ce qui concerne Georges Frêche, il semblerait que ce militant de la FCML ait rendu visite aux Chinois en compagnie du groupe de Clichy, qu'il a rejoint officiellement quelques semaines plus tard. Voir aussi *L'Humanité* du 17 juillet 1965.

12. Entretien avec Jacques Jurquet, le 28 janvier 1995.

13. Sur la première partie de la vie de Jacques Grippa, voir : Jacques Grippa, *Chronique vécue d'une époque, 1930-1947*, EPO, 1988, Anvers.

14. Parmi les adhérents de base du Parti communiste de Belgique, un jeune militant, originaire du Congo belge, connaîtra un destin pour le moins paradoxal : grippiste de la première heure et membre du PCB, Luc Jouret cotise aussi à l'Association Belgique-Chine. Il effectue, par son entremise, un décisif voyage en Chine, qui lui donne l'occasion de découvrir l'acupuncture et l'homéopathie. Dans les années soixante-dix, il participe à divers groupes maoïstes, avant de devenir médecin en 1974. Il rejoint ensuite les parachutistes-commandos de Namur et saute sur Kolwezi en 1978 lorsque des partisans de l'indépendance du Shaba, soutenus par Cuba et l'Allemagne de l'Est, prennent des Occidentaux en otages pour faire pression sur le régime zaïrois. Plus tard, Luc Jouret devient la figure charismatique et le leader incontesté de l'Ordre du temple solaire. En octobre 1994, il figure parmi les cinquante-trois vic-

times d'un mystérieux massacre survenu en Suisse et au Canada. Un parcours pour le moins surprenant, qui a débuté au sein du mouvement de Jacques Grippa.

15. John Barron, *KGB*, Elsevier Séquoia, Bruxelles, 1975.

16. Entretien avec l'auteur, le 17 octobre 1994.

3

DE 1966 À AVRIL 1968 : LA MISE À FEU

1. *Michèle Daria* : « Une provocation de type fasciste, le film : *La Chinoise* », dans *L'Humanité nouvelle*, n° 65, 7 septembre 1967.

2. *Le Nouvel Observateur*, 20 septembre 1967 : « François Caviglioli a réussi à faire réagir ceux que *La Chinoise* prétendait défendre. Les " Chinois " de Paris désavouent Godard ».

3. *Antoine Liniers*, « Objections contre une prise d'armes », dans *Terrorisme et démocratie*, ouvrage collectif publié en 1985 chez Fayard par la Fondation Saint-Simon. Olivier Rolin avait souhaité, à l'époque, signer son texte sous un pseudonyme.

4. Alberto Moravia, *La Révolution culturelle de Mao*, Flammarion, 1968.

5. Partiellement publiée dans : Roger Faligot et Rémi Kauffer, *Kang Sheng et les services secrets chinois, op. cit.*, cette pièce m'a été communiquée par les deux auteurs.

6. Cette pièce figure en annexe au présent ouvrage.

7. *L'Humanité nouvelle*, n° 20, juillet-août 1966.

8. Plus tard au dîner, le protocole place Raymond Casas à la droite de Kang Sheng. Celui-ci livre alors au militant français quelques confidences intéressantes. La France, il la connaît bien. Il y a même connu la prison dans les années trente. Il affirme notamment avoir été enfermé dans la même cellule que Jacques Doriot à la suite de l'émeute du 6 février 1934. Jacques Doriot était encore à l'époque un des dirigeants du Parti communiste. (Entretien avec l'auteur, le 9 décembre 1995.)

9. Nicolas Milétitch a pu récemment avoir accès aux Archives d'État, à Tirana. Il a découvert que le Fonds de solidarité avait distribué 11,6 millions de dollars entre 1964 et 1988. Une somme énorme pour un aussi petit pays que l'Albanie. Ont notamment reçu :

– Partis et groupes ML : 165 000 dollars.
– Organisation de séminaires : 42 000 dollars.
– Propagande et diffusion des textes albanais : 80 000 dollars.
– Invitation en Albanie des militants du monde entier : 105 000 dollars.

Voir : Nicolas Milétitch, « Révélations des archives de Tirana », dans *Les Cahiers d'histoire sociale*, n° 5, 1996.

10. Voir à ce sujet : « Les partis et mouvements prochinois dans le monde », dossier réalisé par François Joyaux et Michèle Rodière, pour la revue *Problèmes politiques et sociaux*, n° 13, 27 mars 1970.

11. Voir *L'Humanité nouvelle*, n° 53, 11 mai 1967 : « Sabotant le soutien politique au peuple vietnamien... Les révisionnistes du P "C" F passent aux méthodes fascistes ! »

12. Quelques jours après le congrès, Gilbert Mury est sommé de s'expliquer au siège du PCMLF, boulevard Magenta. Une entrevue pour le moins houleuse. Nerveusement, Mury triture une de ses poches. Soudain, une détonation retentit. Alerté, Francis Bergeron fait irruption dans le bureau et trouve Mury fort déconfit. Comme tous les responsables ML, l'intellectuel communiste porte en permanence un revolver. Dans le feu de la discussion, il l'a malencontreusement tripoté dans sa poche et a tiré à travers son pantalon ! Il en est quitte pour une bonne peur.

13. Entretien avec l'auteur, le 20 février 1995.

14. Hervé Hamon et Patrick Rotman, *Génération*, tome 1 : *Les Années de rêve*, Le Seuil, 1987.

15. Entretien avec l'auteur, le 20 février 1995.

16. Cité dans : Hervé Hamon et Patrick Rotman, *Génération*, tome 1, *op. cit.*

17. *Ibid.*

18. Un autre courant d'extrême gauche pratique l'établissement : ancêtre de Lutte ouvrière, le mouvement trotskiste Voix ouvrière a, lui aussi, fait prendre à ses étudiants le chemin des usines.

19. Notamment : Robert Linhart, *L'Établi*, Éditions de Minuit, 1978 ; Daniel Rondeau, *L'Enthousiasme*, Quai Voltaire, 1988. On trouvera dans la bibliographie qui figure à la fin de ce volume une liste complète des ouvrages d'anciens établis et des travaux qui leur ont été consacrés.

20. Témoignage d'une ancienne établie, anonyme, dans : Virginie Linhart, *Volontaires pour l'usine, Vies d'établis, 1965-1977*, Le Seuil, janvier 1994.

21. Une rumeur, colportée par les amis politiques de Roger Holeindre, veut qu'il ait été pendu par les maoïstes et, heureusement, « décroché » à temps. J'ai tenté à maintes reprises de vérifier cette affirmation auprès de l'actuel dirigeant du Front national. J'aurais également souhaité recueillir sa version des affrontements entre l'UJC (ML) et le mouvement Occident dans les années soixante. Roger Holeindre m'a finalement déclaré au téléphone qu'il refusait de témoigner dans le livre parce que, « à droite, on n'a pas le temps, on travaille ».

4

DE MAI À DÉCEMBRE 1968 : LE RENDEZ-VOUS MANQUÉ

1. *Op. cit.*

2. Voir le chapitre précédent.

3. Le n° 1 de *La Cause du peuple*, journal du Mouvement de soutien aux luttes du peuple, est daté du 1er mai 1968. Son directeur est Roland Castro.

4. Hervé Hamon et Patrick Rotman, *Génération*, tome 1, *op. cit.*

5. *Ibid.*

6. Entretien avec l'auteur, le 14 décembre 1995.

7. Hervé Hamon et Patrick Rotman, *Génération*, tome 1, *op. cit.*

8. Cité par Tony Lévy ; entretien avec l'auteur, le 14 décembre 1995.

9. Selon un ancien maoïste, Francis Gribe, la plupart des membres de

la « minorité » se retrouvent aussi régulièrement à un stage d'économie politique dirigé par Jean Baby, qui va bientôt décéder. Les cours ont lieu à la rue d'Ulm et sont exclusivement destinés aux futurs militants de la Gauche prolétarienne.

5

DE JANVIER 1969 À JUILLET 1970 : LE FULGURANT APOGÉE DES MAOS

1. Michèle Manceaux, *Les Maos en France*, Gallimard, 1972.
2. *Ibid.*
3. L'expression « mao-spontex » fait aussi méchamment référence à une publicité qu'on voit alors partout, pour une nouvelle éponge gratteuse qui récure tout : la Spontex !
4. Entretien avec l'auteur, le 15 décembre 1995.
5. L'événement est décrit en détail dans : Hervé Hamon et Patrick Rotman, *Génération*, tome 2 : *Les Années de poudre*, Le Seuil, janvier 1988.
6. Hervé Hamon et Patrick Rotman, *Génération*, tome 2, *op. cit.*
7. *Antoine Liniers, Objections contre une prise d'armes, op. cit.*
8. Rappelons que Tony Lévy est le frère du chef de la GP, Benny Lévy. Un troisième frère Lévy ne milite pas chez les maos. Converti à l'islam, il porte maintenant le nom d'Adel Rifaat.
9. Voir *La Cause du peuple*, n° 14, 10 décembre 1969.
10. Hervé Hamon et Patrick Rotman, *Génération* tome 2, *op. cit.*
11. Raymond Marcellin, *L'Importune vérité. Dix ans après Mai 68 un ministre de l'Intérieur parle*, Plon, 1978. Malgré de multiples demandes d'entretien, Raymond Marcellin n'a pas souhaité témoigner dans ce livre.
12. *Op. cit.*
13. Voir le chapitre 6.
14. *La Cause du peuple*, n° 23, 23 mai 1970.
15. On trouvera l'ensemble des réactions au procès dans le supplément au numéro 7 de *L'Idiot international*, juin 1970 : Minutes du procès de « la Cause du peuple ».
16. Entretien avec l'auteur, le 2 mai 1995.
17. Sur la critique de la « Nouvelle résistance », voir l'article « Fascisation ou fascisme », dans *Vive le communisme*, n° 3, paru au printemps 1969.
18. Entretien avec l'auteur, le 20 septembre 1994.
19. Entretien avec l'auteur, le 20 février 1995.
20. Il s'agit de la toute dernière apparition de Jacques Vergès avant sa mystérieuse « disparition », ce trou noir biographique qui durera jusqu'à la fin 1978.
21. Entretien avec l'auteur, le 9 décembre 1995.
22. Entretien avec l'auteur, le 27 mars 1995.
23. Cette lettre, qui figure dans les archives du PCMLF déposées à la Bibliothèque de documentation internationale contemporaine, a été partiellement reproduite dans : Patrick Kessel, *Le Mouvement « maoïste » en France*, t. II, UGE, 1978.

24. Les partis dont les militants suivent alors des stages d'entraînement militaire en Albanie sont les suivants : Parti communiste du Brésil, Parti communiste marxiste-léniniste de Colombie, Parti communiste révolutionnaire du Chili, Parti communiste d'Équateur, Parti communiste de Bolivie, Parti des travailleurs d'Haïti, Parti des travailleurs d'Indonésie. Des militants du Congo, de Ceylan, du Soudan bénéficient du même appui, pour lequel est consenti à partir de 1967 la somme de soixante mille dollars. Les ML européens ne semblent pas avoir suivi de formation approfondie dans ce domaine. Ils subissent plutôt des cours de formation politique. Mais, selon un ancien responsable du département étranger du Comité central du Parti du travail d'Albanie, les stages des Occidentaux comprennent une partie militaire réduite, qui consiste principalement en une formation au maniement du revolver. Voir : Nicolas Milétitch, *Révélations des archives de Tirana, op. cit.*

25. Cent membres, ou un peu plus ? Jacques Jurquet doute de l'exactitude de cette estimation, communiquée par Monique Dagron et Alain Doronte. Il lui semble au contraire que les effectifs de l'Humanité rouge au plus fort de la crise doivent s'élever à environ quatre cents personnes.

26. Dès le début des années soixante-dix, les diplomates albanais mettent notamment en garde la direction du PCMLF contre une nommée *Dolorès*, chargée des relations extérieures du Parti communiste d'Espagne (marxiste-léniniste), qui travaillerait selon eux pour la CIA.

27. Roger Faligot et Rémi Kauffer, *Kang Sheng et les services secrets chinois, op. cit.*

28. Sur l'UCF (ML), voir le chapitre 7.

6

D'AOÛT 1970 À DÉCEMBRE 1973 : LA FRANCE SAUVAGE

1. Entretien avec l'auteur, le 20 février 1995.
2. Entretien avec l'auteur, le 2 mai 1995.
3. Entretien avec l'auteur, le 17 octobre 1994.
4. *Ibid.*
5. Entretien avec l'auteur, le 15 septembre 1994.
6. *Ibid.*
7. Cette lettre au président de la Cour de sûreté de l'État, en date du 8 septembre 1970, figure dans : François Truffaut, *Correspondance*, Foma, Suisse, avril 1988.
8. *Ibid.*
9. Alberto Moravia, *La Révolution culturelle de Mao, op. cit.*
10. Simone de Beauvoir, *Tout compte fait*, Gallimard, 1972.
11. Henri Leclerc, *Un combat pour la justice*, La Découverte, 1994.
12. Liliane Siegel, *La Clandestine*, Maren Sell, 1988.
13. *Ibid.*
14. *Ibid.*
15. Cité dans : Hervé Hamon et Patrick Rotman, *Génération*, tome 2, *op. cit.*
16. Cité dans : Simone de Beauvoir, *La Cérémonie des adieux*, Gallimard, 1981.

17. Cité dans : Liliane Siegel, *La Clandestine, op. cit.*
18. *Ibid.*
19. Entretien avec l'auteur, le 17 novembre 1994.
20. Avant-propos de Jean-Paul Sartre aux *Maos en France*, de Michèle Manceaux, *op. cit.*
21. *Ibid.*
22. *Ibid.*
23. Simone de Beauvoir, *La Cérémonie des adieux, op. cit.*
24. Cité dans : Didier Eribon, *Michel Foucault*, Flammarion, 1989.
25. *Ibid.*
26. *Ibid.*
27. Voir « Jean-Paul Sartre », p. 156.
28. Michel Foucault, « Sur la justice populaire : débat avec les maos », dans : *Les Temps modernes* n° 310 *bis*, spécial « nouveau fascisme, nouvelle résistance », 1972.
29. Cité dans : Didier Eribon, *Michel Foucault, op. cit.*
30. *La Cause du peuple*, n° 24, du 17 mai 1972, comporte une tribune libre de Jean-Paul Sartre sur l'affaire de Bruay (« Lynchage ou justice populaire ? »), ainsi qu'une réponse de l'organisation.
31. Voir le chap. 3.
32. Lettre à Jean-Luc Godard envoyée en mai ou juin 1973. François Truffaut, *Correspondance, op. cit.*
33. Témoignage de José Varela, dans : Élisabeth Salvaresi, *Mai en héritage*, Syros-Alternatives, mai 1988.
34. *Ibid.*
35. *Ibid.*
36. Cité dans : Bruno Giorgini, *Mai 68-été 78, que sont mes amis devenus ?*, Savelli, 1978.
37. *Michel Servet* (pseudonyme de Jean-Luc Godard), « Le Cercle rouge », dans *J'accuse*, n° 1, 15 janvier 1971.
38. Fidèle à sa stratégie de communication, inaugurée à l'époque maoïste, Jean-Luc Godard a refusé de témoigner dans ce livre.
39. Philippe Forest, *Histoire de « Tel Quel »*, Le Seuil, 1995.
40. *Ibid.*
41. Maria-Antonietta Macciocchi, *De la Chine*, Le Seuil, 1971.
42. « Pourquoi un bulletin d'information », éditorial signé Mouvement de juin 71, dans *Tel-Quel-Mouvement-de-juin-71 Informations*, n° 1, 15 mars 1972.
43. Philippe Sollers, « Pourquoi j'ai été chinois », entretien de 1980 avec Shuhsi Kao, reproduit dans *Improvisations*, Gallimard, 1991.
44. Ieme Van der Poel, *Une révolution de la pensée : maoïsme et féminisme à travers « Tel Quel », « Les Temps modernes » et « Esprit »*, Rodopi, Amsterdam-Atlanta, 1992.
45. *Ibid.*
46. *Document politique* numéro 1 : « Changer la vie ! Briser tous les obstacles. Faire fusionner les révoltes. Préparer de façon prolongée l'insurrection armée. Édifier l'organisation politique prolétarienne : la libre centralisation du peuple ».
47. Entretien avec l'auteur, le 2 mai 1995.
48. *Ibid.*
49. Hervé Hamon et Patrick Rotman, *Génération*, tome 2, *op. cit.*

50. *Ibid.*
51. *Ibid.*
52. Michèle Manceaux, *Les Maos en France, op. cit.*
53. Jacques Harstrich avec Fabrizio Calvi, *RG, 20 ans de police politique*, Calmann-Lévy, 1991.
54. Hervé Hamon et Patrick Rotman, *Génération* tome 2, *op. cit.*
55. Cité dans la brochure : *Le Combat des détenus politiques*, François Maspero, 1970.
56. Hervé Hamon et Patrick Rotman, *Génération* tome 2, *op. cit.*
57. Voir « Jean-Paul Sartre », p. 156.
58. Entretien avec l'auteur, le 27 janvier 1995.
59. Cette opération militaire, ainsi que plusieurs autres, sont restituées avec force détails dans : Hervé Hamon et Patrick Rotman, *Génération*, tome 2, *op. cit.*
60. *Ibid.*
61. Entretien avec l'auteur, le 9 novembre 1994.
62. Jacques Frémontier, *La Forteresse ouvrière : Renault*, Fayard, 1971.
63. *Ibid.*
64. Hervé Hamon et Patrick Rotman, *Génération*, tome 2, *op. cit.*
65. Bruno Giorgini, *Mai 68-été 78, que sont mes amis devenus ?*, *op. cit.*
66. Hervé Hamon et Patrick Rotman, *Génération*, tome 2, *op. cit.*
67. Entretien avec l'auteur, le 17 novembre 1994.
68. Louis Althusser, *L'Avenir dure longtemps*, Stock-IMEC, 1992.
69. Hervé Hamon et Patrick Rotman, *Génération*, tome 2, *op. cit.*
70. Entretien avec l'auteur, le 22 septembre 1995.
71. Entretien avec l'auteur, le 27 janvier 1995.
72. *Baruch Zorobabel* (pseudonyme de Nicolas Boulte), *Tentative de bilan du Comité de lutte Renault*, supplément au n° 120 d'*Informations-Correspondances-Ouvrières*, octobre-novembre 1972.
73. Hervé Hamon et Patrick Rotman, *Génération*, tome 2, *op. cit.*, Nicolas Boulte finira par se suicider en 1975, après avoir envoyé sa propre notice nécrologique à *Libération.*
74. Témoignage de Claire Brière dans : Élisabeth Salvaresi, *Mai en héritage*, *op. cit.*
75. Ironie de l'Histoire ou véritable tragédie ? En février 1991, Simone Weber sera condamnée à vingt ans de prison pour le meurtre de son second mari et de son amant.
76. Hervé Hamon et Patrick Rotman, *Génération*, tome 2, *op. cit.*
77. Détail important : cette réponse de *La Cause du peuple* à Jean-Paul Sartre a été rédigée par Benny Lévy.
78. Rémi Hess, Les *Maoïstes français, une dérive institutionnelle,* Éditions Anthropos, 1974.
79. Cité par Saïd Bouziri lors d'un entretien avec l'auteur, le 14 mai 1995.
80. Maurice Clavel, *Les Paroissiens de Palente,* Grasset, 1974.
81. Jean-Paul Sartre, Philippe Gavi et *Pierre Victor*, *On a raison de se révolter*, Gallimard, 1974.
82. Cité dans : François-Marie Samuelson, *Il était une fois « Libé »...*, Le Seuil, 1979.
83. *Ibid.*

84. Entretien avec l'auteur, le 22 septembre 1995.
85. Entretien avec l'auteur, le 20 octobre 1994.
86. Rony Brauman, « Portrait d'anciens maoïstes qui ont depuis fait carrière », dans *l'Histoire*, nº 182, novembre 1994.
87. *L'Humanité nouvelle* (clandestine), nº 10, publiée en décembre 1970.
88. *L'Humanité rouge*, nº 107, 3 juin 1971.
89. Entretien avec l'auteur, le 28 janvier 1995.
90. Cette note policière figure dans les archives du PCMLF, déposées à la BDIC de Nanterre.

7

DE 1974 À 1977 : LE SECOND SOUFFLE

1. Voir la note 81 du chap. 6.
2. Simone de Beauvoir, *La Cérémonie des adieux, op. cit.*
3. Alain Geismar, *L'Engrenage terroriste*, Fayard, 1981.
4. Entretien avec l'auteur, le 15 septembre 1994.
5. Entretien avec l'auteur, le 4 décembre 1995.
6. Entretien avec l'auteur, le 22 septembre 1995.
7. Alain Geismar, *L'Engrenage terroriste, op. cit.*
8. *Le Monde*, 21 décembre 1974.
9. *Le Monde*, 11 octobre 1977.
10. Christian Harbulot obtiendra successivement deux non-lieux et sera finalement libéré.
11. Il est difficile d'établir le nombre exact des abonnés chinois à la presse ML dans la mesure où il varie d'année en année, en fonction des efforts consentis par Pékin : le chiffre de dix mille abonnés en 1975 est sans nul doute le maximum obtenu par le PCMLF. Il faut dire que le mouvement de Jacques Jurquet fait également de substanciels bénéfices en vendant des livres chinois, avec une marge de 80 %. Il lui arrive aussi parfois d'imprimer, pour le compte des Éditions de Pékin, des ouvrages en français, acheminés ensuite vers l'Afrique. Les modes de subvention sont donc multiples.
12. Le premier numéro de *La Jeune Garde rouge* paraît en mai 1975.
13. Chiffres communiqués par Monique Dagron.
14. « Le combat patriotique et l'armée », dans : *Combat pour l'indépendance*, nº 1, avril 1975.
15. Entretien avec l'auteur, le 18 septembre 1995. Fondée en 1972 par une poignée de jeunes militants de la Restauration nationale, la Nouvelle Action française défend dès sa création des positions atypiques qui lui valent à la fois l'incompréhension de ses amis politiques et de ses adversaires. Vigoureusement antifasciste, elle prône un régime de monarchie parlementaire et se défend de toute accointance avec l'extrême droite royaliste, dont elle provient. Néanmoins, son obstination à se réclamer de l'héritage de l'Action française de Charles Maurras et la violence de certains de ses adhérents de base laissent longtemps planer l'ambiguïté. A partir de 1978, la NAF se transforme finalement en Nouvelle Action royaliste. Elle appelle ensuite à voter François Mitter-

rand en 1981. Plus personne ne songerait aujourd'hui à la taxer d'extrême droite.

16. Entretien avec l'auteur, le 12 septembre 1994.

17. Entretien avec l'auteur, le 29 janvier 1995.

18. *Max Cluzot* garde encore à ce jour un goût prononcé pour la clandestinité. Il est, de tous les anciens leaders rencontrés pour ce livre, le seul qui exige encore de dissimuler son vrai nom. Il est donc cité en permanence ici sous son ancien pseudonyme d'il y a vingt ans.

19. Cette lettre de Suzanne Mury a été rendue publique dans *Le Quotidien du peuple*, n° 196, 29-30 mai 1976.

20. Entretien avec l'auteur, le 11 novembre 1994.

21. Tract : *Les Chinois à Paris : un film comique ? Non ! Un film anticommuniste !*

8

DE 1978 À NOS JOURS : L'AGONIE

1. *Questions actuelles du communisme*, n° 2, mars 1978.
2. *Ibid.*
3. Entretien avec l'auteur, le 8 mars 1995.
4. *Le Provençal*, 7 octobre 1978.
5. Recensement effectué en juin 1978 par Monique Dagron.
6. Entretien avec l'auteur, le 4 novembre 1994.
7. Les militants du PCR ont-ils un compte à régler avec leur passé ? Ont-ils « quelque chose » à cacher ? Je tiens à préciser qu'il m'a été souvent extrêmement difficile de les amener à témoigner. La moitié de ceux que j'ai pressentis ont d'ailleurs purement et simplement refusé de me voir.
8. Action directe, *Pour un projet communiste*, DOCOM, mars 1982.
9. Comité de lutte des prisonniers d'Action directe, « A propos du procès de Max Frérot. Du militarisme aux divagations réactionnaires, la randonnée médiatique de Frérot et consorts », dans *Front* n° 4, mars 1993.
10. On trouvera un bilan complet de l'action des Cellules communistes combattantes dans : *La Flèche et la cible, Matériaux pour la révolution*, n° 1, hiver 1993-1994, éditions Correspondances révolutionnaires, Bruxelles.

CONCLUSION

LE MAOÏSME, UN PHÉNOMÈNE CULTUREL

1. Entretien avec l'auteur, le 14 mars 1995.
2. Entretien avec l'auteur, le 8 mars 1995.

ANNEXES

1

Une comète politique : le « nazi-maoïsme »

Un maoïsme de droite a-t-il fugitivement éclos dans les années soixante, avant de s'éteindre prématurément au début des années soixante-dix ? D'aucuns pousseront des cris d'orfraie. De par sa nature tiers-mondiste, révolutionnaire, et pour tout dire, marxiste-léniniste, le maoïsme est-il classable ailleurs qu'à l'extrême gauche ? Et pourtant... Le modèle chinois révèle une profonde ambiguïté. Tout en se réclamant d'une vertueuse orthodoxie communiste, ne se présente-t-il pas simultanément comme un nationalisme teinté de populisme, mettant en avant la classe paysanne autant que le prolétariat ?

Il n'est pas inconcevable qu'une frange de l'extrême droite radicale ait pu à un moment donné soutenir la Chine et se réclamer de Mao. Lorsque émerge la dissidence chinoise, on observe à l'extrême droite trois attitudes différentes : certains, tels les militants du mouvement Occident, fourrent immédiatement Pékin dans le sac du « communisme assassin », et combattent les maoïstes avec autant d'ardeur qu'ils bastonnent les adhérents du PCF.

Les néo-nazis du Nouvel Ordre européen adoptent pour leur part une position exactement inverse : prenant partie dans la querelle sino-soviétique, ils choisissent le camp des Russes au nom de la défense biologique de la race blanche, menacée par le « péril jaune ».

Une troisième composante, sensible à l'émergence de régimes nationalistes autoritaires dans le tiers monde, apporte enfin son soutien à la Chine, certains allant même jusqu'à concevoir une synthèse baroque entre marxisme-léninisme et nationalisme européen.

L'architecte de ce curieux rapprochement se nomme Jean-François Thiriart. Né en Belgique en 1922, Thiriart se classe jusqu'en 1939 au centre gauche de l'échiquier politique. Mais lorsque les Allemands envahissent la Belgique, il adhère aux Amis du grand Reich allemand, une organisation germano-belge qui regroupe les partisans du pacte germano-soviétique. Le jeune Thiriart est un admirateur du ministre des Affaires étrangères du troisième Reich, Ribbentrop. Il se forge alors une certitude : stalinisme et nazisme ne sont pas des ennemis, mais des concurrents, qui défendent au fond une même vision du monde, à la fois nationaliste et socialiste.

Inquiété à la Libération, Thiriart se retire de la vie politique et fonde à Bruxelles une société d'optique, Optérion. Mais ses vieux démons le taraudent. Hostile à l'indépendance du Congo belge, il se rapproche au début des années soixante de l'OAS, et lance bientôt, de Belgique, un mouvement d'extrême droite transnational, qui vise au départ essentiellement à soutenir les réseaux OAS : Jeune Europe. De 1960 à 1962, la nouvelle organisation offre l'appui logistique de ses cellules belges, françaises, espagnoles, italiennes et allemandes à l'OAS, dont elle constitue les principales structures de la Mission 3, chargée des actions en métropole [1]. Jeune Europe se distingue alors des autres mouvements d'extrême droite par un antiaméricanisme agressif et par la mise en avant d'une identité européenne supra-nationale.

A partir de l'indépendance de l'Algérie en 1962, le groupe de Thiriart cesse progressivement de soutenir l'OAS, et prend au contraire le parti des anciens colonisés. Lorsque la Tricontinentale est fondée à La Havane sous les auspices de Fidel Castro, Jean-François Thiriart lance l'idée d'une lutte « quadricontinentale », incluant les peuples d'Europe qui souhaitent se libérer du joug américain. Il renoue alors avec le national-bolchevisme qu'il avait défendu lorsqu'il était un jeune collaborateur des Allemands.

Dès 1965, Jeune Europe évolue sur des positions antiaméricaines, tiers-mondistes, et nationales-communistes : le mouvement soutient d'un seul tenant l'Argentine péroniste, Cuba et la Chine. Ces appuis unilatéraux se doublent d'un fébrile activisme diplomatique. Jeune Europe rêve de créer un foyer révolutionnaire sur le vieux continent, et prend contact avec de nombreuses ambassades étrangères. La lecture de son organe central, *Nation européenne*, est ainsi pleine de surprises. Ne trouve-t-on pas dans le numéro 22 (novembre 1967), un article officiel de la Prensa latina, agence de presse officielle de La Havane, sur l'« exemple de Cuba » ?

Plusieurs personnalités arabes publieront également des articles dans le curieux journal national-communiste : Nather El-Omari, ambassadeur d'Irak à Paris, ou Selim El-Yafi, ministre de la République arabe syrienne.

Phénomène encore plus étonnant : Cherif Belkacem (coordinateur du secrétariat exécutif du FLN algérien), le commandant Si Larbi (chef des relations extérieures du même secrétariat), et Djamil Bendimred (directeur de *Révolution africaine*) accordent un entretien à *La Nation européenne*, numéro 21, d'octobre 1967.

Dans la foulée, Ahmed Choukeiry, qui dirige l'Organisation de libération de la Palestine, s'exprime lui aussi sans complexe dans l'organe nationaliste et va même jusqu'à déclarer : « Nous donnons notre bénédiction à votre mouvement la Nation européenne. C'est un mouvement progressiste. Nous souhaitons de tout cœur qu'il réussisse [2]. »

Progressiste, Jeune Europe ? D'extrême droite, certainement. Et on ne peut que s'étonner de voir tant de représentants du tiers monde rencontrer des militants qui soutenaient l'OAS quelques années auparavant. A moins bien sûr que ces mêmes représentants n'espèrent élargir leur audience occidentale en reconquérant une partie de l'opinion publique de droite.

Détail intéressant : l'organisation de Jean-François Thiriart est au même moment la bête noire de Jacques Grippa et du Parti communiste de Belgique, qui ne cesse de l'affronter dans la rue.

Le leader nationaliste fait pourtant tout ce qu'il faut pour brouiller les cartes. « Rouge-brun » avant l'heure, il se réclame en vrac d'un tiers-mondisme œcuménique et de la lutte contre les États-Unis. Il se rapproche en outre des Soviétiques. Jeune Europe défend la nécessité d'un axe euro-soviétique pour contrer la menace américaine. Thiriart parviendra à se rendre, ès qualités, en Roumanie et en Yougoslavie. Pendant ce temps, ses lieutenants, Jean-Claude Pabst et Claudio Mutti, visitent l'Allemagne de l'Est, la Bulgarie, la Roumanie et la Yougoslavie. Ils en reviennent enchantés, et vantent les mérites des démocraties populaires de l'Est.

La rencontre la plus décisive a lieu pendant l'été 1966, à Bucarest. Les services du président Ceaucescu organisent une entrevue confidentielle entre Jean-François Thiriart... et Zhou Enlai, Premier ministre de la République populaire de Chine. Pendant des années, Thiriart taira à ses amis politiques la substance de l'entretien. Mais dans un texte diffusé en 1985, il en donne enfin le menu : « Dans sa phase initiale, mon entretien avec Zhou Enlai ne fut qu'un échange d'anecdotes et de souvenirs. A ce stade, tout allait bien. Zhou Enlai s'intéressa à mes études en écriture chinoise, et moi à son séjour en France qui représentait pour lui un agréable souvenir de jeunesse. [...] Les choses se gâtèrent quand on en arriva progressivement au concret. Je dus alors subir un véritable cours de catéchisme marxiste-léniniste. Zhou dressa ensuite l'inventaire des erreurs psychologiques graves commises par l'Union soviétique. [...] Ma tentative de lui faire accepter le concept de la lutte globale quadri-continentale de toutes les forces antiaméricaines dans le monde, quelles que soient leurs orientations idéologiques, échoua. [...] Je suis un homme pragmatique. Je lui demandai donc des moyens – de l'argent pour développer notre presse et un sanctuaire pour notre organisation – pour la préparation et la structuration d'un appareil politico-militaire révolutionnaire européen. Il me renvoya à ses services. Le seul acquis fut, à la fin de l'entretien, un excellent déjeuner, pris dans un climat très détendu. Les officiels roumains, qui n'avaient pas assisté aux entretiens politiques, reparurent alors. Par la suite, je ne pus rien tirer des services chinois, dont l'incompréhension de l'Europe était totale sur le plan psychologique et politique [3]. »

Alors même que la Chine est en train de mettre sur pied une Internationale communiste dissidente, Zhou Enlai a donc accepté de rencontrer un leader d'extrême droite, dénoncé presque quotidiennement par les ML belges du PCB.

Malgré l'échec « technique » du dialogue, qui ne débouche sur aucune aide substantielle, Pékin devient pour Jeune Europe un allié tactique du « Mouvement de libération européen. »

Car, si les retombées matérielles de la réunion sont nulles, les conséquences psychologiques sont importantes. Grâce à l'étonnante convergence, une fraction radicale de l'extrême droite nationaliste-révolutionnaire sort momentanément de l'isolement, et noue des liens avec l'extrême gauche. *La Nation européenne* numéro 13, en date de janvier 1967, comporte ainsi un entretien avec Gérard Bulliard, dirigeant du Parti communiste de suisse (prochinois), qui édite *L'Étincelle.*

C'est en Italie qu'émerge alors un véritable « nazi-maoïsme ». Le mouvement « Giovane Europa » (section italienne de Jeune Europe) parviendra même à cosigner un tract avec le comité d'Imperia du Parti communiste d'Italie (marxiste-léniniste) : « le front du tiers monde passe par le fleuve Oussouri ».

A cette époque, Thiriart met en avant la construction de brigades européennes armées chargées de mener une guerre d'indépendance contre les États-Unis. Poursuivant ses démarches internationales, il renoue au début de l'année 1968, via Gilles Munier et Gérard Bordes, avec l'Algérie, la Syrie, l'Irak. Il se rend personnellement en Égypte, où il est reçu par le président Nasser lui-même. Toutefois, aucun de ses interlocuteurs arabes n'accepte de financer les brigades européennes.

L'échec de cette entreprise armée précipite alors la mort de Jeune Europe. Thiriart se détourne de nouveau de la politique, tandis que les sections du mouvement international s'autonomisent ou disparaissent corps et biens [4].

Une poignée de militants italiens tente quand même de recréer une organisation européenne, Lutte du peuple. Des sections éclosent en Espagne et en Allemagne, ainsi qu'en France, où une Organisation lutte du peuple (OLP) voit le jour en 1971. Dirigée par Yves Bataille, elle est constituée de dissidents d'Ordre nouveau et de militants du groupe Pour une jeune Europe.

La minuscule OLP défend des positions franchement prochinoises, qui lui valent bientôt l'étiquette péjorative de « nazi-maoïste ». Spécialiste du courant Jeune Europe, Yannick Sauveur précise à ce propos : « Si en définitive on admet l'existence d'un courant nazi-maoïste, on est amené à se demander s'il n'est pas tout simplement la transposition du national-bolchevisme, le nazi-maoïsme n'étant que le national-bolchevisme des années soixante-dix, le cadre ayant changé. [...] Finalement, l'Europe unitaire et communautaire que veut réaliser l'OLP n'est ni plus ni moins que la transposition de l'œuvre de Mao adaptée au cadre européen et aux mentalités du peuple européen [5]. »

On peut en tout cas constater une nouvelle fois que l'ambiguïté idéologique du maoïsme aura permis à des militants d'extrême droite de se reconnaître dans le nationalisme populiste de Mao, au point d'en faire un théoricien de leur combat.

Le courant Thiriart n'a pas fini de nous réserver des surprises. Certains de ses adhérents italiens vont en effet jusqu'à « franchir le Rubicon », à l'exemple de Pino Balzano. Dirigeant national de Giovane Europa, dernier directeur de publication de son organe, la *Nazione Europa*, il rejoint ensuite le courant maoïste spontanéiste et devient en 1975 rédacteur au journal d'extrême gauche *Lotta Continua*.

Mais le cas le plus incroyable est sans conteste celui de Renato Curcio. Chef de section de Giovane Europa pour la ville d'Albenge dès 1963, il participe à toutes les péripéties du courant Jeune Europe, avant d'adhérer en 1967... au Parti communiste d'Italie (marxiste-léniniste). Il anime ensuite divers collectifs anti-impérialistes et crée en septembre 1970 les fameuses Brigades rouges, dont il devient le leader historique.

Renato Curcio est donc passé de l'extrême droite au « nazi-maoïsme », puis au maoïsme « orthodoxe » et, finalement, à la lutte armée. Hasard ou nécessité ? Les Brigades rouges se sont toujours réclamées de la pensée de Mao Zedong.

A l'heure ou réapparaissent en Europe des groupes « rouge-brun », qui mêlent emprunts idéologiques à l'extrême gauche et à l'extrême droite, la mouvance Jeune Europe a incontestablement joué en la matière un rôle de précurseur. Peut-être a-t-elle su profiter du caractère hétérogène du modèle chinois, qui a pu, lors de la Révolution culturelle, cristalliser simultanément les espoirs de jeunes étudiants de gauche et d'activistes d'extrême droite.

NOTES

1. Luc Michel, « De " Jeune Europe " aux Brigades rouges », dans : *Conscience européenne*, n° 11, mars 1985.

2. *La Nation européenne*, n° 23, décembre 1967.

3. Cité dans : Luc Michel, « De " Jeune Europe " aux Brigades rouges », art. cit.

4. Jean-François Thiriart reviendra à l'activisme politique au début des années quatre-vingt, et participera à plusieurs organisations nationales-communistes : le Parti communautaire national-européen (PCN), de Luc Michel, ou encore le mouvement Nouvelle Résistance, de Christian Bouchet. Il financera également la revue *Nationalisme et République*, de Michel Schneider, avant de décéder d'une crise cardiaque en 1992.

5. Yannick Sauveur, « L'organisation Lutte du peuple, un mouvement national-bolchevik », conférence de science politique (niveau 2), sous la direction de M. Madelin, citée dans : Luc Michel, *art. cit.*

I.- LE DEVELOPPEMENT DEPUIS 1964 DE L'ACTIVITE SCISSIONNISTE DU PARTI COMMUNISTE CHINOIS

Depuis le début 1964, des modifications notables sont intervenues, l'attaque scissionniste s'est précisée et plusieurs de ses objectifs ont été au moins en partie atteints.

En l'état de notre information, il semble que les efforts aient été concentrés dans le domaine de la propagande et de l'organisation pour la constitution de bases en vue de la création d'un parti scissionniste.

Ces efforts constituent une application de l'appel du P.C.C. à la constitution de partis scissionnistes partout dans le monde tel qu'il était formulé dans un rapport de TCHEOU YANG, chef-adjoint du département de la propagande du C.C. du P.C.C.

Ce rapport publié dans "PEKIN-INFORMATION" du 6 Janvier 1964 avait pour titre :"Les tâches de combat des travailleurs de la philosophie et des sciences sociales" et était consacré à "la lutte contre le révisionnisme moderne".

Une partie de ce rapport constituait un appel à la scission et à la constitution de "véritables partis marxistes-léninistes".

Dans la note de janvier 1964, nous indiquions qu'avait commencé la tentative de réaliser une telle entreprise.

En effet, d'une part depuis la fin de 1962, un groupe d'éléments scissionnistes avait engagé la lutte dans le comité de Marseille de l'Association des Amitiés Franco-Chinoises en vue de transformer le caractère et les buts de l'Association. Des relati[ons] directes avec l'Ambassade de Chine à Berne avaient été établies.

D'autre part, nous étions informés que dans cette même ambassade avait eu lieu les 7 et 8 Décembre 1963 une première réunion collective groupant des émissaires français venus de plusieurs dé[partements] : Bouches-du-Rhône, Rhône et Nord.

Les Chinois avaient exigé que tous les "délégués" soient de[s] membres du Parti Communiste Français. Ils donnèrent comme consign[e] que chacun défende ouvertement les positions du P.C.C. dans les organisations respectives dont il était membre.

Par la suite, les voyages à l'ambassade chinoise à Berne se sont multipliés.

2

Ce document interne et confidentiel de la Section de montée des cadres du Parti communiste français doit dater de l'été 1965. Cette pièce m'a été communiquée par Roger Faligot et Rémi Kauffer, qui ont par ailleurs publié dans Kang Sheng et les services secrets chinois *(Robert Laffont, 1987) d'autres textes de la SMC sur les prochinois français.*

I. LE DÉVELOPPEMENT DEPUIS 1964 DE L'ACTIVITÉ SCISSIONNISTE DU PARTI COMMUNISTE CHINOIS

Depuis le début 1964, des modifications notables sont intervenues, l'attaque scissionniste s'est précisée et plusieurs de ses objectifs ont été au moins en partie atteints.

En l'état de notre information, il semble que les efforts aient été concentrés dans le domaine de la propagande et de l'organisation pour la constitution de bases en vue de la création d'un parti scissionniste.

Ces efforts constituent une application de l'appel du PCC à la constitution de partis scissionnistes partout dans le monde tel qu'il était formulé dans un rapport de Tcheou Yang, chef-adjoint, du département de la propagande du CC du PCC.

Ce rapport publié dans *Pékin-information* du 6 janvier 1964, avait pour titre : « Les tâches de combat des travailleurs de la philosophie et des sciences sociales » et était consacré à « la lutte contre le révisionnisme moderne ».

Une partie de ce rapport constituait un appel à la scission et à la constitution de « véritables partis marxistes-léninistes ».

Dans la note de janvier 1964, nous indiquions qu'avait commencé la tentative de réaliser une telle entreprise.

En effet, d'une part depuis la fin de 1962, un groupe d'éléments scissionnistes avait engagé la lutte dans le comité de Marseille de l'Association des amitiés franco-chinoises en vue de transformer le caractère et les buts de l'Association. Des relations directes avec l'ambassade de Chine à Berne avaient été établies.

D'autre part, nous étions informés que dans cette même ambassade avait eu lieu les 7 et 8 décembre 1963 une première réunion collective groupant des émissaires français venus de plusieurs départements : Bouches-du-Rhône, Rhône et Nord.

Les Chinois avaient exigé que tous les « délégués » soient des membres du Parti communiste français. Ils donnèrent comme consigne que chacun défende ouvertement les positions du PCC dans les organisations respectives dont il était membre.

Par la suite, les voyages à l'ambassade chinoise à Berne se sont multipliés.

II. LES GROUPES SCISSIONNISTES PROCHINOIS

Au début de l'année 1964, la SMC a fourni une note assez détaillée sur les activités scissionnistes des dirigeants du PCC telles qu'elles se présentaient à cette époque.

Cette note faisait le bilan des activités de propagande, d'organisation et faisait état des divers soutiens dont bénéficiait l'entreprise scissionniste du PCC depuis le soutien du pouvoir gaulliste jusqu'aux groupuscules trotskistes en passant par les groupes anti-parti et leurs diverses publications.

Par la suite la SMC n'a pas été chargée de suivre cette question ni de centraliser les faits y afférant.

Toutefois elle ne s'en est pas désintéressée notamment par rapport aux publications et aux questions de discipline.

Aussi la SMC n'est-elle en possession que d'éléments fragmentaires sur lesquels est basée la note ci-après.

Sur la base de diverses informations on peut définir à peu près comme suit les consignes générales données aux éléments scissionnistes à la fin de 1963 et au début de 1964 :

1. Établir des relations avec les éléments favorables aux thèses du PCC et obtenir d'eux qu'ils défendent ces positions ouvertement et publiquement, même au risque de l'exclusion du PCF.
2. Constituer partout des comités de l'Association des amitiés franco-chinoises. Éliminer les « révisionnistes » des directions des comités et de la direction nationale. Si nécessaire, constituer éventuellement une nouvelle association France-Chine.
3. Constituer des groupes « marxistes-léninistes » et organiser la coordination de leur activité.
4. Éditer un bulletin de liaison et préparer l'édition d'un journal pour toute la France.

Comme on le verra, la plupart de ces directives ont été réalisées ou ont reçu un début de réalisation au cours de l'année 1964 et au début de 1965.

Avant d'en dresser un bilan sommaire il semble utile de noter que les instigateurs de l'activité scissionniste ont décidé de faire flèche de tout bois et de financer toutes les initiatives dans une première étape. La coordination et l'unification étant l'objet d'une seconde étape.

De leur côté, les Albanais ont développé des contacts et invitations, versant également de l'argent.

Aussi, il semble que plusieurs centres ont simultanément développé leur activité :

– depuis l'ambassade de Chine à Berne
– depuis l'ambassade d'Albanie
– depuis le groupe belge du renégat Grippa.

C'est sans doute l'une des principales raisons pour lesquelles en cet été 1965, il y a en France sur le plan national deux centres scissionnistes ayant chacun ses groupes, ses publications, ses locaux. Il s'agit d'une part de celui qui s'intitule « Fédération des Cercles marxistes-léninistes » et d'autre part du prétendu « Centre marxiste-léniniste de France ».

Autant il est certain que les deux groupes *ne peuvent pas* être antagonistes parce qu'ils mangent au même râtelier pour faire la même besogne scissionniste, autant il est certain que leur activité est concurrente à l'échelon des individus, que les tentatives d'unification n'ont pas encore abouti parce qu'en fait la lutte pour la direction se trouve posée.

L'AFFAIRE DE BERNE

C'est dans ce cadre d'une lutte sourde mais acharnée pour la direction qu'il faut inscrire l'événement connu des neuf individus qui s'étaient rendus à l'ambassade chinoise du 19 au 24 juin, soit quelques jours avant la « Conférence nationale ».

Selon les informations que nous possédons, c'est le groupe de Clichy (CMLF) qui aurait demandé aux Chinois d'arbitrer leurs désaccords avec le groupe de Marseille et de trancher des questions d'ordre financier.

C'est pourquoi la « délégation » comprenait des membres des deux groupes et des représentants de cercles favorables à l'unification.

Nous n'avons pas pour l'instant connaissance des décisions prises par les Chinois et des consignes données à ces stipendiés en France.

Seuls des faits rendus publics et d'autres restant intérieurs peuvent nous incliner à penser que les dirigeants du groupe de Marseille sont parvenus à différer le règlement de plusieurs questions en suspens.

Il y a eu l'affabulation des péripéties bernoises en « provocation des impérialistes et des révisionnistes » avec la découverte d'un « agent des services secrets américains » infiltrés dans les rangs de la FCML.

Il s'agit de Frêche Georges, alias Georges Lierre, de Paris, que le secrétariat de la FCML dit avoir exclu le 5 juin, mais qui n'en a pas moins été reçu par les Chinois à Paris et à Berne et faisait partie de la délégation des neuf en juin.

Dans cette affaire il y a eu, semble-t-il, plusieurs exclusions, dont Mavrakis Constantin de Paris, dit Kostas Markos, membre du Parti à Paris.

Ainsi à la faveur de ces incidents, le groupe de Marseille a réglé leur compte à quelques élément influents à Paris et à Toulouse, qui leur disputaient la direction de la « Fédération des cercles marxistes-léninistes ».

Il semble cependant que rien n'est réglé et que ces problèmes ne vont pas manquer de resurgir à brève échéance.

PARTI COMMUNISTE FRANCAIS
44, rue Le Peletier
PARIS 9ème

ORG.GM.DF.

Paris, le 28 novembre 1967

AUX MEMBRES DU COMITE CENTRAL

PAR PORTEUR

Cher Camarade,

Dans sa dernière réunion, le Bureau Politique a examiné l'action menée contre l'activité des groupuscules pro-chinois sur la base d'une information présentée par le camarade Georges Marchais. Nous te transmettons notre appréciation et les décisions prises sur cette question afin que tu veilles à leur application dans ta fédération ou celle que tu es chargé de suivre.

<u>Appréciation et décisions</u> :

- Les groupuscules pro-chinois - qui n'ont pratiquement aucune influence - reculent de plus en plus. La diffusion de leur journal est tombée à moins de 3.000 exemplaires. La lutte pour les places, afin de bénéficier des fonds qui leur sont versés par les Chinois, les amène à se diviser.

- Cette situation résulte de la vigoureuse bataille menée par le Parti contre ces groupuscules dans une période où la ligne politique suivie par le groupe de Mao-Tsé-Toung est de plus en plus impopulaire.

- Cependant, nous n'en avons pas pour autant fini avec ces groupuscules. Les dirigeants chinois exigent qu'ils se transforment en un soi-disant "Parti Communiste". La bourgeoisie française soutient cette idée au moment où elle développe l'anticommunisme.

- D'autre part, dans certaines fédérations existent encore de petits groupes - deux ou trois unités en général - qui continuent leur propagande gauchiste, particulièrement dans les universités.

- Renforcer le travail idéologique dans le Parti et parmi les masses pour combattre le gauchisme. Jeter le discrédit sur les groupuscules pro-chinois et autres, en montrant qu'ils sont financés par les "maoïstes" et la bourgeoisie pour combattre le Parti Communiste Français, diviser la classe ouvrière et le mouvement démocratique.

.../...

3

Document de la SMC au comité central du PCF, en date du 28 novembre 1967. A ce moment de l'histoire, les mouvements marxistes-léninistes sont devenus pour le Parti communiste des adversaires prioritaires. On notera que le cadre qui a recueilli les informations sur les maoïstes n'est autre que Georges Marchais. Ce texte interne a été communiqué, comme le précédent, par Roger Faligot et Rémi Kauffer.

PARTI COMMUNISTE FRANÇAIS
44, rue Le Peletier
Paris 9e
ORG. GM. DF.

Paris, le 28 novembre 1967

AUX MEMBRES DU COMITÉ CENTRAL

PAR PORTEUR

Cher Camarade,

Dans sa dernière réunion, le Bureau politique a examiné l'action menée contre l'activité des groupuscules prochinois sur la base d'une information présentée par le camarade Georges Marchais. Nous te transmettons notre appréciation et les décisions prises sur cette question afin que tu veilles à leur application dans ta fédération ou celle que tu es chargé de suivre.

Appréciation et décisions :

– Les groupuscules prochinois – qui n'ont pratiquement aucune influence – reculent de plus en plus. La diffusion de leur journal est tombée à moins de 3 000 exemplaires. La lutte pour les places, afin de bénéficier des fonds qui leur sont versés par les Chinois, les amène à se diviser.

– Cette situation résulte de la vigoureuse bataille menée par le Parti contre ces groupuscules dans une période où la ligne politique suivie par le groupe de Mao Tsé-toung est de plus en plus impopulaire.

– Cependant, nous n'en avons pas pour autant fini avec ces groupuscules. Les dirigeants chinois exigent qu'ils se transforment en un soi-disant « Parti communiste ». La bourgeoisie française soutient cette idée au moment où elle développe l'anticommunisme.

– D'autre part, dans certaines fédérations existent encore de petits groupes – deux ou trois unités en général – qui continuent leur propagande gauchiste, particulièrement dans les universités.

– Renforcer le travail idéologique dans le Parti et parmi les masses pour combattre le gauchisme. Jeter le discrédit sur les groupuscules prochinois et autres, en montrant qu'ils sont financés par les « maoïstes » et la bourgeoisie pour combattre le Parti communiste français, diviser la classe ouvrière et le mouvement démocratique.

– Organiser des réunions du Parti dans les facultés et les grandes écoles pour combattre les gauchistes et exposer la politique du Parti sur tous les grands problèmes du moment.

– Dans les entreprises, les communistes militant dans les syndicats contribueront à ce que les sections syndicales luttent énergiquement contre la « Voie ouvrière » qui mène le combat contre la CGT en développant une ligne gauchiste.

– Intensifier nos efforts pour créer des comités pour la paix au Vietnam, afin que les gauchistes n'utilisent pas la situation pour créer des comités à eux.

– Être très attentif aux efforts des prochinois dans l'immigration, notamment : portugaise, espagnole, guadeloupéenne, grecque.

– Les membres du Comité central doivent être attentifs à la situation dans la fédération qu'ils aident et imposer la bataille quand c'est nécessaire.

Nous te demandons de bien vouloir nous tenir informés si c'est nécessaire sur ces questions.

Reçois, Cher Camarade, nos fraternelles salutations.

Gaston PLISSONNIER
Secrétaire du Comité central.

Chronologie

1893
Naissance de Mao Zedong.
1942
12 février : lancement au sein du Parti communiste chinois de l'étude des œuvres de Mao.
1949
Fondation de la République populaire de Chine.
1953
3 mars : mort de Joseph Staline.
1957
Février : lancement de la campagne des « Cent Fleurs ».
Automne : lancement du « Grand Bond en avant » ; édification de « communes populaires ».
1960
Mars : l'économiste du PCF, Jean Baby, critique violemment la déstalinisation dans *Critique de base* (Maspero). Il est immédiatement exclu.
Mai : publication de la brochure chinoise *Vive le léninisme*, qui s'en prend à mots couverts à la Russie.
Juin : en réponse à *Vive le léninisme*, les Soviétiques rééditent une brochure de Lénine, *La Maladie infantile du communisme : le gauchisme.*
Novembre : conférence à Moscou de quatre-vingt-un partis communistes. L'Albanie se range ouvertement aux côtés des Chinois.
1962
3 octobre : parution dans l'hebdomadaire du PCF, *France nouvelle*, d'un article de Régis Bergeron favorable aux Chinois : « A l'aube de l'an XIV. »
Octobre : un numéro du bulletin *La Nation socialiste*, reprenant les thèses chinoises, est diffusé au sein du Parti communiste.
1963
14 juin : la publication par les Chinois de la « Lettre en vingt-cinq points » officialise la rupture avec l'URSS.
11 septembre : parution à Bruxelles, sous la houlette de Jacques Grippa, du numéro 1 de *La Voix du peuple.*

15 septembre : sortie du numéro 1 de *Révolution*, dirigé par Jacques Vergès.

Novembre : parution du numéro 1 de *Centre d'études et de documentation*, édité par le comité de Marseille de l'Association des amitiés franco-chinoises.

22 décembre : création du premier parti prochinois d'Europe, le Parti communiste de Belgique.

1964

Janvier : sous l'influence de Louis Althusser, le cercle d'Ulm de l'Union des étudiants communistes adopte les thèses de Pékin.

Février : la France reconnaît la République populaire de Chine.

Septembre : naissance de la Fédération des cercles marxistes-léninistes.

1965

Février : parution du numéro 1 de *L'Humanité nouvelle.*

18 mars : naissance du Centre marxiste-léniniste de France.

1966

Printemps : lancement de la « Révolution culturelle ».

Juin : naissance du Mouvement communiste français (marxiste-léniniste).

Décembre : naissance de l'Union des jeunesses communistes (marxistes-léninistes).

6 décembre : une réunion de l'UJC (ML) à la salle des Horticulteurs est « cassée » par un commando du PCF.

1967

5 mai : attaque d'un meeting central du MCF (ML) à la Mutualité par une véritable armée de militants du PCF.

Septembre : sortie du film *La Chinoise*, de Jean-Luc Godard.

30 et 31 décembre : naissance du Parti communiste marxiste-léniniste de France. Le congrès est attaqué par un commando du Parti communiste.

1968

30 avril : l'UJC (ML) brise violemment une réunion d'extrême droite, 44, rue de Rennes (Paris 6e).

1er mai : parution du numéro 1 de *La Cause du peuple*, dirigée par Roland Castro.

10 juin : mort du lycéen maoïste Gilles Tautin à Flins.

12 juin : interdiction d'une douzaine d'organisations gauchistes, parmi lesquelles l'UJC (ML) et le PCMLF.

Été : le PCMLF interdit décide de se maintenir dans la clandestinité.

Automne : parution du numéro 1 de *Vive le communisme.*

Octobre : lancement de la Gauche prolétarienne.

1er novembre : sortie d'une nouvelle *Cause du peuple*, dirigée par Jean-Pierre Le Dantec.

1969

20 février : parution du numéro 1 de *L'Humanité rouge.*

Été : Vive le communisme se transforme en Vive la révolution.

19 novembre : attaque militaire d'un commissariat de police à Marseille, première action revendiquée par la Nouvelle Résistance populaire.

Décembre : parution du numéro 1 de *L'Idiot international.*

1970

10 janvier : Vive la révolution occupe le siège du CNPF.

30 avril : adoption par le Parlement d'une loi « anticasseurs » visant essentiellement à réprimer les actions de la Gauche prolétarienne.

8 mai : pillage de l'épicerie de luxe Fauchon.

27 avril : Jean-Paul Sartre devient directeur de publication de *La Cause du peuple.*

27 mai : interdiction de la Gauche prolétarienne.

11 juin : naissance du Secours rouge.

20 juin : plusieurs dizaines de « stars » distribuent *La Cause du peuple* aux abords du métro Alésia (Paris 14e).

Juillet : naissance du Front de libération des jeunes.

26 août : un groupe de femmes dépose une gerbe à l'Arc de triomphe devant la flamme du soldat inconnu pour rendre hommage à sa femme : il s'agit de l'acte de naissance du Mouvement de libération des femmes.

23 septembre : sortie du numéro 1 de *Tout.*

1971

15 janvier : parution du numéro 1 de *J'accuse.*

8 février : création par Michel Foucault du Groupe d'information sur les prisons.

9 février : leader du Front de libération des jeunes, Richard Deshayes est gravement blessé par une grenade tirée à bout portant.

Juin : mort de Vive la révolution.

Juin : naissance de l'Agence de presse Libération.

Automne : lancement par Philippe Sollers et *Tel Quel* du Mouvement de juin 71.

26 novembre : tentative d'enlèvement du député Michel de Grailly par la Nouvelle Résistance populaire.

1972

25 février : mort de l'ouvrier maoïste Pierre Overney, abattu par un vigile de la régie Renault.

4 mars : deux cent mille personnes enterrent Pierre Overney.

8 mars : la Nouvelle Résistance populaire enlève un cadre de Renault, Robert Nogrette.

10 mars : Robert Nogrette est libéré.

Août : le Comité exécutif de la Gauche prolétarienne décide de lancer le quotidien *Libération.*

1973

18 avril : sortie du numéro 1 de *Libération.*

Septembre : naissance du Mouvement des travailleurs arabes.

1er novembre : mort définitive de la Gauche prolétarienne.

1974

Avril : naissance du Parti communiste révolutionnaire (marxiste-léniniste).

Novembre : parution du numéro 1 d'une nouvelle *Cause du peuple.*

19 décembre : meurtre par les Brigades internationales de l'attaché militaire de l'ambassade d'Uruguay, Ramon Trabal.

1975

1er mai : parution du numéro 1 du quotidien *L'Humanité rouge.*

29 septembre : parution du numéro 1 du *Quotidien du peuple.*

8 octobre : tentative d'assassinat par les Brigades internationales du capitaine Bartolome Garcia Plata Valle, attaché militaire adjoint de l'ambassade d'Espagne.

1976

8 janvier : mort de Zhou Enlai.

11 mars : meurtre par les Brigades internationales de l'ambassadeur de Bolivie en France, Joaquim Zenteno Anaya.

9 septembre : mort de Mao Zedong.

Octobre : lancement de la campagne contre la « bande des quatre ».

2 novembre : tentative d'assassinat par les Brigades internationales de l'attaché culturel de l'ambassade d'Iran, Homayoun Keykavoussi.

1977

23 mars : meurtre par les Noyaux armés pour l'autonomie populaire de Jean-Antoine Tramoni, responsable en 1972 de la mort de Pierre Overney.

7 juillet : l'Albanie rompt officiellement avec la Chine.

1978

Mars : participation commune du PCR (ML) et du PCMLF aux élections législatives.

Mars : le Parti communiste marxiste-léniniste de France renonce à la clandestinité.

1979

Naissance du Parti communiste des ouvriers de France (proalbanais).

1980

10 avril : arrêt définitif du tout dernier quotidien ML, *Le Quotidien du peuple.*

1981

Procès de la veuve de Mao Zedong, Jiang Qing.

1982

Création par Abimael Guzman du Parti communiste du Pérou, qui se fera connaître sous le nom de « Sentier lumineux ».

1983

Mort du Parti communiste révolutionnaire.

1985

Le Parti communiste marxiste-léniniste se transforme en Parti pour une alternative communiste.

1988

Décembre : mort du Parti pour une alternative communiste.

Bibliographie

SUR LES MOUVEMENTS D'EXTRÊME GAUCHE EN GÉNÉRAL
ET LE MOUVEMENT MAOÏSTE EN PARTICULIER

Note importante. En ce qui concerne l'énorme masse des tracts, bulletins, journaux, brochures des différentes organisations, on se reportera globalement à un ouvrage essentiel, qui recense l'ensemble des fonds disponibles dans les bibliothèques. Association Mémoires de 68. *Guide des sources d'une histoire à faire,* Verdier, 1993.

Roland Biard, *Dictionnaire de l'extrême gauche, de 1945 à nos jours,* Belfond, 1978.

Claudie et Jacques Broyelle, *Le Bonheur des pierres, carnets rétrospectifs,* Le Seuil, 1978.

Roger Faligot et Rémi Kauffer, *Kang Sheng et les services secrets chinois,* Robert Laffont, 1987.

A. Belden Fields, *Trotskyism and maoism, theory and practice in France and the United States,* Autonomedia, Brooklyn, 1988.

François Furet, Antoine Liniers et Philippe Raynaud, *Terrorisme et démocratie,* Fondation Saint-Simon/Fayard, 1985.

Alain Geismar, *Pourquoi nous combattons,* François Maspero, 1970.

Alain Geismar, *L'Engrenage terroriste,* Fayard, 1981.

Alain Geismar, Serge July, Erlyn Morane, *Vers la guerre civile,* Éditions et Publications Premières, 1969.

Bruno Giorgini (préface de Félix Guattari), *Mai 68-été 78, que sont mes amis devenus?,* Savelli, 1978.

Hervé Hamon et Patrick Rotman, *Génération, 1 : Les Années de rêve,* Le Seuil, mars 1987.

Hervé Hamon et Patrick Rotman, *Génération 2 : Les Années de poudre,* Le Seuil, janvier 1988.

Jacques Harstrich, avec Fabrizio Calvi, *R.G., 20 ans de police politique,* Calmann-Lévy, 1991.

Rémi Hess, *Les Maoïstes français, une dérive institutionnelle,* Anthropos, 1974.

Alain Jaubert, Jean-Claude Salomon, Nathalie Weil, Ian Segal, *Guide de la France des luttes,* Stock, 1974.
Jacques Jurquet, *Arracher la classe ouvrière au révisionnisme, recueil de textes de 1965 à 1971,* Éditions du Centenaire, 1976.
Patrick Kessel, *Le Mouvement « maoïste » en France,* tome 1, UGE, 1972.
Patrick Kessel, *Le Mouvement « maoïste » en France,* tome 2, UGE, 1978.
Suzanne Labin, *Le Petit Livre rouge arme de guerre,* La Table Ronde, 1969.
Michel Le Bris, *L'Homme aux semelles de vent,* Grasset, 1977.
Jean-Pierre Le Dantec, *Les Dangers du soleil*, Presses d'aujourd'hui, 1978.
Michèle Manceaux (avant-propos de Jean-Paul Sartre), *Les Maos en France,* Gallimard, 1972.
Raymond Marcellin, *L'Ordre public et les groupes révolutionnaires,* Plon, 1969.
Raymond Marcellin, *L'Importune vérité. Dix ans après Mai 68 un ministre de l'Intérieur parle,* Plon, 1978.
Jean-Marc Salmon, *Hôtel de l'avenir,* Presses d'aujourd'hui, 1978.
François-Marie Samuelson, *Il était une fois « Libé »...,* Le Seuil, 1979.
Élisabeth Salvaresi, *Mai en héritage,* Syros-Alternatives, 1988.

SUR LES MAOÏSTES ET L'ÉTABLISSEMENT

Marnix Dressen, *Les Établis et la machine à laver,* 1988.
Nicolas Dubost, *Flins sans fin,* François Maspero, 1979.
Leslie Kaplan, *L'excès-usine,* Hachette-POL, 1982.
Robert Linhart, *L'Établi,* Éditions de Minuit, 1978.
Virginie Linhart, *Volontaires pour l'usine, Vies d'établis 1967-1977,* Le Seuil, janvier 1994.
Daniel Rondeau, *L'Enthousiasme,* Quai Voltaire, 1988.

SUR L'ENGAGEMENT DES INTELLECTUELS AU SEIN DU MAOÏSME

Louis Althusser, *L'Avenir dure longtemps,* Stock-IMEC, 1992.
Alain Badiou, *Jean-Paul Sartre,* Potemkine, 1980.
Antoine de Baecque, *« Les Cahiers du cinéma », histoire d'une revue,* tome 2 : *Cinéma, tours détours, 1959-1981,* Cahiers du cinéma, 1991.
Simone de Beauvoir, *La Longue Marche,* Gallimard, 1957.
–, *Tout compte fait,* Gallimard, 1972.
–, *La Cérémonie des adieux,* Gallimard, 1981.
Annie Cohen-Solal, *Sartre 1905-1980,* Gallimard, 1985.
Didier Eribon, *Michel Foucault,* Flammarion, 1989.
Philippe Forest, *Histoire de « Tel Quel »,* Le Seuil, 1995.
Jean Genet, *L'Ennemi déclaré, textes et entretiens,* Gallimard, 1991.
Jean-Luc Godard, *Godard par Godard,* Éditions de l'Étoile-Cahiers du cinéma, 1985.

Philippe J. Maarek, *De Mai 68 aux films X : cinéma, politique et société,* Dujarric, 1979.
Marcellin Pleynet, *Le Voyage en Chine,* Hachette-POL, 1980.
Ieme Van der Poel, *Une révolution de la pensée : maoïsme et féminisme à travers « Tel Quel », « Les Temps modernes » et « Esprit »*, Rodopi, Amsterdam-Atlanta, 1992.
Jean-Paul Sartre, Philippe Gavi et Pierre Victor, *On a raison de se révolter,* Gallimard, 1974.
Jean-Paul Sartre et Benny Lévy, *L'Espoir maintenant. Les entretiens de 1980,* Verdier, 1991.
Liliane Siegel, *La Clandestine,* Maren Sell, 1988.
Philippe Sollers, *Improvisations,* Gallimard, 1991.
François Truffaut, *Correspondance,* Foma, Suisse, 1988.

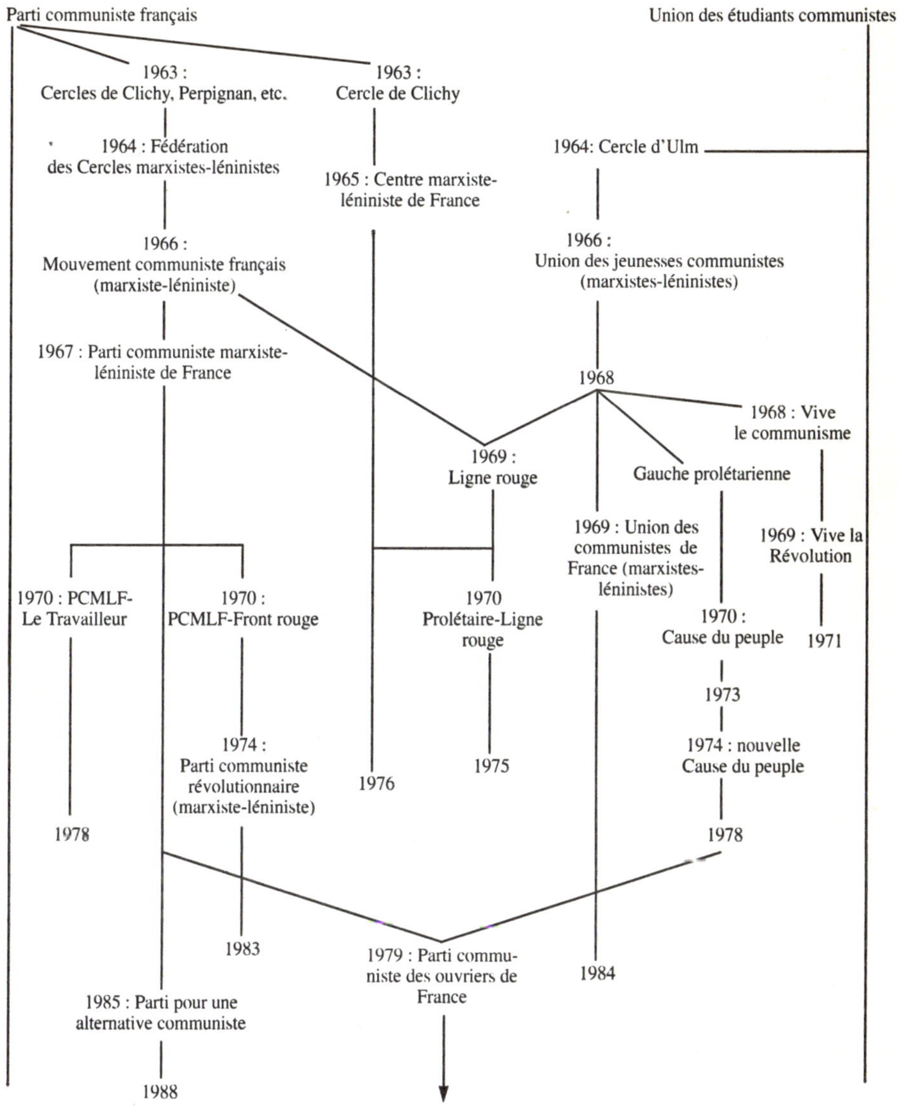
Parti communiste français
Union des étudiants communistes
1963 :
Cercles de Clichy, Perpignan, etc.
1963 :
Cercle de Clichy
1964 : Fédération
des Cercles marxistes-léninistes
1964: Cercle d'Ulm
1965 : Centre marxiste-
léniniste de France
1966 :
Mouvement communiste français
(marxiste-léniniste)
1966 :
Union des jeunesses communistes
(marxistes-léninistes)
1967 : Parti communiste marxiste-
léniniste de France
1968
1968 : Vive
le communisme
1969 :
Ligne rouge
Gauche prolétarienne
1969 : Union des
communistes de
France (marxistes-
léninistes)
1969 : Vive la
Révolution
1970 : PCMLF-
Le Travailleur
1970 :
PCMLF-Front rouge
1970
Prolétaire-Ligne
rouge
1970 :
Cause du peuple
1971
1973
1974 :
Parti communiste
révolutionnaire
(marxiste-léniniste)
1976
1975
1974 : nouvelle
Cause du peuple
1978
1978
1983
1979 : Parti commu-
niste des ouvriers de
France
1984
1985 : Parti pour une
alternative communiste
1988

Index des noms cités

Remerciements

Je remercie d'abord vivement ceux qui m'ont fourni de nombreux documents historiques, en particulier Jacques Jurquet, Roger Faligot et Rémi Kauffer, Philippe Forest, Pierre Rigoulot, *Max Cluzot*.

Merci également à tous les anciens acteurs de l'époque qui ont accepté de me rencontrer : Pierre Bauby, Régis Bergeron, Saïd Bouziri, Maurice Brover, Philippe Buton, Raymond Casas, Roland Castro, Stéphane Courtois, Jean-Paul Cruse, Monique Dagron, Alain Doronte, Antoine de Gaudemar, Francis Gribe, Tiennot Grumbach, Gabrielle Guillermin, Serge July, Marin Karmitz, Benny Lévy, Tony Lévy, Robert Linhart, Michèle Manceaux, François Margolin, Gérard Miller, Bertrand Renouvin, René Rodriguez, Olivier Rolin, Bernard Sichère, Philippe Sollers, Jacques Vergès.

Ma gratitude va enfin à tous ceux qui souhaitent encore, vingt ans après, rester clandestins, et qui m'ont néanmoins conseillé et encouragé.

Table

Cet ouvrage a été réalisé par la
SOCIÉTÉ NOUVELLE FIRMIN-DIDOT (Mesnil-sur-l'Estrée)

Achevé d'imprimer en novembre 1996

Imprimé en France
Dépôt légal : septembre 1996
N° d'édition : 12666 - N° d'impression : 36358